唐宫奇案

下

森林鹿 著

江苏凤凰文艺出版社
JIANGSU PHOENIX LITERATURE AND ART PUBLISHING, LTD

目录 CONTENTS

第一章 半路杀出程咬金

李元轨抽刀破门而入，正见油灯照映下，明晃晃的刀光如雪，斫中了一个女子，室内鲜血迸溅。

院墙内一株大柳树下，两只细犬汪呜有声地争抢着骨头，杨信之与胡姬粉堆立在一起有说有笑，很是融洽。

他们在裴家庄园里做客，粉堆不必再戴帷帽遮蔽身容，简单绾个发髻，也没插戴什么首饰，娇小身子站在杨肉塔身边，一直仰着脸听他说话，雪白面庞上满是钦慕喜悦之情。

李元轨盘膝坐在南阁二层的窗栏边，默默向下注视自己的卫士和侍婢一会儿，叹口气，转眼去凝望院墙外的大道、泛青树林和滔滔渭水。

这座二层楼阁略显破旧，近来缺乏修缮，但整体是按长安城中最时兴的模样建造的。二楼的四面窗板都可以卸下，夏日变成一座通透无碍的避暑凉亭，檐下挂起竹帘遮阳，既防人窥视又便于主人观赏外面风景，焚香小睡好梦悠长。

此时是早春二月，高处风凉，庄园主人裴律师邀着李元轨上了阁子，只卸开南面窗板，二人对坐品茗晒太阳。

对，品茗。

李元轨绷着脸看裴律师在案上一堆盒罐坛碗间摆布忙碌，拿出一块黑乎乎、硬邦邦的玩意说是“茶”，又是敲又是凿，又是掰又是碾，旁边还摆出盐姜酥酪等着往里添。一个小童在地下扇炉子烧水，李元轨倒宁愿汤罐里煮一副烫酒的坛勺。比起遭“水厄”，他更乐意喝点裴家庄园自酿的新谷酒。

他是北人，读过书，也听人说过南人那种奇怪的癖好，把干树叶子煮成苦水家常喝。这裴律师是侍奉父亲流放巴蜀时，“沾染”了当地风俗，回长安也一厢情愿拉吴王下水“尝尝某的手艺”。说起来算是讨好示情吧，李元轨却只想踢翻炉案大吼一声：“快去找我十七妹！在这里耽搁工夫作甚！”

可他只能忍着。昨晚他已经踢过吼过了，毫无用处。

昨天入夜，裴家庄园那姓张的庄头终于被找到正堂。这是个手脚粗大、腰板挺直的五十来岁老汉，口音很重，怒气冲冲，对庄主下达的“帮十四郎寻人”指令一口回绝：“……去年冬天旱得很，眼下刚通了地气，又下过雨雪，下地耕田牛也不够，人也不够，寻啥个胡人小娘嘛！你们后生家，天天只知端碗吃饭，高堂睡觉，地里活计一点不懂，光会胡咧咧！这当间耽误种庄稼，秋凉了一齐饿死！”

李元轨和裴律师解释、分辩、威逼、吓唬，反复说明尽快找到“一个被胡人胁持的汉家少女”有多要紧，张老汉丝毫不为所动：“……前日泾河水大，冲坏三限闸西头门，叫俺发五个壮丁过去抗着修，没人，只去了仨。刘十五家那段渠秋天就堵了，他躲懒，上冻以前没通开，到现在水过不来，气得俺跺脚骂，家里婆娘都上渠扛锹去了！白家那保里拉了三十车粪，该肥三十六亩地，拉不出来，今日刚粪完十亩半！都这节气了，不赶着下犁头以前粪完，一冬工夫白瞎！

“……说啥？呸！可不没人！你们就知道个耕，这里头事大哩！先上了粪，摊匀了，牛拉犁翻，春耕还不能耕深，浅着耕出垡来，后头赶紧使耙耢拖盖。要不盖严实，风一起，下头土全干，撒多少种它也不出苗！

“……下种以前，哪一亩地不得耕五六遍，盖七八回？！春旱咋个顶？锄头底下三寸水！俺就说你们不懂，谷种也不是随便下，黑地薄地先下糙种，高壤白地还得往后再推，过了寒食吃榆钱再下好种，再往后种豆、种油麻，种粟子黍子都不一样，全要人盯着干哩！

“……那还光是说种粮，咱庄子离城近，哪一年也开大园子种菜，有粮食十倍出息。园子更费工，一亩园，十亩田！夜个刚发十来个人，上西面园子种葵菜莴苣。过冬的蔓菁苗也起出来了，这一半天不移栽地里，马上冻死！东边园子还得种瓜种白豆小豆哩，俺还发愁上哪地寻人种去？

“……这光景，到处缺劳力，又不独咱家几个庄子！东边那谁个相公家，庄里全空，没人看着，谁知道咋个库里就着了，一把火烧光多少年存蓄，造孽哪！这时节，谁家能挪出人手来，给你寻啥㞞人！”

好说歹说，软硬兼施，办法用尽，张庄头终于答应“等俺盯完了园子去给你打听”，满腹牢骚扬长而去。走之前还警告李元轨主仆“别自个儿胡蒙乱问，这帮胡商灵醒，外人惊动了更不好说”。

所以李元轨只能把两个小奴打发回大安宫去探问大内消息，自己带着杨信之和粉堆在裴家庄上暂居死等。他也问裴律师：“这张庄头什么来历？脾气、架子这么大，像杀王救驾擒过反叛似的？”

裴律师苦笑了下，回答：“这人就是个本地乡贤，听说早年点过府兵打过仗，没得什么实惠，如今也就在兵府领个闲职，并无正经功名。他天生就是这耿直脾气，倒是一把种庄稼的好手。十四郎要责我放纵下人颠倒纲纪，律师不敢诿过，但是，唉，这事也是事出有因……”

渭北白渠之旁的膏腴水浇田地，密布皇室权贵庄园。武德年间裴寂风光正盛时，也在此受赐了大片产业。贞观初年，裴家败落，仓皇出京流放，势力消散又急需现钱，这些庄园在很短时间内被新贵们压价侵夺，最后只剩下张庄头领管的几个庄园还在裴家名下。

裴家声势煊赫时，老少主人谁都没听说过这张庄头的名字，他不显山不露水，也没受过什么特殊恩遇。到了裴家“落难”，这老汉眼看着别的庄子一个个改契换主，却是不平起来，说“不仗义、鼓破众人捶”，犟着顶回去多家想趁火打劫的，也算给裴家留下了一处京城郊外的容身之居。

也正因如此，裴家兄妹此来咸阳庄园暂居，对这老庄头敬重有加，不以主仆良贱之别以待。张庄头要硬顶着不给李元轨找人，他们也没啥好办法能加以强迫——这老汉在当地人望很高，乡县官府都给面子的。

李元轨想想，自己也不愿把事闹大，而且真没有更好的办法去找妹子，没奈何按下脾气，等在裴家庄里听张庄头回复罢了。

汤釜里飘出淡淡的苦涩气味，裴律师的“茶汤”熬好了。他熟练地倾入一只青瓷水壶中，又向案上的两只青瓷盏各倒入大半盏褐汤，笑着殷勤相劝“大王尝一尝”。

我又没得病，干吗要喝汤药啊……李元轨心里哀叹着，不好过于拂逆主人美意，只得端起一个瓷盏举到唇边，感觉很烫，先吹几口气凉一凉，小心地抿了一点点。

果然，又苦又浊难以下咽。李元轨立刻摇着头放下瓷盏，表示完成任务了。

裴律师只是笑，自己有滋有味地喝着苦茶，陪李元轨随便聊些闲淡话。他生在河东，长于京师，本也喝不惯茗茶。前些年随父被贬到静州时，千头万绪各种繁难堆积心头，每日都觉疲惫不堪。他妻子在当地官宦人家走动时，先学会了饮茶煎茶，回家依样奉夫，裴律师便也渐渐能领会这树叶子汤的提神妙处，喝上瘾来，一日不可无此君。

“尊夫人真是贤惠，”李元轨夸赞一句，又问，“夫人没同来为我六嫂送嫁？”

室女出阁，本家主妇也该出面主事的。裴律师顿了下，平静回禀：“先父见弃，送柩守孝哀苦劳顿。其时拙荆产育未久，体虚气弱，受风着寒，也一病不起，随先父泉下侍奉去了。”

李元轨自悔莽撞，垂头喃喃地向这丧妻鳏夫说了几句慰问话。裴律师微笑摇头示意无碍，转头去看窗外初春水边风景。

当年裴家建这阁子，选址很精心，人坐楼上，能很清楚地看到庄园外官道上的行人往来。此时是春耕农忙时节，牵牛的、挑粪的、拉犁送种的农人成行成队谈笑而过，再往南是一片杨柳树林，树梢上如同笼罩着淡绿青烟，树林外就是银白发亮的渭河水面，盛夏清风徐来，想必十分凉爽惬意。

裴律师凝望着窗外，眼角略有湿润，神色仍然平静悠闲。他今年还不到四十岁，经历过了隋末大乱、起兵建唐、家族煊赫一时又迅速败落，已有股淡泊宁静、宠辱不惊的隐逸气。

出身显宦，又不乏办事才干，却无法对抗朝局变幻，随波逐流落到如今这般境地……等我到了他这年岁，李元轨想，我又会变成什么模样呢？

嘴里有点苦涩，他不知不觉伸手端起了面前的茶盏，又抿下一口汤。这回好像没有刚才那么难喝了，皱着眉咽落肚，平复下心情，口腔中隐约有点回味。

案上还摆着几碟盐梅柿饼类果子，他拈了枚送入口，酸甜生津，与苦茶的回味混杂在一起，倒是让人七窍舒畅。裴律师察言观色，笑道：“这茗茶除能提神醒脑之外，也最能消食障、化积郁。律师身在蛮荒时，每每疲累消沉痛不欲生，又不能舍家父和众亲而去时，全靠这茶汤支撑。十四郎多喝几回，就能领会了。”

裴寂开唐后位极人臣、奢侈崇贵，他的大部分子女也是出生在武德年间，跟李元轨差不多大，年纪较长能办事的儿子只有裴律师一个。裴寂不便出面的场合，几乎全由他的嫡子律师操持……李元轨突然想起一件事，把身子坐正了些：“裴郡公，有件要事相询。此事于我十分紧要，望公以实情相告。”

“那是自然。”裴律师有些诧异，“我兄妹身家前程，全仗十四郎相助。十四郎若有所命，自当效死。”

“我受主上手敕，暗查一件命案，涉及十年前的东宫毒酒案。那案子九年前重审，听说是由令尊先郡公主持，其中详情，二郎可知悉？”李元轨盯着裴律师的双眼问。

“东宫毒酒……难不成是主上……”

“对，就是那次，主上平生经遇奇险，差点不测。”李元轨点头确认，看着裴律师的脸色也迅速严肃起来，放下茶盏拂衣坐正。

武德八年秦王世民在东宫夜宴后，呕血昏迷，大理寺与宗正寺东宫内坊局等会同查案，草草以“秦王引犯胃气”结论。秦王府一系人马大都很不服气，朝野舆论也多同情秦王、谴责太子建成残害手足。一年后宫门喋血形势翻转，秦王世民被立为皇太子没多久，即下令重查此案，据平阳公主驸马柴绍的回忆，当时是命裴寂负责的。

作为前朝天子的第一宠臣，裴寂正是战战兢兢自身难保的时候，自然下了死力，把这案子翻出来定为“东宫投毒害弟”，只是由谁主使、谁下手，始终结论含糊，最后受处罚最重的是东宫典膳监任璨。

“不瞒十四郎，当时情势微妙，家父出门办事，处处不便。查那案子，倒是裴某代父跑腿较多，细节详情，确实还记得不少。只是……事隔这么多年，十四郎为何忽然要问这个？”裴律师询问。

李元轨答以“奉敕密查，原因不便告知”，裴律师沉吟片刻，点头开讲。

裴寂九年前领了查案敕命后，径直让儿子入住东宫侍卫房，带手下家人逐一盘问宫内诸侍臣、奴婢，自然没一人承认与投毒案有关，甚至连检举揭发他人的都没有。裴律师也找了当时席上的几位亲王、驸马，询问他们的眼见实情。宫变之后人人自危，所有人都不敢隐瞒，均有问必答，只是也没提供多少有用信息。

这其中，几人都说到最先提议让大郡主出来敬酒的是齐王元吉，随后也是李元吉出殿更衣时踢翻了一架灯树，使得倒酒处光线幽暗不明。裴家父子自然也觉得这两点甚是可疑，于是又盘问原齐王府的相关诸人。可惜秦、齐两府结怨极深，六月初四那天，齐王府内杀戮惨烈，李元吉身边的近密侍人十不存一，侥幸活下来且还在朝廷控制中的几个，也都说对毒酒案一无所知。

查案至此遇上死结，一连多日毫无进展，裴寂也极为焦躁，甚至动了“抓个侍人屈打成招”的念头。就在这时，东宫膳厨房内发现了特异事物。

“什么特异事物？”李元轨忙问。

“一具食盒。”裴律师回答，“给东宫幽禁人等送饭用的粗木食盒，记得是分了三层。表面看没什么异状，盒底却被人用炭笔歪歪扭扭写上了几个字。”

“写的什么字？”这么重要的字，想必他现在还记得清楚。

“八个字：‘东宫下毒，投壶井中。’字迹拙劣不成体统，像是奴婢所书，语意也颇为含糊。火工奴婢发现有字，报给我们派去的监厨，监厨又报上来给我看。我就寻思这‘投壶井中’是什么意思……”

“是指当年给秦王倒毒酒用的壶？”李元轨猜度着问，“当年事发以后，大理寺不是已经查过一次？他们难道没细查给秦王倒酒用的杯壶？”

“当年秦王在席上觉得腹中不适，立刻出殿，由淮安王扶持回府，那时已是深夜，各处门禁森严。东宫说他们是第二日中午才得知秦王有中毒嫌疑，那时厨工按平日规矩，已将前夜宴会所用杯碗盘碟洗刷干净，哪里还查得出什么来。”裴律师摇摇头。

李元轨轻哼：“那帮贱奴，什么时候干活这么勤快过？既然说刷干净了，那‘投壶井中’又是什么？”

“那场宴会是在显德殿开办的，显德殿院内西南角，就有一口好井，平素东宫内厨也经常去那里汲水用。”裴律师答，“那也是离显德殿最近的水井，我命人找了两个水性极佳的昆仑奴，用绳子绑着吊下去查看，果然在井底摸到了异物，捞上来一看……”

“正是一把酒壶？”李元轨问。

裴律师点头：“不但是把酒壶，而且是一把鎏金龙马纹的……双心壶。”

一把鎏金龙马纹的双心壶。

李元轨皱起眉，隐约觉得自己以前听过“双心壶”这玩意，而且不是什么好物。

裴律师耐心地解释：“那是近世以来常用来下毒的玩意。酒壶中间有两个内胆，一胆盛好酒，一胆盛毒酒，通过壶柄上的两个气孔控制，人们明明眼见是同一壶倒出的酒水，实则两杯完全相异。这种壶做工异常精细，比‘转心壶’更加隐蔽且难以觉察。”

“怎么说？”李元轨一边问，一边想象两种双层壶的内部构架。裴律师解释：“‘转心壶’也同样有两个内胆，但是需要斟酒人转动壶身，将盛有欲倒酒水的内胆出口拨到壶嘴一边，才能转换倾出物，动作较明显。当年秦王带入宴厅的侍从，都全神警惕预防府主中毒，如果东宫的人用‘转心壶’，未必能瞒得过他们监视……”

“是了！”李元轨一拍大腿，“那晚东宫大郡主先给柴驸马等人敬酒，柴驸马等喝下都没有异状。改敬秦王以后，明明是同一壶倒出的酒，秦王喝了却差点没命，原来奥秘就在这‘双心壶’里！”

裴律师点头认同：“正是如此。所以此壶出井后，东宫给秦王下毒酒的事实，便昭明无误。哪怕寻不出主使人和经手人，这案子也算真相大白、可入史籍了。”

“可入史籍”这话说得有点嘲讽和诛心，但也不算为过。只怕二哥他们急着翻案重查，唯一目的就是这个……李元轨心内默默讽刺了下当今天子，又想了一想：“从案发到裴二郎你遣人从井中捞出‘双心壶’，已过了一年多，怎么能判断那‘双心壶’就是东宫订婚宴上所用的？也可能是一年后，宫变以后，东宫内有人见复查此案，为免株连滥刑，现找了个合用的壶丢进井里，又向你们通风报信？”

“先父与某当时也想到了此点。”裴律师点头捋须，“但那金壶从井底捞起时，壶身已积了一层薄淤泥，泥上还长出了苔藻。那就不可能是几日前刚刚投进井里，它在水底确实已躺了许久。后来先父特意保存壶身上的些许泥藻没有洗净，回奏案情时当众出示，又请在场的与宴宾客辨认，殿上王公重臣——还包括前东宫属臣魏徵、王珪等——都未提出异议。”

李元轨心里还是有点嘀咕，又问：“这金壶物证，如今还能看见吗？这么重要的案子，卷宗保留期是不是长些？”

裴律师思索着回答：“此案至今仍有疑点，又案发东宫、危及圣躬，卷宗和金壶、食盒等重要物证，裴某以为，不会轻易销毁，只怕仍封存在大理寺库内。吴王要复查，可去大理寺找找试试。”

大理寺少卿孙伏伽也是个与魏徵齐名的硬骨头，经常为执法断案把皇帝李世民顶撞得下不来台。一想到要去找他要证物，李元轨顿时头疼，换个方向问：“那酒壶虽打造得精巧，毕竟还得有人来使用，才能成功毒倒秦王。裴公找到了下毒用壶，执壶倒酒之人，后来找到没有？”

“没有。”裴律师摇头叹气，“正因为查不出来，某才说此案至今未真正告破。”

“当年执杯敬酒给秦王的，是东宫大郡主，”李元轨思考，“她只有六七岁大，自然不可能主导这等周密阴毒之事。下毒者，当是在她身后端盘倒酒的侍奉人……”

“不错。武德八年，大理寺卿崔善为带人亲至东宫典膳局，坐地问案，要查是谁那晚为大郡主斟酒。当时大郡主身后站了两个奴婢，端杯的是她的自幼保姆贺拔氏，这人好找，那个斟酒内侍却离奇消失……”

“东宫内侍怎么会离奇消失？”李元轨皱眉，“就算消失了，也应该有人记得他的姓名、形貌、出身啊！”

“奇就奇在这里。”裴律师回答，“后来我找了崔善为等人，当面询问，他们说东宫典膳局厨工、内坊局给使当中都无人知道也无人听说谁被分派去为大郡主斟酒托杯。问贺拔氏保姆，保姆说她陪着郡主从后殿命妇宴会上出来，走到前殿，殿门口就站着一位笼冠大袖垂髭须的内侍[1]，手端托盘，盘上放着酒壶金杯，正等着随她们进殿。保姆以为是典膳安排好的，虽觉得那人有些面生，但东宫大宴，侍奉人手不足，从别处临时调来使人也属寻常，再加上她一心都在郡主身上，也就没起疑，带了大郡主进殿。那内侍将杯盘交给她，自己执壶斟酒，贺拔氏保姆示意郡主拿杯向哪位长辈敬酒、如何称呼、如何说辞……”

“她一直未发觉那内侍斟酒有何异常？”李元轨问。

“自然没有，她一口咬定整晚只注意郡主，连那内侍的面貌都没看太清楚——记得她们所站立处灯火昏暗吗？后来大郡主敬完酒，保姆将托盘交回给内侍，带了郡主回后殿，自此也没再见过那内侍。”

李元轨皱眉道：“这么看来，下毒之人显然就是这个内侍。东宫坚称查无此人，说他是从外面混入的？”

“不错。东宫方面从头至尾，始终坚持这一说辞。那一晚东宫内外殿同开宴席，贵人命妇宾客众多，随员也多，确有此可能。大理寺起初查案时，还针对此人下了些探查工夫，但没几天就受敕命，以秦王犯病结案，于是这内侍的真实身份也就草草揭过、

1 关于笼冠大袖的内侍，详见附注（1）。

不了了之了。武德九年我父子查明内情后，大理寺诸官员由此以渎职受责。”

这也是题中应有之义。大理寺是专职勘查案件的衙司，事发后受皇室压力仓促结案，被翻案后，当时的主办人肯定要吃挂落。但李元轨想到不久之前，长孙皇后也对他当面下令以“自杀”来了结临汾县主命案……这种事嘛，谁也别说谁。

二人沉默了一会儿，各自又饮下一盏茶汤。李元轨再次掉转思路，集中心力去想武德九年下半年，裴家父子查案时的疑点奇事：“九年六月以后，裴公重查此案，获得了那个写有提示语的食具，此是破案关键。那食盒底部的字迹，后来查出是谁写的没？”

“也没有，”裴律师苦笑，“某当时也曾反复追查那写字之人。那具食盒混在大量用完待洗刷的餐具当中，是当天用完午饭后，从各殿各院收回来的，很难判定究竟来自哪个宫院。”

“当时住在东宫、由厨房统一送饭食的人很多？”李元轨问。

“很多。除了前太子的妻女奴婢集中在宜秋殿，不准随便出院走动外，齐王的妻女、两宫近臣属官有罪被诛杀之人的家眷等，都暂时被关押在东宫内，分院居住不得乱走。这些人都由膳厨每日送食，食具的模样也都差不多，一日三餐送到后主人先吃，吃剩的分给奴婢，过一个时辰户奴再去取空食具……除了这些罪人家眷，东宫原有奴婢也有不少机会能接触这些食具，追查起来非常困难。”

“当时……齐王的妻女也关在东宫？”李元轨喃喃自语，眼前不觉闪过一张光艳照人的玉颜，“齐王妃杨氏[1]也包括在内吗？”

“是。杨氏分娩未久，外男不便入室，我等几次问话，都是与她隔帘隔屏风问答，倒也没有其他异状——十四郎疑心杨氏妃？”

李元轨沉吟不答。投毒的事，齐王李元吉既然嫌疑很大，他夫妻俩向来和睦亲密，杨妃很可能知道夫郎的所作所为，也由此知道那毒酒壶的下落。此案重查，她不知出

1 关于齐王妃杨氏，详见附注（2）。

于什么考虑，主动给查案人通风报信提供线索，是完全有可能的……

“裴公就没怀疑过杨氏？”他问裴律师，“一开始也说了，下毒当时齐王举动有异啊。”

“怀疑……是怀疑过，却没深思。”裴律师叹口气，“十四郎没亲见那具食盒，盒底‘东宫下毒 投壶井中’八个字笔体拙劣，我等都以为是粗识文字的奴婢下人所写。杨氏出身弘农高门，又由才子叔父五驸马抚养，贵为王妃，书法当高明得多。”

“此说有理，不过要造作笔迹，也不是没办法……”李元轨深思，“看来还是得抽空去大理寺调旧档，看看证物才好。”

这天接下来的时间，他都在和裴律师谈论思考东宫毒酒案。后来又把杨信之叫上楼来，三人反复商讨折辩，也没能再有什么新想法。

李元轨本该带上天子赐他的委任查案手敕去大理寺征调旧档，但他眼下根本不敢离开裴家庄园——一旦那张庄头打探到了他十七妹的下落来报，他不愿耽误一丝一毫时间去救人。同样，派杨信之回长安城内去调档也不行，谁知道劫持着十七妹的胡人身边有多少帮手，他这边战力本就不多，杨肉塔算绝对主力。

何况长安城内情势不明，他日前从大安宫跑出来时，禁苑里正闹嚷嚷地查着“行刺太上皇”的谋逆大案。主导人是太子李承乾，他正愁没处推卸责任，李元轨这一落跑，他不顺水推舟把十四小叔打成里通外敌的叛徒才怪。如果天子听信了一面之词，将拿捕吴王的诏令下达诸城门，那李元轨以及他的随身伴当杨信之一现身，估计直接就被卫士绑送大内了，还查什么旧档、调什么证物？

所以李元轨只能在渭北裴家庄上耐心等着。他已将阿沉两个小奴派回大安宫去打探消息，叮嘱他们见机行事。但从咸阳到禁苑的路途也不短，过了一天一夜，阿沉才只身跑来回报。倒是带了一大堆消息，杂七杂八纠缠不清。李元轨和杨信之在堂上问了他半日，总算将诸事理出一个头绪来。

“大安宫太上皇圣体如何？”

阿沉回禀：“七十老翁受了一番折腾，身体更加虚弱，众人一度都担心太上皇挺不过去。但大唐开国之君自有天佑，经宇文昭仪等太妃日夜照料，御医们说太上皇脉象已稳定下来，至少没比事变前更糟。只是大安殿侍人透露，老人家偶尔清醒，睁眼就唤‘阿尹’，见不到他心爱的尹德妃就流泪叹气，长此下去，怕是不妙……”

“刺客夜袭的案子查得怎么样？有没有抓到刺客活口？目前认定谁是主使人？”

“已排查出十几具黑衣刺客的尸体，大多在大安殿内和望楼内外，没听说有活口——尸体都是精壮的蕃胡男子，没听说有十几岁少年——尹德妃姐弟的尸体也都找到了，目前暂定为他们勾结外敌谋逆。尹拓身上、房中都搜出受贿财物，在京的尹氏家人也被抓了起来。不过听说大内和东宫对这一结论并不满意，天子对太子和右屯卫大将军张士贵各发了一顿脾气。有传言说张士贵守宫不力，可能要被贬出京流军去赎罪，天子要另调得力的将军来接替他主管禁军。

“至于东宫那边，太子应该是说了些十四郎的什么话，如今十七王院吴王府内外都有禁卫看守，还逼着府中下人去十四郎常到的地方找人。主事人虽然没直说‘吴王谋逆有罪’之类，只说要找十四郎去问话，但语气神态都不恭敬，搞得陈长史等人心情紧张。阿沉是趁夜翻墙偷偷溜进府里，找人打听来这些，还差点被大安殿的人发现……”

“上真师和……”

“……暂居紫虚观的那位魏徵魏相之女，她们怎么样了？”杨信之笑着替府主把这句话问完，换来李元轨一记怒目。

“事变第二天上午，就在十四郎出城后，上真师和魏娘子到过吴王府——还做主收留了逃过来的刘家阿姆——此后就消失了。查案人在紫虚观和柴驸马府、魏相府都没找到那两个女子，听说也在加紧搜索寻人。”

“消失了？”李元轨惊问。是像他一样，主动躲开了官家的搜寻，还是……被什么人强掳走了？毕竟是两个年轻美女，突然消失一般都不是好事。

“十四郎宽心，”杨信之出言安慰他，“魏娘子可能稚嫩些，上真师却向来精明能干。她二人在一起，应该不会出事。”

李元轨皱眉想想，还是觉得焦心，又问阿沉："上真师她们，在府里或者紫虚观、柴府，有没有留人留信？瞒着官面，只留给我的？"

"哎呀！"阿沉轻打了自己一记耳光，"瞧奴婢这记性！十四郎不提，险险地就忘了！陈长史偷偷耳语给我的，说上真师叫他只跟十四郎说……说啥来着……唉，怎么想不起来……"

眼见这昏头小奴抓耳挠腮、自言自语，叨咕半天想不起来，李元轨心头火起，伸手去腰间摸刀："抽你一顿就想起来了，蠢货！"

"别……大王饶我……啊，想起来了！"阿沉一拍脑袋，"对了对了，陈长史是说，上真师她们去放火！"

"放火？"李元轨与杨信之面面相觑，"去哪里放火？要烧什么？"

"不对不对，不是这么说的……"小奴咬牙歪嘴地皱眉苦思，"是说上真师她们……要到哪家府邸去……生火！"

西面天际晚霞如火焰舒卷。那座最高大的飞檐下，鼓乐声隐隐传扬而来。

魏叔玢立在廊下，看着院中几个胡婢朝袄坛方向行礼遥祝。领头的正是那黄发女子"米薇"，她也是几个被派来侍奉——或者说监视——柴璎珞二女的婢子当中，唯一能较流利地讲汉话的。

那天她在房中，声称自己怀了杨信之的骨肉，因为"侍奉完杨大郎以后，该来的没有来"。魏叔玢还没从惊吓中回过神，只见柴璎珞反手一把抓住这美艳胡姬的右腕，闭目号脉。

对了，这米薇如果是编瞎话骗人，那可正遇上了识货行家。

女道士切完胡姬右腕，又换左腕，皱眉思索了好一阵，直到魏叔玢忍不住开口询问："璎姐，怎样？"她才放开米薇，摇摇头："日子太早，还没法断定，不过她有滑脉是真的。天癸不至，非同小可，要再等一两个月看，若没怀胎，那就是大病了。"

"是怀胎，奴婢知道。"黄发胡姬神情凄惨而语意笃定，"奴婢已经怀过三胎……

身体这样，自己懂的。”

“你生过三个了？”魏叔玢不禁问出来。看米薇的模样，并不像正在抚养三孩的阿娘。

胡姬摇了摇头，以她生硬的口音解释，前两次怀胎显身子以后，府里的阿婆都给她饮药上碾棍拿掉了。前几年又怀一胎，结实得出奇，百般折腾不下，最后还是足月产了下来。那也是她头一回看到自己的亲生孩儿，是个肥胖可爱的男娃，肉嘟嘟的小手小脚挥舞着，号哭的小脸憋成深红色。然而也就看了一眼，主人不许她分心养子。产婆割断脐带后，就把婴儿抱出去，此后再也没人知道那孩儿的下落。

前三胎，米薇自己都确定不了孩子的爹是谁。最近这个，因为她服侍杨大郎的前后，没被别人用过，康萨保不在家清净无事，所以是杨大郎的种确实无疑。米薇本也没指望什么，但忽然天现异兆……

“我看到娜娜女神[1]，”胡姬虔诚地望着柴璎珞，“伟大的全能女神，带着她的狮子，走在我的眼睛里。然后她变成了美女和猎豹，娜娜女神有一千种面貌，每一种都是为了光明与黑暗的战斗……”

魏叔玢瞟一眼趴在柴璎珞身边的肥豹子，阿豚正没精打采地摇晃着大尾巴。她没见过活的真狮子，不过……应该不长这样吧？

“你们的娜娜女神，是能保佑女子平安生育、孩子顺利认爹的神吗？”柴璎珞带着轻浅的笑意问胡姬。后者摇摇头，咕哝了一大串似是祷词的胡语，才又说，娜娜女神会让人间繁衍丰饶。她知道汉地人家喜欢多子多孙，如果杨大郎知道米薇怀了他的孩子，也许会愿意接纳她母子，会为此向康萨保求情要人。

“可能这还是一个儿子，”胡姬抚着小腹，绿眼闪烁，满怀希望，“就算是女儿，她也会……会……长得美，杨大郎会喜欢的。”

魏叔玢暗暗叹了一口气。即使她说的全是真的，杨信之也不会认这个孩子的。

---

1 关于娜娜女神，详见附注（3）。

他在宗族、父母家里身份极尴尬，已很少回五公主府，又刚刚释褐入仕，平时都在大安宫吴王府里过活，自己还没有成家，把这胡姬母子安置在哪里合适？

当世官宦人家，少年郎君娶正配之前侍婢生子，虽然不算什么大事，可也不是值得宣扬的美谈。如果祖父母急着抱孙，愿意把庶孙接到自己房中抚养，倒也罢了——就像当今天子和皇后将越王李泰的庶长子抱入宫中鞠养那般。至于杨信之的父母嘛……肯对这个莫名冒出来、生母微贱的混种庶孙给好脸色才怪。

她能想明这一点，深通世情的柴瓔珞更不会不懂。不过女道士没有挑明，话锋一转，开始向米薇询问康萨保府和祆祠内部的种种人事情形。她的态度很好懂：“我可以替你向杨大郎传话、劝他把你带出萨保府团聚，条件是你得听我的话，为我办事。”

美艳胡姬不是没犹豫退缩过。毕竟按她的自述，她从记事起就是康家的奴婢，这么多年来早逆来顺受毫无反抗心了，而且商胡处置叛奴逃婢手段狠厉，会让他们生不如死。可为了腹中的孩儿啊……

妇人滑胎、产后烦恶，皆致五脏虚羸——魏叔玢近来读过的很多医案都如是说——阴气浮溢，肾亏宫寒，有绝妊断绪之忧……米薇被强迫堕过两胎，上次生产后又不可能妥善调养，她再怀孕本也困难。如果这一胎仍然保不住，她这一生恐怕没什么机会做母亲了。

据米薇所知，桑赛那一伙吐谷浑人，是去年年底到长安康萨保府里来的。刚开始只有桑赛和一个侍从，带了很多金银珠宝，康苏密收留下他们，不过没做什么事。后来陆陆续续又来了几拨吐谷浑人，在府里大肆收买。安延那等人被他们拉下水，不仅仅是贪图金钱，据说还打算在青海道以吐谷浑王城为基地，建立商团垄断贸易什么的……总之很有雄心壮志。

康苏密在长安时，这些人的行动还比较小心谨慎，老康一走，安三秃子主事，安延那等人便百无禁忌了。米薇前几天听说他们又是仿造鱼符木契、又是走遍西市骡马行选购良驹，出手阔绰。之后，桑赛和安延那一帮人就全部失踪了，至今府内没人再见过他们，安三对此并没说谎。

安三这两天也大都不在府内，安排了许多人手四处打探。另有几拨人进萨保府来见柴璎珞——安三与她们的约定是她们不能走出这小院，但可以自由见客、收传物信。

来的人全是紫虚观和柴驸马府的奴婢，受命带走了肥猎豹，并报来不少宫中、府中消息，魏叔玢听得耳鸣眼花。

她最关心两件事：第一，官府仍不知李元轨兄妹的下落，禁军在找吴王，但没说他有罪谋逆之类；第二，宫使也在找柴璎珞和她，已经去过平阳长公主府和魏侍中府几次，紫虚观自然更搜过了。柴璎珞调教出来的奴婢嘴很严，目前还没人敢泄露她们的所在。

这天黄昏，柴府的人送来几封书简及附持信物，说有一函家书是魏相夫人托柴驸马转交上真师再转其长女的。裴夫人去过柴府几次，府里上上下下都咬定不知道柴、魏二女现在哪里，裴夫人也没办法，只能手书留信了。

想到母亲拖着笨重身子东奔西走的模样，魏叔玢一阵愧疚。伸手接了盛装书信的木函，她走回寝室，先坐在窗下床上定一定神，深呼吸吐纳几次，才慢慢拆开贴有写着“书付玢女”封条的木函，取纸卷默读，准备恭领母亲大人的怒责。

> “告玢女：春寒乍返，女无恙邪？睽别旬月，甚相忧怀。昨闻议论，惊汝请降，蕃蛮荒远，思之摧肠。汝父先亦愁忿，得汝弟妹环跪，久哀乃解。兹今耶娘所期，唯汝归回，仍相骨肉。至若婚姻诸事，悉可他论，勿相虑也。使不便即归，廿一日兴圣寺法会，可假游观，一相会之。母兹所念，书莫尽言，犹希早报，令慰萦怀。因使遣书不具——阿娘书告玢女，二月十三日。”

匣中还有一支朴素的錾花头银簪，光泽已有些褪暗，正是母亲家常绾戴的，随书附来以为信物。魏叔玢倒在手里抚摩着，不觉怔怔流下泪来。

母亲的语气比她预料中温柔许多，训诫之余更透出强烈的焦虑忧心。想想自己为了逃婚离家、无端卷入临汾县主命案，后来又在御前自请和亲，参与大安宫夜袭密谋……消息一次次传到父母耳中，父亲经事多沉得住气，倒也罢了，母亲还不定怎么心惊肉跳、夜不能寐呢。

几次三番找不着女儿，母亲还没放弃努力，写封书信来叫她回家，只要回了家就既往不咎，“唯汝归回，仍相骨肉”。甚至连将她嫁给程咬金换五万绢的事也可以再商量。估计这样还是不能叫回女儿，于是母亲又提出更折中委屈的方法：这个月二十一日，到兴圣寺法会上，母女俩见一面详谈。

那兴圣寺是在皇城之南的通义坊，原本是当今皇家在隋时的旧宅唐国公府，太上皇开国登基后置为行宫，贞观初又舍为尼寺，供奉窦太后像，算是当今天子追忆亡母的一片孝思。每年二月二十一日是普贤菩萨圣诞，据说又与窦太后的生辰相近，这天大内会布施诸多器物入寺供奉，尼姑们大做法事，皇亲贵戚家女眷也多去行香祈福。

如果魏叔玢不愿回家，那去兴圣尼寺与母亲见一面，倒也方便。二十一日当天寺内会挤满贵妇女眷，她们并不惹眼，也不担心父母设下圈套命家人将她强行绑回家什么的……咳，想到哪里去了。

她拿着母亲的家书起身走到外间，想与柴璎珞商议，却见女道士坐在屏风书案间，正对着案上摊开的一纸墨书发怔。

这等情形近几天她见得多了，也没在意，径直走过去叫声“璎姐”，盘膝在书案边坐下，眼光一扫，没看见纸上写的什么，却留意到那暗黄纸质柔韧厚重，书墨色泽光润，放在旁边的书函则是漆面平滑的无雕饰黑匣。三件物事都不显奢华，但懂行人一看即知材料做工精细、价值不菲。

书函的封纸上写着“舅母书付柴氏甥女”，字迹娟秀洒脱。魏叔玢想了一下，才恍然而惊：“璎姐，这是……”

“嗯。”柴璎珞点点头，“我二舅母给我的家书。”

二……那不就是长孙皇后的手敕吗？

敢情长孙皇后和她母亲一样，明白大动干戈找不着她们的人，但是可以通过柴家传递书信过来……母亲是希望和她见一面，那皇后呢？也是希望柴璎珞回宫去，当面交代大安宫事变的真相?

“舅母不是以官面身份写这信的,”女道士叹口气,慢慢把案上摊着的纸卷起,“她说得很清楚。我外公病势危重,现今她和二舅都寄希望于我师父孙真人。望我以孝为先,尽快想法找到孙真人,送到大安宫去。至于其他的事,一切后延。我若信她,舅母会护我全家平安。”

魏叔玢长出一口气。至少柴璎珞这算有了个脱罪的契机。又一想,她又揪心:“璎姐你知道孙真人在哪里?”

“我怎么知道?”柴璎珞苦笑,“他老人家云游天下、行医四方……不过也不是没机会。现今开了春,最易流行时疫。去年关中有几个县闹疟疾天行,死了不少人,我听说孙真人在那一带出没过。派人去当地道观找找看,可能会有消息。”

魏叔玢点头,又将手中母亲的家书给她看了。柴璎珞只说“你若想去会令堂,我叫家里派些仆妇跟着防出事”,并不阻拦她。魏叔玢自己却犹豫惴惴。她觉得经过这段时间的在外磨炼,已经能咬牙抗拒父亲的雷霆暴怒威严,但对母亲的慈爱泪眼却没有那么十足的信心。

好在离二十一日还有几天,她不必立刻下决断。谁知道在那之前还会出什么事呢……

这日近午,安三秃子忽然匆匆进入她们所居的小院,与柴璎珞交谈一阵,两人分头行动,迅速备齐人马物事,拉起一支男女十来人的打猎队伍出门。

柴、魏二女头戴帷帽,骑行在队伍中间,另有胡奴架鹰牵犬,前头开路的奴仆则身携公主府木契,口称是“五公主出猎”。一行人权贵架势十足,长安城金光门守卒都没敢多问是皇姐桂阳公主还是皇女长乐公主,见有门符便缩头放行。

出城离开门楼监视范围后,众骑手刚欲放马疾奔,身后忽然传来叫喊声。一个紫虚观的阉奴骑了匹快马,匆匆追上来,将柴璎珞请到一边嘀咕几句。柴璎珞转向安三,说她有要紧事,必须现在赶往南山,“不能陪三郎去咸阳找令郎了”。

安三闻言脸色一沉:“上真师,我们说定了的,你要送我父子安全上路。”

“我只说送你们出长安城。”柴璎珞向后甩了下头,示意现在他们已经出城,她算完成了承诺。

“咸阳城也守备很严——”秃头胡人冒了一句又住嘴，换个说法，“我儿身边那个小女子，你们不要了？”

一击命中。

指望安三父子把十七公主送回宫里是不可能的，必须有人去接管保护那苦命小闺女。柴璎珞望望北边又望望南边，明显在犹豫。

“璎姐，我去！”魏叔玢自告奋勇，“我跟安三郎去咸阳，你放心！”

“你……”黑纱后面的唇角像是上扬了一下，魏叔玢几乎能听到柴璎珞没说出来的话，“你去能管什么用”。

好吧，如果打起来，她一个手无缚鸡之力的弱女子确实没什么用。但是，如果打不起来呢？

如果安三能制住儿子，平安地把十七公主交给她，她也能假冒公主府的人，带胡商父子出城，然后把十七公主送到……守城的禁军手里，说明身份。禁军估计会层层上报，如今大安宫尹家姐弟已死，宫内大敌已去，无论最终把她们送到哪个主事人手里，至少十七公主会是安全无虞的。至于她自己……听天由命吧。

她不知道柴璎珞这时候突然要去南山是干什么，猜想与寻找药王孙思邈有关。那也是正经大事，关系到天子夫妇对于大安宫这次变乱的后续处置——十七公主的事了结以后，她们总不能躲藏一辈子，迟早要对自己的行为承担后果。

两个女子隔着双重帷纱对视片刻，柴璎珞一点头，扭脸吩咐：“阿硫跟我走，其余人跟着魏娘子——护好主，听见了？”几个她带出来的奴婢齐声应诺。

紫虚观主又向安三道：“魏相千金陪同三郎去咸阳，有什么事，三郎尽管与魏娘子商量。她的身份，我也不用多说了，若有差池，三郎自己掂量。”

秃头胡人也不大情愿，但见柴璎珞态度坚决，又不欲多耽误时间，只得答应下来。一队人就此分手，柴璎珞只带个阉奴沿城西官道向南飞驰而去，魏叔玢跟安三一行人一路向北，直取渭水南岸。

安三熟门熟路地找到了一处隐蔽的私渡码头，喊人解船，招呼人上舟，艄公长篙一点，载着他们往北岸咸阳地界而去。魏叔玢在颠簸动荡的船上往渭河上游一望，发现夕阳正徐徐往群山峰峦间沉落。看样子今晚她必得在长安城外过夜了。

在渭北上岸后，一行人抢在关城前进了咸阳渡街镇，找到一家做骡马生意的胡商店铺。那店主人正在和两个奴仆打扮的汉人说什么草料生意，被安三强拉出来，神色颇不耐烦。二人说了一阵胡语，店主叫人带他们往镇后走，进了一大片黑压压的坊舍。

这片坊舍造得很不规整，一排排相连的土屋高大而简陋，几乎没任何装饰，窗洞开得既小又高，估计门内照不进什么光线。魏叔玢边走边左顾右盼，看到几个壮汉正从一间屋内往外背厚草袋，才省悟这些屋子应该全是仓库。占地大，屋宇外表极相似，又排列得密密麻麻，如果有人要在这里藏身，倒是个绝好的地方。

就连被派来给他们领路的胡人，都没能径直走到目的地，带着他们转了两圈，又大喊几声，听到回音后才带着他们走进一间土屋半掩的大门。

此时天已经黑透，门内土墙壁龛里燃着一盏小铜灯，昏暗光芒照出地面草席上仰躺的一具光头尸首。

安三大叫一声，一头扑倒在尸体上发抖。

魏叔玢急步上前查看。虽然她只见过这死者一面，也顺利地认了出来——正是安三唯一存世的血亲独子、负责看守十七长公主的安延那。

年轻的秃头胡人双眼圆睁，死不瞑目，脸上似乎还带点惊讶神色。他身体大部分被父亲遮挡着，看不到伤口和致命原因，不过衣履头发还算整齐，不像经过剧烈打斗。

她们找了这么多天的人，却死在了这里，魏叔玢只想说声“活该”。但是更重要的是，他看押的十七公主呢？

壁龛里有油灯，昏暗的光线照出仓库里零散堆积的柴草、木箱，另有席子、陶碗、被褥等，像是有几个人已经在此地居住一些时日。但是除安延那的尸体和一个看尸的胡人外，没有小闺女和其他守卫的影子。

那看尸人能说汉话，见魏叔玢穿着讲究、戴着帷帽，很尊贵的模样，回话倒也客气。

他说安延那是和另一个蕃人少年一起，带着个十一二岁的“汉人小婢”，三人得到他们店主允许，在此秘密躲藏多日。今早店里有人进库搬草料，发现安延那被刺死在地，另两人不知去向。

今日下午，已经有一拨官人来此看过凶案现场，领头的是一肥一瘦两名高个少年，还带着个通译的胡姬，也是着重问那汉人小婢的去向。但店里人实在不知道，这几日也就管给送些饭食饮水来，库中三人倒十分安静，并没折腾出过大动静，谁知道忽然就出了人命……

刚说到这里，匍匐在儿子尸身上悲恸的安三忽然直起腰，对着魏叔玢唰一下抽出腰刀，目露凶光。

李元轨得到“小西市骡马行有胡人伤亡走失”的消息时，日头已过午很久。

这消息是那憨直老汉张庄头亲自到裴家庄园禀报的。他脸色并不好，还气哼哼的，嫌怪这请托打探的事耽误他督促农务。不过既然答应了主人，他自然也会上心去办。

胡商聚居处有胡人死伤，一般倒不会像汉人那样报知里正、家人告官闹得左邻右舍皆知，官府也不大管商胡的内部事务。那收留死者的骡马店店主是去找了当地镇上的祆正，一方面佐证死者非店里所杀，另一方面要开始依教规准备葬仪。祆正传话出来寻找死者家属，消息在商胡们当中传了大半天，才传到张庄头耳朵里。

一听这话，李元轨抄起弓刀叫上杨信之等随从就走。裴律师考虑周到，又在庄里唤了几条壮汉、带上木棍，千托万请让张庄头亲自领路，自己也加入进来，一行人跟着李元轨等直杀小西市镇后的商队仓库区。

张老汉面子不小，寻人话事三言两语，带着他们进了那间土屋库。李元轨一眼就认出地上的尸体正是安延那，再问守库胡人，得知这些天还有一男一女两个少年跟安延那一起躲藏在这里。今日一大早，守库人开门后，发现尸体，那少年男女却不见了……

通过粉堆转译，再详细盘问，那少女的形貌正与十七公主相符，那少年却不知是谁，胡人只说“有点牧马蕃人相”。李元轨与杨信之合计了下，都觉得可能是吐谷浑小王子桑赛逃出大安宫，到此地来与安延那会合了。

如果真是这样，安延那又怎么会死在这里？

屋内没有太多打斗痕迹，查验尸体身上伤口，只有一处，是被短刀自后刺入了心脏。短刀已经拔出来，放在一边。守库人说清早开门时，安延那趴在草席上，后背露着刀柄，是他们意图施救时拔了刀子出来。

李元轨要了那刀看，刀柄缠着金丝，护手雕镂华丽，纯然一派西域商胡风格，他觉得像是安延那自己随身带着的。那么这场命案，就很可能是趁死者不备的熟人谋杀……

十七妹，难道是你干的？

胸中涌起热浪，李元轨很希望这是真的，但理智还是告诉他不太可能。他妹妹身小力弱又性情柔懦，即使是从背后偷袭，也没有一刀毙掉一条壮汉的本事。如果是柴璎珞或是魏家小娘子，可能性都大得多……

现在不是想这些的时候。李元轨回过头，招呼阿沉把他们从大安宫带来的细犬牵入库屋。十七妹和疑似桑赛的少年在这屋里住了好些天，气味还很浓，此时正是用得上狗鼻子的时候。

效果很好，细犬嗅嗅地上乱堆的草席垫褥，依着指令出了屋，一路小跑，把他们带到了库区的院墙边。

这一片仓库占地很大，院墙却不高，也是民居外院常见的夯土无垩墙，杨信之站在墙边，不用踮脚就能看到外面。几人仔细查看细犬扒刨处，果然发现了新鲜的攀爬翻越痕迹。

看来，昨晚在屋内打斗起来杀死安延那以后，桑赛认为这里待不下去了，于是押着十七公主趁夜出来，在此翻墙离开……那蕃人少年也真是爬墙的老手了。

此处离库门口挺远，李元轨等人谁都不愿耽误时间绕路，纷纷爬墙出去，并将细犬接手抱递出来。墙外仍然留有明显的气味，几只狗都没迟疑，嗅一嗅领着他们继续往前跑，上了街市，在几处墙角停留过几次，最后是引着一行人离开小西市主路，直奔渭水便桥桥头。

“这不对吧？”杨信之当先叫了出来，“桑……那少年怎么敢去自投罗网？”

李元轨也觉得迷惑诧异。渭水便桥是长城京城以西的官道主路，九年前天子与突厥大军城下结盟就在此处。近年来突厥已灭，商道越来越兴盛，路上人马往来络绎不绝，便桥两头都设有关津守捉，派兵驻防。

此时金乌西坠倦鸟归林，关所的守桥丁正在呵责催促过桥行人、推拉大木栅栏准备闭桥禁夜。桥头持着矛棍的男丁目测总有一二十人，李元轨知道岸边那排茅舍里，还有配备弓刀的正经守津卫卒轮值歇宿，加起来兵力怎么也得有三四十人，他们的主要职责就是“查非防奸”。

依大唐律令，百姓因事离乡出县，都得先去本地官府申领过所，上面一一注明出行人姓名、年龄、身貌、籍贯、外出事由、所携人物畜产等，路上经过的城池关津都要查验并批文放行。这咸阳桥[1]往来人流频密，守桥兵丁们一般不会搭理明显没什么油水的两岸农人，经常过桥的大商贾团队也自有门路，但看着眼生又似乎有点身份的过桥人，就很难逃过桥丁的盘查。

李元轨和他的手下近日在咸阳与长安之间往返，都尽量躲开这便桥正路。桑赛一个不通汉话的蕃人，带着一个没见过世面的小闺女，身上又没有经得起检查的过所公验，他怎么敢往这里来？

是真不了解大唐的关津桥梁制度，还是自信身上揣的金铤可以摆平一切？

瞎想没用。李元轨在离桥头百十步外站定犹豫了下，又迈步往戍所走，打算去询问守桥队头，却被裴律师一把抓住衣袖：“十四郎且慢！”

“嗯？”李元轨回头看他。

“十四郎不是说过……”裴律师放低声音，“宫卫在查找阿郎？这种缉查令，一般都会很快下发给京师内外守卫，特别是像咸阳桥这样的出京要道戍所，着守卫留意缉人形貌。十四郎若过去现身，恐怕……”

1 关于咸阳桥，详见附注（4）。

他还没说完，李元轨就明白了。他是一时着急，忘了自己也在“被通缉”当中。要是亲自去问守桥丁，不管能不能问着十七妹的消息，他自己怕是会立刻被拘押送京。那……叫杨信之去问？

回头扫一眼杨肉塔的魁伟身形，李元轨叹口气。杨信之的体貌特征明显比他还好认，缉拿令上不会漏掉他的。

“十四郎若信得过，裴某愿去效劳。”裴律师笑了笑，伸手正一正自己的幞头。李元轨感激地点了点头。他至今没向裴家人说明要寻找的失踪少女是他同母妹十七长公主，自然也不会将他们在大安宫干了什么事、为什么被通缉和盘托出。而裴律师也不追问，更不催促，只是平静低调地帮忙。

信了一个人，选择站在他的一边，就担起这份风险和责任。李元轨对前朝重臣裴寂没有太深的印象，如果裴律师这办事的做派是承袭其父，那他觉得自己明白了为什么自己的老父太上皇在位时，对裴寂会始终宠信如一。

裴律师叫上张庄头和一个小奴，三人通名进了桥头戍所。李元轨和杨信之等人往后撤一撤，找个不易被守桥兵丁看到的街角掩蔽身形，等着裴律师出来。

这一等时间不短，到太阳落山天色全黑三人才走出戍所的蓬门，还在门口站住跟门内人客套几句，拱手施礼而别。李元轨心急如焚，等裴律师走过来，一把将他扯到街角就问：“怎么样？”

“有好消息，也有坏消息。”裴律师叹道，“十四郎要找的小娘子，应该是安然无恙，不过……”

“不过？”

“她现在在北衙屯营手里。”

今日上午，咸阳桥开关不久，一个有点蕃人相的少年带着一名十岁出头的幼女，自称是兄妹俩，在桥头被守卒拦了下来。那少年虽无过所，却也毫不惊慌反抗，大咧咧要求面见戍所队头，说有机密要事相告。

少年男女被带进桥头茅屋，当值副队头把其他人轰出屋，关了门密谈。没谈多久，副队头出来匆匆命人去找队正过来，队正来了以后，也是没说几句话，又叫人过桥去渭南岸那头，请津令过来平章。

咸阳桥津令是正九品上阶的正式官员，身份与这些未入流的桥丁杂吏不同。他过来以后，也是摒绝闲人，单独与少年男女说了阵话，草草写下一纸，命人过河去送到禁苑屯营。随后，津令带了那两人一起转到南岸的衙署，北岸戍所这边就不知道后续了。

李元轨听罢，与杨信之对望一眼，满头雾水。桑赛这是“投案自首”了吗？还是他短时间内，用金子迅速攻陷了副队头、队正、津令三级官吏？在光天化日下？当着这么多守卫？

大唐的官员军卒，操守已经沦丧到如此地步？

“等一下，”杨信之突然想起来，问裴律师，“一直是那蕃人少年出面与桥丁们交涉对答？他说汉话？”

裴律师想了想，点头道：“没人说那小娘子开过言，应该都是蕃人少年在说话。”

能说流利汉话……那蕃人少年并不是吐谷浑小王子桑赛。

那么会是谁？怎么凭空又蹦出来一个有蕃人相的少年，还跟安延那和十七公主一起躲藏在小西市胡商仓库里？他是友是敌？

或者……桑赛一直都是在假装不通汉话？

甚至，他到底是不是吐谷浑天柱王的儿子、被派来长安指挥扰乱唐政的敌国贵人？他的真实身份是什么？与李元轨等人联手在大安宫闹这一出，目的又是什么？

“还有坏消息，”裴律师又说，“我旁敲侧击，打探守桥卒近日接到的可疑人士缉令，其中果然有十四郎和杨大郎的年貌描述。倒没说二位的身份，只说‘此二人干碍重案，见者立地拘押，报北衙处置。亦不得害其性命’。”

李元轨苦笑。有那最后一句，已经算皇帝和太子父子俩，对他这个小弟和小叔尽到情分了吧。

他心乱如麻，抬眼望向咸阳桥。此时天色黑透，桥头被半人多高的粗厚木栅封住，还有卫兵值守。他们要过桥去追十七妹，得先大打一架，估计肯定打不过，毕竟对方人多……

不走桥，乘船过河呢？就像他来渭北时那样……呃，可不能完全一样。

李元轨下个气，向张庄头打探附近渡口，刚问出话，就被老汉一口犟回来：“闹㞞！春间正涨水咧，河里多险知道不？夜里哪个敢出船，㞞命不要咧？”

他们站的街角，离渭河有一段距离，仍能听到波涛拍岸声。裴律师也劝道：“十四郎莫心急。今晚是过不了河了，依我看，还是暂时先回舍下，明日我们再去南岸多打探些消息，再定行止。”

“官府和北衙屯营也是有王法的地方，”杨信之接口劝李元轨，“十……小娘子前些天耐过了煎熬，其实已经算脱难了。十四郎且沉住气，别再自己闹出事来。”

如果那不知是谁的少年，真的带十七妹去投了禁军屯营，亮明她的身份，确实没人能轻易危害大唐长公主的人身安全了。李元轨想到此处，心下稍慰。

“那我要再回那骡马行库舍看一看，”他皱着眉说，“刚才心急追人，没仔细瞧屋里物事。那少年到底是什么身份？不弄明白了，我肯定睡不着觉。”

安延那殒命的库房里，有不少盆碗褥席等日用物事，如果认真查看，可能有线索推断出使用者的来路身份。见他态度坚决，别人也不好争执，由张庄头带路，一行人又往镇北的胡商库区走去。

李元轨心情急躁走得快，没多久，就进了垣院大门。守门胡人报说“又来了一队人看视那死者”，他本也没太在意，耳听张庄头问了声“什么人”，胡人说“像是死者的家人，有个秃头男哭得很伤心”，他才一下子警醒起来。

安延那的家人……那应该是从长安城康萨保府里过来的，莫非是安三秃子？

回头看一眼杨信之，二人会意，都握住腰间刀柄，加紧脚步往那库舍小跑过去。四下里一片黑暗无声，只有那死尸所在的小门内有灯光闪烁，十分显眼，在夜里倒比在白天好找些。

离得近了，能渐渐听到那门内语声喧哗，有几个人在说话，语气还不太好。里面有个娇柔的女声，听上去极耳熟。李元轨心中一动，改小跑为狂奔。

“……陪我儿一起上判决之桥！”

屋里有个男人怒吼出这半句话，随后女子尖叫声、兵刃击响声、人们的呼叫声响成一片。

李元轨抽刀破门而入，正见油灯照映下，明晃晃的刀光如雪，斫中了一个女子，室内鲜血迸溅。

“三郎节哀顺变，万事可商议，冷静些，冷静些……”

魏叔玢双手挡在身前，面对抽刀逼过来的秃头胡人，都不知道自己嘴里在说些什么。

安三已经红了眼睛，一副天不收、地不管要为儿子报仇杀人的模样，嘴里喃喃祷祈几句胡语，狞笑道：“汉地的宰相女儿……也够了……”

“令郎不是我杀的！”魏叔玢嗓音有点失控，“你胡乱砍人，有什么用！我会帮你查出真正仇人……”

“不必了！我自己会查！”壮年胡人一声大笑，“殉葬婢，陪我儿一起上判决之桥！”

弯刀挥来，魏叔玢尖叫后退，忙乱间将头上帷帽扯下来推出挡刀，哗啦一下被劈开。人影晃动，也不知是同来的奴婢还是守库胡人在安三身边阻挡抱持，他手中刀锋仍然滑过来砍中了她护头脸的小臂，只是力度很弱了，只在她手臂上划开了一道切口。

魏叔玢觉出小臂上有热热的液体淌下，但竟不感疼痛。门外有熟悉的声音大吼“住手”，门内乱成一锅粥。一股大力涌来，她身不由己地被扯过去，一头栽进什么人怀里。

紧接着，脖颈前横上了那把雪亮的弯刀，刀锋还沾着她自己的血。

仓库门外冲进来两个少年，一瘦一肥，正是李元轨和杨信之。

魏叔玢喜极欲泣，双腿一软险些坐在地上，但一臂勒着她的安三往上一提，刀锋离她咽喉更近了。李元轨怒吼：“放开她！”

安三冷笑几声，听他声音，一场乱后，他反倒冷静下来。挟持着魏叔玢面对仓库门，秃头胡人扬声说汉话：“李十四郎，我儿已死，我这条命也不打算要了。我们父子去往天堂路上少人服侍，我看魏娘子不错。你要是舍不得，听我吩咐，去备两匹马，要各种物事齐全的！”

此时门外人声喧嚷，除了原本在此的守库胡人和同他们一起来的汉胡奴婢外，似乎李元轨和杨信之还带了另外的人手。李元轨盯着魏叔玢，神色惶急愤怒，倒是杨信之较为沉得住气，一手拦着府主叫他“别冲动”，扭头叫门外去准备马匹。

马匹很快牵来，安三又命他带来的一个心腹胡奴将地下安延那的尸体抱起，放上马背，那胡奴也上马扶尸。李元轨等人并没阻拦，清瘦少年的目光一直紧紧黏着魏叔玢颈前的弯刀，似乎连大气都不敢喘。

“让路！你们退到门外去！”

安三一声暴喝，杨信之扯着李元轨退出门，房中其余人等也在秃头胡人的狠厉目光下退出去。安三依然一臂搂着魏叔玢挡前，另一臂持刀，推着她缓步走出门外。

夜色中，有人点了两支火把，一群人团团围在门外。安三连声喝叫，命所有人离开二马旁边。

“这位郎君，请听某一言。”门外一个微髭的三十多岁男子开言道，“裴某并不认得你们，也不知今日之事的缘由，但此刻入夜，咸阳渡市镇各门各出入口均已关闭。郎君若想要这位小娘子送你到野外，那绝无可能。不若先放了小娘子，坐下来慢慢商量，我等保证不伤害郎君与令郎遗体便是。”

“住口！”安三断喝一声，目光又在李元轨脸上打个转，狞笑道，“李十四郎的身份能耐，我不知道吗？你们现在就去渡口找船，魏娘子送我过河！”

看情形，他大概是想带着魏叔玢和他儿子的尸体上一条渡船，然后天知道船会驶向哪里……杨信之和那微髭男子商量几句，裴姓男子又和人群里一个老农低声争论一阵，老农皱着眉头甩手走了。

趁这工夫，安三劫持着魏叔玢，在李元轨目不转睛的凝视之下，慢慢挪移到了空鞍马边。

魏叔玢意识到，他想保持刀逼着自己的姿态上马，但这不可能。安三没本事让两个人同步腾空而起落鞍，他必须放开魏叔玢，让她或自己其中一人先上马，而这就意味着，刀锋会短暂地离开她的脖子。

她看着李元轨，武功高强的少年王子右手握刀柄，全身紧绷，像一张引弦待发的满弓。只要有那么一瞬间……

“你们所有人！把兵器扔到那边去！”

安三下巴一抬，示意与马匹相反的方向，也是与库区大门相反的方向。见李元轨等人犹豫不从，秃头胡人右腕一抖，弯刀尖刃戳进魏叔玢左肩，立时又有一股鲜血溅出。

人群同时惊喊，魏叔玢倒没出声。她料到了会有这一出，咬紧牙关一声没吭。

叫声最大的是杨信之，也是他先将手中腰刀丢往安三指定的区域，又从李元轨手中拿下刀丢开。见他两人带了头，裴姓男子和其余人也都解兵器丢开，高举两手示意无害。

在两支火把闪烁不定的光芒照耀下，一圈男女空举双手，杨信之还在徒劳地叫着“安三郎别冲动”之类。魏叔玢只看着李元轨，看他眼圈慢慢泛红，被拿走刀的双手也缓缓举起来，突然觉得心底揪痛。

他身边亲厚的甚至只是有瓜葛的女子，总是这样持续不断地在他眼前一次次、一个个受苦消失。她不该成为其中一员的。

见阻挡者全部缴了械，安三略微松开对魏叔玢的挟持，命她“上马”，刀交左手，反臂一挥，仍然时刻不离她后心。

魏叔玢捂压着左臂上仍在淌血的伤口，抓了两次缰绳才抓住，萎弱地认镫上马，将马头转往库区大门方向。回头看一眼秃头胡人，他仍然面向李元轨众人，警惕地注视着他们的动向，缓步后退，退向马镫，反手持着的刀不离自己后腰一带。

如果李元轨他们想冲上来救人，安三还是能保证自己的刀先砍到魏叔玢。看他的姿势，似乎是想倒着骑马，面朝马后，一路警戒监视追兵……

魏叔玢双腿一用力，夹紧马腹口中呼喝，同时用刚才从怀中摸出的匕首戳刺马臀。鞍下坐骑猛地冲了出去。

人群大哗，她似乎听到了秃头胡人的怒吼声。魏叔玢向前伏倒搂住马颈，不知道是自己躲过了安三挥来的一刀，还是他猝不及防之下没能及时出手。但这并不意味着她脱离了危险，杂乱的人声、马嘶、蹄声和颠簸当中，她仍然清清楚楚听到利刃破空之声，向她伏在马上的身子飞来。

安三这是真的将生死置之度外。见到魏叔玢骑马逃脱，他掷出了手中的刀。距离不远，人马目标大，没有砍不中的道理。只是他没了人质，兵器又脱手，也不可能再抵挡李元轨等人冲上来的围殴。

伏在马背上的魏叔玢双眼一闭，等待锋刃入体的那一刻。

一声响亮的金铁交击，在她身子后上方的空中鸣响。

魏叔玢回头看去，只见夜空中爆出一圈火花，两把形状、长度都相似的刀相互纠缠旋转着飞向旁边，远远地没入黑雾里，半晌才当啷落地。

“混账王八羔子！”

惊雷似的暴喝震得魏叔玢耳畔嗡嗡响，坐骑也吓得近乎立起，差一点把她甩下鞍来。她双手死搂着马颈，没空去管身后的喧嚣，先努力安抚坐骑。脚步声响，有几个人也从后面冲了过来，扯缰牵马一通折腾。

“阿玢！”

听到这熟悉的嗓音，魏叔玢腰腿一软，径自从马背上滑落，正摔进一双伸开接应的手臂里。

李元轨扶抱着她，先把她放倒在地面上，自己也跪坐下来，蹙着眉先查看她身上：“你的伤……”

这里离有火把的地方已经很远，四下里漆黑一片，魏叔玢几乎看不清李元轨的面孔，却能感觉到他灼热的体息。

她忽然觉出来手臂和肩膀的剧痛，身体也酸软得撑不住，喘息几下说声“没事，都是皮肉伤”，话音中却带了哭腔，赶紧闭嘴。

李元轨从她手里拿过匕首，刺啦一声割了自己半截袍襟，给她裹紧臂伤和肩伤。魏叔玢坐在地上，透过他肩膀上方往火把处看去，那边人影晃动，安三似乎被按倒上了绑，另有一个极魁梧的背影在粗声大气地喊叫着什么。

“我……我没死……为什么？”

魏叔玢迷惑地喃喃自语，让李元轨忍俊不禁：“你运气好……旁边冒出那个人，扔刀把安三的刀打开了……身手不错。”

“身手不错”是对那人掷刀准头的评价，以吴王殿下一贯矜持高傲的做派而言，给这四个字算是极大的荣宠了。魏叔玢也呛笑了下，脸颊一湿，满眶泪水还是不争气地溢流下来。

她是面对着有火把处，有些光线照在脸上，李元轨能看清楚。他下意识抬起手，像是要给她擦眼泪。

指尖却又在她肌肤前停顿了一下，转去一旁，轻轻撩开她眼前几缕披散的发丝。

我现在的模样一定丑得像鬼婆，魏叔玢意识到。帷帽仓促扯落，髻鬟凌乱，披头散发，脸上、身上又是血污又是眼泪，妆容不用说也是乱七八糟——比第一次在感业寺偏门外见到他的时候还惨。他们二人真是天生的八字相克……

“……是你啊！”

火把人堆处突然又传来一声叫，然后是刺耳的大笑声。李元轨如梦初醒地长出一口气，扶着她慢慢站起来，一面向那边走，一面皱着眉说：“我刚瞅了一眼从这边仓库里冒出来那人，好生眼熟……”

确实好生眼熟。魏叔玢被李元轨扶架着右臂，越走腿越软。离她越来越近的那个魁梧背影、从后面都能看到的颔下腮边浓密髭须，怎么越看越像……

那人转侧一下脑袋，魏叔玢和李元轨同时倒吸一口长气。他们都认出这人来了。

“……多亏程大将军了！”这是那裴姓男子的声音，打躬作揖的满是感激谦恭。嘈杂谈论和幢幢人影中，杨信之的高壮影子快速离开人群，迎着李元轨和魏叔玢走过来，压低声音：“别往前了。那是程刺史……程咬金。”

父母打算以五万绢聘礼将她许嫁给的夫婿，上柱国、宿国公、左领军大将军、原州刺史程咬金。

魏叔玢猛然钉住脚步，李元轨也一样站在了当地，扶着她的手臂动了动，好像要往回缩，但见她委顿不堪的模样，最终没缩回去。杨信之伸一只粗胳膊包揽示意，三人一起掉转方向往库区大门走。

“……程大将军接主上敕书，从原州回长安述职，带了一批好马要进献。今日刚进咸阳，想在这里调养几天，把马打理得膘肥体壮再带进宫厩，让主上见了欢喜。他说这里骡马行的商胡不爽利，好料也舍不得供，自己一时兴起，趁夜进库来翻查那家的老底，谁想到正见个混账胡奴劫持我汉家小娘子，反了天了……”

三人一边步行，杨信之一边低声转述程咬金刚才的解释。贞观六年，程咬金带着左领军大将军的本品出镇为原州刺史，朝野上下皆知那是天子要经营西北，让他去打前站了。这三年，程大将军每年会在冬至元旦间回京考述酬酢，魏叔玢在家里偷瞧过这位混世魔王一次。李元轨和杨信之对他应该更熟悉些。

“他认出你没？”李元轨问杨信之。

“似乎……好像……是认出来了。”杨信之愁眉答，“他盯着我看了眼，还想打招呼，被裴二郎接话岔开了。我一想这事不妙，赶紧退开……要是他再认出十四郎，麻烦更大。”

他们还在逃亡中，魏叔玢恍然想到：程咬金是天子近臣，这两天进了京一定会很快面君，也很可能会知道禁军正在拿找吴王元轨……

“大安宫的消息，张士贵守宫不力，禁军统领可能要换将。”李元轨叹口气，“程大将军这时候被调回来，没准儿就是为了接替张士贵。”

然后负责缉拿他们男女逃犯几人吗……魏叔玢想到此处，大喘了一口气，只觉伤口痛得更厉害，腿脚也沉重得提迈不起来。

一条手臂环在她腰间，使上了更多力气，也将她的身子拉得更近。总不能瘫倒在这里不走啊……魏叔玢脸上一热，放弃了推开李元轨的心思，也不再胡思乱想，低下头默默倚靠在他身侧，任他领带着在伸手不见五指的暗夜中跋涉。

魏叔玢看着倚坐在她对面的李元轨，长长叹了一口气。

太上皇第十四男、当今天子亲弟、大唐的吴王殿下，满头满脸满身水渍，幞头被扯下来丢到一边，外袍也脱了，裹着条破旧毡毯直打哆嗦。这时候也没法顾及什么仪态，他两条长腿蜷缩在身下，整个人就瘫坐在壁角发呆，额颊上还贴着一绺湿漉漉的黑发，狼狈不堪，完全没有了平日修洁傲岸的模样。

怎么回事呢？

小孩没娘，说来话长。

前晚李元轨和杨信之将她带出小西市库区，没多时那裴姓男子以及其余奴婢人等也过来会合，说安三一干胡人被程咬金带去，官面上的事自有张庄头支应。胡乱找地方歇一夜，天亮后一行人回了镇外裴家的庄园，魏叔玢这才知道庄主人竟是前朝名相裴寂的儿女，来帮她处置伤口的裴小娘子还是未过门的赵王妃、李元轨的六嫂。

裴小娘子和那胡姬粉堆在内室一起给魏叔玢擦洗涂药裹伤，闲谈半日，外面李元轨和庄主人裴律师也商议定了下一步的行动：张庄头带着粉堆继续打探咸阳胡商团和守城卫队里的消息，阿沉他们再回大安宫去找陈长史问宫中进展，魏叔玢带来的柴家奴婢，则回光德坊去，想法联络上柴璎珞，告知她李、魏等人目前所在地。

至于李元轨、杨信之、魏叔玢三人，裴律师带着歉意告诉他们，最好先离开这个农庄。

道理其实不用多讲。程咬金已与裴律师搭了话，二人在武德年间多次打过照面，算是熟人，那晚裴律师还言不由衷地邀请程大将军“来寒舍小坐叙旧”。程咬金虽以事情忙推掉，他却又注意到了杨信之这身世特殊、外貌好认的“太上皇外孙”。天亮他一进长安城，听说禁军要缉拿李元轨、杨信之的消息后，应该会指路叫人直扑裴家庄园。

之前对李、杨二人的追捕，并没有明发缉令，裴律师可以推脱说不知情。如果官府卫士到他家明宣了诏敕，他还不配合交人，就得以窝藏钦犯坐罪了。所以一听“逐客令”，李元轨二话不说起身要走，被裴律师一把拉住：

“十四郎且慢！听某把话说完！”

把话说完，就是他早几天已料到了这情形，和张庄头商议过，给李元轨等人另外准备了下处。只是这下处实在太过简陋——是一所在他裴家庄西北几里地外的菜园子，离村落和水渠都远，依着几个小山包，树木掩映，十分幽静隐蔽。

这菜园子是有人托张庄头照管的，没在裴家名下，查户册也查不出来。园中菜农这段日子被抽调去帮忙看渠耕地，只留了两个老妇人看家，不虞走漏风声。园子离裴家庄也不太远，有消息可以及时来回传递。李元轨想想，他们实在没别的地方可去，于是答应下来。

奴仆先一拨拨出门走光，李、杨、魏三人最后告辞，当着裴家庄下人说了好些客气话，意思是要出远门不再回来了。裴律师满口谦逊坚持要送行，和张庄头一起，出了庄门往西领，把他们一直送进菜园。

还没走进竹篱围起的大门，魏叔玢就闻到了臭气——张庄头说是“浇菜得多施肥多积粪”——粪池就在菜园一头，池岸地面上还一块块摊晾着不少，散发出的酸臭气味弥漫在整个园子内外，没处躲、没处藏。

这园子占地不小，一层层平辟了十几块大小不等的田地，种下的秧苗绿油油的，正在生长，放眼望去生机盎然。除了菜地粪池以外，篱墙里还有一座三开间茅屋、一口无台井、一个堆积柴草农具的窝棚及鸡舍。

在“汪汪汪”和“咯咯嗒”声中，裴律师将李元轨三人让进那座茅屋。这屋子冬日天寒农闲时不住人，比寻常农舍还简陋，夯泥墙杂和土地面，两道透风的枝杈墙隔开一堂二卧，两边卧室里各有一盘砖炕。

中间堂屋门口里有大灶，门后堆着柴草并水缸。堂内一张木案缺了两条腿，用石块勉强撑架起来，案上放着陶碗糙箸，是唯一的家具。坐床自然没有，地下铺了几张草席，吃饭就在这里了。

一行人进屋后连坐都没法坐，裴律师满脸歉疚，不住口地谢罪，那张老汉却是完全不在意，先去嘱咐那两个老妇人一番，又回屋说“种菜的过三五天就回来，你们别瞎做。得了闲也帮帮人家嘛，园子也正要工的时辰，担水起粪活多着哩，你后生家，长这么大个子，一顿二斤饭，不能光吃不做哇……”

老汉边说边用眼瞄着杨信之，高壮卫士顿时满脸黑气，又不好发作。魏叔玢与李元轨对视一眼，都憋笑憋得辛苦。裴律师笑道：“张庄头这话虽不好听，却也有些道理。说到底，这菜园主人诸位都认得，做些农活也不算白做。”

“菜园主人？是谁？”李元轨好奇地问。

裴律师抬起一只手，径自指向少年王子的鼻尖。

看到李元轨脸上的惊愕神色，张庄头第一个哈哈笑起来。边笑边说，原来这菜园是挂在平陵窦家名下的，左近乡里只知道是襄阳公主驸马、莘国公窦诞的产业。张庄头前两年偶然听咸阳县尉和里正谈起，才知道在籍上这菜园和附近一些田宅人家，都注为“大安宫诸王封户”，窦驸马只是代为经管。当然，这些封户有没有再进一步细分到各王府，这菜园子到底属于哪个王府，他老汉也没细打问。不过，说李元轨是这园子的主人，八九不离十。

自己的产业，自己都不认得……各人好好取笑了吴王殿下一回，裴律师又叮嘱了些细事，给他们留下一包干净的粗布衣裳和用具，自和张庄头离去。

李元轨、杨信之住东屋，魏叔玢跟两个看园老婆婆一起睡西屋炕上。晚间说句话所有人都能听见，夜里更是东西鼾声如雷此起彼伏，魏叔玢忍着伤口痛痒，迷糊到天亮，都不知道自己到底睡着过没有。

但她没什么怨言，这是她自己选的路。李元轨也没发过牢骚，除了跟她讲述分开后自己这一路的所见所闻，他很少说话，总在皱眉沉思。魏叔玢反而要安慰他：“十七娘既被带到守城禁军那里，应该没事了。禁卫会立刻上报送她回宫，大安宫如今主事的是宇文太妃，或者皇后把她安置回立政殿，两边都会好好待她。就算是皇太子，也不会苛虐十七娘，东宫主妇苏妃我知道的，本性极良善，定会护着她。怎么想，十七娘也算脱了这一难，十四郎不必太过担忧。”

“我知道应该不会再有人去杀她伤她，”李元轨苦笑，“可要说她脱难了，那却不一定……你，还有璎娘，也一样。”

魏叔玢明白他的言中之意。他们掀起这趟勾结外敌谋逆的大案，主要原因是尹德妃与皇太子承乾合谋，准备把十七公主、柴璎珞和她三个女子嫁到外番去和亲。如今这个计划不但没打消，还更方便李承乾提出实施——尹德妃已死，他再不怕有人揭举他与父母的仇敌勾结。十七公主又被找回宫中，诸事可操办。

于是现在的障碍，却变成了她和柴璎珞二人失踪……但是她们本来就没有公主身份，李承乾完全可以只提出将十七长公主嫁到高昌和亲，不必与她们捆绑在一起。

“我要回宫去。”李元轨忽然说，“我去投案，在御前将所有事从头到尾交代清楚。本来这一切也全是我的主意。主上怎么发落，我都认罪。不能再牵连你们了。”

“嗯。然后主上和皇后也认定杨库真、上真师和我确实全无责任，杨库真去别的亲王府继续晋身升官，上真师回紫虚观继续炼丹修道以医术[1]侍奉皇后，我……我回家去嫁给程大将军，换五万绢聘礼给我大弟娶崔氏女，一切万福安和？”

她分辨不出自己的语气是辛辣还是苦涩，也许两者皆有。李元轨投给她的目光温柔而悲凉，是经过苦痛深思的结果，不复往初的明澈单纯：“魏……玢娘，我想过下雪那天，在立政殿……你是对的。幸亏你是对的。你也说得对，嫁给程大将军或有种种的不如意，可论到底，他比我强……我是个这辈子都不可能自己做主的人，连自己将来怎样，都得听天由命、被人摆布。我有什么资格……”

他说不下去了，胸膛起伏，脸现潮红。魏叔玢也觉得面颊滚烫，心口更有一团大火在熊熊燃烧，嘶哑着嗓子问：“所以呢？”

“我没有资格娶你，所以你自去嫁人吧”，她等着他这句话出口，便如大雪落地冻结人境，可以放手了却一切。李元轨却只定定地望着她，雾气弥漫的暗夜黑瞳里，闪动着的……是眷恋不舍吗？

“假如……假如我只是个乡郊中上户人家子弟……守着几亩田，有这么个园子……”

你就会再向我求婚吗？魏叔玢有点恍惚地想。日出而作，日落而息，凿井而饮，

1 关于古代医术，详见附注（5）。

耕田而食，帝力于我何有哉?

做一对隐居乡间的农庄夫妻，也是很好的吧……

李元轨忽然起身，大步走到中堂，先扫一眼食案，又到门口去揭开水缸的木盖。魏叔玢也走到蓬壁口，见李元轨叹口气低头弯腰，伸臂到水缸里去够那舀水瓢，舀上来一瓢看看，摇头泼到门外。

缸里要没水了，底部沉积的杂物多，舀上来没法直接喝。灶上的锅里也是干的，门外倒有木桶。李元轨一脚踏出门外，刚扬声叫："杨——"又立刻闭嘴吞声。

怎么了?魏叔玢也走到门前，探头出去看。今日一大清早，喝完粟米粥，两个老婆婆就把杨信之叫到了菜园里——新来的三个年轻人里，杨信之是最能和两个老妇说得来的——至今没回屋。李元轨是想叫自己的卫士去那边井里打水吗?

顺着他的目光望去，魏叔玢也懂他为什么闭了嘴。杨信之的壮大身影正和两个老妇人一起在……粪池边忙碌。虽然看不清到底在干啥，估计叫他回来，打的水也不能喝。

大唐亲王又重重叹了一口气，伸手抄起立在墙边的扁担，钩上两只木桶。魏叔玢不确定地问："十四郎?"

他是想自己去屋外那口水井打水?虽然距离不算远，只隔了几块菜地，但……魏叔玢觉得李元轨从生下来到现在，亲眼看着奴仆下人打水挑担的次数都屈指可数，更别提自己亲身去做这种贱役。

然而屋内只有他们两个人，显然李元轨更不能指望她一个宰相千金小娘子干这活，更何况她身上还有伤。如果忍不了口渴，就没别的选择。

魏叔玢倚在门边，注视李元轨又高又瘦的背影挑着一对水桶，晃晃悠悠、趔趔趄趄踩着田埂走向那口水井。那水井口径颇大，石砌的井口边缘与地面齐平，上面有辘轳架。李元轨放下扁担，拿起一只木桶，挂到辘轳下垂着的麻绳钩上，摇动木把将桶子放入井中。

不错，动作还挺熟练的。魏叔玢心中评估。毕竟是在自家的产业里干活，出把子力气也不冤。

然后水井那边就不太好了……隔着几块菜地，魏叔玢看不清具体情形，只见李元轨先是摇晃辘轱木把，折腾几下不成，放开木把，去抓住垂入井口的麻绳，晃来晃去地也不知在干什么。

他目光只盯着井里，身子前倾，越来越往里斜，斜到魏叔玢都觉得不妙了，刚要叫喊他小心，那边惊呼一声，少年王子瘦削的身体一头栽进井里。

“哎呀——救命——”

魏叔玢尖声大叫，拔腿就往水井处跑。也顾不得鞋袜沾泥了，她提着裙子深一脚浅一脚挣扎到井边，看到李元轨已经扑腾出水面，一只手压着木桶，另一只手扯着井绳想往上爬。但那麻绳在辘轱上缠绕了好多圈，他在井里往下一拽，绳子也随之下来一截。

其实辘轱上余留的绳子也没剩两圈了，魏叔玢心急，伸手去够，想自己把李元轨拉上来。她比李元轨矮不少，手臂也短，站在井口边很难够着绳子，弯腰稍稍往前倾身——

“回去！”

这一声喊是从井里传上来的，嗡嗡回响。魏叔玢一低头，才省悟到自己也马上要掉井里了，赶紧稳住身子往后退步。她这时候如果摔进去砸李元轨身上，可一点忙都帮不上。这么冷的天，二人在水里泡久些，捞上来都得大病一场。

“你去找杨大！”李元轨在井里继续嗡嗡地喊。魏叔玢一想对啊，连忙转身往园子那头的粪池跑。绕过茅屋，只见杨信之已经听到刚才她那声尖叫，正大步往这边奔来，于是她铆足气力放声：“十四郎掉井里啦——”

……

“你怎么不叫得再响些……”

杨信之和她们七手八脚扯拽绳子把李元轨从井水里拉上来以后，先给他脱了湿透的外袍，扶回屋里炕上，一个老妇找出条破毡毯让他裹一裹，另一个说“可不得了，赶紧烧热水洗洗”，三人都出门去，打水的打水，抱柴的抱柴。留魏叔玢在屋里照顾，李元轨瘫在炕上，咳喘吐水半日，刚回过气来，就有气无力喃喃出一声：“再响些，让太极殿都能听见……”

都狼狈成这样了，还有心思顾及脸面呢。魏叔玢瞪他一眼，听他低声解释自己掉进井里的缘由——他把木桶放进井里，那桶却不听使唤，在水面上漂来荡去的，舀不住水。他抓着麻绳使劲晃几下，绳钩竟脱开了桶把，在他手里滑溜溜地自行上升，他心里一急，握着绳子往中间一送一钩……脚底在湿漉漉的石头井口上一滑，整个人就……阿嚏!

不妙。得赶紧让他洗个热水澡。

魏叔玢走到堂门口，往外看看，杨信之和一个老妇正在井边忙着，另一个老妇还没走到柴棚。堂口的大灶是冷的，灶台上倒是放着火石、火镰和干草绒[1]。

我应该先把灶烧起来，锅里稍放点水，等他们弄了大量柴和水回来，再添进去，这样比较快，魏叔玢想。从门后扯些柴草麦、秸塞进灶门里，她蹲下身，忍着左臂伤口疼，拿石镰打火。

家里外出郊游时，她和弟弟一起跟父亲学过打火引火，也玩过不少次，顺利地引燃了一丛火苗。但灶膛里不透风，那火苗只在麦秸间缓慢虚弱地舔舐，却烧不着木柴，而且越来越低弱，很快要熄灭的模样。

魏叔玢有点心急，学着家里灶下婢的样子，趴下来对着灶门吹一口大气。

一股烟灰嘭的一声地反激出来，呛糊她一脸。

这可怎么办?她边咳嗽揉眼边恼怒着，转脸又见灶头有一小瓦罐，罐口油渍渍的，伸头一看，闻到了麻油特有的香气。好吧，就奢纵一回，大唐亲王的性命，总比一罐油值钱……

魏宰相千金给自己找着借口，拿起油罐矮身向灶口里一泼，同时凑脸过去，准备再吹吹火。

轰的一声，明亮火焰喷出灶口，占据她眼前全部视野。

1 关于取火，详见附注（6）。

第二章 龙马鎏金壶

执壶人以拇指按住左孔，则右胆出酒，按右孔则左胆出酒，外人任谁也看不出破绽，最适合宴席中公然下毒。

李元轨烦恼地折腾着自己脑后的头发，指间又湿又潮，也不知道多久才干燥到能束髻裹巾。

他已经用烧好的热水擦过身子，换上了裴律师带来的衣裳。裴律师为人细心，给他们准备的换洗衣裳，面子是粗褐布袍，穿上很像田间劳作的农人，但浆洗得干干净净，里子还絮了一层丝绵，舒服又保暖。他对换衣服没意见，烦的是杨信之坚持叫他披散着头发一直到晾干，说否则容易外感风寒。

披头散发的模样成何体统……何况他还着急去堂屋那边的西间看视魏叔玢。

那冒冒失失的小娘子在灶前打火烧柴，他听到声音觉得不对头，刚下炕转出蓬壁，就看见灶膛里喷出一团火来，直冲她头脸。

不假思索地一个箭步上去拉开她，堂间顿时腾起一股焦灼气味。魏叔玢满脸黧黑，额前还迸着火星，幸而沾水擦洗后，发现她只是被燎着了眉睫和鬓角，额头眼角烫起几块红肿，倒无大碍。

杨信之和那两个老婆婆赶回屋，把两个水浸火烧的倒霉男女分别拎回东西隔间照料。李元轨默默忍着杨肉塔的数落，刚穿好干衣服就叫他“给我裹上头”，却只换来另一顿更强硬的说教。杨信之还把晚间他们睡觉的铺盖都堆裹在李元轨身上，生怕吴王殿下着凉发热，“这地方没医没药的，万一闹起病来只能等死了”。

理智上，李元轨知道杨信之是对的，他们都禁不起再着病遭灾，所以也没顶嘴。等到库真卫士又被老妇叫出屋，他掀开一大堆毡毯下炕，找到了双旧麻鞋，趿着想往西屋走，猛记起自己眼下的疯癫模样，又站住身子。

想了想，他还是在包袱里找出了块裹头发的黑纱罗，十指将自己脑后发捋顺些，用纱罗在颈后系束好。不绾髻裹巾，至少也得弄整齐些啊，否则怎么见人？

然而当他一脚踏进西屋门洞，坐在炕上的魏叔玢和一个老妇抬眼看过来，还是同时笑出了声。

不就是穿了粗布袄、系个马尾，至于嘛……李元轨硬着头皮不加理会，打过招呼上前去瞧瞧魏叔玢，还好，几块燎伤都被那老妇涂上了不知什么草叶捣的汁糊，散发着草木青气。魏叔玢缩身向炕上躲了躲：“别看了。丑死了。”

“没事，过几天愈合了就好。”李元轨安慰她。

“会留疤，”爱美少女噘了下嘴，又苦笑，“算了，管它呢。吐蕃……可汗不嫌弃就行。”

李元轨瞟一眼身边的老妇，老婆婆咧开没牙的嘴笑了，收拾东西下炕，说声“我去忙活”，留这一对少年男女独处。

二人沉默一会儿，李元轨突然说：“栀子、白蔹、黄芩。”

“什么？”魏叔玢没听懂。

“栀子四十枚，白蔹、黄芩各五两，”李元轨努力回忆母亲说过的药方，“捶成末，以五升水、一升脂油合煎成膏，放凉后涂抹在火疮上，不但能消除疤痕，还能白嫩肌肤、头脸留香。”[1]

---

1 李元轨说的治烫伤药方，见《孙真人备急千金要方》：“治火疮方：栀子四十枚，白蔹、黄芩各五两，上三味㕮咀，以水五升、油一升合煎，令水气歇，去滓，待冷以淋之，令溜去火热毒，则肌得宽也。”

扑哧一声，魏叔玢掩口笑出来。李元轨皱皱眉，认真解释：“是真的。我娘常做，还送了不少给人，后宫内人都很爱用。”

“我不是……”少女语声顿了下，换个话头，“现如今在这地方，上哪里去找那三味药材？又不是在宫里。”

可以叫杨大去小西市买……这话在李元轨嘴边转了两圈，又咽下去。杨信之外形太招眼，少在外面晃悠为妙。要去市镇的话，还不如他自己去。

“我——”

“别操心这个了，”魏叔玢打断他，“脸丑些死不了人——反正原先也没多好看。眼下要操心的大事多着呢，也不知我们在这里能躲多久，说不定明日又要换地方了。”

裴律师的可靠程度有限。他已经算是非常肯出力帮忙了，可如果禁军找到他庄园里当面质询，考虑到他一家此前的沉浮经历和他妹妹的终身大事，很难指望裴律师会跟官府死扛到底。他们并没有讨论过这事，但彼此心照不宣。

魏叔玢似是觉得自己刚才说话的口气太硬，静默一下，再开口温柔了许多：“阿婆给我涂的是芝麻叶子，我看过本草典，治烧伤也对症……令堂也通医术吗？这我倒不知。”

“不是懂医术，”李元轨苦笑了下，“先母在闺时，我外公家本在西市开着京城最大的香药铺子。先母幼承庭训，合得一手好香，入宫后也专督掖庭香工，号为‘合香娘子’。太上皇和位分高的娘子，如万妃、尹妃、宇文昭仪，身上带的、殿中熏的，都是先母手制香药，我从小也嗅得惯了……”

他很多兄弟的生母都出身不高，彼此间虽不有意避忌，一般也不会随便谈论这等事。但在魏叔玢一双明净澄澈的眸子注视下，他心中平静温暖，很想一吐为快：“前隋大业十三年，天下大乱，京城里盗抢横行，我外公收拾家产，想带儿女奔南山壁堡自全。财多车重，半路被盗匪劫个正着，自然是资财全抢，家人全杀，就留了先母一口。盗贼头目裹挟她上山，恰逢璎娘的先母——我三姐——”

这亲属关系比较乱杂，李元轨顿了顿，改口道：“我大唐的平阳公主，当时也避乱到了鄠县的庄园，正在招兵买马，已经拉起几万人。那股盗贼本也有意入伙，将平阳公主请到山寨当中。三姐见先母哭得可怜，说入伙投纳的资财就要这小女子了——那头目还想反悔不给，没料到平阳公主在他的地盘上也敢当场翻脸拔刀，带在身边的马三宝、丘行恭等又个个勇武过人，以寡敌众一通火并，竟夺了山寨立威。先母自此跟了平阳公主侍奉。”

换句话说，就是身入贱籍做了柴家的婢女。魏叔玢同情地点点头，没试图安慰他。乱世当中，这种事太过寻常，李元轨也没觉得有什么可羞惭的，继续说下去：“平阳公主爱用先母手制的香饼、香丸，待先母和善有恩。大唐开国之后，她常常入宫走动，尹德妃闻着三姐身上香气特异，问了起来，起初是叫先母进宫去，教她身边的侍婢合香，后来索性将先母留下不还了，平阳公主也没法。先母又很快得幸生了我，晋位美人。她生前一直视柴家如自己本家，还曾在璎娘姐弟幼小时照料过他们，所以我兄妹俩也和柴家走得亲近，唉……”

亲近的后果是，他这几次虎口拔牙夺妹救妹，把柴璎珞拉下水深深卷入是非中来，想想其实很对不起他英年早逝的三姐平阳公主。

“所以尹德妃矫诏命你孝中去感业寺为一娘送嫁，因为是柴家的婚事，你才忍情应允了吗？”魏叔玢轻轻问，“当然，也因为十七娘在尹妃手里……否则，依你十四郎的脾气，就当场反出大安宫了吧。”

李元轨苦笑，低头看自己手掌。这茅舍的东、西两间窗子有洞无屉，天寒时竖一领破芦席挡风，室内光线很暗。他屈一腿半坐在炕边，只勉强能看清自己右掌根处的老茧，那是长年引弓练刀留下的，武人个个都有。

“你知道吗，我生在主上平洛阳那年，从小是听着虎牢一战擒双雄的故事长大的……总以为只要下苦功夫练武、读兵书学韬略，长大了也能像二哥、像任城王淮阳王那几位堂兄一样，上阵带兵杀敌、扬威战场千古流芳……等真长大了，才发现根本不是那么回事，什么武艺，什么韬略，根本没人在意，百无一用……”

他手掌合拢成拳，不敢抬头直视，怕藏不住自己眼眶中的湿热：“去年年末，我和兄弟们侍奉行围，猎获不菲，还蒙主上抚背夸赞。当晚先母叫我进内，我看她眼红脸肿，显然是大哭过一场，问她出了什么事，她不说，只叫我此后不要再夸矜技艺出风头，要照顾好妹妹……无论怎么问，阿娘都不肯说什么。天太晚了，我告辞回十七王院，刚走到大安殿门，又觉得不对，回去想再问清楚，是不是尹妃那贱人又欺侮我母亲……推开了房门，阿娘已经悬在梁上……救不回来了……”

泪眼模糊中，耳边响起少女的叹息声：“原来如此……”

原来如此。他后来问过人，那晚他母亲果然先被尹德妃叫去，说了一番话，回来便在嘱咐完儿子后悬梁自尽。他一直都知道阿娘是被尹贱人逼死的，却不明白被逼的把柄是什么，让母亲走投无路只能自杀。

直到那晚他引吐谷浑刺客夜袭大安宫，掳走尹德妃，在望楼里，那恶妇临死前，对他几近疯狂地大笑怒骂：“你小子这做派，才像你亲爹，天生的暴虐反骨……阿张那淫贱婢宁愿一根绳子吊死自己，也不敢跟亲生儿子说实话……淫贱野种，天生的下流胚子……知道我为什么叫你去感业寺，给建成太子的闺女送嫁吗……想成全你骨肉义气……知道一娘是为什么死的吗……”

当时事态紧急，此后逃亡寻妹，他都没怎么细想。到了裴家庄园以后，他大部分时间在等消息，静默独处的时候多，这些话就不时翻搅上来，在他鼎沸的心房中呼号尖啸。

“我……连自己究竟是谁……都……”

这些话，他连杨信之都没告诉过，这时却断断续续、原原本本地讲给了魏叔玢听。他母亲从来没跟他说过自己在尹德妃房中做宫婢时的事，他只知道那段日子一年有余，其间母亲怀上了他，落草验男身后赐封，此后母子搬到独立宫院里居住。

武德三年，大唐尚在草创期。天子以武德殿为寝宫，武德殿后院就住着齐王元吉，太子建成在东宫，秦王一家住承乾殿，这几个宫院之间日夜连通，三位年长皇子要去后宫嫔妃居所也……不很困难。

那两年太子秦王还算和睦，也没传出过什么张婕妤、尹德妃通奸的秘闻，但……谁知道呢。武德三年，三兄弟都有在京和出京的时候，算算月份，竟然谁都有可能……

“十四郎，”盘膝坐在炕上的少女身子前倾，一只手支住席面，离他近些，声音柔软，“依我看，你没必要为这些事心烦。是与不是，谁是谁非，有什么区别？宗室籍册上记得明白，你就是太上皇第十四男，当今天子幼弟，陇西成纪李氏之苗裔，谁敢质疑？”

李元轨抬眼望着模糊晃动的少女脸庞，听她继续往下说，语音微细而坚定：“尹德……尹氏自己的说法，都有前后矛盾不可索解之处。她又说什么暴虐反骨，什么你跟一娘有骨肉义气，这两者怎么想，也不能合到一处去嘛……要我说，她就是当时气得发疯，口不择言，什么话能伤你最疼，她就随口乱说什么。你何必把一个疯婆子的话当真呢？”

如果只有尹德妃的狂狺，确实不算什么。可是……在那之前，多年以前，他就隐约听母亲身边的老宫人说过类似的话：“……早点儿离开德妃那院子多好，那地界脏死了……四郎扯着大郎去吃酒，喝醉了就胡乱折腾，见谁是谁，哪里还管什么上下尊卑，简直没眼看……可怜十四郎……”

“别想了！”

脆生生一句娇叱，隐然有平阳公主母女指挥若定的大将风范。在紫虚观主身边居留了一段时间的魏侍中长女伸手抓住李元轨的衣袖，将他的手扯过来，吸引他的全部注意力：“所有相关人等都已不在世，大郎、四郎、令堂、尹氏，甚至令尊太上皇一直抱恙在身……你纠缠这些往事，有什么意义？太闲了吗？令妹十七娘还下落未明，你我众人有家难归逃亡在外，胡商和蕃人，程大将军，皇帝太子一家……要做的事还有那么多，为什么不多想想这些该怎么办？”

与这些要事相比，我生身父亲是谁，一点儿也不重要是吗……

李元轨苦笑着凝视她，二人面孔已离得很近，少女眉头蹙拧，唇线也微嘬出一抹生气的弧度。许是刚才挨了烧烫，她面颊很红，嘴唇更红润得像抹过胭脂，在幽暗中柔嫩发光。

“阿玢……”

他不知道这两个字是吐出了唇，还纯是脑海里的喃喃自语。土墙里，砖炕上，有醺然的酒香和清幽笛声婉转缭绕。

她的双唇轻微嗫嚅，却没向后躲闪，也没闭目，一双乌黑瞳子里闪烁着羞涩和迷惑不确定……还有，真美。

“十四郎！”

蓬壁外，杨信之的高嚷声穿墙而来，像另一个世界的惊雷，粉碎掉他和魏家小娘子短暂遁入的甜美秘境。

李元轨从来没像此刻这般，想拔刀把库真卫士大卸八块。

从杨信之一脚踏进屋，又火烫一般急促退出去的举止和表情来看，他也很想投山蹿海——最终只是举手给了自己一耳光，在蓬壁外自我解嘲地哈哈笑一阵，高声说:“好奇怪啊，十四郎和魏娘子上哪儿去了？屋里也太黑了吧……”

“别装了！蠢货！”李元轨恨恨地趿拉着鞋下炕，转到外间，径问有什么事。原来是裴家庄园那边派人过来了，同来的还有胡姬粉堆。

来人给他们带了些衣物粮具，并报说裴律师和张庄头打听到的近期消息——一个消息是咸阳桥守军确实将十七公主和蕃人少年送到了北衙禁军屯营，安三和他的心腹胡人则由程咬金带走进京，小西市骡马行凶杀案的善后事宜正由当地官府和胡商首领会商处置，这些都是题中应有之义。另一个消息是长安禁军和咸阳地方兵府这两天开始组织清查、扫荡渭河两岸的私渡码头和船只艄公，之前管得松弛，不但有胡商团队行贿的缘故，听说一些京中皇亲贵人也有从中获利的。

裴家的人毕竟只是外围。等阿沉那两个吴王府小奴也从大安宫秘密探得消息带来，就比较接近朝政核心了，张士贵确实已被免去大将军职务，带预备队赴青海前线增援吐谷浑行军，北衙屯营由程咬金接手领管，二人正在办交接手续。皇太子李承乾近期没再出现在大安宫，传言是被天子和皇后训斥，禁足东宫反省，听新上任的太傅讲经。前一晚上真师柴璎珞突闯夜禁，带药王孙思邈进大安殿，为太上皇诊治……

“璎姐找到孙真人了？”魏叔玢闻言大为雀跃，“我就知道她一定能找着！”

李元轨含笑瞥她一眼。在菜园茅舍将养几天，魏宰相千金身上的刀伤和烧烫伤都好多了，整个人也精神起来。到底是年轻少女，恢复得快，即使换穿了农妇褐裙不事艳妆，亦显出青春娇艳，所谓“粗服乱头皆好”。

水淹火烧那天之后，他没再能和魏叔玢独处，因为粉堆也来和他们同住。他写了一封书简给阿沉，打发他送到柴府去托转给柴璎珞，却不好在别处安置粉堆。

乖巧的胡姬以侍婢自居，处处退避，尽量不出现在他们视线内。可整个园子茅舍地方太小，住了六个人，怎么也躲不开人眼，脸嫩的魏家小娘子也不肯再和李元轨单独一处说话。

两个少女倒是很快热络起来，夜里隔着蓬壁，都能听到她们在炕上的私语和笑声。白日里她们跟两个老妇一起下地浇菜、松土、栽秧、刈草，李元轨则和杨信之做些要力气的活儿——“反正是十四郎自己的园子，不白干嘛”。

说老实话，他以前多次参加过天子籍田亲耕礼，也读过不少谢灵运、陶渊明的诗，听东宫文馆的老夫子们动辄大谈归农之乐，本不觉得务农有多辛苦繁难。可自己真的上手天天干起来……呵呵，没几下就一心想着偷闲躲懒了。

杨信之和魏叔玢看样子也差不多。夕阳西下，茅舍门口冒出炊烟，魏叔玢出门往屋后的柴棚走去，像是要抱些柴去烧饭，脚步轻盈却缓慢。也在屋外的李元轨丢了手中锄头跟上去，离茅舍有段距离时，见魏叔玢从柴棚里抱了一大捆草秸出来，眉头微皱，还没伤愈的左臂也后缩着，连忙加快脚步迎上，从她手里接过一大半柴火：“抱这么多干吗？小心你胳膊。”

“没事，伤口都结痂了。”魏叔玢回答。李元轨也没多想，伸手去撩她衣袖：“给我瞧瞧。”

他动作快，一把抓住少女衣袖，魏叔玢连忙往后缩手：“放开！”

李元轨这才意识到此举不妥，人家未嫁小娘子的肌肤哪是随便能让外男看的，忙松了手，脸上一热，讷讷地想说句道歉话，又不知道该说什么好。魏叔玢眼睛也看着别处，双唇微张——

“都有婚姻之约了，瞧瞧算什么？干脆抱抱再亲亲吧，放马过来呀！”

这一把娇脆明亮的女声……绝不是魏叔玢的。

两人都吓一大跳，同时转头去望声音来源。一人高的篱笆墙外，带笑的女声还在响:“十四舅，你这个软脚虾！有点李家男人的丈夫气行不行！上啊！到底是不是你阿耶的儿？！”

上真师柴璎珞，身穿男装，带着个阉奴，也不知走哪条路过来的，居然先靠近了菜园后端的柴棚，隔着篱笆将一对少年男女看得真切。李元轨恼羞开骂，魏叔玢娇嗔跑走，大笑声中，柴璎珞主仆转过大半菜园进门。

她带的阉奴背了个包袱，里面有一盒路菜，虽是些腌鸡腊肉，但连吃了好些天粟粥就咸菜的几人已如获至宝，招呼两个老妇一起，风卷残云般一顿吃完。

柴璎珞向阉奴使个眼色，那人会意，叫了粉堆和两个老妇带着碗箸和脏衣，去水井边洗涮挑水。等屋内只剩两男两女，不等柴璎珞说话，李元轨已性急地问出一串问题:“璎娘你去过大安宫了？太上皇怎样？宫内情形怎样？有我十七妹的消息吗？”

“看把你急的，让我慢慢说。”女道士从袖口里掏出一束布袋，放到食案上，笑吟吟地问，“你们猜这是什么？”

细布袋口用麻绳抽系着，朴素干净，没什么标记，看形状，里面装的是纸卷。李元轨答着“是谁写的书牒吗”，伸手想去拿布袋抽纸出来看，却被柴璎珞喝止：“等等！听我说完话，十四舅你再决定要不要打开。”

“怎么了？”屋中三人一起望向女道士。门外越来越暗的光线中，男装美女的俏脸黯淡严肃起来：“我入宫去见过皇后了……”

柴璎珞在南山楼观找到了正潜心钻研药理的孙思邈，强拉他到大安宫为太上皇诊病。白发苍苍的孙真人望闻问切一番，刚给出初步判定“太上皇这不是什么疑难杂症，就是年老体衰，侍御医们的方子和疗法并没差池”，柴璎珞就被皇后遣来的女官叫走，径直带入立政殿。

天子依然不在卧内，长孙皇后的坐床边侍立着一大一小两个女子，大的是苍白委顿的太子妃苏氏，小的是……十七长公主。

“十七妹回到皇后身边了？”李元轨忙问，喜悦与担忧焦虑一起涌上心头，“她看上去怎么样？受伤没有？吓得厉害吗？”

柴璎珞摇摇头，回说十七姨身子看着倒是没事，只恹恹地不说话，谁问也不答，让皇后十分担心。还没等柴璎珞在她跟前叩首谢罪一顿闹完，皇后就叫外甥女“别瞎耽误工夫了，先去瞧瞧你十七姨”。于是女道士起身上前拉住小闺女把脉看舌头问话，无奈人家任凭折腾，就不理她。

那时她忽然想起一事，禀明皇后，叫人去大安宫十七王院的吴王府，把一个姓刘的保姆带来。果然有用，那刘娘子一进立政殿，还未及向皇后跪拜，十七公主眼睛一亮撒腿开跑，一头扑进保姆怀里，哭了出来。

刘娘子搂着十二岁小闺女，大小哭成一团。长孙皇后看着眼圈也红了，叹了口气叫人来，把她们带到后院十七公主的旧居去安置，又吩咐人好生照顾着。在她示意下，宫婢端了两个筌蹄[1]放到火炉床边，给柴璎珞和苏令娴二人坐下。

没用太多话点拨，柴璎珞老老实实地从李元轨办案结识康苏密讲起，将他们四人与一众蕃胡里应外合、谋划夜袭大安宫的过程全说给长孙皇后听。

“全招了？”杨信之失声惊呼。柴璎珞神色平静：“对。怎么？”

杨信之和魏叔玢都看看李元轨，身为主谋的大唐亲王思量了下，点点头：“应该的。换我也这么干。”

柴璎珞深深望他一眼。魏叔玢在她身边问：“皇后听完怎么说？”

“皇后听完，半日没言语，最后说了一句：‘这是承乾对不住他十四叔和十七姑了。’”

杨信之和魏叔玢都嘘出一口气，脸现喜色，柴璎珞与李元轨却没什么轻松表示。他们都太了解宫闱骨肉间的那些事，知道绝对不会这么容易过关。

1 关于筌蹄，详见附注（7）。

“我想长孙皇后也会明辨是非，这桩祸事，明明就是由太子引发的。”魏叔玢继续说，柴璎珞向她一笑，笑意中含着怜悯和疼爱：“自是如此，皇后不会不明白道理。可明白道理，跟处置责任，又是两回事……”

“当然。”李元轨闷闷地接话，“太子是一国之本，国本哪能动摇。要追究责任，还得杀一儆百，以儆效尤，我领了这罪最合适。十七妹既然安全了，我也再没什么顾虑，明日回宫去投案完事。”

魏叔玢的惊喘声响亮刺耳，不过柴璎珞没让她说话，抢先一步开口：“十四舅，我进宫之前，以你为主打了一卦，你猜卦象是什么？”

“什么？”怎么这关头忽然说起打卦来了？

“小往大来，否极而泰。”女道士笑笑，“你的运势转了。皇后改了主意，要重新彻查临汾县主命案，想知道皇太子究竟干了哪些好事。”

立政殿熏炉腾起的丝缕暖香中，长孙皇后向苏妃伸出一只细瘦可怜的手：“拿来了吗？”

“是。”太子妃从腰间革囊里取出一个帕包，打开呈给婆母，绢帕中包裹的，正是那枚血玉韘。

皇后拈起玉指环，举到眼前凝视着，唇边泛起一丝隐约浅淡的微笑：“你们都是聪明孩子，估计也猜着了，这物件，原是我给承乾的……”

微笑扩大成了漾满整张脸庞的笑意，皇后乌眸晶亮，一霎间竟如年轻了二十岁：“也不是什么祖传的贵重物，只是……前隋大业九年，主上和我在西京办完婚礼，就由璎娘你的令尊令堂护送，一家子上路去涿郡，千里迢迢拜见正在征高丽前线督运军粮的太上皇和窦太后。我命不幸，刚到婆母身边，窦太后崩逝，一家人又护柩回河东老家，持丧守孝……婚后三年，主上和我都没怎么单独说过话。直到除服那天，他要随太上皇去太原，我给他收拾衣物，在箱底看见这个。”

三十多岁妇人的清瘦面颊掠过一波红晕，眼光温柔而甜蜜，似是在回忆那些旖旎往事："我很好奇，拿起来看，主上走过来，问我知不知道这是什么。我在书卷上看过图画，猜是玉韘，射箭时扣弦开弓用的。他又问我韘字怎么写，说很久不提这个，忘字了，于是我又找了纸笔，写出字来给他看……"

纤细手指转动一下粗大的血玉指环，皇后凝眸注视："主上让我收好这玉韘，很快我也忘了，大事太多，一件接着一件……到了武德八年还是九年，承乾这孩子岁数够了，开弓学射。我记得那是在弘义宫，校场离正殿也不远，刚练箭的娃娃，手指柔嫩，免不了磨破出血疼痛。承乾跟他的师父哭着发脾气，正被他阿耶看见。"

"挨骂了？"柴璎珞问一句。以这些年皇帝父子相处的阵势来看，这顿骂免不了。

皇后笑着摇摇头："赶巧那天主上心情好，不想骂人，亲自调正承乾的拉弓姿势，还伸开手让儿子摸他掌根处的老茧，说学射人人都一样，要想练成神箭手，必须咬牙吃苦……那一刻他是天底下最好的阿耶。十七年了，他再没有第二回跟承乾那么亲近过。而我……并不在场。"

做母亲的眸中有泪光闪动，柴璎珞和苏令妤都沉默无语。

"承乾身边的人回来向我学说，我也勉励他几句，叫他用功练习。他阿翁和阿耶都是名震当世的神射手，秦王嫡长子，不能有辱父祖令名啊……说着话，我忽然想起这枚玉韘。叫人一顿翻箱倒柜找出来，给了承乾，又跟他讲这上古玉器的用途，也无非是镇邪祈愿的意思。当时他……紧紧攥着这物事走了，好开心，好欢喜……"

皇后怔怔盯着手中的玉指环，仿佛又看见那个七八岁淘气孩童手中握着它连蹦带跳走掉的情形："那之后，我也没再看见过这物事，直到……那天在感业寺，十四弟把它呈给我。颜色已经有点变了，更发红，可我还是一眼认出来……你们说是在一娘的妆奁里找到的，那孩子为此没了性命……怎么会呢？"

五指并拢，皇后握紧掌心，仰天闭目叹息："我想了很多。太上皇向来喜欢孩子，时不时会接承乾和一娘这些孙辈进宫，在老人膝下玩耍，住上一阵才送回来……承乾十二岁时，主上我们就搬离了东宫，从此他自己孤零零地住在那么大的宫院里，又常病，经常三五天见不着父母一面……这几年主上巡幸多，我也年年随驾，带上青雀、丽质他们，一家人都在离宫避暑，独留下承乾在京监国……他年少贪玩，胆大淘气，方方面面都像他阿耶，又没人敢认真管教，一时冲昏头出了格，我……”

她语调中的痛楚汹涌而来，柴瓔珞情不自禁倾身抚上皇后手背，低语：“这是人之常情，舅母不用自责，毕竟母子连心啊……再说这几年太子监国，朝野风评极好，这才是大体。年轻人心性不定，举止轻浮些，做错事再寻常不过，能改好的。”

“太子也未必真犯了什么人伦大忌。”苏令娴也开口安慰婆母，“玉麒在感业寺，也证明不了什么，就算真是他给一娘的，也可能是二人小时候玩得好，做家家戏时他随手送掉了……”

“你不懂。”皇后苦笑摇头，看一眼自己选定的儿媳妇、未来的大唐国母，“承乾这事，早几年就有兆头……全怪我没上心，如今，一错再错。”

“三四年前，就有人跟我提，得考虑给承乾纳妃啦。东宫早有嫡孙，是家国之大幸。可主上忙，我也忙，又老觉得承乾还小……大概天底下当娘的，永远都会以为儿子还小，还不懂人事吧。”

长孙皇后唇边噙了一丝悲哀微笑：“我得空也问过承乾，他也总是推三阻四的。一阵子说病了，身子不受用，折腾不起那些礼典；一阵子说太傅让读的书多，功课紧，没空也没闲心；一阵子又说他天天跑马练武，到晚上累得沾床就睡着……我和他阿耶又常不在京，一年一年就这么拖下去。后来我也觉得不对劲，问过东宫的人，这孩子是不是迷上谁了？如果有，为什么不跟我明说呢？”

太子妃苏令娴神情紧张地望着婆母，好似东宫里发生的一切都是她的责任。皇后只向儿媳妇笑笑：“东宫里，谁都支支吾吾说不清楚，大家只是劝我，早定储妃，早行大礼。问得多了，我寻思着，承乾还是心里有人，只是这人上不得台面，连给封号都不合适，所以他怕让耶娘知道……唉，我还是应该当时就正经查清楚这事，果断处置了，就不会有今天的祸殃。”

苏令娴垂下头去，长孙皇后身子前探，温柔地拍拍她脸颊：“阿苏是个好孩子，当日我在女学社里，一眼就看中了你。我也不过是个俗世妇人，对自己的亲生儿子，总是心软啊……想着挑个身家清白、聪明懂事的标致小闺女，大礼纳进东宫，伴着承乾慢慢收拾心思，不难把他拉回正道上来。等你们也有了儿女，能体会到父母深恩，他也就成熟消停了，能接续他阿耶的伟业、承继大唐国祚……唉！”

一声长叹。柴璎珞也想不出什么话来安慰舅母，默默听她继续说下去，语调辛酸“我也不必瞒着你们两个……发觉承乾可能与堂妹做出丑事以后，我第一想到的是护儿子，跟所有当娘的一样……我就想，一娘怎么也救不回来了，人死不能复生，再往下查案，只会污损她名节，对她也一点好处没有，还可能连累她母亲和妹妹。令尊府上好好地给一娘发丧，备极哀荣，让生者和死者都安心，这就完了。承乾那边，我私下里好好教训他一顿，让他以后洗心革面就是。整件案子，我自己扛一个不慈不淑逼死侄女的罪名了结，那也是我该当，谁叫我没……管好儿子……”

最后一句带了哽咽，皇后吸口气停话，竭力控制自己情绪。苏令娴从熏炉上拿起一块湿手巾，试试温热，悄悄递给婆母。皇后接到手里，也不拭脸，凄然一笑：“就连私下里教训儿子，我都办不好……承乾一口咬定这玉韘早几年就在东宫里丢了，不是他有意送人的，他更没和谁有私情。无论我怎么开导、怎么哄劝，他还是一句真话都不跟我说。他以为他撒谎骗人，我看不出来嘛……时机也不凑巧，我娘俩正生着气，他阿耶回来了，一见我气色不好，也不问青红皂白，就冲儿子大发脾气……那晚承乾夺门而出，我从没见他狂怒成那样，生怕他有个好歹，叫人追出去送他回东宫……这事让我弄得越来越僵，没过几天，他又骗走了他十七姑去瞎折腾，唉！”

听皇后提及带走十七公主的事，苏令娴起身跪罪，长孙皇后一手扯她起来：“那不干你的事。你夫主当面下的令，你能违抗不从吗……刚才璎娘也说了，你一直拼了自己性命护着小闺女，连十四弟都不怨你，更何况我？你当阿娘是那一意偏心儿子、不辨是非的昏瞶家婆？”

苏令娴眼圈一红，险些落泪。皇后叹道：“承乾欺凌他十四叔和十七姑，比一娘之死更让我伤心难受。少年人好奇胆大、招惹情孽，我能忍得，他阿翁、阿耶不也……唉！可这欺负无依无靠没娘孩的恶行，他阿耶一辈子从来没干过，也绝对干不出来！”

轻柔语声突然透出斩钉截铁的刚硬，“无依无靠没娘孩”几个字更立刻让柴璎珞想起了往事，想到面前这位大唐国母，八岁丧父，与生母稚兄一起被异母长兄赶出家门，寄居舅家度日……长孙皇后盯着手中玉龘，一字字道：“太上皇、主上，甚至连过世的前太子息王，他们李家男人，在隋都是以行侠仗义、主持公道、抗强扶弱闻名于世，识与不识，人人心服。所以太原义旗一举，天下闻风而归，开唐肇业，实赖于此。主上半生征战，抗击暴隋、征讨盗贼、攻灭域外也好，武德后期与父兄周旋煎熬也罢，他只会力敌强横、拼死搏杀，何曾对着老弱妇孺倚势抖威风？唉！”

皇后一拳砸在自己坐床上，力道不大，声响却直入肺腑。两个年轻女子都不敢说话了，只默默倾听。

“主上千秋万岁后，承乾继位，他就是天下第一人。黎民百姓饱经隋乱，十不存一，嗷嗷待哺，急需圣君施恩德、行仁政。若他对自己的骨肉亲眷都没有同情怜悯之心，想杀就杀，想卖就卖，如何能指望他善待庶众？

“人人都说承乾类父，也都由此劝我不用太担心，长大懂事了自然就好。不错，他阿耶也任性脾气暴，动不动喊打喊杀的，可主上他听人劝啊！外朝有魏徵、王珪一干直臣随事进谏；内宫……这么多年的夫妻情分，我的话，主上也还肯听，有什么事，也肯跟我推心置腹。承乾呢？他听谁的劝？他跟哪位贤臣君子交心？除了身边一堆只会陪着淘气的卫士、阉奴，他信任谁？连生养他的耶娘都得不出一句实话，这孩子……”

皇后突然捧住心口，颦眉忍痛，吓得柴璎珞起身过去扶抱住她，一边唤人进姜汤一边把脉揉穴。苏令娴也帮手和她一起将皇后从火炉床架到后面寝床上，除服躺好，饮药下针一番治疗，皇后总算转过气息来，脸颊也有了血色，在枕边抓住柴璎珞的手，低声嘱咐：“璎娘，你去查……去查一娘的案子，查她到底是怎么死的……我要知道承乾都干了些什么……我一厢情愿，想替他兜着，可人家不领情……呵……养出这样的儿子，我也快冤孽盈满了……死前，我要当个明白鬼……”

咸阳城外菜园茅舍里，魏叔玢坐在食案边芦席上，与两个男子一起听柴璎珞转述她与长孙皇后在立政殿的会面情景，不知什么时候，脸颊湿漉漉的，挂了泪水，直滴到胸前。

她伸袖子去擦拭，才留意到门外天色已黑透，屋内更没亮光，另三人的身影都黑黢黢的。李元轨长长叹出一口气，问道："所以，皇后又下决心继续查一娘的案子？让你负责？"

"让我'戴罪立功'，"柴璎珞轻轻一笑，"皇后可没说赦了我大安宫谋逆的胁从之罪，只说暂不追究，以观后效，接不接查临汾县主案的差事，也由我自己定夺——我能不接吗？"

"那，十四郎和杨大郎呢？"魏叔玢忍不住问，"皇后没提他们？禁卫军还在城门内外缉拿他两个呢。"

柴璎珞叹息："自然提了，皇后不提我也会提。还是原先那话，我的身份，在外男达官间行走不便，需得十四舅和我一起查案才行。若皇后不方便，我可以自己去向圣上请一道赦令，也暂不追究十四舅他们……"

"皇后怎么说？"杨信之急切地问。

女道士摇了摇头："皇后说，我和阿玢是女子，分属禁内，我俩的事，她可以做主管得。十四郎早已是朝廷命官，宗正在籍，受命圣主，是杀是贬，不在她中宫统辖之内。上有天子诏令，下有国家律法，她不能再擅权干涉……"

"再？"李元轨闷哼出一声。

"对，再。"柴璎珞语声平静，"皇后也提到了她此前力主请魏公来统领查案，后又强行结案收回成命的事，深愧自责。那是她倚仗人情出格逾矩，结果糟糕透顶。吃一堑长一智，皇后决意不再涉外干政，十四郎的事，全交由主上君臣依法处置。"

也就是说，皇后不肯为李元轨、杨信之说项免罪，他俩回长安还是很有可能被抓走判罪……

"然而我出宫的时候，打听了一下，听到很有意思的消息。"柴璎珞轻笑了下，"内廷中使不用再去找我和阿玢，这是自然，我都主动投案了嘛。监门卫说程大将军接手北衙以后，下令清理一批过时的缉令，其中就有对瘦猴似的李十四郎、铁塔似的杨大郎的通缉，已经取消了……你们两个若出入城门，没人管啦。”

屋内三人闻言均大为兴奋，魏叔玢雀跃道：“这是为什么？难道皇后明着说不干政，其实还是为十四郎他们开脱了？毕竟大安殿那事确实事出有因……”

“璎娘，”李元轨打断了她，向着柴璎珞说话，“你到底想跟我说什么，直接说吧。”

“嗯，不兜圈子了。十四舅，我还是想请你和我一起查一娘的案子，不是出于皇后令，也没有赦罪许诺，就是帮我的忙，为此案跑外朝官吏家。当然，其中风险，你自己省得，应不应允，你看着办。”

李元轨沉默了一会儿，嘘口气，苦笑道：“你其实多此一问。别忘了，我当面领过圣谕，还奉有手敕，也是命我继续查一娘案，虽然我……进展不大吧。就算我身陷重罪，那查案的差事也还没撤销，于情于理，都自当效命。”

柴璎珞点点头，把食案上的布袋往前推了下：“那你打开看吧。”

布袋里果然是一卷纸，窸窣舒张的声音听得清楚，但屋里一团漆黑，纸上写的什么一点都看不到。柴璎珞向门外喊声“举个火进来”，李元轨已举起纸对着门外照进来的月光贴脸瞅瞅，止住她：“不必了。我知道这是什么。”

“是什么？”魏叔玢问出声。

“一娘的遗笔。”

魏叔玢一怔，眼前飞速闪过柴哲威在感业寺一娘枕下发现的那通书简：“……痛弃慈亲鞠养……秦玉楼倾，凤箫长往……”

“是皇后给你的？”李元轨问柴璎珞。后者点头：“对。我说感业寺起火前，我们在一娘旧居里发现了一些她手抄的诗卷，想比对笔迹，看这遗书是不是一娘亲书，皇后就命人找出来给了我。我想当世三大书家，欧阳率更和虞老夫子都是前辈大儒，褚侍郎是天子近臣，平素枢务繁忙，三位都不容易求见的……”

刚说到这里，门外火光明亮，柴璎珞带来的那阉奴举着根木柴火把进了屋，敢情他只听见了主人那声招呼。既来之则安之，几人说了半晌，也都口渴了，杨信之起身去门边缸里舀水，柴璎珞叫那阉奴点燃锅灶。

魏叔玢偷瞄李元轨，却见少年王子也在看她，二人目光一触，都转了开去，李元轨似乎低低呛笑了声。

“十四舅，”柴璎珞问，“你想不想知道，是谁把十七姨送回宫内的？”

“当然！”别说李元轨，这个谜团横亘在魏叔玢心里也很久了。

男装女道士一笑，扬手指住蹲在灶前烧火的阉奴：“你们还记得他吗？”

这阉奴年纪不大，也就十七八岁，肤色深赭、轮廓刚硬，似是有胡狄血统。魏叔玢觉得有些眼熟，刚想起来是什么时候见过，李元轨已叫起来：“你不是那个……失踪的豹奴？紫虚观的？”

是豹奴，魏叔玢记起自己第一次见到阿豚那天，与这豹奴打过一回照面。此后没几天他就在紫虚观外失踪，现在想想应该是被契苾罗那一群潜入禁苑烧杀的吐谷浑刺客掳走的。他居然还活着？又回到柴璎珞身边了？

听见李元轨等人招呼，烧着灶柴的豹奴走过来行礼。柴璎珞摊手笑道：“让他自己说吧。”

原来那天豹奴带了阿豚外出遛食，循着血腥气味找到契苾罗等刺客的藏身处，正见他们杀死伤重的同伴。一番打斗，他被刺客带走，本来无幸，但他是叠州人，家在汉地与吐谷浑诸部交界处，自幼会说蕃语，能跟那些刺客搭上话。那些蕃人本也正苦于言语不通、地形不明，他便竭力奉承，编了许多瞎话说自己早就有心投效家乡部落大汗，又领着那些蕃人躲避军卫、打猎找水、在禁苑隐匿，慢慢取得了他们的信任。

桑赛带着契苾罗等人夜袭大安宫，便让行动不便的安延那与豹奴一起看押十七公主。因情势不明，豹奴也不敢轻举妄动，只能暗中护着十七公主，随安延那一起渡渭水到咸阳，藏身在那骡马行胡商的仓库里。直到那天夜里，安延那心情暴躁，对十七公主起了歹意，他从后偷袭，一刀杀死光头胡人，带十七公主翻墙逃走，又投到咸阳桥守卫营中……

后面的事，他不说众人也知道了。李元轨凝视这蕃汉混血的小奴，问：“你是真心效忠大唐？为什么？”

魏叔玢心中也有此疑问。她在紫虚观住过一阵，知道柴璎珞对奴婢下人算不上“宽仁恩德”，观里人对她惧怕远甚于热爱。豹奴最终选择护持着十七公主回宫，是心怀旧主，还是情势所逼？

混血阉奴低下头，语调平静：“奴婢十二岁那年，家乡遭白兰羌袭掠，一村人都被卖为奴。先是驱往伏俟筑城，奴婢又被挑出来编队送给突厥大可汗，中途稀里糊涂残了身子，到定襄，又赏给了康萨保，被带回长安，送给柴府，进禁苑服侍上真师……这也没什么，都是奴婢自己的命。前年，奴婢在屯营附近遇上一队卫士，其中有一人看着眼熟，奴婢迟疑不敢认，他却先认出我来，原是同村邻家的阿兄……”

豹奴长吸一口气：“阿兄跟我说，颉利可汗被俘以后，他帐下奴隶流散到各地部落营帐，朝廷下诏，出钱为边地被掳的人口赎身[1]。我阿耶也不在了，阿娘和一个弟弟赎出来，同村几十个命大的一起回了家乡。村人感激天可汗恩德，阿兄他们好些丁男入了兵府团练，身手不错的挑拣着来京番上，没想到遇到了我……他劝我求主出籍，也回乡去和家人团聚，可我都残了身子，回去也是惹人笑话……我就日夜对天求告，天可汗早点儿踏平四方外夷，边境安服，我阿娘、阿弟能安生过日子好了。”

一席话说完，屋内半天没声音。最后打破沉默的是李元轨：“璎娘……明天一早，我们动身回长安去。”

魏叔玢像是走在一片朝霞笼罩的梦境里。

这天一早，他们几人收拾行囊离了咸阳境，渡渭越栅潜回禁苑。李元轨带路往东，约莫过了大内正北西内苑一带，到东宫之北，才又折向南走。转过一条山坳，但见前方云霞烂漫，竟是好大一片桃花林，仲春间开得正盛，华彩夭绚、炫人耳目。

李元轨面现喜色，说声“是了”，一低头钻入桃林，其余人等也紧紧跟上。脚踏

1 关于唐朝的这种政策，详见附注（8）。

鲜美芳草，肩承缤纷落英，林梢落下的阳光也被染成了粉红颜色，香气直入心脾。所有人不知不觉都放缓脚步，柴璎珞凑到魏叔玢耳边，轻笑道："我突然想起件事，得杨大帮我去办。你和十四舅先走着啊……"

"璎姐！"魏叔玢一把扯住她衣袖不放。她有个见鬼的事，明明是又在打趣李、魏二人了。

走在前面的李元轨也回头向二女瞧了眼，他耳朵一向很尖："璎娘你别瞎闹。时间紧迫，欧阳率更还不定在不在家，天色也不早了，得赶紧把正事办完。"

昨晚他们议论去找谁来比定一娘遗书笔迹，当世三大书法家中，虞世南年高体衰病重卧床，褚遂良常侍御前左右忙于机枢，倒是东宫率更令欧阳询，虽也年近八旬了，不过一向身体康健，又奉敕不必履实职，日常只是摹帖练书，清闲得很，烦劳他似乎最合适。

不过有个麻烦——柴璎珞不知道老人家现下住哪里。

"要是能找到老人家，看在我娘的面子上，又有皇后令，欧阳公大约也不好意思回绝我。"女道士说，"欧阳公的书法，在隋就早有令名，当年也是唐国公太上皇府上的常客。武德前后，先母带着我也去求教过，欧阳公很是和蔼，我娘半开玩笑地叫我拜师，老人家大笑一番而罢。后来上门拜师求字的人太多了，连那些什么高丽、新罗、日本国使臣都托人来求，还有许多朝中权贵。欧阳公的官爵一直不算高，推却不得，诉于主上，主上特敕'欧阳询非奉诏不得私与人书'，还是管不住。前几年我听说，主上让人给老人家安排了一处隐秘居所，欧阳公只带几个心腹侍人，离家去隐居，潜心习书，不问世事。他家在道政坊的大宅只有几房儿孙住着，谁也说不清老爷子的去向。"

皇帝给欧阳询安排的隐秘居所，就是这里了，禁苑东北的一处桃林里。

这个地点是李元轨提供的。

"去年我因事忤触主上，被罚抄二十遍《孝经》。"少年王子苦笑，"抄完了呈上供查，过些日子立政殿中使拿回来，传主上口敕又骂我一顿，说我的字太差，不堪入目，看瞎御眼……中使还带了两卷主上御笔临帖，叫我捧着一起到这处桃林小院，当面听欧阳公评判，还住了几日求教笔法。”

“真的？那主上对十四舅你可真是厚爱了，从没听过其他舅舅们有这恩遇。”柴璎珞当时笑着说。她应该没别的意思，李元轨却不自觉地向魏叔玢望了一眼，二人默默会意，心中都泛起波澜。

自从那天李元轨向魏叔玢吐露了自己的身世疑惑，他们再遇到这类事，都忍不住会多想一想，虽然明知想了也没用。也许李元轨这一生一世，都逃不开这样的思绪旋涡了？

一阵风吹来，花瓣纷扬如雨落。

前面领路的清瘦身影踏上了一条石子小路，再走不远，茂密树木中突然出现一座竹篱小院。院中房屋只有前、后两舍，都不高大，倒有些像他们住了几天的那菜园茅屋，不过，构造精巧、白墙黑瓦，住起来应该舒服得多。

院门处有个双丫小童正在洒扫，见几人从林中出来，先是一怔，又欢然叫“十四郎”，向李元轨屈膝行礼。到得这里，大唐吴王也收起平素那一副倨傲嘴脸，与小童叙话寒温，刚问几句“欧阳公体中如何”之类，背后堂屋木门一响。

魏叔玢转头去看，惊见一只弯腰屈背的着衣“白猿”踱出屋来。

这“老猿猴”年纪不轻，一头白发在脑后也绾了个小髻，可不但没裹幞头，还有许多断发残丝披散下来，凌乱不堪。满是皱纹的脸面极丑陋，朝天鼻孔雷公嘴，布袍上斑斑点点满是墨渍，弯腰拄个木杖，拄杖的手爪又长又细、皮黑色污，看上去实在可怖。魏叔玢不觉轻叫一声，拔步往后退，白发“老猿”朝她一望，竟哈哈哈地笑起来：“谁家小闺女啊……”

“欧阳公！”李元轨和柴璎珞同时上来行礼，杨信之也随在后面，“老猿猴”——不，看仔细了还是个老人，只是长相确实太过清奇——笑着与三人还礼招呼，显然这位就是他们来寻找的太子率更令、弘文馆学士、渤海县男欧阳询了[1]。

1 关于欧阳询的长相，详见附注（9）。

魏叔玢在父亲的书房里见过一些欧阳询的亲笔书简，法度庄严、笔力险劲，都说“字如其人”，料想他本人也该是位端庄严谨、不苟言笑的守礼老儒。这亲眼一见，先被他的长相吓倒也就罢了，耳听柴璎珞行礼问候过便大开玩笑：“……立政殿听说主上在禁苑这边秘置行宫和美人，常常流连不归，果然是真的！一进霞林，璎珞就有预感要有天人现世，正所谓桃叶映红花，无风自婀娜啊……”

而八十老翁不但不恼，闻言还呵呵大笑：“天人现世？是鸟嘴羽人还是巡海药叉？这多年不见，你柴小娘子越长越俊，嘴皮子也越来越爽利啦……”

二人正相互逗乐，忽听远处砰的一声大响，声若开山裂石。魏叔玢等人都被吓一跳，举目望去，只见林梢外面，远远地腾起一股白烟散入云霄。

“那儿出了什么事？”柴璎珞手搭在眼睫上面问，“谁家在炼丹，炉子烧炸了？”

欧阳询先是摇摇头叹一口气，脸上又露出——本来应该是温和慈祥，配着五官却只觉得诡异吓人的——笑容，像看见了孙子在淘气的祖父似的，没回答问话，只颤颤巍巍地让人：“来，来，进屋来坐地说话……”

四人谦让着进门，那扫地小童也跟进来奉几置座，又有个年轻侍娘出来斟茶倒水。魏叔玢方才就听出欧阳询有较重的南人口音，见他宅内奉茶倒不奇怪，但见李元轨端杯品茗毫无难色，不禁又多看了他一眼。

一番客套过后，提及来意，柴璎珞和李元轨将欲请欧阳询鉴定一娘笔迹的事说了，并拿出随身带着的遗书和录诗等呈给老人。听说是长孙皇后下令查的案子，欧阳询也不推托，拆了外封，将一纸遗书、三张录诗并排放在书案上细看。

满纸横平竖直不时抖颤的字迹一入目，白发老人又长叹一口大气。李元轨在旁边有点尴尬地解释：“临汾县主自幼失怙，也没正经女教，开笔习字都没章法，欧阳公……”

想来欧阳询为了专研书法不受外务搅扰，抛家隐居于此，天天眼里看的都是先贤名帖、当世妙笔，乍一见这蒙童瞎画似的字，未免会觉得污损眼目——就像当今天子评骂李元轨的书法似的。

不过没等少年王子说完，老人很不耐烦地挥手驱赶示意他“闭嘴”，眉目专横，一洗方才随和风趣的模样。

这等不世出的高人，进入自己专心致志的擅长技艺后，往往独断自大而且最烦有人在旁边叽歪。魏叔玢四人都识相地闭了嘴，静默端坐，连饮茶喝水也不敢弄出一点声响。

欧阳询对着案上摊开的四张纸左瞧右看，一时皱眉深思，一时摇头嘟囔，似乎非常难以索解。这也出乎魏叔玢的预料，她觉得连她都能看出来，四张纸上的笔迹明显出自同一人之手，难道这位当世最有名的书家反而断定不了？还是他发现了什么一般人看不出的蛛丝马迹，觉得这封遗书可能是别人仿冒一娘的字迹写的？

终于，老人喃喃出一声：“奇怪……”

“奇怪？”柴璎珞小心翼翼低声接话。

“四纸确系同一人亲笔书写，这毋庸置疑。”欧阳询嘘出一口气，“奇怪者，有两点。”

“愿闻其详。”四个年轻人都整衣正坐。

“其一，这笔迹幼稚，书写人显然未精于学，但遗书的词句嘛……虽也谈不上工整精妙，毕竟用典不少，又骈四俪六，像是……常给人写墓志，或读过不少墓志，只是粗通文墨，不解其义，一股土夫子味道。十四郎方才说，临汾县主幽居感业寺九年，她是从何处学来这些典故词句？”

四人面面相觑，谁也答不上来。他们之前也议论过这事，但毕竟谁都不清楚一娘是跟谁怎样读书学字的，不能确定她文笔水准应该怎样。欧阳询是给人写惯了碑文墓志的大家，他的说法，自然有据。

“请问其二？”李元轨发问。

“其二，这四纸的笔法，未免太过情致雷同了。”白发老人用枯瘦指节敲一敲那封遗书，叹口气，“所谓涉乐方笑，言哀已叹，情动形言，取会风骚之意；阳舒阴惨，本乎天地之心。书之为妙，近取诸身，穷变态于毫端，合情调于纸上，数画并施，其形各异；众点齐列，为体互乖。这道理亦不拘于笔法高下，县主乃一妙龄少女，抄录齐梁诗句时，心有所思，怀春含情，笔迹柔软求工，乃是常态；可这弃世遗书……以常理推想，她书写时，该当心灰意冷或情绪激动，下笔滞涩蹇钝才是。而这一书的字迹毫末，竟与录诗时无甚差别，岂非咄咄怪事？”

四个年轻人对望着，魏叔玢忽然想到一事，开言：“欧阳公的意思是，遗书是临汾县主写的，但她写书时，并没有求死之心，反而……怀春含情？”

“以笔迹推测，确实如此。”白发老人颔首。

魏叔玢转向柴璎珞：“璎姐还记得吗？我们在一娘旧居中发现那些录诗后，问她四妹，说原书是海陵王妃杨氏借给一娘抄录的……”

“我也想起来了。”女道士点头，“她二人过从甚密，比一娘和她嫡母还亲近。四舅母貌美有才，当年也是风流人物，未嫁前艳名播于京师的。一娘那遗书嘛……”

她不便再往下说，自行沉吟。坐在二女对面的李元轨忽然道：“还有一宗与此案有关的笔迹证据，我也想去拿出来看看，只是不必麻烦欧阳公鉴证了。”

“什么证据？”

李元轨的薄唇卷出一个苦笑，方欲回答，纸窗外忽又砰的一声大响，震得人耳朵嗡嗡。四个年轻人都再次惊到，欧阳询的老脸倒是一副满不在乎的神色。

“这到底是在干什么哪？”柴璎珞第一个忍不了，“欧阳公研练书法需得平心静气，这么闹腾哪行？一会儿我们去瞅瞅，看是谁在……”

“唉唉，别别，你们可别去管。”白发老人阻止，“那个你们也管不了，白讨一顿没趣。年轻人嘛，爱玩爱闹由他去……反正晚上也不闹，还多给供了好几十斤灯油，嘿嘿嘿嘿……”

见欧阳询捋须陶然而笑，一副占了好大便宜心满意足的模样，四人也不便替他出头了。魏叔玢默默想着只听说过老鼠爱爬上灯盘偷油喝，难道猴子也……

笔迹判定完毕，李元轨和柴璎珞领头起身拜谢欧阳率更，恭敬告辞。李元轨显得尤为急切，婉谢主人家留饭邀请，出了门就快步往桃林外走。柴璎珞从后面叫着问他：“十四舅，你要去哪里？”

“皇城，大理寺。”吴王殿下不假思索地回答。

“什么？”另三人一起惊叫，“你疯了？”

“璎娘也说了，监门卫已取消对我二人的缉令，我们在咸阳入镇过桥，都没人理会……”

“可大理寺在皇城！京外津梁的守卫检放，能跟皇城门的相比？就算缉令取消不即刻抓人，你能保证卫士不去飞报禁军？”

“你要怕我被认出来，你杨大这块头，不是比我更好认？”

“信之又没参与大安宫那夜的事，就算被抓了也……”

夕阳西下，落花镀金，美态依然醉人。可惜两个高个子男人站在桃花林里对吵，把风景煞得一干二净。

柴璎珞和魏叔玢立在旁边赏花观骂，女道士意态悠闲，魏宰相千金则眉尖微蹙、面带忧色。从李元轨对他们说了从裴律师处得到的消息，也就是武德九年宫变后他们父子重查东宫毒酒案的细节之后，她就是这样的表情。

裴律师说查案获得的证物，应该还封存在大理寺旧档库内。李元轨觉得再把那些证物调出来亲眼看一遍，很可能会对一娘案有所启发。他身上一直用油纸包揣着天子给他的那道查案手敕，是预备紧急时候可以当护身符用的，拿着去大理寺调旧证物箱，应该也可以用。

可他刚把计划说出来，另三人就一致反对，杨信之还提出由自己去大理寺代取证物。两人唾沫横飞地吵了半天，魏叔玢终于听不下去，扯着柴璎珞衣袖叫声“璎姐”，女道士一笑，出言喝止二男：“别吵了！你们谁都不能进皇城！”

“可那证物……”

“证物，自有人去取。”柴璎珞向李元轨伸出手，“手敕拿来。”

“璎娘你别闹。”李元轨没给她，“皇城里都是各省部官衙，本就禁绝妇女出入，你就算穿男装，也没哪个衙司肯放你进门。大理寺卿孙伏伽更以犯颜直谏出名，为人骨鲠方正，就算你有主上手敕和皇后口谕，孙大理也不会卖你人情，反而可能临朝去谏主上一本，惹麻烦更大。”

“谁说我要自己去大理寺啊！”柴璎珞没好气地白李元轨一眼，“当我像你这么没用，为王十几年，只有自己和杨大两个人能支使？”

这回她支使的人是……她大弟柴哲威。

天色已晚，柴璎珞先带三人回紫虚观过了一夜，第二天一早遣人进城回家悄悄把柴哲威叫进禁苑来，当面交代任务。又黑又瘦满脸胡茬儿的柴哲威居然很积极踊跃：“十四舅和阿姐放心！你们为查一娘的案子奔波劳苦，我哪敢不尽全力……”

“少来！你是在家守丧快憋疯了，好容易有个出来逛的借口。”柴璎珞对弟弟也不客气，“别跟我面前花马吊嘴的。我可告诉你，去拿证物不能惊动孙正卿，只能私底下操作，你行不行？不行就直说，我再找别人。”

柴哲威嘿嘿笑了一阵，摸头想想道：“应该行，大理寺我有熟人……不过还是得请出十四舅的手敕来，再带点金器过去开门才好。”

按他的要求准备好了物事，柴哲威离观而去。这一通来回跑距离不近，李元轨四人在紫虚观直等到日头将落，柴哲威才抱着个包袱回来，口称“幸不辱命”。

他满脸兴奋神色，嘴里讲着此行的困难惊险，又想留下来一同看证物参与查案。但柴璎珞阻止了他，说“夜禁要起，你赶紧进城回家，否则惹阿耶起疑不好”。柴哲威很是失望，不过他听大姐的话听惯了，只能怏怏告辞回家。

柴璎珞将三人带进一间较私密的内室，命侍娘点上灯后退出，才把那包袱放在书案上解开。一具灰尘痕迹很重的陈旧木箱出现在四人眼前。

这就是十年前裴寂主查东宫毒酒案后，封存在大理寺的证物箱了。箱盖与箱身贴合处封有纸张，纸上还盖着大理寺印和“裴寂之印”。

柴璎珞从腰间蹀躞带上拔出小刀子，想了想，递给李元轨，笑道：“还是请敕命查案使来开证物箱吧。”

李元轨接过来，也先仔细确认箱上封条严密，并未被动过，才以刀尖割断纸条、掀锁扣开箱。箱内顿时腾起一团尘雾，呛得他咳嗽流泪不止。

柴璎珞扑哧笑出声，杨信之也忍不住哈哈一笑，连魏叔玢都以袖掩口，笑靥一隐而逝。

李元轨挥手拂开这十年积攒的老灰土，定睛往箱内看去。几十束装在布囊内的卷宗整齐排列堆放，囊上标签都写着排序号和“东宫典膳监内人供词”之类的内容说明，另有两个形状相异的布包。

这想必就是十年前裴寂审案定论为“东宫向秦王酒中下毒”所依恃的两件最关键证物。

李元轨觉得自己心跳加快了些，深吸一口气，先伸手进箱，拿起那一具较大的包袱，触手坚硬有棱角。他打开上面的纽结，露出其中包裹物，是一具粗木食盒。

这食盒只剩一具带提手的底托，上面的夹层、盒盖都没有了。李元轨记起裴律师的话，小心地用布包捏住提手，将食盒翻转过来，底部朝上，果然在盒底看到了歪歪扭扭、模糊不清的八个字：

东宫下毒 投壶井中

食盒木质粗糙，纹理筋络不平，八个字也写得潦草，一时还不好认清，经过十年搁置压覆，更褪色得厉害。李元轨左右瞧瞧，不得要领，转手给柴、魏二女及杨信之等传看，自己又去解那较小的包袱。

这包袱解开一角，里面就露出金光闪闪。李元轨小心地把粗布全抽开放平，一只长嘴、细颈、大腹的鎏金錾花斟酒壶立在他掌上。

金壶纹理细密流畅，做工精湛，壶口、壶颈和部分把柄壶身仍闪动着黄金光泽，但大部分壶身被一层黑垢包覆着，一动就簌簌掉渣。李元轨想起裴律师说过“金壶从井底捞起时，壶身已积了一层薄淤泥，泥上还长出了苔藻……证明它在水底确实已躺了许久……后来家父特意保存壶身上的泥藻没有洗净，回奏案情时当众出示……”

为了取信于皇帝王公重臣宰相，以及前东宫属臣，裴寂特意保留了这壶上的一层泥藻，看来入箱封存前也没有洗净。经过十年搁置干燥，苔藻是看不到了，只剩一层硬灰垢。

李元轨正要进一步细看，忽听坐在对面的柴璎珞轻咦了一声，似有什么发现，忙抬头望过去。

女道士正将那具食盒的底部凑近鼻端，用力嗅嗅，摇一摇头，将右手小指伸过去，轻轻刮擦。李元轨张嘴想喝止她——那食盒底部的字迹本已极模糊轻浅，她随便乱涂，想毁灭证据吗？

嘴张开，又闭上了。柴璎珞不是那种轻率没谱的人，而且要吵起架来……李元轨老实承认，自己也吵不过外甥女。

柴璎珞右手小指尖在食盒底部擦了两下，回手将食盒递给身后坐着的魏叔玢，又以右手小指尖在自己左手背上轻涂，提起左手，对着灯烛光左看右看，回头问魏叔玢："阿玢，令堂和你在家画眉，用的什么墨黛？"

"啊？"魏叔玢怔了一下，"寒舍俭素，就是寻常烟墨……哦，曾有人致送家慈始兴画眉石，家慈没舍得使用，说留着给我当……"

下一个字她没说出口，生生咽了回去，脸一红低下头。但堂中人都看出她唇形明明已经吐出半个"嫁"字，不觉都笑了，而且一齐望向李元轨。

这简直是飞来横祸啊……

柴璎珞挤眉弄眼地对着李元轨暗笑了好久，似乎很辛苦地压下了取笑小舅的念头，最后终于说回正题："食盒上这几个字，依我看，是一位贵妇人写的。"

"贵妇人写的？"

李元轨又惊又喜，忙向外甥女请教："璎娘你怎么看出来的？"

那字迹拙稚散乱，如同小儿涂鸦，李元轨扫一眼就觉得大概是奴婢下人所为，当年裴家父子或许也是这么想，所以没下大力气追查写字者的身份。怎么柴璎珞拿过去一瞧，就能做出截然不同的判定呢？

女道士向他笑了笑："十四舅，还有裴家父子及当年查案断案的大理寺众高官，全都是男子，自然认不出来。要是裴律师能把这物事拿回家给夫人瞧瞧，或者带进宫去呈给皇后，没准儿写字者早就被找出来了。”

她语气里含着讥诮，大概还在记恨昨天被当面说“妇女不得入衙司”的话。李元轨假装没听懂，又问了一遍：“你怎么看出来的？”

“很简单。寻常炭条粉块写画出来是纯黑色，浅了也是灰黑，这盒底的字迹却是黑中带青色，时间长了颜色消退，深青更加明显，粉子还特别细腻，易附着肌肤而不易涂掉。”柴璎珞举起自己的左手背示意，“这不是随手找块柴炭画出来的，是用画眉石黛写的，而且用的是最贵重稀罕的‘波斯螺子黛’，前隋全盛时，一颗就值十金，炀帝只赏给眉样最妍的宠妃。”

“是吗？”李元轨有点怀疑。仅凭指尖上蹭了一点墨，这女道士就能辨别出这一大套来？

柴璎珞横了他一眼：“我再换个说法吧。如果写字人不是用的画眉黛，那是用什么写的，十四舅你想过没？”

“就是随手找了点柴炭烟黑吧……”这种玩意又不难找，李元轨不自觉地望一眼屋角放置的炭炉。

“十四舅你醒醒吧！裴寂受命重查东宫毒酒案的时候，是什么时节？”

“呃……武德九年的……夏秋？”

李元轨记得是玄武门之变过后不久，裴寂就开始重查那一案，当时前太子齐王的家眷还都关在东宫之内，当今天子一家尚住原秦王府弘义宫。玄武门之变是六月初的事。

“你也知道是夏秋，”柴璎珞翻着白眼，“夏秋室内又没暖炉，被关押者向例不给火烛，食水都靠外送，上哪里去弄炭黑？除非是那些能出入厨舍的奴婢——那些人是最先被严审的，什么都没审出来。”

这么说，倒也有道理。李元轨考虑了下，写这八个字的应该是深知东宫毒酒案内情的人，如果这人当时被关在院里，而且与多人同居，要避着别人耳目，偷偷在食盒底部写字，妆奁里的画眉黛应该是最容易拿到手的笔墨了。

二人一番交谈，那具木食盒已在房中人手中传了一圈，杨信之又交回到李元轨手里。他低头仔细瞧，果然见八个模糊字迹里透出明显的青绿色。

这种黑灰中透青的眉色，他在大安宫里是见过的，有一些喜爱描摹“时世妆”的年轻妃嫔用这种颜色画出过各种眉形。不过李元轨向来不在这些事上留心，要不是柴璎珞提醒，他可能一辈子也想不到那上面去。

“螺子黛一颗十金，我听家慈也谈论过，”魏叔玢忽然轻声开口，“这么贵重的眉黛，其主为何用来涂写？”

“所以我说，字是一位贵妇人写的。”柴璎珞淡淡一笑，“她妆奁里日常置备的，就是那么贵的螺子黛。当年大舅、四舅的家眷被押送关进东宫时，有明令不得虐待，她们应该是可以带着随身衣物妆饰的……关起来以后，写字者既不能也不想找更便宜的笔墨。富贵惯了的人，也并不在乎那点小钱。”

这么说来，写字者简直呼之欲出了。魏叔玢想了想，继续问：“可这字迹也太难看了。杨……出身大家的贵妇人，也是从小读书识字的，不至于写得这么差吧？”

她这一句问得天真，李元轨不觉笑了，顺嘴接答她问话：“那倒不困难。她既然是有意匿名隐瞒，改用左手写字，就能随便涂写得歪七扭八……”

话没说完，魏叔玢清亮的眼睛望过来，二人目光一触，赶紧挪移开。李元轨也立刻住嘴。

已经晚了，其他人又是一阵讪笑，笑声最大的就是杨信之。

李元轨按捺下恼怒，低头将食盒放回木箱，又拿起那只金壶来细看。

金壶的壶盖已缺失，内胆由中间一块细铜片分隔成两部分，当年分别盛装美酒与毒酒。与之对应的，壶柄上应该也有两个气孔，但壶柄大部分被污泥糊住。李元轨想了想，觉得壶面上这层污泥已经没什么用，便用手指搓了下来。

随着垢泥纷纷掉落，壶柄果然露出两个左右并排的小孔洞。这壶柄整体做成了一条走龙形，接合在壶身上，两个小孔被巧妙地安排在龙颈鳞片下，不刻意去找很难看到。执壶人以拇指按住左孔，则右胆出酒，按右孔则左胆出酒，外人任谁也看不出破绽，最适合宴席中公然下毒。

这么复杂精密的酒壶，也只会用来下毒。难怪裴家父子当年找到此壶，就觉得可以结案了，而包括魏徵等东宫旧臣在内的王公重臣，也均对此结论无异议——人是在东宫宴席上喝倒的，毒酒壶是在东宫宴殿附近找到的，整个案子自然就是前太子指使做下的。

李元轨叹了一口气，注意力从壶柄移开，看向壶身。

金壶表面已坑洼不平，露出灰泥之外的部分纹理细腻、錾痕流畅，似乎錾刻的是什么兽形。他继续剥离壶上灰泥，一直剥到壶底，发现整个图案是一匹龙首马身的怪兽，四蹄腾空在云雾中奔驰，意态昂扬生动。

龙首马身……为什么觉得这个说法有点耳熟？

“要是三姐夫、五姐夫他们在就好了，”李元轨顺手将金壶递给杨信之看，“应该让他们认一认，这是不是武德八年那场庆婚酒宴上，一娘向他们敬酒时所用的斟壶……”

“这个花纹，”杨信之忽然道，“这好像是吐谷浑王室常用的龙马纹啊。”

“吐谷浑？”房中其他人同声问出来。怎么又跟吐谷浑扯上了？

“是啊。吐谷浑大部依青海放牧，那青海当中有龙驹岛，冬日海面封冻时，吐人驱赶母马踏冰上岛。等到春暖化冻，岛上无人，海龙便往去与母马交合，生下龙驹健壮非凡、奔驰如风。来年冬封后，牧人再上岛将龙驹带回，作为种马繁衍。青海牧马向来以神骏著称，也是由此来的。前隋炀帝亲征吐谷浑得胜，也曾放母马到海心山上，妄想求得龙种，自然没成。”

杨信之侃侃而谈，让李元轨想起前隋大业五年炀帝亲征吐谷浑时，总管各路军马的正是信之的祖父杨雄。杨雄那一战立了大功，班师回京后封为“观王”，杨门贵盛由此登顶。关陇军队出外征战，一般不禁抢掠，想必他杨家从吐谷浑得了大量贵重金银器具，杨信之从小在家也见过不少。

“吐谷浑慕容王室尤其爱用这龙马纹，”杨信之指着金壶说，“吐人居住分散，工匠各凭己意，同是龙马纹，各器物上的常有些微差异，不过这龙首马身、云气环绕的大样是不会错的……”

他说着，又将手中金壶传给柴璎珞。女道士接过来，皱眉细看，喃喃疑问：“武德八年的时候，怎么会有吐谷浑王室纹样的毒酒壶流入东宫呢……”

这也是李元轨的疑问。吐谷浑人虽然从武德中期就开始经常侵扰唐境，与唐军连年交战，但总体来说与长安的交流往还并不多。除了守边军将，一般唐人对吐谷浑都很陌生。

“估计是胡商带过来的。”杨信之说，“那时西域商道不通，商胡队伍多走青海道，路经吐谷浑王城，货贸频繁。长安贵人喜欢金银器具，吐谷浑人也极爱我内地出产的丝绸绢帛，青海河流里又多沙金，商胡以丝绸买当地金银器，贩运到长安售给达官贵人，转手几倍获利……对了，上真师，给我。”

他忽然想起什么，伸手向柴璎珞要回那金壶，翻过来以指甲轻抠壶底糊着的污泥，抠了一会儿，失声道：“果然不错！”

“什么？”柴璎珞起身凑过去观看，“你发现什么了？”

“你看这壶底，果然有一行商胡的铭文。”杨信之指给柴璎珞看他刚抠出的壶底一小块地方。女道士眯眼瞧了一瞧，迟疑问：“这是……铭文？还有这样的文字？”

李元轨也起身凑过去看，果见壶底被清掉糊泥后，有一行图案与旁边的云纹不大一样，像多个圆圈串联在一起又不时逸出弧线钩点，与汉字绝无相似之处，恐怕大多数人都想不到这竟是一行文字。

“这铭文写的是什么？”

杨信之摊手苦笑：“十四郎这可问住我了。也就是以前在家见过，我才识得这是商胡文字，写的什么我可是半点不懂。”

李元轨想了想，向柴璎珞道：“璎娘，我那个胡婢粉堆，还在观里吧，让人把她叫过来认一认？”

昨日一行人离开咸阳后，李元轨命阿沉和粉堆等人先别回大安宫，潜到紫虚观等他，晚上已经见面会合。柴璎珞答应着，起身出门吩咐人去传那胡姬，不一会儿带了来。

黑发少女垂双鬟、着袍袴，还是一副怯生生模样，进门便拜。李元轨叫她过来，问她是否识得胡语文字——这胡姬虽然说自己从小随汉人生母习学汉文，但毕竟是商胡之女，要读书识字的话，她父族文字也应该会一起学写吧？

粉堆果然回应"识得"，柴璎珞指给她看刚从龙马鎏金壶底清理出的那一行奇特图纹。黑发少女跪坐下来，歪着颈子凝眸细看，从上至下扫过一遍，细声道："这是匠人做完器物后勒名，这几字是匠人名，唐言可呼为'盘陀'。下面是'于伏俟城造金壶一对，重三十斯塔特[1]'。"

"伏俟城？吐谷浑王都？"虽有准备，李元轨还是惊讶兴奋了一下。这金壶果然来自吐谷浑？

"斯塔特是什么？"柴璎珞追问。粉堆回答："那是胡商用以称重的计量称呼，约略等于唐言中的'斤、两'。"

也就是说，这金壶是一个名叫"盘陀"的匠人，在吐谷浑王城制造的，重量则为三十"斯塔特"。汉地也有造完金器写明重量的习惯，主要是怕经手人私自克扣金银铜等贵重原料，这倒不奇。李元轨又问粉堆："你在本家里多见胡商货物，可曾见过与此壶图纹相似的器具？或者这物事有没有让你想起什么来？"

粉堆慎重地蹙眉思考了一会儿，最终还是摇摇头："西域商队多贩金银器，胡瓶杯盘都有，与此壶形状相类的，婢子见过不少，如这龙马云纹的却没甚印象。婢子见识浅陋，一时想不到什么，有负阿郎期托，惶恐无地。"

四人又问粉堆一些话，主要是关于吐谷浑国内情形的。可惜黑发胡姬所知并不太多，她沦落为婢前一直娇养在父亲的宅院里，很少出门，也不怎么涉及商队生意。对陇上西凉最深刻的记忆，就是前年那场令她家破人亡的暴乱大劫了。

先是晴日城外烽燧笔直冒向天空的狼烟，然后是城防卫士骚动集合、出城驰援，

1 关于金壶底部的文字，详见附注（10）。

但不知为何没能阻击住来犯的敌军，守城兵将也力有未逮，漫天箭雨中，甩着满头辫子的骑兵嗷嗷大叫着如洪水般涌入土城门洞，流向大街小巷，烧杀抢掠无恶不作……燃烧的火把先落到她家屋顶院内，随后是被马蹄踹开的家门……

粉堆说着说着泫然欲泣，举座皆叹息不已。一个轻柔的少女声音低吟："匈奴人人面兽心，非我族类，强必寇盗，弱则卑服，不顾恩义，其天性也。静者为化之本，中国既安，四夷自服，奈何弃德穷兵以取颠覆，意既盈满，祸乱斯及……"

是魏叔玢在自言自语，言下之意，却是认为朝廷不该在陇上河西那些化外之地"与蛮夷做无谓争战"，退回关中固守大门即可。李元轨自然能听懂她的意思，眉头一拧，满心不舒服。

他自记事起，一心向往的就是马上厮杀、开疆拓边。魏叔玢这些迂腐书生的见解，八成是从她父亲那里听来的，她一个年轻小女子，又懂得什么军国大政?

柴璎珞也瞟了下魏叔玢，扑哧一笑："阿玢，我问你句话，你可别恼。"

"璎姐请问。"

"你能分清匈奴、突厥、鲜卑、吐谷浑这些族属的不同吗？"

"呃……"魏叔玢脸一红，"匈奴早没有了吧，我那就是打个比方……"

"那你知道陇上、西凉、敦煌、青海这几个地方，哪个最西，哪个最北，哪个挨着哪个吗？"

"这……反正……都是穷山恶水的荒凉远蕃，种庄稼都种不活的地界……不该拿汉家男儿的热血性命去填沟壑嘛……"

没错，就是鹦鹉学舌学她父亲的话罢了。魏叔玢也越说越底气不足，眼睛不自觉地向李元轨望过来，一瞥即离，垂下头闭了嘴。

"趁着有明白人，十四舅给我们从头讲讲吧，"柴璎珞笑向李元轨说，"这两年成日在宫中听人说讨伐吐谷浑，听得耳朵都起茧子了。到底那蛮夷蕃国在哪里，犯了什么罪逆，要招天兵长途跋涉去征讨？"

李元轨向柴璎珞一笑，应道："谨遵上真师法谕——唉，这要是在御书房就好了，有个木图沙盘，讲起来也容易得多——有了！”

他一撑手肘，从坐床上起身，招呼自己的伴当：“信之，过来过来，这里躺下。”

“……大王？”高壮少年不敢相信自己的耳朵。

“少啰唆！麻溜过来躺这儿，摊平了！”

这私室没铺茵毯地衣，地面方砖又冷又硬。这也罢了，人前四仰八叉躺平本就是极无礼的姿态，何况还有妇女在场。

杨信之苦着一张脸，又不敢违本主的令，先起身一一告罪“上真师恕我”“魏娘子恕我”，让李元轨大不耐烦了，才挪到房间正中，慢慢躺下去，伸平了四肢，双眼一闭，听天由命。

肉身起伏汹涌，简直跟搁在砧案上待宰的年猪一模一样。

房中几个年轻女子都忍不住笑出了声。李元轨站到杨信之身边，开始讲述，先指一指地上少年的心口处：“这里呢，算是京师长安。信之这尊肉身，就当是我大唐——也就西半部疆域，先这么比拟吧，你们领会要点——心者，五脏六腑之大主，京师是全国血脉所集处，若有伤损，即天下大乱，这一点你们自然理会得。”

他迈步跨过杨信之右臂，以靴尖轻踢一下那颗巨大头颅：“长安地处中原西北，与域外强敌相隔不远，所以极易遭游牧大军侵袭。隋末世乱，北方突厥壮大——信之的脑袋，就算是突厥王庭所在了啊——突厥骑兵年年秋天南下打劫，掠我粮田子女。我唐开国初，太上皇和主上为了对付狼军，什么称臣求和、磕头送礼的事都干过，这也无须避讳。熬到贞观三年，李药师率六路兵马出关，一举袭破颉利可汗牙帐，擒王灭国，报仇雪耻，解除我大唐北方威胁。”

他俯身用手掌缘在杨信之喉结上一划，高壮少年很配合地“啊”一声做咽气状，逗得房中女子咯咯笑个不停。

“突厥可汗威势最盛时，东结契丹高句丽，”李元轨踹了踹杨信之伸长的左臂，“西边控制着大漠诸小国，又尤其与青海湖高原上的吐谷浑深相勾结。据闻颉利可汗的生母，就是吐谷浑人。”

他从杨信之头部迈回右臂下方，本想踩着杨信之右臂说“这是吐谷浑”，一想不太对，只用靴尖碰一碰右臂，道：“这是河西四郡，连成一道走廊，从长安通往西域。粉堆原籍敦煌，就在杨大的手腕那位置。”

一个旋转，李元轨清瘦的身子往杨信之张开的右腋下一坐，抱膝笑道：“我便是吐谷浑的老可汗伏允。”

房中人又都笑起来。李元轨继续道：“你们看吐谷浑人占的这块地方，青海高地，东接我陇西关中，西邻大漠于阗，北至西域高昌，南控我天府财源巴蜀剑南。他国内出良马最多，高寒地瘠耕种困难，族人多以放牧为生，每到秋季组骑兵大军下陇东抢掠过冬，道理跟突厥秋掠是一样的。吐谷浑还离我长安更近——”

一伸手，径直捣往杨信之心口：“稍有不小心，他们就能纵马直冲长安、威胁我京师。其实武德年间，几次突厥大肆入侵，西线都是勾结了吐谷浑一起，甚至就以吐谷浑骑兵为主力。武德六年，璎娘的令尊率军出征，以一次琵琶对舞退敌军，可不正是在抵御吐谷浑吗？”

柴璎珞笑着点头确认。李元轨受到鼓励，又道：“吐谷浑对我大唐腹地威胁太大。就算没能力直冲京师，他们北控河西走廊、南临蜀中低地，时不时这里出支偏师骚扰一把，那里出队骑兵抢掠一回，总是扰得人手忙脚乱、心神不宁，边境人人自危，还要长年供养军备防御……”

他一边说，一边伸手在杨信之上臂、腋下、腰间乱挠，痒得高壮少年不停扭动求饶，房中女子们也咯咯笑成一团。李元轨却不笑了，肃容道：“吐谷浑地势如此，如兵家云天生占有地利，若与我大唐通好，和平互市，那倒也罢了。可如今主政的可汗伏允，也自命为不世出的雄杰，眼见我唐军殄灭突厥，不但不畏服，反而以为是他代彼而起、号令西北游牧诸族的良机。他要在我天可汗眼皮子底下当霸主，这一仗，怎么能不打！”

一番讲论掷地有声，李元轨自觉理直气壮，目光不禁又溜向魏叔玢，却见那少女仍是眉尖若蹙，并没有预想中的心服口服满脸崇拜神色。

“妾年幼无知，读书曾闻，汉武帝时，为通西蕃，中国百姓死者大半……”

魏宰相长女缓缓开口，刚说了几句，忽然听到门外脚步声响，有奴婢慌慌张张冲进来，被门槛一绊倒地，张嘴便叫："阿……阿师，程……程大将军带人进观了！"

天黑禁起，各处门户关闭，上柱国、宿国公、左领军大将军程咬金却带了几十卫士，明火执仗闯进紫虚观，指名缉拿吴王元轨及其库真杨信之。

奴婢冲进私室报信，满屋皆惊。柴璎珞忽一下立起身子指挥："十四舅、杨大！你们快往炼丹后山那边去，翻墙躲林子里！我去挡程大将军一阵……"

紫虚观西北有山丘，柴璎珞的炼丹炉室设在山内，魏叔玢曾进去过。那一带树林茂密，翻过道观短墙，外面沟壑纵横，容易隐藏。杨信之答应着往外走，李元轨却在原地迟疑："何必呢？躲得了一时，还能躲一世？我跟他走就得了，什么罪责我自己担着，早一天落定，早一天心安！"

"你别瞎扯！"紫虚观主横眉立目，"你们在逃，我还能慢慢求着皇后转圜，人抓走下法司折腾，闹大发了谁还使得上力？杨大！"

一声呼叫，杨信之会意，上前架起李元轨就往门外拖。少年王子还想挣扎，魏叔玢在旁边低呼："十四郎！"

她没有柴璎珞临机果断的辩才，只能以求恳目光代言，效果却是不差。李元轨一转脸看到她，挣扎力度顿时减弱，被杨肉塔一拖一带拎出门消失。

柴璎珞深深长吸一口气，迈步出门，去道观入口迎接程咬金。魏叔玢紧跟在她身后，出了小院就见外面火光幢幢，十几个全副弓刀的卫士执着火把在山门内外等候，正中一人全身紫袍、脸露憨笑，正是刚接手北衙屯营的程咬金。

程大将军还是她印象中那模样，身材魁梧、满脸黑毛、肚腹奇大，只这次不是偷看或远观，正面相对，除了凶神恶煞之外，能觉出这位身经百战的大将军有安笃如山的沉稳气度——还是很像庙里侍座的金刚力士，脚下再踩只小鬼就更应景了。

那小鬼会是谁呢……

柴璎珞口呼道号，以敕赐女冠的身份与程咬金见礼，后者则大大咧咧地开口就问

"令尊安好"，笑说"倒有多年没去府上拜望柴驸马了"，俨然以女道士的叔辈自居。考虑到他和柴绍曾一同领兵征战，这也不算僭越。二人客套了好一阵，最终程咬金提起正事："某领主上口敕，要缉拿大安宫变乱的主犯拘押，听闻吴王二人在此，请上真师行个方便，莫为难老程，呵呵。"

"敢问大将军，是听谁说吴王在我观内？"柴璎珞不动声色，"贫道一介出家人，哪敢窝藏钦犯？想是大将军听错了，或有人故意说假话误引误导，无量天尊，真是罪过。"

"哎，柴小娘子这么说，俺老程可难做人了。"程咬金嘿嘿一笑，"听错话是不会，老程还没老到耳聋眼花。主上亲口下敕，俺有十七八颗脑袋也不敢抗命，人是必须得带走。你紫虚观是钦封内道场，不好随意搜查，令尊令堂又是皇室至亲开国功臣，主上都尊敬几分，俺老程可不敢造次，这咋办呢？"

魏叔玢站在柴璎珞身后，暗暗嘘出一口气，只听女道士声若寒冰："既然如此，天色也不早了，程大将军请回吧。观内人等也要歇息了。"

"说来凑巧，俺是咋知道吴王在紫虚观的呢？"程咬金便似没听见她的话，"老程从原州进京，路过咸阳，有天晚上啊……就在一个院子里，这么一照眼，唉，那不是杨驸马那胖大儿子吗？……后来进京面圣，跟主上聊闲天，哦，原来这么回事哪……就带人奔了咸阳啦，找那晚的知情人一问，嘿嘿，就跟上真师你的回话一样，没这人啦！换句话说，已经跑啦！"

柴璎珞没吱声，魏叔玢心下一震，明白程咬金是说，他去咸阳找到了裴律师，裴律师虽然没供出李元轨等人的所在——或者供出了但扑了个空——但承认他曾收留李、杨二人。

"跑就跑吧，年轻小娃娃腿子长跑得快，也不算啥。老程又问啦，跟吴王都聊了点啥啊……哦，可能去大理寺是吧……那奔着大理寺再去问问？大理寺没见那两个，却有另外一个年轻娃娃去过啦……"

原来程咬金是这样追查到李元轨下落的……撤了城门守卫的缉令，让他们敢放心大胆回长安，自己则领人从一条模糊线索入手，找到了关键证人，理路清楚地一路追查到柴家姐弟。

魏叔玢看不到柴璎珞脸上的表情，料想不会太妙。事情涉及她本家弟弟甚至父亲，女道士顾虑就多了。魏宰相长女低头想了一想，迈步出列："贱妾不才，有一事想请教程大将军。"

程咬金刚才显然也当她是观中婢女，见她出面，愣了一下，疑问地看向柴璎珞。女道士解释："这是魏侍中玄成公的长女，在我观内暂居修道，为母祈福——阿玢，你有什么事想请教程大将军？"

她们反正是要拖时间，让李、杨二人逃跑。魏叔玢鼓起勇气信口开河："贱妾曾闻，上古先贤施设夜禁，乃为忌盗防奸，明作息之时，别内外之分。妾又闻兵法贵严，军门不得夜开。今大将军领敕镇守禁苑，夜开军门，率虎狼之士，入内道场妇女修行净地，扬言搜查，意欲何为？"

程咬金喷笑出来："哈哈哈哈，真不愧是魏羊鼻子家闺女，长相、说话都随阿耶！小娘子，跟你说，别瞎掺和啊，俺这奉敕拿钦犯呢！大内有令，拿男不拿女，暂且没你们事，再往后可保不准啦。"

"拿犯人有拿犯人的规矩，"魏叔玢的倔强性子也上来了，"光天化日，公明正道，出示敕令或衙司签押，交人带走，哪有半夜里闯进宫苑搜人的？大将军是想仿效江充，夜入宫室栽赃巫蛊？还是想学曹孟德，闯宫擒后杀妃？[1]又或者，大将军自比西晋赵王齐王，夤夜入宫收捕贾后……"

"喀喀喀。"柴璎珞在旁边咳嗽。魏叔玢一想不对，自己随口用典说得嘴滑，怎么把西晋那淫恶皇后贾南风给比附出来了……好在看程咬金满头雾水的样子，也不像听懂了，连忙转换方向："……挑起八王之乱，葬送了大一统江山数百年！紫虚观是敕赐内道场，供奉着皇家远祖，上真师更是主上同母姐独女，御口亲封的女冠法师，

1 关于魏叔玢喷程咬金的典故，详见附注（11）。

程大将军如此轻亵，是不把圣朝宗庙放在眼里吗？”

她说着话，只见程咬金一手摸着自己的大肚皮，眼睛不住乱眨，像是不大能跟得上她的话。这也不怨他没文化，魏叔玢自己都觉得自己思路飘忽、毫无头绪，不过这又不是在女学社里开辩题义……管它呢。

“我说，柴娘子，”程咬金晕乎了一阵，不再理魏叔玢，直接跟柴璎珞说话，“你要觉得老程对你上真师失礼，或者对主上和皇后不敬，啊，你去直接御前告状，没事啊。俺老程跟主上拎着脑袋打仗的时候，还没你们这些娃娃呢……”

话没说完，忽听院墙后一阵喧嚣，自远及近而来，隐约还能听到“抓到啦”的欢呼声。柴璎珞与魏叔玢相顾失色，程咬金拍腹大喜，骂一句“他娘奶奶的手脚这个慢”，扭头出道观大门。

紫虚观的人不由得也跟着涌出门外，只见一队人马手执火把，从西墙外转过来，走近了看得分明，人群中间一瘦一壮两个高个子少年，正是李元轨和杨信之。

二人幞头歪斜、衣衫脏破，是经过了打斗，随身腰刀也都被卸走，好在身上倒没明显血迹。御弟亲王毕竟有优待，抓捕卫士连绑绳都没给他们上，只以刀矛相阻，推着他俩空手前行，二人都是一脸懊丧阴沉。

魏叔玢只觉一颗心空荡荡的，直向下落，落向无边无际的深井。腿软得站立不住，想尖叫又想大哭。这时一条手臂伸过来，稳稳扶住她的腰。

程咬金大步迎向那一队抓到了钦犯的人马，先问几句，验明正身没抓错人，又向李元轨叉手行个礼道声“得罪”，挥手命卫士带走二人。自己挺着大肚子施施然走回紫虚观门口，满脸得意：“柴家娘子，不瞒你说，你这个道观啊，贞观之前是齐王府护军[1]的兵营。那个啥的时候，主上带着我们在木图上筹划过多少回，要是强攻，这个地形，哪里是战略要地，哪里能上弓兵压制，营里的人最可能从啥地方偷漏出去……也就过了十年，俺老程记性还不差吧，哈哈哈……”

---

1 关于齐王府护军，详见附注（12）。

柴璎珞没吱声。被她手臂撑着的魏叔玢恍然大悟。

程咬金从一开始就没打算进观搜人。

他在门口一番虚张声势，就是为了激得李元轨和杨信之逃走，他在外面布下口袋，拦个正着。这样简单方便得多，还不用落得个黉夜擅闯宫观的罪名。

他们这些少年男女的小心思、小算计，在真正经过尸山血海的老将面前，不值一提。

“程大将军，”柴璎珞开口，声音温和了许多，“吴王是太上皇爱子，今上器重的兄弟，大安宫那事，隐情颇多。太上皇如今景况，大将军也是知道的，禁不起一点风吹草动。望大将军深思，善待吴王主仆，勿绝后路……”

程咬金是怎么回答的，柴璎珞又与他如何辞别，魏叔玢也听不太清楚了。她就恍恍惚惚站在当地，直到被一个侍娘扶进观内，深一脚浅一脚腾挪进屋，跌坐在不知是席褥还是坐床上，怔怔地发呆。

抓走了……怎么办……怎么才能救他们？

“阿玢！”

柴璎珞的声音将她唤回现世，抬眼只见灯光下，女道士一脸阴沉：“收拾安排一下，我们明早也离开。”

“啊？”魏叔玢没明白，“我们也走？去哪里？”

“傻妹子，你好好想想，”柴璎珞叹气，“程大将军知道了你的身份，他如今领宫卫，时不时能跟令尊见面的。令尊要是听说你回了紫虚观，还不得——”

“立刻杀过来把我带回家。”魏叔玢脑袋里总算清醒些了，“不错，我不能在这儿，我得去——”

去哪里呢？柴驸马府？她父亲一样能杀过去要人。胡祆祠萨保府？安三父子出事以后，那里不知道谁在管事，也不知道现在是什么情形。咸阳裴家农庄？程咬金已经找上了裴律师，不能再连累他们兄妹……

天下之大，哪里还有她的容身之处？

“你跟我走，我有地方能暂时安置你几天。”柴璎珞缓缓说，“你不是跟令堂约在兴圣寺见面吗？也没两天了，见面谈一谈，再说以后的事。”

魏叔玢点点头，又抓住柴璎珞的手，泪眼婆娑：“璎姐，十四郎和杨大郎……”

“放心。他们至少不会吃皮肉苦头。”柴璎珞安慰她，“程大将军外粗内细，极明白的一个人。十四舅和杨大在禁军里一向人缘不错，尹家姐弟死了，也没人会趁机报复暗害他们。只当是关起来补觉，多歇几天，他们前阵子也累狠了……唉，我们还得想法搭救，可比他们命苦多了！”

饶是满腹悲辛，魏叔玢也被柴璎珞逗得扑哧一笑，眼里含着的泪水却流了下来。她边擦泪边哽咽了句“我听阿姐的”，女道士点点头：“你也先睡一会儿。等天明我让人帮你收拾收拾，宫门一开禁，咱们早点儿往外走，以免夜长梦多。”

嘱咐完，柴璎珞起身要出去，魏叔玢又叫住她：“璎姐……怎么着手救他们两个，有头绪吗？”

“有是有，想法不少，我还没理清思路。”女道士叹息，“他两个犯的事没法抵赖，只能往‘将功赎罪’那条路上走。主上交给十四舅两个差事，查一娘案和寻找吐谷浑王嫡孙，都断头在半路。要有一个查出了结果，也好拿着去向主上求情……”

“我们替他去查！”魏叔玢奋袂而起，“不管怎么艰难危险，我们接着做下去！”

柴璎珞回给她一抹疲惫又凄凉的微笑，像落花入水漾起的涟漪，深印脑海，久久不散。

第三章 白首宫人归尘尼寺

她心甘情愿，九死无悔。程咬金是混世魔王也罢，是吃人野兽也罢，由她一身承担就是。

这是平阳长公主府大宅最靠西的一个院落，前后两进，庭中树木清幽，台廊洒扫干净，乍一看与寻常富贵人家小娘子居住的闺房并无多大差异。然而魏叔玢被告知，这个院落其实“不存在”。

她和柴璎珞也没进柴驸马宅大门，低头悄声进了柴府之西一座道观的侧门，曲折往东。一路走着，柴璎珞说这座道观名为“千金观”，原是她师父孙药王进京时的落脚处。如今孙思邈虽在京，但留在大安宫侍奉太上皇，不奉敕不得出宫，千金观里只有不多几个道士居住，十分冷清僻静。

这两进小院，就夹在柴驸马府和千金观之间。据柴璎珞说，柴府一般下人都以为小院东墙以西就是千金观的地方，而千金观的道童则以为小院西墙以东是柴府的地方。光天化日之下，两进院落就在很多人眼里隐匿了。

小院里有熟人。二女刚进门，之前长年在紫虚观主持庶务的道姑静玄迎了上来，好一阵嘘寒问暖。魏叔玢这才知道，大安宫夜乱后柴璎珞吩咐静玄也和她们一起离开紫虚观回光德坊，这道姑并没有公然回柴府，而是秘密避居到了这小院里。之后宫府和她魏家的人几次到柴府要找她们两人，柴府都回说不知二女去向，静玄也一直不敢露面，只在这小院里派下人与胡祆祠来往传递消息物事。

小院后进的卧房已收拾好，供柴、魏二女暂居。静玄一边说话一边引路，魏叔玢是客，被谦让着走在前面，拾级上了分隔前后两进的穿堂台基，迈进门槛，一抬头，吓得啊的一声叫出来。

门内迎面而来的，是一位笼冠男子。

男子身穿大袖袍，叉手立在立条案上，眉目俊秀中带着英气。魏叔玢万没想到这小院内此时竟会出现男子，只吓得倒退一步，绊上门槛向后摔去。

“哎——阿玢你这冒失毛病……”她跌入一个软玉温香的怀里，头上传出柴璎珞的轻笑声，“哦，你是看到这造像，吓着了？”

造……造像？

魏叔玢被柴璎珞扶进堂内，稳了稳神，再抬头细看，可不是嘛……这造像也太像活人了吧？

也不知是用什么玉石雕塑的笼冠男子，身材高挑，秀眉凤目，唇含微笑，露在冠外的乌黑鬓发刻痕丝丝可见，垂袖衣纹也流畅得如在颤动。交领胸口处肌肤匀净且微微隆起，颈上有一点嫣红斑记……咦？

“璎姐……”魏叔玢回头看看小院主人，“这是你的造像？”

仔细看，眉目还真活似，但造像唇上有明显的小髭须，那这就该是个男子才对？不过……造像的颈子却平滑白嫩，没有男子喉结。

“折死我了。年纪轻轻的，我弄哪门子造像？”柴璎珞笑道，“也难怪你迷糊，这是先母平阳昭公主的男装造像。”

魏叔玢恍然大悟，忙向案上供养像万福行礼，口称“造次”。柴璎珞在旁还了礼，托住她手扶了起来，又回头问静玄：“什么时候把长公主造像挪回来的？”

“县主头七过了以后，驸马就命搬回来了，说看着心里头太难受。”静玄回答。柴璎珞点点头，吩咐“再添一炉香供养”，又说她有事要去见父亲，命静玄服侍魏娘子回房歇息，自先告退。

魏叔玢只顾抬着头看玉像，越看越觉目眩神迷，一时舍不得离去。静玄让人拿炉盒来添香，魏叔玢也自愿帮忙，与中年道姑一起跪坐在案前矮床上，慢慢地置炭入炉、埋灰搠眼、放云母隔片、取丸饼熏爇，一边做，一边有一搭没一搭闲话。

“……这造像平素就是供在这小院里的，大郎婚礼前，驸马命拂拭干净，请出去供在正堂上，说要等临汾县主进门拜舅姑的时候，夫妻俩一起受新妇的礼来着……唉！”

“上真师和她先母生得可真像啊，怎么连颈子上的红斑都一模一样？”

“倒也不是一模一样，小娘子的胎斑靠左，长公主的靠右，大小形状也不大相同。长公主的亲娘窦太后，原也有这胎记，却是更靠下，在胸口上。所以前隋大业八年，长公主回本家生产，产下小娘子以后，她外婆抱起来，一眼瞧见颈上有斑，开怀大笑，说‘这传女不传男的戳记又来了，这回变成了观世音菩萨的璎珞串啦’……”

所以柴璎珞的乳名是她外祖母、当今天子生母窦氏这般叫开的……但要说“代代传女不传男”，那也未必。

“其实啊，那红胎记，窦太后也传给了她亲生的最幼子，四郎元吉，只是长的地方不对，窦太后不肯认……四郎生下来，右脸上就有一大块血淋淋的脚印似的胎记，十分难看。而且河东老家忌讳这个，说是投胎时被小鬼踩过，会带阴戾灾祸进家。窦太后气得不行，四郎又是难产，让她很吃了些苦头，越发坐实‘灾星进门’。一怒之下，就命家里奴婢把四郎扔出去，不养了。”

魏叔玢“啊”了一声，想想自己好像之前也听说过这事。后来四郎元吉的乳母陈善意背着主母，偷偷将婴儿藏下喂奶，直到家主李渊回来。再后来……她摇摇头，不想了。

她问了很多。从她五六岁记事后第一次听到平阳公主的事迹起，就对这位大唐开国女英雄仰慕莫名。那时天真小闺女的单纯心思只是“能带兵打仗的公主好厉害啊”，而今“亲眼”见到了她的儿时景仰对象，又听她的身边人絮絮叨叨说上三五车子陈年旧话，细细回想，心头别有一番滋味。

“这造像的也是奇怪。平阳公主当年的英姿，我虽然年轻没福得见，也听人赞叹过不知多少次。怎么造像的不塑一尊女装写真？那想必更加美艳动人。”

“魏娘子可别小看这造像工匠。那是万里流沙之外的什么国王族，姓什么来着……哎，对，尉迟氏，跟当今那大将军同姓。叫什么，奴婢可着实记不清了，只记得那人早在隋就入华做官，特别擅长画像，还擅长塑佛像，大业年间就好大的名气。那时候长安人家筑宅修寺，都争着抢着请他去画画塑像，真是京师第一画笔，风头比如今的阎家兄弟还要大得多啦。”

“是尉迟跋质那吧？我也听过他的大名，说是西域画匠，风格与中原迥异，在纸上壁上画人物，明明是一抹平的，看去却是凹凸有致，似生人一般。这造像原来是跋质那的大手笔？难怪吓倒我了。”

“哈哈哈，正是。什么巴那什么……咳，他为长公主塑男装像，也有个缘故。小娘子知道，隋末那个乱哟，京城里也不太平，老有人破门抢劫，还时不时就风传要断粮。一干官宦人家，都怕坐困城里饿死，全慌着找门路避祸求生。城南鄠县那边，离京城又近，又傍水依山的田多粮足，躲进南山避乱也容易，各贵家高门庄园里，就有好多宾客去投奔求住。我柴家在鄠县也有庄园，大业十三年，长公主过去避祸，跟邻近的名士都有周旋交往，奴婢现下能想起来的，那些个写字的，欧阳公啦，褚家父子啦，杜淹王珪啦，阎立德立本兄弟啦，还有孙药王，对，旁边千金观的孙真人，那时都是长公主的座上客呢！”

“原来孙药王跟平阳公主那么早就结识了！”

“是啊。孙真人长年在终南山采药行医，跟长公主机缘偶遇，谈得投契，一直到我大唐开国，长公主把他引荐给太上皇和秦王——当今圣上。孙真人还在天策府做过一阵军医，武德年间，和长公主母女也常有往来。”

后院庭中高耸的椿树正在南风中发芽染绿，阶下茂密的萱草丛也在抽萌新枝。魏叔玢在穿堂添香，在廊下踱步，偶尔凝视两边高墙围拢的蓝天，倾听西面隐隐传来的道观钟鼓吟唱。

“这院子西边的‘千金观’，原本也是长公主舍金立庙。咳……说起来话就长了。魏娘子知道吧，隋末我家三娘是亲自招兵买马扯旗打仗的，拉起来十三万娘子军，攻打长安一大半队伍都是她的下属哟！可等太上皇攻下长安登基以后，长公主本来还愿意继续带兵打仗，太上皇可不依啦……太上皇说，开国时候你一个女儿家上战场，那是时局所迫，为自保不得不如此，成就一段风流佳话也就罢了。如今朝廷立了规矩，百官各司其职，你妇道人家，不安心在家相夫教子，跑出去带兵，成何体统？叫天下士人笑话我李家男人死绝了，把个年轻小娘子顶出去当武将用？”

平阳公主的玉像，初见时只觉她脸上一派平和微笑，再仔细瞧，就能发现她的眼角是没有笑意的，黑瞳子茫然直视前方，眸中无奈失落如雾气般弥漫。

“当然啦，太上皇还是很疼三娘子，毕竟原配窦太后就这么一个亲生的女儿嘛！开国封赏，一下子就赏了平阳公主千金，明言是酬赏战功。公主就用这赏金买下了西边那所破落宅院，整修成道观，送给孙真人居住。她当年说，既为女儿身，不再被君父允准以战止战，那就专一赞助孙药王精研医道、治病救人好了，也算能做些于时世有用的事。”

所以这就是那道观以“千金”命名的原因了，魏叔玢想。李家的三娘子，隋末大乱时见多了百姓流离、人间涂炭，欲以一己之力救万民于水火，却……

“平阳长公主喜穿男装，也与此有关吗？”

“魏小娘子一猜就着……唉，奴婢扯远了啊。造像的尉迟什么巴那，也是大业十三年前后，在鄠县庄园与长公主结识的。他避乱于草堂寺，正给庙里画壁画，有一日，奴婢跟着三娘子去进香布施，三娘子看见了他作画，十分喜欢，二人攀谈起来，就这么结识了。当时长公主就是穿的这身男装……她那时常御男装，一是考虑名声嘛，少妇总招一堆大男人进家坐堂，传出去不大好听；二是当时太上皇父子在太原起兵的消息已经传开啦，京师守将开列表单，要捉拿李家的宗亲近戚，驸马和长公主都在表状右前。那时驸马已脱身，往北奔太原啦，隋家朝廷知晓，加紧缉拿‘柴门李三娘’，画了图悬影开赏格，她穿男装，也更安全些。”

“不但穿男装，还……粘着假胡须？”

“是啊，哈哈哈哈。毕竟是年轻美人，女相太明显，穿戴幞头圆领袍都没用，世人一看就知道是女扮男装。你瞧，笼冠大袖袍才能遮掩身姿，唇上再粘假髭，有时候腮边下巴上还挂一副长髯，路人就真不好认出来了。那天尉迟什么那头一回见长公主，三娘子就是如此装扮，后来熟了，二人还拿这身行头打趣。武德六年长公主薨逝之后，什么那也没事先告知府里，听说他花了一整年时间，埋头雕刻这造像。塑成后送到家里来，当时造像下颌也粘有真胡须做的长髯……便跟他初见长公主时一模一样。”

静玄伤感地笑笑，魏叔玢也陪着一哂，心想那胡人画匠大概心里十分爱慕平阳公主吧，竟能将二人初见的情景记忆得如此清楚。

近二十年前，隋大业十三年。兵荒马乱，人人自危，多少李家男人都被搜捕入狱，逃难流离？大平阳公主四五岁的长兄李建成，受命在河东照顾家人，义旗欲起时没能耐护住满门老幼，更没能举兵助力，最终只带了一个矫健有勇力的四弟元吉，兄弟俩逃至太原，剩下的幼弟妻儿等被隋官捕走，惨遭杀害。

他们兄弟的堂叔李神通，带了儿子逃出京城入山隐藏，险些饿死，潦倒至要靠孝子外出乞讨维生。五妹的夫婿赵慈景，因为顾念老母在京，不肯逃离，被捕下狱，因是外姓，运气不错，活到了岳父入主长安的时候。

李三娘子嫁的夫婿柴绍逃了，是她主动劝走的。少妇带了幼女和若干仆役回到乡下庄园，能够自保已属侥幸。危急险恶之中，她不消极躲避，反迎难而上，抛头露面四处奔走，自己拉起一支大军来呼应父兄、震慑关中……这等勇气才干，从哪里来的？

也是这样的勇气才干，使她焕发出如此的鲜活美丽吧？

想当年那周旋在名士英雄之间的男装女子，谈笑揖让，神采飞扬，令得入华多年日日浸淫在笔墨丹青间的画师巨匠，一见倾心，一生难忘。她在自己美好的韶华芳年陨落，未许人间见白头，徒留世人扼腕惋叹，更使那胡人画师倾注心血为她塑刻成这一尊玉像。拜此所赐，她离世已十余年，身姿却仍能栩栩如生于后人眼前。

轻烟袅然，自鎏金卧龟五足银香炉的莲花瓣下升起，幽逸香气溢满厅堂。

一有空闲，魏叔玢便来穿堂玉像前流连趺坐，扶膝仰望出神。想得多了，眼前一片模糊，只觉此生若能仿效平阳长公主这样，哪怕只一回，振衣奋烈，流芳千古，就算年纪轻轻死去，也不枉来人间一趟。

她看到这秀眉凤目的高挑女子走进穿堂门，径自向她走来，唇角含笑，眉尖却微蹙有忧。她甚至闻到了女子身上的香气，听到腰间衣佩的叮当声……

“阿玢，”她听到玉像在开口唤她，“起来，我们出去。我找到前隋萧皇后了。”

魏叔玢又穿戴上长帷帽，骑马随在柴璎珞身边，出千金观所在的光德坊西门，沿景曜门大街一路往北，恍恍惚惚地行过嘈杂西市的东墙外，与醴泉坊出来往皇宫送水的水车同行一阵，进布政坊西门。

她一度以为又要往布政坊袄祠去，但领路的柴璎珞在坊内十字街口转向东，在一座不大的宅院门外驻路，命跟从奴婢：“去叩门，说我来了。”

奴婢依命去敲叩门环，魏叔玢也停马候着，刚觉得这座宅院眼熟，那两扇木门吱呀一声开了，一个清秀少年走出来，向柴璎珞一揖：“上真师万福。”

员外散骑侍郎杨愍，字政道，隋炀帝杨广唯一在世的亲孙子。

日前魏叔玢与柴璎珞出禁苑去火袄祠的路上，曾与他偶遇，跟着他主仆一路见他进布政坊这宅子来。此刻想起，恍若隔世。

二女也均下马，柴璎珞向杨愍回礼问候。清秀少年脸上带有苦涩求恳：“昨日那边传信，家祖母实是身子不好。年老又持斋食素，禁不起折腾，更戒七情六欲喜怒哀乐侵扰，上真师发发慈悲……”

“该说的，昨日我也跟杨侍郎当面讲明了。”柴璎珞打断他，“一则敕命是主上亲颁，事关军国大政；二则里头还干碍着吴王的身家性命。杨侍郎知道，贫道从孙真人习学医道多年，于针砭汤药也微有心得，平素侍奉长孙皇后，中宫都不嫌弃贫道的。萧老夫人身子不好，想必也不会坚拒贫道请安探问。”

看来他们二人前两天为此已经争执过了。杨愍叹息一声，也不再多话，命下人牵出坐骑，自己认镫上马，前头领路骑行。

过了两个街口，刚刚闻到东北辅兴坊里传出的胡麻饼香气，柴璎珞便说声“到了”。魏叔玢勒马定睛一看，杨愍驻马下鞍处，是街口西北休祥坊墙上开着的一处大门，也很眼熟。

对了，那天她们路上看见杨愍时，他正是从这座大门出来。门内飞楼起阁、重檐立塔，好大一片房子，而且大门直接对主街而开，不似寻常宅第只能对坊内开门，这是三品以上高官才能有的恩遇。

魏叔玢家，在父亲前年升任门下省首长侍中一职后，敕命工部派官匠去给她家修葺宅院，才改了对街开门，不必再绕永兴坊里出入。这休祥坊地近宫城和北城门，本也多住皇亲贵戚，想必这座大宅也是哪位高官国戚的产业，前隋萧皇后才来此居住……再想想，难道是萧后的同母弟、当今太子少傅、宋国公萧瑀的住所?

“这是万善尼寺。”柴璎珞一边下马一边说。

好吧。魏叔玢也紧跟着她下马，提裙走入寺门。杨愍在前，熟门熟路进了前院，与迎上来的知客尼低声说话。

这院落极大，正中立一高三百尺、绕匝百步的佛塔，是最壮观的中心建筑，几座大殿都在塔后，两侧院落的重檐浮屠也都被映衬得低小了。魏叔玢也随母亲去过不少京中寺观行香拜祭，知道这等布局年代古早，不是近年来新立的寺庙样式。再看四周屋宇，虽间架轩敞，但柱残瓦缺、破旧寥落，一派年久失修状，唯有院西墙边一片杏树林花开正艳，势若喷火蒸霞。

万善尼寺……好像这寺名，也听谁说过似的。

寺中来往尼姑不少，年纪都偏大，眼见全是五十岁以上的中老年缁衣女子。有两三个极老的尼姑被扶持着，在阳光下拄杖走步，均眉目端正、神态漠然，倒不似寻常年老出家人那等面黄肌瘦、萎靡不振。正与杨愍交谈的知客尼看着已经年过六十了，光头戴僧帽，脸上有不少皱纹，却仍给人容貌娟秀的印象，想必年轻时是位大美女。

知客尼听杨愍说了几句话，便不住摇头。杨愍回头看看柴、魏二女，又低声说了一阵，那知客尼方才叹一口气，轻声道："我去问问……檀越等请到居士房坐地稍等。"

杨慜显然经常来此，也不等寺尼带路，伸手向柴璎珞一比画，自带了二女及从人往东走去。柴璎珞在他身边突然问了一句："那知客比丘，俗家可是复姓司马？"

杨慜脚步一顿，淡然回道："下官不知，也未曾询问过——这是茶堂，上真师请进。"

寺庙的茶堂是接待外客之处，座席茶水具备。堂中有沙弥尼当值服侍，倒入陶碗中奉上的却是白水，想是见来客为北人，料定她们喝不惯茗茶。杨慜请柴璎珞坐了，自己不便陪坐，走到堂门口前站立望等，也不愿意与她攀谈的样子。

魏叔玢捺不住好奇心，悄声问："璎姐，你为什么问那知客比丘的俗家姓？你认得她吗？"

柴璎珞也悄声回道："我日前派人来打听过，来人被她轰走了，却识得她长相，说看着像……北周静帝皇后。"

北周静帝皇后！

魏叔玢张大了嘴，一时惊得忘了合上。

她明白这万善尼寺是什么地方了。那还是去年她和苏令娴在紫虚观女学社里，议论东宫选妃等事时，苏令娴感慨着讲给她听的。

五十多年前，吞并高齐、统一长江以北的英主周武帝宇文邕病逝，其子周宣帝宇文赟是出了名的昏淫暴虐，即位不满一年就下诏退位当太上皇，将自己八岁的儿子宇文衍扶上皇位，后称周静帝。五个月后，又为静帝纳柱国、荥阳公司马消难之女令姬为皇后，其时司马令姬[1]也不过十岁出头。

又过一年，太上皇宇文赟纵欲过度病逝，大权落入他岳父随国公杨坚手中。皇后父司马消难畏惧杨坚权势，拥众投奔南陈，杨坚以此为借口废司马皇后为庶人。他辅佐外孙静帝不到一年，又废帝自立，改国号为隋，北周由此亡国。

北周末帝宇文衍又活了三个月不到，九岁暴毙。他的小皇后，自然与其从无肌肤

1 关于北周末代皇后司马令姬，详见附注（13）。

之亲的，以庶人身份回本家幽居，长到二十余岁妙龄，经由她原本的婆母、北周太后、隋乐平公主杨丽华做媒央准，嫁给司隶刺史李丹为妻。

此后几十年间，司马令姬生儿育女、相夫教子、恪尽妇道，却始终郁郁在心。她毕竟是做过天下母的人，虽然当时并不懂事，后来长大了，看着在隋做个御史类小官的丈夫卑躬屈膝、忙碌钻营，总是意难平。后来杨隋也亡了国，她的儿女都长大成人各自生业，这司马令姬一日忽说梦到观世音菩萨点化，坚持要出家为尼，而且指定要到这万善尼寺来礼佛度余生。

这万善尼寺立寺于周宣帝大象二年，院落宽敞，隋文帝杨坚改朝换代后，便以此寺为周皇室宇文氏家庙。宇文氏妇女出家为尼者悉命赐牒安置在此，隋开皇二年，曾一次将周宣帝后宫妃嫔千余人在此落发剃度。

周宣帝曾并肩立了五位皇后，除原配天元皇后杨丽华是新朝皇帝长女、改封乐平公主赐第开府居住之外，其余四位天大皇后朱满月、天中皇后陈月仪、天左皇后尉迟炽繁、天右皇后元乐尚，在隋均出家为尼。就是杨丽华，被父亲篡了夫家帝位后心灰意冷，也常来这万善尼寺小住，她宠爱的一个外孙女九岁夭亡，也是命葬在这寺内，起重阁宝塔祈福。

司马令姬执意来万善尼寺出家，不用说也是欲以北周末代皇后的身份完劫此世。苏令妤听人说，因尼寺内的周室嫔御与世隔绝太久，不通世情，改朝换代之际往往应接不妥。司马令姬一去，便被寺内主持委任知客，她也乐于劳作消业。“北周静帝皇后犹在万善尼寺出家”的消息慢慢传出来，倒吸引了不少好事香客前往窥探供奉，也令得寺中众比丘生业宽裕，两下便利，司马令姬也就一直做下去了。

然后，如今前隋萧皇后也来这尼寺里居住，莫非也是在效仿北周宇文皇室的后宫遗孀吗……

想到此处，茶堂门口人影晃动，杨愍陪着一位缁衣老尼走进来。

柴璎珞和魏叔玢都迎上行礼。那老尼身材矮小，荏弱清瘦，低眉合十道：“寂难见过众檀越。贫尼年老体衰，缠绵病榻，会客不便，屡次枉累檀越动问来访，祈请恕罪。”

听口气，这瘦矮老尼竟然便是名动天下的前隋萧氏皇后[1]。

魏叔玢心里虽猜到了几分，还是暗吃一惊。上下打量老尼，只见她光头僧帽，满面风霜，手脸都皱纹密布，虽仍能隐约看出年轻时的姣好轮廓，此时却是不折不扣的鸡皮鹤发老妇了。算年龄她和司马令姬相差不多，容貌却老相十岁不止，当是这些年来颠沛流离经历艰辛折磨的缘故。

萧后自大业十四年在江都亲历夫君杨广被弑，带着唯一的弱孙遗腹子杨愍，辗转于宇文化及、窦建德、突厥处罗可汗、颉利可汗兄弟之间，贞观四年又被康苏密率部卖给唐军，祖孙被押回长安，在大江南北、草原上下来回漂泊了十几年。幸而当今朝廷对她颇为礼遇，几次命妇内典，长孙皇后都加恩推崇，也因此，她要摆架子拒见外人，连李元轨这样的大唐亲王都没办法。

要不是柴璎珞无意间遇见杨愍从万善尼寺出来，进而推断萧后已在此出家——出家？

魏叔玢飞快瞟一眼萧后只戴着尼帽的秃濯头顶，猛想起李元轨曾说过，夜入萧后寝室，摸到了她衣箱里有假发——当时只以为是老妇人毵毵发疏，备假髻以戴冠钗防失礼，这样看来，萧后早不知什么时候落发剃度为尼了，那假发是日常外出掩人耳目用的。

柴璎珞搀着萧后——现以法名“寂难”自称的老尼姑——进室内坐下，一阵嘘寒问暖、把脉按络，也问道：“老夫人是何时剃度的，为何无人知悉？”

“老尼姑潜心向道，贞观四年归朝后就断绝了荤腥。”寂难淡然答道，“我早就将此心面奏长孙皇后，祈求中宫允我身入空门，了此余生。皇后慈悲，也未明言禁止，只说我孙儿年纪尚幼，一众家常琐事，恐他照管不来，还得老尼姑外出撑个场面，也使前朝逊位二王三恪、外邦藩国使者等人看着像样些，明我皇唐恩德善待前朝余众之意。中宫懿旨，老尼姑怎敢有违，是以一向不便宣扬，只自己背着人修行罢了。”

---

1 关于萧皇后，详见附注（14）。

言下之意，还是说长孙皇后不准她这位前朝国母、当今两位皇子的外祖母公然出家，以免被人议论新朝刻薄寡恩。然而看她光头缁袍的模样，跟正式剃度的区别大概也就是没有官府颁发的一纸度牒而已……显然，她日常起居早都在这万善尼寺之内，已经很少回布政坊的孙儿家了。

柴璎珞也会意不再问，只说：“璎珞奉天子和皇后敕命，要请教老夫人前朝遗事，因此擅闯请见，祈老夫人恕罪。”

寂难眼皮微张，朝她一瞥，现出些微精明，也让魏叔玢把这衰弱老尼与“前朝国母”的形象对上了。柴璎珞仍以“老夫人”称呼她，而不肯叫“法师”“大师”之类，那是遵从长孙皇后意旨，不承认萧后出家为尼的正当性。此间微妙，同在宫闱中过了一生的萧后自然晓得。

柴璎珞此来佛寺，不好穿道士衣装上门砸场子，只和魏叔玢一样着裙戴帷帽，也不便再自称“贫道”，呼着自己小字又说：“璎珞不敢多耽搁，大唐正与吐谷浑交战，老夫人想必也听说了。其中有一关键人物，乃是吐谷浑前太子慕容顺，他在隋曾奉敕娶妻，娶的是封为‘德化公主’的杨家宗室女，还生有一子。后来江都宫变，夫妻父子离散。如今我等奉敕要寻找德化公主母子，年深日久，档案失散无考，只能来请问老夫人，当年的德化公主究竟是哪家女儿？她和慕容顺之子，后来下落如何了？”

寂难盘腿坐在蒲团上，低眉敛目，似已入定。房中其余人等都不敢出声，屏息凝目等她回答。魏叔玢都等得不耐烦了，老尼姑才长叹一声：“梦幻泡影，如露如电，凡所有相，皆是虚妄。二十年前往事，檀越等何必苦苦追索？彼和亲女子，本非生在天家，拔根异植，已命若草木，躬逢大难，圆寂凡尘，是彼修福业满，脱旧皮囊，度往来世，老尼等皆恭敬围绕，持诵彼功德……”

她这还是以前书信回复李元轨那一套，暗示德化公主已死，却又不肯明说。柴璎珞不客气地打断老尼姑念经：“老夫人恕璎珞无状。德化公主如今是生是死，暂且不论，璎珞只想知道她出身，到底是哪家女儿？她生下的儿子哪里去了？”

寂难住口，又望了她半晌，似是被她脸上的坚决神色打动，慢慢答道：“既如此，老尼也不便欺瞒。德化公主，她自然是杨家的女儿，前隋宗室……亲王之女。”

前隋宗室亲王之女。

魏叔玢隐约记得，隋文帝杨坚、炀帝杨广父子两代，都是有亲兄弟的，自然也都封王，只是下场大多不妙。柴璎珞也追问：“哪位亲王？前隋宗室后人，至今留居长安者众多，老夫人只需告知哪支哪房，余事由璎珞自去追索。”

寂难沉吟不语。魏叔玢坐在旁边瞧着，暗觉不妙，想他杨隋家三四代间男子为王者不是早逝就是获罪谴死，绝嗣除国者居多，这萧后要随便说个已经绝嗣无人的支系，她们上哪里查问去……柴璎珞似也想到了这点，又转向一边的杨愍说道：“杨侍郎乃是前隋后主唯一在世亲孙，人所共知。如今朝廷兴灭、国继绝世，推恩二王后，封了宇文氏的介国公和杨氏酅国公奉家庙。那酅国公侑本也是前元德太子嫡子、萧老夫人亲孙，可惜年命不永，早早病逝，又无子嗣。其时在武德年间，朝廷以其族子杨行基袭封酅国公爵，奉祀至今。现杨侍郎既已从塞北回归，这酅国公的爵位，其实该重新计议才对……”

隋炀帝杨广只有三个养下来的儿子，其中元德太子杨昭、齐王杨暕都是萧后亲生，幼子赵王杨杲为萧嫔所生。长子杨昭早逝，留下的三孙中，越王杨侗隋末留守洛阳，被王世充一系人马扶立为傀儡，后被杀；代王杨侑留守西京，落入李渊父子掌握，扶立为隋恭帝又“禅位病死”，唐朝廷自然认他这一系为正统；另一孙燕王杨倓，在江都宫变中，与两个叔父及二叔齐王杨暕的存世二子一起被杀。杨广生前见过的儿孙全部死绝。

杨愍是杨暕的遗腹子，自出生后，就跟着祖母萧后一起漂泊流离，几岁时投奔突厥可汗及隋和亲过去的义成公主，被立为“隋王”，统率没入北蕃的中原人，居定襄与唐对抗，直至突厥灭亡。因为有这一段故事，唐朝廷虽不便加罪于他孤儿寡妇，却也不承认杨愍“前隋皇室嫡系”的身份。酅国公的爵位食封仍由那偏房杨行基承袭着，只给了杨愍一个“员外散骑侍郎”的闲职养起来。

柴璎珞此时提及这事，语意似乎是在利诱“你们与我合作，我可以鼓动朝廷把国公爵位转授杨愍”，但她一介内道场女冠，这等事体上并没多大能力。萧后祖孙都是见过世面的，没那么容易被说动，表情漠然。柴璎珞见状又道：“周礼奉二王三恪，也是尊崇天命，欲让各氏贵姓继嗣香火的意思。杨侍郎如今也将至弱冠之年了吧？不知可已经择定婚姻了没？璎珞倒知有几家当朝显贵，都是关陇旧门，闲时议论过招女婿的事。连带宫中的三郎蜀王、六郎梁王，说起来也都不是外人，全到了该纳妃娶亲的年纪。萧老夫人虽矢志出世，这骨肉血胤，总不能全然不理啊。”

皇三子蜀王李恪、皇六子梁王李愔都是杨妃所生，那杨妃正是杨广之女、杨愍的亲姑母，说起来萧后也是两位皇子的外祖母。柴璎珞把杨愍和二王的婚事拉杂在一起说，语意悠闲，萧后祖孙却对此有了反应，神色明显紧张起来。

作为长孙皇后宠爱倚重的宫内人，柴璎珞可能无力左右朝廷官爵授予，但对皇亲国戚、高门贵族之间的婚配却极有影响手腕。萧后只剩了一个亲孙独苗，忍辱苦熬这些年，自然全心指望杨愍能娶妻生子传续香火。如若柴璎珞从中作梗，挑拨着给杨愍匹配个毁家悍妒妇，那萧后的半辈子苦难也就白受了。

老尼姑突然抚胸咳嗽起来，有点心悸的样子。柴璎珞挪过去给她抚背顺气，嘴上语气更温柔些：“是我太多嘴了，老夫人有年纪的人，该摄心保养才是，不当再操那么重的心。杨侍郎也是成丁的伟男子了，又恩赏了朝廷官爵，凡事自己做得主张，也不需再烦劳阿婆出面。老夫人不容易啊……我们这等人家的独苗孤男，娇贵太过，往往都养不大。杨侍郎没出世就没了阿耶，一辈子只跟着阿婆，拉扯成年，得费多少心血啊……”

“德化公主，”寂难打断了女道士这冷森森的“感叹”，咳喘着答话，“乃是前隋观王第六女，小字‘冠娘’，因容貌美艳、性情柔顺，为我内官择选。大业十一年末赐封下嫁，降于千牛备身吐谷浑太子慕容顺，慕容顺同日封驸马都尉。”

观王第六女……杨广的哪位叔父或者兄弟是封了“观王”来着？

魏叔玢正自思忖，却见柴璎珞脸色一变，沉声问：“此话当真？她是观王杨雄之女？当今五驸马……杨师道的姐妹？”

寂难点点头，淡然道：“正是。上真师若不信，可自去询问令姨丈。改朝换代后，此事他或不愿主动提及，但也未必好意思扯谎否认。”

对了，那“观王”并不是杨坚、杨广家子侄，而是弘农杨姓正房嫡系杨雄，前隋皇室主动攀附联宗，给封的亲王。杨雄也是杨师道之父，杨信之的祖父……李元轨查找德化公主这么多天，最终竟是查到了贴身卫士家里。

想想也不怪杨信之，他本来生得也晚，又与父亲继母不睦，在家真未必听人说过他姑母封降的事。这等便宜宗室被选女和亲，当时朝廷就会下令禁止宗女本家泄露她真实出身，一番风云动荡后，江山易主，前朝宗室更得夹着尾巴做人。尽力撇清与旧皇室的关系还来不及，怎会到处宣扬“我家女儿为旧朝和亲”？

“德化公主以及她为慕容顺生的儿子，母子一起在江都宫变中遭难了？”柴璎珞紧盯着寂难追问，“出家人不打诳语，老夫人可是亲眼所见？或事后确认了母子俩的尸首？”

老尼姑抬眼望望女道士，微笑中竟含了一丝怜悯慈爱：“小娘子到底年轻，何曾见过那般地狱[1]景象，也问得如此……天真。德化公主……唉，她要是能死得那么痛快，那是福分啊……她本是个万里挑一的美女，温柔聪明会哄人，江都宫变那一群虎狼之士，谁见了她不垂涎……她夫婿自顾逃了，抛妻弃子，兵荒马乱的没人护，她一个弱女子带着婴儿，能怎么办？自是在一众凶暴军将帐中辗转来去，挣扎求生，魂魄早消，肉身如土木泥偶……唉……”

“那老夫人见到德化公主最后一面，是在什么时候？”

寂难缓缓答：“大业十四年秋天，逆贼宇文化及裹挟六宫，率数十万骁果卫军，欲从江都回关中。行至洛阳东汲郡，与瓦岗盗贼李密恶战逾月。童山一役后，宇文贼手下纷纷叛去，化及仓皇逃离，只来得及带上我祖孙和几个近支公主等……那晚我一众后宫妇女都挤在帐中发抖，我瞥见冠娘披头散发瘫在立柱边动弹不得，本已被蹂躏

1 关于地狱，详见附注（15）。

得只剩一口气……帐帘掀开，化及弟智及那凶贼带人进来，拖了我和孙子女儿几个出去，挟往河北……此后，老尼姑再也没见过德化公主母子。”

“如此说来，老夫人并没亲见她母子殒命？”柴璎珞追问不舍。寂难没答这话，只望着她微微苦笑。

她也不必回答。连魏叔玢都知道，那等情形下，被宇文化及丢下的隋宫妇孺没什么可能存活。关东河北齐鲁江淮一带，隋末大乱中被各家军队反复蹂躏扫荡，百姓十不存一，原本人烟稠密的村落至今犹是千里荒原。

如果她们作为战利品被送入了东都城，经过秦王世民武德三年至四年间的围攻洛阳之战……那时候城内已经饿得人吃人，据说皮滑肉嫩的贵家妇女最受食人魔王朱粲等青睐。

老尼姑闭目轻叹，双手合十，喃喃诵经：“观世音菩萨，行深般若波罗蜜时，照见五阴空，度一切苦厄……舍利弗，非色异空，非空异色，色即是空，空即是色，受想行识亦如是。舍利弗，是诸法空相，不生不灭，不垢不净，不增不减。是空法，非过去，非未来，非现在……无色，无受想行识，无眼耳鼻舌身意，无色声香味触法，无眼界乃至无意识界，无无明亦无无明尽，乃至无老死，无老死尽，无苦集灭道，无智亦无得，以无所得故。心无挂碍；无挂碍故，无有恐怖，离一切颠倒梦想苦恼，究竟涅槃……故知般若波罗蜜是大明咒、无上明咒、无等等明咒，能除一切苦，真实不虚……”[1]衰老疲弱的念诵声中，魏叔玢和柴璎珞告辞出堂。寂难都没睁眼看她们一下，只由杨愍悄悄送了出来。三人立在茶堂阶下，清秀少年也没什么可说，只不住谢罪致歉。

院墙外传来女子声音，听着像是迎接她们进门的那知客尼——北周末代皇后司马令姬，不知在吩咐谁：“……两斤杏脯送过西墙去，给你家阿娘……四娘别多礼，同命人，应当的……”

柴璎珞忽然拔腿往门外走，几步迈出，险些和正要进门的知客尼撞个满怀。魏叔

1 萧皇后念诵的佛经其实是《心经》选段，不过内行人士可能会发现文句与现在最通行的心经版本稍有差异，那是因为目前流传最广的《般若波罗蜜多心经》是玄奘译本，而贞观九年，唐僧还在西域天竺一带讲学游逛没回国呢。那时候坊间通行的大多是后秦鸠摩罗什所译的《摩诃般若波罗蜜大明咒经》，萧后念诵的也是这一版的文句。

玢也跟在她身后走出，眼角只瞥见大小几个女子身影转过墙角，消失不见。

知客尼回答柴璎珞询问,说是给西墙那边的邻居送些果子蜜饯,寻常人情来往而已。她说着话，魏叔玢刻意打量这位皇后，只觉她与萧后气度间颇有共同之处，似乎都已看淡了世情，万事不萦怀……这神气仿佛不久前还在别人身上见过，是谁呢?

她想了下，记起来了——原居感业寺、现已移住掖庭的前皇太子妃郑观音。

柴璎珞与知客尼和杨愍又说了些话，带她辞寺而出，戴好帷帽在大门外上马，也不犹豫，回缰向南。魏叔玢也上马追上她，问："璎姐，接下来去哪里？"

"长兴坊，桂阳公主府。"柴璎珞答话中带笑，"陪我去我五姨家拜望拜望，说点女人间的私房话嘛。"

魏叔玢已经很了解她举重若轻爱说笑的性情，自在马上笑了笑。她猜柴璎珞其实是去找她五姨夫杨师道的。

威逼利诱之下，萧后应该是说了实话，那接下来顺理成章，就该去问德化公主的兄弟杨师道，后来有没有又听说过自己姐妹的消息。虽然杨驸马是个不爱兜搭事的谨慎人，但关系到搭救他亲生儿子，也许这回会配合一些?

很不幸，并没有。

也不该说没有，因为他们在桂阳公主府就没见到杨驸马本人。那肥胖的五公主对外甥女柴璎珞倒挺亲热，但说她丈夫近来特别忙碌，经常三五日不着家。听说是因吐谷浑战事紧急，主上制诏下敕繁忙，身为中书令的杨师道索性长直省内，随时听宣召拟制书。

柴璎珞听着只是笑，拉着姨母的手进了后堂，又让她屏退闲杂人，低声说："五姨别怪我多嘴。上回跟十四舅一起来时，我不是就提醒过你了，姨夫他……可能有了外宅呢。"

"咳！再给他十八个胆子他也不敢！"五公主一拍高几，"我早审过跟你姨夫的人了，都说没有，当面打杀两三个，量这帮贱奴也不敢跟我撒谎！"

"奴婢下人知道什么？"柴璎珞仍笑着,"这两天,璎珞又听到信儿了呢！上回说的,五姨留心家里有没有人往外送日常用度，可有些消息？”

“这……”五公主犹豫了下，“倒是有……不过问出来，只是给他杨氏家庙送月供而已……我的心腹还跟着去了，确实是直送到尼寺里头。那些出家人，六根清净，该不会帮着混账汉子养别宅妇吧……”

柴璎珞笑说一句“五姨太心善了”，把嘴凑到她耳边，声音压得更低，叽叽喳喳一通。魏叔玢立在堂门入口处，已听不清她到底说些什么，只见五公主先是摇头后又点头，略带勉强地最后道：“就是这么着。今日晚了，你先在我这里住一宿，明日早起我叫人领你去瞧瞧……唉，璎娘你说得对，就有这事，我装不知道最好。都这么大年纪的人了，他不要脸，我还要体面呢……”

“也可能是误传啦，姨夫那么老实本分的人……”柴璎珞笑着又安慰姨母一顿，便带魏叔玢在府内客院住下。二女暂过一夜，第二日天亮开禁后，桂阳公主命心腹下人领了柴璎珞出府。

一行骑从竟然是顺着柴、魏二女前日从万善尼寺往桂阳公主府来的路，又原路走了回去。先向西，又折往北上，魏叔玢越走越觉得不对，问柴璎珞一声，女道士只笑笑说“估计我猜对了”，催公主府的人走快些。日中午前，一行人又回到万善尼寺大门口。

折向右拐，进了休祥坊南门，只见右手边又是一座寺院，规模比邻接的万善尼寺小得多，但墙内墙外种满杨槐杂树，十分幽静隐僻。

这大概就是五公主说的“杨氏家庙”了，门额挂的是“慈和尼寺”的木牌。公主府家人一边引路进门一边介绍，这尼寺最早是前隋大业元年，隋元德太子杨昭为两位大德比丘善惠、元懿供立，后杨昭年轻病死，本寺内就立了他的牌位生像供养，杨昭后宫一些嫔御也来此出家。义宁元年杨昭之子杨侑被唐家立为隋末帝后，曾多次来此寺拜祭亡父。

这边说着，寺内的主持尼姑已迎出来，询问一行人来意。柴璎珞没跟她啰唆太多，翻手亮出禁宫门籍符契，口称“奉敕查案”，要见杨驸马送来的人。

这人就隐居在慈和寺东院一排树影幽深的厢房里，窗下对镜，肌肤如雪，容颜胜花。

魏叔玢本来还在猜疑柴璎珞是不是真的神通广大到这地步，听了萧后一席云山雾罩的说话，就忽然找出来了前隋德化公主。但一见房中女子，她就明白自己想岔了。

找到的确实是杨家的大美女，但这是海陵王妃杨氏，当今天子的四弟妹，不是她那个去和亲的姑母。

倾国美色真是不讲道理地存在，魏叔玢想，怪不得外间男子往往推诿为“祸水”。如果说上一次在感业寺见到杨妃时，她还懵懂不明，只单纯为这女子的眉目体态而倾倒，逾月再相见，她明明知道这女子在几件公案上都有重大嫌疑，很可能是个心如蛇蝎的毒妇，可一打照眼，依然被扑面而来的绝代风华震慑。

这已不再年轻的佳丽，雪腻肌肤所散发出的娇柔美感，竟似病气一般，在她周身弥漫传染，连陪侍在旁的一个中年光头尼眉目都显得清秀动人。杨妃扬起一只纤纤素手，搭住侍尼皓腕，自坐床上起身相迎，唇边噙着一丝神秘微笑。

魏叔玢目光射向她腹部，惊骇长吸一口气。

她经历照顾过自己母亲数次生育，也跟柴璎珞学过了一阵医术，但其实这些都用不着。杨大美女抚腹支颐的身姿体态太过明显——

寡居九年的海陵王妃，怀孕了。

孤灯如豆，昏黄光亮映出书案上的笔架、箕砚、墨末、水盂，以及空白纸张和写满字迹的呈状。

李元轨盘膝端坐在案前，右手执笔，左手掌中的纸卷却转不动了。“宫人魏”三个字是没有多想顺势写出来的，下一字，迟迟落不下笔去。

下个字不过是“氏”，撇捺横钩，笔尖转折两下就有。然而这个字写完之后呢？宫人魏氏，侍中魏徵的长女，坚强勇敢的清白小女子，已莫名被他深深卷入这场祸端。要如何书写、如何奏明，才能最大限度开脱她的罪责，让她回归自己原应有的宰相千金的幸福无忧生涯？

李元轨无声长叹，毫端墨涸。索性放下纸笔，双手搓脸，自额头到下巴用力揉捏，让自己脑袋清醒一些。

我不愿意。我不甘心。

那晚他和杨信之在紫虚观外被程咬金带人捕获，径直送到这里来分别关押。夜深月黑之际，他只知道是上了城墙，被禁闭在城楼一间房内。第二天清晨日出后往窗外一望，吓一大跳。

他竟是被拘押在了玄武门城楼上。

玄武门，宫城北门，南临大内，北控西苑以至渭水一带的京城外围防御要地。这里也是与南衙十六卫相对的“北门禁军”机枢衙门所在。自贞观后，天子渐重北军，屯营卫士大部驻扎在禁苑兵营内，将官坐衙检校军务却在玄武门内外。程咬金等北军将帅的直房也在玄武门城楼上，一旦有变可以迅速反应。

李元轨觉得自己就是被关进了一间这样的直房里。房间不大，也没什么奢侈陈设，但收拾得干净暖和。小榻上被褥厚实，书案上纸砚油灯齐备，一日三餐有人用食盒送来，他开口索要什么也大都给送，只是没人敢与他搭闲话。

直房北墙开门，南墙有窗。透过直棂窗向下望去，触目是一片空阔广场，四周都有高墙围住，墙上有执弓槊卫士日夜巡逻。对面高墙上的重玄门再往南，就是大内后宫了，那里有树林芳草，有海池水波，更有……九年前他三位兄长洒下的鲜血。

刚进来那天，李元轨站在南窗前，向外凝望了很久。他仿佛看见九年前六月初四的清晨，二哥秦王世民带领一群束甲死士，负弓引刀，在乳白色的雾气中安静骑行，进了脚下的玄武门，又纵马行过窗外的空阔广场。城墙上的禁军卫士们兀立如翁仲，目送这一队大逆不道的反贼持刃入宫，不追随，却也不声张。

日头升高些，雾气慢慢消散，玄武门外马蹄声响，说笑声也越来越大。他的大哥太子建成与四哥齐王元吉也带人来了，也都带着弓刀，昂然入门，满心里想的是如何御前对质、洗脱秦王诬告他们与张婕妤、尹德妃通奸的罪名，再反坐对方一个谋逆大恶。

随后谋逆大恶开始。玄武门内外兵刃交加、血光四溅，二哥世民一箭射穿大哥建成胸膛，四哥元吉又在墙南的树林里将二哥压落马下，险些绞杀，终被尉迟敬德斩头。那一日这宫门内外有数千兵将擂鼓结阵相互攻伐，流矢如雨，聚血成湖，夯土城墙上、包砖门道上至今犹留有遗迹可见。

跟那一日骨肉相残的壮观比起来，我在大安殿的胡作非为，简直是小娃娃过家家酒啊，李元轨苦笑。

然而那一日骨肉相残的胜利者，如今正坐在太极殿上执掌江山。他小打小闹的杀人放火，却逃不过勾结外敌戕害君父的指控……好吧，他原本也没指望自己能逃过去。

把他押送过来的路上，程咬金哈哈笑着闲扯了很多话，细究起来，却只有两点意思：第一，他这是奉敕行事，望吴王勿怪罪；第二，天子不会亏待幼弟，你安心写供状，把事情的前因后果一概细细写来，涉及谁都不必避忌。只要如实服辩，圣君自会施恩。

直房里一准备了充足的笔墨纸张，他就开写。之前他早料想会有这一天，也跟杨信之、柴璎珞、魏叔玢三人商量过口供大略，但真的动笔了，还是很犯踌躇。主要是，他怎么样才能把所有责任全揽到自己身上，将那三人……特别是那两个女子……尤其是最无辜清白的魏家小娘子……摘择出来？

杨信之是由天子亲任为他吴王府库真的，服从保护本主是分内职责，而且那夜他就没进大安殿，本来罪行也不算重，又有中书令父亲暗护，可以不必考虑太多；柴璎珞身份特殊，且又已取得长孙皇后恩庇，应该也能脱罪；可魏家那小娘子啊……

鼻腔不自觉地一酸，李元轨以拳面抵住眼窝，心下默念：我不愿意，我不甘心。

那小娘子，以一个未嫁在室女之身，忤逆逃婚、自承杀人、主动卷入后宫恩怨缠斗、自请和亲降藩、几度出生入死从刀光剑影里逃生、蓬头垢面受伤流血……什么礼法廉耻，什么尊贵矜持，什么相府千金的大家风范，早就抛到九霄云外去了。可如今一想到她那清秀小脸和明慧双眸，他心里就生出甜蜜微酸的滋味，欢愉情意如醴酒发酿，馨香满怀。

只要一闭眼，他就能看到她偎坐在那简陋幽暗的农舍土炕上，刚被灶火燎过，形象狼狈，一双翦水乌眸却仍清丽明亮、毫无杂糅。她大胆地直视着他，神情中有羞涩忸怩，可没有厌恶拒绝，微张的双唇柔润娇艳，吐息中使人欲醉。

他并没有忘记，就在不久前，魏叔玢当着立政殿满院人拒绝了他的求婚。小雪中，帷帽下，少女轻柔而坚决的语声还回荡在他耳边：“……不如去程家做一具行尸走肉……”

甚至那一刻之前，他还当面对她说了“我没有资格娶你”之类的话。但幽暗情潮萌动之际，那一切似乎都不必管顾，出身血统也好，许诺前途也罢，世人风评、家族荣辱全不值一提，他只是为眼前人之存在而欢喜欣悦着，同时清楚地感知到她对自己的亲近眷恋。

我想那样地和她在一起，一生一世。

他明了自己的心境，这却对他下笔供述罪状毫无襄助。理智上，他不能把自己和魏叔玢牵扯到一起，一丝一毫都不能。他绞尽脑汁轻描淡写“宫人魏氏”的所作所为，尽全力让她少出现在呈状叙述当中，即使出现也只作为上真女冠柴氏的助手和棋子，年幼无知，懵懂鲁莽，受人利用，祈求主上将她发落回家命其父母严加管束……

然后魏宰相就能顺利地把女儿卖给程咬金，收五万绢聘礼，用以为长子娶一位海内第一高门博陵崔氏妇，光宗耀祖，满朝钦羡？经历过这一番风雨磨砺，魏叔玢是会煞去烈性，乖乖做程大将军的续弦正室国公夫人，为他主持门户？还是会——

“……鸿雁于征，草木黄落。陶子将辞逆旅之馆，永归于本宅……”

推纸而起，李元轨双手拄案，只觉心跳得要蹦出胸腔外，眼泪也将夺眶而出。

我不愿意，我绝不甘心。

他有些忙乱地收理自己写完的那些纸状，想着能不能从头再编个故事，涂改一番，能让魏叔玢有更好的发落去处，旋即想起大部分写好的呈状已经被收走了——来为他送三餐的仆役基本是看到案上有写了字的纸就直接拿走，都不问他一声。显然这也是程大将军的吩咐，为的就是防他写完了再瞎编重改。

灯芯渐熄，窗外泛白。日出日落间，李元轨浑浑噩噩，只是吃睡、书写、痴想，也不知自己在这斗室里拘禁了多少时候。送饭仆役不肯与他搭话，他要见程大将军、见负责审理他此案的任何官员将领，都没有回音。后来他也心力交瘁不言不食不动，倒在小榻上瞪视房顶，想着不如一刀来个痛快的，好过这样没尽头地等死。

北门一响推开，脚步声不似往日那仆役。

李元轨撑起身子，定睛辨认出来人，腿一软跪伏倒地："陛下。"

房门又关上，皇帝只身走进来，披风衣角拂过他肩颈，转到小榻边坐下，长腿一架，乌皮六合靴正伸在李元轨眼前："朕本不该来，也待不久。路过北门，听说你十四郎绝食了，上来瞧个稀罕。"

语声冷冷的，毫无关怀仁慈矫饰，还带着明显的嘲讽。不知为何，这态度反而让李元轨安心了，深吸一口气，定神抬头回话："启奏陛下，臣并非有意绝食，对抗诏敕，或意图抵赖脱卸罪责。自就擒以来，臣日夜等待宗正或大理官员前来审案对质，但迟迟等不来，臣昏乱迷惑，寝食难安，水米不得下咽……"

"蠢货！"皇帝破口骂了出来，"白长了张聪明脸，这道理不懂？案子交到宗正寺大理寺，那是下了朝廷法司，进了律令管辖，现成的一个'王子犯法与庶民同罪'！大理寺卿孙伏伽，门下侍中魏徵，哪一个是肯徇情枉法的？你阿兄还护得你吗？就如今这么拖着不交人，魏玄成公已经当面谏过我几次，都让我以孝悌借口搪塞过去，你自个儿还上赶着送死？"

李元轨定定地看着这位九五至尊、异母兄长，一时连君前失仪都忘了。不过皇帝显然也不打算这时候跟他计较小节，一只手撑着榻面凝视幼弟，眉宇间与其说是愤怒，不如说是厌烦或者——惋惜？

他们父子的五官真像，加上表情更有七分神似……自然是指太子承乾肖类其父。比起来，三十多岁的天子陛下更多一些成熟沧桑和不怒自威感，也带有长年操心劳神者挥之不去的倦容。

"臣知陛下孝悌恩重，有心回护，臣年少无知，辜负陛下恩德，惭愧无地，万死莫赎……"

"这些奏对套话，少说几句吧。"皇帝打断了他，"你觉得我成天上朝议政，身边一群鸿儒重臣嗡嗡嗡嗡，骈四俪六还没听够？说人话，你小子勾结敌国蕃贼，欺君矫诏，夜入君父居所，杀人放火，到底是想干什么？”

李元轨闭了下眼睛。该来的，躲不过。

“臣虽有大逆愚行，并无危害君父、动摇社稷之心。实因同母幼妹为蕃贼所劫，又受东宫及尹氏恶妇逼迫，臣情急之下，一时糊涂……”

“十七妹的事情，承乾处置不妥当，他母亲和我也都教训过他了。”皇帝皱眉说，“你一心护妹，这没差错，可你为什么不去立政殿找皇后或朕？你当我夫妇是那等一味偏袒儿子、不明是非的昏君愚后？”

这话怎么答呢？其实“疏不间亲”四个字就能说明白。更何况李承乾还是奉父命去管理禁苑事务的，李元轨一个无权无势的小亲王，能等闲起意越过储君、向他父母告御状？

而且眼前这位天子阿兄，在对待兄弟手足上，也是“美名远扬”啊……

“救妹也罢了，你还勾结吐谷浑刺客，不知道这是什么时候吗？”皇帝越说越长气，“两国交战呢！你就敢把敌国死士带进大唐禁宫腹心！危社稷曰‘谋反’，毁宗庙、山陵及宫阙曰‘谋大逆’，背国从伪曰‘谋叛’！殴及谋杀父母曰‘恶逆’，盗及伪造御宝、无人臣之礼曰‘大不敬’，告言诅詈诈称父母死曰‘不孝’！十恶大罪常赦不原，你至少占了六七恶，有本事啊，十四郎！”

其实那一夜大安殿恶战过后，什么时候回想起来，李元轨都有隐隐的后悔及后怕。他还是太冲动也太盲目自信，总觉得以自己的本事，能掌控住局面，能让事态按他的预想进行……等真的把乱子挑起来，他身处其中，被烈火、鲜血、刀箭、呐喊、没头冲撞的人群包围，才明了其中的混乱疯狂危险和自己的孱弱无力。

如果给他机会重新选择，他一定有别的打算……但肯定还是不会如天子期望的那样，跑去立政殿告御状。

眼前历数他大恶罪状的人，如果换成大理寺卿孙伏伽，或侍中魏徵，甚至国舅长孙无忌，他想自己都心服口服，无言可对。可偏偏是二哥……九年前，带了死士从这里入宫杀兄囚父的二哥。

李元轨的目光不自觉投向南窗，窗外就是玄武门内的广场。越过对面重玄门，大哥前太子建成和四哥元吉的鲜血，至今还深浸在土壤中吧?

皇帝顺着他的眼神也往南窗外瞧过去，脸色立刻变了。

“我知道你在想什么，”做兄长的咬牙一字字吐息，“你觉得自己是在学我的样，是吗？李元轨，你——有资格学我吗？”

身影一晃，他离开坐榻，竟屈一膝抵在李元轨面前，伸手捏起庶弟下颌，逼得李元轨不得不直视那双黑亮如星的眼眸：“朕年十八，就在太原与阿耶共建义军、树旗起兵、经纶天下。二十四岁虎牢一战定鼎中原，大唐谋臣猛将尽在麾下，众望所系、海内归心。六军虎贲视我如神，突厥外夷闻我领兵，逡巡不敢犯前！我功高才著，方敢冒天下之大不韪，被逼无奈之下，逆坏人伦、喋血宫门！李元轨，你于国于民有什么功绩，也敢来学我？”

皇帝是真怒了，李元轨只觉眼前这倚势凌侵自己的身体上，如有热焰向外张牙舞爪喷吐。他被捏着下巴动嘴困难，又不敢挣扎反抗，一时答不上话。

“你也就恃仗着一条，”皇帝冷笑，“仗着当年阿耶看上了你娘！知道我不乐意拿兄弟开刀，知道我要名声！还有，知道太上皇病重受不得刺激，拿定我正派兵征战，千方百计怕有国丧！”

听他言中对自己亡母颇有轻蔑，李元轨耳边嗡的一声，心头火起，猛地甩头脱开皇帝掌握，不管不顾了：“臣什么恃仗都没有，也不敢与圣主并论！问心无愧者，唯有一条：一人做事一人当！元轨也没被逼无奈，也不必叫人文过饰非，所犯罪孽，请陛下依律惩治，有死而已！”

“啪”一声，李元轨只觉左脸一痛，整个人被横来的大力扇倒，额头眼角直撞地面。

不愧是当世最著名的神射手，手劲好大……少年亲王一时眼前天旋地转、金星乱冒，耳畔轰鸣中，听到门外有人敲叩，接着似乎是程咬金的声音：“陛下，那边吉时快到了……”

衣襟摩擦和靴声响起，皇帝起身扬长而去，重重摔上牢房木门。

双手托着香炉盘，魏叔玢跟在长长的命妇仕女队伍里，向前移动脚步。

铜炉盖缠枝花纹里透出的缕缕香息太过浓烈，熏得她眼涩头痛、神志模糊。未必是坏事。她的心思本也不能安静牢固在眼下，时时飞到九霄云外去游移。

通义坊兴圣尼寺，当今天子和太上皇在隋旧宅唐国公府，供奉着太上皇原配、天子生母窦太后的真容影像。每逢普贤菩萨圣诞，寺里都要举行盛大法会，宫内出鲜花宝盆供养，在京命妇仕女也多来行香拜祭。

依照与母亲的书信约定，魏叔玢一大早装扮入寺，先加入了命妇们的行香[1]队伍里，依次缓慢走向大佛殿行礼。队伍里有不少熟悉面孔，是以前曾陪母亲会谈交际过的各家大臣贵戚妻女，但多数人都回避与她目光相对，装作不认识似的，自顾虔诚望拜。

没错，在皇家寺院里排队行香，需要庄严肃穆些，不能语笑喧哗、随意走动。但即使迟驽如魏宰相千金，也感觉出自己在被孤立、不受欢迎，甚至还看到有人在角落里指指点点议论她。想必她逃婚又在禁宫闯祸的事，已经传扬甚广了吧。

紫虚观主柴璎珞不便陪她来熟人甚多的尼寺，只叫静玄带两个侍娘护送，自然也都换穿了寻常女装。中年道姑此刻手捧一瓶折枝桃杏花，跟在她侧后方行进，魏叔玢回头看一眼，收到了一个鼓励安慰的眼神。

老实说，魏叔玢并不怎么在乎别家妇女如何看待自己。跟她前几日目睹的秘事相比，那些鸡毛蒜皮风言风语什么都不算。

海陵王妃杨氏怀孕了。

她的丈夫、当今天子四弟李元吉，死于九年前。

慈和寺小院厢房里，连一贯山崩于前不变色的柴璎珞都惊怔在门内，迟迟说不出一句囫囵话。最后是杨大美女莲步姗姗行到她们面前，皓腕伸来，朱唇轻启："上真

---

1 关于行香，详见附注（16）。

师来得正好。我这几日胃脘烦恶，咽不下食水，烦劳仙师诊治。”

柴璎珞下意识接住她伸来的右腕，习惯性地按弦把脉，看得出是先整理了一番心绪，半晌后才道：“恭喜四舅母……坤宫安稳，胎儿壮实，已有三四月龄了吧……害喜寻常事，饮食清淡些，多吃酸甜物开胃就好。”

说完，她又是一个怔神。几乎同时，魏叔玢也想起昨日在邻旁万善尼寺里听到知客尼司马令姬说的话：“两斤杏脯送过西墙去……别多礼，同命人……”

“多谢上真师。还是你本事大，到底找了我来。”杨妃轻柔地道谢夸赞，不知怎的，魏叔玢听在耳中，只觉一阵心寒。“所以就是这样……为璎娘你自己和柴家打算，你们还是走吧，只当没来过。”

柴璎珞张张嘴，无法应答似的，却也不肯转身就走，只站在当地，凝视被窗栅阴影分割成一条条的美人玉容。魏叔玢立在她身后，突然冲动开口：“是东宫命杨驸马，接出王妃送这里来的？”

杨妃美眸一转，目光落在魏叔玢脸上，似有些意外，又似懂了什么，凄然一笑不答。

“去冬十月，六妹妹在感业寺染上风寒，病势危急。我已受命进寺操持婚事，怕她不治，也怕她过病气给人，自作主张将六妹移到我紫虚观去，四舅母也跟去陪护……就是那时候吧，”柴璎珞望着杨妃，“冬季会猎频繁，禁苑日日有男子出入……”

杨妃玉颊微红，摇头不答，向房内的中年侍尼道：“送她们出去吧。”

那尼姑应诺着走过来。柴璎珞皱眉道：“四舅母请三思。你母女虽如今安稳舒服，可将来……舅母不如跟我多说些内情，其实于你们的安危有益无害。”

她言下之意很明白。天子弟妇在禁中寡居怀孕，无论腹中娃娃的父亲是谁，传出去都是丑闻，杨师道受命接出杨妃母女安置在尼寺，只怕也是为了保密考虑居多。如果主事者最后决定灭口毁证，杀她们母女易如反掌。

若杨妃将一应秘事内情都告诉柴璎珞，那杀人灭口的难度就大了很多，主事者也会更慎重举动，其实是让杨妃母女的处境更安全了。这道理连魏叔玢都一想就懂，历经风雨摧折的美妇人却只是微笑摇头：“好意心领。但这是我自己的事，我自己下的赌注，输赢自受……你还是走吧。当年三阿姐待我、待阿四阿六的耶耶都亲善恩重，步摇不想连累她家人。”

柴璎珞叹了口气，低头想一想，最后道：“璎珞奉皇后敕命查案，只问一句，四舅母如实答我，我便告辞，此后也不会再来啰唣——十年前的东宫毒酒案，起意向二舅杯中下毒者，可是四舅？九年前此案重查，是不是四舅母在食盒上写字提示查案人，从东宫井中捞出了那只酒壶？”

这是极要紧的话，魏叔玢也振作精神，紧盯着杨妃看她如何反应。

大美女先是移眸望向门外，脸上神色悲戚，一瞬间不知心里转过了多少往事，很久很久之后，才缓慢而清晰地回答：“不错，是我做的。”

说完回身提裙袂向内室走去，竟不再理会柴、魏二女。那中年侍尼口宣佛号，示意逐客：“娘子身体抱恙，檀越等勿再相逼。上天有好生之德，佛门也不是争议之地。檀越等请自便。”

魏叔玢看看柴璎珞，女道士显然没打算强硬动手，只得回身出门，刚迈下台阶，走廊上忽又响起一声娇脆笑叫：“璎娘姐姐！”

一个头绾三角髻的小女孩扑进柴璎珞怀里，大眼睛里满是笑意欢喜，正是杨妃的亲生小女儿六县主，原感业寺里年纪最小的天子侄女。紧跟在她身后跑来的侍女也看着眼熟，是杨妃的贴身婢子阿洛，曾在感业寺回过柴璎珞等人问话的。

起火前悄然离寺的杨妃母女一干人，果然全在这里，被杨师道送来了这杨氏家庙，容纳周、隋两朝后妃出家的万善尼寺旁边……

这倒不奇怪。只是杨妃有孕的消息过于意外，连一向处变不惊、智珠在握的柴璎珞似都乱了方寸，从慈和寺回家后，一直独处闭门思索，对谁都爱答不理。魏叔玢问过她两次，她只是回答：“这案子查不下去了……也不用再查了吧。”

魏叔玢默想，查不下去，是说杨妃母女有她腹中胎儿的父亲庇护，没法逼迫过甚，以防投鼠忌器。不用再查……是说十年前的东宫毒酒案、临汾县主缢死案、寻找吐谷浑王孙案，都有结论了吗？

东宫毒酒案是当时的齐王李元吉主谋，这似已无异议。李元吉趁着东宫大宴人手忙乱，命自己的人乔装典膳监内侍，携双心毒酒壶，借一娘之手向秦王李世民杯中下毒，后又将双心壶抛入宴殿附近井中灭迹。他夫妻感情和睦，杨妃知道这事，并在一年后重查此案时，暗暗提供线索，使查案人找到酒壶，并归罪于东宫主谋。

临汾县主李婉昔之死，也是杨妃所为。二人平日私交甚好，一娘可能知道了四婶与谁私通怀孕。杨妃怕一娘出嫁后在外泄露自己隐私，于是抓住最后机会，亲自动手或派人缢杀她，还特意用腰带和玉指环将长孙皇后母子牵扯进去，意在阻止深查此案。

至于吐谷浑王孙……依照前隋萧后吐露的情形，那对母子确实是死在隋乱中了，无可奈何，没法再查。下面能做的，也许只剩劝说慕容顺派来的使者同意串通造假，弄个合适的人，伪称为当年的小王子，送去青海给他父亲立嗣……

魏叔玢莫名地心跳几下，眼前闪过“戴罪立功”四个字。

这造假的人选，不是只年龄合适、相貌略似就行。他此去敌国，是要鼓动“父亲”慕容顺，在吐谷浑内部联络势力起反，配合唐军攻势，推翻现可汗慕容伏允，将吐谷浑国纳为大唐附庸。这任务既艰苦危险又需要得力人去执行，得力人还必须对大唐忠诚不贰，即使坐上了可汗大位，依然以唐臣自居。

未及弱冠的少年男子，谁能有这份胆识才干？谁又会甘愿背弃祖宗、改名换姓、出塞投荒？

她想得痴了，几次在兴圣寺院中止步凝思，直到被身后的静玄催促前行。她恍恍惚惚跟在队伍中进大殿礼佛，又向旁边偏殿供奉的穆皇后窦氏真容画像敬香。

抬头痴望画中的太上皇原配、天子生母，那慈和的面容，自然远不如柴府小院里供奉的平阳公主玉像生动逼真，但仔细看来，还是能发现窦后、平阳公主、柴璎珞祖孙三代容貌上的传承之处。而且……画像上那重叠的衣领后，胸口上，应该还有一枚红胎斑的吧……

与容貌特征相比，也许她祖孙三代血性心气传承更多。魏叔玢想着窦太后，母亲是北周武帝同母姐襄阳长公主，生下来就发长及颈，三岁与身齐。她舅父周武帝宇文邕宠爱这生有异相的外甥女，自幼养于宫中，视若亲女，还颇听她劝谏，窦后也敬爱舅舅如生父。隋文帝杨坚灭周登基，其时已经出宫回家的窦氏女闻讯投床大哭道：“恨我不为男，以救舅氏之难！”吓得她父母忙掩口不令外传。

那股子对杨隋家的仇恨，此后也许一直深藏在她心里，又由她言传身教给了丈夫和儿女。也许她一生都暗暗地以北周亡国公主自居，心高气傲，完美求全，以致生下面有缺陷的幼子，竟立刻命人丢掉弃养，也不管会不会被议论冷酷不慈……

她嫁入的陇西李家，或者说她出身的整个关陇旧家，似乎都是这样的风气，纵情恣肆，挥洒磊落，不拘小节，以尚武雄力为尊，与关东儒者推崇的以仁爱自省立身大相迥异。然而乱世中，正是他们这些人方能以战止战、力挽狂澜、一统山河、开创太平。

所以，是要责怪李承乾暴戾淫乱，还是要怪杨妃轻浮不贞，抑或是怪天子和皇后没能把儿子教育成清白谨慎的谦谦君子？

就连道德几无瑕疵的天子庶弟吴王元轨，都热血上头就通敌谋逆闯宫杀人呢……

魏叔玢只能苦笑，自己信步漫游着，茫然不知身在何方。也不知走了多久，一只手伸来牵住她的披帛，用力扯了扯，魏叔玢回头，认出一张熟悉面容——母亲的贴身侍娘阿霍。

这也是帮着将她自幼养大的老家人，见魏叔玢回头，先自眼圈一红，蹲身下拜，然后传话：“一娘子随奴婢来。”

母亲裴夫人在兴圣尼寺偏院中找了间厢房，自坐在窗下等女儿。静玄等三个侍娘随魏叔玢一路走过来，自觉留在房门外，让魏宰相千金只身进了房门，恭恭敬敬向母亲伏地叩首谢罪。

请安问好之外，她没有多说话，说多了也没用。抬头只见母亲肚腹隆起更大，面容也更疲惫憔悴，鬓边还有了明显的白丝，鼻子一酸，泪水立即涌上眼眶。

裴夫人望着女儿，眼圈也红了，亦没说什么场面话，只轻轻叹一口气，先开言：“我女儿瘦了……”

魏叔玢呜咽出声，伏地悲不自胜。头顶上只听母亲的温柔声音还在响：“……你阿耶不知我今日会见着你，就我们母女俩说说话……起来，阿玢，别哭啦……听娘细说……你在禁苑和大安宫无辜卷入了那许多事，我们先是生气，后来就只剩担心了……幸亏天子皇后圣明，前几日阿娘入宫谢罪，皇后当面说，不打算追究你罪责，只叫阿娘快些把你领回家，别再乱掺和了……”

“我……回家？”魏叔玢有些惊异地抬起头。

长孙皇后答允饶赦她和柴璎珞，这在意料之中，但她还有感业寺杀人嫌疑、自请和亲那一堆烂账呢，也这么轻轻放过了？以及……父母要将她卖婚的事，也还在眼前，她如果就这么回家，这些天的辛苦凶险不全都白费了？

“我知道你在想什么，”母亲叹息，“你自请封公主去外番和亲，这事我们也知道了，是主上当笑话说给你阿耶听的……你阿耶当时负气，回奏了为国捐女的话，主上倒反过来安慰他，说暂不考虑和亲，要等打完这一仗再议。”

“是……是吗？”魏叔玢呆怔着回问一句，她母亲点头：“你阿耶向我学说了主上原话，可我没记住那许多道理，只记得主上是说，打赢了再和亲，跟打不过送女子和亲，完全不一样。前者是什么羁绊传位的，是长治久安之策，后者就是没出息求和。大唐开国组建义军时，为求突厥人助力，太上皇父子送了太多女子玉帛给外番，那滋味主上这辈子都不想再尝了……”

所以是“暂不考虑”和亲，要等打完与吐谷浑之战再说，可谁知道这一战要打多久，能打胜还是会打败呢？以目前所知的消息来看，很不乐观啊……

“咱们家也要有喜事了，”裴夫人又叹一口气，“我身子这样，只怕忙不过来，你能回家帮忙，我还可以偷个闲……”

“喜事？”魏叔玢问。难道她父母想法子凑够了三万绢，能为大弟叔玉买来那崔氏小新妇了？

裴夫人点点头，脸上却毫无喜悦欢愉神色，只有哀伤无奈：“你大弟的婚约，你知道的，多亏崔家大姑从中帮忙转圜……崔家已点了头，只要下个月把聘礼凑齐送去，他们就收婚书许嫁纳征。”

“那聘礼怎么凑齐？”魏叔玢忽然心惊肉跳。

裴夫人目光从女儿脸上移开，望向窗栅，眼中莹然有泪：“崔大姑说，程大将军府答允，以三万绢聘礼娶你……二妹叔瑶。”

年近五旬的左领军大将军、宿国公程咬金，答允以三万绢聘礼娶侍中魏徵次女魏叔瑶为续弦正室国公夫人。

“阿瑶她……还不到十三岁……”

魏叔玢惊得呆了，眼中泪水又直流下来。母亲裴夫人望着女儿，亦同泪下：“我知道，可能怎么办……崔家那边一直急催，下个月再订不了婚，他们就要把女儿许给别家，你阿耶怎么也忍不得这口气……本来也不至于到这田地，本来我们一直在勤俭积蓄，想着挪借凑凑，差不离也能弄够三万绢给阿玉……”

她父母平日不好奢靡，天子和皇后隔三岔五的赏赐更都攒下来留着儿女婚事使用，这情形魏叔玢自然知道。听母亲的口气，家里这些年的积攒竟也差不多够三万绢了，然而……

“可是？”

裴夫人擦擦眼泪：“前些日子，你阿耶被主上叫去，让他继续查那个临汾县主死因。你阿耶说奉了皇后令旨，不再管那案子，主上却不肯罢休，说了好些话，你阿耶转述，我也没记住。最后主上是说，听说玄成公家里嫡子要娶妇，大内欲赏出三万绢助聘……”

“啊？还有这等好事？”魏叔玢惊讶。这不是天上掉下来的横财吗？

皇帝也真是消息灵通啊……

“什么好事？”裴夫人苦笑，“你阿耶当时就翻脸了，还说了些什么圣君不该以阿堵物收买大臣之类的难听话，自然也惹得天子不快……你阿耶也是想，我家自有储蓄，用不着摧眉折腰求财，谁知道过了没两天，就……”

“就怎么？”

“我家的渭北庄园库房，着了一把大火……倒是没伤着人，可历年存积的粮食稻谷布帛，全都……”

母亲又开始抹泪。魏叔玢坐地无语，心中万马奔腾。

好歹也是一朝国君江山之主，要点脸行吗……

“所以家里凑不出三万绢了，”她缓缓说，“阿耶就又去跟程大将军商议，换个女儿嫁他，聘礼也从五万绢降到三万绢？宁可这样，也不肯奉敕去重查临汾县主案？”

“唉，你这孩子，把你阿耶看成什么人了？”裴夫人叹息，“自从那天你自己跑走，你阿耶就再没提过嫁女的事，强扭的瓜不甜，道理谁不懂？是我见他夜夜长吁短叹，胡须都白了一大半，心里受不了，请来崔家大姑商议。好话说了一车，崔大姑才出的这主意，也是她去程府，当面找了程大将军说话。”

“程大将军说，想娶我二妹？”那天在紫虚观外，她为什么不朝程咬金的大肚子上戳一刀？

裴夫人苦笑：“据崔大姑传过来的话，程大将军心里有意的人是……你。”

“啊？”魏叔玢惊得张开嘴。

“崔大姑说，程大将军不知怎的，虽然是刚从外地回京，已经见过你两面，还挺夸赞你，说是又伶俐有勇气，又知书识字会写文章，又有门第出身，又跟你阿耶是旧相识，做亲正合适。他们一文一武，如今还要正奉天子敕旨合着办什么事，成了一家人，彼此也有照应……”

“办什么事？”魏叔玢无意识地重复。她母亲似以为她在询问，皱眉想了想：“还是跟那临汾县主命案有关，好像主婚的吴王，因为什么闹大发了，搞得大安宫一团乱糟。听说你和上真师不也给卷进去了？主上原有意让你阿耶继续查县主死因的，这大事闹出来，又变了主意。听你阿耶回家来说，因为牵涉太上皇，要进起居注国史的，主上又想让他主办吴王的案子，又不让他现在提人问话，人如今正由程大将军看押着，怎么怎么着……唉，这些我也闹不清，反正是外面男人操心的事。”

魏叔玢耳边像有一千只马蜂嗡嗡乱飞，心里已经窒滞。裴夫人见状，叹息道：“咱们不说那些没干系的了，就说家里。程大将军这次调回京师，接手禁军，看着要常驻不走。逢年过节朝贺走动，家里没个能上台面的主妇，太不方便。崔大姑也是好意，跟他说了你……你在紫虚观修道祈福，又请过皇后懿旨帮着上真师编医书，一年半载可能出嫁不了，劝程大将军改娶你二妹，大将军也答应了……总是咱们魏家的女儿，出身门第也一样的，阿瑶生得也不蠢笨……"

"她还不到十三岁，"魏叔玢轻声说，"她比我听话，脾气好，耶娘说什么就是什么，自己没主意。她从小就穿我的旧衣裳，拾我玩过的魔合罗，如今连我不要的夫婿，也转给她……"

她说不下去了，抬一只手捂住嘴，也堵住胸中涌上来的酸辣气。坐在对面的母亲亦黯然无语。

忽然间，魏叔玢彻底明白了李元轨舍命救妹的心绪。那未必是他有多疼怜挚爱手足，他是胸怀大不忿，怎么也不能忍受那般的不公平、不仗义。

十七公主也好，她二妹叔瑶也罢，都是清白无辜的弱小女子，唯一过失就是投错了父母、生错了人家，被人当器具般用来使去而毫无反抗能力。她们也都有理应照顾庇护她们的上位者，太上皇、皇帝夫妇、东宫太子、父母……可最后发现，真心能护着她们的，竟只有比她们本人大不了几岁的兄姐。

我命中注定该承受的，我自作主张招惹来的，都不应该让更幼弱的妹妹来替我担当。泪眼模糊中，魏叔玢静静地想。

她必须做些什么。她不知道该做什么、怎么做才有用，才能让自己面前湍急险恶的朝局暗流向着她所希冀的方向而去，也许她又在一厢情愿地瞎胡闹，也许她的轻举妄动会适得其反，也许她会亲手葬送自己以及那些自己真心关爱的人，也许……

可她必须做些什么。她不能就这样呆坐在阳光照不到的幽暗室内，流泪哭泣，祷告上苍，随波逐流，希望一切自行变好。

她想到了万善尼寺里那些衰老木然的行尸走肉，想到周隋两朝末代皇后的空茫遗世，想到前朝太子妃郑观音的心若死灰。她也想到了外面兴圣寺大殿上供养着的窦太后遗像，柴驸马府小院里平阳长公主栩栩如生的塑像。她想着克死三个皇长孙的白虎精柴璎珞，仍然日日周旋在皇宫贵戚间，丰姿流艳，眉目澄明。寡居九年怀上乱伦私生种的海陵王妃杨氏，那娇柔而坚定的声音：“我自己下的赌注，输赢自受……”

“阿娘，”魏叔玢向着母亲的方向抬起脸，天地间只有一片颤动水光，“我去嫁给程大将军……让阿瑶在家多留两年。”

她心甘情愿，九死无悔。程咬金是混世魔王也罢，是吃人野兽也罢，由她一身承担就是。

而且……她居然对自己暗笑起来。柴璎珞几天前就打听到吴王元轨被拘押在玄武门城楼上，杨信之则被关在屯营营房，都由程大将军派人负责看守，估计以后怎么处置，也会交由程咬金经办。

“十四舅犯的几大过恶，若交到刑部大理审问，正经按律令来判，是死罪无疑。”女道士向魏叔玢直言，脸上有此前从未出现过的沮丧无力，“主上倒是有心回护。也是因太上皇病重弥留，怕十四舅出事的消息传进老人耳朵里，或者就算传不过去，前头处置了太上皇幼子，后脚山陵崩，史书上记一笔也太难看……唉，可不知道这么关押着拖日子，要拖多久才算完……”

能拖多久呢……能拖到……有人想到办法，能瞒过程大将军一众人，偷偷去把李元轨放出来，让他远走高飞吗？

方才母亲又透露，天子有意让父亲魏宰相来主办此案。她魏叔玢依遂了父亲心意，乖顺嫁到程门，父女和解，也许可以在父亲和……丈夫耳边，替吴王求情美言，竭力助他脱此一生大难？

如果真能这样，如果真能帮那身世不幸、心地纯挚的少年减轻罪名、脱离囹圄，回归他本应有的天潢贵胄生涯，那么她还能再有什么不满、什么怨望？

她程门魏氏的婚姻，该受到天上地下一切神祇的祝福吧？

在母亲泪下如雨的怀抱里，魏叔玢仰天微笑，从此命定。

钟声从门外隐隐传来时，李元轨正伏在书案上打盹。

被耳边沉厚动荡的音韵惊醒，他抬头直起腰，揉一揉酸涩眼睛，手掌又触及了自己脸上毛茸茸的疏须——也不知道长得有多密了，这张脸此时是何模样。

囚室中没铜镜，也没人来给他修整仪容，好在除了每天送饭换溺罐的仆役，也没人再来见他。自从那天皇帝甩了他一耳光盛怒而去后，他就像被遗忘在了这高峻的城楼上，与飞鸟为伴。

他也懒得再记日子。纸墨供应一直无缺，但与大安宫变乱有关的供词，他早斟酌着字句写完了，自然是尽力将一切责任都揽到了自己头上。闲极无聊，他开始在纸上默写《孝经》文句：“子曰 五刑之属三千 而罪莫大于不孝 要君者无上 非圣人者无法 非孝者无亲 此大乱之道也……”

这经书正文本不算长，一口气抄写过二十遍，差不多也背过记熟了。随意流出他笔下的句子，首先言及不孝之罪，自然与他这些天来心念不辍的事体有关……李元轨对自己苦笑着，又有些负气不忿，提笔又写：“子曰 昔者明王之以孝治天下也 不敢遗小国之臣 而况于公侯伯子男乎 治国者 不敢侮于鳏寡 而况于士民乎 治家者 不敢失于臣妾 而况于妻子乎……”

还是圣人说得周全明详啊，他感叹，想象自己把这些字句捧起来，照着皇帝脸上摔过去跳脚大吼：“陛下夫妇父子如果能孝治天下、不遗小臣、不侮鳏寡，我等士民怎敢擅兴作乱？”

说到底，太上皇为父不慈，天子为兄不友、为君不明，才致使祸起萧墙。李元轨越想越气，走笔如龙蛇：“昔者天子有诤臣七人 虽无道 不失其天下 诸侯有诤臣五人 虽无道 不失其国 大夫有诤臣三人 虽无道 不失其家 士有诤友 则身不离于令名 父有诤子 则身不陷于不义 故当不义 则子不可以不诤于父 臣不可以不诤于君 故当不义 则诤之 从父之令 又焉得为孝乎……”

写到此处，他忽然想起去年在禁苑桃花林小院里，他奉敕命带着自己抄写的孝经文本向欧阳询请教笔法。那时他请缨去前线打仗被驳回，也是满心不忿，在欧阳询的教导下抄写到这一章时，走了神搁笔，索性向那状若猿猴的老人诉起苦来。

欧阳率更倒不厌烦，笑呵呵地捋须听他发牢骚，末了只说：“十四郎生在太平年景，本是幸事。少年立志是好的，也要多体谅父兄才是。”

“圣人也说了，从父之令焉得为孝，当不义臣不可以不诤！”李元轨气呼呼地回应。耄耋老人笑纹展得更开，敲一敲手中砚子，慢条斯理道：“诤臣、诤子、诤友，都是好的，也只好在一个‘诤’字。遇有不义，当面谏诤，这是应该的。诤完了呢？听不听，受不受，那是君父的事，君父自有其判断考虑。你要不服，那也只能继续谏诤……”

“没完没了地诤？”李元轨皱眉问，“别的什么都不能做，就只绕着君父念叨进谏？”

“对的呀。”欧阳询笑得像个刚摘到满满一捧大桃的老猴，“谏诤嘛，要么念到君父听烦喽、听怕喽，依从你为止，要么念到自己声嘶气竭嗓子断掉为止。这是为人臣子之道，除此以外，轻举妄动，可都是离经叛道啦。”

欧阳询的口音带有浓重的南音。这也不奇，他本是潭州临湘人，父祖都是南朝大将，十三岁上父亲带兵起反，全家被抄斩，只剩他一人侥幸不死，后被南陈亡国宰相江总收养，长居建康二十余年。隋灭陈后，他又辗转北来入关为隋官，隋乱中历经宇文化及、窦建德等人之手，最终因与太上皇李渊有旧，投唐赐爵。八十多年历经数次改朝换代，这容貌丑陋的老人始终以文学书法闻名于世，不涉军政，不结党人，安分随时，藻饰盛治。

那时李元轨对欧阳询这一套“只诤不行”的教训颇有腹诽，只觉这老人比之魏徵、王珪等重臣差得太远了，怪不得一辈子只能以书艺侍君类同倡优……此时被囚在玄武门城楼上，忽然想起那一番话，却领略到了别种滋味。

在下位者，自觉遇到了不公不义，向上位者谏诤是正理，上位者也该当放怀虚心，听取各人的不平之鸣。若觉有理，自下敕命去改正，就无理，也不该以辞罪人、堵塞言路。然而这番交锋仅限于“谏诤”局面，只能各自说，不能各自行。

欧阳询之父欧阳纥，认为陈宣帝对他的贬斥是不公不义，于是奋而举兵起反，朝廷派兵平叛，满门坐株；隋文帝杨坚，认为南陈划江而治割裂疆土是不公不义，于是派兵南下攻灭建康，俘虏陈后主君臣，统一宇内；隋炀帝杨广，认为高句丽抗拒天使不尊正朔是不公不义，于是征兵百万三征辽东，最终天下大乱，亡国身死；隋末百十家军阀盗贼起兵割据，个个都有理由自觉遇到不公不义，都是逼不得已奋起反抗，于是尸骸蔽野、血流成河、万户城郭空虚、千里烟火断灭。

李元轨无声长叹，倒水研墨，再蘸笔毫，缓慢地一行行涂黑自己写下的那些字句。

只涂了一两行，他忽然发觉不对。

窗外的钟声居然还在响。

他不知屋外现已是什么时候，但无论是禁起还是禁闭，暮鼓还是晨钟，都不应当响这么久。

猝然支案起身，他活动着僵硬的身体，踉跄到南窗前，透过窗纸上的孔穴向外望去，旋即睁大了眼睛。

他能看到的广场四面城墙上，原本楼角雉垛插展的红黄幡旗，正在被一面面拔下，代之以白麻长幡。重玄门城楼飞檐下也围了生麻布，掩住题额书字。

钟声越发悠长哀切，传扬遍野，六宫失色，都城无声，举国同悼。

大唐开国之君、太上皇李渊驾崩。

第四章　李元轨殉葬

苍天之下，黄土之上，石级龙尾道间，唯有他一人拖拽着脚步，踽踽前行。

贞观九年四月甲辰，季春，萍始生。风和日丽，春光浓艳。

巳时吉神：玉堂、贵人、喜神。忌上梁盖屋、修造安葬、赴任出行，宜嫁娶纳婿、求财开市、入宅见贵，宜……盘算筹划自寻短见。

魏叔玢盘膝坐在自家院子里的杏花树下，由着侍娘给她打散双鬟，绾起一个时兴的半翻髻，又将旁边毡毯上托盘里置放的金银钗簪次第插戴起。围坐在旁边观看闲谈的有她母亲、妹妹，还有程咬金家过来定亲的几个有头脸的管事娘子，以及略奇怪的，事实上的媒人崔大姑。

说“事实上的媒人”，因为这桩婚事确系崔大姑一手促成。但是在女眷们围坐的行障帷幕之外，正在与侍中宰相魏徵同行“纳征”大礼的，却是州县里坊遣来的官媒，同程家的函使儿郎们一起，装束齐整赍奉婚书，与嫁女主人家揖拜谦逊不已。

院子里还有鼓吹奏乐。嫁娶双方都是三品以上高官贵人，礼部太常也依律派来谒者赞相，训练有素的高喊声时不时传过帷幕这边来：“……承贤长女令淑有闻，四德兼备，愿结高援。谨因媒……

“第一女年尚初笄，未闲礼则，承国公顾存姻好，敢不敬从……”

纳征礼的床案席炉设在前院，一群男子也在那边聚集。按周礼，本该设在家宅正堂之西的，然而……魏宅目前还没有“正堂[1]”。

她家在永兴坊的这处宅地，是贞观初年得赐的，地块不小，离皇城近，父亲上朝办公都方便，但就是房屋较旧，正堂也坍塌了，需得自己营造修缮。这些年来，家里收入大都存积起来预备办婚使用，父母屡次考虑修建正堂，一算花销，都摇头缩了手。

于是魏侍中宅前院中央，至今还是只有方方正正、平平整整一块堂基，留着将来哪天主人忽然发了横财，就能买木材泥瓦招工开建……做梦吧。

“啧啧啧，到底还是我们关东士族，真正尊奉圣人教诲！就看玄成公这份清寒俭素，满朝文武哪里去找第二家……”

崔大姑笑得满脸开花，坐在茵席上不住嘴地夸这个赞那个，比主人家女眷还要兴奋欣悦得多。魏叔玢望着她一身穿戴光鲜、喜气洋洋的模样，忽然没那么厌恨她了。

这崔大姑相貌不丑，四十来岁年纪，说来当初嫁的也是权贵，做过高官当家娘子的人。但在隋末大乱中，她夫家男丁死绝，自携了幼小儿女回门投奔远房堂弟崔民干。那崔民干如今是博陵崔氏的门面人物，如这般来投奔寄居的亲戚甚多，也难一一照管周全。崔大姑为儿女衣食计，慢慢便为欲与崔卢郑王等联姻者牵媒，做这行当在长安富贵人家中还出了名。

但她虽做媒有成，像今日这般公然以媒人身份出席六礼的时候，还是极少。原因很简单，她是个寡妇。

也就是魏侍中家主妇裴夫人读书明理，不嫌寡妇晦气，力邀了崔大姑来一起参加纳征礼——咳，其实因为“征”字犯了主人名讳，家内外都将今日仪礼改口称为“定亲礼”。意思是一样的，此礼行毕，魏侍中长女自后就是嫁出去的女儿、宿国公一品夫人了，本家再犯谋反杀头的大罪，都不与她相牵连的。

---

1 关于魏家正堂，详见附注（17）。

反过来说，她魏叔玢再犯谋反杀头的大罪，也牵连不到父母弟妹，自有她夫婿程大将军接挺着。

很好，很好。

魏叔玢微微翘起唇角，抬了头，让侍娘把一支大凤钗插进发髻前面。这些金光灿烂流珠摇曳的贵重新首饰，大多是程家送来的彩礼。她看不到自己插戴起来的模样，但见程家的几个女人和崔大姑都拍掌赞叹，一句一递夸赞她通身富贵气派貌比天仙什么的。母亲和妹妹虽红着眼圈，被问到时也频频点头，称许程大将军娶亲的诚意。

程家确实是诚意满满啊，车载斗量的，值五万绢呢。

按崔大姑的说法，程大将军本人也是真心爱重魏叔玢本人，虽只见过两面，满嘴里直赞"小娘子有趣，咳，有才貌"。之前谈聘礼的时候，本说好三万绢娶魏家第二小娘子，闻得第一小娘子自愿肯嫁，大将军一喜之下，大方应允还以五万绢来聘，都不在乎近期魏叔玢的名声被她自己糟蹋成了什么样……

五万绢里，还有三万绢是纳征之前就送了来的，因为知道魏家要赶着在三月里往崔家送过去给长子定新妇。上个月那场热闹，至今还是永兴坊邻里议论的话题：

两位函使儿郎骑青丝辔头押函骏马，带着浩浩荡荡的抬彩礼队伍，从怀德坊[1]宿国公府出头，一路东行，往永兴坊魏侍中府杀来。马上鼓吹开路，三美婢守着礼函舆和玄束帛、驷马玉璋，后跟挑夫担抬五色彩缎、大束锦帛、成堆铜钱、猪羊牲畜、米面粮油、野味猎物、点心水果、奶酪油盐、酱醋葱姜……半城地面人山人海，谁不要凑趣看新鲜？自然，"魏相长女嫁给程大将军为续弦夫人"的消息也传扬得满都城皆知了。

那天魏叔玢并没在家收礼。今日之前，她还一直躲在紫虚观自欺，这场婚事只是一个噩梦。也许明日太阳升起来，她就醒了。

此前她在兴圣尼寺，向母亲许诺嫁到程府，母亲本想就此接她回家，将前事一笔勾销。是她坚决要再回柴璎珞身边"至少让我好好道别拜谢一番"。想到这些日子女

1 程咬金家的位置，依据的是昭陵程咬金墓出土墓志："以麟德二年二月七日遘疾，薨于怀德里第，春秋七十有七。"虽不清楚程家贞观年间住哪个坊，但程咬金是在怀德坊寿终的。

儿给柴家添了多少麻烦，裴夫人也不好坚拒，只得放了她与静玄等人一同回去。

然后魏叔玢就在柴璎珞怀里把眼泪哭干了。

紫虚观主问明情形后，只长长叹了一口气，说声“难为你”，她的眼泪就像灌渠开闸一般倾泻而出……自己都不记得是什么时候才收止的。似乎就一直流到了海枯石烂、天地干涸。

她并不后悔自己的决定。如果这场婚姻能同时取悦父亲和程大将军、让她有机会去救吴王元轨，或至少为他做些事，那就是值得的。只是这认知，丝毫不能减轻她的痛苦涕泪罢了。

柴璎珞仍然在尽力帮她的忙，编了个借口，说正在大安宫的师父药王孙思邈看了魏叔玢整理撰写的部分医方，大为激赏，要她暂留紫虚观，将搜集来的妇人小儿老人方子编撰完，以助力为太上皇疗疾。事关太上皇病体，谁敢不从？

她又不知怎么串通了礼部太常还是太史局的卜筮，算出来的宿国公程大将军与魏侍中女的婚期，吉利日子都在四月份以后。虽然程家着急主妇进门周旋交际，大将军也免不了一番吹胡子瞪眼，到底又将亲迎圆房的日子推后不少。“我也只能帮你到这里了。”女道士苦笑着对魏叔玢说。

魏叔玢今年长到一十五岁，除亲生父母外，再没一人能比柴璎珞对她恩情更深了。可她竟说不出一个“谢”字，抓着女道士哽咽半日，又厚颜无耻地再提个请求：“我想再见十四郎一面……出嫁之前，再见他一面，这辈子心满意足……”

这也许是她一生说过的最没羞臊不守礼法的话了，她父亲若在场听到，准得气个半死。但她想柴璎珞懂的，也不需瞒着什么。

可她这个心愿，至今也没能达成。

柴璎珞去努力活动了，打听回来的消息是吴王元轨被敕命关在玄武门城楼上的直房里，由程大将军亲自把守，不准任何人接触看视传递信物等。大将军日常处置军务就在邻房，晚上下值前必要检视嘱咐一番，这等严密关防下，没可能私自渡人上去。

再三周旋下，聊胜于无地，两个女子换穿男装，去偷偷探视了一回杨信之。

杨信之被关押的地方是北衙屯营的军营，离紫虚观很近，两地人员也一向来往频繁。熟人既多，就好说话，而且杨信之虽也顶着“钦犯”的名头，罪过远没李元轨大，看管得也没那么严格。柴、魏二女穿了男装捧些物事进营，只说是紫虚观派来的，没怎么费力就混进了杨信之的营帐里。

三人相见，自有一番悲喜。杨信之也没戴枷上镣，自己单独住一顶小帐，每日有人给送饭食纸笔等，除了不准踏出小帐、不准与人交谈，日子过得还挺舒服。他初释褐，就是在这北衙屯营做卫士值望楼站门岗，队里上上下下人缘颇佳，也没人来故意欺侮虐待他。

二女待不了多久。几句问候过，杨信之抓紧时间，向她俩提起一事，说是那日在紫虚观墙外被抓后，押走路上李元轨喊着叫他办的：“渭北庄园裴家兄妹托我的事，六哥纳妃，你想法子说给赵王，我不方便……”

他不方便，大概是指不便在供状中提及此事，怕把六哥元景和裴家兄妹都更深地牵扯进大安宫变乱来。杨信之到底干系小些，他来操办更安全，但问题是他也被直接关进屯营，而且禁止与人接触，跟谁说这事也不合适，一直拖延至今。

“十四舅啊，还是心地太纯善了。”柴璎珞叹道，“他就不想想，程大将军是从谁那里得到了准信儿，直扑紫虚观把你们抓走的呢？他还要帮裴家兄妹的忙……”

“大丈夫恩怨分明。”杨信之笑笑，“裴郡公毕竟于我等有恩义，十四郎又当面应承过要帮这个忙，一诺千金，男儿本色。至于是不是裴郡公向程大将军透露了我等行迹，也不必苛求。他家事自有难处，没道理拖着人家陪葬。”

虽然身陷囹圄足足瘦了一圈，可还是那个自幼就会察言观色体贴人情的杨大郎啊……魏叔玢心里一阵激动，便又将自己应允嫁给程咬金的事告诉他。杨信之听了脸色沉重：“魏娘子的心意，信之理会得，可此事若被十四郎知晓……唉，十四郎的性情，你们也都深知的。他长于深宫，少见外人，于人情世故本不大通达，平时很难动情上心，一旦动了情，就是执拗不屈、至死不回头的禀性。魏娘子你……三思而后行吧。”

言下之意，他并不赞同魏叔玢这允婚。但要让他出个主意挽回局面，他又瞠目不能。

杨信之的气力向来只花在吃喝玩乐应酬交际上，本来也不擅长出谋划策、思忖判断，再难为他也没用。

他们这四人里，要论到出歪主意坏点子，公推柴璎珞第一，李元轨还且靠后。柴、魏二女出屯营后，魏叔玢便问她下一步该怎么办，柴璎珞回道："我去求见皇后，将赵王妃的事奏上，顺便瞧瞧有没有机会再替十四舅说个好话。"

是了，与其去找赵王元景，让他出面再跟殿中省大安宫或者礼部宗正折腾要娶妻，还不如直接把事捅到长孙皇后跟前去，只要皇后点头下旨就成了。而且考虑到裴家如今境况，李元景未必对幼时定下的这门亲事有多热络，他再横生枝节的话，更没完没了。

"既如此，我和璎姐你一起去立政殿。"魏叔玢鼓足勇气，主动开口。她自李元轨求婚那日，当面忤逆长孙皇后意旨后，没敢再见中宫。不过，如今她已经按皇后那天的吩咐，与本家和好，又顺承父母之意许嫁程门，问起来应该也不怕了吧……

促成裴家与赵王的婚事，既然是李元轨入狱前留下的最后心愿，那她很希望自己能在其中助一臂之力，哪怕只是束手站在旁边亲眼看着水到渠成也是好的。柴璎珞想了想，说声"也好"，带了她拨马转向，东行进西内苑。

快到玄武门前，魏叔玢正举头遥望那高大城门楼上的女墙雉堞，心荡神驰，想着十四郎不知被关在哪一段墙后的屋宇内，忽听柴璎珞在她身边压低了声音说："阿玢，有句极要紧的话嘱咐你。"

"璎姐请讲。"魏叔玢诧异地扭头看她。

"慈和尼寺里的那个人，"柴璎珞顿了下，"那个人，和她的情形，以及相关诸事，在立政殿都千万不要提及。若有人问你查案成果什么的，你只往我身上推。"

这指的是现居慈和寺的海陵王妃杨氏，之前魏叔玢与柴璎珞一起查找到了她，却发现她在禁苑寡居九年后，竟有了身孕，其中缘故颇为隐晦诡秘。魏叔玢也知此事关系重大，答应下来，又忍不住低声问："她那是怎么回事，璎姐还没查出来吗？"

发现杨妃后，柴璎珞一反之前爽利明断的风采，不但没强势逼问四舅母隐情，还拖了魏叔玢很快退出那尼寺。之后魏叔玢几次问她，她都回以"我正在暗地查访"，含糊敷衍过去。这回也还是这样，女道士在马上只摇摇头，说句“这种事不容易查清楚的”，便不再提了。

二女下马验籍，进了玄武门和重玄门，在仲春天气里绕着绿柳成荫的海池行走，迤逦向南往立政殿来。还没至甘露殿北门，忽见前头人影幢幢、幡羽招展，海池岸边立了帷幕，一大群宦官婢侍围绕，还有女子小儿的笑语声随风传来。

“是哪家……哪宫的娘子出来踏青了？”这情形魏叔玢倒熟悉，但在内宫当中，自然不可能是外臣家女眷正游玩。柴璎珞含笑瞟她一眼：“这么大阵势，公明正道的，能是哪宫娘子？”

说完径直走上前，向外围侍立的宫婢通报：“贫道上真携侍中魏徵女求见皇后。”

正中如屏风的帷幕前，长孙皇后盘膝坐在一具雕漆檀床上，斜倚凭几，笑看水边草地上一群男童女娃跑跳吵叫。她身边左右各有一名高髻美妇人侍坐，看装束均是高等妃嫔，正陪皇后说笑，满脸的恭敬小心。三人床前案上摆着些酒酪点心、笔墨香鸭等，正是游春光景。

柴璎珞被传唤入帷，先向皇后行了大礼，又向两边宫妃作礼示意，唤她们为“韦娘子”和“阴娘子”。于是跟在后面的魏叔玢知道这两位美妇是当今后宫的韦贵妃和阴德妃了，也随着行礼。

“你们两个淘气鬼，怎么也跑了来？”皇后笑向柴璎珞道，“我因今日天气暖和，想着出来坐一坐，也叫这些娃娃多晒晒太阳，并没打算摆执事惊动人。阿韦、阿阴两个灵精儿也不知哪里听说了，赶着来凑趣，刚说了会子家常话，你们又撞来了。”

“当日凤栖岐山，百鸟朝觐。”柴璎珞笑回道，“这都有上天感应的，也是韦娘子、阴娘子侍奉皇后虔心，甥女对舅母一片孝心，感动上苍……”

她甥舅说着话，魏叔玢忍不住望向水边那一群正玩耍的男女孩童。侍娘宫婢簇拥围护下，几个小的正跑来跑去骑竹马捉迷藏玩，几个大些的十二三岁的女孩斯文些，坐在一张大茵褥上像是在斗草。其中一个小闺女正是李元轨的同母妹十七长公主。

十七公主抬眼，也看见了柴璎珞和魏叔玢，欢喜地起身要往这边来，望一望皇后等人，脚步又迟疑了。这时柴璎珞也转头看到她，回脸还没说什么，皇后已微笑道："去吧。我知你们还是悬着心，去跟你十七姨说说话，也免得她天天晚上哭着想阿兄阿娘。"

要是如实告知十七公主她阿兄眼下的状况，只怕小闺女晚上哭得更厉害吧……魏叔玢一时也顾不得那么多，和柴璎珞一起过去行礼，拉着小闺女细细问候。

经历了一场大磨难，十七长公主黑瘦了些，气色倒还好，已不似上次见面那般惊恐畏缩，但仍话不多，问一句答两个字。柴、魏二女的问话，大都由她身后的一个中年侍娘答对，说是大安宫过来的乳母刘氏。

十七公主自己的话只有两句，其一是问柴璎珞："阿兄怎么一直不来看我？"

魏叔玢心里咯噔一声。只听柴璎珞勉强笑着答："十四舅有事正在外面办差，我叫他早点儿办完回来进宫看你。"小闺女点点头，又说："我梦见阿娘几次，说阿兄要有大难，叫我提醒他小心。"

她神色间比同龄的侄女们要沉静内敛得多，看上去虽瘦小幼稚，魏叔玢怀疑她内心懂得的事也远比外露的多。自始至终，她都是在跟柴璎珞说话，目光转向魏叔玢时，只勾唇角露个羞涩友善的微笑，伸手过来捏了她一下。

魏叔玢双手接着小闺女的细手，两人凝握示意。近看十七公主的纤瘦脸型和腼腆神情，其实和她同母哥哥颇有六七分相似……魏叔玢鼻腔一酸，眼眶也潮热了。

柴璎珞似也看到了她表情不对，又说两句话，便招呼着她回到皇后坐床边，由"十七姨"很自然地转到了"六舅"的婚事上。听说裴寂的儿女早进京了，长孙皇后脸现讶色："哎哟，这事我竟一点儿不知道。他们怎么不早些去有司报备？去年我就说过，大安宫诸王的婚礼也该安排了，可太上皇一直圣体不豫，也不好再提的。既然人家小娘子人都来了，那还干等什么，早点儿择期迎亲吧。"

柴璎珞也不提宗正礼部等轻忽怠慢、大安宫尹氏姐弟索贿等，只笑回道："裴家兄妹自以为是罪臣之后，心虚胆怯，不敢随便造次，只慢慢寻人托转陈情……"

"这话胡闹。别说裴家还是有官爵勋品的人家，就真是除了籍的罪人，家里女儿早许了人，纳征礼都行过，那就是夫家的人了，也不该受本家牵连的……”

皇后与外甥女闲话着，却没留意侍坐在旁的韦、阴二妃都悄悄低了头。魏叔玢一想，记起这两位皇妃全都有身为罪臣家女眷被籍没为婢的过往。不过韦、阴二妃如今都生有皇子、公主，在宫中位分颇高，眼见她们侍奉皇后又殷勤小心，后半生应该是安稳无忧了。

在这几个女子面前，长孙皇后说话也没太多禁忌，与柴璎珞议论一回裴家往事，听说裴小娘子品貌不差，当即命女官去殿中省传谕准备婚事：“看近期有没有黄道吉日，越早迎亲册妃越好。”柴璎珞笑说“倒也不至于这么着急”，皇后叹道：“璎娘你想得太浅了。你六舅倒没什么，横竖他又不缺房里服侍人。裴家小娘子守完了亲丧，年纪已不小，太上皇的病体，你比我还清楚。再耽搁下去，又是三年，没的蹉跎了人女儿家的青春，她过世的阿耶在地下也不得安稳。”

柴璎珞低头称是，韦贵妃趁便笑赞道：“还是皇后慈悲为怀、恩泽众生，凡事都想得那么周全，又体贴人情、化润万物。奴等在旁边听着，都觉得心里暖和熨帖……”

“阿韦也别奉承我了，”长孙皇后笑道，“这也就是女人们关起门来说话，不怕传出去惹是非。要论理，孝道大如天，哪有趁老人家不愈，赶着接新妇的？我方才那话，要是给魏小娘子她家尊翁听见，准得又一本谏奏进来……”

皇后指了下魏叔玢，几位妇女都咯咯笑个不停，魏叔玢自己也讪讪笑着，低了头不语。只听皇后又说：“坐了半日，我也乏了，阿韦、阿阴你们先带孩子回去吧，我再嘱咐她两个小淘气几句，也回立政殿去了。”

二妃忙答应一声起身拜别，招呼自己的儿女连带奴婢等一应去了。这里皇后便叫柴、魏二女凑近来坐到自己身边，特别指定魏叔玢垂腿倚坐在她的雕漆檀床上，拉了手，慢慢地问：“我日前听说，玢娘你愿意，许婚给程大将军了？”

魏叔玢脑后嗡的一声，脸颊火辣，低了头不知该如何回禀。皇后轻捏她手背，柔声道：“女大当嫁，父母之命不可违，你小闺女家，能自己醒转过来，承欢色笑，弥慰亲恩，自是最好。便程大将军咬金，虽年纪略大，外表凶恶，其实未必不是佳婿。他在秦王府就是主上的心腹,饮宴间我见过多次,他前房孙夫人也时时进来与我闲话。旁听起来,程大将军心思极明白的一个人,最多脾气急些,发作起来可怕吓人,他却并不以虐待苛酷为乐呢。你嫁过去,老夫少妻的,又看令尊情面,他必甚为疼惜怜爱你。只管放心。”

坐得近了,皇后的体温和香气幽幽散过来,将魏叔玢也笼罩在一片暗沉沉的馥郁中。立政殿的熏衣方大概是以沉香为主,和平收敛,但魏叔玢在紫虚观与医方药材打了这些日子交道,却敏感地嗅出皇后身上气息根骨是药香,挥之不去,入骨附髓。

这可不是什么好事……她又大着胆子半抬起睫毛,只敢望到皇后颔下,见这位中宫国母颈子虽形态优雅,又施敷了粉脂,但实是过于枯瘦,肌肤下的颈骨筋脉都一清二楚,有点触目惊心。皇后今日心情很不错,梳妆后也仪容清华,却是只能远观,禁不起这般近切的细看。

细看之下,她还是个沉疴在身、长年服药的病人啊……

“贱妾无状,累皇后忧心,罪该万死。”魏叔玢低头回奏,“妾出宫后,唯有日日焚香祷告,祈求天帝保佑我大唐国泰民安、天子皇后康健万年。”

皇后一笑:“这是你的好意,我心领了。我自己的身子,自己知道,未必能熬得过大安宫太上皇呢……且不说这个。你的嫁妆婚服,诸事可备办齐全了?我寻思着,令尊于国家宗室都有功,他的第一小娘子出嫁,我该赏些什么才是,可又不知你想要什么呢?”

魏叔玢略一沉吟,怦然心动。忍不住先扭脸去看了一眼柴璎珞,觉得在女道士脸上看到了鼓励神色——或至少是没有明显的反对表情——不管那么多了,这机会千载难逢——

她从皇后的细掌中抽出自己的手,起身屈膝,端正跪在坐床前叩首,以头触地:“妾只有一个心愿,皇后若开恩应允,妾魏氏五内铭感,来世结草衔环以报。”

长孙皇后没应声,似乎是轻轻叹了一口气。

“太上皇第十四郎吴王,”这爵衔吐出双唇,都快要伴随一口迸血,“虽年幼无知、举动轻率,然其人心地纯良,绝非有意祸国害亲,且于贱妾有救命大恩……如今妾蒙恩赦，吴王却将论罪于廷，妾焚首焦心，寝食难安，恨不能以身代……主上对皇后一向敬重听从，皇后若肯为吴王说项，妾……”

魏叔玢说不下去了，伏地只是喘息哽咽，却已流不出眼泪。耳听头顶上皇后又叹息一声，没正面回应她，只是叫：“璎娘，你来劝劝。”

随后是衣裙窸窣和柴璎珞熟悉的体香，女道士双手将她身子稍扶起来一些：“阿玢，你不懂，别再说了……吴王的案子，已经在刑部宗正大理都入了籍档，魏侍中、孙大理、李宗正几位刚直大臣，都为此向主上当面进谏过，也都记入了起居注。这不是皇后求个情，主上开个恩就能抹掉的事了，后宫也不宜再卷入，以免落个干政口实。你这求告，分明是在难为皇后。”

魏叔玢在她的手臂里发抖，一口气堵在胸膛里，喘了几下，才把心一横，冲口而出：“妾亦知皇后为难，但此等事，并非没有先例……贞观初，右监门将军长孙某与人谋逆，本也该判死罪，是皇后不计前嫌以德报怨，出面保下他一家性命……齐国公拜相，也是皇后不欲外戚当国，坚持请免……那都是皇后的兄弟，皇后管得，吴王是主上的兄弟，皇后做阿嫂的，也……”

“阿玢！”

重重一推打断她的是柴璎珞。自从紫虚观以来，魏叔玢还从未听过她这等严厉斥责的口气：“你怎么敢这样跟皇后回话？还有没有点规矩礼数了！”

魏叔玢拿长孙安业、长孙无忌兄弟的前例来比拟，几乎是在当面指责皇后只瞻顾自家兄弟、只肯为本家长孙氏出头干政，对夫家的兄弟置若罔闻、漠不关心。此论诛心，也是严重的冒犯，魏叔玢横竖是把生死置之度外了，仰着脸直视皇后玉容，准备承受后果。

长孙皇后倒没有雷霆大怒或脸蒙严霜，神色依然平静，只是目光从面前二女身上移开，远远地遥望海池柳堤，静默一会儿，才命身边宫婢：“叫十七娘和雉奴他们歇一歇，吃些果子浆水，准备回去了。”

宫婢们答应着，依命将坐榻前食案抬过去，招呼那一群孩子来吃喝。皇后又转向柴璎珞，问："璎娘，感业寺临汾县主案，你查访有新发现没？"

新发现就是她们找到了嫌疑最大的凶手海陵王妃杨氏，藏身尼寺中，却已怀孕，柴璎珞决定不再逼问她，甚至都不敢跟皇后提……女道士跪地低头回了一句："还没有。"皇后便又不作声了。

阳春三月，日光明晃晃地从头顶照下来，炫得人眼花。偶尔一阵风吹来，残花落叶和些许柳絮漫天飘扬，似乎连空阔天地都梗塞满了。这无人说话的沉默，却是有分量的，压在魏叔玢肩头越来越重，她的腰肢也越来越酸软颤抖，不知还能支持多久。

"纤手折其枝，花落何飘扬。请谢彼姝子，何为见损伤。"皇后低低吟咏几句旧诗，向柴璎珞道，"没发现，总比胡乱冤个人顶罪好些。我不是催你，县主这眼看着也该送殡入茔了，死因不查明，墓志碑文都不好撰写，她在地下见了令堂长公主，怕也说不分明啊……你柴大娘子的能耐，别人不知，我还心里没谱吗？查这么多天无事可回，要么是没十分尽心，要么就是……有缘故了。"

柴璎珞只顿首谢罪，一声不敢言语。魏叔玢在旁边也不敢多嘴，只听皇后又转向她，淡然道："魏娘子和吴王之间私相授受，说来虽不合礼法，但谁人还没个年少怀春时，主上和我都睁一只眼闭一只眼，只当没听见罢了。难得程大将军也一样的襟怀，正经求娶，纯出诚善。也是我天生的操心劳碌命，想着玢娘在禁苑受了这些天牵连，吃了不少苦头，该多照拂些，又怕你这孩子一时想不开，给魏侍中家、程将军家，乃至十四郎再招来祸患。如今看来，倒是我多管闲事了。"

她语声仍是一贯的温和平静，魏叔玢却听出了一身冷汗，伏地不知该如何回话。皇后又道："昔羊叔子[1]上表请伐吴，议者多不同，羊公叹息天下不如意，恒十居七八。彼大丈夫，在朝功名立身，为政万民拥戴，一座堕泪碑流芳千古，尤做此悲凉之叹。我等妇人，落草衣褐弄瓦，长为荣夫贵子，一生专以夫家兴达为念，私意区区，何敢执着生怨？"

---

1 关于羊叔子，详见附注（18）。

这些话语，字面上是责备劝勉魏叔玢勿再执着私情，当修身养性遵德守礼，语气却略奇怪……魏叔玢又抬眼一瞥，见皇后并没直视着自己认真批评，而是凝望远处天际，眉头微蹙，与其说是在斥责她，不如说是在感叹甚至……自嘲。

但怎么会呢？别的妇人叹怨也罢了，长孙皇后十三岁嫁得佳婿，夫荣妻贵水涨船高，由唐国公家新妇至秦王妃，又立为皇后母仪天下，生三儿四女，始终得夫君敬重恩爱，鸾凤和鸣神仙眷侣，满朝文武皆钦服其贤德，举国谁不羡慕她运命。由她口中听到“天下不如意，恒十居七八”，未免太诧异了。

“人生无几时，颠沛在其间。”柴璎珞也叹诵一句，转来劝魏叔玢，“为人受生，即带前世冤孽，修持偿还尚不及，哪能事事遂心如意？况且你所求者，本也非礼背德。皇后坤仪徽范，为天下妇女楷模，肯不穷究隐情，已是殊恩。阿玢，莫要再强索非分。”

“你便强索，也找错人了。”皇后居然接了这话，浅浅一笑，“现放着能出大力的自家人不求，进来求我，可是拜错了庙门。”

“啊？”魏叔玢不解。皇后是叫她去求谁管用？

“主上一直都有心庇护十四弟，现是朝中獬豸[1]持律守法，不肯屈就。”长孙皇后指点，“我朝直臣之首领，向推为令尊侍中玄成公。你要救十四郎，不妨回家先求求令尊。”

吴王李元轨的生杀权柄……竟是操在父亲魏徵手里？

魏叔玢将信将疑，隐隐觉得这是长孙皇后的推辞，可她也没别的办法，总不能拿刀逼着中宫国母去救自己情郎吧？况且柴璎珞打听到的消息，也是说君臣近日议政，为一些事争执得很激烈，其中就有关碍到诸亲王行径制度的议题。父亲魏徵一向为朝臣意见领袖，他的态度，对于李元轨的命运确实会有很大的决定作用。

所以程家定了来魏家行纳征定亲礼这日，魏叔玢一是必须得回家，让程家妇女相

1 关于朝中獬豸，详见附注（19）。

看插戴，这是当世风俗惯例，躲不过去；二是她也下定了决心，硬着头皮要跟父亲当面谈一谈……自从她在光德坊逃婚以后，父女俩还没正经说过一次话呢。

真好，魏宰相一向自诩巨鹿魏氏家风清肃、遵德守礼，如今他的头生长女，就要求父亲去搭救自己私慕淫奔的情郎了……

帷幕那边，男人们行礼毕，就东厢房里摆了宴席款待，主妇裴夫人则领着程家妇女进西厢吃酒欢贺。内外一片喜气喧嚣，不过没新嫁娘魏叔玢什么事。她顶着一头一身妇人艳妆，被侍婢搀回卧室，先命人去请父亲“有要紧话说”，随后坐上梳妆床，开始动手拆拔发髻上钗簪。

很想哭，可没眼泪。她也没耐心仔细拆解股勾，只凭了蛮力使劲往外拔，更不顾那些宝钗花树有多精致贵重，拔下来一支就往妆匣里一摔，眼见已有几颗镶嵌宝石给摔得脱迸出来，她也不管。倒是自幼服侍她的婢子知道她心情，虽不敢劝，上来替她卸簪脱钗，手法温柔细致多了。

一通胡搞，刚梳起来的高髻也散乱了。魏叔玢拿过木梳通了通头发，还给自己绾起未嫁女儿的双鬟，对镜自照，好像容颜依旧，就可以当那一切噩梦都没发生过似的。

门外一声咳嗽。

门婢报“相公至”，是父亲来了，却不便踏进已许嫁女儿的闺房，只在门外廊下负手而立。魏叔玢长长深吸一口气，把头发绾好，起身提裙裾出门，还是不敢正眼看父亲，先伏地拜倒。

“你有什么话要说？”

父亲的语气比预想中温和沉郁些，却也与“慈爱疼惜”等毫不沾边。侍婢拿来两席坐褥，父亲先盘腿坐了，又挥手指定女儿也坐了好说话。

魏叔玢便移坐到廊下茵褥上，鼓起勇气，先说几句惶恐谢罪的话。魏宰相不动声色听完，催问：“然后？”

“太上皇第十四子吴王，于女儿有数次救命大恩……”魏叔玢又将大安宫夜乱前后的事，拣着能说出口的，向父亲一一叙述，自然免不了添油加醋，拼命强调李元轨的“无辜”“无奈”“责任”“侠义”，以及他“身世不幸、本质纯良”，等等。

这一席话颇长，父女俩直说到廊下日影偏移，魏叔玢才总结陈词，伏地哀恳：“前般诸事，全怨女儿年幼任性不知好歹，辜负耶娘养育之恩，女儿如今已真心悔过。等嫁入程门，女儿一定洗心革面，三从四德，专心侍奉夫主，揄扬我魏氏家风，弥补前阵子过失……只求阿耶看在救女分上，劝谏主上从轻发落吴王，以敦睦天子亲亲之义……”

说着，她连连以额头触地，动作幅度之大，如果还戴着方才的高鬟盛簪，那头上钗梳一定会稀里哗啦掉满地了。女子行如此大礼本也罕见，她实在不知道除此之外，还能再做些什么来打动父亲。

坐在对面的魏宰相长长叹一口气，没阻止她叩首，也没应允她所求，缓声开言，说的却是八竿子打不着的事：“前几日主上将房玄龄、杨师道和我等政事堂宰相召入便殿，无缘无故大发雷霆，却是嫌我等轻贱越王等皇子，上朝路遇，不肯下马让道。这自然是有小人在御前进谗言，利用至尊爱子之心，挑拨天子不行正道，一意偏私。天子对越王、晋王等皇后亲生儿女，本已溺爱逾制，越王如今以编修地理类书为名，公然开文学馆，招揽天下名士，内库出物料供给，将要逾越东宫！便蜀王、鲁王、荆王等庶子孽弟，前些年出阁之官，也都有轻浮劣迹，有诏一概不问。主上本是武夫出身，私爱子弟，纵情任性，行事无定心，饶是我等日日谏诤，亦禁不住种种非礼无法。古语云，王子犯法，与民同罪！贞观律煌煌条令，早已明文颁布，行之天下，百金立木，犹恐不能取信于民。你如今还劝我怂恿天子徇情枉法，如此背德昧暗，岂是我魏徵养出来的女儿！”[1] 斩钉截铁，一口回绝，听得魏叔玢心底凉透。但她犹不肯就此罢休回房去哭，咬着牙想了想，仰脸道：“大人教诲的是，女儿辱门败德，此生已休，任凭大人处置，绝无怨言。但那吴王，乃太上皇爱子。孔圣亦云，天子当以孝道治天下。太上皇如今奄奄一息、命悬

1 魏徵提到的大臣们跟亲王掐架的几件事，都有历史依据。出自《魏郑公谏录》《旧唐书 · 列传第二十六》《新唐书 · 列传第五》《旧唐书 · 列传第二十七》《旧唐书 · 列传第十四》。

一线，大人劝谏天子，要依法依律处置吴王，谋反之罪只能大辟，天子不但要再度背上害亲恶名，也很可能促使太上皇悲痛崩逝，毕竟父子连心啊……消息传遍朝野，当今皇帝就成了不孝不友杀父屠弟的独夫暴君。大人向来以致君尧舜为己任，若行动致此恶果，大人可会心满意足？后世史书，又将如何评论主上和大人君臣？”

她这番道理其实甚为牵强，但也不是全然信口雌黄。她父亲听了，眉头紧皱，斥责道：“这一通歪理邪说，哪里听来的？果然不该任你留居紫虚观，跟一众妇道胡混……正是因为顾虑太上皇，刑部大理才暂缓提人审案，任吴王由北衙屯营看管。就宪司审案，律法也有‘八议’之说，吴王议亲议贵，或可从轻发落，天子还有意给他机会议功……”

“议功？”

李元轨有过什么功劳？从天子皇后处领受的差事一个也没办成，倒惹出不少杀人放火的祸端。就算他自己最急切、出力最多的任务——搭救同母妹十七长公主，最后人也不是他救回去的，还得归功于朝廷仁德、运气不错、忠奴报主。

“嗯……”魏徵手捋山羊须，缓缓地说，“吴王那冒失小郎君，阿玢你也不要再惦记了。主上的打算，恐怕要把他流放发配到……高昌。”

“高昌？”魏叔玢大吃一惊。

“不错。高昌乃是从中原入西域的桥头堡壁，此时天兵征伐吐谷浑，主上就一直与高昌王麴文泰往来商议，本想命其也出兵配合，南北夹击，还曾为此动过和亲降公主的念头。哼，一厢情愿！那些万里之外的夷狄小国，不知礼义，唯利是图，人面兽心，怎可听信！使者还在议婚商讨，该国日前又派来新使团，告知其太子麴智盛已娶西域突厥可汗之女为妻，可笑礼部鸿胪，都是白忙一场！”

听到这消息，魏叔玢倒先松了一口气。前阵子皇太子李承乾曾起意将十七长公主和柴璎珞一起出降高昌和亲，至少这个动议至此可以打消了。

“那主上要把吴王发到高昌去……做什么？”她问，心里有些忐忑。

父亲抬眼看了看她，面无表情：“高昌新使者来说，大唐必欲和亲联姻，高昌王麹文泰还有一女，乃是王后[1]亲生，今年也到了婚龄，十分美丽，麹文泰爱如掌珠，舍不得这独女离开身边，想招婿在高昌为官居住。听闻天可汗幼弟庶子不少，可择一有才貌者去高昌求婚，若麹文泰夫妇看得上眼……”

“主上想让吴王去求娶高昌公主？”魏叔玢失声。

“并未明言，但已透过口风。”魏徵沉着脸，“此议对吴王本人，倒非噩耗。吴王十恶犯六，罪无可逭，依理依法，即使不明正典刑，也当赐死于家。今有此议，那只相当于流配三千里，且还不必削爵除籍贬为庶人，他仍可保有王号宗籍，又娶番国公主做驸马，实是占了一个大便宜。”

确实是大便宜……李元轨他……也会愿意吧。

魏叔玢垂下头，眼睫微闭，默默告诫自己：这样很好，很周全，他的性命和尊严名誉都能保全。你应该心满意足替他高兴，不要再……痴心妄想别的了。

还能再痴心妄想什么呢？她今日行过纳征礼，朝廷上下、长安内外皆知她魏一娘子已是宿国公程大将军的续弦夫人，只等择日请期亲迎，过了门圆了房，她从此变成一具苟延残喘的行尸走肉，哪天无牵挂了去便是……千里之外，他也再看不到她，听不到她的消息，收心一意过自己的日子，那不是很好吗？

何况西域大漠，正是他们李家男儿心心念念建功立业的地方。他李元轨自幼学文习武，苦练骑射，熟读兵法，一心渴望带兵征战扬威沙场，这不正是大好时机？不错，他是去求婚娶公主的，做高昌国驸马，一开始未必能很快受岳父信任参与军政，可毕竟是皇室姻戚，只要自己有文武才略，那不会被埋没很久。当世哪个国家朝廷不倚重自家亲眷？

那高昌公主，既说生得美丽，那他娶为正室，也不至心意不甘……高昌与突厥、铁勒、吐谷浑、吐蕃诸族不同，本是汉魏遗民立国，据说国中王侯多是华人，饮食衣服、起居风俗、言语文字都与中国相通，王后还是中原和亲过去的公主，生养的女儿，

---

1 魏高昌王后也是奇女子，一辈子嫁了父子二人，改了三个姓，被三朝封为公主。

容貌教养自也类华，应该能和丈夫情投意合，夫唱妇随……

他又出身李唐皇室，自带天可汗恩威声望。都说西域是唐军此后的用兵方向，李元轨做了这一步先锋官前遣大使，能发挥的作用、能立下的功劳广阔无边，前途不可限量……这是多么尽善尽美的安排啊。

“天子恩深，泽被众生，”魏叔玢微哽着说，“若如此调度，再妥当不过。就请大人促成此议，不孝女儿别无所求。”

“妥当什么妥当！”魏徵没好气地捶了下廊柱，“此议断不可行！就算遣王子和亲，也不能派吴王出去！”

“阿耶？”魏叔玢惊视父亲。

“主上的心思，我还不知道吗？”大唐宰相冷笑，“他关陇旧家的毛病，成天就只想着打仗、打仗、打仗！全不管大乱之后，民生已凋敝成了什么样！编户齐民十不存一，千里沃野尽成荒莽，朝廷不全心全意休养生息、抚民还耕，还老隔三岔五征兵调役、行军开边，为拓充疆域，不顾百姓死活！”

这套论调，魏叔玢记事以后听父亲说过多次了，以前都觉得有理，这回听了却有点想法，忍不住替李家天子兄弟分辩两句：“虽如此说，若不主动出击，坐等着塞外精骑秋后南下抢掠，杀人放火抓奴隶，那边境百姓一样没安稳日子过啊……”

“哼！五年前打突厥时候这么说，我认服；打吐谷浑也这么说，我不死谏，毕竟这两国都确实经常袭掠我边境！他高昌国远在天边，跟中原隔着千里沙碛，鸟都飞不过来，也从没派一兵一卒害我百姓，打他去干什么！和亲好啊，无论他李家派个公主还是王子，过去结亲，两国修好，各自贸易生业，百姓安稳，臻于化治，不是比什么都强？可偏要派吴王！那十四郎，是个肯安生不惹事的？”

魏叔玢这才明白父亲的意思，原来是嫌李元轨不够安分守己，怕他去高昌后挑动两国战争。这顾虑……好吧，还是顺理成章的，不算冤枉他李十四郎。

“大人可能想太多了，”她努力想词劝说父亲，“朝廷如今还在与吐谷浑交战，而且上次不是说，战况不妙，前线诸羌胡纷纷背叛朝廷，加入吐谷浑共抗天兵？青海道行军尚且如此焦头烂额、裹足不前，一时哪里能议到再去打高昌？主上派吴王去高昌和亲，也就是先暂时稳定北线，结盟和好，吴王是去当……孝顺女婿的。朝廷根本腾不出手来，没兵没将的，吴王哪里敢擅自挑衅开战端？等吐谷浑这一战结束了，那时还不知是怎么个景况，也许朝廷上下都收心不打了，吴王是个聪明人，他也就……老老实实在高昌做一辈子驸马……”

“你一个小女子，懂什么军政大事？”魏徵皱眉训女儿，“说的都是孩子话，妇人之见！这些也不是你该打听考虑的，你就收收心，赶一赶针线嫁妆，等程家择了日子来迎亲，过门相夫教子去！什么吴王、什么和亲，再也不许提了！”

魏宰相显然是知道之前她和李元轨、柴璎珞等人一起胡闹的事，至少知道个大概，而且似乎也猜出女儿对李元轨有了私情。没当面挑明，是给长女留了面子，也可能是听了妻子的劝说，但言下之意，还是告诫女儿从此要斩断情丝、守礼崇德，不准再闹出什么丑闻。

再训了几句话，魏徵起身而去，始终也没答应会放李元轨一条生路。魏叔玢气哽窒心，坐在廊下思前想后，扶地站起来，扭头往院西马厩疾步走去。

“一娘子！”她的房中侍娘小跑着追她呼问，“一娘子要去哪里？”

“不去哪里，就透透风！”魏叔玢回答着，加紧脚步出门。她要趁着父母还没想起来下令关押禁足，再骑马逃出去找柴璎珞。

据她目前所知，让李元轨去高昌“和亲”，是救他性命的唯一办法。既然父亲不肯帮忙说项，她只有还走老路，央求柴璎珞去促成此事。

魏叔玢从家里偷牵一匹马，趁乱出偏门，上马往西快步疾奔，没多久，就在皇城南街上被一大群看热闹的闲汉挡住了去路。

这时已经是午后未时，太阳西斜，皇城高大的城墙根下，沿横街两边慢慢排开吹打仪仗，仿佛是要准备什么仪礼。魏叔玢在人群里牵马步行，左耳进右耳出地听旁边人议论，说是今晚几个亲王要一起“亲迎册妃”，以赵王为首……咦？

前朝宰相裴寂之女的出嫁册妃礼，也是选在今天？

魏叔玢想了想，哑然失笑。吉凶历法都是朝廷统一颁定的，她家人查日子，看到今天定亲大吉，那宗正寺礼部为亲王们纳妃办典，也选在同一天有什么奇怪。上次长孙皇后又嘱咐早点儿办完李元景与裴小娘子的婚礼，别拖到太上皇出事守孝，中宫金口一开，有司哪里敢再怠慢？

很好，裴家兄妹这算得偿所愿，也不枉他们好心收留李元轨一场……魏叔玢鼻子一酸，低头奋力挤出人群，再度上马向城北驰去。

等她出芳林门，在马上跑到紫虚观大门前，太阳已将落山，暮色四合。她猛然看到紫虚观门前多了一大批仪仗人马，幡麾飘摇、旌旗猎猎，下意识勒马停步。早有中使看见迎上来，口中喝问："东宫、越王车驾在此，尔乃何人？"

皇太子李承乾和越王李泰一起来紫虚观了？

魏叔玢不敢造次，下马规规矩矩地回答："妾魏氏，长居观内修道。"这时道观门阍内值守的阉奴也看见她，出来赔笑说明了她的身份。听说是魏侍中之女，中使才面色缓和了些，撤身让路放她进门。

其实她还真不想进去，李泰倒也罢了，想到李承乾那张总是带着阴沉戾气的脸，魏叔玢心里说不出的腻歪别扭。正寻思找个什么借口先去别处躲一躲，却又晚了，门内语声、脚步声喧哗细碎，一群人正迎面出门。

走在前面的居然是李泰的圆胖身子，他似乎要比大哥先离开似的，在观门行礼拜别，笑着又说几句，魏叔玢恍惚听见一句"阿耶命我搬到武德殿住"。李承乾面色铁青，怒视同母弟弟不语，目送他出门上车走掉。

魏叔玢早避在门旁，正悄悄往后退，没料到李承乾眼神极好，一扫正瞧见她，点着名喝问："魏娘子，上真师在哪里？"

"呃……"难道不在观内？魏叔玢抬头看看送客出来的静玄，中年道姑拼命摇头，只得回答，"妾实实不知。妾自家中来，刚出城进苑……"

没交谈两句话，门内忽然黄影一闪，"呜"地腥风袭来，那肥豹子阿豚蹿出，扑到魏叔玢身上亲热撒娇。她在观里住了这些时候，跟这豹子早就混熟，习惯性地揽住摸摸那毛茸茸的头顶耳朵，又挠挠下巴，边揉搓边用力搂着豹子不让它乱动，不然再出个豹噬储君的刺杀大罪，更热闹不堪了。

见她实在也不像知道柴璎珞去向，李承乾没再理她，紫袍玉带一晃一闪，大步走向自己的车马，旁边道姑静玄跟着疾趋，边赔笑边解说“上真师确实没留话”什么的。也不等她说完，李承乾一拂袖上马而去。那大队仪仗浩浩荡荡跟在他身后开拔，向西蜿蜒移动。

这傲慢无礼的举止，还真是他们李家男人的一贯禀性……

魏叔玢苦笑着放开豹子直起身，拍拍裙上尘土，静玄已上来搀扶住她，口内唠叨“魏娘子你不是今日定亲吗，怎么又回来了”。魏叔玢没答她话，反问：“太子和越王怎么忽然来了？上真师又去哪里了？”

“越王先来的，说有些话想跟柴娘子交代，刚进门没多久，太子也追着进来了。原来他兄弟俩都是去大安宫，路过紫虚观，东宫还要代天子赐贺诸王大婚呢。观主娘子嘛……”静玄迟疑了下，将嘴凑近魏叔玢，“其实就在观内，只是不愿见他兄弟，叫奴婢回说上午就出门了。”

“在哪里？”魏叔玢也压低了声音问。柴璎珞不愿见李承乾兄弟，这倒不意外，之前东宫已经打发心腹卫士来过几次，说太子或太子妃请上真师过去说话，都被柴璎珞想法拒见打发走了。越王府派人来倒不算多，柴璎珞也一律回绝。

这同母正出的两位皇子，到底在闹什么呢……

静玄将魏叔玢带到紫虚观西北角的炼丹洞室。道家炼丹讲究颇多，不但方位、时辰、用料、佐助都有规矩，据说在此伺候的婢仆生辰八字都是算过的，不能有所冲克。魏叔玢在紫虚观住了这么久，这炼丹院还从来没进去过。

今日她和静玄走过正院三清阁四御殿，转进池塘后山，刚走近丹房院门，忽听里面传出一阵女声哭叫：“……再也不敢了……啊啊……饶了婢子吧……”

二人都是一惊，魏叔玢也顾不得避忌了，加快脚步进门，只见院里地上滚着一具小婢女的身子，旁边健妇持着笞条，已开始抽打她。这丹房一大半是山丘下挖出的坑洞，洞外又搭砌了瓦檐土墙，一身道装的柴璎珞坐在檐下门廊上，脸色铁青。

静玄看一眼院中挨打的婢女，忙上前跪地求情。魏叔玢虽不明所以，瞧这情形老大不忍，也跟着上前劝说。柴璎珞指着那婢子怒道："这贱婢，成日只会贪嘴贪睡！在丹炉边上看火也敢偷空打盹，错过时辰，丹鼎断了火还是青白不对，整炉全废！我熬了七日七夜，那一炉紫石英、纯钟乳、费了多少年工夫才凑齐的'辰锦流晖丹[1]'物料，这一下算全毁了！打死她一条贱命也不够赔！"

原来柴璎珞是躲进炼丹房来回避李泰兄弟……魏叔玢看一眼她身后丹房大门，只见里面黑洞洞的，透出一股烟熏火燎的焦煳味道。再多看片刻，洞穴里有几座火门透出的微光，勾勒出一尊三足大鼎的影像，透着神秘玄妙。

这时那婢子的哭喊越发凄厉。魏叔玢劝道："多年心血毁于一旦，也难怪璎姐你着恼，可就算把懒婢子活活打死，也没用了不是？炼丹嘛，本来就要看机缘气运的。家父昔年也炼过丹药，曾对阿玢言说，天道神秘，凡人莫测，烧汞炼药十不成一。开鼎之际，只要未害自身，便算得成就中平。璎姐这一炉丹虽未竟全功，总是积累了福报，将来必有大际遇。"

听她说得驴唇不对马嘴，柴璎珞不禁扑哧一笑，随即叹道："傻妹子，你以为我这是想成仙炼丹？'辰锦流晖丹'虽挂名丹药，却是妇人补益的方子，鸿霜玄精之外，又以白盐枣膏为根，服用惯了最能强壮体气。前两日我已回过皇后，这一炉丹药即成，带去进献。如今可好，我两手空空的，拿什么去立政殿进献！"

她说着又怒起来，站立身走下台阶，看样子是想亲手笞人出气。魏叔玢忙伸臂抱拦住她，笑道："皇后是出了名的不佞佛不妄道，璎姐你带着丹药去，没准儿倒挨一顿斥骂，费力不讨好呢。歇歇身子消消气，慢慢再做计较。"

好说歹说，总算劝得柴璎珞挥手命人止笞，静玄带人扶了那小婢出去，魏叔玢陪

---

1 名称出于道藏《太清石壁记》，该书传为隋朝罗浮山道士青霞子（苏玄朗）撰，唐人楚泽先生改编。详见附注（20）。

着紫虚观主坐在廊下闲话释闷。她猜想柴瓔珞这样大动肝火，跟李承乾兄弟来访很有干系，也不兜圈子了，直接问："瓔姐，皇太子兄弟干什么左一趟右一趟要找你说话？他们到底有什么要紧事？"而你又为什么躲着不肯见他们？——最后一句，还是没好意思问出来。

柴瓔珞长长叹了一口气，见左右也没什么闲杂人，闷闷地答："阿玢你猜不出来吗？那慈和尼寺里，我四舅母杨妃……"

"杨妃……"魏叔玢顿了下，"她怀的孩子，果然是太子的？"

柴瓔珞没正面回答，只道："这九年，杨妃一直拘禁在感业寺里，外男不得入。她唯一的……机会，只有去年秋冬，为了照顾她亲生女六娘病愈，她来我紫虚观住过一阵子。那时我观里出入人等很杂，我外务繁多，炼丹还要闭关，也不可能时时看着她们。发现四舅母有孕以后，我回来让静玄细细查问，到底那时候哪个男人曾与杨妃相处……"

说到这里，她苦笑了一下，闭嘴不语。魏叔玢追问："查出来就是太子曾与叔母乱伦？致使海陵王妃怀了身孕？他又暗地里命杨师道去感业寺接出杨妃母女在外静养，以免丑事暴露？"

柴瓔珞月眉紧蹙，指尖敲击着自己膝裙不答。魏叔玢能理解她的心情，如果这档子丑闻传扬开，当事男女且不提，紫虚观成了他们勾搭淫乱的场所，身为观主的柴瓔珞也免不了受责，在长孙皇后面前必然大失上意。杨妃有孕的事她们已经查出一段时间了，柴瓔珞始终不敢告诉皇后"你妯娌怀了你的孙子"，自然也是因此缘故。

太子和越王兄弟一直追着要找她说话，难道也是为了这事？李承乾大概是想拿什么威胁叫柴瓔珞闭嘴，而李泰……难道他也不知从何处得知了此事，想努力劝说柴瓔珞报告给他父母，令天子夫妇对长子更加失望，以使自己有入主东宫的机会？

"瓔姐你……又不能答应太子去欺瞒皇后，又不能当面顶回去？"魏叔玢叹息着问。柴瓔珞自己倒还好说，但她本家父亲弟弟都是要立朝为官的，得罪了太子，将来下场可想而知。但要一意逢迎东宫，与李承乾合谋骗瞒他父母，天子夫妇何等精明厉害？

现又有个李泰在旁边捣乱，阴谋暴露后，太子是国本，或许还不至于动摇，柴璎珞这无关紧要的女道士可就是现成的替罪羊了。

“那天你也看见了，皇后的玉体……唉。”柴璎珞摇摇头，“她自贞观二年至八年，七年生育了四胎，元气大伤，一直调养不过来，又操心太多，内外煎熬。这等震撼心律摧伤五内的消息，我是实在没勇气当面奏明皇后。这些日子，我一直想办法，在立政殿找人，想缓缓悄悄地先给皇后透个口风，让她心里有个底。不管怎么说，这等事也瞒不过去，等十月期满，孩子生下来……”

魏叔玢心里突然迸出一个念头，太过阴暗残酷，一闪而过赶紧湮灭不再想了。可那念头似乎有生命似的，不断地在她心底跳跃呼喊，让她的思绪不听自己使唤，一再往那个方向飘去。

“璎姐，”魏叔玢低声说，“你们关陇旧家……的男子，向来并不以……妇人幼儿为意……”

李承乾不是生死置之度外的痴心情种，也不是心慈面软、优柔寡断的懦夫。杨妃虽是绝代佳人，一番荒唐出了麻烦，威胁到他东宫储君位了，难道他不会……快刀斩乱麻？

柴璎珞静静看着她，面无表情，唯点漆双眸里亮光闪动，似是很明白她想说什么。这话毕竟太过残忍不仁，魏叔玢不愿明说，柴璎珞也不形之于口，只淡淡道：“我在等，看再拖过一阵，有没有什么好时机处置此事，或者就……永远不提也好。”

二女相对默然良久，魏叔玢心生寒意，可也没别的办法。柴璎珞换个话题问：“你今日怎么又从家里跑回来了？”

魏叔玢“啊”一声，险些忘了自己是来做什么的。她也不想再在杨妃之事上纠缠，简明扼要地说了自己在家与父亲的谈话，父亲透露的天子有意遣吴王去高昌和亲报聘等事，求柴璎珞力促事成。

听说小舅舅要被发配到高昌去当驸马，女道士先是掩口而笑，随即敛容正色叹道：“这也是个办法，眼下十四舅的情形，确实没有更好的出路。只是……阿玢，难为你了。”

被她触痛心事，魏叔玢心里一酸，忙强笑道：“璎姐又在打趣，十四郎性命名声要紧。我劝不动家父，八成家父还要谏阻主上派吴王去报聘，只能指望皇后那边出头，劝主上拿定主意了。”

柴璎珞沉吟：“事涉大安宫诸王婚事，皇后介入，倒也不算干政。只这话怎么说，得仔细筹算……有了。”

她的主意，今日三王纳妃册拜典礼行完后，明后天新立的赵王妃等要去朝见中宫皇后。到那时再说，一是趁着皇后心情好，二是顺势提起吴王婚事，也不显得突兀尴尬。她又说这事她自己去办了就好，魏叔玢不要跟她一起了，免得皇后瞧见魏小娘子，又想起少年男女私情暧昧、魏侍中长女强项冲撞那些乱七八糟，扰杂了心思——魏叔玢知她说得有理，红着脸答应下来。

到了那天，柴璎珞果然换了一身女官装束，自行入宫。魏叔玢收拾心情，老老实实在紫虚观抄书记药方，按孙药王的吩咐带着观中婢女们拣材熬汤。黄昏时，柴璎珞才一脸疲惫地回来，略述了几句两仪殿、万春殿今日的热闹景况，魏叔玢催问“那事如何”，柴璎珞只笑了笑答“皇后报说知道了，没说别的”。

这是说皇后没应允去向天子说项，好在也没动怒拒绝，李元轨尚有一线生机。魏叔玢没想到的是，关于高昌战和的消息，过几天后，她又从意想不到的人口中听见了不少。

这日上午她正在房内书写药方，婢女阿圆来说“观主娘子请魏娘子出来见客”。她忐忑嘀咕着是不是家里人又来叫她回城，出到堂上一看，来客居然是新册拜的赵王妃裴氏。

裴妃一身新妇装束，带了两个侍娘，是来紫虚观道谢的，她已经知道柴、魏二女为自己合婚出力甚多。魏叔玢在渭北裴家庄园与她有过一面之缘，柴璎珞更笑着人前人后大叫“六舅母”，三女很是亲热。

落座后先扯了阵闲话，柴璎珞问起裴妃之兄裴律师近况，裴妃叹道：“阿兄送我出嫁，已完了心事，本打算收拾收拾回河东老家去，继续为先父守墓。可渭北庄园那边又出了祸事，他还走不成，要再留一阵子才行。”

“渭北庄园出了什么祸事？”魏叔玢想到自己和李元轨共居几日的那个菜园子，关心地问。

“你们知道我家那个犟憨庄头张老汉吗？”裴妃问，见二女点头，叹道，“就是我出门进京那天，他被咸阳县尉带人抓走了。”

“张庄头被咸阳县尉抓走了？”

魏叔玢与柴璎珞都很吃惊。那犟憨老汉不是说在当地人望颇高吗？之前他们打探消息调动人手都多得其助力，对于这样的乡贤里党，官府也一向优容客气，怎么会忽然翻脸抓人？

裴妃缓缓道来。原来自魏叔玢等人离开咸阳后，当地又开始新一轮点兵征役，说要往西北战场送后续军队，有说是还接着去打吐谷浑的，也有说又要去打高昌国的，消息很乱杂。

关键是，当地本已青壮丁男奇缺，眼下又正在春耕农忙时节，到处都需要劳力。张庄头负责督促管辖大片耕地、劝课农桑，一直抱怨人手不足，熟田都要撂荒了，听说又来点兵，登时火冒三丈一跳老高。正赶上来传令的胥吏也是个暴烈性子，三言两语，居然动起手来。

张老汉别看年纪不小，手下着实有把子力气，旁边又都是他的人，一场混战，县吏受伤回牙府，上报“无赖刁民抗敕谋反”。这下县乡官府熟人都挡不住压不下，只得先将张庄头收捕送监，再慢慢转圜。

“家兄说，张庄头被套上木枷、铁索拉走时，还喊着叫他别忘了遣人去盯水渠，误了浇地要死苗呢。”裴妃叹息道。柴、魏二女也跟着唏嘘，都十分同情那老汉。

裴律师这阵子也是忙得四脚朝天，一边要备办妹妹的婚礼送嫁，一边又在咸阳县府内外打点，竭力营救张庄头。他虽然有河东郡公的爵位，位高禄重，但没任职事官，手中无权，除了大把撒钱送贿，没太多路子办事，愁得头发又白了好些。

裴妃此来紫虚观，一为当面酬谢柴、魏二女出力促成她婚事，二也有为兄分忧的意思。她本家在京城内外势力早已消散，新婿赵王虽是太上皇幼子之首，可也没什么实权，只能赔着小心问柴璎珞，谯国公柴驸马可与咸阳县令等人有交情，能不能给说句话。

柴璎珞犹自沉吟未答，魏叔玢在旁边想到李元轨等人曾多得裴家兄妹协助，那张庄头也为他寻妹出过大力，不禁先开口："张老丈人哪有什么谋反的心思，不过是一心扑在籍田耕种上，生怕耽误农时闹饥荒罢了。朝廷早有诏令，农为百业之首，壮丁都抽走了，秋天收不上庄稼交不了租税，大家一起饿死吗？酷吏逼人反，自古以来都是这样，璎姐府上若能施以援手，帮着救人出来，也是无量功德。"

裴妃感激地对她笑笑，柴璎珞也笑道："你这便宜人情卖得，自个儿分毫不用出力啊……唉，说实话，家父在京住了一辈子，牵丝缠萝七转八转，怎么也能给咸阳府递句话过去。张老汉这人不算什么，不过他触犯的是西北用兵征点，这个就……恐怕家父得先好好打听打听。"

大唐出战吐谷浑、高昌等西北番国，本来就是近些年朝臣争议的热点，魏叔玢的尊翁算坚决反战的一方主力，另一方开战主力则是皇帝陛下……想到这里，她不禁打了个寒战。

"家父还兼着十六卫大将军的空衔，"柴璎珞叹道，"这等抗拒征兵在折冲府闹事的人，家父要出力去救，很可能被有心人附会为'阴谋串通反大政'，惹来麻烦。"

她们都是官宦人家女儿，明白这个道理：文臣可以公开反战，武将反战，就透着一股子胆小怕死有失职守的意味……

"有了！"魏叔玢一拍腿，"我回家去，跟家父说说这事。他连番劝谏主上对西北用兵，光讲古人言、大道理，嘴皮子都说干了也没用。张老丈这案子，正是民间疾苦的绝佳范例，家父若知道了，断不能袖手不管，在朝堂上进谏也多了一层底气呢！"

柴璎珞一听就懂，笑道："你这是让令尊拿张庄头当刀枪使，往至尊龙颜上抡过去啊……也好，只要运气别太差……"

“运气？”裴妃有点担心，“张庄头夹在君相之间，神仙斗法，会不会……主上敬重魏侍中，可不见得对一个庶民老农也优容宽待。万一龙颜大怒，当场翻脸命处刑，那可就……”

她在渭北庄园住了这么久，对张庄头颇怀关切之情。柴璎珞摊摊手，笑道：“这没办法，只能赌一赌我们这位明君的仁爱圣德了。”

……我可是一点儿信心都没有，魏叔玢默默想。他亲弟弟还被关在城楼上不肯放人呢。

“而且啊，魏相上朝进谏说这事，逼得急了，还可能引出另一个后果。”紫虚观主含笑瞥魏相长女一眼，“大乱之后户口锐减，人丁寥落，耕战乏力，这是事实，主上不会不承认。京郊算是良田集中人口稠密区了，征点都闹到如此地步，别的地方只会更糟。没那么多兵马投入西北战场，主上就得在其他领域多用劲，比如外交，比如和亲……”

“会更急着定下来高昌和亲的人选！”魏叔玢脱口而出。柴璎珞点头同意。

据她们所知，目前天子考虑派去高昌报聘的唯一现成人选，就是李元轨。如果假以时日慢慢甄选，综合参考各方面因素，或许会再属意他人，但要被逼得着急，三五天就得定下来，那李元轨去西域的可能性就会大增。事涉宗室婚姻，皇帝也习惯先征询皇后意见，而柴璎珞已经在长孙皇后跟前下了话……

“我这就回家去！”魏叔玢噌地立起身来，“璎姐，烦劳让人给我备马！”

在柴璎珞的大笑打趣和裴妃的掩口轻笑中，她也顾不得害臊怕羞，丝毫不敢耽搁，在紫虚观下人的护送下径直入城回家。

今日父亲没在门下省当值，午后散朝回家后就进了书房，埋头撰写不知前朝哪一代史书。魏叔玢鼓勇闯进去，行礼问安后先把张庄头的案子说了一遍。她父亲倒是颇感兴趣，询问了些细节，又写牒命人去调卷宗。看样子确如她们所料，魏徵打算用这个案子作为实例，在朝堂上发力谏阻西北战事了。

可正事说完，连个缓手都没有，魏侍中直接丢过来当头一棍：“阿玢，你不准再出家门。和你娘打点针线准备嫁妆，程大将军下个月来迎亲。”

“下个月迎……这么急？”

魏叔玢失声呛口，而父亲已经懒得再跟她讲理训话，扬声叫了下人进来，命带她回后院自己卧室，并且从此严加看管，再也不许她出门。

这安排不算意外，毕竟程府一直催婚很急，要魏叔玢赶紧嫁过去做国公夫人主持门面。魏家也没太多理由拒绝，事实上他们更急，急着要程府送聘礼过来，给长子叔玉定亲……

魏叔玢在家被关了十天左右，还赶上了大弟的纳征礼，眼瞅着父亲派出一队浩荡人马，将价值三万绢的聘礼送去黄门侍郎崔民干家，定下了一个今年方才五岁的儿媳。

那天魏府内外张灯结彩、喜气洋洋，自然来张罗的又少不了媒婆崔大姑。裴夫人身体沉重，行走已颇不便利，魏叔玢作为长女，心里再委屈愤恨，也不能不出来帮着管事招呼。崔大姑一见她，先兴高采烈地恭喜一番。函使儿郎们出发后，二人又在一起闲坐等待，少不得有一搭没一搭聊天。

崔大姑说完了崔侍郎家嫁女等事，又谈起宿国公程大将军府里的种种内幕隐情，程咬金有几个受宠媵妾[1]，儿女都是谁所生，前房孙夫人正出的二郎前些年刚受诏尚清河公主，也是驸马都尉，虽还没成礼，平素家里人已另眼看待，等等。魏叔玢心不在焉地听着，“驸马都尉”这词一入耳，心头忽然闪过光亮。

她这回被父母关在家里，看管得十分严紧，不但时时都有婢侍跟随，阻止她迈出内院，连外面的消息都不许传给她听。她隐约听到过风声，说柴府和紫虚观的下人来找过她，但都在大门外就被打发走了。宫禁里的一切事务进展、李元轨和杨信之的处置、柴璎珞与长孙皇后母子的沟通，她全部不知道，两眼一抹黑。

外信不得入，家里人也奉相公严令，任谁不敢给她往外传递消息找人。这些日子，魏叔玢等于在自己家里坐牢，什么事都办不了……但这崔大姑，似乎可以帮她个忙。

1 程咬金是宿国公，家中可有六个“媵”，从七品的级别。中晚唐科举兴盛以后，青年才俊考中最高级的“进士”，能期望到的最好的入仕官职“校书”或“正字”，不过才九品。熬好多年升官当个县令，如果是“中下县”或者“下县”的县令，也才从七品。

崔大姑显然是不知道内情的，魏府的禁令也管不到她。魏叔玢思忖定了，微微红着脸，向崔大姑道：

“叔玢有一不情之请，想求大姑帮忙。虽然不合礼法，可……有封私信，这两日能不能替我转交给程大将军？”

“哎哟，”崔大姑很是惊讶，“私信啊？再有不到一个月就过门了，还传什么私信，有话当面说不就得了……虽然程大将军心宽脸大，到底是未婚夫妻，还得避嫌才好。要让魏相和夫人知道了，小娘子你怕是要挨教训呢……”

魏叔玢适时露出羞怩神色，低头从发鬟上拔下一根金花簪子，靠近崔大姑，悄悄地道：“就是不能让家父母知道，才来托求大姑的嘛……大姑也听说了，程大将军和我，之前见过面的……要说的事，十分要紧。我写一纸书信，大姑转给程公就行，并不费事。”

她一边说一边在袖中将金簪暗暗递到崔大姑手里。这妇人也不动声色收了，口内悄笑道：“真是小儿女哪，拿你没办法。好吧，也不是什么大事，能行方便且方便。老夫少妻的，小娘子你要提什么，撒个娇，打量大将军也不会不依嘛……”

她以为魏叔玢要向程咬金提出嫁条件……好吧，这猜测也不为不中。魏叔玢顺着她口风，红着脸呢喃道：“大姑一猜就准。聘礼陪嫁，都是家父和大将军之间来往。阿玢还有一点点私意，请转告大将军，若幸蒙允准，阿玢过门后必尽心奉箕帚，否则……唉，人生在世，婚嫁大礼就这么一次，要夫婿连这点恩情都不舍得施予，活着还有什么意思……”

说着她伸袖去拭泪，崔大姑忙劝解一番，拍胸脯保证一定把信送到，劝程大将军应允她的祈求。魏叔玢谢过她，找个没人注意的时机，回转自己卧室去写信。

今天家里有大事，人手不足，平时寸步不离跟着她的婢侍也被暂时抽走，但不知道何时就会转回来。这封书信很难写——她想请程咬金向天子进言，派遣吴王元轨去高昌报聘和亲——等于是在求未婚夫出面救情郎，说得重了也不是，轻了也不是。而她又没太多时间遣词造句、用典押韵，就算有，写得太绕弯了，程咬金那武夫还不知能不能看懂……

深深吸一口气。她哪里还能胡思乱想这些，干脆秉笔直书大白话，先把这书信写成送出去了再说。

以“妾魏跪禀宿国公程大将军尊前”开头，唰唰几笔说完事由和祈请，末了又写几句威胁“此生心结不能去妾命若薤露”之类，落款签押，折好封严，塞袖子里走出室外，再趁家里下人不备，偷偷塞给崔大姑，还附了一个亲手绣的绢香囊为信物，十足的男女私情授受范儿。

香囊里有枚玉玦，玉质细腻莹润，十分贵重。崔大姑要是开了绢包偷瞧，也看不出什么来，不过魏叔玢觉得程咬金会懂自己的意思，“玦”自古通“决绝”意，表示的是她“不答应我就死给你看”的决心。

而且那玉玦还是程家送来的聘礼之一，再送回去，更能表明态度。其实刚才她塞给崔大姑行贿的金花簪，也同样是程家送来的聘礼，所以她给出去毫不心疼……你程大将军不是富得流油嘛，这才叫物尽其用。

她盘算得挺好，程家的回复倒也迅捷。书信送出去没几天，程家就派了妇女来登门探视她。

带人过来的是个中年妇人，姓赵氏，态度谦卑，但有朝廷明封的从七品媵名号。魏叔玢听崔大姑说起过她，这赵媵出身良家，给程咬金生了三个儿子，在孙夫人病逝前就参与管家，腰杆很硬，算是魏叔玢嫁过去以后的宅中头号劲敌。

赵媵明显是带着程咬金的话来的，与裴夫人等招呼客套过，很快找个机会和魏叔玢单聊，却只字不提那封书信和玉玦，只笑着反复保证“大将军请小娘子放心，过门后一定尊重善待”等语。

魏叔玢也没心思和她绕圈子，既然她不提，索性自己直接问：“大将军可有收到妾托人转送的书信？可是派赵娘子来回复的？”

“书信？什么书信？”赵媵故作惊讶，思索一下，才拍手道，“想起来了，那晚奴在大将军房中，看见大将军拆看完一张纸，摇头笑笑，径直点在灯火上烧成了灰，又把块美玉丢赏给奴婢……对了，就是这块。”

她从腰间革囊里取出那块玉玦，亮给魏叔玢看，显然是取信于她之意。魏叔玢咬牙不语，只听她半是得意半是语重心长地教训自己：“大将军当晚还训示奴婢一顿，妇人嘛，有点小性子、小脾气算得有趣，要认真做什么大事，干预军政，可就是痴心妄想了。唉，奴婢不该多嘴跟娘子说这些，娘子出身宰相府，自然知书达礼，不似我等下人……”

“所以这就是程大将军的回复了？”魏叔玢冷冷打断她，“还有没有？”

“大将军只说，请小娘子耐耐性子，过了门一切好说。小娘子还不知道吧，大将军向来以军法治家，闺门严整，家里下人又多，很不缺服侍跟随的人手，放心吧，出不了什么事的……”

这意思是说，等嫁进程大将军府以后，她魏叔玢一举一动都有人看守，想寻死是不可能的。而这是她唯一可以用来威胁程咬金的筹码，程咬金的回复也很干脆——威胁不接受，进言求情都别妄想，你一个小女子，不能干涉我职事。

贞观九年五月乙巳，仲夏，鹿角解。申时吉神：罗纹、交贵、喜神。忌开市、立券、分居纳畜、动土修造，宜纳采嫁娶、祭祀斋醮、祈福求嗣，宜……盘算筹划自寻短见。

眼见程家请期择定的亲迎日一天天近了，魏侍中府上的嫁女准备也从紧锣密鼓到热火朝天。清院子，搭庐帐，结彩幔，请香烛，请宾客，做新衣，蒸笼饼，酿酒浆……家里内外上下人等个个忙得脚不沾地，只有新妇一娘子自己闲得落灰。

不但闲得落灰，还得由魏宰相亲自指定的两个下人日夜看守，不准轻举妄动。魏叔玢也再想不出别的法子来救人，或救己。她的愤怒、痛苦、焦急等强烈情绪都已渐渐麻木，剩下的，只有一片黑雾弥漫般的绝望。

想死，可怎么死？死在哪里？

她一死万事空，可她关心依恋着的那些人，是会受她拖累，平生烦恼苦痛，还是能因她之死而得益？如果能确定是后者，她会很平静欣悦地想法结束生命，但是……确定不了啊。

被关押在一个窄小区域里太久，人的想法只会越来越古怪偏执，行动也只会越来越扭曲不可理喻。当魏叔玢那天听到半空中隐隐回响激荡的钟声时，第一反应是：

这是上天降旨意，给我送行吧。

所以她不再迟疑，用力将手中持着的金簪，向自己咽喉捅去。

被关押在一个窄小区域里太久，人的想法只会越来越古怪偏执，行动也只会越来越扭曲不可理喻。

当李元轨意识到自己的父亲、大唐开国之君太上皇李渊已经崩逝[1]，整个人都蒙在了玄武门城楼上的囚室里。之后一段时间如何流逝，他自己都做了些什么，回想起来毫无印象。

老父是被我害死的——这个念头在他心里反复萦绕，鬼魂索命般挥之不去。

其实想想很好笑。早在他决定夜引蕃贼入宫行刺时，就已经推测可能会出现这样的后果，甚至比这还要惨烈严酷百倍。当时那情形，一个操作不当协调不好，桑赛等刺客真的会当场将太上皇斩杀于寝宫中，然后他们所有参与者都逃不掉，一起束手就擒、明正典刑。

那时他心里只是念系着被劫走的同母小妹，又伤心愤懑于柴、魏几个女子的命运，对太上皇、皇帝、太子祖孙三代擅权者的处事极为不满，横下一条心决定哪怕遭遇了最坏后果，他也不悔。然而……

然而，太上皇真的驾崩了。

严格说来，他可以自我开脱：那场大安宫夜乱与老人病逝没有直接关系，毕竟中间还隔了不少日子。

可这样开脱没意思。他虽然那晚都没亲眼见到父亲，后来听柴璎珞和魏叔玢详细转述过，知道那病入膏肓的老人在残冬深夜里着实被折腾得挺惨。没严重到当场咽气，

1 这几章涉及大量唐代皇帝葬礼的专用词，主要参考颜真卿的《大唐元陵仪注》。本来葬礼仪注应该在官方礼典里有的，因为高宗李治时代政斗激烈，一帮新幸臣为了攻击长孙无忌，说为人臣者不应该妄议人君之死，就把这部分内容删除了。

可那一夜的经历，对太上皇的病体也绝对不会有什么帮助。

李元轨甚至觉得天子阿兄李世民对他的愤怒拘禁，也有一大半是因为恼恨他加重了太上皇的病情——不，他不会天真到以为二哥是真心敬爱孝顺父亲，但他相信皇帝真心希望太上皇能再拖得久一些，至少拖到……吐谷浑这一战打赢，再咽气，让君臣能处理完“正经事”再办国丧。

吐谷浑这一战打完了吗？他不知道。心里猜测是没有，因为窗外那一片寂寥天地没有任何庆功气氛，只有白麻布幢造出的哀戚肃杀。

当程咬金亲自推开他的牢房门，送进一套斩衰丧服[1]时，李元轨是跪倚在床边地面上的，眼前与心中都混沌不辨日夜。要两个仆役动手帮忙，他才能脱掉旧衣，换上毛边粗麻布与草绳围拢的悔罪巾袍。

不孝男罪孽深重，不自陨灭，祸延先考，哀号莫赎……古今哀册上的套话在他耳边一一闪过，竟是如此合适。耳听着程大将军喃喃说些报丧和安慰的话，他既没力气回答，也没力气流泪哭踊。全身的劲力仿佛都被抽空了，连站立着不仆倒都几乎做不到。

但程咬金是奉敕命来带他去太极殿守丧的。

几个月来，他头一次走出城楼囚室。白亮亮的日光自顶洒下，还没等走到台阶前，他就头晕眼花、身软欲坠。程咬金的大手一把揽他起来，半强迫地，叫仆役两边扶持着他下楼，又半抱半架地绕行一大圈，从宫城最北到最南，一直架着他进了太极殿。

一路触目所见，宫门墙阙，楼台亭榭，凡有人布置处，全是白茫茫不见头尾的素衣麻旌。这是大唐开朝后经历的第一场国丧，没有成例，太上皇与皇帝父子间又较尴尬，上下执事人等都透着点惊慌忙乱、手足失措的意味。

接近太极殿，时断时续的哭声也能听到了。这座皇宫里最高大轩敞威严的重檐庑殿，已经布置为停殡灵堂，载有梓宫棺椁的龙辕辅车带着牵引绋[2]，停陈在殿西阶下。殿中

1 关于斩衰丧服，详见附注（21）。

2 皇帝的棺材（和外棺）称为“梓宫”，往宫殿里运进运出时，乘载的灵车叫“龙辅”，是辕上涂有龙纹的车子。“绋”则是拉车的长绳索。《元陵仪注》：“所司以梓宫、龙辅、绋等人陈于殿西阶下。”

省、太常寺、礼部各司官员正在设敖黍稷盛以八筐[1]，另有人在殿庭西南设丈木横架，以八鬲盛粥米悬重。[2]

李元轨一手提起麻袍前襟，踉跄步上太极殿的高基台阶，路过诸人皆向他侧目而视。

刺眼昏眩的阳光下，那些活动的人影与人声，全退到他视线之外不能及处，化为无生命的廊庑拱柱、栏杆旆幡。苍天之下，黄土之上，石级龙尾道间，唯有他一人拖拽着脚步，踽踽前行。

他的灵魂似乎脱离了肉体，飞上半空猝然开眼，心无波澜地平静俯视一切，甚至还能轻松敏锐地思考：太上皇是在禁苑西北的大安宫里瞑目，遗体被恭送至正宫太极殿，大安宫诸王和太妃、公主应该也随之同来哭踊守丧，自然是大队人马共同进退。只有他自己是被单独关押了许久，只身前来，也难怪招惹人眼目……

一脚迈进太极殿廊下庑门里，眼前世界忽然阴暗黑沉。他怀疑自己是不是失明了，过了好久，才隐约辨认出殿内东间北向站立的丧服人群是大安宫诸王——自己的兄弟们，南向则立着诸皇子。西间帷幔后也有人影和哭声，当是太上皇的嫔妃公主们。而太极殿丹墀之上，平时的御座已经撤走，换置了供平躺的御床。

帏帐馔案围绕之间，御床上仰卧着一个覆盖大衾的厚重人形。

李元轨跌跌撞撞地走了几步，双膝一软，再也支持不住自己的身体重量，摔倒在地。没人出列来扶他，他咬着牙，撑手起身，拖地爬行，爬向自己的“生身父亲”。

他仍然哭不出来，眼眶里连泪水都没有。身周上下遮天盖地的香烛素幔缞服哀泣，只令他疲倦麻木、心若死灰。他爬到御床之前，喘息着，看到过世老人的雪白须发梳理整齐，脸容覆上黑绢红里的面衣[3]，颈以下被重重敛衣绞衾掩盖着，是已经行过了属纩、招魂、沐浴、饭含等初丧礼，还未大敛入棺……这也是太上皇所有在京子孙来见逝者“最后一面”的机会。

---

1 皇帝棺材周围摆一圈八筐食物，食物除了黄米、小米粥饭，还要加点咸鱼腊肉。《元陵仪注》：“所由设熬黍稷，盛以八筐，加鱼腊等，於龙輴侧南北各一筐，东西各三筐。”

2 用八个罐子装粥米吊起来，也是以食物祭逝者的一种仪式，“悬重”还是很重要的、能标明死者等级的东西。《元陵仪注》：“设重于殿庭近西南。其制，先刊凿木长丈二尺，横者半之。取沐之米为粥，盛以八鬲，幂以疏布，悬于重内横木上。”

3 关于脸容覆上黑绢红里的面衣，详见附注（22）。

李元轨撑着上身，只死盯着父亲脸上那条面衣看。缁绢在眼睛和口唇部开了缺口，隐隐透出里衬的色，但并未组系绑缚在头上。他想他是可以伸手去掀开面衣，最后一次亲眼注视老人那密布皱纹斑点的脸容，在场皇室宗亲和礼官都不会阻止，但是……算了。

他抬不动手臂，也不想做这么麻烦的事。再看一眼又能怎么样呢？这张须发皆白垂垂老矣的面孔，活着时也未曾给他带来过多少慈爱安心感，他甚至不记得自己曾当面叫过“阿耶”……

叫，应该还是叫过的；抱，也或许被抱过，就像他曾经亲眼见到的父亲怀抱逗弄比自己更小的弟妹那样。只是，他不记得。

李元轨从小就不会撒娇争宠，年龄相近的兄弟姐妹一起吵闹玩耍时，他更愿意自己在一旁安静地认字练武。母亲曾为此数落他多次，可每次唠叨完，还是照样为他加衣披巾、端来热汤水、剔灯芯剪烛花。

他记得母亲逝去后自己那天崩地裂般的痛彻心扉，他在大安宫偏殿里，抱着母亲僵冷的身子哭到晕昏，之后很久都醒不过人事回不到现实。他也记得同母妹妹被强行带走后自己的心疼愤怒与无力感，可这些情绪，在面对君父遗体时，竟然是……一丝也没有。

能感觉到的，只有疲惫，疲惫到麻木，疲惫到绝望。

天子嗣皇帝不在太极殿内，守孝子孙由六哥赵王元景领头，另一边皇太子李承乾也在，都是一色的斩缞麻衣，头裹孝布，连带西间素幔后露出的女子面孔在内，全注视着御床前仆地而不哭的李元轨。

他们在等待，旁边后头侍立的礼部太常郎官也在等待，等着吴王以头抢地、哭踊无数，他们就可以依礼上前来扶劝，把这个太上皇遗落在外的儿子扶入诸王行列中归班，此后一起按礼制守孝服丧，不再有什么特殊麻烦。

当然，这还需要天子特敕许他正常守丧，而不是弄来一拜后，就又关回囚室去继续煎熬……无所谓了。

他不会再回玄武门城楼上，幽禁在那窄小不辨晨昏的直房里，每天直瞪瞪数看屋顶檩条，万蚁噬心一样反复思考推测自己和亲友的命运。他也不会归入兄弟当中例行哭踊、苫块守丧，他根本哭不出来，心里就没有孝子应具备的哀痛孺慕思念悲苦，做那虚伪样态干什么？

如果他自己的生命也在这里终止，和名义上的父亲一起瞑目无息，去往佛国的天堂也罢，去往道家的火狱也罢，那人间的一切哀苦，至少可以这样结束吧？父母都在那边等着，十七妹平安无恙有人照料。他这个始作俑者一死，困扰纠结皇帝兄的谋逆案也可以了结，杨信之、柴璎珞等从犯很有可能就此脱身，至于……

还有一个……毕竟是名臣宰相长女，出身高门、品貌端丽，没了他的拖累，或许以后会过得更好……

李元轨甚至不确定自己有没有向君父遗体叩首行礼，也不知道自己是站起身恍恍惚惚走出了太极殿，还是四肢踞地爬出来的。身前身后都有嘈杂响动，有人似乎在说“悲痛昏迷”什么的，也不与他相干。他就留意到廊下供案上，尚食官正在抬放太牢馔[1]，大块牛肉还冒着热腾腾的白气，而肩胛上插着……用来割肉的小刀子。

刀子应该是足够锋利的，因为大块肉食往往内里蒸煮不熟，切割比较费力。大行皇帝小敛，具太牢之馔为供，是近代的最高礼仪了，可如果没记错的话，上古有更尊隆的“人牲”，而西北夷狄部落至今犹存以活人为殉的风俗……

太上皇帝李氏讳渊，周隋嗣唐国公，大唐开国君主，万方之父，德配天地，难道还当不得一个罪孽幼子杀身以殉吗？

李元轨一步步走向廊下的太牢供案，目光再也离不开那几柄小刀子。囚室里没有任何可以用来自残的物事，举丧场所却是不会考虑这么多的。只要一下，拔起来，转腕，向心口一插，世间所有烦恼忧惧都将离他而去，苦痛折磨也消散无形。就这么结束吧，他实在太累了。

天地为炉兮，造化为工；阴阳为炭兮，万物为铜；其生兮若浮，其死兮若休……

1《元陵仪注》：“将小敛，内外各随职备办，尚食先具太牢之馔。”“太牢”是什么肉，目前说法不一，有说是整牛，也有说是“牛羊豕三牲之肉”，反正是比较大块的肉食。

几句游丝般赋唱还没在耳边嗡嗡响完，他刚刚轻飘飘地拔出割肉刀，手腕还没转折过来，身后就涌来一股大力，直接将他击飞出去，一头撞向廊下合抱的朱漆巨柱。

眼前一黑，疼痛吞噬他全部意识前，最后映入眼帘的，是皇太子李承乾皱眉恼怒的面容。

当他在黑暗中醒来时，疼痛仍然在持续。后脑上一块地方一波接一波向全身散发传递火烧火燎，疼得他连张嘴呻吟号哭都提不起力气来。

他也不知道自己忍了多久，终于等到那痛楚缓缓消退一些，睁开眼睛，发现自己平躺在几重帷幕后。布幔外有光线射进来，天旋地转。

有人给他脑袋缚上了麻布条，疼痛最厉害处湿漉漉的，像是出血了。李元轨困难地转转颈子，意识渐渐清醒，明白自己是自尽前被人——应该就是太子承乾夺下了刀子，又一把推出去，头脑撞柱，流血晕厥。

之后有人给他处置包裹了下，抬到这里来……虽然看不到布幔后的情形，从头顶高敞的天花藻井一角判断，这是太极殿附近某处小殿。不知道李承乾他们在忙什么，暂时把李元轨安置到了这里来。

他的手脚身体都能活动，只是头疼得太厉害，自我感觉脑袋肿得有平时三倍大。撑着地毡坐起身，顿时眼冒金星直欲呕吐，心跳得要冲出腔子，一时不敢再乱动。

抱膝靠墙垂头坐了很久，暗暗调息，李元轨不知道什么时候才会有人来找他，或者会不会有人来……没关系，他只要再多休息一会儿，就能走动了……

可没等到他能起身，布幔外间先传来杂沓脚步声。先是有中使侍人的喝道“至尊驾临”，让李元轨惊讶又有点胆怯。还没决定要不要出声现形去拜见皇帝，他又听见君臣数人边走进屋子边议论叹息的声音——如果没听错的话，正呶呶不休跟皇帝说话的那人，是魏徵，魏叔玢的尊翁。

我……还是先闭嘴躲着吧……

李元轨又尽力往墙角缩了缩，闭上眼睛，忍着头疼眩晕，静静听帷幔外声响。大礼行过后，皇帝先说些“攀号擗踊五内屠裂”之类的套话，群臣劝止节哀，一番造作，天子赐座，君臣数人各安其位，终于进入正题：“天命有归，自古以来，历代人主登大位后，便择选园陵，将作开工，以为千秋万岁计。太上皇乃我大唐开国之君，在位间戎马倥偬平定天下，未及议定园陵制度，其中详情，众卿亦深知。如今日月遄速，奄及小敛，太上皇这山陵该如何经办，还要仰赖众卿参赞。”

李元轨能听懂皇帝的言外之意。他们的父亲太上皇李渊是年过半百开朝登基、御床坐了没满十年就被儿子逼退，上下都匆匆忙忙。他在位时没来得及着手兴建帝陵，退位后嗣皇帝李世民更不好跟父亲提这事，好像催命似的……结果就是现在这样，老人已经过世，葬礼仪注、陵园位置、陵墓规制都毫无头绪，尸首往哪里埋都不知道，君臣全部抓瞎。

礼仪方面还好说，有前隋国葬可以参考，以后再慢慢酌商变动。当务之急是修陵，现在是盛夏，天气炎热，就算大量用冰，太上皇遗体还是不能保存太久，得尽快大敛出殡送入山陵。

可这样临时抱佛脚地修造，大唐开国之君的陵墓就注定不可能巍峨高耸、礼制崇严，赶工糊弄出来的，必定卑陋简劣，既配不上太上皇的身份功绩，也显得嗣皇帝蔑伦不孝——其实啊，李元轨默默地想，陛下你真不必在意这么多，你这不孝不悌的名声反正永世都不可能洗清了。

但显然皇帝不这么想，他语气中透着焦虑，是认真担心此事不能两全其美。在座的宰相、礼部尚书侍郎、将作监主事者等议论了一阵，大都以为如果仿效汉高祖长陵，堆封土九丈，或按汉文帝、魏文帝陵一般凿山穿洞，时间无论如何不够，只能依东汉光武帝原陵制度，陵台覆斗六丈，尽量高大美观了。

至于修陵地点，太史局和礼部提了三处供君相抉择，最后选定三原徐木塬，号曰“献陵[1]”。太史令夸了一通那处风水如何如何佳妙，形厚势专龙脉玉案云云，没等他说

1 关于李渊的献陵规制及建造，《唐会要·陵议》上有比较详细的记载，当时朝廷上下的争议远比小说里写的复杂，且耗时长。

得尽兴，侍中魏徵的声音插入打断："陵寝既定，祈陛下尽早令中书发敕，门下自即署理力避延迟。臣另有一事，也属紧急，伏请陛下圣裁。"

"什么事？"皇帝的声音略带警惕意味。不知为什么，帷幔后的李元轨一颗心也提了起来。

"上皇弃养，万方悲恸，九州同泪。"魏徵缓声询问，"国恤大哀，礼不伐丧。敢问陛下何时出制，宣召在外征战的代国公大总管等，率兵回师，止戈停战？"

太上皇崩逝，正在进行的战争要中止，已经派出去的军队要征召回师。

李元轨本来正忍耐又一波袭来的头疼，一听幔帐外魏徵这话，忽一下就精神了。不光是他，帐外传来的衣衫响动和轻咳似乎也说明众臣都在悄悄后退，只把魏侍中一人顶在了前头。

天子也咳嗽几声，有些含糊地回道："魏公操心过虑了，派去李靖军中传报凶信的敕使，早几日就已出发……这献陵哪，依朕来看，不能过于省俭……"

"敕使虽已出发，昨日臣询问驾部郎中，知使者刚入咸阳。"魏徵的声音冷冷的，"朝廷厩牧令有明文，诸乘传日行四驿，乘驿日行六驿，每日行程少说也在二百里以上。陛下命发的这敕使，每日能行够二十里吗？"

李元轨险些喷笑出来。朝廷军法严厉，奉敕往军前传旨的中使没有敢故意拖延磨蹭的，这回使者行进如此缓慢，不用问也能猜到那是皇帝陛下特意嘱咐过，让国丧凶讯越晚传到远征军中越好。

"臣敢再问陛下，敕使得到西海道大总管军中，可会明确传召代国公收整各部、班师回京？"魏徵语气越发严厉，"还是依旧祭出'将在外，君命有所不受'牌盾，命李大总管见机行事、冒丧征战？"

"自古就有墨绖从戎之义，前代国丧中交战的事例也举不胜举，这又不是朕自出心裁。"皇帝的声音很不耐烦，"军机警急锋镝纵横，稍有贻误即酿成大祸，魏公勿要食古不化，沦为百代罪人。"

尽管对天子腹诽极多，李元轨在这事上还是全然赞同圣断的。唐军出击吐谷浑之战筹备良久，数万大军也在外血战弥月，怎么可能因为太上皇的丧事就收兵回朝，把前面已投入的人财物力尽皆虚掷……正想着，只听魏徵抗声道："去岁年底朝廷下诏击讨吐谷浑，诸般征发囤粮修堡屯兵事务，更早在明发诏敕之前就已骚扰民间。大军出塞近半年，只闻得诸蕃叛逃入敌，王师深陷草甸泥潭，行进缓慢，劳民伤财，师老无功！今又蒙国丧，陛下居谅暗，不思引兵班师，谨行守孝，反而变本加厉，点兵搜粮，更自剥削百姓！便如渭北咸阳裴氏庄园张某殴伤县吏一案，岂不是缘由强征，官逼民反……"

"张某一案，不是已经遣使者去当地重新鞫问了嘛。"皇帝不耐烦中带了点无奈，"若县尉乡吏果有横行不法情事，张某人抗暴护民，依律自可轻议。这案子魏公近来每奏事必提及，翻来覆去，说多少回才算完……"

"张某案并非孤例！"魏徵毫不退让，"扶风陈仓府统军鲁宁，骄纵横暴，上月领牒点兵，强拉青壮，为害乡里，与陈仓县尉刘仁轨冲突，刘尉一怒之下召集府吏，将鲁宁活活杖毙！如今刘仁轨也到京投案，正拘押在大理寺狱。此案与咸阳张某案异曲同工，皆起因于官府过度征点，陛下扪心自问，宁不愧思？"

听到"咸阳裴氏庄园张某"，李元轨一惊，暗自猜测不会是那犟老丈张庄头出事了吧？等听到陈仓县尉竟将兵府主事人活活打死，他连惊讶也忘了，心里疑惑关中京畿的军民冲突已经到这地步了吗，是不是又要揭竿而起高唱无向辽东浪死歌了……而幔帐外魏徵的进谏也越发激切："更有甚者，臣闻三秦陕内，人畏拘役，福手福足之风又起，乃至宰夫屠户更购刀斧，议定斫人手脚索价，相约不逾规矩，不告外人……黎庶哀苦若此，宁残肢体以求生，此身岂在人境！陛下初登大宝，曾于南郊告昊天上帝，立誓抚万民、罢兵衅、开太平，今残民以逞边欲，何谈尧风舜雨治化？"

啪的一声，不知道皇帝拍击了什么物事，声响震得人人心中发颤。

天子怒道："魏公干脆直言，朕实为桀纣之君，不就完了？打仗是朕愿意打着取乐？贞观以前，突厥、吐谷浑游骑大军年年秋天南下烧杀抢掠，边疆庶民苦不堪言，这你怎么不说？贞观四年药师公一战平阴山，颉利以下蕃酋俘来长安，此后北边无事，百姓得以休养生息耕作放牧，就连胡商行旅都比以前频繁十倍！朕下诏征讨吐谷浑，也是因为吐谷浑仍然占据西北高原，不断袭掠我边郡行人，阻断西域道路，朕反复遣使教谕，慕容伏允冥顽不灵，拒不奉诏！依魏公的见解，征发府兵外出打仗是桀纣所为，做皇帝的，就该蹲御床上念经，番国打来一缩头骂两句完事？”

“突厥扰边，臣等深知，贞观初陛下发天兵征讨，虽其时饥荒遍野、万民流离，臣等亦未谏止！”魏徵强硬回嘴，“吐谷浑位居西北草甸高原，距关内中原遥远，便侵边袭扰，亦只不过数个边疆羁縻州县受害！那些州县所居人等大半为夷狄野人，并不曾交纳租庸调年年上计，于朝廷实属无足轻重。今关内征兵数万，出塞征战，京畿郊县青壮为之一空，唯余老弱妇女耕作籍田，是空溃腹心以利爪牙，本末倒置、难为已甚！”

皇帝强调平定边疆必要，宰相痛陈休养生息为重，君相虽然争执得激烈，其实也还都是老生常谈。李元轨头晕目眩地偷听着，只觉两方都有道理。他本来是一心巴望扬威战场建功立业的人，但听魏徵讲述民瘼哀苦，自也触目惊心。

他虽然长在深宫，没什么贫贱求生的经历，但生母自小给他兄妹讲故事，自己在隋末离乱中的惨景也是唠叨过一遍又一遍，听得耳朵要生茧子。那种情形，他再怎么对当朝君臣不满，也不会希望重现于世。

“中国百姓，天下根本，四夷之人，犹于枝叶，扰其根本以厚枝叶，而求久安，未之有也。”魏徵还在喋喋不休，“如果说陛下出击吐谷浑，尚能勉强与守疆抚民大业沾边，那此战未竟，胜负都还不知晓，陛下又开始暗自筹划平灭高昌——”

什么？

李元轨打个冷战，立刻想到此前那个将他十七妹和柴璎珞一起嫁往高昌和亲的计划。而幔帐外的天子也出了一声，令魏徵暂时住了嘴。

“魏卿从哪里听得，朕要筹划平高昌？”皇帝语调严肃，“禁中语如此容易泄露，身为宰相，又如此勇于揣测人君思虑？”

“臣忝居门下，受至尊重托，审核副署诏敕，自当一一过目细查。”魏徵冷然应对，“去秋以来，诏敕频发，虽无一语及高昌战事，臣潜心默读，并不难体会圣意。若臣揣测有误，甘受刑戮，只望陛下明示天下，无意与高昌开战，取信于民，亦令众邦国安心。”

这就是在和皇帝叫阵了：我猜错了我认罚，你敢明说没有和高昌开战的意图吗？事关近切，李元轨竖起耳朵听天子回复，帐外也一片鸦雀无声。

“高昌嘛，”皇帝的语调是刻意强压出来的不紧不慢，“众卿亦知，本是汉魏遗民所建邦国，向慕华风，又地处西域入口，其王麴文泰起初亦颇为恭顺，进贡朝见礼数不缺。这几年也不知怎么回事，鬼迷心窍似的，他家跟西域叶护可汗越走越近，又是阻断胡人入华商道，又是拘役塞外返乡汉民[1]，看着像是一意要与我为敌了？商胡结队上表诉苦，求我发兵征伐是有的，朕只考虑析断，尚未决策。卿等皆为我心腹肱股，朕以诚待卿，卿等亦当以诚事君。妄加揣测，胡乱诘问，岂是贤臣所为？”

“臣昧万死。只因前日偶听得人传言，陛下有意命李靖等平灭吐谷浑后，在西海稍作休整，即挥师北上，翻越雪山沙漠，直取高昌国都！日前在关中征点发兵，亦是为前线西海道大营增补军力，以备其继续进讨开边……若此决策成真，那便是丧师亡国之道！臣领政事堂，号为宰执，不能掩耳无闻……”

唐军在吐谷浑打完仗以后，要直接再北上去继续进攻高昌……这话乍一入李元轨双耳，他只觉得如魔似幻，仔细一琢磨，还真未必不可能。

李元轨钻研过西北形势木图，知道自长安出发，往西北行近三千里可至吐谷浑腹地西海，再往西北三千里，才能入西域进高昌。虽然其间有山川沙漠阻隔，也有道路分支不同，但大致说“吐谷浑位于长安与高昌中间”，是可以成立的。如果李靖真的率军从吐谷浑出发，去攻打高昌，一去一回间，行军可减省一半路程、增速数倍，更别提还能起到出其不意、攻其不备的效果。

---

1 关《册府元龟·卷九百八十五》载有唐平高昌诏，云：“自隋季道消，天下沦丧。衣冠之族，疆场之人，或寄命诸戎，或见拘寇手。及中州既定，皇风远肃，人怀首丘，途经彼境，皆被囚系，加之重役，忍苦遐外，控告无所。”吐鲁番出土文书中也显示高昌当时有“羁人”和“羁人役”，冻国栋等学者推测这些“羁人”就是唐诏书中提到的被麴氏政权强拘的归民（见冻国栋撰《麴氏高昌役制研究》）。

当然这计划过于大胆，也面临着兵力不足、粮草不备等诸多困难，寻常人等都不会往那方向去想。可当今天子和代国公李靖这一君一将，那是“寻常人等”嘛……

李靖李药师自出道以来，打过的几次大仗，都是以敢出人意料大胆用奇兵取胜。特别是灭北突厥的定襄之役、白道之战，那是唐、突两国都以为已经罢兵议和时，李药师自作主张亲带骑兵一个突袭，灭其国、俘其酋，之后天子大喜、赞赏不已……谁敢说这回吐谷浑之战，李大总管不会故技重施，让高昌王麹文泰也步颉利可汗后尘，尝一尝在长安做阶下囚的滋味？

他稍微一走神，漏听了几句帐幔外奏对，再集中精神去听时，天子正在语气郑重地讲古：

“……汉武帝承五代之资，天下无事，府库充实，士马强盛，遂思骋其欲以事四夷，闻蒟酱而开邛僰，贪良马而通大宛，北逐匈奴，南征百越，老弱疲于转输，丁壮死乎军旅。海内骚然，户口减半，至于国用不足，府库空虚。乃榷估盐铁，征税关市，课算舟车，告缗卖爵，侵渔百姓。万端俱起，外内困穷，无以给边费，议以营田代卒，冀以助军，迄于暮年，方始觉悟。下哀痛之诏，封丞相为富民侯，仅以寿终，几及大乱。昔在有隋，统一寰宇，甲兵强锐，三十余年，风行万里，威动殊俗，炀帝恃其强盛，思欲追踪汉武，上下相蒙，君臣道隔，民不堪命，率土分崩，十余年间，亡身戮国，此朕与卿等亲见……”

等等？刚才发生了什么？

要不是李元轨太熟悉他异母兄长皇帝陛下的声音，他几乎要以为这是魏徵等谏臣在激切进言。开腔必议论史事，以汉武帝、隋炀帝好大喜功、穷兵黩武来比拟当今，这不是魏宰相他们的惯用行文吗？怎么忽然一下子被皇帝抢了过来？还一口气背诵了这么长一篇？

逮到皇帝停顿换气之处，魏徵赶紧插话：“陛下思弘至化，砥砺群下，臣等敢不竭股肱之力……”

“公有此心，国家之幸！”皇帝拍案赞赏——只让魏徵接了一句话，就又抢过发言，“夫兵甲者，国家凶器也！土地虽广，好战则民凋；中国虽安，忘战则民殆。凋非保全之术，殆非拟寇之方，不可以全除，不可以常用。故农隙讲武，习威仪也；三年治兵，辨等列也。是以勾践轼蛙，卒成霸业；徐偃弃武，终以丧邦。何也？越习其威，徐忘其备也。孔子曰：‘以不教民战，是谓弃之。’故知弧矢之威，以利天下，此用兵之职也……”

李元轨又开始头疼了。他二哥也不知什么时候背熟了这么多坟典古籍，一见势不妙就跟大臣在朝堂上对着掉书袋，兼用大道理堵人家的嘴。金口玉言，说的还都是至理名言、治世之道，为人臣者总不能轻易打断吧。等大家全都听得头昏脑涨，起居郎也在旁边录写得指软手残，就能散朝过关了。

然而那个唐军打完吐谷浑以后，直接北上去奇袭高昌的计划，到底是真是假？看皇帝这顾左右而言他的模样，李元轨怀疑可能还真有其事……如果他此刻正在李靖军中效力，他想自己也会怂恿李大总管行此妙计，并且甘为前锋一马当先，这正是汉家男儿洒血边疆建功立业的大好时机呢。

当然，魏徵那“你有人吗？你有钱吗？”的质问，也不是杞人忧天……以眼下大唐的国力，要支持这样的持续征战，确实是太过困难了……

帐外滔滔不绝的天子玉音当中，忽然传来“啪”一声什么物事落地的声响，很是清脆。李元轨觉得像是哪位大臣手执的象笏或竹笏摔地面上了。

皇帝的声音也为之一停。魏徵立刻开口：“臣君前失仪，死罪。陛下教诲，臣等铭记。如今只说这西海道行军，陛下班师回朝的明诏，究竟何日发出？祈陛下立下决断，中书侍郎也在此，可当面草诏，臣即副署行文。”

这是逼着皇帝下旨班师了。不过上有国丧守孝的大帽子压着，天子刚刚又讲了一大通东征西讨、穷兵黩武的恶果，还真不好立刻反悔说不召回军队，只能继续敷衍：“魏公说得对，刚刚扯太远了啊。就说眼下，眼下哪，最要紧的事，还是太上皇的山陵营造。将作监如今的主管呢……”

“陛下，”魏侍中的语调忍无可忍，“劳民伤财，出师远征，师老无功！民间还在继续征兵遣发！这才是眼下最要紧的事！”

“爱卿少安毋躁。出师才几个月嘛，也谈不上师老无功……李药师的能耐，你魏玄成也是深知的嘛……朕也掐指算着日子，就这几天，再等等，再等等啊……”

“然则吐谷浑之战尚且胜负未定，陛下又在图谋高昌……”

“刚才不是说了嘛，就想想，想想都不行了？何况高昌早已向我大唐称臣进贡，其国王麴文泰还亲自率臣子来长安朝见过，什么叫‘图谋’嘛……”

你们二位好歹也都是成年男人，李元轨默默地想，而且一个立志做千古明君，另一个要当垂范万世的名相，当着这么多大臣，能别学小娃娃家吵嘴吗……

帐幔外，自远及近忽然传来脚步声和奏唱，紧接着人声忙乱。皇帝和宰相二人都停了口，天子喝问“外面什么事”。

又是一阵骚动，有人进殿来行礼奏报，喘气喘了半天，才说出两句完整的话：“启奏陛下，露……露布[1]至！西海道大捷！代国公等已攻下伏俟城，正……正在追捕慕容伏允！”

贞观九年四月底，唐西海道行军大捷。

癸酉，任城王李道宗败吐谷浑主力于库山，慕容伏允烧草原带卫队轻骑逃入大沙碛。唐军诸将商议后，大总管李靖分兵两路，自与薛万均、李大亮行北道，一路在牛心堆、赤水源、曼头山连战连胜，斩吐谷浑名王，大获杂畜以充军食。遣使报捷时，北路军正往乌海方向追击伏允可汗。侯君集与李道宗行南道，迎战吐谷浑天柱王率领的主力，亦击溃其部，引兵追入无人之境破逻真谷。

露布至京师，本来是举国欢庆的大喜事，该大赦赐酺的，但因为太上皇山陵崩，上下正举哀服丧，官民人等都不好太过喜形于色。还是有不少人想法抄录了露布捷报文字，辗转传看，聚在一起兴奋地私语议论。

李元轨那天在小殿无意中偷听了半天君相议政，传报至，天子带头出门迎外，没

1 关于露布，详见附注（23）。

有再回来。过许久后有内宦进来将李元轨扶持出去，把依旧头疼昏晕的他安置在太极殿外的一座守丧小庐里养伤——没和兄弟们一同起居，但也离得不远。几个平时和他交情不错的兄弟侄子在殿内哭丧拘得太难受了，都偷着溜过来看他，西海道捷报就是他们带过来的。

反复看过几遍文字，除了和兄弟们一起赞叹药师公用兵如神、大唐军威战无不胜，李元轨也没别的话好说。他能说什么呢？真希望我现在是在代国公军中当三卫，马革裹尸也无悔，总比如今沦落成家国罪人强太多了？

初至太极殿拜别太上皇时的自杀冲动，已经消退得差不多了，他心中只剩下“听天由命”四个字。在小庐里躺了几天，头颅伤势转好，也比较能清楚地考虑事以后，他被两个阉宦带到了太极殿西的小室里。

皇帝陛下正在坐床上盘膝等着，粗麻裹头斩衰衣，竹杖横在膝上，跟李元轨服一样的丧制。平时看惯了他黑纱折上巾赭黄袍一身精神利落的模样，乍一入眼从上到下麻绩毛边纸糊出来似的，还真不适应。

除了衣服寒碜，天子面容上也倦意很重，黑眼圈越发明显。守丧举哀是极劳苦的事，吃脱粟饭睡草席地，每日定时定点灵前号哭，开头几天过去后，基本没人还能再挤出眼泪来。至于盛夏遗体腐坏，从梓宫棺材里飘散到灵堂里的气味，再加上众多不能洗沐的守丧人日夜挤在一起，真是不提也罢。

不过虽然劳累疲倦，皇帝的身体姿态却是轻松的，懒洋洋地半靠着一个圈足抱腰扶几[1]，半抬头仰望着殿外出神。上次在玄武门城楼里兄弟相见时，李元轨能觉出皇帝的情绪焦虑暴躁，冷言冷语地没说几句话就大打出手……眼下他看着比那时候平静多了。

吐谷浑大捷显然极大地舒缓了皇帝的焦虑，而太上皇的崩逝嘛……虽然短期内会让他吃些苦，说到底，也算去了一个变数吧。至少从此以后，大安宫那边不会再掀起

1 关于抱腰扶几，详见附注（24）。

什么风浪来了。

让李元轨有些意外的是，皇太子李承乾也侍立在父亲身后。孙为祖父服丧轻一等，他穿着缉边麻布的齐衰衣袍叉手而立，满脸严肃，眼观鼻，鼻观心。

行礼完毕，皇帝见李元轨瞠目盯着太子，还好心解释了下："大行弃养，虽有遗诏，命朕依旧署理国政，到底于孝道不合。二十七日间，我当苫块守制，庶政交由太子监国裁决，非军国大事不必奏报。"

这是皇帝要博取孝子名声，专心守灵，暂时命儿子代掌国政，虽不是没有先例，李元轨还是略觉意外。这措施显示皇帝对长子十分器重放心，但据他所知，近期李承乾屡次犯错忤逆父母，天子也狠狠责骂过他几次，亲子关系紧张僵硬。

看来逢遇大事，父子间就立刻冰释嫌隙了，到底人家才是真正的一家人啊……

"太上皇凶讯传出时，朕不在宫内，"天子的口气有点感叹，"承乾正在立政殿，和他母亲一起听闻报哀，皇后惊痛过度，突发气疾，内外一团忙乱。那时太子倒是处置没什么差池，嗯……"

李承乾年轻的脸庞迅速掠过一抹亮色。

连李元轨都知道，天子对皇后亲生的几个小儿女极尽溺爱，唯独对嫡长子，从小便严加教诫，很少假以辞色。肯当面给他一句这样的评语，已经算很大的褒奖了。当时那混乱情形，李承乾想必处理非常得当，让父母都满意欣慰，才决定命他在天子谅暗期监国。

"十四弟，你在大安宫所为，本罪无可赦。"皇帝直截了当提及召李元轨过来的原因，"八议虽有议亲议贵之说，朕也知你本无心为乱，有意回护，但毕竟牵涉太大，不可能轻轻揭过。如今却有桩机会，可以让你戴罪立功，又为我大唐经营西域出力。"

李元轨忽一下子抬起头，几乎不敢相信自己耳朵。他的运气转旺到这地步了？

"详情细步，承乾给你交代。"天子皱了下眉，"朕只留给你一句话：多想想自己是谁，为你身边亲友修福。"

说完，他起身出门，应该是回太极殿继续去苫块哭灵表演纯孝。李元轨和李承乾一起跪伏恭送，头还没抬起来，就听见门槛外天子刻意压低的招呼声："备好马没有？……蠢！谁叫你们牵腾霜白来？怕不够招眼？……门外的素车呢……"

又是劣马又是素车，这是要去哪里？听着怎么也不像回旁边的太极殿啊……李元轨隐约觉得，皇帝像是借口召他来谈话，从灵前脱了身，却又把正事甩给儿子办，自己顶着这名义不知道要偷溜去什么地方。

他扭头望李承乾一眼，正见太子殿下仰天翻个白眼，一副想发牢骚又不好说出口的憋屈表情。叔侄二人重新见礼落座，谁都没心情算旧怨。李承乾更懒得多说一个字，开口便道："吐谷浑大捷，十四叔想必也详知了，我不赘述。皇朝与西域诸国本在商议和亲事，天兵威武，诸蕃闻风丧胆，来请和亲者越聚越多，主上与皇后计议……"

"我十七妹年幼柔弱，日常多病，不能出藩和亲！"李元轨抢着打断太子话头，先一口回绝。

"啪"一声，李承乾拍了下坐床，怒道："有没有点规矩！先让寡人把话说完！"

"臣有罪。"李元轨拜手歉谢，"但臣所述是实。若天子命臣送妹降藩，臣宁死不奉诏！"

在他头顶上，李承乾从鼻子里嗤出一声，口气也变成挑衅："死也不肯送妹去和亲啊？那我要说可以把十七姑留在京师，只是要十四叔你去力行一事代偿，你肯不肯？"

"万死不辞！"李元轨应声而答。反正他现是个谋逆待罪的死囚，还有什么事能让他的处境更糟？

"好啊。那就这么定了。"李承乾冷笑，"我回奏主上，十四叔自愿以身前往高昌和亲，并一力承揽廷议，拟于朝堂辩论说服众臣。待太上皇三七过后，寡人即召集常朝臣，当众论辩此旨。十四叔你可以先准备准备。"

"和……什么？"李元轨以为自己听错了。他脑伤未愈，又多了项失聪还是重听症状？

"和亲啊。"李承乾的唇边微笑颇有些幸灾乐祸，"高昌王麹文泰有一美丽公主，乃是王后亲生，爱如掌珠，要招一婿到高昌常居……”

李元轨忍着又一波袭来的轻微头疼，压捺心火，仔细听李承乾解说。天子本来对高昌很是愤怒，一来因为两国议婚未决，麹文泰就自行为太子娶了西域突厥公主为妻，对唐颇有轻怠意；二来高昌提出让大唐亲王去西域做“赘婿”，在中原这简直算是侮辱，还很可能被别国视为唐遣质子至高昌，活活矮了一头。所以开始朝廷本想一口回绝的，但是……

“要拒绝的话，就得做好两面开战的准备。”李承乾皱眉说，“那时吐谷浑战况未明，又远悬三千里之外，若高昌国一怒发兵，助战慕容可汗，自侧翼袭我天兵，麻烦就大了。就是现今，药师公等远征大捷，已克取伏俟城击溃吐谷浑主力，主上考虑，仍不可轻起西域邦国战端……”

是吗？李元轨默默地想。皇帝明显是考虑过命李靖等人一鼓作气继续打高昌的，大概上回被魏徵等人谏止骂得狠了，勉强正视“关内人丁不足粮草缺乏”的现实，打消了这念头，才又回来与高昌虚与委蛇。而他李元轨……就要做这个被皇帝父子丢到西域去拖延时间、探查敌情、将来当内应的棋子了。

自来汉胡和亲，大都是汉家嫁女出塞，到番邦去做王后主母；偶尔也有番国公主入中原立后的，如周齐并立时两国君主争相求娶突厥可汗之女，不过那大多是中原分裂、国势衰败时才有的事。至于中原国主遣子弟入赘番邦……反正就李元轨所知，他想不出一个先例来。刚才李承乾也说了，此举不光是赘婿李元轨本人受辱，大唐上下都会脸面无光。

所以太子殿下才又有“承揽廷议、于朝堂辩论说服众臣”的任务派给他吧？说白了，不但要他出塞去当上门女婿，把自己流放到三千里外的荒域番邦，还要他当众表示那是自己愿意的，说服宰相重臣们此举合乎礼法、不算丧权辱国？

一瞬间，李元轨短暂地考虑了下，还是下狱伏诛或自尽殉父更轻松容易些吧？

“朕只留给你一句话：多想想自己是谁，为你身边亲友修福。”

皇帝的声音立刻在耳边响起，让做庶弟的不禁摇头苦笑。不愧是当年的天下第一名将，掐算估量对方心思比谁都准……他自己一死了之确实轻松，可这世间，还有那么多他放不下的人和事呢。

“臣敢问，”李元轨问李承乾，“君前议及此事时，都有哪些大臣反对？各自什么理由？”

“反对的人不少，理由嘛，归总下来三点。”皇太子笑笑，“大理寺卿孙伏伽，以为吴王触犯国法，重及十恶，不明正典刑，反要隐匿恶状瞒骗番邦，有违古制，是失信于天下；鸿胪寺卿高表仁，以为大唐亲王远行番邦，娶于胡女，还要常居域外为质子，是示弱于诸夷，有损天可汗威名、国家颜面，更为此后外事开一恶例；侍中魏徵……”

李元轨身上一震。李承乾也大有深意地看着他，喘一口气停顿片刻，才续道：“魏侍中倒是赞同遣宗室子弟报聘和亲，只对主上提出的人选有异议。魏侍中言，主上不惜手足骨肉，牺牲域外，当至少换得两国二十年太平，关内百姓能免于征点、休养生息。吴王年少性躁，又向来留意武备、一心立功疆场，若遣吴王至高昌和亲，只怕过不得三五年，便要挑拨两国刀兵相见重燃狼烟……”

原来……魏叔玢的父亲是这么看待自己的。

被众口指斥的大唐亲王低头想想，深吸一口气，一句“殿下准备何时开朝议”的问话已经到了嘴边，忽又咽下去。

他看到李承乾的黑眸中微光闪烁，带有些许试探，些许得意……当面说了这么多别人对他鄙薄不满的话，太子殿下真的不是在激将吗？

如果他李元轨羞怒之下一口答允与那几位大臣当面辩论，还说服了他们，最终自己去高昌和亲成行，那受益最大的，会是谁？

要是他不假思索一口答应下来，那魏徵对他的断语“年少性躁”，可就真的一点都没说错。

“主上与殿下的期待，臣明白了。”李元轨捺着性子缓声回答，“臣待罪守制，本无资格参与讨论国事，既然殿下垂询降任，臣自当一力承担，只是还有一事上奏，望殿下先行允准。”

给我派了个如此艰苦又不近人情的任务，我总得讲讲条件——这是他的意思，并不难懂，李承乾也听得明白，撇了撇薄唇问：“什么事？”

“去国离乡前，臣要先安排好同母十七妹的终身大事。”李元轨咬着牙说，“十七妹命薄，幼失怙恃，孑身立世。不亲眼见她有美满归宿，我不能安心出塞。”

李承乾剑眉一挑，冷笑：“十四叔还是不放心我吧？”

“对。”李元轨懒得掩饰，直接丢出一个字。他兄妹眼下的景况，说起来全拜李承乾倒行逆施所赐，这小子还有脸质问他？

被当面如此顶撞，李承乾沉下脸来，有一瞬间看着像要拍案大怒——不过到底还是忍住了脾气，想是他也知道自己不占理。

“太上皇崩逝才几日，十四叔就要给十七姑订婚？”皇太子冷笑，“你觉得这事合情？合理？”

“不必三媒六聘下正式婚书，”李元轨应声，“我只要……只要……皇后当面应许一句，孝满后会将十七妹降与我择定的妹婿，如此便可。”

正式下诏订婚确实不可能，他的念头在皇帝和太子之间转了一息，最后决定如果只有口头允诺的话，这种事上最可靠的人还是……长孙皇后。

“皇后玉体不适……”李承乾很不情愿地皱眉说了句，又打住，转问，“就算皇后肯允许，你打算为十七姑定谁为驸马？”

没有多想，李元轨脱口而出：“杨信之。”

太上皇停殡的太极殿，及其北两仪殿、甘露殿，并称为“大内三大殿”，在宫城、皇城乃至长安外郭城的中轴线上一字排列开，以像北极天中。三大殿建筑宏伟崇高、轩敞壮丽，极不宜居。

所以太极殿是大朝之所，两仪殿是常朝之所，理论上应该为天子日常寝居的甘露殿，因环地湫湿又到处漏风——倒是经常会晨凝甘露没错——一般只做退居暂憩处。天子和皇后共居两仪殿以东的立政殿，召见少数心腹重臣议事，则多在两仪殿与立政殿之间的万春殿，君臣都少跑点腿。

当李元轨在万春殿外整肃丧服，昂首迈步上阶入门时，感觉自己是走进了不用兵刃的战场。

他面对的敌人可划分为三军：大理寺加御史台、鸿胪寺，还有……侍中魏徵。

大理寺御史台要跟他清算违法犯罪的旧账，鸿胪寺是反对“王子出塞和亲”这个决策，魏侍中嘛，魏侍中大概是纯粹看他小子不顺眼，觉得派他出使迎亲只能招灾惹祸。

三军敌人都在殿内等着，也是一色的麻衣丧服，连脸上沉重黯淡的神气都如出一辙。这也难怪，以魏宰相为首的这班贞观大臣，个个都习惯了抡笏进谏的朝议氛围，就算面对天子也未必肯费心谄笑，何况今日在殿上跟他们对峙的，只有两个毛头小子——御弟吴王元轨和主持朝议的太子承乾。

空空如也的御床下设了一个独坐小榻，是太子位。李元轨和其余大臣行礼谦逊过，依规矩在丹墀下赐坐。李元轨对面就是魏徵，这位天子第一信臣留着山羊胡的清瘦脸庞上，一双眸子炯炯有神地瞪过来。想到自己和人家女儿纠缠不清的过往，李元轨心酸又心虚，不觉转开眼睛，不敢和他对视。

他自被捕后，外间消息一无所知。杨信之、魏叔玢、柴家姐弟等被如何发落，他问过程咬金几次，也套过仆役的话，却毫无收获。只能安慰自己：以柴璎珞的能耐和天子夫妇的仁慈，亲友们比他罪过轻微，也应该比他过得舒服些……

大理寺卿孙伏伽、鸿胪寺卿高表仁依官阶坐在魏徵下首，还有几个御史台刑部诸寺的侍郎少卿等主事官员，摆开了三堂会审的架势。压力很大，李元轨却还不能专心对敌，思绪动不动就飞飘到太极殿西间那边——长孙皇后带着诸内命妇、公主王妃等，正在那边哭灵守孝，他十七妹也在其中。

之前跟李承乾讲价时，他没多想，就提出让杨信之娶十七长公主[1]。这是个顺理成

1 关于十七长公主的婚姻和排行，详见附注（25）。

章的选择，因为他身边出身门第、年龄相貌、人品才干都合适的亲贵子弟也没多少人。杨信之和他兄妹虽有个名义上的甥舅辈分，毕竟不是他五姨的亲生子，此前也没以亲戚相称过。但李承乾一句话就打消了他这念头：“杨信之亦身陷大安宫谋逆一案，又是太上皇生前、天子亲封的吴王府库真，于情理该随你一同前往西域，戴罪立功。这一去不知何时回归，十四叔你确定要十七姑订了婚等他？”

这……前途未卜，穷年累月，变数太多，还是算了吧。他着急为妹找个妥当归宿，一转念又想到柴哲威。可柴哲威是他兄妹俩的亲外甥，从小一起玩熟了的，他弟弟柴令武又已经定亲要娶巴陵公主。兄弟俩娶姑侄俩，外甥娶小姨，想想都不好说出口。

那天时间仓促，最后也没议定这事，李承乾只答应如果李元轨能说服大臣们同意和亲，他会安排兄妹俩见一次说说话，当面商量。前提是，当然，李元轨要先舌战群臣得胜。

幸好他已经知道了敌手的大致布阵，也有时间琢磨应对策略。孙子云：“知己知彼，百战不殆。”他唯一的信心也只能来自这里了。

朝议开场，各部台先奏叙各自意见，李元轨三心二意地听着，只觉确实与李承乾先前所述差不太多。很好，他就能按自己此前考虑的方略，先击溃其最弱处——鸿胪寺那“亲王入赘，天朝颜面无存”说。

这也是伏聆恭效天子教诲的实践啊——李元轨默默地想。前些年他和兄弟们侍奉皇帝行猎，某次围着篝火炙肉谈天，他伟大的二哥被奉承得高兴了，教育兄弟儿子们说：“我自少经略四方，颇知用兵之要。上战场先观敌阵，自然知其强弱，常以我弱部当其强部，强部当其弱部。我弱部步卒主守，敌乘我弱，逐奔不过数十百步，我强部骑兵乘其弱，必破出其阵后，再反击之，敌军无不溃败，所以取胜，多在此也……”

而今对面最弱部就是鸿胪寺卿高表仁了，而其最强部魏侍中……好吧，先不去想，一步一步来。

“高昌使者远离中土，华语词不达意，鸿胪寺译语人也未必翻译神准。”听完高大鸿胪一番义愤填膺的“国家颜面”演说后，李元轨平静开口：“元轨不才，近日亲往拜访高昌来使，当面交谈，方知高昌王并无轻蔑天朝意，更无此胆量。使者言道，其王极愿与大唐结婚姻之好，太子妃虽无奈娶于突厥，其独生公主唯欲嫁为大唐王妃。只因国王殊爱此女，特有不情之请，乞我履足小国亲迎新妇，居停数月，既略慰父母离别之怀，又使其国人得瞻天朝风采，并未胆敢命我大唐亲王入赘……”

那高昌使者虽是华人，确实不很懂中原规矩，此前出言不逊，已被礼部鸿胪官员轮番恐吓训斥过，气焰收敛多了。再经李元轨等当面教了一番言语，就算此刻被召上殿，当着诸臣再说婚事，估计也不会惹出多大麻烦。

“居停数月？”高表仁皱眉，“如此说来，吴王纳妃后仍将回国居住，并不会长留高昌为质子？高昌公主也肯摧眉洗手为人妇，随夫入朝？其使者现改口如此说了？吴王可有把握作得准？”

鸿胪寺对李元轨娶什么样的女子为妻一点都不关心，他们关心的只有这桩婚姻安排会被外夷诸蕃如何解读。如果高昌王独生女入唐为一亲王妃，那算是大唐这边占了便宜，鸿胪寺没理由反对。至于高昌那边是不是真肯放公主随夫回国……呵呵，眼下火烧眉毛，先顾眼前吧。

“元轨已与高昌使者商议停当，”吴王殿下拍胸大言，“两国议婚，岂能随意反悔？而且事在人为，高鸿胪以为元轨是那肯忍气吞声、寄人篱下的怕妇汉吗？高昌国夫妇舍不得独女，也是寻常人情，民间父母嫁女本村，尚有留恋数年不肯放归婿家者，何况两国相距三四千里之远？总之，高公放心，元轨婚后自有手段，必不会长留高昌为质，定当早日携妇回归。”

他一边说着话嘴里一阵阵发苦。要是外人听来，还以为他有多想去娶那高昌公主呢。他想娶的明明是……

侍中魏徵端坐在他对面，执笏不语，脸上看不出喜怒变化。说起来魏侍中的意见，与鸿胪寺是基本相反的，赞成亲王出塞，只是对亲王的人选有异议。听着李元轨与高表仁相对争执，魏徵也不知心里什么想法，应该是帮谁说话都不合适，干脆闭嘴算了。

鸿胪寺词穷而退——其实看高表仁脸上神色，对李元轨的说辞还是似信非信的，但总不能当面喷他“你小子吹牛说大话”——接下来该大理寺上场。

李元轨一看见大理寺卿孙伏伽那张寡淡平板的脸，就讪讪地低了头，做好洗耳听训的准备。孙大理训斥他的那些背德谋逆的罪名，他都没法反驳，因为全是他在玄武门城楼上自己写在供状里的。

本来弹劾有官爵者，该是御史台职责所在，但这案子比较隐秘麻烦，天子又半公开地袒护庶弟，御史大夫等人乐得由直声在外的孙伏伽主办，只跟着随声附和就是。李元轨也抱定躺倒挨捶的宗旨，低头默默听喷，拣着孙大理停顿喘气的空当唯诺认罪，等着他把各种唾词翻完说尽，自己再往“戴罪立功”那头上靠。

他没想到的是，有援兵来出手相救了。

这援兵还是一直跟他八字不合的皇太子李承乾。

是听孙伏伽说完了李元轨触犯《擅兴律》中多少条款后，太子插话：“孙公且住。吴王触犯别律，寡人不察，不过他参与探查太妃尹氏姐弟谋逆案，却是奉了东宫令的。由此误信人言中了圈套，寡人亦不能无过责。”

什么？

我什么时候奉太子令去查尹德妃姐弟了……李元轨瞠目看着大侄子，还好自制力犹在，没惊咦出声。孙伏伽也很意外，怔了下，沉声询问：“吴王奉过太子令？为何之前无人提及？”

“没人问过我啊。”李承乾很无辜地一摊手，“至于吴王……十四叔，我知道你有心，不愿意牵扯寡人，不过这种事也不必隐瞒嘛。我奉敕代署大安宫务，得知尹氏姐弟行为有异，命你去查访，光明正大，有什么不能说的？这是其一。其二，与吴王勾结作乱的那帮蕃逆，声称是吐谷浑派来的刺客，可据寡人查问，证据甚为不足，所以那些人身份也不好妄下结论。”

“啊！？”李元轨一时跟不上太子语意，只能张口结舌地发呆，听李承乾自己侃侃而谈。原来那晚大安宫变乱当中，卫士没有抓到一个刺客活口，后来翻检黑衣人尸首，将翠云峰上下搜过几次，也没找到李元轨供状所述的那十五六岁的吐谷浑小王子，桑赛竟是神秘失踪了。于是这帮人的身份来历，只能凭着李元轨、杨信之等人的口供来断定，但是另外还有一个人证，说出的供词与李元轨颇有不同。

“有一商胡，姓安氏，与其子都深卷入此事，其子丧命，安某则为程咬金大将军所擒，如今仍关押着。”李承乾慢悠悠地说，“安某亲口吐露，吐谷浑天柱王之子并未来京，吴王是上了那帮刺客的当。至于别务，事涉军国机密，寡人暂不宜透露。”

墀下众臣面面相觑，李元轨脑袋里嗡嗡好一阵，才清醒下来，能好好想事了。

假如——假如李元轨真的先奉过太子令，才跟一帮不知来历但并非敌国杀手的人勾结作乱，那确实可以把罪名减轻不少，可以往“受人蒙蔽轻率失察”方向去套，而非先前的主动故意谋大逆了。只是李承乾忽然撒这谎为李元轨开脱，自己也要承担点儿责任，比如“识人不明”什么的。太子殿下为什么忽然转性了？

李元轨定定地看着李承乾，眼前忽然跳出一个场景，是他想象的，却鲜活真实得如亲眼所见。他仿佛看到皇帝陛下对长子耳提面命：“让你十四叔出塞和亲这事，交你去办。他身上的麻烦，本来也有你的过失，你自己处理。怎么能说服他自愿，说服群臣赞同这婚事，看你的本事了……”

本事才干啊，李承乾向来是不缺的……他缺的是别的……

太子殿下出奇兵突袭，大理寺一时阵脚大乱。李元轨收拾心思，趁热打铁，说了许多认罪悔过、洗心革面的话，又搬出秦穆公用孟明、后汉索卢放代太守殉、当年太上皇对代国公李靖“使功不如使过”的旧例，李承乾也在一旁敲边鼓，说了“八议”和赎罪条文，又说流放三千里已是极重刑罚，把吴王踢到西域去为国效力也不算徇情枉法，等等。

他叔侄联手，战果出乎意料。孙伏伽与御史台大理寺诸官员低声商议一阵，声言“臣等需再调阅案卷细审”，暂时放弃这一役。

于是李元轨的敌手只剩下魏徵了。

只剩下。

魏侍中毕竟不同寻常臣子，没有坐等李元轨进攻，首先发难，且瞄准的是侧翼部——

拜手向李承乾道："臣先贺太子。数日前，主上召臣等侍坐，出示东宫手书谢状一纸，称赞辞理恳切、书文俱佳。臣等恭奉拜读，其中论述侍亲之道、孝悌之义，深合古圣今贤著作，自不必提。臣尤其心服者，殿下能深察君父治化爱人本意，虚已礼下，称颂仁政，力主守静，与民休息。此国嗣绵远、长治久安之道也。请太子受贺。"

他这一带头行礼，殿中朝臣自也纷纷避席叩拜，李元轨也不好例外。拜完抬头见李承乾脸色略尴尬，魏徵这是先弄一具高床把他架了起来，既明言太子殿下"力主守静，与民休息"，那他就不好再出言赞同与高昌开衅了。

李元轨关注的是别的。李承乾不知写了个什么谢状进呈给父亲，天子看了十分赞赏，以至忍不住要出示给身边重臣以为炫耀……东宫师父多得是当世名士大儒，引章摘句攒一篇骈俪美文毫不困难，但是如果单纯是辞藻华丽，那皇帝看得也多了，不至于特别欢喜，何况之前他还一直对太子有气。

东宫这是来了新的谋士吗，感觉最近动向有新变化似的……

"至于吴王出使高昌，求娶麴氏女，"李元轨注意到魏徵避开了"和亲""入赘"甚至"公主"的提法，"臣敢问吴王，自告奋勇西流荒域，究竟所求为何？臣知吴王少有大志，且又弓马娴熟武艺过人，此出玉门，想必是立誓扬威沙漠，效仿汉傅介子，不屠楼兰不回还？"

傅介子是汉昭帝时大将，因西域龟兹、楼兰联匈奴、杀汉使、掠财物，他受大将军霍光派遣，携金锦至楼兰，于宴席中斩杀楼兰王，另立在汉质子，以功封义阳侯。魏徵比附出这典故，不但是质疑李元轨的意图，一并连带皇帝太子也讥讽上了。

好在李元轨对此有准备。第一步，先恭恭敬敬以手加额伏地而拜——心头忽然飘过一句"如果是在婚礼上拜岳父多好"，悲凉莫名——以大礼打消魏侍中一腔盛气；第二步，痛陈自责，愧悔以往轻率骄横种种行径，随口比出前汉淮南王、梁孝王，后汉广陵王、楚王英、梁临川王等悖逆无德皇弟下场，惶恐自警，战栗无地。

他这也是现学现卖，榜样自然还是兄长皇帝陛下。料想到老夫子们要引经据典劝诫，干脆自己先诵经宣典一番，替对方把话说了，省得再多费口舌，更重要的是出其不意打击其气势。被抢词以后,大儒重臣往往张口结舌一时反应不过来,最多再劝勉两句“你既然已经知道,就要吸取教训好好反省”之类,就此过关。

不过魏侍中常在君侧,身经百战,哪是一般谏臣可比。李元轨一席话说完,又连连致礼,魏徵从容答拜,抓个话头便问:“吴王经学文雅,魏某钦佩。然吴王方才回复高鸿胪,言不会长留高昌为质,亦不肯忍气吞声、寄人篱下,会使出手段携妇回归。高昌王爱女情深,若因此与我大唐开战,吴王亦不在意吗?或者,吴王是生怕两国边衅不起、没有立功疆场的机会?”

这一问虽然犀利尖刻,却还在李元轨记诵的古文范围内。他只要再讲一通大道理就好,什么“生自深宫识不及远,每食念稼穑之艰难,每衣思纺绩之辛苦”,什么“国以民为本,人以食为命。若禾黍不登,则兆庶非国家所有”,什么“若兵戈屡动,土木不息,而欲不夺农时,其可得乎?”总之是保证以百姓安居乐业为重,不会擅兴兵战。

但是“爱女情深”四个字入耳,他忽然间没了背书的兴致。一句反诘自然而然地从唇间吐出:“世间真有为人父者,爱女若此?为令女长居本家、不归其婿,而不惜与大国刀兵相见?那该是何等的慈父深恩?元轨年少无知,望魏公有以教我。”

第五章　天家骨肉宿命

皇帝父子就在这灰幕前相对而立。逆着天光，看不清脸容神色，只是两条高挑颀长的素服剪影静默不动。

被李元轨当面以“慈父爱女”相讥讽，魏徵脸色一变，停顿片刻，面沉似水：“乃生女子，载弄之瓦，无非无议，无父母诒罹。古来圣贤教女以礼，皆望贤淑贞静、相夫教子、宜其室家。高昌王因缘私爱，结怨大国，殊不可取，足为天下父母诫。”

“父子有亲，以慈育德，赫赫师尹，民具尔瞻。”李元轨努力又引了几句经典，暗示你为人父者应以慈爱养育儿女，身为高官，更该做天下表率，什么卖女求财买儿妇之类的事最好少做，“高昌王怜爱亲女，纯出人伦天性，无足深怪。元轨不孝，祸延考妣，唯余幼妹遗世，种种无状，亦由此而起，公等均亦深知。”

在座的诸大臣既参与他这案子处置审议，那想必都是看过案卷的，知道他是为救同母妹而犯事。儒家本有亲亲之义，由己而推人，始于爱亲，终于忠君，这一点无可指摘。

“元轨虽年少无知，生性愚鲁，亦知天道公平，在上位者，当恤孤抚弱行侠仗义，不可倚势凌人恃强聚敛。”李元轨总算敢抬眼直视魏徵双目，而后者居然转避开去，“元轨托体公宫，备位诸侯，于圣主为臣为弟，于百姓则为藩牧。大乱之后，民生凋残，黎庶多艰，亦急需我等以恩义存养，理同抚孤。元轨既不肯坐视幼妹受害而袖手，又怎会主动起意、挑拨战衅、荼毒生民？魏公过虑了。”

由十七妹说起，他一时兴发，又提及他收留的胡姬粉堆的凄惨身世、在咸阳渭北庄园听张庄头谈过的男丁奇缺耕作乏人等，甚至渭河上那对船工夫妇的福手也蹦入脑海中。几个事例讲下来，情理恳切、意由心发，他看到魏徵和孙伏伽等人的神色都大见缓和，比他干巴巴背古书效果好得多。

特别是魏侍中……好吧，李元轨有点心虚地承认，他是利用了那天自殉未遂后在小殿偷听到的君臣对答，知道魏徵近来也爱唠叨张庄头和福手福足等案子。这些事他亲身经历过，当众说出来，等于给魏侍中做个人证，证明他并非自己瞎编而是有广泛民意支撑，他做宰相的也脸上有光不是？

“吴王深明大义，臣心甚慰。”魏徵总算夸奖他一句，“然大王方才所提，欲违逆高昌王意，带女归唐是真。既不昧挑引两国争端，又说不愿征发兵员开战，此意何解？吴王有何两全其美妙策？”

李元轨刚自信地笑笑，猛醒自己是正服丧的孝子，可不能面露喜色，忙又收敛神情：“魏公提及傅介子，逞刚勇夜屠楼兰王，其实也并没导致汉军出塞血战啊。元轨更愿效仿后汉班超，逾葱岭、迄县度，出入二十二年，西域五十余国莫不宾从，改立其王而绥其民，得远夷之和，同异俗之心，不动中国、不烦戎士，致天诛，蠲宿耻！探身虎穴，焚杀虏使，三十六人，制敌足矣，何须枉费华夏材力，劳动兵府征点？元轨在此立誓，出阳关后，不复请我大唐一兵一粮为援，如若违誓，有如此杖！”

说得兴起，他将手中竹杖提起，往膝上一折，“咔嚓”声中应手而断。殿中众人一同避席起身，面露凛然。

皇太子李承乾依约安排李元轨与同母十七妹见面私谈，已经是太上皇停殡五七日后。这逾月之中，其实兄妹俩相隔并不远，都在太极殿守灵，哭声都隐隐相闻。只是李元轨跟随众兄弟老老实实待在天子身后，籍草东间；内命妇及王妃公主由长孙皇后率领，在帷幔后的西间依礼苫丧。大唐开国后的第一次至重葬仪，礼数规制都不甚周密，男女出入间偶也相遇避道，李元轨与妹妹碰见过几回，只是没机会独处说话罢了。

就是太子安排的这次会面，也透着仓促忙乱。李元轨先来到他自尽未遂后搬入的那小殿等着，只知道他十七妹会由长孙皇后亲自带进来，却没想到门外廊下先传来一大群人的脚步声，还有隐隐的惊讶呼叫。

他怕妹妹有事，连忙起身到门外看究竟，只见廊下一群麻裙女子，皇后、十七长公主等都在其内，围着一个昏晕半倒的服丧女——竟然是柴璎珞。

见到柴璎珞也一身麻裙素服地与皇后等同守丧，李元轨先呆了一下。虽然她是太上皇外孙女，为外公服孝没什么不对，但毕竟是早领过度牒的出家女冠，不该依着俗世五服论礼的，之前她弟妇临汾县主在本家的葬礼，她就没公开守丧。这会子居然又“暂时还俗三天”来做太上皇外孙了吗……而且她一向身子强健，怎么会突然犯病了？

在旁边搀扶着柴璎珞的麻衣女子，看上去也眼熟，她正一边给柴璎珞揉人中一边向皇后陈述：“……昨日就说身子不好，跪着一阵阵发头晕，整日水米没进。我劝她告假歇歇，她又不肯，说皇后玉体要紧……”

“哎呀，这孩子真是。”长孙皇后眉头紧蹙，“逞强也不该这时候逞。外头那么多侍御医轮班上直，我缺她一个侍奉医药的吗？阿裴你送她回紫虚观吧，要辆安稳些的车，让她躺好了，你带人过去安置，缺什么只管要……”

听皇后唤“阿裴”，李元轨猛想起来扶着柴璎珞的女子是新近册立的赵王妃，裴律师之妹，他的六嫂。之前二人避嫌，见面不多，换穿丧服后一时更不好认出来。看样子赵王妃与柴璎珞颇为亲厚，听皇后吩咐，忙答应一声，与几个宫婢一起扶架着柴璎珞往外走。

廊下一阵风吹过，浸浸带来些许凉意。今日是个阴天，西边天空还有厚云层慢慢涌上来，有点要下雨的意思。那一群女子喧嚷了一阵，又复前行，李元轨不好露面搅事，迅速又退回小殿中等着。

长孙皇后只带了两个侍婢和十七长公主进门，彼此见礼赐座。李元轨毕竟关心柴璎珞，不及别的，先问方才那是怎么回事。皇后叹道："都是我这病带累的，也不知还要拖连多少人才罢。十四弟你知道的，守丧苦累本是应当，偏宫上下都怕我有事。那天太上皇凶讯传到立政殿，我昏眊不能起，幸亏承乾在场，一边指挥着各处去吉服丧、报备礼部，一边还没忘了立刻传令，去大安宫把药王孙真人接到立政殿来看视我，针药并施救回神智来。后来主上回宫，很是赞赏承乾的反应，也命孙药王长留立政殿侍奉，唉，这当真作孽……"

"作孽？"李元轨不解，"孙真人得施所长，皇后得神医襄助，岂不是好事？"还有句话他没说出口——太上皇崩逝，原有嗣皇帝迁怒于医官的先例，太子命孙思邈转到立政殿为皇后看病，也免了他可能遭受的这一祸殃。怎么看这举措也不至于是"作孽"啊。

"你不知道。"皇后叹息，"孙真人原在鄠县盩厔那一带行医，备了药材招了学徒，要根除那边肆虐的春夏时疫。春天里因为太上皇病情危急，我叫璎娘去把她师父硬请到大安宫，已经耽误了好些工夫，闻说那几县死十几人了。大安宫事毕，孙真人本打算回去继续除疫，又因我给弄来立政殿，唉，这下子不知又要荼毒多少人命？我一妇人，生无益于时，岂能行此不仁恶孽？听孙真人奏明情由，我就做主放他出宫回南山去了。主上回来，还大不高兴，到底又命璎娘接替她师父，贴身侍奉着我守丧，怕我有个长短。虽是圣尊美意，璎娘自己也情愿，她毕竟还是个年轻闺女，近些日子一直忙这忙那的，这不，又撑不住累倒了一个……"

原来柴璎珞是奉圣敕来服丧守孝，主要还是为了就近照料皇后病体……李元轨抬眼觑了下皇后面容，没敢多看，只觉可以理解皇帝父子的忧虑。皇后气色着实不太好，手边一直有宫婢扶着，在床上坐下后依然显虚弱。

十七长公主扶着皇后另一边手臂，默默地垂腿坐在床榻边，也脸带愁闷望着这位二阿嫂，很担心她身体的模样。李元轨见了，倒是心中宽慰，显然皇后待他十七妹温厚，小闺女才会有这等反应。

长孙皇后又和李元轨说了阵话，主要是叫他去高昌路上小心、在藩国见机行事保护自己等。那日朝议过后，有司已正式下诏命吴王元轨出使高昌，因太上皇热孝期未过，不便提婚事，只含糊说“前往报聘”，连夺情等语也一笔带过。动身的日子尚未择定，李元轨估计，怎么也要等七七之后了。

“家里诸事，你也都不必再惦记。”皇后安慰小叔，“太上皇献陵已择定园地，开始动工，穆太后及诸妃侍奉人也议定了迁移陪葬。令堂不是一直寄厝在往生寺嘛，这下也有了归宿，自然是要陪奉太上皇一起葬入献陵的，仪礼从厚优叙。”

生母的葬仪，对李元轨兄妹来说确实是件大事。皇后这般安排十分圆满，兄妹俩皆叩首谢恩。皇后命宫婢扶他两个起来，又笑说“你们兄妹说说话吧，我自去歇一歇”，起身要走。

“皇后留步，”李元轨仍跪地未动，“臣还有一事，要请皇后恩典。”

“何事？”皇后诧异。

“臣妹将满十三岁，如今考妣俱逝，臣又将出塞，留她一人在京，臣心中惶恐。恳请皇后当面许臣一诺，为十七妹择定夫婿。”

“哦，是这事，承乾倒也与我提过。”长孙皇后笑笑，停了步子，但没再坐回去，“承乾说，你还没想定将十七妹许谁。如今是想好了吗？”

李元轨瞅了妹妹一眼，小闺女脸颊绯红，背转身去不敢看兄嫂，倒是没什么抗拒表示。

这就好了。李元轨深吸一口气：“臣请皇后恩允，待孝服满后，做主将十七妹下嫁……河东郡公、前司空之嗣子裴律师。”

这个妹夫人选，是方才认出六嫂赵王妃之后，才忽然一下蹦进他心里的。仔细一琢磨，裴律师虽然年纪嫌大些，又有原配夫人留下的儿女在房，但他经历过大风大浪，为人宽和稳重又不乏干练，照顾屡受折磨的苦命小闺女，相当合适。

裴家如今已被排斥出朝廷中枢，眼看也没什么复兴发达的迹象。他十七妹嫁给裴律师，顶个长公主和驸马的名衔，夫妻俩在京也好，回河东原籍也好，此生能安安稳稳做一对富家翁婆，生儿育女安享天伦，不是很好吗？能给妹妹安排下这样的后半生，他李元轨就算地下面见母亲，也能无愧复命了。

长孙皇后想了想，叹道："也好。你六嫂举止安静，我很喜欢，她阿兄想也不差。太上皇在世时又最宠重裴监的，亲上加亲，做双重的儿女亲家，两位老人在天之灵也必欢喜……"

说着，皇后也回头去瞧了十七长公主一眼，见小闺女还是背着身没什么表示，方向李元轨笑笑："这事我记下了。回头叫宗正寺他们管事人去查问，若没甚忌讳，那就这么定。你也可放心去建功。"

李元轨心口如有一块大石落地，再行大礼拜谢皇后。三人又说几句，十七长公主仍是害臊，不肯答言，皇后一笑出门，留他兄妹俩单独说话。

十七长公主倚坐在皇后方才的坐榻上，低着头不语。李元轨过去，也坐在她对面，轻言细语地说了裴律师家里景况、为人性格等，问妹妹"若你不遂意，心里另有人，我再去奏明皇后换人也成"。小闺女只是摇头，最后迸出一句"我听阿兄的"，脸蛋涨得通红。

那这就是愿意了……李元轨心里刚觉安慰，却见妹妹又流下泪来，抽抽噎噎地问："阿兄以后是再也不管我了吗？你要到几千里外去做外国驸马……这辈子都不回来了？"

也不知道她是听谁说的这话，李元轨苦笑着，又向妹妹说一遍自己的计划，保证"最多五年，我一定回来"。左劝右劝，好容易小闺女止住了眼泪，叹着气说："要等五年那么久啊……可怜的魏家阿姐，不知道那时候还有没有命在了……"

"魏家阿姐？"李元轨耳畔轰的一声，忙问，"你是说魏侍中长女？她怎么了？"

"阿兄你不知道？"妹妹讶异地看着他，"我以为你答应去娶那什么国的公主，就是因为魏家一娘子嫁给程大将军，你伤心了呢……"

"嫁……她……她……她嫁了程咬金？"李元轨失声喊出来。

"你真的不知道？我听璎娘和六嫂她们说，魏一娘子答应嫁给程大将军续弦，已经纳征定亲，满朝上下都知道魏相的小娘子是程夫人了。玢娘阿姐是拿自己换魏相和程将军他们出力，劝主上恕过你，让你出牢囚去立功赎罪……"

下面的话，李元轨没再听进耳去。他自坐榻上弹起身，疯了一样拔腿跑出殿门，在满天阴云下冲出太极殿庞大回旋的宫室连廊，径自向西而去，一心只想找到程咬金……拼命。

后来回想起，李元轨那天说过的话有很多自己记不清楚，似乎只是毫无意义地暴跳如雷、狂呼乱嚷。毕竟跟程咬金的当面大闹，他是一丝一毫都占不到理。

就算再给他三五天周密筹划、冷静盘算，他也根本找不出一点儿像样借口，何况他哪里能冷静下来。

他也记不得自己是怎样一口气从太极殿跑到玄武门城楼上，发现北衙直房是空的，问了人，得知程大将军正在禁苑屯营里检校军备，他又脚不沾地下了城楼直扑屯营。等他掀开营帐帘幕钻进那幽暗空间里，天际边已隐隐有闷雷作响，正合他气愤炸裂的心境。

帐内本还有三四个军将正议着什么事，见他这般模样，很快都退了出来，只留程咬金一人莫名其妙满脸严肃地听他叫嚷。李元轨骂到激动处，一边绕室踱步，一边挥动双臂口沫乱飞以助声势，骂的什么内容，却是大半都没印象了……或者是自己有意不去记忆，以免羞惭臊死。

他只能记得自己加诸程咬金头上唯一像样的罪名，是“乘人之危”以及……“诓买良家女子”……

好吧，后面这条也是毫无道理。程、魏两家聘婚，是堂堂正正的媒妁之言、父母之命，还可以再加上个“本人情愿”。至于人家下多少聘礼、给多少陪嫁，男女两家商量好就行，又关你一个闲散小亲王什么事了？

所以李元轨后来也有点佩服自己，盛怒之下居然还能语无伦次地在程大将军那张黑脸前叫骂了那么久，直叫得口干舌燥、喉咙肿痛，最后四肢无力跪倒在地毡上喘息，欲哭无泪。

一个装水的葫芦递到他嘴边。程咬金也在他身边跪坐下来，好心递完水以后，皱着杂毛眉粗声问：“我说吴王殿下，你到底想说个啥，啊？想让老程咋整，说明白啊？”

我要你毁断与魏家小娘子的婚约——李元轨在心里低语——阿玢是我所爱慕要娶的女子，我们两个才是彼此钟情的佳偶——

这话，他没法说出口。

他已经在君前承诺，要去高昌国娶那什么独生公主，先做驸马，再携妻回国，为此还一直闷着头使力，在朝议上大肆宣言驳倒了众臣，包括魏叔玢的令尊在内……这对他而言是无法可想，没别的选择，先出脱了危及一群人的罪名再及其他。

而他之前一想到魏叔玢，总是安慰自己说还有时间，还有机会。只要他先摆脱了大安宫谋逆那事，他总能想办法安置好相关人等。他们都还很年轻，能等得起……等得起……

这等待的机会，居然是魏叔玢用自己一生的自由欢适换来的。

“我……”李元轨嘶哑着嗓子，“魏娘子于我有恩……于我同母妹也有恩……我绝不会坐视她委屈自己，为聘财卖身……她本不愿嫁你，难道你自己不知？你程大将军位极人臣，怎能倚财势强霸人家小女儿？”

“啊？魏小娘子不愿嫁我？”程咬金一个呆愣，“当真？”

“当然是真！她又逃婚又自尽，寻死觅活都不止一回，就是不愿意进你混世魔王府，你装什么糊涂！”

几句话喷出口，李元轨怔了下，意识自己好像……说了不该说的。

他既然无法阻止这桩婚事，那至少该让魏叔玢以后日子好过些，受夫婿敬重怜爱。告诉程咬金他未过门的妻子其实不愿嫁他、心另有所属，对这一对老夫少妻会有什么影响？对魏叔玢又有什么好处？

一思及此，他浑身冷汗都冒出来一层，连忙试图遮掩：“不过她现在自愿了……对吧？魏小娘子才貌过人、心地高洁，既然应允下嫁，那定然是一心一意谨守礼法……魏相家教又严，巨鹿魏氏门风清白，虽然从前她有别的念想，一时也不容易全斩断绝，可毕竟是宰相家千金小娘子，就算心里再怎么别扭不愿意，她也……”

好像越描越黑了呢……李元轨结结巴巴、词不达意嗫嚅半晌，眼见程咬金的黑脸上五官越发扭曲，只能默默住了嘴，恨不得给自己两耳光。

李元轨，他暗暗唾弃自己，你既无能救人又背后嚼蛆坏人名节，跟那些专爱嫉恨造谣的阴险小人有什么区别?

他无法决定自己要娶的妻子是谁，魏叔玢却已为了他而选择那条她本来宁死也不肯从命的道路。数月之前，她正是因为不愿被卖婚给程咬金，毅然私奔出逃，冒失闯进禁苑感业寺，惹出偌大风波，受尽种种伤痛，艰辛困苦，九死无悔……一朝尽废。

她就这么回家去了。顺父母之命，应允嫁给这个年纪能做自己祖父的凶恶丑陋男子。为了李元轨。

他没有理由、没有立场要求程咬金废断婚约。即使有，仔细想想，毁婚对魏叔玢也毫无益处。不做宿国公夫人，魏家的第一小娘子，又将何去何从?

满朝上下、长安士庶皆知她已是程大将军的继妻，此时婚事突然取消，必将引来无数是非口舌，于那清白小女子名节亦为雪上加霜，恐怕连带魏侍中家的宰相门风都要玷辱带累。别说程咬金不肯从命，魏玄成公也绝不会允可，而天子和皇后更不会支持庶弟的私情胡闹……

程咬金往地毡上一歪，盘起双腿，神情苦恼地思忖半日，口内不知喃喃些什么，最后长叹一声：“原来是这么回事啊……我说呢……总算明白了。”

威猛大将军又歪过脑袋，瞪视由自己看守几月的年轻囚犯，嘿嘿一笑：“想起来了，初春在咸阳，那些骡马行胡商的仓库那边，我头回见魏家小娘子，你吴王也在。紫虚观拿捕你十四郎，她挺身出来阻拦。后来啊……都要过门了，她还写信传话，叫老程替吴王求情来着。我怎么就没往那边想呢……今日才算明白，老程下了重金聘娶的小新妇，心里念着的情郎，就是十四郎你吧？”

帐幕外一声滚雷划过，震得耳膜嗡嗡直响。

李元轨的目光不觉落到程咬金腰间横刀上。太上皇国丧，禁军中自也服孝，却只是麻帻缠头，去了红缨红旗等吉色而已，兵器仪仗一如常日，领兵将军也依然带刀。

不像他是孝子，一身斩衰唯有竹苴丧杖可充兵器，慌张跑来的路上还不知丢哪里去了……咳，胡思乱想些什么。

尸山血海里打熬出来的开国大将，真要跟他动手，还用得着刀?

那张庙里金刚似的丑脸，嘴角向两边开咧，居然笑了：“不错，有种，倒不愧是主上的弟，还有勇力跑来跟老程抢新妇……我说十四郎哪，你的意思，这小娘子我不娶了，你要娶了她当王妃？”

“我……”这是我此生最大的心愿……却不能现在。

“那也成哪。”程咬金挥手掸一掸衣袖上的飞虫，“既然她不乐意跟我，心里有别人，勉强过门，也没啥意思。老程跟着圣主打江山坐江山，如今也是国公大将军了，还怕没婆娘？跟你们这帮小——怄这气呢，有什么值当的？你要，尽管领走——哎，不对吧？”

左领军大将军脸现嘲笑：“老程又想起个事，吴王不是要去高昌做驸马吗？啊？就刚才，你十四郎进来以前，我们几个带兵的，还在商议怎么派卫队跟你出关呢！一会儿工夫，大王怎么又看上魏家的小娘？敢情十四郎是打算偷带着宰相千金，上藩国去求娶公主？啧啧，你们年轻人，会玩！”

李元轨咬着牙扭过头去，不看程咬金脸色，只听他又道：“咳，还有个事，说出来不好听，可是实情啊。十四郎也知道，那老魏头，为了给他儿子求个崔家妇，可是到处要钱。狮子大开口，嫁闺女过来，叫老程出了五万绢哟！五万绢哪！就搁你吴王府，这也是好大一笔资财吧？当世谁家不是割肉出血，才能凑出这么多物料来？如今十四郎想拆了这婚事，成啊，人还回去，聘礼也得退回来吧？不然老程拿什么再去娶别家娘子？这五万绢，找谁要哪？魏徵那老儿我知道，聘财他已经送崔家去啦，拆了他一身老骨头，也吐不回来。你十四郎要承揽这一笔账吗？啊？”

五万绢聘礼……李元轨心头忽然掠过一抹光亮，像是帐外打过的闪电落到了他身上。

程咬金说得没错，五万绢确实是一笔巨额资财，只怕除了大内藏库，当世哪个人家一时也拿不出这么多钱物。程咬金答应退婚放魏叔玢自由，但要索回聘礼，再去娶别家娘子做正室，合情合理。虽然魏家肯定还不出钱来——也不会答应退婚还钱——但这却是个……不可能之中的解决办法。

只是钱财而已，李元轨默念。程咬金有恃无恐，吃准了谁也拿不出这笔巨资，特意提出来说笑羞辱寒碜他，可他既然说了出口，那就得算数——只不过是钱财而已！

“这笔账，算我的。”李元轨咬牙吐字，“我替魏家小娘子退你五万绢，还她自由身！她愿意嫁谁……嫁不嫁人，何去何从，让她自己拿主意！”

程咬金眼似铜铃，瞪得溜圆，惊诧片刻，又爆出一阵大笑：“当真？哈哈哈哈哈……说不定魏小娘子还是乐意嫁俺老程呢！十四郎不后悔？”

他说的很可能是实话。事已至此，为家族颜面计，又受父母严命，魏叔玢左右思量后依然决定履行婚约的可能性的确比较大。李元轨一想至此，嗒然若丧，但却没动摇心意。

他记起冬末小雪时在立政殿，他当面向魏叔玢提出纳她为王妃，却被拒绝。那时魏家小娘子直言，厌烦了他们这些宰相亲王伟男子自以为是地替她安排去留，宁死不愿屈从别人意图……自那以后，世易时移，或许她的思虑也变化了不少，但李元轨仍记得雪中帷帽轻纱后那一双泪盈盈的少女双眸，满怀委屈悲愤，却坚毅得令人动容。

所以就让她自己拿主意吧。嫁给程咬金也好，不嫁人自寻生路也罢，替她筹集五万绢还这一笔重债，赎回她一生的独立自专。也许——李元轨暗自希冀着——她那样强韧的性子，摆脱俗世羁绊后，或许还能托庇于紫虚观等处，安心等着他，等着他有朝一日也能……

“啧，不愧是凤子龙孙，真有钱哪。”程咬金一句话把他拉出幻梦拖回现实，中年大将军笑嘻嘻望着他的脸，“就这么定吧。五万绢，大王啥时候送我家去？”

“呃——”

好吧，区区五万绢，只不过是一笔巨额钱财而已。

他到哪里去弄这“区区五万绢”？

李元轨伸手到脑后，抓一抓头，试图抓出几个可行的主意来……亲王食实封……

封邑收入……吴王府家产……二姐夫……亲王纳妃赐物料……出塞投荒的赏赐……借贷……捉钱人……

“三……三天之内！”当着程大将军看好戏似的促狭脸，他只能从牙缝里挤字，“给我三天，必定给你大将军一个稳妥……答复！”

程咬金又是一阵仰天大笑：“不忙，不忙！太上皇国丧，朝廷下诏，民间三月不准嫁娶，魏小娘子一时半刻也没法过门，十四郎尽管去敛财凑钱，啊！这大好事，老程有什么着急的，没准儿人财两得呢……”

而他李元轨很可能人财两空又窜身蛮荒……所以他没命似的狂奔过来大闹一场，到底为了什么？

他失魂落魄地掀帐帘走入外面已经开始掉雨点的昏暗天地，来时路上一腔愤气是消散了，代之以堵塞灵台的茫然无措。魏叔玢……婚约……五万绢……高昌驸马……他该去做什么？

头顶忽然飘来一大块乌云，遮住了雨点，身边还散发出热气暖意。

李元轨抬头，看到杨信之手里撑展了一条蓑衣，正打算替他披上肩头，自己身上也已经披了一件。

这是他两人一同被捕后，头回见面。彼此无恙，原该欣喜的，奈何李元轨心事重重，实在高兴不起来。

二人穿戴了雨具，一起出屯营，杨信之略述他的景况。原来朝廷决定让李元轨去高昌后，大安宫案暂结挂起，杨信之只得了个申斥罚役的处分，仍回吴王府任库真，准备陪同李元轨出使。这几日办结了文书，他也收拾好随身物事准备出营，可巧听说李元轨跑了过来，正好随府主一起回十七王院。

李元轨也向杨信之叙过他的情形。听说他答应替魏叔玢还五万绢给程咬金，杨信之的眼珠子瞪得快掉出来，失声问：“十四郎去哪里弄这么多财物？”

“我……还不知道。”李元轨垂头，“要是我变卖尽家产封户，可能……”

“能凑出一万绢来！”杨信之没好气地数落他，“大王还没出阁之官，就十七王院那府里，有多少值钱物什？陈长史要是知道十四郎夸下这海口，准得急怒攻心背过气去……”

他嘟嘟囔囔边走边埋怨，李元轨只充耳不闻。二人出屯营辕门，走上禁苑主路后，雨下得越发急了，四周也电闪雷鸣不断。杨信之看看天色，说句“最好先找个地方避避雨”，突然一拍脑袋：“十四郎，我等去紫虚观吧！离得近，避个雨，连带向上真师讨个主意试试！”

他这一说，李元轨也觉得不错，点头应允。柴璎珞一向鬼点子多，他眼下的麻烦，也没有别人能分解。随后他又想起来早上在太极殿，柴璎珞病得不轻，是被送回紫虚观的，未必能接见他们听说话……不管了，哪怕去问问她病情也好。

主意拿定，二人便加紧脚步往紫虚观去。那道观与屯营本来离得不远，路途也熟，全身湿透以前，二人已冲进山门。

问一问守门道童，果然说观主病了不便见客。主持观务的静玄迎出来，将二人让进客院，并说已有客人在堂上，倒也不是生人，同样要避雨，不妨一起聊聊天。

这客人果然不是生人。李元轨一见他，第一反应居然是：五万绢有着落了。

高鼻深目，鬈发浓须，大腹便便，满面笑容。在紫虚观会客堂上闲坐避雨的，赫然是阔别数月的布政坊祆祠萨保康苏密。

一见李元轨主仆上堂，这老胡商赶紧起身拜迎，拱手笑问“大王万福”，用他带有浓重蜀中口音的汉话彼此寒暄。原来他也是刚从西边蜀陇等地回来不久，到京才知自己留下的管事安三父子和那吐谷浑小娃娃闯出大祸来，忙着通过老友柴绍等人到处弥缝脱罪，和李元轨一样焦头烂额。

出面待客的道姑静玄叫下人去取手巾、热水等服侍，堂上没外人，李元轨也不避忌，先问康苏密：“你那外甥桑赛到底什么身份？”老胡商便叫起撞天屈，说：“全怨我那个在伏俟城的兄弟嘴巴不实诚。”

他康家的兄弟姐妹不少，成人后各自嫁娶生业，与康苏密往来较密切的是一个常驻吐谷浑王都伏俟城的弟弟，那商胡也是当地的祆祠萨保。桑赛从西北到长安后，投靠康苏密，也是带了那个弟弟的信札，说这少年是他们姐妹的儿子云云。商胡家族内部通书信，自有其渠道暗语之类，康苏密见信不疑，也就认了桑赛为甥，收留他住下。嗣后虽觉这少年傲慢胆大，又不断有下属从西北来投他，也没太生疑，只以为是自己姐妹嫁了部落贵人。

直到冬末春初时，康苏密发现桑赛与安延那勾结，带手下人偷入禁苑去烧毁了感业寺，他才觉得事情要闹大。当时他命安三狠狠鞭笞儿子一顿关押起来，又将桑赛教训一番，没料到桑赛不肯老实低头，半夜翻墙出萨保府，正遇上李元轨主仆……

"慢来，慢来，"李元轨阻止老胡商顺嘴溜扯，自己想了一想，"你先回答我两件事，第一，桑赛为什么要让安延那带他们去烧感业寺？第二，我和杨大是在杨政道府外遇见桑赛的，他为什么要半夜往杨广孙子家里跑？"

他很怀疑康苏密与桑赛勾结，一开始就有颠覆大唐朝廷的心思，这两件事都隐约关系到当今天子法统，不知他们到底是在密谋什么。此前他答应与桑赛联手行刺太上皇时，也问过那少年这问题，当时桑赛不肯答。如果康苏密也还不肯回答，双方没法相互信任，此后也不必继续废话了。

老胡商嘿嘿笑了一阵，整顿神色，正容道："十四郎是聪明人，你我都现犯这么大事，老康再瞒你，也不仁义哈。烧寺庙那个，原是瓜娃子问我，听说天可汗有天神护佑哇，咋个才能破解嘞？老康就哄他，汉地这边高人多，盖的宫殿屋子都有讲，你看那个皇宫哈，西边先有个佛寺，又有个道观，那都是异教邪魔，招引着阿赫里曼现世，抗拒神力……哪个晓得桑赛听信以后，就收买人去偷偷出城烧庙嘛……"

这个解释应该有七八分真实，李元轨记起感业寺着火后，他和柴璎珞等人确实发现那些纵火者也在紫虚观附近活动过，很可能原来的确打算把相隔不远的两处道观佛寺一起烧毁。不过他心下惦馁，康苏密对"桑赛询问怎么破解天可汗天神护佑"这事含糊一语带过，只怕原先他两人的谈论内容更直接，根本就是"怎么刺杀唐皇李世民"吧。

康苏密坚称不知桑赛那吐谷浑小王子的身份，李元轨也不相信。桑赛可能是带了康苏密兄弟的引介书信来的，但他在康府一住许久，又折腾着收买诸人密谋行动，这精明绝顶的老胡商能不知道?

他一个西域胡人，对任何国家朝廷都谈不上什么忠诚，一心只打算如何取利才最丰厚。唐、吐交战时期，他暗中收留或扣押吐谷浑小王子，估计还是为了首尾两端观望风色吧。

“往萧皇后家里跑嘛，也是娃娃们乱弹琴。”康苏密又回答他第二问，“十四郎也晓得，在突厥时候，老康就和杨家那婆娘孙娃熟得很嘛。日常随便说起来，讲讲故事，桑赛可能就记住，街对面住了个皇后啥子。后来抓回来我问他，他也不晓得是哪朝皇后，还以为跟他们部族可敦一样，自己单住，说话管事，啥事都做得主。他就起歹猫心肠，想偷着过去劫了人家……”

总之，那吐谷浑小子就是一心来闹事的，而康苏密是知情不报装聋作哑，只尽量控制他行动，不叫折腾大了引火上身。然而他很快就不得不离京去处理自己生意，长安这边所托非人，如今还是惹了一身骚。

交代完过往，老胡商又向李元轨不住道歉，一是因为牵连吴王殿下也被拉下了水，二是也指望着李元轨得空给他说些好话。从他言语中听起来，贞观四年他从突厥归唐之后，这几年在诸寺监中拉了不少生意，为皇家供应良马珠宝金银器香料等货量很大，自然也获利不少。如果因为这事被销掉皇商资格，康苏密怕是要肉疼吐血。

若在往日，李元轨肯定是不会管这等麻烦事的。但是……

但是，他想，眼下他要在短时间内弄来五万绢，只能求助于康苏密了。

这一笔大数目，自然不可能指望人家送给他。立契借贷，约定个年限慢慢还清，比较说得过去。可这种事……怎么开口呢?

舌头在嘴里转了好多圈，他只能下个气，向康苏密说“元轨有一事相求”。待老胡商追问详情，他又死活说不出“借钱”二字，只觉得脸上热辣辣的，大概自己体内的心火已经把方才在外面淋的雨水烤干了。

无奈之下，他只能回身，向杨信之使眼色，意欲让他替自己开口。杨信之神色颇勉强——进观之前，他还一直在反对李元轨筹五万绢给程咬金的计划呢。

禁不住府主再三示意催促，高壮卫士还是咳嗽一声，代向康苏密商量借贷的事。刚听说“要钱”，老胡商神色还算平和，一听要五万绢之巨，即刻目瞪口呆，表情夸张得快要赶上庙里的怒目金刚了。

当年诸佛西来，在中原汉地造像供养，工匠只怕都是胡人出身，或者至少非常熟悉胡人形象，李元轨想。看这眉骨高耸、眼眶深陷、鼻梁高插入天、巨口无边吞地的异相，真是和庙塑一模一样啊……不动明王大愤怒相，是为嗔镇妖魔恶鬼，他康老胡做这等法相，是想吓唬谁？

“只是借而已，我会归还。”李元轨向康苏密保证，“口说无凭，立字据借契也可。如今我兄弟们虽进项不多，等将来分封到各地，有公廨田、永业田，手头会大宽裕。”

见他态度诚恳，不像是试探或说笑，老胡商才收起那副表情，比较认真地询问细务，如“借这么多钱做啥子”“啥时候要”“要金银还是绢帛”“打算几时还清”“怎么还”之类，现出他讨价还价的贾人本色来。

除了借贷原因不愿多说，其他问题，李元轨尽量实诚回答。他自知在这等钱财谋算经营取利等事务上，自己跟老商胡的能耐相差太远，动歪脑筋斗心眼毫无胜算，索性省了这番气力。

既说到了自己本行，而且还意识到大唐亲王有求于自己，原先一直胁肩谄笑的康苏密腰板也渐渐挺直。一边套问李元轨将来的预期分封收入等，一边掐指估算，用他本国蕃话喃喃自语，一时摇头叹气，一时暗自发笑。李元轨紧张地看着他，虽然听不懂说些什么，但从神色来看，他的心是越来越凉。

半晌后，康苏密果然摇了摇须发浓密的脑袋，耸肩摊手：“恕老康直言哈，以你十四郎说的这些封户收益，就算我不要利钱，五万绢本金，大王二十年还清都难。老康这一把年纪，哪里还有二十年好活？”

“等我到外任之官，可望做几州刺史……”李元轨只说了两句，又咽住话头。他任了刺史又能怎样？别说眼下的朝廷制度，皇室诸王之官后只许闭门读书，州郡治理判务全部委任长史司马等僚属，他就想刮地皮贪黩也没手段，就算能搜刮贪苛，他能干得出这种祸害百姓的恶事？

老胡人暗绿色的瞳孔里，一派精明狡黠，语意隐讳地再询问几句他是否可能将来有“额外收益”，李元轨想了又想，还是摇头。康苏密双手一摊：“那就没得法子嘞。十四郎莫怨我小气，这笔生意实在做不得。”

李元轨失望地叹一口气，想想杨信之进观前的话，又问：“那，四万绢呢？我借四万绢成不成？”

他如果变卖现有的家产，也许能凑够一万绢充数……还没打算完，只听杨信之叫“十四郎”，抬眼看这心腹卫士拧眉瞪眼一脸无奈，显然是极不赞成。

二人怒目相对片刻，康苏密在旁边哈哈地笑了出来。老商胡边笑边道：“两位郎君莫要横眉鼓眼斗鸡一样的噻，到底咋个回事，说来老康听哈嘛。就算没得借钱，老康给你们出出主意，也不枉相识一场嘛。”

李元轨仍不大情愿，杨信之却不管那么多了，便将十四郎钟情的小娘子为救他以五万绢许嫁程咬金等事，约略向康苏密说了一些。老商胡倒是听得津津有味，还不断拍膝赞叹“有情有义，好一对佳偶哟”。李元轨本待拦阻，转念一想，他要向康苏密借不到钱，别处更没指望，也就吞声不语了。

弄明白前因后果，康苏密捻着胡须，沉吟半日，方开口向李元轨道：“十四郎要借五万绢，老康倒也凑得起。要换兑成金银牛马，有个三五天嘛，也就够了。至于还钱，我有个法子，不晓得能不能成，十四郎参度参度。”

“愿闻其详，快说快说！”李元轨像是抓住了根救命稻草。

“这些日子听柴驸马家人说，大王要去高昌，娶公主当驸马喽？”老胡商笑得深眼窝眯成了两条线。

李元轨忽然有不祥预感：“对……康萨保消息真是灵通……”

“啥子时候动身？”康苏密笑问，“高昌嘛，十四郎晓得，卡着中原跟西域商道脖子，宝地哇！也有我们好多族人聚居，圣教兴旺，老康来回路过好多次，一直寻思，咋个也能在高昌弄个落脚地，往来生意能照应，就发达喽……”

你老人家的野心，恐怕绝不止于“落脚处”吧？李元轨郁闷地看着这全天下到处追逐财利的老胡商。依他的一贯做派，要看准了一处“宝地”，那就先以金帛开道，砸钱收买当地权贵，然后跻身上层，一边哄骗着执政者谋权，一边欺行霸市地夺利。听他语气，肯借重金给李元轨，代价却是要借助他大唐亲王、高昌驸马的身份，插进那商道咽喉之城去翻云覆雨了。

“十四郎觉得咋样？”康苏密笑问，“正好老康这边人也会讲好多国话，陪大王你一起出塞往高昌，路上有人做伴，不是更好？进城以后，我们地头也熟，人头也熟，你就听我们出主意嘛，总归不会害你噻。”

老商胡絮絮叨叨，又说了好些西域人有多庞杂凶暴，戈壁大漠如何恐怖，高昌城风俗奇异难解，除了他们商胡族人走惯，中原汉人初至关外，不死也要丢半条命。李元轨这娇生惯养没见过世面的娃娃，若没一群信得过的心腹跟随，只带几个卫士投到那夯土高墙内的广大王城里去，只怕没得几日，连皮带骨都让吞掉，渣也不剩。

他又说如今西域还是突厥主人天下，那高昌王麹伯雅胆小昏聩，唯叶护可汗之命是从。要是没人在王公贵族间周旋探听着，李元轨就算能平安到高昌，也未必有运气顺利娶到公主。突厥可汗一翻脸，他的小命能不能保住，都要看逃命功夫如何。高昌城外就是茫茫大漠，寸草不生、风沙如刀，不认得路者有死无生……

你不如直接说“麻胡子来了[1]”吓唬我不许夜哭算了，李元轨郁闷地想。也许康苏密没说假话，可这种威胁手段未免也太低级。但是，谁让自己有求于他呢？

先吓唬一番，老商胡再说要带人“陪侍大王”一起去高昌，还要他在高昌俯首听命，完全听从他们这些胡商摆布，“否则真有性命之忧”。这不就是等同于典身吗？五万绢买一西域大国驸马……这笔生意倒是做得。

李元轨咬一咬牙，冷声问：“就算我现今答应了，康萨保借五万绢给我，焉知将来到高昌后，我不会反悔？”

---

1 唐朝人用“麻胡子来了”吓唬小孩不许夜哭这个说法确切的起源时间尚不明确。后世小说传奇中说这是因为隋朝大将麻叔谋开运河时蒸食小儿而传开的一句俗语，但在隋和初唐正史中并没有这个人。最早记载此事的应该是晚唐人李济翁作的《资暇集·卷下》，题云《非麻胡》。

“哈哈哈，十四郎果真实诚人。”康苏密拍手而笑，姿态是完全放开了，初时的谦卑状无影无踪。“我都不担心，你担心个铲铲哦？唉，说起来这借契咋个写，倒得好好仔细琢磨哈——看外面，雨快停了。老在人家这里打扰也不方便，就请十四郎往我家里去委屈下，你我认真商量嘛。”

李元轨看向门外，果然暴雨已转为小雨，渐渐稀落。静玄等人似是听到他们在谈正事，服侍完后就退出去了，没再进来打扰。

老占着内道场的会客堂地方说话，确实是不合适。李元轨沉一沉心气，起身拱手：“就请康萨保带路，往你府上去。”

五万绢，他凄凉而坚定地默念，我一定要拿到手，赎还所爱女子的自由身。其余一切，听天由命，到时再说。

惊雷在天边滚动、雨水铺天盖地连线成串时，魏叔玢正混在一群宫婢里，悄悄穿过安仁门的砌砖甬道。

她低着头，步子细碎而稳定，倒不怎么害怕被守门的认出来。她已经在各宫门城门内外出入得很熟，知道只要自己举动不慌，门卫一般不会找事。何况下雨天，人人都是一身斗笠蓑衣[1]遮掩脸容身形，她哪会露出什么形迹来。

真是多亏了这两天的雷雨天气呢，魏叔玢暗暗感叹。否则，她不知什么时候才能逃出家门。

那日她听到全城钟鼓鸣响，急切昏乱下以钗头刺喉。黄金柔韧，遇硬即弯，哪能刺进肌肤多深，旁边又有侍娘保姆看着，一拥而上抢夺控制住她，架回卧房去，只说她着风中邪了，结结实实灌两碗安神饮子下去。她也闹腾得没力气，昏昏睡着。

醒来才知是太上皇在大安宫薨逝，全城鸣钟宣告国丧。朝廷命民间停嫁娶三月，程、魏两家的迎亲日期也只能往后暂推，算是救了魏叔玢一命。她母亲裴夫人做主，严令

1 关于唐朝雨衣，详见附注（26）。

下人不得往外传小娘子闹婚的事，里面瞒着家主魏宰相，外面瞒着程大将军府，只命人严加看守这不省心的女儿。

母女二人也谈过几回。裴夫人问“你是改了主意不要嫁去程家了”，魏叔玢又张口结舌说不出一个“不”字。毕竟这桩婚事是她自己点过头的，聘礼也收了婚书也换了，程府那边丝毫没错处，她连个悔婚退婚的理由都寻不出来。

支吾半晌，她只说“想再去紫虚观当面辞谢上真师”——以及再见吴王元轨一面，后半句话她怎么也说不出口——母亲对此一口回绝，再不肯放她出门。

此后她也想过办法偷逃，无奈家里人吸取教训，白天总有两三个侍娘、婢女寸步不离地跟着她，晚上则由她的保姆睡在外床，身子一横如山环卫，鼾声如雷颇具威慑力……除了程府派来的女人和崔大姑等，其余女客也不让她出面会见，特别是关陇旧家柴驸马府亲戚等人，父母像是怕她和人家再勾结搅事似的，一概不许会。

在家被关多日后，她收到了紫虚观送来的包袱，还是已经被打开粗略搜检过的，里面只有一些她在紫虚观穿戴使过的衣物用具等。想来就算原有柴璎珞写的书信字纸在内，也被家里人先拿走了。

她又伤心又生气，晚间与侍娘在灯下收拾衣物时，忽然触手发觉有件裙子衬里内硬硬的，心知有异，掩饰着趁侍娘不注意，偷偷拆线取出来，一看是片木契——她在芳林门出入的名籍。

芳林门是从长安子城入禁苑的主要门户，视同宫门，监卫很严。前段日子她经常在长安城内外走动，柴璎珞叫人去监门卫给她办下了这名籍，持此可出入芳林门去紫虚观。那女道士把这物事偷送给她，应是同情她被拘押在家里的遭遇，好意提供逃脱便利。

可她连家门都出不去，拿着出入宫门城门的凭证，又有什么用？

魏叔玢揉着眼睛苦笑。虽然如此，她还是把这片木契珍重贴身而藏，痴想着也许哪天出门——比如上了程家的迎亲婚车以后，半路能逃下来——她就带着这名籍往芳林门去——

又过了一些时日，她终于被允许见客。这天是太子妃苏氏派了东宫女官到她家，说是赐物恭贺她出嫁，且还是奉过长孙皇后令的，她母亲不便硬拒，才命她装扮了出来拜迎。

来宣奉赐物的女官也是熟人，原是苏令娴的陪嫁婢小圃，如今已升了从六品东宫司闺，十分得太子妃信用。官样文章办完，坐地闲话几句，原来天子和皇后这些日子都在太极殿守孝，军政事委任太子监国，宫内杂务则命苏妃代皇后处置。苏妃身子本才将养得好些，又遇这番忙乱，前几日方才听说程、魏两家婚事，思及自己从前与魏叔玢的情分，不肯怠慢，备了礼，禀过皇后，命人送来致贺。

送来的赐物中，除了金玉绸缎，还有苏妃手书一封贺帖，文辞雅致书法娟秀，情意极见殷切。魏叔玢想起二人在紫虚观女学社共度的那些欢乐时日，也心下黯然。正感叹着，忽然心中一动。

她将手中书帖卷起来，笑向母亲说“太子妃有些私密话叮嘱我”，又招手将小圃叫到一边，低声道：“太子妃叫我别声张，悄悄随你一起进东宫见她一面，有些话要当面说给我。你知道这事吗？”

“不知道啊……”小圃疑惑地看着她，“当真？来前娘子一个字都没透给奴婢呢。”

“这就怪了。阿苏也太小心了吧……”魏叔玢沉吟着扬一扬手中书帖，“我和她在女学社时，玩闹着约定过暗语的，她明明就是这个意思……这样吧，不管是真是假，我悄悄地和你去见她一面。若是我会错了意，再回家来就是了，也不害什么——可别声张。万一她真不愿意让人知道呢？”

苏令娴既受皇后委托，暂理内务，那与好友宰相女见个面说话，确实不算什么大事。小圃一双明眸瞅着魏叔玢，似是猜着了什么似的，只笑笑说：“奴婢来时，娘子倒也嘱咐过问问魏娘子有什么要帮忙的……既如此，听魏娘子你吩咐罢了。”

二女又低声说了一阵，复回座去应酬。近午时，门外风雷声渐起，小圃便告辞出门。她带了三四个侍婢同来，还有抬杠的阉宦力役等，也是一大队人，都在魏府门口忙着收拾家伙、穿戴油衣蓑笠、拉马套车。

魏叔玢向母亲辞回房去，裴夫人的心思在送客上，也没管女儿。一片雷闪喧嚣中，瞅着下人不留意，魏叔玢进阁室抓了一套蓑笠披在自己身上，又出来溜进了东宫队伍里，借着车马遮掩身形，与小圃等女官一同离开家门。

队伍直出了永兴坊，她狂跳的心才略平静一些。路上从小圃口中得知天子带诸皇弟皇子每日在太极殿守孝，她又有些想直接奔去太极殿，不过东宫女官立刻说“我只能护送魏娘子你去见太子妃，若半路丢了，奴婢可负不起这责任”。她也只得罢了，径直进东宫后殿去见苏令妤。

一见面，苏妃自然大吃一惊。魏叔玢让她屏退下人，开言没说两句话，满腹委屈，先哭了出来。

两个闺中好友抱持着痛哭一场，又慢慢叙话。往生寺、宫人斜救护十七长公主等事，本也是苏令妤亲身经历过的，一应前因后果一说就懂。听到后来的大安宫变乱及后续种种事故，她只是叹息落泪，十分同情李元轨、魏叔玢几人的遭遇。等到魏叔玢收言结尾“我只想出嫁前再见他一面，死也甘心”，苏令妤苦笑一声，拍拍她肩膀：“至少你心里还有个念想，也好……唉，十四郎虽离此不远，可身边都是兄弟叔侄，同在太极殿守灵，你就算能混进去，怎么见面说话呢？”

魏叔玢泪眼蒙眬地望着苏令妤，看她蹙起细眉想着办法，一如两人往日还在一起淘气玩耍时。多日不见，苏令妤虽也穿孝束麻，脸上气色却好多了，看着已不似上次那般憔悴凄惶，反而隐隐有了些大家主事娘子的风范，让人能想象出她将来母仪天下的样子。

“这样吧，正好我今日有事要办，身边人多。你先充作宫婢，我带你进那里边去。”苏妃下了决心，“好在太极殿人多地方大，寻个空角落不难。进去以后，等我办完事，你和十七姑一起找地方等着，我只说十七姑有话要跟她阿兄说，叫人去东间，把十四叔叫出来，你们见见……先说好，一是你自己留心避着皇后，别让皇后身边人认出你来；二是见一面说说话，我就让人把你送回家去，省得令尊令堂忧急担心。事情闹大了，谁都不好看……”

魏叔玢自然没口子答应，又谢苏令娴担着偌大干系帮她。苏妃命人拿了宫婢素服过来给她换上，卸妆绾髻，把她打扮得尽量不惹人注意，嘱咐她一路低头别乱看人等。一番折腾完，太子妃仪驾出东宫，沿横街一路向西而行。

路上闲谈，魏叔玢问她这些日子过得如何，苏令娴淡淡笑一笑，答说“比刚成婚时好些”。原来初春她在宫人斜受伤卧床以后，皇太子李承乾似乎有些愧疚，养病时对她比先前温和多了。当然“嘘寒问暖”还完全谈不上，只是日常隔三岔五肯来看视一眼，坐下说说天子和皇后又吩咐了些什么，问她有何主意。

苏令娴嫁入东宫后，大半时间都在侍奉长孙皇后，对婆母的了解远比对丈夫的了解多。她出过几次主意，还替太子写过表状草稿，旁听起来，倒是反应都不错，很得公婆赞赏。这样一来二去，她和丈夫之间纵使还没甚夫妇情爱，至少皇太子对她敬重听从得多了。

听她如此说，魏叔玢自然也替好友高兴。苏令娴本来就是个聪明有才学的女子，李承乾纵对妻子无感，也该看重她的能耐本事。二人耳鬓厮磨时间长了，或许能日久生情吧……

“皇后待我一向恩宠，我只怕辜负了婆母期望，担不起她交给我的重任呢。”苏令娴又叹息，“眼见皇后的身子又一天天弱下去，想起来我就慌怕……太上皇山陵崩，皇后要操心的事那么多，那天刚缓过来，就抓着我问有信儿没有，她想有生之年亲手抱一抱嫡孙……”

“孙”字没吐完，苏妃就脸一红，住口不说了。魏叔玢忍不住笑出了声，心下明白皇后的意思——李承乾夫妻俩为祖父守丧期间，按礼制是不能行房的。苏令娴如果这时候还没怀胎，那就要等两三年以后了，长孙皇后怕自己撑不了那么久——

天边一声轰雷滚过，魏叔玢忽然怔住。

皇后着急问儿妇孕讯，只是因为守丧和自己身体病情吗？

慈和尼寺里，海陵王妃杨氏肚子里那胎儿，算算时日，怕得有七八个月大了吧……生下来如果是女还好，如果是男呢？

关陇旧家颇重嫡庶[1]，太上皇长子李建成为嫡妻所出，皇帝长子李承乾亦是原配所生，如果东宫长子也是太子妃正出，三代嫡长子，也算不大不小的佳话。魏叔玢又想起临汾县主那已死的贺拔氏保姆说过，原太子李建成为愿意要嫡长子，向两个待产姬侍许诺“生男者立为正妃”，后来果然是生了男的郑观音正位太子妃……若是李承乾的长子为一乱伦妇人而出，传扬出去，该有多难听？

“阿玢？”苏令娴轻触她手臂，“你怎么了？脸色这么难看？”

魏叔玢抬眼望她，心里一酸。那秘事跟苏令娴本来毫无关系，可迟早要爆出来，闹腾一场后，只怕伤心难堪又要操持劳累的，最后还是这清白无辜的好女子吧……

我得告诉她。一瞬间，魏叔玢下了决心。既然阿娴绝对不可能置身事外，那就最好让她早做准备，从容应对。不能为了自己的不忍心、想推责，就像别人一样含混欺瞒她，最终让她落得耳塞目湮茫然无知，事到临头，还不定会怎样反应、惹出什么祸事。

她拉着苏令娴，离别人远些，放低声音，尽量平和小心地一点点将海陵王妃怀胎的事说与她知道。太子妃许是经历风浪多了，比她想象中还沉得住气，除了脸上血色在一分分消褪，竟然没什么言语声响。

一席话说完，她们已走到掖庭宫通明门前。苏妃站着定了定神，只向魏叔玢说：“我知道了，你别再跟别人提起。”完了又向她惨淡一笑，才带人进门。

门内已有十来个穿戴蓑笠的女子立等，领头妇人与太子妃见礼，魏叔玢发现那竟是好久不见的息王妃郑观音。她身后自然是李建成、李元吉的女儿们，蓑衣掀动间，能看到底下也都穿着麻衣孝服。

大大小小十余女子由苏妃带领，出掖庭宫往太极殿来。看情状，这是让太上皇的大儿妇和孙女们去神主灵位前行礼拜祭一次，也算恩旨。魏叔玢缩回宫婢队伍里，安静随行进殿。这边人来人往较杂，她也怕被认出身份，亦步亦趋地跟到大殿西间。

再后就乱了。太上皇梓宫灵案停在正殿，守灵亲族中男在东、女在西，但皇家毕

---

1 在唐代，皇室和高级贵族大臣的妾室与平民百姓的婢妾差异很大。皇室贵族的妾室有编制有定额，不但是良家身份，而且有官品有待遇，外出遇上低级官员，小官们得避道行礼。

竟不同民间大族，诸子孙叔侄等有王位的就一大群，女眷中太上皇妃嫔、天子妃嫔、诸辈公主、王妃等重服者也有大几十人，太极殿虽宽敞，每日东西间都是挤得满满当当。郑观音这一下又带了十来个女儿侄女来叩灵，西间女眷要腾出一大块地方让她们略尽哭丧仪程，自不免忙碌推挤，殿外阶下还有各家贵妇的奴婢听呼应唤，里外一片匆忙人声。

魏叔玢不能跟着苏令娴进到灵前，只留在墀下尽力辨认，好容易瞥见一个小闺女随众出楹，像是十七长公主的模样，想上前去跟她说话，没走几步又一挤不见了。这时大队人流越发跌撞，她也身不由己走着，离东间越来越近，忽然起个念头：不如自己径去男人们守灵处瞧瞧，得空直接叫李元轨出来见一面算了。

看这纷乱情景，没人会留意一身宫婢衣装的她。于是她大着胆子，猜测着路径绕连廊而行。但不知是走错方向了还是什么，虽感觉是在往东，廊下人却是越走越见稀少，似乎是绕到了大殿后面。在粗大巨柱与重重素麻帷幔间，她看到了敞开的后门，门外是阴沉天色与连绵不断的雨声。

这时一句话飘入她耳内："……在皇后前听新妇禀报，是息王妃带那些个堂妹县主过来了。"

说话人离得尚远，但这嗓音给魏叔玢的印象极深，正是皇太子李承乾在不知对谁说话，语气还颇为恭谨。魏叔玢吓一大跳，看看左近无人，忙退后隐身到巨柱和帷幔间，如宫婢般跪地低头，尽量不惹人注意。

"是吗？我说西边怎么忽然一下子那么乱糟糟的。"这声音印象更深，腔调略不耐烦，比李承乾要高傲得多，"你新妇陪着你娘在西边应承吗？叫她多操点心，这些日子，看你娘气色越发不好了。"

皇帝父子一路说着话走过来，正停在后门内。天子停步，半转身望向门外雨幕，深深吐吸一口气，像要汰尽殿内污浊憋闷似的。李承乾陪在父亲身边，立定不语。

魏叔玢跪伏处离他两人不远，尽管有漆柱素幔遮掩，还是不免胆战心惊，只垂着头希望这对父子赶紧走开，千万别认出自己。但事与愿违，虽然父子俩半晌没说话，气氛沉默得有点尴尬，却没移动脚步，似乎皇帝觉得门内这处能听风观雨的地方很舒服。

天子终于开口，问儿子："手里拿的什么？"

李承乾含糊地哦了一声，回禀："方才阿娘刚给儿子的，也没打开看……"

魏叔玢按捺不住好奇，不自觉地抬头偷瞄一眼，只见皇太子将手中一个类似绢包的物事呈递给父亲，天子接过撩开，低头定睛，借着门外天光凝视，口中也哦了一声，笑道："是这个玉韘啊……你娘给了你，也好。"

玉韘……魏叔玢悚然一惊。难道是从临汾县主房中搜出的那枚血玉韘？

上次听柴璎珞提及这物，还是在皇后手里，皇后同时还再次命柴璎珞彻查李婉昔死因。怎么如今皇后又把这玉韘给了李承乾？难道是暗示一娘案不查了？或者，她已经知道了案子的真相？

天子知道一娘案与李承乾的关系吗？看他注视玉韘的模样，似是有点意外，盯着看了片刻，才又问儿子："你可知道此物的来历？"

"阿娘说是……在河东原籍时，陛下赏的。"李承乾回答，语气冷淡。他父亲叹了一口气："虽然没说错，连你娘也不知道，这玩物本来归属……你大伯。"

太极殿后门外，灰黑色天幕上惊雷与闪电渐稀，雨声潺潺，打在门外苍翠树梢上，韵律稳定而意味深长。

皇帝父子就在这灰幕前相对而立。逆着天光，看不清脸容神色，只是两条高挑颀长的素服剪影静默不动，形状还颇类似，李承乾比父亲略矮一点，或腰弯得更低一点而已。

天子转头，先向西边隐隐传来嘈杂声的方向望一眼，又低头看手中饰物，语气带了些伤感和怀想："前隋大业五年左右，太上皇为官郑州刺史，驻节荥阳一带[1]。也是这般天降大雨，几条河发水，你阿翁自然全力救灾，颇得当地百姓爱戴感激。就有

1 关于李渊职务，详见附注（27）。

人献了这枚指环给你阿翁，说是洪水冲坏了几座古墓，流出来捡到的。你阿翁和众门客考究，觉得像是殷商王墓里的陪葬礼器，上古行射所用。正好那时你大伯将年满二十岁，当地一众复古夫子起哄要为他行加冠礼，此物正用得上，太上皇也觉得是吉兆，拿回家来跟你祖母学说，不巧，我正在一旁……”

皇帝苦笑了下：“我那年十岁，刚开弓学射，兴头大得很，平素又让耶娘兄姐娇惯坏了。听说这玉韘如此古老神奇，自然吵闹着要。你阿翁阿婆是要拿它办正经事的，哪能随便给小孩玩？我闹得狠了，惹母亲动了气，掀倒拿马鞭揍笞一顿……其实也没打重，只我心里委屈赌气，好几天赖床不肯起来。”

魏叔玢缩在柱幔后听着，都差点笑出声，耳听李承乾也咳嗽了几声，似在竭力忍笑。

“那几天，家里忙着给你大伯行冠礼，也没人理会我。到晚上折腾完了，你大伯进房来瞧我，我还赌着气不给好脸色。你大伯都加冠成人了，自也不跟个十岁娃娃一般见识，连哄带劝的，最后拿出了这玉韘偷偷给我，叫我别让耶娘知道，自己玩就是……这么着，我兄弟俩和好。这物事我要了几日，也就不知道丢哪个箱子里了，忘得干净。直到那一年在河东，守完了你祖母的孝，你娘找衣服翻出来……”

皇帝轻轻叹息一声，没再往下说。魏叔玢却回忆起柴璎珞曾转述过的长孙皇后言语，知道那枚玉韘从此转入羞涩的十几岁李家小新妇手中，见证了她与丈夫年少旖旎的时光。再往后，就是年轻的秦王妃，听说了丈夫与儿子难得的亲近后，找出这上古射艺礼器给了长子，以示鼓励……想必那时候她也不知道这玉指环本是大伯兄李建成的，否则以当年兄弟失和龃龉情形，她应该不会以此讨嫌。

再往后呢？李承乾到底把母亲郑重赐他的玉指环送给了谁？这物事为什么又会出现在李婉昔死后的妆奁里？

“你大伯父，天性并不凉薄凶暴。就是大唐刚开国那几年，我兄弟也还算亲厚。”天子叹息着将手中绢包递回给了儿子，“后来闹到那地步，我如今每每想起来，心里都发疼。天家骨肉，注定如此，思之令人不寒而栗，唉……”

李承乾接了玉韘，低头称是，仍然不肯多说话。他父亲出了会儿神，又道：“这些日子我在灵前守孝，举哀哭累了，倒是有闲工夫好好想想过去那些事。你阿翁如今已去，就算怀着什么怨结，也都消散。我就是想，当年有没有办法，你阿翁该怎么做，能把我兄弟都安置妥当了？能不能父慈子孝、兄友弟恭一世到老？这事乍一提觉得简单，就似我当年一心渴求的那样，不就完了？可到了今日再反思，根本没有那么容易。”

你陛下当年的渴求，就是废掉你大哥的太子位、改立你为嫡继大统吧？魏叔玢默默地想。废建成为蜀王，流封至益州，蜀地民风淳厚，兵卒柔弱，就算他不甘心，要招兵起事夺回皇位，你也不怕打不过他……按老人们讲的故事，这安排筹划好几次都差点成功了呢。

“大唐天下，由我定鼎，我便恃功自傲，以为四海归心，天命在身，君父不行废立，便是偏私不公。”皇帝缓缓地说，“这念想是否有理，暂且不论，可待后世评说。你知道我如今思之心惊的是什么？是我无论如何渴欲煎熬，当着你阿翁的面，我不敢说——想要什么、想怎么办，虽是父子至亲，我没法向你阿翁开口，你阿翁也不肯跟我交心。从前，可不是这样的……”

殿门外又一声霹雳，却不甚响，显出疲弱无力骤雨消歇的态势。皇帝转脸过去望一望雨中天色屋树，姿态黯然：“从前我年少轻狂时，一样恃宠而骄。父兄跟前，想到什么说什么，有不遂心事，便大哭大闹硬顶到底。霍邑城下追回撤军是如此，刑场上救下李药师是如此，洛阳城外坚拒回师也是如此。我父子兄弟间吵得鸡飞狗跳、掀翻屋瓦，一时恨不得拔刀互砍——可那都不算事，根本没干系。吵完商量完，气怒也就都抛脑后，出门各自办差去，配合默契得很……等到天下平定，就不是那样了。阿耶是九州共主，一言九鼎天威如雷霆，我兄弟也一个个位高权重起居讲究起来，见面嘘寒问暖，说些有口无心的假话，倒是和气了……心也远了。”

然而这不正是儒家圣人提倡的“克己复礼”吗？魏叔玢心生疑惑。命士以上，父子皆异宫，昧爽而朝，慈以旨甘，日出而退，各从其事。父子之严，不可以狎；骨肉之爱，不可以简……难道从小父母教导她们姐妹兄弟的这些规矩经义，有什么不对之处？

“武德五年以后，我自己也觉出来了，有什么心里话，宁可去跟你舅舅说，去跟玄龄、如晦、君集、敬德他们说。为什么呢？你阿翁那边，别说我信口开河了，就是闭着嘴把舌头打了结子，你阿翁也不知听信后宫哪个贱人诬陷传话，随便就能找个理由训我一顿，何必自找没趣？你大伯那边更狠，去赴宴喝杯酒，回来能吐一夜血……那时我只觉得他们都要害我，惶惶不可终日。如今想来，他们或许是存了害我之心，可更要紧的，他们都……怕我。”

李承乾抬头望向父亲，皇帝也转过脸来看了眼儿子，父子两个总算有一瞬间正面对视，旋即又都错开了面孔。

太子继续低头听训，做父亲的语气越发低沉：“父子兄弟各自有权有势，有兵有将，都有本事作乱大闹，谁也不相信谁，谁都防备着谁。太上皇为什么不肯废立？我在一藩王位上，声望已直逼天子，再进一步入主东宫的话，天下还有谁辖治得住我？如今我为君九年，方知帝业难守，战战兢兢，如履薄冰。当年你阿翁内忧外患，只有比我更加为难。武德九年他老人家退位内禅，扬言甘心不问政务一意颐养天年，世人多为不信，我知他意至少有几分是真，信不信由人罢了。”

也就是老人过世了，忤逆儿子才肯说几句体谅父亲的话吧，就这还不忘给自己涂饰一番……魏叔玢不禁暗自代太上皇撇嘴。

“你那个位子，也是不好坐的。”皇帝对儿子说，“虽没有武德后期骨肉疑忌那回事，如今直臣在朝，日日论古道议先贤，苛我以尧舜，自然也防着你变丹朱，随时谏诤。宗室兴盛，叔侄兄弟众多，也难免良莠不齐。你小叔兄弟们慢慢长大，少年人性情不定，就如你十四叔，去年你阿翁和我看着他都欢喜，觉得人才难得，没过几月就接连闹出这么多事来，谁能想到？”

魏叔玢怦然心跳，不觉伸长了耳朵，只望从天子口中多听些与李元轨相关的话语，但李承乾含糊回应一句后，皇帝很快又转了话头：“太上皇崩逝，你那些小叔小姑没依没凭的，倒不必操心他们。你空闲下来，该好好循理手足亲睦之义。你娘为你们兄弟几个，心血都快耗干了！我近听说，就你跟青雀之间，也有些小人挑拨生事——别辩解，我也没耐心听。总归你是当大哥的，又正位东宫做着储君，年年监国，自己想想，跟同母弟一般见识，很有脸吗？你年纪也不小，太子妃都纳了，自己该知道于国于家做些什么才有益……”

说到自己儿子之间不和，天子的情绪明显烦躁起来，说到一半就开步沿廊下往前走，李承乾又不能顶嘴，只好亦步亦趋跟着听训。父子俩一边说着话，声音渐行渐远，转过墙角，终于不见。

魏叔玢略一伸展，刚想起身，猛记起还不到时候，忙又跪回去。果然，皇帝和太子经过后，没多久一堆跟从侍人就出现了，捧着手巾杖盂等匆匆忙忙追着父子俩而去，不敢被丢得太远，也不敢跟得太近。

等他们也消失，腰酸腿疼的魏叔玢才从柱幔后探头，确认附近没人发现自己，忙起来原路返回太极殿西间，正见小圃奉苏令娴之命在找自己。她只说迷路了一直在绕弯，小圃也不多问，拉着她到一处偏僻隔间，没等几刻，苏令娴果然带了十七长公主进来。

但与她们预想的不同，小闺女见了魏叔玢虽是欢喜，开口却说：“玢娘姐姐你早来半天多好。上午我还跟阿兄见面说话，他现已不在太极殿了。”

“十四叔没在东间那边守灵？”苏令娴问，“去哪里了？”

十七长公主摇头：“我不知道。我和他说着话，提到玢娘要嫁给程大将军，阿兄忽然一下子好生气，跳起来就冲出去……”

魏叔玢双腿一软，险些坐倒地上。苏令娴一把搀住她，先轻声安慰“别慌”，又问十七长公主几句，确定她不知道同母兄去向，便让她回西间去了。等小闺女离开，魏叔玢慌张道：“我得去找他！他那暴性子，只怕是去找程大将军闹事，一言不合大打出手，要有个损伤，全是我的罪孽！”

“阿玢你且宽心。”苏令娴牢牢抓着她，“十四郎就算年轻躁性，程大将军也不懂事？主上的心腹爱将，多大能耐，还辖治不了一个小郎君？你闷着头跑去，三个人对质，你怎么说呢？只能是火上浇油啊。”

她说的有道理，可魏叔玢哪能听得进去。她心里像塞满了烂棉絮，堵得气都出不来，只想跑去哪里大哭大闹一场——可这地方是太极正殿，庄严肃穆，至高无上，她连大口呼吸都不能。

还是苏令娴行动果决，半拖着她出殿，在雷雨中唤人准备行装，又说“天也不早了，你得回家了”，带着魏叔玢出宫。

来拜祭的息王妃等已经被送回掖庭，此后将在她们的居所里服丧守孝。太子妃自回东宫，一行人步行至长乐门外天街。此时雨还在下，街上一片泥泞，行人匆匆，蓑笠油衣都不顶事似的，诸人内外湿透。

长乐门门洞里还能避一避雨，苏妃便在这里站住脚，命人去东宫厩坊套两辆车过来，一车给魏叔玢坐上回家。

魏叔玢口中推辞，二女立在门洞里说着话，忽见又有三五骑在大雨中策马小跑过来。领头一人身子在马上摇晃不止，到得长乐门前，勒马弯腰就是一阵呕吐。

后面几骑赶上，一边安抚马匹一边扶那人下了马，也往门洞里架过来。两边离得不近，苏令娴与魏叔玢几女虽能看清那些人举动，幸而不至于沾染气味，见一群男子涌入，不觉都往门洞深处缩身闪避。

所有人都穿戴着雨具，彼此看不清面目，连男女也不大好分辨。长乐门监门卫倒是上前查看了下，魏叔玢听到他们说“是温少卿”，心里一动，感觉这官衔哪里听过似的。

那呕吐下马的温少卿显是喝醉了，人刚被架进门洞，就有好大一股酒气逼过来。另几人像是他的随从下属之类，七手八脚服侍着，又吵嚷说“要去东宫显德殿回事，这怎么办呢”。

天子居谅暗，命太子监国，日常在东宫显德殿处置庶政。听他们口气，这温少卿是被李承乾叫去办事，却好死不死地先喝醉了——日常当值时喝酒误事本已是重罪，赶上国丧期禁酒乐，明知故犯，至少还得罪加一等。

这还不算完，只听唰唰雨声中，那地下烂醉的温少卿还在大着舌头胡嘎：“这……这么大雨，吃……吃酒拍曲子才……才是正事……东宫算……算什么……狐假虎威……难为人……”

“十七郎！”他身边人赶紧伸手捂他嘴，还抬头看一眼门洞里站着的卫士众人，“这么下去也不成。雨大路滑，十七郎这一跤摔得，嘴歪眼斜，怎么也没法见太子了。”

“是啊！”又有人说，“就这么去回复东宫吧，温少卿泥地里惊了马，落鞍摔坏了骨头，今日没法进殿回事了……快走快走……”

几人商定，扶架起温少卿，又冲进雨里，拉了马走开。魏叔玢回脸去看苏令妤，只见太子妃微微咬唇，轻哼：“这也不知是哪个寺的少卿，奉公真是谨慎……”

“鸿胪寺少卿，姓温，排行第十七。”魏叔玢对她笑笑，“鸿胪寺主管丧仪诸务，想是太子见下大雨了，召他来问问各仪仗执事防雨措施有没有安置好，打扰了人家吃酒行乐呢。”

这个刁状告得可真是痛快过瘾。魏叔玢想起临汾县主丧事赐赙时，温十七给柴驸马府的有意难堪，这才叫天理循环，报应不爽……如果方才柴璎珞也在这里，那该多好。

想到柴璎珞，她又灵光一闪，明白自己眼下该去哪里了。

东宫两车引来，苏令妤与她就此分手，又命随行人等送她回永兴坊魏相府。魏叔玢只答应着，拜别太子妃上车，行出天街和安福门，又向东没走了一射之地，她把头探出车厢窗，左右看看无人，抽出丝帕，小心拈着向车轮轴缝处绞去。

满街都是泥水坑洼，两个高大的木轮陷在车辙里，驾牛一步一滑，本来走得艰难，轮轴缠上丝帕，重心偏歪，即刻陷入一个大坑里，整座车身动弹不得。东宫随从车夫下来探查，皱着眉连连叹气。

魏叔玢也披了蓑笠下车，只说“离家已不远，我自己走回去便是”，也不听那些下人阻拦劝让，抽身消失在雨中。

身为女子，总免不了要应付很多麻烦。

魏叔玢滚汤糊泥一身腌臜地跋涉进紫虚观观门时，满心里都是委屈，只想找柴璎珞诉苦告难，又打算求她安排，私下再与李元轨相见。可等她被带到观主娘子床前，那些想法全飞到了九霄云外，剩下的只有惊恐心疼，嘴里不自觉尖叫出来："璎姐，你这是怎么了？"

有些日子没见，原本明艳矫健的紫虚观主脸黄虚浮、眼圈乌青，病恹恹毫无精神。黄汤暑热的天气，她躺在厚褥夹被间，还自发抖打战，一摸手脚都是冰冷的。这是染上大病了？

"你不用怕……没事……躺几天就好……"

女道士气若游丝地安慰她，看床边侍奉的静玄等婢婆倒也不是很惊慌害怕的模样。再坐下来仔细问，原来是妇道人家天癸至。

但柴一娘子这行经，却与寻常女子的月信颇有不同。大概是因为她平时试药服丹太多，经常几个月没消息，等猛一来了就日月昏暗、山河扫空、风轮转掷、万里倾崩，自述"体内有盘石磨，从头发丝到脚趾没完没了地碾"，只有缩衾被里发抖的力气。

她说躺几天就好，但据静玄说，最长有连崩三个月的时候，急得她父亲柴驸马到处许愿供养，连棺木都备下冲喜了。最后还是她师父孙药王赶来，针药齐施救回女徒儿一条小命。不过这回看着倒没那么严重，柴璎珞自己也说不至于妨碍性命。

虽然如此，魏叔玢自也不敢提那些烦恼事，只日日帮着婢仆调药服侍。她在柴璎珞身边没住多久，也没学到多少医术，可毕竟识文断字又整理过不少药方，有她在病床边照料把脉验方，观内众人都觉轻松放心些。

也是因为她眼下在观内有大用，静玄虽明知她又是从家里偷跑出来的，还是吩咐观里人等闭嘴保密，不得向任何外人说魏小娘子在这里，算是拍板做主继续庇护她。

三五日后，柴璎珞气色渐渐好起来。虽还是下红不止，却能进些饮食米粥了，上下午间也有几个时辰，能靠坐在床头和魏叔玢说说闲话。瞅着她心情还好时，魏叔玢也拣着这段日子里不太惊心动魄的经历说给她听，比如"温十七醉酒骂东宫"等，只不敢提天家父子兄弟等事。

倒是柴璎珞那天精神好些，主动向她说了李元轨舌战群臣、得蒙准去高昌求娶公主的安排，听得魏叔玢心内五味杂陈，又酸又苦不知是该庆幸还是该悲泣。静玄也在旁告诉她们一个消息，说是皇后已允准吴王求告，令十七长公主下嫁裴律师，等太上皇七七过后便下定。

各人终身大事都渐次有了着落,好事啊……魏叔玢心内叹息着。一头秀发披散两肩、仰靠在大隐囊上的女道士似是能听到她没说出口的话，虚弱无力地笑笑，伸一根手指抚过魏叔玢咽喉：“耐心点，等着。人事时刻都在变，别犯蠢。”

魏叔玢用簪头自刺，划破了皮肉，至今肌肤上犹留有一道浅浅的红痕，不仔细留意不到。听柴瓔珞一语道破她干的傻事，她脸上飞红，刚想找理由逃掉，门外恰来报“吴王府杨库真进观来探视上真师”。

见不到李元轨，能见见杨信之也是好的。柴瓔珞眼下仍不便会男客，魏叔玢迎了出去，果然在会客堂上看到了杨信之肉塔似的身躯。

二人见礼问好，一番感慨，又叙别来景况。杨信之说雷雨那日李元轨擅自离开太极殿，冲撞屯营等地，又惹得天子和监国的太子李承乾父子俩大不高兴，派人将他找回申斥，又指定人看守他不得再乱跑。所以李元轨虽知柴瓔珞身子有恙，也一直想来探病，这些天总不能脱身，到今天有机会先命杨信之代自己来问候。

柴瓔珞的病，却是不便向男子说明的，魏叔玢只能含糊其辞。好在杨信之一向懂说话，见她不细谈，也就不深问，又转问魏叔玢如何，本家和程家有没有太难为她等。

提到这话题，魏叔玢只觉万箭攒心，张嘴几次，都没能说出话来。眼眶在发热，却又无泪，她望着杨信之发呆半日，对方反不好意思了，宽阔脸膛勉强堆出笑纹，安慰魏叔玢：“魏娘子别太难过。你要真不愿意嫁程大将军，我等一起想想办法，哪怕先找个地方，让你躲一阵子呢……”

“躲得了一时，还躲得了一世嘛。”魏叔玢对他苦笑，“除非跟你们一起上路，躲到高昌去，天高地远，家父和程大将军恐怕几年内还没能耐追去抓我……否则这长安城内外，京畿中原，哪有他们两位鞭长莫及处？”

“就高昌啊，都未必安全。”杨信之也嘿嘿一笑，压低声音，“听十四郎说，主上如今已惦记筹划开西域啦。天子那神机妙算，再加上代国公李药师大总管的奇兵迭出，谁知道啥时候高昌王一觉睡醒，床屏外就满是我大唐天兵了呢……”

“然后没准儿带兵的还是程大将军，是吗？”魏叔玢苦笑，“我是躲到天涯海角地沟土缝里，都逃不过这场姻缘啊……”

“也不必这么沮丧啦，”杨信之安慰她，“你先躲起来缓一缓。等康苏密那老胡凑一笔资财送程大将军府里，就算不够五万绢，一时取消不了婚约，也应该能……”

“等等，什么康苏密凑钱？”魏叔玢惊问，“什么五万绢？是说程家那笔聘礼吗？”

“啊？魏娘子你还不知这事？”杨信之也是一惊，似觉出自己说漏了嘴，欲言又止。禁不住魏叔玢不断催促，他还是将李元轨与程咬金大吵一场后，找康苏密借五万绢“赎回”魏叔玢婚约、还她自由身的行动讲了。

魏宰相长女只听得心潮起伏，眼前一阵阵眩晕，全身血液似都冲上头顶，又一波波涌落。她定一定神，思索着又问：“五万绢不是一笔小数目，那康萨保家里再富，他一个胡商，怎么肯轻易借出这么多财物给十四郎？十四郎将来又怎么还他？岂不是要为此背一身恶债？”

杨信之支吾不过，只得又说了康苏密要随同他们一起去高昌、在那里控制摆布李元轨的约定，愁眉苦脸地承认二人已就此写定押契，李元轨要反悔都不能了。魏叔玢失声问：“那十四郎岂不形同典身？天子又怎肯允可此事？”

“那老胡商啊，精明奸诈得跟老狐狸也不差什么。”杨信之叹息，“依我们的想头，这事该尽量瞒着主上吧？他偏不！给十四郎出了详尽主意，正大光明奏明主上和太子，说了多少有胡商随行的好处，能省我大唐多少人财物力，等等。也是赶上太子监国，年轻不知深浅，便允准了十四郎的奏请。这几日，十四郎除了在太极殿守孝，就只能去康萨保府上商议准备起身成行诸务，来回都有卫士跟着，如同押送……”

他又说了些相关事务，尽力安慰魏叔玢一番，见她失魂落魄、充耳不闻，整个人都被雷轰了似的，很快也就告辞而去。

魏叔玢又在堂上呆坐半晌，思前想后，一咬牙起身，进了观主卧室，将这事前因后果一一讲给柴璎珞知道。

柴璎珞今日倒精神好些，耐心地听她说完，思忖片刻，也说："阿玢你别急。十四舅毕竟身份在那里，康老胡再怎么利用摆布他，也会忌惮这一层干系——大唐亲王、天子御弟是那么好欺负坑害的？他不怕主上一怒报复？我看这五万绢，不借白不借，先出脱了你的婚约是要紧的。"

听她也如此说，魏叔玢心头涌起深重愧疚感："你们都对我太好，我不值……康苏密那成了精的老胡，要对付十四郎，哪会落下遭报复的把柄？十四郎那性子，璎姐你最清楚不过，别人随便挑拨下，他自己冲动，什么罪犯不出来……何况千万里外，异域蕃国，没人看他父兄面上让着他护着他，他可不是羊入虎口，只能随人折磨去了？为了我，这罪孽太大，我受不起……"

她还是哭不出来，手指绞拧着柴璎珞床上茵褥，只是喘息抽咽。女道士同情地拍了拍她手背，叹息："那依你说，怎么办呢？"

"我去找十四郎，请他把钱还回去，毁约不就行了！"魏叔玢冲口而出。柴璎珞却摇头："我看不成。一则他已经写契画押，康老胡为去高昌也做了不少准备，这时候毁约，那老狐狸岂肯罢休？二则康苏密等胡商随行的事，也得了太子允准，又说不去了，东宫那边都不好交代；三则你根本见不着十四舅啊，傻妹子……杨大不是说了吗，现下他被看守得紧密，出入都有卫士随行，你自己也跑不去太极殿或者萨保府啊……"

"我……我可以请东宫太子妃帮我斡旋安排，见他一面……"魏叔玢说着，自己也觉声弱气虚。能见李元轨一面又如何？柴璎珞说的前两个不可行，依然是没法处理的。这五万绢的借债既然是李元轨自己想起提出，那他怎么会见了面听她劝几句，就打消这主意？

只怕二人相见之下，心伤情动，反而更坚定了李元轨要为她赎还自由身的决心吧……

"那就这样，"魏叔玢咬牙道，"我自己去弄五万绢，为他还了这债，也照样能毁婚赎身，他就没理由反驳我。"

柴璎珞一下子喷笑出来："哎呀呀，真是失敬，没想到魏娘子你还是这么有钱的富婆哪——你能去哪里弄五万缗，阿玢？”

全长安城里，不，综观大唐天下，能一下子拿出这一大笔钱的人家，十根手指都能数得过来吧……而且她与李元轨也面临着同样的疑问：人家凭什么给她？

李元轨那御弟亲王的名衔身份，还能待价沽售一番，她……她可是真正身无分文、忤逆背亲的零落女。

“据家母说，太上皇崩逝前，曾有人提出送三万缗给家父。”魏叔玢缓缓说，“以那人的财势，出五万缗也不算什么。或者即使他不肯加钱，我做到了他要求的事，得三万缗，程府送到我家的聘礼，还有些未动过，也许能凑够五万缗……”

“你说的是谁？”柴璎珞皱眉问。

魏叔玢低了头，运气半晌，才轻声道：“主上曾密召家父，命家父继续查临汾县主死因，查出结果后赏三万缗助我大弟聘崔氏妇，家父严词拒绝。我想，如果我接办这差事，将一娘的案子查得水落石出，主上或许……”

“异想天开！”女道士没等她说完，一口打断，“当日若是令尊肯接差事，那另当别论，如今时过境迁，你倒想跑去面圣求告？大唐天子，岂能跟你一个未嫁小女子讨价还价，派你办差？何况你连十四舅都不好见着，又怎么才能让圣上召对？”

“这个我也想过了，先由阿苏引进东宫，我再找太子说话。”魏叔玢回答，“太子自然不会搭理我，不过我有信心说服他，安排我去面圣。璎姐你知道的，我提一提‘慈和寺’……”

慈和寺里有孕在身的海陵王妃，是她可以用来威胁太子的把柄——事实上她刚才甚至想过，以此来向李承乾敲诈勒索五万缗……但五万缗对东宫来说也不是小数目，李承乾也不是好性子人，闹大发了她恐怕控不住场子，更会连累好友苏令妤——阿妤待她如此情深义重，她怎可恩将仇报？

如果只要求李承乾安排她面圣，这倒不是很困难。而且日前她无意间听过那次皇帝父子密谈后，有个私心里的感触：当今这位天子，可以去跟他讲讲理。

她父亲魏徵就是以谏君为己任，天天在朝堂上拿圣贤之道砸皇帝的，她在家听父母闲谈得多了，原也不是很害怕“龙颜大怒”之类。那天机缘巧合，听皇帝对儿子谈起父母兄长，没避忌血污，也没一味推责自辩，感伤怀想的语气一如寻常人家般情味浓重，倒让她对柴璎珞的这位二舅平添了不少好感。再加上之前也曾在君前叩请过和亲等事，皇帝对她虽不着意，却也没为难……

“慈和寺？”柴璎珞皱眉问，“你说海陵王妃的事？你——把那事捅到东宫里去了？”

“呃……”魏叔玢才想起来，柴璎珞曾嘱咐她不要在宫内提及那事，会让皇后生气伤身。不过她只和苏令妤说过，应该……还好吧。

听她嗫嚅着交代，女道士两道新月眉越蹙越紧，听到最后不觉推衾被坐直了身子，双臂抱膝，长长叹一口气：“叫我说你什么好呢？你不知道苏妃日日在皇后膝下侍奉，很容易露口风的吗？她平时又小心下气，绝不敢欺瞒婆母，只要皇后听见什么，一问她，她怎会不说？唉……这事闹的……”

魏叔玢红了脸低头，不再答言。柴璎珞又想了半日，叹道：“这样吧，你也不要跑去东宫惹事了。再过两天，等我身子大好些，我去见主上，替你奏请面圣……主上召见不召见，我可做不了主。就算见了，说什么，你自己主张，我也没法给你助力。是福是祸，你都得自己担着，我最多能叫人把程大将军找来，在殿外等着罢了……”

“找程大将军来干吗？”魏叔玢惊问。

柴璎珞看着她，扑哧一笑：“万一你惹怒天颜，喝命当场杖毙，程大将军还能进去叩头求情，把自己五万绢买来的小新妇拖回家教训吧。”

长安大城整体地势南高北低，诸水自终南山发源，北流入渭，城北宫城、禁苑等地的湖池积秽湫溢，盛夏里尤其潮溽难当。所以太平无事年节，一入三四月份，天子就要带亲近宫眷陪臣，离京前往建于高爽胜地的离宫避暑，往往一直待到秋风廓清宇内才舍得回京。

贞观四年以后，外患平定、内无动荡，田野丰收、流民归乡。天子夫妇都有气疾，忌怕暑热，也即例行每年行幸。据宫内执事说，大驾出京前，天子和皇后都曾面请太上皇，愿奉老父一同前往九成宫避暑的，但太上皇一是年老懒动，二是厌恶九成宫曾为“凶宅”——三十年前，隋后主杨广就是在那里弑杀了父亲文帝杨坚，三是他所居大安宫本就建于山丘上，地高风急，林密泉清，原也不甚潮闷，是以坚决不去。

为人子者不好勉强老父，也就罢了。这样接连几年，朝中正直大臣们便有议论，认为天子长年丢下老父远行，大有违圣人所云温凊之礼，相关谏章表奏雪片似的一封封飞去，塞满几大匣，弄得皇帝也是头疼。

太上皇不去九成宫，那就再另建一座避暑行宫请老人去住——这解决办法顺理成章。可一来隋乱后民生凋敝、国库窘迫，朝廷要尽量俭省少扰民，挑着前隋旧宫修葺重装较为合算；二来又不能距离太远，否则太上皇还是不愿长途跋涉。择来选去，工部和将作监看中了禁苑东部龙首原上的一处旧隋离宫“观德殿”基址，虽格局不大、房屋倾圮，好在地基夯筑得牢实，也能省下不少人力物料。

具状奏明后，天子御准在此为太上皇修葺兴建避暑宫，并改称为“永安宫[1]”，于去年秋收后开始召集役夫备料动工。冬季天寒地冻，施工不便，开春回暖后没多久，太上皇又崩逝，遗诏工役罢免，这永安宫的营造也就刚起了个头，只拆除了旧隋废宫上不能再用的物料，还没建新，现即停工。

魏叔玢陪着柴璎珞坐在一驾长檐敞车上，行进于禁苑的满地浓荫间，一边听喧嚣的蝉噪，一边跟素服女道士有一搭没一搭聊天。她们从紫虚观出发后，先向北行，又绕过西内苑的宫墙角楼一直往东走。魏叔玢自然要问“我们去哪里”，柴璎珞回答“永安宫”，随后给她讲了上面那一大通来历。

紫虚观主卧床近两旬,总算约略恢复了七八成精神,外观看着也比较像她平常模样,不至于一见面吓到人了。底气还是虚弱，说话久了显喘，魏叔玢也不敢让她一口气讲太多，猜度着问：“那永安宫既然已经停工，根本没建起什么来，我们往那里去做甚？主上在那里吗？一个到处堆着物料的工地基址，天子去干吗？”

1 关于永安宫，详见附注（28）。

“说实话，我也不知。”柴璎珞笑笑，“只是立政殿的熟人告诉我，这些日子，除了柩前守孝，主上就是往永安宫去得多。其实也不只最近，去年就常去，一开始人们还以为主上是孝心虔，亲自催工去了，后来就觉得不像，主上的孝心嘛……”

女道士掩口而笑，不便再说下去，也不必明说，魏叔玢已跟着笑。明白人对当今天子的孝心都是不抱多大期待的。

牛车走不快，好在禁苑里到处是参天大树、长草溪沟，道路大都有阴凉遮蔽，虽是盛夏，也不觉得过于蒸晒。又绕过一处宫墙角楼后，魏叔玢渐渐觉得山势道路有点眼熟，想半天想起来，问：“我们是不是快到欧阳率更隐居的那处桃林小院了？”

“哎，是啊！”柴璎珞一拍膝盖，“我都忘了，那地方离永安宫确实很近呢。”

魏叔玢转着脖子四处张望，终于望见那一片桃树林。此时花期早过，芳华已谢，触目只余绿油油的烟障。

如朝霞笼罩天地的粉红花海中，瓣落纷飞如雪。清瘦少年转身望向她，乌眸含笑，盈满晶亮的喜悦爱恋……

被自己眼前突然闪过的幻象惊得一抖，魏宰相长女用力摇摇头，摔去妄想，握紧拳头，指甲掐入掌心。她现下要做的，才是正经要紧事，没闲暇拨付给小儿女的伤春悲秋。

柴璎珞还是像能看穿她心思，伸手过来拍拍她小臂，方欲张口安慰，前方空中突然一声爆响。

响声来得突然，有点像过年时火堆里的爆竹声，但要大上千万倍，而且自半空传来，他们一行连人带牛及车后步随的侍从，全被吓一大跳。驾牛更惊得左冲右突、一顿乱窜，引车阉奴不防，被拖倒地下险些踩折，车身也颠荡不止。幸好车上二女身手还算灵便，灭顶之灾前，魏叔玢扶着柴璎珞狼狈滚下敞车。

这边人喊牛鸣，那边的空中爆响声竟是连绵不绝，一下又一下，威势能赶得上霹雳雷震。魏叔玢定了定神，站起身掸土，忽然想起上回在欧阳询的桃林小院里，也听过这种爆响声，不过当时离得较远，没这么吓人而已。

柴璎珞比她反应快，已经说出口“原来在欧阳老猴院里听见的是——”，不过这句话也没能说完。她们一行闹出偌大动静，几乎立刻就有脚步与喝问声传过来，一小队卫士手执矛矟，跑步过来查问。

六七人都裹着红抹额，一身屯营卫士装束。队长与柴璎珞对答几句，听闻是内道场上真女冠，倒还客气，确认“圣驾在此”，又应承代她去通禀。二女便在树荫下立等，没过多久，天子传见。

魏叔玢仍然穿着那天在东宫换上的宫婢素服，绾了双鬟充作小侍婢，扶着柴璎珞，跟那卫士队长慢慢向前走。转过一处山角，又进了几层围障，眼前豁然开朗。

只见一处坡度平缓的台基上，支起一座极大帐篷，重叠高轩，乍一看还以为是砖瓦大殿。天气炎热，几处帘幕都掀开以木杆撑起，做成遮阳华盖状，外面又连卷棚，一群人或坐或站在那大片阴凉下，正对着远处指指点点。

又一声砰然大响，这回二女都有了些提防，没再被吓倒。刚安静了一阵子，又闻此声，而且比先前离得更近，魏叔玢只觉胸腔里一颗心在突突地跳。

举目望去，高台前面几射地外，矗立着几架似井台桔槔的木杠，体制大得吓人，离这么老远，看去仍觉得高耸巍峨。

刚才也不知是怎么个动作，有一架木杠的长杆在缓缓下落，它前面十几丈方圆则尘烟弥漫，像掉落了什么沉重大物事。魏叔玢只看得目瞪口呆，喃喃地问出来：“这是什么啊……”

“没见过？”柴璎珞轻轻一笑，“这是抛石车啊，攻城用的。”

“攻城？”禁苑行宫里，怎么会摆出个攻城战场来?

然而魏叔玢游目四顾，发现除那几架抛石车外，场上还有些高高矮矮奇形怪状的器械。较矮的是一种粗壮推车，车前却装有突出的尖锥；最高的是辒车上立了一根极长旗杆，杆顶又固定有一个木笼，状若鸟巢。巢中有人，正在高声呼喊什么，声音顺风送来，却是听不清白。

喊声一落，有架抛石车的长臂便开始移动，一端装有石块的大勺先向下垂，积势攒力快到底时，长臂另一头的粗索被人猛地一扯，兜勺挟风而起，大石块在空中弹出，飞出一道长长弧线，下坠砸中远处一地，腾起烟尘，又传来她们已经听熟的爆响声。

台基上，遮阳篷下，此时也传来一阵欢笑拊掌声，又夹杂着议论嗟叹。其中一人的腔调最为好认，明朗高傲、肆无忌惮，魏叔玢已能轻易听出那正是当今天子李世民在说话。

二女走到那台基阶下，离人群坐立处很近了。柴璎珞示意魏叔玢先留在阶下等等，自己提裙一级级爬上石阶。

这条长石阶已磨损得很旧，看得出新近修补过。魏叔玢想到来时路上柴璎珞所述，猜度这台阶和阔基址都是隋观德殿遗存，有司拆除了上面的破旧房屋，本为重建避暑离宫，却先在台上搭了这座大帐篷起来。

那帐篷也不是崭新的，外层油布料颇有风雨摧折痕迹，估计矗立在此处至少几个月了。魏叔玢正发呆间，听到头顶上柴璎珞已向天子报名行礼。

皇帝显然心情甚佳，笑问："璎娘你这会子跑来做什么？——你舅母说，这阵子你身上不好，这么热天气，怎不在家老实歇着？——来了也好，瞅见那抛石车没？唉，看见你我就想起来，我这辈子头一回仔细察看抛石车怎么造，还是跟你娘一起呢！"

他说话语速快，别人又不敢打断插话。好容易寻见缝，柴璎珞也先笑着应承："那是太原义军围攻长安[1]的时候吧？"

"当然！那时候你娘可了不起，二十万兵马，有一大半是她起先在这附近畿县招纳来的'娘子军'呢！太上皇派我和令尊先行入关，和你娘会师。你爹娘各置幕府，名义上都归我统管，其实你娘和我从小一起在阿母膝下玩到大，只有她做姐姐的呼喝弟弟，哪里肯服我的管……"

皇帝说到这里，自己先哈哈笑起来，台上诸人也都跟着笑，连魏叔玢在阶下也自低头启齿。皇帝笑了一阵，又道："那时前隋顽固官兵退进皇宫坚守，墙高壕深，可

---

1 关于围攻长安，详见附注（29）。

不好硬攻。我唐将士都是新进，立功心切，我也着急，还是太上皇老练沉稳，压着众将不让冒进，叫先造这些攻城器械，也幸亏如此，否则得多折损多少人命！三阿姐也能领会阿耶深意，天天押着我巡视监造，这些抛石车啊，撞车啊，巢车啊，云梯啊，床弩啊，都是那时四处找来工匠图纸，我们一一细看过的，如何削木铸金，如何填隍蚁附，心里有了底，此后便知该如何使用。领兵为将，这种事是必须得学的。对了——”

谈兴正浓间，皇帝语声一顿，忽吩咐身边：“去把吴王元轨传到这里来，快些。”

魏叔玢心内突地一跳，不明白为什么天子莫名想起了小弟李元轨。柴璎珞却似能猜到，在台上笑问：“陛下在这里设场摆布攻城器械，莫不是要用这些大家伙，去攻打高昌吗？”

“哈哈哈哈，璎娘你这鬼灵精！”皇帝拍掌而笑，“真没亏你娘一世要强，毕竟留了个聪明根儿在。妇道人家有这等见识的，实在不多——对了，你们也去太极殿，请皇后过来疏散疏散——前几日她还劝我，别在这兵刃凶危地久留，怕有误击误伤呢！你舅母什么都好，就一点，太爱操心。我不来亲自监督着行吗？去年就开始设场造械，小半年竟没一点儿进展，这帮蠢货，跟他们怎么也说不明白，真真要急死，我不到场，它就是不行！”

魏叔玢已经听得有点晕了，柴璎珞也在台上问：“怎么不行？难道工匠不会造这些抛石机、投石车了？”

“咳！你这孩子还真不禁夸，多说两句，妇人见识就露底了！”皇帝叹息一声，“这些攻城器械用了成百上千年，造几批出来有什么难处？要是在中原攻战，熟手工匠不难找，木料、金件、斧锯凿刨这些都是顺手的。就当年我和你娘在太上皇麾下攻打隋都那回，旬月之间，几百架云梯冲车都造出来了。可有一样：你听说过出国远征五六千里的大军，能带着这些笨重家伙同行的吗？”

魏叔玢不禁又扭过头，望一眼场下那些高耸入云的抛车巢车等，暗自咋舌。那些器械虽用料粗壮，无奈竖立太高，就矗在当地不动，都有危坠摇晃之虞。其下虽装有木轮，推拉行走百里不散架就算结实了，带着走几千里绝无可能。

“那是不能。不过……是否可以造好后拆散，拆成木件轮构，零散着装车运到战场，再在那边命工匠装起来？”

柴璎珞这主意一出，台上不但皇帝笑起来，别人也都连笑带议论，似有赞赏的，也似有嘲讽的。等嗡嗡人声消落，皇帝似乎是转头向别人说：“你们别笑话我这外甥女，她已经不算离题很远。就两个月前，我等不是还在反复商讨，这计策可行不可行？”

台上有一人回应道：“陛下认真考量计较车马载重，是深明军务者运筹帷幄。上真师嘛……恕臣直言，怕是对大军出动的辎重配比等一无所知，就如朝中儒臣那般，信口开河罢了。”

此言一出，台上又是一片欢笑声。又有人道：“你郭四倒是敢在圣驾前说嘴，不就欺上真师是个标致小娘子嘛！若人家生为男身，也能跟着主上随军打仗，如今怕不早历练出来，也是一方名将了，你郭将军还真未必强过她。”又一人道：“就算不是男身，要逢乱世，上真师说不定也如她令堂般领起一支娘子军征战；或者不幸生在蛮夷，如岭南冯冼氏夫人，也是披甲导骑、平定祸乱的巾帼英雄。唯其当今乃是太平盛世，高门贵女不必再熬苦求生，在家娇养就行了……”

魏叔玢听着台上人说笑，料想这帮都是皇帝身边的武人，本不似文臣那般拘泥礼法。他们知道柴璎珞身份，也未必敢有意轻蔑她，只是一大群男子身处风云激荡的演武场，情绪高昂、血脉偾张，中间忽然来一位年轻美女加入议论，一个个便都情不自禁地口没遮拦、信口雌黄起来。

她看不到台上柴璎珞表情举止如何，自忖如果是自己被一群大男人围在当中如此打趣，准定要羞死了。不过紫虚观主也许见惯了这种场面，等人声渐落，她仍是径自向皇帝发问，语气平静得像没听到之前那些讽话：“璎珞明白了，是说这些木料也都太过笨重，不可能装车运到几千里之外去。那陛下这几个月在此操练演武，到底是为了什么呢？”

魏叔玢跟随柴璎珞来永安宫面圣，本是为了向天子奏明“以查案换五万绢”等事。

可柴瓔珞见到她二舅，皇帝根本没问她来意，就一通大讲特讲打仗攻城、器械辎重。他兴致这么高，旁人哪敢打断，紫虚观主也只能先投其所好，拣着他爱说的发问。

魏叔玢心里虽焦躁，亦无法可想。而且这些攻城器械既明言是想“用去打高昌的”[1]，李元轨很快就要动身去往高昌报聘，她自也关心。一身立在阶下，魏宰相长女不敢抬头乱望，只伸长耳朵默默听着台上对答。

这些器械体形庞大、木料笨重，不可能装车运到几千里之外去，那天子在这荒宫废墟之间操演数月，是要做什么？柴瓔珞的发问，也是魏叔玢的疑惑。

只听台上皇帝不知向谁吩咐了声“叫他们再做一架”，有人应诺着传敕下去。过不多时，果见一队裹巾扎膊的匠人跑出，先向台基上跪拜叩头，再往一处木料堆跑过去，抽绳锯木分工忙活起来。

“知彼知己，百战不殆。敌情勘察有多要紧，对一战成败能起到多大作用，那是怎么说都不为过的。”天子又开始踌躇满志地宣讲，“几年前打突厥，如今打吐谷浑，我军都不必准备攻城器械，为什么？用不着啊！突厥人、吐谷浑人那都是塞外游牧部族，部民逐水草而居，一年迁徙多少回，哪有什么正经房屋、城池？我大军一到，那些可汗见势不妙，根本没有据城固守的心思，都是带了亲兵卫士就跑，往草原大漠深处撤退过去，指望我天兵不认得路、没粮食吃，熬不过自己退军，他们再回来就是。”

“那高昌，却与这些游牧部族不同。”柴瓔珞很恰当地接个下茬，果然皇帝赞道：“说得不错。高昌本是由汉魏戍卒遗民聚居而成的国家，言语文字、起居行事都与我中原人趋同，又占据商道要塞，居民生计以经商务农为主，不必东迁西移，所以很舍得下本钱筑城墙、挖壕池。历经几百年下来，我派去查探的人都回报，那高昌大城墙高沟深，防护力与我东、西二京相类似，若无器具，靠着堆人命、蚁附强攻，那……唉……”

“陛下是明君仁主，最爱惜百姓士卒的，决计不忍心多所杀伤。”一众男子的嗡嗡议论中，女道士的声音显得格外清脆甜美，“何况《孙子兵法》也有云，上兵伐谋，

1 关于李世民在禁苑测试军事器械，详见附注（30）。

下下计才是攻城，陛下乃海内第一名将，断不肯出此下策。”

璎姐你才是面谀界的海内第一名将……魏叔玢想着，果然听到台上又哄笑起来，最响亮开心的就是皇帝陛下的笑声。想想他整日上朝压着脾气听自己父亲等一堆老夫子教训，这也算偶尔找回点安慰吧，平衡了。

“仁政好德是一面，另一面，高昌那地方毕竟太远，隔着大漠沙碛，运兵运粮都困难，没可能发大军过去，否则我不是又要重蹈隋后主覆辙？唉，能囫囵挣扎到高昌城墙下的，本来也不会有太多人，要一时都折损了，连个补充的兵员都没。所以啊，真要打高昌，这些攻城利器，那是必不可少。不仅如此，单单只把过去用惯了的抛石车撞车弄去，那还不够呢。”

皇帝说到此处，又吩咐一声，便又有人飞奔去传令。不一时，只见场下那些抛石机外，山势屏障之间，远远近近、稀稀落落地竖立起七八面旗帜，每一面旗帜颜色花纹都有不同。

“璎娘，你来指，想打哪个旗子？”皇帝笑问。柴璎珞也不客气，应声答道：“那面白底火红纹的！”

台上便又有中使跑下阶来，却没跑向那些抛石车，反而向一边离得较远的巢车跑去。到巢车下，中使与一人耳语一句，那人走进车上木笼，几人合力牵动滑轮绳索向下拉拽，将木笼高高地升到半空中。

木笼静止后，那人在半空高声喊出一串话。距离太远，魏叔玢听不清楚，什么黄道什么角木蛟的，似在说星象。

那串话喊完，便有一辆抛石车长臂下压，旋转瞄准角度，调校片刻，一声“放”，大石块投出，果然向着那一面画有火焰红纹的白旗飞击而去。距离既远，旗子又不大，石块虽没打中旗帜本体，落地处也离得很近了。烟尘一腾起，登时将那白旗淹没。

台上男女一齐叫好，连魏叔玢都忍不住暗赞“好看”，只是茫然不知这是何意。柴璎珞也问：“陛下，那巢车上喊的是什么？为何不让抛石车直接照准了打？”

“这你就不懂了。”皇帝语声中透着得意，“高昌那座城，跟中原毕竟有异。中原房屋是瓦顶木柱，抛石击中城楼，或者越过城墙砸中城里房屋，无不当者立摧，屋里人也没处躲藏，杀伤力大，能吓得敌手很快没斗志。高昌王城啊，说是因为当地雨少风大，城中房屋多有一半挖在地面以下的，十分低矮。抛石车在城外乱投一气，很可能打不坏屋子也打不死人。所以啊，须得打得精准，照着高昌王宫、兵营、街上人群聚集处去招呼，才能发挥它们的最大效力……"

"璎珞明白了！"紫虚观主一副恍然大悟的语气，"先用巢车，把人吊到半空，越过城墙，瞧明白该往城里什么地方打，然后他喊出方位。操作抛石车的按他的指挥，发石越墙，专打高昌王公贵族们的痛处脆弱处，一发下去打得他们鬼哭狼嚎、天崩地裂才好……"

她还没说完，台上军将们的笑声赞叹声涌起，都在夸"上真师果然聪明灵透"。皇帝也笑道："所以你知道了吧，你阿舅这几个月都在忙什么？一是琢磨出个办法，怎么能让我军千里迢迢带上足够数的器械去域外攻城；二是攻城时怎么能把这些器械用到极致，尽量减少我军的人命伤亡……"

他这边志得意满地吹嘘着，魏叔玢又转目去瞧那一队出来造抛车的工匠。只见他们忙活了这一阵，已将几条大木削凿出抛车杠杆的模样。有人在地下推了一车铸铁机杼出来，预备接木连轴，各人手脚都十分快捷。她默默估算，如果高昌王城附近有现成树林，伐木不难的话，这队工匠一天内至少能造两三架抛石车出来。

至于那些金铁铸件，到高昌去现找铁矿冶炼铸型是不太可能。不过那些铁器体量都不大，在长安铸好一批，装车运过去应该可以。其实最难得的还是这些工匠吧，看他们一个个身手灵活、技艺娴熟的样子，也不知被关在这里练习多久了。

她正在走神，忽听台上皇帝向柴璎珞道："璎娘你也留心些，这里的事，别向外去说。别人也还罢了，我就头疼魏徵、孙伏伽他们那几个老夫子，一听说我要准备打仗，就平地跳三丈高，天天进谏，我还不好发作——对了，你不是有个小朋友是魏玄成闺女？嘴紧着点，话传到她家大人那里去就不好了……"

魏叔玢头皮一紧，直觉要糟。台上柴璎珞也含糊应着，很快又把话题带开转到西域高昌等上头去。

皇帝命外甥女不得走漏风声给魏徵女，可魏叔玢现今人就在演武场这里，所有事情看够听透，哪里还有什么能瞒着她。这也是机缘凑巧，柴璎珞原打算替她通禀面圣的，天子这么一说，怕至少今天是办不成了。

此后台上那些男女一直在漫无边际地东拉西扯。魏叔玢估量，大概柴璎珞是想就这么闲扯一顿退下，悄悄把她带回紫虚观去，改日再找机会。虽然这样也不是不行，而且较为安全稳妥，但她自己总是心急。

不知道李元轨什么时候动身去高昌。那五万绢，一定得在他出发前办定，才能让他摆脱康苏密的控制，否则不是白折腾？

她在石阶下站班挺久了，已开始觉得腰腿酸软。这时远处又传来喝道声，羽麾摇摇，执事逶逦。有宫人先来禀报，皇后车辇至。

中宫驾到，自有仪仗，永安宫内外顿显忙乱。台上众武将向皇帝行礼辞去，柴璎珞则说“甥女去迎接皇后”，天子心情极好，叫住她说“我也一起走几步疏散”，竟当先打头走下石阶。

魏叔玢连忙与其余侍立的宫人奴婢一起退后，低头跪地，只能看到一群人的素服袍襟在眼前摆动行过。等宫奴们站起来，她望见柴璎珞的背影随侍着天子，周围又一群侍婢中使尾随，举着黄罗华盖等执事，向着皇后车驾迎过去。

此时阶上阶下人员纷乱，有导引着武将们退走的，有捧物跟随天子行去的，还有上阶不知去做什么的。又有一队宫人自皇后车驾方向匆匆而来，打头的一个半老侍娘见魏叔玢呆立当地不动，竟一把拉住她道：“皇后玉体不适，需得寻个阴凉处，我们先铺设舒服备中宫歇息。你这小娘子给我带路找个地方吧。”

这是把魏叔玢当成永安宫这里伺候的宫婢了。魏叔玢刚想开口说明身份，忽然心中一动，应一声“是”，提裙上阶，带着这队宫人进了台基上的大帐。

大帐内部亦仿效宫中殿堂，以帷幔分隔出数间。自掀起的帘幕进门后，迎面是坐床、书案、屏风，一侧设着沙盘木图，另一侧是铠甲兵器架等，魏叔玢只瞥了一眼，感觉自己好像走进了将军领兵征战时的中军帐。屏风后则有地图、书籍、图纸，再进两重帐幔，便看到有铺陈舒适的卧床，想是天子也在这大帐内留宿过。

帐内亦有服侍宫人，却都当魏叔玢是与那老侍娘同来的皇后侍人。两下里只顾商量在哪里为皇后铺设歇息处合适，无人十分留心魏叔玢的举动，被她寻见一处置放箱笼胡床等物的角落，外面有布幔遮掩的，溜了进去躲起来。

她并不十分想见长孙皇后，事实上她如今还有点怕见柴璎珞的二舅母，避之唯恐不及。她是想起天子在传召皇后的几乎同时，也叫人去把李元轨带来。如今皇后既然到了，李元轨应该也会很快来至。她今天就算不能面圣禀事，至少……能见他一面?

在宫内厮混久了，她已经胆子很大，知道自己一身宫女素服，又懂举止规矩，一般不会招人注意。等李元轨在这里的事办完，退走的时候，她可以假装传圣旨什么的追上去……

光是想想，她就脸热心跳起来。按着胸口在一只木箱盖上坐下，屏息听大帐外动静。这处堆杂物的角落离门口和遮阳帘棚都有些距离，人们说话声是听不见的。等了一会儿，只听帐外又响起砰砰的抛石击打声，她觉得应该是皇后到了台上，天子又命那些攻城器械演示来给她观看。

简直就像个刚得到新鲜玩具的小孩，迫不及待地拿着到处给亲人好友玩伴炫耀……魏叔玢虽然腹诽，却也不禁暗自好笑，心内又涌起一波温暖。

想着，李元轨外貌、特长都像他二哥，犟傲脾气也类似，或许也会学他二哥这样地爱重眷恋自家娘子吧?

可李元轨的原配正妻……会是谁呢?

正自心酸鼻涩，外面又有动静，是卧床那边传来的，一群人相互招呼“快点”之类。她探头出去看，似乎帐内留着的婢侍都在往外走。她也大着胆子从藏躲处出来，但刚走到寝床边，外间人影晃动，情状不明，她一时又不敢再往外去了。

这一刻，铺设好的寝床附近只有她一人在徘徊。床屏有两扇打开着，寝幔勾束起，露出床上的凉簟、玉枕、纱衾等。床前案上有一炉新添的香、几卷文书和笔墨砚镇。

魏叔玢一瞥，忽见文书下露出半袋锦囊，囊角上绣了一支小小的步摇钗，图案秀丽、针迹细致，似是女子所有物。

奇怪，难道这寝间不是天子宿处？或者有什么得宠妃嫔常来侍奉吗？

她念头还没转完，鬼使神差般伸手去捏住那锦囊向外扯，想看得更清楚些。但只拉了一下，帐门处便传来脚步声和人声，有人又进来了。

更麻烦的是，她刚才躲藏的那杂物角落方向，也同时有人在往这边来，她不能再原样躲回去了。慌乱之下，魏叔玢左瞧右看，先往唯一的遮蔽——床屏里面挤进去，然后……又发现了一个能藏身的地方。

帐篷与房屋毕竟不同。房屋的墙壁垂直于地面，寝床一般贴墙放置，床框内面与墙壁间没有缝隙，妥帖安稳。帐篷壁却是斜拉下去钉在地面上的，布壁与地面有个夹角，寻常寝床内面无法紧密贴合帐壁，也就是床里面会有个黑窟窿，看上去很不像样。为遮掩这窟窿，侍人在寝床内面又垂了一层厚帷，做了面假墙出来。假墙后面的夹角空间，恰恰能容一个苗条少女钻进去，抱膝团坐着藏躲。

时间紧迫，魏叔玢也无暇去细想这么做会有什么后果，连滚带爬地蜷进夹角里，一时耳中全是自己的怦怦心跳声。

她刚藏好，就听有不少人陆续走进来，内中有皇帝夫妇，宫人忙着服侍他们坐定饮水，又有人打扇递手巾。皇帝很懊悔地说：“这么大热天，不该叫你跑来的，原是我想得不周到。”皇后则有点咳喘地笑答：“不妨事，歇一歇就好了。那些器械确实威武壮观。”

听妻子夸赞，皇帝又高兴起来，把方才对柴璎珞说的话再向皇后吹嘘一遍，又抱怨：“魏徵他们就是听不得我要打仗，唠叨死了。你也不向着我，反成天帮他们说话。这不，现造器械和抛石车准头两项，今日都试得差不多了。我已经有把握，不用征发那么多人去域外，也能打胜仗——你要是哪天见了魏家夫人什么的，也帮我吹吹风，叫她们劝劝自家男人，别那么固执麻烦。”

他长篇大论说着，皇后只是安静地听，间或轻轻笑一声。倒是柴璎珞的声音又响起来，笑说：“还是别让玄成公知道的好。老夫子们不会体谅陛下一番减征爱民之心，只会再翻出个新话头来，继续上表骂陛下耽沉于‘奇技淫巧’，离古圣贤之道更远了。依他们的理论，致太平只有一条道可走，就是‘中国既安，四夷自服’。陛下修身养性以德治国，别的都不用做，昊天上帝就会让万国来朝了。”

皇帝大笑称许，皇后也跟着笑了几声，开口道：“璎娘你这小油嘴，别只拣着你阿舅爱听的说——不用了，拿下去——陛下身边还缺哄着开心的人吗？老夫子的话固然迂腐无用，可他们在隋乱中受过大罪，于百姓疾苦考虑得多些，那是好事。他们在主上跟前说话不中听，主上一向包容，这也是人君度量，足以为子孙万世垂范的。我们宫内人，只好尽力劝着至尊息怒忍让，绝不该君前煽风点火——记住了？”

她语气温和，话中的教训意味却明显，柴璎珞答声“是”，不敢再作声。夫妻二人又说了些别的话，皇后便命外甥女“回你观里去歇着吧，你身子也不好”。柴璎珞答应一声行礼作别，皇后又道：“案上那是你的革囊掉了吗？收好，别丢了。”

“哪个？那不是我的——”

女道士语声突然半途收止，像被刀子从中生生砍断了似的。寝间一时笼罩在诡异的安静沉默里，魏叔玢蜷在床后听着，虽不明所以，一颗心却紧揪起来。

几次心跳以后，皇后淡淡地吩咐：“拿给我瞧瞧。”

皇帝出了一声不知是什么意思的粗气息，却没说话。柴璎珞也没说话，只听到衣裙摩擦脚步响，想是她去书案上，把魏叔玢刚才看见的那个锦囊拿起来，呈递给皇后。

又是一阵沉默，最后仍是皇后打破尴尬，平静地说“你去吧”。柴璎珞当即叩辞。皇后又说了一次“你们也去吧”，这回是几人同时行礼出帐，当是皇后把在场的宫人都打发出去了。

寝床附近就只剩了天子夫妇，以及……缩藏床后的魏叔玢。

她自是连大气都不敢出，一手抓着喉咙，防止漏声，只听皇后仍然是轻柔温雅的口气，向丈夫询问：“这是四弟妹的？”

锦囊角上绣迹细致的步摇钗。

那影像在魏叔玢眼前一掠而过，突然之间，她的汗毛倒竖，心中有了一个影影绰绰的可怕猜想。

禁苑感业寺失火前，带着女儿们在那里居住的两位前宫孀妇，原太子妃郑氏小字观音，魏叔玢听不少人说起过，比较熟悉。原齐王妃杨氏，人们大都只叫她“海陵王妃”“杨妃”等，柴璎珞则常称为“四舅母”，芳讳少人提及，魏叔玢在宫内宫外混了这些日子，似也只听过一次。

毕竟听过一次。

刚才一眼瞥见那细小的步摇钗形状，她虽在慌乱间，也隐约感觉有些不妥。回转过来细细一想，就在慈和尼寺里，她和柴璎珞找到了杨妃那回，倾国佳丽曾自呼着名字说过一句:“当年三阿姐待我、待阿四阿六的耶耶都亲善恩重,步摇不想连累她家人。”那么杨大美女的闺名当正是“步摇”二字。

床帏外面,皇帝干笑了两声,似是有点不好意思,却也没否认,只说:“你知道了啊?那也好，我一直不想让你烦心，可瞒太久了也不是事。你既知道，以后我就不管了。本来后宫里女人孩子什么的，也是你中宫国母辖内……”

杨步摇寡居九年后怀孕，胎儿之父疑似是太子李承乾。魏叔玢混乱迷糊中，先想难道李承乾瞒着母亲，却把此事告知了父亲？男人家毕竟对这种事宽容，也许天子知悉后,不但没责怪儿子,还帮他遮掩……但皇后的答话,立刻打消了她的错误猜测:“不错，诸内外命妇，是我辖内。杨氏是算在内四妃九嫔八十一御女里呢，还是算在外面郡王妃国夫人里？她若生男，孩子是该按着生父的骨血入籍封王？还是按生母如今的封位，算是已故海陵郡王的遗腹子？”

魏叔玢脸前的床帷颤动几下，似是皇后说几句后累了，在床沿坐下来，与魏宰相长女只隔了一层帷幔，语声越发清晰：“若是算海陵郡王的儿子，他的兄弟都因牵涉父亲谋反，早被诛杀绝属了。这婴儿是也照一例处置，还是至尊开恩，留他一命，让他承袭海陵王嗣？如果让他承嗣，那得记入宗籍，国史上少不得也要添一笔，是不是也得有个说法服众？是四弟元吉夜梦交合，神明感孕呢？还是他母亲怀胎十岁，盛世呈祥？事关天家血胤脸面，得请示大家决断，妾才好遵敕去办理。”

皇后话语中的辛辣讽刺之意，连魏叔玢在幄后都听得沁汗，与她做了二十多年夫妻的天子自更明白。男人的声音又干笑两下，放低语调，带了些小心：“你不会是生气了吧？”

皇后没答话，帷幄那边的模糊身影摇晃了下，似是别过身子，背对丈夫。接着床框摇了两摇，男子身影出现，是皇帝也坐到了妻子身边：“你真生气啦？”

他语气中并没多少羞惭愧悔，满满的全是惊讶，似是完全没想到妻子会对自己的风流韵事怀有芥蒂——当今六宫充盈，庶出皇子公主加起来有二十几个，从未听说过长孙皇后与众嫔妃间曾有什么争宠妒忌。大概天子认真相信妻子是丝毫不把这类事放在心上的。

皇后长长叹息一声，也不知是心酸难受还是疲倦好笑，只回了句：“我气的是什么，你不知道？”

“你们女人家的心思，我哪里——”皇帝一句话没说完，就咽了回去，大概是看到妻子眼神脸色不好，没敢惹她更动怒。

“那是你同母弟的正妻，朝廷有封诰的王妃！”长孙皇后的声音中透着入骨倦意，“她丈夫还是你亲手杀的——”

“不是我，是敬德——”

“这杀夫夺妻霸占弟妇的名声，传出去多好听啊？啊？你自登基以来，虚心求谏，勤俭克己，行仁政抚万民，自己忍了那么多委屈，为的是什么？如今就因为这么一个女人——”

夫妻两个拌几句嘴，又谁都不说话了，各自咽着脾性负气。皇帝嘴里咕噜几句，不悦地道：“早知道惹你这么烦心，真不如别提起来……”

“那陛下就该把贴身体己物事收拾利索了，别到处乱扔乱丢。”皇后冷冷地回一句嘴。她丈夫有点不明所以：“什么？哦——那个，那个香囊真不是——我忘了是多少天以前，她托杨师道转交送过来的，里头有封书信，问我打算怎么安置她娘儿俩。我当时正忙，看了没理，过后也就忘了。是真忘了，今日不知怎么忽然它又露出来——”

躲在帷墙后的魏叔玢一阵心虚，料想那是自己的一扯之功。皇后却呛笑出声：“忘了？你……唉，我真替阿杨不值！”

帷墙前的男人影子抬起手臂，搔一搔后脑，笑道：“本也不是什么着紧事嘛！也就去年秋天，在禁苑行围遇雨，因避雨在紫虚观见着她一回。她就像吃了长生不老药似的，让我有点惊奇，这么着谈谈说说……呃……”

然后就谈到床第上去了嘛，而且要怀上胎，恐怕还不止一回……魏叔玢想起杨步摇那光艳照人、娇柔无骨的模样，心下了然。对当今天子来说，这实在顺理成章，算不得什么着紧事。

皇后叹息一声：“去年底今年初，就有人往我耳朵里吹风，说禁苑东边这一带，有美人私侍圣驾。我根本不信，这种事何必瞒人呢？却原来……唉，倒是可怜承乾，替他阿耶背了好大一阵子黑锅！”

“哈哈哈哈……”

天子居然笑了出来，边笑边问：“你以为阿杨是跟了承乾？谁说给你的？哈哈……承乾要有这胆色，敢向他四婶下手，我倒——”

李元轨，魏叔玢在又一阵静默中想，你要是敢学你二哥这好色无忌没心没肺的无赖相，我一定杀了你。

皇帝干咳两声，没敢继续笑，换个话头问：“你为什么觉得是承乾？那小子又犯什么蠢了？”

看来皇后至今没把血玉韘的情由完全告知丈夫。魏叔玢却是明白其中缘故的，抱膝屏息听皇后如何回答，等了良久，女子温润的声音才缓缓道：“前几日，我已说过，武德年间就将你在河东给我那枚玉韘，赏给了承乾收戴。年初，大哥那长女婉昔在婚礼上不幸身亡，她闺房中却出现那枚玉韘，被查案的十四弟和璎娘他们发现……”

“啊？”皇帝语调惊讶，“你给了承乾，他却转送了堂妹？那是什么意思……你觉得？”

皇后轻轻笑了声：“什么意思？子类其父，你觉得我会往哪里去想？一娘虽姿色平平，却身世特殊惹人怜……后来我当面询问承乾，他赌咒发誓矢口否认，璎娘她们去查了，也说不像他兄妹俩有私。恰好那时四弟妹母女突然失踪，我就又转而疑上了阿杨……”

“你怀疑是承乾和他四婶的私情被一娘发现，所以杀人灭口。”天子一语挑明妻子心思，口气还挺轻松的，“好吧，实情也非如此，算是我们儿子替父受过了——如今你打算怎么办？”

听他的腔调，不知情的还以为是长孙皇后在外面偷人弄出私生子来了呢……魏叔玢在帷墙后忍不住翻个白眼，皇后在帷前则嘘出一口长气，嗤之以鼻：“我打算怎么办？我猜疑冤枉了承乾，现在真相大白，抚慰着他些就是了，难道叫我做娘的给儿子赔不是吗？何况我看他回话的模样，那孩子还是心里有事，不肯直说，唉，也不知他到底打的什么主意……”

“承乾没事，他好着呢。”皇帝有点不耐烦，“一娘的案子，到现在也没办清白，还把你牵连在里头，我一想到就不欢喜。可恨魏徵那羊鼻老儿说什么都不肯继续查，我都许诺了赏他三万绢聘礼，他硬顶着不要，宁可卖女儿！这帮山东穷书生，一个个都什么心肠，气死人了！”

忽然听到天子提及自己父女，魏叔玢心脏怦怦直跳。皇帝的语意还颇同情自己，她更是大为感激，不过……为什么总觉得这些话说得很敷衍，皇帝心思并没有真在这些事上？

皇后也没接他话茬，连敷衍应声都没有，便似全没听见。天子又叽咕几句，终于觍着脸提起他真正想说的话：“还有，那什么……杨氏娘儿几个，如今都在慈和寺，她信里好像说快产了……真麻烦，但愿生个女娃最好，你说是不？”

皇后还是不理。她丈夫笑道：“你知道，我从来不耐烦跟这些女子小人胡缠。眼下又是守国丧，又是西北征战，藩国啊，商道啊，和亲啊，一大堆军政要务等着办理，哪有闲心弄后宫闲杂？这些也向来是你在管嘛，多少年了，从来没叫我在家里烦过心，怎么你今日动了气，真想丢开手，给我添乱？那还是我家娘子的为人吗？我断定你绝对不忍心。”

“刚我不是请敕了吗？”皇后声音又透出疲惫，“怎么处置，陛下总得先划出个章程来，妾才好去办。”

得，两口子说了这半天知心话，又回到一开始起步的地方去了。

皇帝又在挠头，嘿嘿笑道：“我有什么章程？总归你看着办就是了，怎么都行，我绝对不干预——这就跟打仗一个道理，用人不疑，疑人不用，大将军撒出去了，就是将在外，君命有所不受。要是事事掣肘隔远了瞎指挥，非打败仗不可——”

哐的一下，皇后似是拍击了下床面，打断丈夫的瞎扯——实在是太明显的瞎扯，连魏叔玢都快听不下去了。

“哎哎，至于的嘛，”皇帝居然苦口婆心地劝起妻子来，“真不算什么事，你别往心里去啊。这样吧，你要觉得窝屈，那就一了百了！不过是差人去传道口谕嘛，此后再也不用提起来了，好不好……”

这意思……是去传道口谕赐死杨妃一家？

皇后猛地咳嗽起来，听上去很像是怒急攻心一口气哽在了喉里。皇帝连忙搂住妻子给她拍胸抚背，顺气顺了一阵，皇后才咳嗽着迸出几个字：“……作恶……伤天害理……要算在我账上吗……”

“那怎么能？”皇帝愕然，“当然是我的过失。就算将来运气不好，泄露出去了，世人也只会指摘我，与你有什么相干？——你只管放一百个心。”

陛下你就不能把最后那一句咽在肚子里吗……果然，前面几句犹可，最后一句话音未落，皇后复又搜心刮肺地大咳起来，听得魏叔玢直担心她会当场喷血而亡。

皇帝也吓到了，搂着妻子一迭连声唤人。帐门外立即涌进一群宫婢侍娘，围着皇后打扇喂水掐人中。

一顿折腾不了，忽听皇帝在问：“什么？你说什么？”

皇后的声音气息微弱，喃喃说了些话，魏叔玢根本听不清楚。只能听见皇帝安慰妻子：“那是，你放心，我不轻举妄动就是了。你也别想了，等你身子将养好些，有精神了，这些事再来慢慢处置也不迟……”

再来处置……陛下你是拿定了主意，不用这些糟心烂事耗干你的结发原配不罢休？

皇后也没再说话，似是再没气力搭理丈夫了。皇帝命宫人“去把辇抬到门外”，又亲自将妻子兜在双臂里抱了出去，侍奉人等自也跟着一拥而出。一时寝床附近又只剩了魏叔玢一人。

魏叔玢小心地先从床后探出头，确定左右视野内没有人影，手脚并用爬了出来。床后还是积了不少灰尘，弄得白麻素服上有明显的黑污渍，她一边拍打身上，眼光却不自觉地溜向大床。

床上没人，枕边只留下了那个角上绣有步摇钗的锦囊，皇帝夫妇谁都没带走。魏叔玢忍不住上前一步，把锦囊拿了起来，凑近些看，能看出锦面已经显残旧，不是新做的，或者是用旧手帕之类改制的。囊中略鼓，一捏里面还有硬纸的窸窣响动。

杨妃写给天子的书信，似仍装在里面……魏叔玢大着胆子抽开囊口，从里面取出那卷细纸，也不敢展开看，匆匆塞入怀中，又把锦囊合好，放回原处。

刚才偷听皇帝说话，她觉得天子仍然对“查探一娘死因真相”怀有兴趣和期待，也暗自指望凭此与皇帝谈交易，拿到五万绢，为自己赎回自由，也帮李元轨摆脱束缚。

杨步摇这封信，或许就有助于她进一步调查此案。那美妇人与临汾县主之死关系太密切，就算凶手不是她，她肯定也知道不少相关的隐情……

魏叔玢一边盘算，一边轻手轻脚地向大帐门口走去。她觉得天子和身边宫侍此时应该正忙着送皇后回立政殿养息，拔寨起驾走个干净，而永安宫这里的杂役也不能立刻就进来收拾，这时间是个空当，她应该能趁机混出去。

掀卷起的帐帘外，阳光刺眼而鸦雀无声，跟她预想的一样。她在光线昏暗的帐内待得久了，乍一走近室外，只觉头晕目眩，举手遮着眼帘，想快速下阶去回紫虚观，不防出帐一转一跑，结结实实撞到一人后背上。

那人是个男子，身高肩宽、体格坚实，魏叔玢被反弹得倒地仰天，周围还迅速响起卫士们的呼叱声。

一瞬间，她以为自己撞到了李元轨，因为身材和眉目都有几分相似……随即她就意识到想错了。

微皱着剑眉向下注视她小脸的，是李元轨的二哥，大唐天子李世民。

魏叔玢以前也曾当面叩见过皇帝一次，但那次她又冷又怕心情激荡，在御前低头跪着，没说两句话，就昏厥过去，可说根本没看清天子面容。

所以当她冒冒失失一头撞到皇帝后背，自己弹出去跌倒后，与这位天下之主瞬间对视，竟没认出来这男子是谁，只觉得神形都肖似她心心念念、须臾不忘的十四郎……或许再过二十年，李元轨就是这般模样？

眉梢眼角的细密纹理取代了少年的青涩稚气，整个人从容成熟、不怒自威。他并没穿戴天子专有的赭黄袍和十三銙玉带，也是一身白麻裹头、斩衰素袍[1]，却让人定下心神后立刻意识到这是人间至尊、九州共主，海内外共奉的天可汗。

冲撞御驾乃是大罪，直接撞到皇帝身上更是……也不必细究罪名了，左近的卫士已呼喝着冲上来扭拿这没行止的宫婢。天子本人倒不怎么在意，只扫了魏叔玢一眼，便回过头去继续眺望演武场，显然也当她是个倒霉宫婢。

魏叔玢心里一急，一边抗拒着卫士拉扯，一边对皇帝叫出来："陛……陛下！妾魏氏有下情上陈！"

听到"妾魏氏"，天子微微一怔，又扭脸看她一眼，皱眉思索片刻，恍然："是了，魏玄成家女儿嘛……你们放手下去。你怎么在这里？"

前一句出口，卫士们立刻奉敕松手退后。魏叔玢刚喘口气，听到后一句诏问，又愣在当地。

1 关于皇帝的穿戴，详见附注（31）。

她怎么会在这里？怎么会一个人从天子行帐里跑出来？

这事头绪太多，即使不是在御前应对，她自己要从容讲述清楚，也得费心先理一理思路，而如今她哪里能有理清思绪的时间……情急之下，忽然生智，冲口答："妾是侍奉皇后车驾过来的！"

她私藏在御床后面，偷听皇帝夫妇密语，自己也知道这罪名实在太严重，绝对不能承认。好在大帐占地甚广，她可以说自己刚才在里面离御床很远的地方……但她为什么会突然出现在御帐里？这还得精心编个理由。

此外，天子在禁苑这块荒宫偏地操练攻城器械，已经说过是因为不想让她父亲等谏臣知晓，那么她最好也装作没看到之前皇帝演武。说成是跟着皇后来的，至少能编圆了这一点，解去天子之忧。不过，别的问题也跟着来了："你随皇后车驾一起来的？怎么刚才皇后没提及？"

他夫妻在帐中絮语，曾说到魏徵父女。如果长孙皇后真的带了魏叔玢同来，她没理由不提——所以编谎话真的是件繁难细密事。魏叔玢手心已沁出汗来，绞尽脑汁信口继续胡编："回禀陛下，皇后不知妾在车驾队中……妾原是往立政殿去求见皇后，有要事禀报。正遇皇后起驾往此处来，主事娘子命妾随行，寻机叩见，没料想此处人多忙乱，一至阶下，就有人使唤妾入帐去为皇后铺陈行设……妾年幼无知，不懂规矩，稀里糊涂进帐，又在帐内迷了路，往远处转悠好大一阵子才绕回来。听帐外呼喝，说皇后起驾回宫，妾心里一急，没头没脑跑出来，冲犯圣驾，罪该万死……"

我编得还挺合情理的嘛，魏叔玢一面叩首谢罪，一面在心底自夸。天子听着，也笑了一声，挥手道："算了算了。魏玄成强项傲骨，脑筋可不大活泛，生的闺女也跟老子一式一样——你自去吧。"

这是天子开恩，赦过了她这次冲撞之罪。魏叔玢口中谢恩，却迟疑着不愿起身——她来这里，本就为了当面跟皇帝要钱，好不容易才见着了，怎么能不说正事就走？

可她又怎么才能开口，跟大唐天子讨价还价？自己想想都觉得好荒谬……

"嗯？"皇帝忽然想起了什么似的，又问她，"你如今还是长住紫虚观？跟柴家一娘子在一块？”

魏叔玢不知道这问话是什么意思，只得含糊道：“禀奏陛下，妾在家中和紫虚观两处经常往来……妾母多病，妾入道修福，原也是奏过皇后的……”

没听她说完，皇帝旋身走向大帐中，勾勾手指：“你过来。”

这是要做什么？

魏叔玢突然想到帐中那御床，床上的风流香囊，胸口不觉一窒……刚为此跟结发原配吵过架，不至于吧……

君命不可违，她只能硬着头皮起身，逡巡进帐。幸好皇帝也没往御床那方向走，进了帐就坐在书案后的榻上，蜷起一条腿，扶膝皱眉思索。

松一口气，魏叔玢默默走到御案近前，悄没声跪了。看样子皇帝是有话跟她说，也好，这比在外面当着许多下人容易转圜，她自己也可以放心大胆说那些悖逆言语。

“你既还在紫虚观住，回去替我给柴家小娘子传个话。”天子开口，“皇后玉体不适。璎娘要能起来，还得尽量多去立政殿，替她舅母留心病情——禁中虽然有侍御医，那些都是外男，只能问问身病，医不得心病。”

原来陛下你也知道，皇后弄得这么虚弱，一大半是心病……魏叔玢暗暗想着，垂首应诺。只听书案后皇帝又叹口气，语意颇为懊恼：“我真是闹不懂你们这些女人，心里想什么，想怎么办，痛痛快快说出来不成吗？皇后贤德古今无双，就只一点，想得太多，说得太少，要不然也不会病成这样，唉……我哪有工夫成天猜女人家心事？倒是璎娘这一点好，随她娘，成天口没遮拦，生气了大骂一场打打杀杀，高兴了大笑一场连屋带地赏人，这多快活？”

饱汉子不知饿汉子饥，天底下有几个人能像你们甥舅这样随心所欲、肆无忌惮的？魏叔玢想着，心下已有些明白皇帝是什么意思。

他刚才亲自把妻子抱了出去，却没跟着皇后车辇同回立政殿，也许是皇后在帐外又说了些什么，阻止他同行。他发现妻子是真生气了，于是想到柴璎珞，知道这外甥女在舅母面前能说得上话，又会巧言劝解，于是叫魏叔玢去紫虚观给柴璎珞传语，让她在夫妻间调解调解……

“妾奉敕谨遵，即刻回紫虚观传谕上真师。”她深吸一口气，鼓足有生以来积聚的最大勇气，“贱妾亦有一不情之请，不敢隐瞒陛下，御前直抒胸臆，叩求圣主垂怜。”

“什么事？”皇帝的语气有点不耐烦，但他刚说了“心里想什么痛痛快快说出来才好”，也不能立时就阻止人“直抒胸臆”，只得皱眉听着。

“妾父侍中魏某，深效古圣贤之道，躬行勤俭，平生不敢奢靡浪费……”

魏叔玢跪在地毡上娓娓道来，先述家中日常寒素、父母为儿女议婚积攒数万绢储蓄有多不容易，又说到月前渭北庄上突然起火，烧掉仓库粮绢的蹊跷情状。气不打一处来，她也忘了害怕，挺起腰直视天子，果见皇帝抚着唇髭没忍住笑，别转脸去自己偷乐。

这就是当面承认自己指使人烧的她家仓库吧……魏叔玢恨得牙痒痒，心里默念“贞观律要规定刺王杀驾无罪我这就动手了”，一时也没想到就算真动上手，她一个纤弱少女怎么可能打过得人家马上皇帝？

由仓储烧光说到卖女换聘，又说到天子曾向她父亲当面应许“查出临汾县主案真相就赐卿三万绢助聘”。皇帝倒没否认这一点，只诧异地总结：“你说了这一大篇话，意思就是，由你这小娘子代父去查一娘案，查清了，朕赏你三万绢为酬？”

“三万绢赏金，是陛下曾应许妾父的。陛下金口玉言，谅必不会反悔。”魏叔玢应声，“我家庄库不幸失火，损失惨重，圣主仁德如海，幸复赐偿两万绢，妾家上下同感深恩。”

三万加两万，五万绢正好够还给康苏密，赎回李元轨的自由身。魏叔玢自觉计算精当理直气壮，跪直身子眼睁睁望着皇帝听答复，却见大唐天子摇头好笑了一阵，敛容回复正色：“怪不得人说魏玄成长女有些心疾，语无伦次、举动疯癫。朕初看你这小女子还好嘛，说话长了，果然荒谬悖伦，居然敢来与朕讲说这些唐突言语！还查临汾县主案？你一个没出闺门的宰相千金，不在家侍奉父母、读书修礼，查什么案？朕要给你派差事，那是连我也疯癫心恙了，能被天下士人和后世史书笑话死！”

这回答不算意外，魏叔玢却仍听得心急，冲口而出：“临汾县主一案，妾已明十之八九，只待陛下赐准，最后问一问某人，便可真相大白！”

“哦？是吗？”皇帝挑眉，“最后问谁？”

“问——”

魏叔玢突然哽住，张口结舌，一时说不出话来。

她方才所奏，是来永安宫之前盘算好的话。那时她仍以为海陵王妃杨氏怀的是太子承乾的骨肉，为隐匿自己的丑事，而对发现她异状的李婉昔下了毒手。回想起来，当夜的情形也能一一配合这判断。可如今杨步摇的隐私先一步暴露，与她私通的并不是李承乾，而是面前的天子李世民。

若再细想，杨步摇腹中胎儿之父是谁，并不影响她下杀手的动机，她仍然是临汾县主案最可能的真凶嫌疑。但要对她的真正情夫当面说出这判断，就……似乎是自己一头撞进了罗网？

“问谁啊？”皇帝等得不耐烦，又催问了一句。魏叔玢心乱如麻，情急之下，先找词搪塞：“妾与亲友为查临汾县主案，几度出生入死，受尽摧折，方才能渐近真相。陛下不先应允委差和赏赐，妾断不能轻易吐露……”

“放肆！”天子动怒了，“你真以为这是市井交易，还能讨价还价的？你家大人没教过你御前奏对的规矩？朕不过看你父亲面子上，不愿跟女流之辈计较，怕使忠臣蒙羞、小人快意！不懂事也要有个限度，你给我明白回话！”

人君一怒，威势毕竟不同凡响。魏叔玢向后瑟缩一下，无计可施，只得勉强回奏：“临汾县主缢死当夜，海……海陵王妃就在左近，诸事……明白。妾等已访得实在，杨氏妃与此案大有干系，只要奉敕去问一问她……”

她越说，声音越小，因为看到皇帝脸上神色变幻，越来越不妙——先是被“海陵王妃”四字一惊，随后是拧眉恚怒，有些羞恼的神气，再然后就是沉下脸整肃不动颜色了，容貌如罩严霜，完全看不出喜怒。

这非常不妙。

在紫虚观闲居聊天时，魏叔玢曾听柴璎珞说过她这位皇帝二舅的脾气：“……从小就是高门贵公子，说好听点，叫英雄性情、侠义心肠，说难听了，任性暴躁心里藏不住事，容易乱发邪火。身边人经得久了，也就惯了，倒不怕他发怒，脾气来得快去得也快嘛，毕竟心思还是清楚，也讲理。我们最怕的，倒是他不发火，冷冷静静从头到脚打量你，打量得你头皮发麻、手脚无力，就像狍鹿被虎豹盯住似的，心里清楚自己再也不可能脱逃了……”

此时此刻，魏叔玢就被大唐天子一双黑眸冷静地打量着，而自己内心确也泛上冰凉的惊恐无力感。

这是从少年时起就面对千军万马、觑破敌阵虚实、指掌调度、挥斥八极的天策上将军，被他这样打量过的薛仁果、宋金刚、刘武周、窦建德、王世充、颉利可汗阿史那咄苾等大敌，无不一一折戟沙场、国破身死，江山一统，兆民赖之。她一个孤弱小女子，何德何能，当得天子如此审视……

皇帝闭目，仰天吁出一口气，似也觉得自己小题大做了，又竭力忍下气性，只唤：“来人。”

帐门外应诺一声，几个阉宦卫士进帐。皇帝吩咐：“将这魏氏女送回永兴坊她家里去，交其父魏徵严加管束。她若路上有什么疯癫举动言语，你们瞧着处置。”

“不——”

魏叔玢尖叫出声。卫士们应声上来拖拽她，她怎肯乖乖听话，竭力踢打挣扎间，帐门外忽然又蹿入一个黑影，大喊：“住手！”

一双强有力的手臂推开卫士，半搂住魏叔玢向后退。魏宰相长女已挣扎哭喊得半昏厥，正自天旋地转，忽听自己朝思暮想的那个声音在耳边响起：“陛下要为难她，先杀了元轨！”

第六章 宫斗法式

真正的凶手是谁，杨步摇一丝一毫都不关心。她的笑容妩媚而空洞，还带着看透世情的懒散沧桑感。

巢车！抛石机！冲车！楯车！

李元轨从布政坊康苏密家被带进禁苑东永安宫这地块以后，一眼看见场下矗立的高耸巢车，立刻就走不动了。这些攻城器械，他在兵书上看过图形、听将帅们讲过功用，这还是头一回见到实物，欢喜兴奋自不待言。

要不是头前领路的中使一再催促“吴王快些，已经耽搁不少时辰了”，他真恨不得跑下场去，爬上巢车笼顶，再亲手操作抛石过瘾。跟在他身后的杨信之见府主这跃跃欲试的动静，也劝“十四郎先去见驾，面圣后再回来玩……呃，学习。”

于是李元轨被前后押着，不大情愿地爬上长阶，到台基大帐外解佩刀准备见驾。开始听门口侍人说“主上正在召见一年轻小娘子，大王请稍等”，他还跟杨信之挤眉弄眼，暗笑自己二哥风流成性。后来撩开的帐帘里断断续续传出几声女子语音，他越听越是不对。

猛听帐内唤人进去，门口几个侍从应允着往里走，李元轨一把扯住最后一人：“里面见驾的年轻小娘子，究竟是谁？”

那侍人想了一想，才回道："好像是那个宰相……魏玄成家女儿？"

此时帐内尖叫哭喊响起，李元轨听得清楚，确实是魏叔玢无疑。他全身的血一下子冲到头顶，撒手拔腿就往帐内奔，却被身后伸来的一双粗壮铁臂牢牢抱住："十四郎别急！里面情况不明，不可擅闯御前……"

"放手！"都这时候了还什么明不明，他只想冲进去拔刀乱砍，把里面那好色昏君大卸八块。

回身一个肘捶重击杨信之下腹，趁高壮卫士吃痛弯腰松手，他挣脱开抱持，弹地而起奔入大帐，正见四五人把形容狼狈的魏叔玢往门外拖。

"住手！"

虽然这情形跟他臆想的不太一样，不似"昏君强暴民女"，但一看魏叔玢发髻散乱尖叫踢打的模样，李元轨哪里还能冷静思索，冲上去发疯似的推搡开几个卫士，搂住意中人向后一边退却，一边向正中御案后的身影叫："陛下要为难她，先杀了元轨！"

"陛下恕罪！"身后杨信之的沉厚声音也响起来，语气惶急，"外面暑热，十四郎一路晒过来，原有些昏厥失心，冲犯御驾罪该万死，臣等以死谢……"

高壮卫士一边跪地请罪，就势一手一个扶住李元轨和魏叔玢，先帮他俩稳稳身心。受惊吓的少女缩在情郎手臂间抽泣着，摸出帕子掩面捂脸，李元轨也大喘几口粗气，跪坐在地毡上，抬头注视他的皇帝兄长。

天子一肘支在书案上，皱着眉头看他们在地下一阵闹腾，见三人都基本静了下来，于是挥手示意卫士阉宦先出帐。

"臣君前失礼，甘受斧钺 。"李元轨回过气来，习惯地补一句奏对词，"却不知魏氏女因何在此？祈请陛下看她父分上，恕她无罪放还！"

天子从鼻孔里笑了一声："你倒问我？我问谁去？这小女子因何在此？让她自己说嘛！真是天下奇闻，活这么大，你阿兄还是头一回遇到有人敢到我跟前讨账的！什么三万绢、五万绢，分斤掰两跟市井奸商似的，魏徵成天自诩道德文章，教出来的女儿，竟是这等德行！”

三万绢、五万绢？

李元轨大吃一惊，低头看怀里的魏叔玢，却见少女已擦净脸上泪痕，眼眶红红的转过头去，微用力挣脱开他抱持，跪地抬头亢声回嘴：“三万绢本是陛下向妾父许过的破案赏赐，妾并非想要无功受赐、无赖强索！临汾县主一案，吴王与上真师等本也都是君前受命领差查探，妾幸躬逢其事，也出过些许薄力，如今家中遭灾，走投无路，才来向圣主哀告乞赐，允与不允，施恩与否，全在陛下一念之仁，何必……”

“阿玢！”李元轨只听她说了两句，汗都下来了，连忙又搂住她身子阻止，在她耳边低声道，“你别说了，都交给我。别说了，别说了。”

魏叔玢这是毫无奏对经验，也不怎么懂规矩，基本礼数都没有，只会越犟越糟糕。皇帝至今还没命人当场打杀她，估计主要还是看在她父亲的面子上，也不愿意跟个不懂事的小闺女认真计较罢了。

杨信之也跪在他们身后，战战兢兢求情道："陛下息怒。魏氏女年幼无知，大胆鲁莽，冲撞圣主，念其父于国有功……"

御案后的皇帝又笑了一声，双眼饶有兴趣地盯着面前跪搂在一起的那对少年男女，以及他们身后拼命转圜的高壮卫士，伸手摸着下颌：“好一对痴情鸳鸯……十四弟，看不出来啊，我还以为你一心志学向武，没想到你小子还是个情场高手呢？”

李元轨脸上一红，下意识地放开搂着魏叔玢的手臂。少女转脸过来，二人对视一瞬，又同时伸手相握。

“哈哈哈……”

皇帝往坐榻后一靠，倚在了凭几上，刚才的怒意似是消散尽了，只剩下好笑戏谑：“你两个的私情，皇后当笑话给我说过，本来也不算什么大事。天子弟、宰相女，这门第匹配也很过得去嘛，只要你老丈人魏玄成不说什么，我们何苦做恶人？可惜啊……可惜了你们这对小儿女哟……”

李元轨心里一甜一酸，低头注视意中人的柔嫩俏脸，顷刻间，几乎要融化在少女的盈盈眼波里。

如果此刻天地凝固、时光冻结，那该有多好？他不再去想前路艰舛、命运多蹇，不去想西域的大漠风沙、异国的陌生新娘、不怀好意的同行胡商。眼前心头只有自己爱慕欢悦的少女，所思所感只有她的温暖身躯和聪慧眼眸。真愿以过往一切经历再加上未来的种种期待，换此千金一刻，从今沉溺不醒，直至沧海桑田、轮回尽头。

“十四弟，”兄长冷静的声音像穿透时空而来，一击刺入他心脏，“你回去加紧收拾准备，再过几天，就要动身去高昌了。”

“动……什么？”李元轨茫然抬头。

“高昌啊。”天子蹙眉，“原本我也不想这么急，好歹等太上皇入陵奉安以后，让你尽了孝子的礼再出塞去。可昨日又收到吐谷浑战报……”

“药师公打得不顺手？”李元轨猜测。

皇帝摇头：“恰恰相反，打得太顺了。库山大捷以后，李靖分兵追击吐谷浑主力，他自己带着薛万均、李大亮走北道，在曼头山、牛心堆、赤水源连战连捷，斩其名王、大获杂畜，如今契必何力薛家兄弟他们追着慕容伏允进了大沙漠。南路侯君集和李道宗引兵行无人之境两千余里，盛夏降霜，经破逻真谷，其地无水，人吃冰、马啖雪，也在乌海还是赤海大破吐谷浑国相天柱王，听说连伏允的王后都生擒到手，还有他们几个儿女，唉……”

这一连串报捷消息淡淡说来，李元轨听着都觉心潮澎湃、热血沸腾，天子的语气却是忧虑远多于兴奋欢喜。少年王子诧异地问：“既然如此，陛下为何忧心？”

“分兵啊！”皇帝敲案，“敌主我客，本来就是人生地不熟，当地处处都是非我族类，他李靖手里一共也没多少兵，还敢分着使，相隔几千里，一旦有事，首尾救援都根本不可能！军队减员没补充，粮草辎重运不上，就那么几万人，在青海大荒原里撒着欢乱跑！内有蛮凶，外面还有强邻虎视眈眈，瞅个空子扑进去，一小股一小股分割包围吃掉我军，这多现成的谋划！我要是北边那高昌，或者南边那吐蕃，我肯放过这良机才怪！这也就是药师统兵，我心里还有点底，他细心老成，会预先有对策，要是别人啊，我现在就上马往伏俟城没命奔去了！”

李元轨垂头一想，恍然：“所以臣得早些出发，去高昌，稳……稳住麴氏王族，不使其贸然发兵入吐谷浑，乘虚攻击我军……”

也就是，他得过几天就走，去做高昌国王的驸马。

魏叔玢静静地看着他，一双眸子明若秋水。没什么阻拦表示，没委屈，没悲愤，近在咫尺的清澈透底里，只有理解与刚强。

两手相握更紧。

你会等我，我知道。而我也绝不会辜负你。永生永世，至情不渝。

“还有件事，”皇帝丝毫不在意打扰这对少年男女有多遭恨，“好几个月以前，十四弟，喀！”

李元轨匆忙把目光从魏叔玢脸上收回，投向兄长。

“好几个月以前，我就叫你去找吐谷浑大宁王留在中原的独生儿子，找得怎么样了啊？”天子似笑非笑地瞧着小弟，“李靖战报里也说了，慕容伏允携妻逃离首都伏俟城，留守的大宁王慕容顺率子民投诚我军。他本是可汗嫡长子，继承汗位顺理成章，如今唯一的麻烦是他膝下无子，部民不服，唯恐将来生变。这差事派给你，也好久了，你谈情说爱之余，有没有分点时间去给我办差啊？”

李元轨被噎得一口气上不来。魏叔玢也动了下身子，松开与他相握的手，小脸红得快要滴出血。

“臣……已经回奏过，上真师与这魏娘子访得前隋萧后，当面亲耳听她讲述，慕容顺的原配发妻与幼子，在隋乱中没于山东，想来尸骨早成灰……”

“那不行，”天子的语气十分理所当然，“这种结论，朕拍脑袋都能想出来，你觉得我亲眼所见的隋乱惨状比你不如？派你办事，你得给我拿出个有用的成果来嘛，轻飘飘一句‘人没了，我没法’，那朕特简任你吴王差事干吗？”

这意思……是叫他李元轨负责去找个假王子，把人训练好，再跟慕容顺的特使串通好，送到吐谷浑去吧？

李元轨郁闷地看看自己二哥，再看看身边的魏叔玢，忽然灵机一动，叩首:“臣奉敕。然而训练……咳，找寻慕容顺子之事，虽看上去轻松，于长安寻一年貌相当少年不为难，但细究起来，却得大费周折。富贵人家儿郎，有财有势者不合适，怕其父兄在官宦间张扬泄露——最好是在贫寒良家子间择一有心胸志气才干者，愿出塞为国立功，其人自己情愿，才好勾连做戏。但出身贫寒者，往往容止猥葸、举动吝啬，如今距出发又时日无多，需得砸重金养其体、移其气，日日锦衣玉食、花天酒地，使其适应豪奢起居，到吐谷浑后才容易取信于慕容顺等人。大宁王特使那边，也得打点……”

“直说吧，你要钱！”皇帝不耐烦地打断他，“要多少？”

李元轨目不斜视：“三万绢应该够了。”

魏叔玢轻轻吸一口气。天子也睨了魏宰相长女一眼，僵持片刻，忽然破颜大笑:“小滑贼，你这是办差事费？你明明是要来给老丈人家送聘礼！娘的，太上皇在世的时候，也没见你这么孝敬亲爷！罢了罢了……”

笑了一阵，皇帝下了决定：“索性好人做到底，要给钱，就给足。你呢，还是给我办那两个差事，把慕容顺儿子弄好了，我赏你三万绢；再把临汾县主死因查清、凶手送到我跟前，再赏你两万绢，这总够了吧？别说我当阿兄的小气，只会欺负小弟妹！”

李元轨大喜过望，连魏叔玢亦是喜动颜色，二人相视一笑。不过李元轨对自己的天子兄也算相当了解，从不敢掉以轻心，沉住气想了想，又奏道：“臣领敕旨。不过臣动身日期一变再变，实不敢保证在出发投荒前，能办完这两件差事——祈请陛下体谅下情，定一日期，比如今年入秋之前——即使臣在那以前动身出塞，也必将差事托付给妥当能干者，臣以身家性命担保交差。”

他说“妥当能干者”时，目光不自觉地又转向魏叔玢，少女回以温柔微笑，显是感激他的赞赏和信任，也让他心中暖意涌动。

大概他还是沉不住气，喜怒全然形于神色，因为上边御案后的皇帝又笑了出来。皇帝边笑边道：“你十四郎倒是细心周到，什么都想在头里，你怕什么呢——”

我怕我刚答应办完这两件差事，你陛下明天就把我发配到西域去，然后说我办差无能加以惩处啊，这种事你又不是办不出来——李元轨在心里默默回嘴。

“——那就这么定了，入秋之前。朕的差事是派给你吴王了，有回奏有结果就成，至于你私下又请了什么救兵、托了什么神仙，我才懒得管——别忙谢恩。我也丑话说在头里，如果今年秋天到了，你两件差事，一个都没办成呢？”

“那……”李元轨皱眉搔搔后脑，“臣……臣欠陛下五万绢？”

反正他已经有个卖身契存在康苏密那里了，五万绢还不清，再加到十万绢又如何？真正虱子多了不咬，债多了不愁。

可大唐天子毕竟跟胡商不同，对他这提议嗤之以鼻：“滚！朕是那缺钱的主儿？”

“那……”

“刚才也说了，吐谷浑大捷，需要安抚的地方很多。吐谷浑本土，你送个小王子过去，让药师和慕容顺协力想法；北边高昌呢，你去娶公主和亲；南边还有个吐蕃呢，也在商议和我大唐通婚，宫里又得准备个和亲公主。你要是差事办不成……”

皇帝说着，目光转向魏叔玢，微微一笑。

李元轨二人立刻魂飞魄散。

机枢轧轧，绞盘牵引着粗麻绳，木巢笼缓缓上升，轻轻摇晃。李元轨下意识伸手扶住魏叔玢。

这木笼四周下半部有厚木板挡住防箭，上半部分亦有雉堞之设，能让笼中人探头出去观察敌情，也利于叫喊声向下传到本方阵内。笼内却是极为窄小，本来只能容许一名鼓腹大汉站立的，李元轨和魏叔玢因为都瘦，勉强一起挤进来，却避免不了身体不时相触。

也因此，当杨信之笑着提议“魏娘子不妨和十四郎一起上去瞧瞧”，魏叔玢第一反应是摇头拒绝，又红着脸向四周扫视一遍。

她跟着李元轨从台上大帐中出来以后，天子即起驾回宫，台下演武的兵卒工匠也都收拾器械撤走，谁都不乐意在这大热天野地里晒着。李元轨却拉着魏叔玢和杨信之跑下场，只来得及阻止巢车推走，说想上去瞧瞧。操作匠人兵卒也不敢推拒，只得应承等着，那些一时用不到的人却都悄悄走空了，如今车旁只剩下三四人。

三四人也是人啊……而且都是成年男子，看看李元轨和魏叔玢的情形，相互使些眼色，很快表情也都跟杨信之——以及方才大帐里的皇帝陛下——一模一样了，看百戏杂耍似的一脸傻笑。

所以，那又怎样？

李元轨有点负气，自己先抬脚进了木笼，又向魏叔玢伸手招呼："来吧，我有话跟你说。"

以他对魏宰相长女的了解，这小娘子自幼受关东儒生世族家教，养成了举动循礼的习惯，但她天性倔强，率性由心，并不那么在意世俗眼光讥议。二人久别重逢，都有一肚子话，又有正事要商量。巢车木笼升起来以后，上面又能看风景，又很清静私密宜于轻语。他二人的私情已上达天听，御前都没避忌的，区区几个兵匠，又算什么？

魏叔玢迟疑了片刻，果然一横心迈步走进木笼，却没接他的手，而且与他背向站立，还带着点宰相千金的最后矜持。李元轨不觉微笑，自也不为难逼迫她，向杨信之点头示意。

高壮卫士忍笑关上木笼护栏，亲自动手拉扯机关牵绳，在兵匠的帮助下升起巢车观台。李元轨眼前先是出现一大片郁郁葱葱的树林，随后是山坡下的灌丛、草莽、溪流、荒废屋院，远处巍峨宫阙的青灰色形影也渐渐清晰起来。

永安宫位于禁苑东北的龙首原上，本来就是一处高地，离西内苑、玄武门等宫城北墙门楼都不很远。巢笼越升越高，他看到内宫里的海池泛起大片粼粼波光，池南的甘露殿、凌烟阁等宫室檐鸥上方，成群的飞鸟盘旋绕落。随后是更南方的最高大的太极殿，飞檐下仍垂落着素幔白幡，有细小如蚁的人形出入走动……

太极殿之外，宫城之南，更形宏伟的皇城以及庞大辽阔的长安郭城，也在他眼前像一副无边无际的大沙盘，缓缓展开。

身侧少女轻轻嘘出一口气。李元轨转脸去看她，只见魏叔玢也是满眼的梦幻迷醉神色，方才那些羞涩已无影踪。

“我……看不见我家呢。”魏叔玢伸直脖子向南望，又嫌阳光刺眼，一手在额上搭了“凉棚”，“哪个是永兴坊啊？”

“你看那边，先找城墙。过了城墙往里面数，第一个格子是光宅坊，第二个格子是永昌坊，第三个就是你家所在的永兴坊了……离得太远，不好看清楚，你家的宅院我也认不出来……”

李元轨站在魏叔玢身后，与她一同极目远眺尽力辨认。他比少女高了大半头，视线无碍，只是二人贴得太近，魏叔玢束起的双鬟髻不时擦过他脸颊，怪痒痒的。

心里也痒痒起来。

方才在御前大帐里，魏叔玢与卫士有过一番拉扯，发鬟也给弄得蓬乱了，不少青丝飘散在外。李元轨生长宫中，惯于仪容整洁，此刻也没多想，鬼使神差抬起手，轻轻拔掉眼前几枚绾髻钗簪，少女一头乌黑秀发瀑布般垂落下来。

魏叔玢啊的一声，半转身抚首，嗔道：“你干什么！”

少年王子一想不对，这举止十分轻薄亵渎，自己也脸热了，忙赔笑道:“你头发乱了，我……我帮你整一整，没别的意思，你别多心……”

高处风大，忽一阵疾卷过来，魏叔玢的长发被掀飞而起，拍打到李元轨身上。紧接着木笼也开始剧烈摇晃，少女站立不稳，惊叫了声，李元轨连忙伸臂搂她入怀，另一手抓紧护栏，低头喃喃安慰：“别怕，没事。”

站立处颠簸不休，天旋地转。李元轨只觉两条柔软手臂紧紧抱搂住自己腰身，他埋脸处的青丝如浪涛起伏，且被暗沉沉的馨香气息四面包裹住，一时神魂飘荡，浑不知此身何处，此世何时。

风力渐弱，木笼摇晃得也缓了，慢慢趋于平稳。李元轨心跳得也舒缓了些，觉出自己颈颔间，少女微微颤抖，吹息如兰。

魏叔玢身上所带的香气他是熟悉的，下意识一想，就是方才台上大帐里鼎炉喷吐的宫香气味。看来她在那御帐里待了很长时间呢……

“阿玢，你是怎么跑到这里来的？”

魏叔玢的心神也不知飘在哪里，被他低声一问，才惊醒回来，忙放手退后挣脱他抱搂。李元轨不太愿意，还揽着她纤腰恋恋地不肯松开，少女咬着牙往他靴上跺了一脚，他才吃痛放手。

二人分开站立，但这木笼内地方狭窄，又能离得多远，仍然是衣袂纠缠、吐气相闻。魏叔玢一边自己梳理发丝绾鬟束髻，一边向李元轨讲述别来情形，李元轨也将自己的经历和盘托出。他二人都已从别人处得知了一些对方景况，已知的便一述略过，主要详说近日进展。

“阿玢，我对不起你。”李元轨叹息。魏叔玢低头，语气平淡地答：“若是说你要去高昌的事，我不怪你。那原本也是我想尽力促成的……虽然我没用，没帮上什么忙……”

“那事……当然是我对不住你的因由之一。”李元轨嘴里一阵阵发苦，“还有别的……只怕程大将军对你原本的好感怜爱，也被我搅毁了。连令尊那里，我也不知道该怎么交代才好……”

他向康苏密借得五万绢，自己根本都没看上一眼，径让康府的奴婢送到怀德坊宿国公程大将军府上去了，听说沿途也惹了不少长安士女围观。程咬金言而有信，隔日亲自携了魏叔玢的婚书庚帖等，到魏侍中府上商量退婚事宜。

被蒙在鼓里的魏徵夫妇自然大吃一惊，等听明白缘由，连称“胡闹”，并不同意退亲。倒是程大将军爽快，说道：第一，你家小娘子心里有别人，还是一位少年亲王、天子御弟，而且那一对你亲我爱、两相情愿的，这婚姻就算强扭成了，也会后患无穷，老程一大把年纪了，何苦没来由搅和这事，闹得家宅不宁？第二，你魏玄成不退婚也成，现把女儿送出来我老程接走，回家册为国公夫人过日子去。只要你女儿不闹，我也决计不提前事翻旧账，两家来往照旧，老程见面还给你磕头叫丈人，你看如何？

魏宰相既然交不出女儿，又反驳不得“小娘子心里有人”的说法，最后只得悻悻退婚，听说在家里砸盆摔碗动了几天大气，深恨长女辱没门风。

程咬金回来后自己找到李元轨，屏人密语，把事交代清楚，又拍胸膛保证“此事我和玄成公商量妥当了，对外只说请了李淳风为小娘子算命，几年内不宜出嫁。小娘子为母祈福，甘愿舍身入道，所以两家和离退婚，于各方名声都无损的”。李元轨只能再三致谢，知道程大将军已是尽全力维护几家颜面了，然而宫中朝中哪有什么消息能瞒着不泄露的？只怕过不了多久，皇亲贵戚、高官重臣间就会传开这一场笑话了。

所以魏宰相长女的名节，算是被他李元轨一手毁尽。他说着就觉得羞愧负疚，料想魏叔玢也必悲忧委屈，哪知少女绾束着秀发，只是微微苦笑，神色泰然：“这样好极了。如今我无婚约一身轻，正好长住紫虚观，静下心来跟璎姐学医修书。家严家慈那边，等我寻机会慢慢转圜罢了，十四郎不用在意。就算真的出家入了道，领一纸度牒终身修行，我也是愿意的……”

“那怎么行！”李元轨顿时发急，“你出家，我怎么办？阿玢你难道还不知道我的心意？你等我几年，我一定回来——”

回来，然后呢？

“带着高昌公主、你的吴王妃回来，到长安，趁着人家离了母国没了势力，你就把结发妻子休掉，改娶我吗？”魏叔玢对他凄然一笑，“此事违公义悖情理，天子、朝廷都未必允准。那么如果你休不掉原配呢？就纳我为侧室，加意宠爱些？”

像有一柄刀子刺入李元轨心肺，痛得他呼气困难，缓了两口才哑声道：“天地良心，我从来没敢这么想过……”

“就算你想，我也不肯，放心吧。”

魏叔玢居然笑了出来，边笑边从李元轨手中取过双股钗，侧颈绾住发髻。身后无限广阔的绿野宫阙衬映下，她的肌肤莹白如雪，举手掠鬓的仪态妩媚动人。

“你真的不用替我操心，好像我不嫁程大将军，就一定得嫁给你，或者保全名声再嫁个好人家，反正总之一定得嫁，女子除了嫁人生子，一辈子再没别的事可做似的。原本我也这么以为，觉得这是天理人伦，可你看上真师，人人都说她三次克死未婚夫，被迫出家，好不可怜，我跟她同居了这些时候，反倒羡慕她呢！她自己一个自由自在的，比谁不如？要说体面尊贵，天底下也没有多少妇人能强似她的吧？到哪里都是一片奉承声，连天子和皇后都另眼相待，我要是不嫁人，接了她的道统，这一辈子也不算白活啊。”

李元轨张口结舌，觉得她这说法不妥，又不知如何反驳，满心爱慕之情无可遏抑，只呆呆地望着她，眼酸鼻热。

“别这样。”魏叔玢咬着上唇对他笑笑，眸中却也泛起水光，“说正事吧……你不是问我为什么会在永安宫吗？”

她娓娓道来，几次逃出魏府家门的事一带而过，重点说几次进宫，无意间听到的皇帝夫妇、父子间秘事，特别是海陵王妃怀孕的罪魁祸首。李元轨越听越惊，没等她全说完，便急着压低声音道：“这些话你千万别再对人说了，你已经知道得太多了！这深宫里杀人如草不闻声，你知道自己有多危险吗？”

“知道啊。”魏叔玢语调淡然，“我眼下这种景况，还有什么可怕的？多活一天算赚一天啊……说来也全怨我自己作死，只是死期之前，我想把能做的几件事尽量做完，也算今生无憾了。”

李元轨想到方才在御前应承的两件差事，确实自己也打算是和魏叔玢一起去完成的，一时无话可答。看到他脸色，少女又轻轻一笑，从怀中取出一卷细纸：“这就是我从御床上偷来的杨妃情书，还没顾得上看呢。你要避嫌保身，就躲远点。”

这话说得……李元轨凑上去，把脸扭过来，又一手扶住魏叔玢腰肢，让她双手展开那信笺：“罪妇妾杨顿首肃拜言：仲夏盛热，伏唯至尊起居万福，御膳胜常。罪妾奉敕移居尼寺，还同再生，进止唯谨，诸女养教无缺。日月盈昃，闰余成岁，感戴隆恩，恭聆圣训，伏由安德公转献绢囊一枚为信。奉表以闻。”

二人看完，都没说话。李元轨又从头默读两遍，魏叔玢先失望地开口：“她……这什么都没说啊。”

从字面上来看，这就是一封最寻常不过的问安书信，连“我腹中怀有你的骨肉即将生产”都没明言，而以“日月盈昃，闰余成岁”等习语含糊带过，无涉亵情，更没透露任何他们不知道的秘讯。李元轨叹道：“四阿嫂也是历经风雨摧折的人了，这等事上十分机警谨慎，自然会考虑书信落入旁人手的可能，预先有防范的。”

魏叔玢再看一眼书信，忽然眼神一凝，想起了什么似的，把纸原样折好收起，淡淡说句：“没关系，我知道该怎么办了。”

“你想怎么办？”李元轨警觉地问，“她一家如今是生是死，都在至尊亲自制下，你可别轻举妄动，把自己赔进去……”

“别操心我了，”魏叔玢打断他，笑起来，“你手头也有差事呢！动身去西域前，你得生造出来一个吐谷浑假王子，还得把各方面都安排妥当，这活计也不好干。”

“那个并不困难，只是麻烦些。我已经想好了，叫杨大去屯营番上的穷苦边民卫士里找合适人选，我负责教他礼法应对就行。”李元轨皱眉，“这差事没什么危险，不像一娘的案子，涉及那么多宫闱隐私——”

他语声戛然而止，因为双唇被一根纤细柔滑的手指封住了。

已在宫禁内外出生入死过数次的魏家小娘子对他微笑：“就因为是宫闱里的案子，我来查才合适。就算我不行，还有柴家阿姐呢。说过多少次了，你别担心我们。瞎折腾到如今都没事，说明天意注定，这案子就该由我们来查明真相，否则我们早死过好几回了吧？你只管放心出塞建功立业去……”

建功立业，然后呢？

李元轨挪动头脸，轻轻亲吻唇上的指尖，双眸凝视眼前人，须臾舍不得移开。

我身不由己，才干局限，未来一片渺茫，无法确定许诺任何人、任何事。唯一能坚定不悔的，只有此情所系。

“这辈子，我心里，不会再有别人。”

她没有答话，只收回了手。悬停于长空碧野、万千宫阙之间，夏日骄阳无所遁形地倾泻着明光，他所爱的女子举首相迎，二人深拥长吻。

魏叔玢万万没想到，自己刚在情郎面前大赞过柴璎珞，以为可以步其后尘终老，她就和紫虚观主反目吵了一架。

吵架的原因是……外甥女像舅舅。

李元轨从永安宫把她送回紫虚观后，她迫不及待地跑去找柴璎珞，屏退下人叙述自己这一番冒险经历，特别郑重其事地告诉她："我们一直都想错了，原来海陵王妃的胎儿不是太子的，竟是当今圣上造的孽。皇后也知道了，给气得不轻，病倒送回立政殿去了，主上叫你去给皇后看病劝一劝她呢……"

她一边说着，却见女道士脸上神色越来越古怪，开始还凝神认真听着，后来就是薄唇抿蜷、鼻翼微颤、香腮收紧，竟然像是……竭尽全力忍着笑的模样。

这表情也相当熟悉，神似永安宫御帐里那位高高在上的大唐天子，向下俯视她和李元轨的脸容，又是好笑又是无奈还带点轻蔑。

魏叔玢心头灵光一闪："璎姐，你早知道杨妃怀的是龙种，对不对？"

扑哧一声，柴璎珞终于捶床大笑起来。魏叔玢向她怒目而视："你到底瞒着我看笑话看了多久！"

"没多久。"紫虚观主笑够了，很有耐性地答她，"起先我只是有点疑心。四舅母是五姨夫杨驸马接出去的，五姨父是长辈又位高望重，生性谨慎，也没听说和东宫走得格外亲近。如果是太子干的好事，他要秘密遣人去带出四舅母，不大可能惊动五姨夫，他东宫自有心腹侍人。在那尼寺发现四舅母有身子后，我回观来查问，到底去年秋天是谁曾在这里见过四舅母……你知道，这种事是瞒不过下人的……"

"所以你春天就知道了，并不是太子，却不对我说明真相，任由我自己胡乱猜测、瞎闯乱撞。"魏叔玢不满。柴璎珞叹道："傻妹子，我为什么不对你挑明，难道你自己不知？你是个心里藏不住话的直爽人，听了什么都要满世界宣扬。你要以为是太子乱伦，说给人听，那也罢了，毕竟太子还没那么容易弄死你；你要是知道了真相，嘴里还不严实，惹怒了天子和皇后，那可——"

"我怎么会那么笨嘛！"魏叔玢发急，"这是何等的机密要事，我哪里会到处传闲话给人听！一个不小心就会遭灭口之灾，我又哪里敢轻举妄动！璎姐你当我是七八岁的毛孩子吗？"

“嗯，你不是。”柴璎珞似笑非笑地看着她，“好吧，如今你知道杨妃怀孕的真相了，下一步你打算怎么办？”

魏宰相长女冲口而出：“去慈和尼寺，当面找杨妃对质，威胁她说出临汾县主案的真凶！”

呻吟一声，女道士以手扶额：“你这叫不敢轻举妄动哇……”

“呃……”魏叔玢想想，自己也汗颜，“那……那还有什么办法，能让她吐露实情？”

柴璎珞摇摇头：“我也考虑过很多次了，没什么好主意。警告你，千万不要去慈和寺找她。”

“为什么？”

“你是有多傻？主上命杨驸马把她们母女安置在那里，你以为就只有她们孤女寡母几个带着下人，和尼姑们同住？就没有杨府和大内派去监视照料的人？上次我两个冒失闯进去，或者是运气好，或者是四舅母自己不愿意闹腾想法按下去了，没人报到宫里，至少天子和皇后都待我没甚异状。你还想再去以身犯险？被宫里知道你察觉了天子隐私，会有什么后果，你猜不到？”

这就是魏叔玢与柴璎珞认真争执的原因了。此前的欺瞒、赌气、取笑、抗驳都只算是二人日常闲磨牙，她们真正的分歧，还是在于“对临汾县主一案有多看重”。

查明此案、揪出真凶、得到天子允诺的赏赐、为李元轨还清欠债换取他的自由，是魏叔玢此刻，不，此生最要紧的事，她愿意为此付出任何代价。而柴璎珞的顾虑显然要多得多。

这当然也不能怪她。难道她为自己和李元轨所做的事、所受的牵累，还不够？

所以二女吵累了，各自负气回房休息，魏叔玢一觉睡醒以后，也不再去和柴璎珞商议争辩。她没道理强迫人家去为自己冒险，人生天地间，能由本心而行、自承祸福，已是极大幸运。

向观内马厩借了坐骑穿戴好帷帽，又带上一向服侍自己的婢女阿圆，她悄悄出禁苑、入子城，循着记忆向修祥坊慈和尼寺而去。半路拿不准方向的问一问路，顺利找到那朴素不起眼的尼寺门口，向守门的尼姑通报求见海陵王妃，毫不意外地，回答是“阿弥陀佛，寺内并无此人”。

魏叔玢虽不聪明，却也早料到会有这一出，探手入怀取出一卷细纸，递给那知客尼：“烦劳阿师将此转交杨娘子。若杨娘子看过仍不肯见，妾自当离去，不再啰唆。”

那知客尼深深看她一眼，也没再说什么，接过纸卷转身而去。魏叔玢在阇堂上坐地等着，没多久，那知客尼便带了一人转回，却不是海陵王妃杨氏，而是另一个中年尼姑，面容明净，看着有点眼熟。

魏叔玢想了想，记起这是上次她和柴璎珞来探视时，曾在杨妃房中见过的那个随侍尼。果然这尼姑宣过佛号说“女施主请随我来”，将魏叔玢又带入杨妃母女所居的那精舍院落。

数月不见，杨步摇肚腹隆起膨大，确是很快就要生产的模样，肤若凝脂的娇柔美态却仍光艳照人。她垂腿倚坐在一具螺钿檀床上，请魏叔玢在对面坐了，开门见山，指一指床前书案上平摊着的那张细纸：“敢问小娘子，此书文从何得来？为甚要持此见我？”

纸上的字迹，是魏叔玢的，书写的内容，却与杨步摇写给当今天子的那封绢囊密书一字不差——魏叔玢照着她的原件抄了一遍，如今几乎能背过那简短的文句了：

“罪妇妾杨顿首肃拜言：仲夏盛热……”

杨大美女神色平静，还略带几分好奇。要不是亲身偷听过皇帝承认此事，魏叔玢很可能会怀疑自己弄错了，这“情书”和她没甚关系。这一分造作伪饰的功力，就足以把天真不谙世事的小闺女如魏叔玢者甩到十万八千里外了，怪不得她能以寡妇带女之身，勾上当今天子呢……

魏叔玢亲眼见过感业寺被大火焚毁之前的荒凉境况，也对前太子、齐王的遗孀孤女抱有深切同情。就算得知杨氏失贞有孕后，她也一直觉得那是被太子李承乾——好吧，他父亲——恃强逼迫而成，对她本人并没有太多轻视厌恶。此刻眼见杨步摇面不改色地扯谎，她心里才升起反感，冷冰冰回答：“妾自永安宫御帐中得来，亦亲耳聆听过主上训谕，有话想请教杨娘子。”

我可一个字都没撒谎——魏叔玢默默自夸——比你诚信多了。

杨步摇微怔，再刻意打量魏叔玢一眼，嫣然而笑：“是不是该恭喜叩贺魏娘子和魏侍中呢？也难怪，小娘子娇嫩得花朵似的，又出身贵家，自然初选入就风光体面，不似……唉。不知主上有何训示，烦劳魏娘子传谕？”

魏叔玢愣了几次心跳的时间，才反应过来这女人是把自己当成新入宫的嫔御、她的情敌了，当是由自己那一句“永安宫御帐”的无心之言推想出来的。这一下子脸上大热，刚要出言澄清，忽又钳舌。

她此来，是要向杨步摇询问一些极隐秘的内情，涉及谋杀乱伦等事，本来就在担心这位天子私宠不肯如实相告。话赶话地生了误会，她正好假充“奉敕前来问话”，杨步摇顾虑欺君之罪，可能不敢撒谎。这等机会不赶紧抓住，还澄清什么呢？

“实不相瞒，妾近日拟议婚聘诸事，却中遭梗阻，至今仍是位分未明。”魏叔玢侧身示意杨步摇留神自己犹是未嫁女装束，“其因由，除太上皇薨逝守孝之外，另有一缘故，于妾声名损害极大。若不查清真相、公示于朝，只怕妾终身不得奉帚天家。而世上唯一知晓此事真相者，应该就是杨娘子。是以妾禀明主上，自来求告，万望娘子哀怜成全。”

说着，魏叔玢盈盈万福行礼下去，借机暗嘘一口气。这样字斟句酌地说话可真费劲，但她还是秉持那个理念——我可没撒谎啊，每个字都是真的。

“快请起来，我身子不便，没法回礼，折杀了。”杨步摇忙探身来扶她，“小娘子福大命大，将来必位望尊隆，妾母女还要靠魏娘子照拂，岂敢不尽力从命。是什么事，娘子只管下问，妾知无不言。”

二女重新坐定，魏叔玢又逊让几句，言入正题：“今年正月岁末，感业寺那场婚礼，临汾县主缢死一案，杨娘子与妾都在凶案现场，详情自不必再赘言。当时妾因势所逼，自承杀人，娘子或许也曾听说了？此事后来传入立政殿，中宫对妾心生嫌弃……”

她眼圈一红，停话不说了，心里暗叫一声“皇后恕罪”。长孙皇后确实对她嫌弃冷淡过，但那是她无礼自找的，这时却编排得好像皇后是个阻止天子纳宠的妒妇，够得上诬蔑国母的罪名了。

可不这样说，如何取信于杨步摇这种妇人呢？抬头果见天子弟妹微微点头，玉容泛起同情：“是那件事啊……唉，也怪你自己冲动，说什么不好，干吗凭空抢个炭篓子戴上呢？被人抓住了把柄，这可难弄了……其实主上倒不在意这些的。”

“主上不在意，只是要早些结案，找出真凶，以堵天下人悠悠之口。”魏叔玢热切道，“我知道临汾县主生前，与杨娘子最为要好，无话不谈。她的死因虽被矫饰成悬梁自尽，经内行人勘查现场，疑点众多，已确定为谋杀，主上也以为该当寻出凶手，堂审定罪才好。这凶手……万望娘子提点一二。”

杨步摇脸上微凛，又现出那种天真好奇的神色：“好怪啊，魏娘子为何认定我与那凶手有关系，或者知道他是谁呢？你或许不知，案发后第二日，妾已就此案接受过问询，当时令尊魏侍中亦在场听讯。妾若知晓案情线索，自当于那时和盘托出。如今又过了数月，记忆更模糊，哪里还能想起什么？爱莫能助，魏娘子恕我。”

她的口风还是很紧，看来得甩出些实证强推了。魏叔玢想一想，道：“妾抛头露面，私自来访，自然有些把握，才敢开腔大言。临汾县主之死，与男女私情大有干系，娘子可知此事？”

“啊？男女私情？”杨步摇讶然，“她一个没出过门的小闺女，大半辈子都被关着，寺内根本无男子，她能和谁有私？”

“此事确实令人难以置信，但她死后，查案人在她房内妆奁里，找到了一枚男子用玉韘。”魏叔玢缓缓说出，紧盯着杨步摇看她神情，“那玉韘形制奇古，乃是商周王室男子射箭所用礼器，并非时兴首饰。后查出，是当今皇太子的随身佩饰，且为长孙皇后所赐，在天家甚受看重。”

“皇太子的佩饰……在一娘妆奁内？”杨步摇还是一派惊讶神色，“这就怪了，他二人何时会过面？我是没听说过……莫不是什么人传递进来的？”

魏叔玢没接她这下茬，继续往下说："搜查临汾县主旧居，翻找出县主一些手抄墨迹，却是《玉台新咏》等艳诗宫词。县主同居小妹供称，其姐抄录范本乃是自杨娘子你处得来，你与她且有半师之谊，日常也爱一处说些内闱私语。县主年已摽梅，此事本属寻常，无可非议，只是由此看来，临汾县主若果有情事，杨娘子你该是知道的。"

杨步摇玉颊一红，微笑道："你查得真是仔细……这个，我确实不能否认了。那些诗书，是一娘来我房内借走抄录的。她们姐妹身世不幸，也没正经开过蒙，都是寺内大阿嫂我们略识几个字的，闲来无事教她们读读书，不过打发时日，清谈消遣而已。魏娘子说一娘少女怀春不足为奇，我也是这么想。她不敢与她母亲说，闲了与我谈论，只是些小女儿家的痴望，又对寺外好奇，问问男子何等身量长相算得英伟，出嫁后夫妇该当如何相处，诸如此类，随口闲说，哪会有什么情事？须知那地方监牢似的，她只怕十岁以后就再没见过什么男子了。"

这番话情理顺畅，魏叔玢一时听不出什么纰漏，思量着又说道："临汾县主自幼幽居，与世无争，为什么会有人要杀她，也颇费解。有人提及一事，说十年之前，柴驸马长子与县主的订婚贺宴上，一娘向当今天子敬了一杯酒……"

她刚说到这里，却见杨步摇神色大变，一瞬间，恐惧慌乱扭曲了原本柔滑平整的娇颜。

魏叔玢当即停话，静静注视这美妇人收拾心绪。上次她和柴璎珞到这里来，杨步摇已当面承认是她在九年前重查东宫毒酒案时，暗写墨书提示酒壶所在，助执事人破案。那么那一桩险些害死当今天子，又与一娘父女、柴氏全家都有重大干系的凶案，杨步摇也是知情人，她亦无法否认这一点。

已近中年仍留存着倾国风姿的美妇人倚坐榻上，怔怔出神，半晌之后，才用她低沉慵倦的嗓音柔声道："你说的那什么玉韘，皇太子的饰物，我方才就觉得耳熟。此刻想起来了，我大概知道为什么……那个会在一娘身边。"

慈和尼寺占地不大，杨步摇母女所居的偏院精舍，只有小小两座房屋。屋后小院狭窄得连一棵树都种不下，当中放了一张大竹床乘凉[1]，阶边墙下摆放了些茉莉、牵牛花盆。时当盛夏，这些不起眼的草花倒也开得缤纷热闹，茉莉的浓香一阵阵袭来，让魏叔玢还感觉颇不舒服。

墙高院小，唯一的好处是太阳直晒不到，阴凉避暑。杨步摇在室内坐着和魏叔玢谈了一会儿，就说“腰酸背痛想起来走走”。她肚子已经大到行动不便，魏叔玢只能搀扶着她，二人出门在小院里慢慢踱圈子。

“我忘了是几年以前，有一天，我和一娘也是这样在感业寺里散步闲谈，一娘那保姆贺拔氏跟在旁边。”杨大美人一派回忆神色，“感业寺内都是罪眷，言谈间自不免怀想前宫、怨望当今，这我也不用瞒你，魏娘子想必也谅解。我都忘了是因为说些什么，谈着谈着，贺拔氏给我讲了个实事，一娘在旁也听着。

“贺拔氏讲的是武德七八年左右，有回天子召诸孙进宫享天伦。她奉着一娘大郡主进大内，和秦王世子承乾等一众七八岁娃娃热闹吵叫。那回承乾新得了个玩意，系在身上炫耀，说是他母亲刚赏他的，是商周王御用射箭指环什么，众皇孙传看玩耍了一回也就罢了。贺拔氏心里讥议，觉得秦王妃举动奢侈溺爱无度，这么贵重易碎的什物，不应该随意给小孩子玩。回到东宫以后，她在下人间传扬此事，又被太子妃郑娘子听到，叫了她去细问情形，恰巧前太子那时也回殿，一起听她形容当时场景。

“前太子是带了酒半醉回来的，听贺拔氏详细说了那射箭指环的模样，拍案大叹，说那物事还是秦王幼年时，硬生生从他手里抢走的。似乎当年圣上和窦后做主将那指环给了长男，秦王不知怎么撒泼耍赖，硬从阿兄处要了来，前太子生性宽厚，也不与幼弟计较。可见秦王从小就——”

杨步摇说到这里，以帕子掩口，微微一笑，咽下了半句“大逆不道诬蔑天子”的话语。她手中半旧绢帕摇曳间，边角处一支小小的步摇钗也落入魏叔玢眼中。

“东宫知道了那玉韘的下落，然后呢？”魏叔玢追问。杨步摇轻轻摆首：“也没

1 关于唐朝的床，详见附注（32）。

什么然后，贺拔氏说，东宫内议论一番也就散了。可能郑娘子或前太子把这话又传到后宫尹德妃她们那里，和别的话一起添油加醋挑拨告状，离间圣上秦王父子。本来这也无甚特异处，倒是那年在感业寺内，一娘听她保姆说了这事，很有兴趣，追着问了好些话，问她父亲如何宽厚待人，对弟妹儿女如何慈爱等，我也是因此记得那天的事。唉，可怜她小闺女家，八岁上就没了耶耶，孤苦伶仃，自不免胡思乱想，以为她父亲乃是天下第一英雄、世间无双慈父。如果没那场祸事，她阿耶还在人世，对女儿必定怜爱得不得了……据我看，也不过是痴心妄想吧。"

如果没有玄武门之变，一娘的父亲李建成还在人世，登基为帝，那一娘姐妹都是公主，自然会比现在的景况强上许多，也难怪她怀念亡父。魏叔玢继续追问："一娘由此知道了那玉韘原是她亡父之物，再往后呢？她又是从何处拿到的那玉韘？"

杨步摇举头望向院墙一角露出的灰蓝天空，语气淡漠："这我也不能确切知道，只是猜度推断。一娘那贺拔氏保姆，你别看只是个下人，她可做过高官家的主妇娘子，有谋略有决断，厉害得很。我早就听大阿嫂那边人说过，一娘几岁上就没了亲娘，全靠贺拔氏这保姆护着，不肯让人欺负小闺女，当年东宫里也人人怕她几分。"

为什么突然说起贺拔氏来？魏叔玢想想，问："杨娘子是说，那玉韘可能是保姆给一娘弄来的？"

"原本没这机会。不过到了去年，感业寺开始张罗一娘出嫁，上真师带着内宫掖庭执事出出入入的，难保其中没有贺拔氏原先的熟人……大阿嫂她们在东宫里住了九年，贺拔氏那能耐，那性子，想必此前是有几个心腹给她办事的。后来东宫易主两次，侍人未必全员更换，那些冷僻角落里没要紧的洒扫奴婢，或许还有几个仍然跟贺拔氏有旧，辗转联络上，说不定就能从现今东宫里偷些物事传递给她，讨小闺女的感激欢喜。"

这推断……未免过于异想天开。

至少没能说服魏叔玢相信，更妙的是，她觉得杨步摇自己也不相信自己刚说出来的话。

美妇人踱着步子说累了，由魏叔玢扶着，在院中竹床上倚坐下来，向她微微一笑：“宫中人事如何，魏娘子如今想也该了解一二。外人看着内外隔绝，壁垒森严，其实呢……若知窍门，也不难从中操作。魏娘子你聪明伶俐，又深蒙上宠，只要能对外人有个交代，事理情顺，中宫不细究，那便成了。”

魏叔玢意识到，杨步摇这是在替她出主意。她查案的明面理由是“为自己洗刷冤情”，需要找一个人出来顶承凶手之名。贺拔氏已死，而且与李唐皇室有杀夫杀子灭门之仇，作案理由十足。如今把一切都推到保姆身上，说是她一直处心积虑报仇，勾结东宫内应偷了玉鞢，那晚乘机杀害一娘，还用玉鞢、腰带等物将皇太子和皇后都牵涉在案，尽力败坏皇室声誉，似乎顺理成章。

至于真正的凶手是谁，杨步摇一丝一毫都不关心。她的笑容妩媚而空洞，还带着看透世情的懒散沧桑感。

“当今太子，可曾进过感业寺？可曾与一娘有过往来？”

魏叔玢不想再兜圈子了，直截了当发问。出乎她的意料，竹床上的美妇人并没现出什么惊骇警惕，又只是淡淡一笑：“妾实不知——前两年，应该是天子离京、留太子监国时，有一日我听侍婢奔走相告，感业寺墙外角楼上，有个穿紫袍束玉带的俊俏少年在向院里张望。我也出门看了看，一众卫士簇拥下，那华服少年确是耀眼。我所见的太子离感业寺最近的一次，就是这样了，他应该没进过寺门……听人说，太子倒是经常在禁苑其他地方行猎打球，可一娘姐妹又不能出寺，她也没法与堂兄私下来往啊。就算有——又怎么样呢？”

又怎么样呢？难道魏叔玢真的打算跑去对皇帝说“凶手就是你的长子”吗？帝后夫妇显然是没有废立打算的，至少眼前没有。她攀咬东宫，除了为自己和亲友招祸，还能有什么结果？

真不如把罪责推给那个死去的保姆，一了百了。

何况贺拔氏也未必全然清白无辜。魏叔玢想起李元轨在临汾县主房内妆奁刚刚发现那血玉鞢时，自己也在场，他们当时就让贺拔氏去辨认那玉鞢，保姆则死死咬定那不是一娘的物事、自己从未见过。为保全死者的贞节名声，贺拔氏还不顾性命地一口吞下了玉鞢。

如果杨步摇刚才所说是真，贺拔氏应该是能认得出那物的。在一娘房中的作态，全是装假，那又是为了什么？

她吞下玉鞢尽力隐瞒那物，是真的为一娘的名声着想，还是为了掩护别的什么人？

不管怎么说，贺拔氏全家早死光，没人会再受连累，她顶了凶名结案，倒是干净省事……最多东宫内再找个人出来，说是贺拔氏的同党内应、下手偷太子玉鞢的人，一并定罪处置，这案子就此完结，似也能对天子夫妇交代过去了。

这个办法，我能做到，魏叔玢有点惊讶地意识到。

东宫如今的女主人是她好友苏令娴。苏妃入主东宫刚半年，之前太子身边的那些旧侍内宠，未必个个都与新主母相谐，那么多人里，一般总有个把咬牙难缠恨不能打发出去永不相见的。她可以去东宫求见太子妃，私下商量，借机“清君侧”，扯个人出来屈打成招，完结此案，各方稳便。是的，这她能办到。

只要她昧掉良心就行。

望着杨步摇神定气闲乘凉拭汗的姿态，魏叔玢想，如果换作这美妇人，她会毫不犹豫地这么办吧？她出身前隋宗室，幼失怙恃由叔父养大，嫁入新朝亲王府，又历经夫死子丧，九年幽居，与夫兄私通怀孕……一辈子都在宫廷内外打转，所见所闻全是这等苛且阴暗血腥污秽，置身其中，自会认为如此行事天经地义。

“杨娘子的好意，我领会了。”魏叔玢向她说，“只是……唉，说实话，我心里怕得很。一娘一条活生生的性命，如果真是被贺拔氏所害，真凶已死，那也罢了。如果不是保姆所为，那真凶还潜藏在宫中，以后……我好像已经知道太多了，万一哪天……”

“魏娘子你且不必想这么多。”杨步摇微笑，“以后你若受宠，自会远离掖庭这边的幽闭晦怨，自己立宫院居住，到时候精心挑选服侍人等也就行了。倒是眼下，我见你有些认真过分，还想着去追查太子是吗……千万不要。别听宫里人传说，什么主上不喜太子偏爱越王之类，那些做不得准的。”

“是吗？”魏叔玢反问一句。杨步摇点点头：“我是过来人。天家父子兄弟之间，容不得外人插手。即使结发夫妇，也……唉……不是人人都有当今皇后的能耐。你初选入，尤其不可得罪中宫。不要眼看着皇后多病，性子又温和，就觉得能怎样。我在武德年间，妯娌相处，就领教过那位二阿嫂的精明厉害了。”

魏叔玢的目光不觉移向她隆起的肚腹。杨步摇也发觉了，颊上微微一红，转开脸，望向院墙外的天空：“我弘农杨氏，特别是这几代的女儿，枉担着‘有容色’的虚名，被当作货物一般挑来抢去，哪个能自作主张？还不是随波逐流、苟且偷生……武德初，齐王选妃，他三姐来我家相看过，便即下定，不管不顾的，更没人问过我愿不愿意。我若有你魏小娘子一半的刚烈气性，那时就该一头撞死啦。”

“啊？”魏叔玢讶然，“原来杨娘子当初并不愿意嫁给齐王？是因为……他长得丑？”

她听柴璎珞说起过四舅李元吉及其婚事，知道窦氏太后的最幼亲生子长相污陋又品性恶劣，连他亲娘都看不顺眼。太原起兵时，李元吉奉父命留守起家地，没过两年，就折腾得丢城失地只身逃回京师。天子朝廷本欲治罪的，他三姐平阳公主竭力为之讲情，又说动父亲李渊“给四弟娶房正妻好好管他”。李元吉那时已有姬妾儿女，向同母姐私下说“我要娶到长安第一美女才甘心”，于是平阳公主出面去为他选妃，一番大索貌阅，选出了杨步摇。婚后夫妻两人也算和睦，至少没传出过什么丑闻。

杨步摇没正面回答她的问询，只叹道：“家门不幸，顶着前朝宗室的幌子，族长宗男们天天害怕新朝天子也会像前隋文帝一般，将旧宗室斩草除根、诛杀殆尽。一听说新皇室欲选我家女儿，哪管是为婢还是做妾，更不在意我们什么心思什么身况，只要来讨，立时拱手送出。有什么无理残忍要求，也都竭力奉迎。唉……就算到了今天，仍然如此。”

魏叔玢眼前闪出一具男童尸首影像，是杨步摇为李元吉生的儿子，玄武门之变后被娘家近亲杨师道夫妇所杀。对于做母亲的来说，此仇此恨理当不共戴天，但杨步摇似乎……并没为此与杨师道或幕后黑手李世民夫妇翻脸？

“杨娘子不似我这般幼稚憨直，”她观察着美妇人的脸色开言，“气性却未必不刚烈吧？菟丝附女萝，夫妇会有宜，这等事，原不必看定一时结果。”

杨步摇平静地一笑：“我明白魏娘子你的意思，也不怪你这么推想。你生长关东士族，令尊自幼以礼义廉耻教训，你自然觉得舍生取义才是正道。我嘛，种种逆伦丧德从小看得多了，见怪不怪。人生在世，以起居安适、尊富荣养为本。争名夺权非妇人分内职事，却要妇女幼儿来承担败丧后果，也不公平。”

原来她是这么想的。只要自己日子过得舒服，其他一切都是过眼云烟。

这也可以成为一个很好的杀人理由。

她费尽心思与当今天子勾搭成孕，指望以后境遇能有所改善，却在皇帝有所决定之前就被李婉昔发现。一娘又即将出嫁，到柴家后可能会说漏嘴宣扬开此事，杨步摇生怕朝野舆论不利于自己，进而促使皇帝下辣手，于是干脆抢先一步杀掉临汾县主。反正她已与杨师道安排好出寺隐居的计划，以为再查也查不到自己头上了……

如果她真是这么打算的，那可以说计划基本成功。魏叔玢对她的怀疑从未减轻过，至此甚至达到顶峰，可是，第一，抓不到任何证据，第二，没法在御驾前回说。

二女坐在竹床上沉默了一会儿，精舍后门走出那随侍中年尼姑，手托小漆盘，送两杯凉浆水给她们。说了这么多话，魏叔玢早渴了，道谢拿起一杯喝。杨步摇也伸展白嫩葱指端起一杯凉浆啜饮，饮完放回漆盘，向随侍尼微笑道谢：“阿姑辛苦。”

魏叔玢注视着她饮杯的优雅姿态，出其不意发问：“十年前的东宫毒酒案，向当今天子杯中下毒的人，是不是由齐王元吉主使？后来他大哥建成代他背负了投毒罪名？”

玄武门之变后复查那一案时，有人以贵妇日常梳妆所用的螺子黛在食盒上写下线索，暗助查案者在东宫井中找到毒酒壶，由此笼统结案为“前太子谋行鸩毒”。考虑到动机和受益人，这提供线索者，除杨步摇外不做第二人想，她自己上次也没否认此事。

第三次提及，杨步摇神情已镇定多了，坐在竹床上抚着肚腹叹息：“妾向魏娘子恳求一事。东宫毒酒案，与一娘之死，并无关系，也不妨碍魏娘子你的前程。我不愿意谎言欺瞒你，也请娘子不要再过问那事、翻腾旧怨。妾代先夫遗下诸女及腹中孩儿拜谢魏娘子成全。”

她这么说，似乎是确认了她前夫才是东宫毒酒案的主谋。魏叔玢还待再追问，忽见自己婢子阿圆匆匆进院，上来低声说:“魏娘子，观里传过来消息，叫你赶紧回家呢！”

“什么？”紫虚观的人知道来这里找她，倒不奇怪，她料想阿圆出门前会悄悄留话的，但怎么忽然会叫她回家？明明观里一直在庇护她逃家啊。

“魏府上来人报说，令堂相公夫人昨夜里临盆，很是不好，出血不止。上真师已经赶过去了，叫人也来通报魏娘子……”

不等阿圆说完，魏叔玢大惊失色，夺门而出。

慈和尼寺所在的修祥坊，与侍中魏徵府所在永兴坊其实离得不很远，都在长安子城北部。麻烦的是，这二坊之间，隔着庞大的皇城和宫城。

魏叔玢冲到慈和寺门口，跳上自己骑来的乘马，沿着开远门横街一径往东跑。修祥坊东面的辅兴坊坊角过渠三桥上，不知哪家大宅正在修造什么建筑，拉土运木的车子堵占了两座桥面，只留下一桥给行人车马通过。魏叔玢只能拉马缓行，急得只想生出翅膀飞过去，又想自己身上带有门籍符契，能不能闯入安福门，打马横穿天街，从延喜门出去，就直接到家了……

想归想，她还是没这么大胆子，只能从芳林门大街先往南绕行，绕过皇城朱雀门外的东西横街，再行北上。一路气喘吁吁，进了家门跳下马背就往内室跑，只见家里人气色慌张，捧着巾栉药汤在廊下进进出出，幸亏还没听到哭声，也未见哀容。

裴夫人躺在床上，面如白蜡，气息微弱。柴璎珞正在她身上各穴位施针捻转，见魏叔玢进来，倒是松了口气，等她母女见问过便道：“阿玢你来了，我就放心了。今日我本来奉敕要进宫去立政殿，令堂这边要紧，就先过来了——你别心急，血崩已经减缓趋止，令堂一时半刻不会有事，仔细调养就成。”

魏叔玢在紫虚观跟她学医数月，还只对辨药材煎汤验方等有些心得。针灸法对认穴通经等要求高，她未曾上过手。眼见柴璎珞起身要走，她连忙哀求挽留，女道士又安慰她母女一大通，信誓旦旦地说裴夫人已过险期，只要认真护理就能好转，立政殿那边也在催她，耽搁不得云云，到底还是抽身走了。

走前留话，叫魏叔玢参照“蟹爪汤”和“香豉汤”的方子[1]，自己斟酌损益，督促下人熬药给裴夫人煎服。此时她父亲并不在家，魏侍中一早说政事堂有公务，要去办完再告假回来，她弟妹都年幼，不知所措，魏叔玢只得咬牙撑起长姐的身份，一边指挥调度家人，一边悉心服侍病母。

她母亲又生了个儿子，男婴倒是健壮无恙，哭声洪亮。魏叔玢只看了一眼便命乳母抱走去喂养，自己急着找药煎汤。

那“蟹爪汤”和“香豉汤”的方子，别的药材都罢了，唯“蟹爪”和“鹿角”两味不大好找，须得让下人往东市大生药铺子去寻。还有阿胶一味，市卖虽常见，性力却都不佳，有生养人口的官宦人家大多自储自备，她家里备着的偏偏使完了，急用也怕寻不到好的。

过一日后，紫虚观来人，恰恰正送了这三味药材给她家，魏家母女自然又感戴柴璎珞细心。听说魏相夫人生产卧床，平时来往素密的房玄龄、王珪、杜正伦、侯君集等几家女眷都上门来探视，还有魏侍中的下属仰慕者等拜望慰问贺喜，一时也数说不尽。

魏叔玢在内服侍母亲、出堂款待宾朋，每天忙得不知黑白起倒，唯一的好处是她父亲竟然也找不到安静的大段时间抓住女儿教训。魏宰相这段时间也是公事繁忙，之前太上皇重孝废朝期积下的待处置政务需得尽快平章发放，经常是一早出门上朝，晚上顶着星月回家。

如此过了好些时日，有一天魏侍中下值回家较早，到内室来看妻儿，提一句“往高昌的使节团队昨日出发了”，魏叔玢没忍住“啊”一声低呼出来。父母都转眼看她，父亲便板着脸开始长篇大论，主旨是骂特使吴王元轨“年少轻狂、好高骛远、不知民间疾苦”。

他针对的还是李元轨自请出塞去高昌娶公主，依魏侍中看来，吴王就是去给他

1 关于蟹爪汤、香豉汤，详见附注（33）。

兄长当今天子做内应、伺机挑动两国开战去了，一心一意只想着开疆拓土、立功扬名，全不顾百姓死活。魏叔玢只听着，不接话不回嘴，倒是她母亲休养几天，已经缓过来，笑着打断了丈夫："我听你数落吴王这些话，怎么跟数落圣上一模一样，真不愧是亲兄弟俩嘛……少年人有志气，那是好事嘛。我就关心他和阿玢，到底将来该怎么办才好？"

"什么怎么办？"魏徵没好气，"人家都要当高昌国驸马了，跟我家还有什么关系！我说你呢，等身子好起来，赶紧再打听打听，还有谁家儿郎乐意做你女婿吧！"

"不！"魏叔玢冲口而出，"女儿要么嫁十四郎，要么跟着上真师修道去，这辈子不会有第三条路！"

她父亲拍床大怒，转移攻击目标开始骂女儿。幸好刚骂了没几句，外面传报，东宫太子妃苏氏来探望魏相夫人。

苏令娴来得突然，虽车驾煊赫导骑众多，还带了好几担贺礼，但能看出准备得仓促不齐整。魏徵回避了出去，魏叔玢出门拜迎将太子妃引入内室与母亲相见，苏令娴没口子道歉"来得晚了又唐突失礼"。

原来她这一阵天天在立政殿侍奉婆母长孙皇后。皇后在禁苑中了暑，有几天病得沉重，在侍御医和柴璎珞等女官悉心调治下，这两天刚好些。今日早上才听说魏侍中添了一子，皇后命儿妇代她来探望贺喜，还赏了洗三[1]的饰物等。苏令娴不敢怠慢，也没让人先行上门来通知准备，自己收拾齐全直接坐车过来了。

皇后赏赐，非同小可。裴夫人也不肯失礼，命女儿扶着强行起床接拜过。侍娘保姆又抱过魏叔玢的新小弟来给苏妃看，一群女子说笑逗弄了半晌，苏令娴见裴夫人气色越来越不对，强压着她睡下躺好，说"我再跟令爱说两句话就走了，夫人不必客气，以后往来时日还长呢"。

魏叔玢本来也在想，怎么才能跟苏令娴悄悄说几句私房话，太子妃倒是先提议"我

1 关于洗三，详见附注（34）。

们两个出屋走走”，省了她的事。她把好友带到院内杏树下，四顾无人，苏令娴握着她的手就问：

“阿玢，我在立政殿，恍惚听见有人议论，说皇后这回犯病，跟海陵王妃有关系？可就是上回你告诉我的，海陵王妃怀了太子孽种那事？后来又怎么着了，你知道吗？”

呃……这个……魏叔玢心虚地想，自己算是造谣一时爽……

如今她已经知道了真相，事涉天子隐私，本来绝对不能到处乱说的。可问话的不是别人，阿娴身为太子妃、未来皇后，与这一桩烂事关系密切，又已经受过自己的误导。不尽早澄清事实，难道还让阿娴稀里糊涂乱撞下去？

压低声音，她尽量简短地向好友说清杨氏腹中孩儿的来历。苏令娴静静听着，眼似秋水般空明，看不出喜怒，似在旁听别人家务事。

“原来如此。”听罢魏叔玢说话，太子妃轻吁出一口气，又问，“你是怎么知道这么多的？”

魏叔玢脸上一红，只说“我去找杨妃当面问的”，便不肯再说更多。苏令娴也不逼她，叹息道：“怪不得前几天我私下里问上真师，她只叫我来问你，说你可能比她知道得更多、更详细。她还叫我劝一劝你，别再继续搅和这事了，你已经把自己和你家人牵涉太深了。”

“我家人？”魏叔玢一惊。苏令娴点头：“你忘了令尊也是前宫旧臣吗？当年也是天天进东宫给前太子出谋划策，怎么对付打压当今天子……杨妃当年是齐王妃，说起来都算是一伙的。天子和皇后不计较旧怨，可不代表他们把旧怨全忘到脑后了。你别给全家招祸啊。”

魏叔玢低下头。她还真没往那方面仔细想过。自己冒失莽撞的行动，会连累到父母全家吗？

“要是前几年，我们也不会这么害怕。”苏令娴叹道，“皇后身子康健时，心态舒畅，凡事看得开，对下面只会处处恩怜体恤。这人哪，病痛拘困久了，脾气也大了。我们侍疾小心还好，要命的是太子，他哪会看人眼色低声下气？就这两天，母子俩吵闹过几回了，弄得我们都战战兢兢。我还以为皇后是因为杨妃怀胎，看太子不顺眼呢，你一说，又不是。”

“皇后都病成那样子，太子怎么还惹阿娘生气？也太不孝顺了。”魏叔玢皱眉。

苏令娴叹道：“对啊，我劝过多少次了，他就是改不了。就昨天那回，才多大点事？越王送了他门客撰抄的新书到立政殿，叫我们得空给皇后念一念消遣。皇后本来挺欢喜的，上真师在旁边，也就凑趣夸越王两句，说他编书用功，连紫虚观收来的医药书籍都一一借走去抄录副本，认真细致得很。对着娘说儿子两句好话，这有什么不行的？可太子听见，就不受用了，横空抛过来一句，说，表姐你那道观快要成市井戏场[1]了，天天见人去演杂耍百戏。”

魏叔玢扑哧一笑，想象李承乾说这话时横眉冷诮的神色，心说倒也亏他会用比拟。柴璎珞也是个口齿伶俐的，那一对表姐弟要是吵起架来，估计有得热闹。

“上真师说什么？”

“上真师倒没回嘴，可是皇后听见了，立时生气，骂太子对自己兄弟姐妹都这么刻薄，这还是父母在的时候，将来可怎么着？娘俩那一顿吵闹，唉……”

“苦了你们了，夹在中间左右受气。”魏叔玢同情地拍拍苏令娴手背，太子妃苦笑：“我还好，日常不言语只做事，上真师是躲都躲不过。皇后、太子都爱拿她找碴，原本我还不知道为什么，听你刚才说，杨妃是在紫虚观遇到的圣上？说不定就是这个缘故吧……”

“那也太不公道。上真师又不是有意给他们牵合，不过因缘凑巧罢了。皇后、太子管不住自己夫主父亲，把气撒在她身上，这成什么话！”

魏叔玢大不平，苏令娴也有深有同感。二女站在杏树下谈了好久，恋恋不舍告别。魏叔玢忽又想起一事：“对了，后天大暑，是你的生日啊！前两年我们几个要好朋友都一起小聚给你庆生的，今年……”

---

1 关于戏场，详见附注（35）。

今年苏家第一小娘子成了东宫太子妃，又正逢国丧，置酒高会作乐是不可能了。苏令妤也微笑摇头："我落到这般境地，还过什么生日，这辈子能不能有熬出头的日子，都难说。得过且过，熬一天算一天吧。"

见她情绪如此低落，魏叔玢心中老大不忍，左劝右劝，又说后天想进东宫去陪她说话宽解一日——其实她自己在家也闲得难受——苏令妤想一想，答应下来，叫她午后去东宫试试，那时她自己也许已经从立政殿回家了。

二女约定分手，魏叔玢准备些生日贺礼，又禀过父母。第二天忽然下起大雨来，雷电打个不停，震天动地大半天才止，她还担心出行不便。又过一天，到了大暑正日，她出门果见街道泥泞不堪，就和她上次从东宫回家途中逃跑那次差不多。

这次虽仍然车行艰难，至少正大光明，不是逃家了……牛车慢悠悠地把她拖到东宫嘉福门外，她下马验籍入内，被内侍导引着刚绕过显德殿进入后寝院，忽见一队乘马整束待发，而苏令妤一边由婢女服侍着披挂幕篱，一边提着裙子匆匆走向坐骑。

一见魏叔玢过来，苏令妤停步，二女行礼问候过，太子妃便抓着她道："快上马，跟我一起去紫虚观！"

又出什么事了？

魏叔玢也不及细问，扳鞍认镫上了随从牵来的坐骑，一队人马北上出东宫至备门，转向西快步疾行。苏令妤在马上向魏叔玢述说缘故。

那天她从魏侍中府回东宫后，太子李承乾问问魏家情形，夫妻两人难得平心静气说一会儿话，苏令妤趁机又劝夫孝母，说到皇后有多不容易，一个口风不紧，将杨步摇怀胎之事告诉了李承乾。

她没想到丈夫竟是不知道此事的——至少原不知道杨氏腹中孩子的爹是谁。

知道以后，李承乾脸色铁青地出去安排布置了一番，具体情形也没告诉妻子。第二天下了场大雷雨，太极宫地势低洼，雨前憋闷不透气，雨后处处积水蒸溽，皇后越发不适，太子夫妇也在立政殿侍候了一整天。到今早又过去侍疾，却听立政殿的心腹侍人说，海陵王妃杨氏在昨天的大雷雨中产下了一个男婴。

生就生吧，这不是迟早的事嘛。但惹李承乾跳脚不快的是，昨日柴璎珞一天都没在立政殿出现，据闻是去尼寺给杨妃接生保命去了，更有消息说她是和越王李泰一起去的，奉的是当今天子的敕令。

从立政殿退下来以后，李承乾也没回东宫，径自上马走了。苏令娙记着与魏叔玢的约会，回宫刚退息一会儿，就有人报说，太子是往紫虚观去了。她一想这事不妙，赶着也要过去劝劝，出门就遇到了魏叔玢。

这事确实不妙，魏叔玢也越想越心惊。二女都催马疾奔，但路上又是水又是泥的，苏令娙披戴的黑纱幕篱也颇阻速度，还是骑行良久，才遥遥望见紫虚观门口的道幡。

魏叔玢轻车熟路骑到大门口下马，忽听“呜”一声，腥风黄影扑出，那肥猎豹阿豚又跑出来迎她了。

豹子显得有些焦急，不肯让魏叔玢爱抚，而只蹭腿绕尾地围着她转两圈，又往观内小跑几步，回头望望，似乎是示意她跟上来。这情形，像是它主人遇到什么危险麻烦了似的……魏叔玢心下一沉，耳听苏令娙在问下人：

“太子殿下是否还在观内？”

紫虚观门阍确认了，二女便往里走。魏叔玢在前带路，牵着阿豚直奔观主内室而去，却在院门口遇到静玄阻拦：“魏娘子留步。上真师在内与贵客密谈，吩咐了不准人去打扰……”

魏叔玢微一犹豫，问：“是太子在里面？他两个……谈得还好？”

“刚才大吵大闹一顿，动静这里都能听见。”静玄摇头苦笑，“也不是头一回了，应该没事吧……”

魏叔玢心揪得更紧，手上皮索忽然一扯，她没准备，一下子撒手滑脱了。猎豹径自蹿进门洞，向正房紧闭的门扇奔去。

“阿豚！”

毕竟是个野畜生，这要是性急伤到了太子，那还了得。静玄也给吓了一跳，魏叔玢更无暇多想，与苏令娙一起跑进院内。眼见阿豚已立起上身前爪扒住房门，她探身去抓豹子，脚下却没立稳，向前一扑一推，紫虚观主房门豁然洞开。

房中一男一女，果然是柴璎珞和李承乾。此时二人身形重叠仰靠在坐床上，正在……深吻。

五月斯螽动股，六月莎鸡振羽，七月在野，孝子远行配军。

陇西道天高地阔的荒野驿路上，李元轨骑行在老胡商康苏密身边，前后有北衙屯营给他特意拨付的庞大随侍卫队——番上卫士十人——以及他从吴王府带出来的家人奴婢等尾随，第一眼看过去倒也黑压压一片不少人，只要别看第二眼就行……

康苏密带领的商胡驼队，比他手下人数还多些，再加上二十几峰又高又壮的骆驼、驴马、大疋绸绢货物，两边凑在一起行进，也算往西域商道上的声势很大的队伍了。这等规模，又有官府信幡和明执长槊软甲的兵卒随行，至少在甘州以南、唐廷稳定控制的疆域内，一般小股毛贼是不敢来打他们主意的。

李元轨很清楚自己一行要走的路程，动身之前，他特意遣人去兵部录画了一张自长安往西域的形势图，看过多次牢记在心。他们要取道比较繁华的关中路，往兴平、武功、扶风、陇州、秦州、渭州、临州、凉州、兰州、甘州、肃州、瓜州这一路过去，出玉门关，过莫贺延碛（今哈顺戈壁）、大患鬼魅碛（今库姆塔格沙漠），再往西南至高昌王城。[1] 如果一路平安顺利无阻，大概……三个月能到？

动身太早太仓促了些，其实很多准备都不充分。但愿他们别迷路饿死、夜里冻死、正午晒死、被荒原野兽咬死、被守捉关隘外的强盗砍死、被异域外族的王公可汗们烧死……

不是他自己吓唬自己，这些话，一直陪在他身边的康苏密都不知说过几百遍了，虽然老胡商脸上总是笑眯眯的，表情和语意并不合拍。据康萨保说，他从记事起，就和父母家人在这些往来纵横的商路上行走漂泊，以上种种遭遇全都亲身经历过，只是

---

1 李元轨一行去高昌国走的路，是根据严耕望老先生《唐代交通图考 · 第二卷》河陇碛西区的考证结果来写的。

自己运气好，每回都侥幸逃生而已。

如果哪怕有一次逃不掉呢？那也没什么大不了，不过就化身为一具半卧沙碛中的枯骨，自有运气更好些的安萨保、何萨保、史萨保脱颖而出，置下偌大家业，跃居商道众胡首领，在中原西域及葱岭外诸国翻云覆雨。人命天注定，富贵险中求，不必想太多。

这样被宽慰着，李元轨的郁闷之情仍难解怀。他知道按这些商胡的规矩，自己现在的真实身份比较近似于……康苏密的奴隶。

他自己亲笔书写且按了指模印的五万绢借据，至今仍在康苏密手里。欠下这么一笔巨债，即使在中原汉地，债主也有权向官府提讼，欠债人除了自愿卖身为奴抵契外，基本无路可走。更何况商胡对债契主奴等看得更重、处置更严苛，要不是康苏密顾虑他皇室亲王的身份，不敢造次，此刻铁索套颈牵拉着走都不过分。

其实只要再晚动身一两个月，他就有可能赎回那张借契了。再晚一两个月，他选拔调教的“吐谷浑王孙慕容诺曷钵”就有望学成出师，由他带着到御前叩谢天可汗仁德，他也顺便叩谢皇帝兄赏赐三万绢的慷慨施恩。

他由齐国公长孙无忌再牵线约见慕容顺特使，与之商定制造“假王孙”的细节，这倒不为难。虽然两人谁也没明言，但彼此心照不宣。那特使也知吐谷浑国内军政变化，带“慕容顺嫡子”回国承继可汗储位的心情比李元轨还急切得多。二人只是商量这诺曷钵王孙大致该当是何模样、需要通晓什么知识、养成何等举止、弄些什么信物来使吐谷浑上下膺服，言谈投机、尽欢而散。

从屯营卫队里挑选假王孙，就困难得多，出发前的大半时间也耗在了这番折腾上。最终经由杨信之推荐，他们选定了一个家贫少孤的渭北元从子弟，名叫周十二，年龄相符、体格结实、长相粗犷，本人经劝说也乐意出塞为王。就有一点，那少年脑筋不大灵光，学新事物很慢，丢东忘西，让李元轨等人急得天天跳脚。

太上皇七七过后，国丧诸务慢慢弛废，天子以西北军情急迫，命李元轨先行上路往高昌去，朝廷缓一缓再发明诏。李元轨没办法，只得把训练吐谷浑王孙的差事托给了三姐夫柴绍——柴驸马与康苏密交好，又熟识蕃情，一儿一女都能帮忙办差，没有比他更合适托付的人了。柴绍还在感激李元轨促成“九王吊孝”那事，慨然应允，让他只管放心。

这样李元轨临出发前，就只剩一个心愿没完成了。

他往永兴坊魏徵府上去过几次，借口庆贺魏侍中喜得麟儿也好，要上门拜望魏相讨教西北蕃情也罢，反正没一次能进人家大门。魏宅门阍显然是得过主人严令的，每次都直接挡回他吴王大驾，连通报都省了。

李元轨和杨信之商量过，能不能再玩一回夜半逾墙的把戏，偷偷潜入魏府去见人家女儿，最后还是被库真卫士劝得打消了这有伤风化的念头。他至今还没完全死心，还妄想有机会明媒正娶魏叔玢，不宜进一步加深人家父亲对他的恶感。没奈何之下，亲笔恭书一封长信，山盟海誓、矢志不渝，又附了信物，托柴璎珞转交魏叔玢了事。

就是那信物勾起来的……如今康苏密手中不但有李元轨的五万绢借据，心里还藏了他的性命攸关之秘，镇压得大唐吴王越发不敢轻举妄动，望向老胡商的眼光满是苦涩。

他送魏叔玢的情书附信物，是一枚精巧的鎏金缠枝纹银球香囊[1]，可系腰间、可挂帐角，囊中盛香托盘自带机括，转侧不翻覆，不怕燃着的香炭撒落引着火。香囊自然是贵重的上用玩物，原是他上年重阳节夺得大射第一后得到的奖赏，但他心里更为看重的，却是随银球囊一起送过去的那一小匣香粒。

那是他身边最后一盒母亲手调的宫香了。

他把一盒分成了两匣，一半送给意中人，另一半和其他较为贵重像样的物件一起，留给同母十七妹做嫁妆。他妹妹与裴律师正式成婚，应当在三年以后，他无法确定自己那时候能不能回到长安，预先做好准备比较妥当。

也为了这份嫁妆，他传话请一直留在立政殿后院陪妹妹的保姆刘娘子来大安宫一趟。等刘娘子请过敕到十七王院，见面唏嘘哭过一场，他命人将准备的物件一一交代

1 关于鎏金缠枝纹银球香囊，详见附注（36）。

明白。天色已晚，刘娘子只能先在吴王府留宿一夜，第二天再回立政殿……然后他就问了。

把别人全部赶开，确定没有第三双耳朵能听到，李元轨问自己的保姆、从他出生前就和他母亲张美人一起侍奉尹德妃的刘娘子："我生父到底是谁？"

刘娘子没当场吓晕过去，算她近期苦头吃得多了心绪坚强。保姆自然是不肯说实话的，禁不住李元轨一再追问，表明"我就要万里投荒不知还能不能生入中原，不能连自己是谁都不知死得稀里糊涂"，刘娘子终于一面抽泣拭泪，一面吐露真相："十四郎……奴婢也……也不知道啊……"

不知道……是什么意思？

"那年……尹德妃刚生下八郎没多久，还在坐月子，太上皇出京巡幸，不便带她同去，带了别的美人，尹娘子心里不快活……等太上皇走了，有一天就请齐王和太子……前太子……那时候齐王住武德殿后院，前太子在东宫，离她住的凝云殿都近，禁门日夜通着……喝酒作乐，整整闹了一夜……前太子本来还有点样，后来酒喝多了，就也和齐王一起……尹妃不是还没出月嘛，就让身边年轻有姿色的婢子都陪他们……你娘也在内……"

哦，李元轨想，尹德妃在自己宫院里开无遮道场。这传闻他以前就听说过，却不知他自己也是由此而来。

"闹过几天，尹娘子一想这事不妥当。等太上皇回京，也就五六天以后吧，她使弄手腕，给太上皇也安排了一样的享乐场……那月过后，张美人就发觉有身子了……"

刘娘子长叹一口气，拿帕子拭泪。李元轨发觉自己心情比预想中平静得太多，还能安然地继续问："那至少，跟当年的秦王没什么关系？"

"唉……奴婢是没亲眼见有什么……只听后来尹妃她们传闲话，说当时也差遣张美人去承乾殿给秦王妃送过物事，天晚了留宿过，秦王也在家，所以也就有了嫌疑……尹妃她们就是拿这当笑话乱说，十四郎你别放在心上……"

好得很，所以他李元轨的生父有可能是李渊、李建成、李世民、李元吉这父子四人中的任何一个，如今只有神仙能确知。妙极了。

很奇怪地，知道这个“真相”以后，他却觉得轻松多了，心头如有一块巨石落地。他在宗籍玉牒上的记录就是高祖大武皇帝第十四子，没人能否定他不可能是，这就够了。至于别的，就像魏叔玢说过的，谁会在乎？

他觉得自己真的可以不在乎……直到第二天去布政坊康萨保府上，把自己灌了个酩酊大醉，隔日醒来以后，隐约记得自己跟康苏密提过“我生父”这三个字。

只记得提了这三个字。

李元轨长长叹一口气，恨不得拔出腰间蹀躞带上的小刀子，把自己舌头割下来。康苏密倒是一直没说过什么，自始至终客客气气，但李元轨看他那副笑眯眯的表情里，总像埋藏了无尽的精明和得意。当然也许就是他自己心虚……

他这一路上，也想过和杨信之商量此事。可杨信之另有心思——他终于知道那黄发碧眼的胡姬米薇怀了他的骨肉，为此颇苦恼，不知该如何是好。

两个胡姬米薇、粉堆，因为通晓汉胡言语又与李元轨等人关系密切，都在这一次同行去高昌的队伍中。米薇的肚子已经明显隆起，行路艰难，但她惯于卑微，也不敢叫苦。杨信之自然对她多加几分关照，康苏密也默许二人行止格外亲密些，只是绝口不提“把米薇送给杨大郎”的话头。每天笑哈哈地打趣这对男女，却手握女奴身契不肯轻放。

一行人各怀心思、各有所图，表面上还算融洽欢喜。从长安出发西去，晓行夜宿，直到出陇州前，旅程都还不很艰难。八百里秦川人烟稠密、市镇集聚，商队可以边行路边售卖货物，偶尔晚上在村野外扎营，胡姬们弹琵琶舞胡旋，都能引来大量农人围观。

李元轨命卫士们借机去打探些当地风土消息，也没太多可留意处。隋乱至今已约有二十年，关中沃野人口生养繁聚，分田收租等乡务各有官吏处置，还算清平，百姓抱怨多的仍是“这几年征点太频，丁男都被抽走打仗去了”。

看看村庄里和路上的人，确是以老幼妇女居多。不过在关内李元轨也只是感叹议论而已，等到上了陇山，眼前景色迅速从繁茂青翠变为荒凉疏阔，黄土梁峁沟壑无边无际地延展开去，占据全部视野，他不由得沉默下来，连发议论的心情都没了。

自陇州到秦州、渭州、临州，这还是以农耕为主的半牧区。到了凉州、兰州、甘州、肃州、瓜州，农田房屋河流树木只会越来越少，他们所见的大部分将是草场牛羊、风沙荒漠，人户主要依着官道驿站定居。那时再错过宿头就会是非常麻烦的事，野外露营风险极大——康苏密对李元轨如是说。

“其实哪，二十多年以前，还不是这光景撒。”老胡商叹息，“前隋国运旺盛时候，这路上也安逸得很，到处能见着人家哈。杨家皇帝瞎鼓捣，没得几年，个个家破人亡，到今缓不过元气来，害我们生意也没得做。造孽哟！”

嘴上这么说着，到秦州州治投驿以后，康苏密还是立刻找牙人打听马价。原来这一带有几个朝廷设置的牧马监，自突厥逐北、世道太平以来，边境羊马贸易昌盛，驹骊滋生日繁，除定数供军进上，亦有汰劣配种等事务，胡商也惯于从中取利。康苏密此行，专门带了几个精于骡马行交易的商胡，就是准备做这行当的。

他运气不错，一打听，人说过两天就要有一大批青海马从河湟赶下来，却是唐军在吐谷浑俘获的战利品，先在这里养一养膘，预备弄到京师献俘大典上用。康苏密大喜之下，带人匆匆出门去谈生意，李元轨并不知道他这生意怎么做，也懒得去理，他另有所思。

秦州西北，有县名“成纪”，陇西成纪。

他唐帝李氏对外宣称的祖籍。

据李元轨所知，自他父李渊往上推几代，无论是发家的太祖李虎，还是稍近一点的祖宗“凉武昭王李暠”，都没在这成纪居住过。自家愿认这地方为祖籍的根本原因是要认汉“飞将军”李广为祖宗，而《史记》明载：“李将军广者，陇西成纪人也。”

所以稀里糊涂认父认祖这种事啊……有什么可忐忑纠结的呢？

他问问主管驿将，得知成纪县离州治倒不甚远，骑马过去一天内可来回。驿将又说他们来得不凑巧，成纪显亲川旁有一废弃的秦汉故城，据说便是飞将军出生地，本值得去专程游观的，但前些日子西北军刚押送了一批俘虏过来，因缺乏安置营地，州吏暂时将那些人关在故城里派人看守，如今禁止人接近了。

“俘虏？”李元轨问，“什么俘虏？”

“李大总管药师公在吐谷浑抓到的俘虏啊，”驿将说到“药师公”时眉飞色舞、情绪高涨，“听说有那什么可汗的王后！还有国舅宰相！还有王子公主！还有一大群王公贵戚酋长！啧啧啧，多大的威风煞气，现今都一个个跟落败的斗鸡似的。多少年了，那帮人年年带兵过来烧杀抢，要不是有兵将看守着，老百姓不冲上去生撕了他们吃肉才怪！”

李元轨心头一凛，继而又一喜。

那飞将军降生地，看来他是非去走一趟不可了。

一道河水在山峦梁壑间若有若无地蜿蜒，至坡下转个大弯，湾角处，黄土夯筑的断壁残垣森然挺立，勉强还能看出围成长方形且带瓮城的模样。

李元轨带着杨信之和两个童仆骑马自秦州出发，奔驰大半日，渐渐接近这成纪故城[1]，看着也就明白了押官为什么要将俘虏们安置在这残城中——陇上七月，秋风已急。白天还好，到晚上没个厚实挡风墙壁，仅靠帷幕御寒，对于老幼妇弱来说会非常难挨。

秦州州城内地方也僻窄，又是战事中转枢纽，几处馆驿逆旅多被往来传递军报的特使和粮运官占据。此次从吐谷浑王城押运来的俘虏有上百人，又不肯分散安置，商量争辩之下，押运主管离了州城把俘虏们带到这里来，“也省得往来军汉们搅扰不宁”。

这押运主管，对李元轨来说也是熟人，他在秦州一打听到姓名职务，就头皮发紧，暗叫不妙。

原右屯卫大将军、领北衙七营长上守禁中、虢国公张士贵，因年初禁内变乱频生、守宫不谨，被议罪贬黜、发往军前效力冀其戴罪立功，如今只领了个“西海道行军副总管”的差遣职名，受命押解吐谷浑王室俘虏回京师。张大将军贬官流军，可说主要

1 成纪故城，详见附注（37）。

是拜李元轨这乱臣贼子所赐，冤家路窄，估计相见会分外眼红。

张士贵也驻节在成纪古城，紧贴着土墙外，旌旗招展帐幕围屏圈出一片露天议事地，十分简陋。李元轨带人走近那圈围帐，自有守卫迎上问身份来意，杨信之刚掏出鱼符木契要通报，李元轨忽然听到行障围幕之内，有人在说话，挥手命他们暂缓。

帐内说话人在叫苦哀求，听口气是秦州当地负责储库粮食调配的仓曹参军之类，一口一个“总管慈悲”，只说粮库实在全掏空了。今年征发丁男太多，从春耕就农事不济、有熟田抛荒，现到秋收依然劳力严重不足、庄稼收不上来，全靠前几年积储的义仓[1]粮食周济一州百姓、供应往来军队，才勉强没饿死人。如今张副总管又要供应这一大批俘虏生口暂住，他抠地缝也抠不出多少粒粟米来……

“这我不管！”张士贵在发脾气，“我奉李大总管将令，带俘虏就在你秦州休整坐等，什么时候那批贡马到了，一并上路！将令我不敢违，你秦州不供军不给饭吃，饿死了俘虏，你自去向李大总管和天子回话！”

原来张士贵这批人在成纪古城停留，是在等那批被康苏密盯上的马匹，到了以后合并一起押送回京。这应该能节省不少押运人手，想必李靖打的也是这主意。如今真是处处都缺乏丁壮劳力啊……

“大将军且宽心，某已打听过，那批贡马不日就到，不会耽搁太久，大将军也很快就能遣发俘虏了。只是军马到来，一大堆草料嚼裹也得我州供应，唉，愁死卑官了……却不知这一仗还有多久能打完？我州征点番上的丁男啥时候能回来种地？要是明年开春还没人干农活，真是又要大饥荒了哇……”

李元轨听帐幕内那两人翻来覆去总是吵这些话，也不再耽搁时间，示意守卫去通报。里面二人一听说是有亲王奉敕出使路过，立时住嘴，张士贵整衣出来拜迎。

数月不见，张大将军被塞上风沙摧残得又黑又瘦。李元轨自有一番心虚致歉辞，张士贵虽口中谦逊不敢，神色间却是冷冷的，显是仍有怀恨。那仓曹就便告辞，张、

---

1 关于义仓，详见附注（38）。

李二人入内单独说话。

围幕内也布置得简单，几架胡床围着一张木案，案上堆积了许多卷宗。李元轨被请到上首胡床坐定，又寒暄片刻，就提出来意：他想在吐谷浑贵族俘虏中选择一两个愿意与大唐合作的，嘱咐些事，先行秘密送回长安去。

他这还是在为假王孙一事打算。据他看来，那假王孙周十二被送到吐谷浑故地后面临的最大难题，就是各部酋长牧民不相信、不接受他为慕容顺嫡子。有唐军在那里镇场时还好，等李靖他们一撤军，全靠慕容顺父子自己统治，感觉就很悬。莫如趁眼下手中有一批贵族俘虏，从中挑一两个顺从的，先是送到长安帮助训练周十二，让那假王孙尽量能以假乱真，再跟着周十二一起出塞到伏俟城，率自己部民辅助他父子坐稳可汗位。

麻烦的是，他不愿意向张士贵说明自己在“制造假王孙”一事，只含糊以“受天子敕命谋划一秘务”代指，而已经吃过他苦头的张大将军满眼都是怀疑，拒绝得干脆利落、毫无转圜余地：“吴王莫怪。某受李大总管面命，军令如山，务必将全体俘虏逐一押送到京，中途不得有走失病死，否则军法从事。吴王若有安排谋划，待这些人到京交卸过后，任凭发落，张某此刻却是不敢放吴王入内，亦不能准许俘虏与人私语。”

坑害无辜旁人的报应到了……李元轨暗暗叹息，又努力劝说一阵，张士贵明面礼数不缺，却是咬定牙根不肯松口。他还进一步抱怨：“看守人手太少了。前几天京中刚有诏敕到，点名要几个俘虏速运至京，主上要亲审，又不得不拨了十个人先押着他们上路。如今连我在内一共不到六十人，却看押着一百多俘虏，这成什么话？吴王还想再令人专送两人？张某这里哪还有人能匀出来？”

我倒是想自己押两个人回长安去，就怕一进城门就得以“抗敕私逃”的罪名被砍了……李元轨忍气吞声，与张士贵争执良久，最终提出：“那我上城墙去瞧瞧那些俘虏，总行了吧？我去高昌，途中很可能会遇到吐谷浑零散部落，总得让我能认出那些人的模样来。”

张士贵沉吟片刻，总算点头：“也好。今日坐得腰酸，某陪吴王上城走走。”

这座故城的城门不知什么年月筑建的，早塌了一大半，右边土墩还勉强能看出一点拱形和阙楼的基础，也是整个故城的最高点。李元轨和张士贵沿着一条小道，手脚并用，登攀上土丘顶，向残墙内一瞧，花花绿绿的帐幕映入眼帘。

这帮吐谷浑俘虏都是贵族和他们的随身奴仆，大多带有些织锦厚衣料等物什，此时依着故城断壁搭起了数十个帐篷栖身，城内许多人在抱物走动、提水送食等。张士贵指着墙边最大的一顶帷幕，向李元轨道："那里住的是慕容伏允的正妻王后，是个吐蕃妇人，她身边还带了三个子女。慕容伏允被我军追击得狼狈不堪，抛妻弃子，只带了二十几个随身卫士，轻骑逃入大沙碛。药师公命契苾何力跟薛家兄弟带兵去追了，也不知如今追到没有。"

"吐谷浑军战力如何？"李元轨问。张士贵摇头一笑："比我军差得远了。这帮番夷，就是倚仗着地利！我军道路不熟气候不惯，一上高地就害疫病，没开打之前痛苦万状，真接上阵了，那帮蕃人根本不堪一击！他们打仗没章法，光靠血勇骑马猛冲，不布阵不配合，前锋被射倒几排，后面就慌张，拍马想逃，这还能有好？所以青海道那边啊，我军兵将都不怕打仗接阵，只怕耗着跟他们主力兜圈子，那鬼地方，唉……"

刚从前线撤回来的百战宿将叹口气，没再发牢骚，手指一移，又指向离吐谷浑王后帐幕不远的另一处较小帐篷："那里住的是他们国相天柱王。可汗一家离了国都千里奔逃，原是留天柱王带主力抵御我天兵的，也是就打了一仗，那天柱王的手下死的死、跑的跑，他自己也受伤被俘。路上走得辛苦，他前几天还发起烧来，躺在槛车里不省人事。我真怕他撑不到长安就病死，害得张某还要受责。唉！"

李元轨眼力很好，能看到一个头裹黑巾、穿长袍、背着草药筐的人从那帐篷底下走出来，又回身向帐内说着什么，想是张士贵找来给天柱王治疗的医士。

天柱王是王后的兄弟，当了二十年宰相，深受老可汗信任。兄妹俩挑拨得慕容伏允一心跟吐蕃亲近，年年挑衅大唐袭边掠地，唐皇李世民终于一怒发兵，于是吐谷浑可汗国破家亡只身逃窜。伏允一家是活该，只可怜两国百姓，打起仗来哪边日子能好过？

"吐谷浑的王后国相都被俘了来，他们那太子尊王呢？"李元轨又问张士贵，"此刻是在他母亲身边？还是跟着他父亲一起逃了？”

张士贵摇摇头：“这张某也不清楚，王后身边有二女一子，那小男娃娃才六岁，应该不是尊王。攻克伏俟城以后，药师公查问过尊王的去向，人人都说他早就离开国都，去自己的领地牧场了，也应该没跟他父伏允在一起。药师公分析，那大概是伏允布下的局，故意让父子分处而居，万一有一个被我军抓了，另一个也能继续聚拢他国民顽抗。”

这确实是一桩麻烦，李元轨想。等他三姐夫柴绍在长安训练好那假王孙，送到伏俟城，去辅佐现今被唐军立为吐谷浑国主的慕容顺，他们父子需要面对不知生死、不知藏匿何处的正牌太子尊王的挑战。

慕容氏在吐谷浑统治已逾三百年，各部落敬惧王室如天神。尊王既有大义名分，那么煽动各部族起反、不服慕容顺父子统理，应该是很容易的事。他父亲慕容伏允当年就是这般，被隋军打散以后又趁中原大乱死灰复燃的。

“就是为了断绝那太子尊王的念想，元轨才在京师奉敕公干，又欲在这群俘虏当中选人先送回去……”李元轨还想乘机再劝说张士贵配合他，但张副总管一听他又提起额外耗费人力的计划，大手一挥，极不耐烦地连连摇头，干脆背转身子望向另一边，不看不闻。

我又不是为了自己找这麻烦……李元轨暗自翻个白眼，还想再纠缠，忽然看到自己这边下方，天柱王那帐篷里，又走出一个少年，抱着木匣跟在医士身边往外走。那少年身形有点眼熟，而脸容一转侧间，竟肖似自己曾与之勾结、在大安宫作乱的那吐谷浑小王子“桑赛”。

李元轨大吃一惊，揉揉眼再看，那少年已跟着医士走远了，再看不到脸庞。他伸手指住二人背影，转头刚对张士贵“哎”了一声，土堆下方突然传来喊声：“大将军！”

张士贵扭头问：“什么？”下方一个传令兵喊道：“那批贡马运到秦州了！赵刺史让人来禀知张总管！”

这是他们一直在等的吐谷浑马匹到了。张士贵大喜，拔脚就下坡。李元轨抓着他叫“等等”，还想说刚才好像看到了桑赛的事，张士贵却反手一把钳住他手腕，扯着他往城外走，口中语气严厉：“吴王恕罪。军情紧急，耽误不得，张某没空陪郎君闲逛谈说了。也请吴王勿误公事，即刻上路！”

城门残基坡高路陡，这么用力拉扯着走，一不小心二人会一起摔跌下去。李元轨又生气又惊惧，一时顾不上说话，趔趄着平安落地以后，又欲开言，张士贵却扬声叫人来“送客”，向他拱手一揖而别，匆匆向自己坐骑跑去。

这就是摆明架势要轰人了……李元轨心里有气，也不跟他拉扯，自己叫杨信之“去把刚才进城那个医生和他带的人找来”。但张士贵的随从却依奉主命，执意要李元轨主仆立刻离开此地，又在城门跟他们纠缠好久。等杨信之能抽身去问那医生的事，那二人早离开成纪故城没处去找了。

李元轨还不死心，上马带了自己的人，在附近转着圈子搜索那二人踪迹，边骑行边向杨信之说了仿佛看到桑赛。杨信之也是既惊讶又慎重，说“如果桑赛当时逃出了长安城且能自由行动，那他确实很有可能就在此地”。

据桑赛自己和康苏密的说法，那少年正是天柱王之子、王后的外甥，又与吐谷浑太子尊王交好。李元轨脱狱之后，曾向程咬金查问那晚大安宫翠云峰望楼内外得获的刺客形状，得知桑赛并不在内，而除他之外，其余黑衣人几乎全数战死。那么桑赛应该是逃掉了，至于他如何逃出大安宫和禁苑，又如何在长安城内外隐身消失，那还是个谜。

吐谷浑小王子在长安的任务失败、带去的人手折损殆尽，剩他自己一人，潜回吐谷浑的可能性很大。他没有公验，走不了官道，一路躲藏遮掩的话，行程速度会较慢。今年五月唐军在吐谷浑大胜，露布一路报捷过来，西北道上各处皆知，对这一战无比关心的桑赛没理由打听不到。他父亲和姑母都被俘了，他来想法营救，再正常不过。只可恨张士贵怀衔旧怨，不肯好好听李元轨说话……

在成纪故城外转着圈搜索，圈子越兜越大，四人一直搜到夕阳西斜，也没发现什么可疑踪迹。这倒越发坐实了那医士和少年有蹊跷——寻常百姓哪会消失得如此快速？

李元轨勒马想了想，又回往成纪故城营地。张士贵已经骑马去秦州接那一批贡马了，看时辰今晚赶不回来，不过他可以向张士贵留下的副将等人示警，提醒他们看到了疑似奸人，可能会接应这些俘虏脱逃，叫他们小心看守。

可他连这一点都没能做到。他赶回营地辕门时，天色已黑，所有人都关门守寨，缩回故城残垣布了营地监守。他在门外喊话，回答总是“军门不夜开，这是规矩，请明日天亮再来”。

总不能把什么桑赛，什么吐谷浑小王子的事隔着门喊过去吧，何况那事说来还挺复杂，又牵扯到城内那些俘虏，谁知道当众喊出来会有什么后果……李元轨又气又恼，一扯马缰，招呼杨信之等：“走！我们回秦州！”

“啊？连夜赶路？”杨信之一咧嘴，看府主神情不好，忙又改口，“要是今晚出了事，那怎么办？还是说动他们开辕门放我们进去住一宿吧！有事也能帮一把手……”

“别做你的春秋大梦了！”李元轨冷笑，“走夜路而已，这点苦头都受不住？今晚准保没事，我知道桑赛那猴崽子会什么时候动手，也知道他打算怎么干、往哪里跑！”

陇上月霁，朦胧惨淡的光芒映照出关山沟壑、峰峦起伏。长草白茎间有人声喘息、马鸣低嘶，有汗热蒸腾的体味，还有老妇幽幽的抽咽声。

李元轨坐在山谷入口的一块石头上生闷气。

空顶着一个天子特使、御弟亲王的名头，整个秦州地界，似乎就没人把他放在心上。所有安排布置都磕磕绊绊，到哪里做什么都晚了一步，后果就是……大晚上二十几骑月色下没命狂奔，希冀还能亡羊补牢，守住最后一个关隘、竭力挽救这场大祸。

张士贵，在京时人都称许他性格沉稳、奉公谨慎，却不知他襟怀狭隘得可笑。那日在成纪故城见过一面，二人先后回到秦州，自此张副总管借口事情太忙，再也不肯与吴王会面，连李元轨遣人过去报信或者送手书，也无回音。他是怕李元轨拉着他纠缠要人吗……

康苏密，也是白天晚上在外面忙着自家生意。李元轨告诉他在成纪故城看到了桑赛，他好像丝毫不在意。对于李元轨提出的“抽调商队中壮男随我一起去阻截俘虏”的要求，他开始是一口回绝，说另有事要办抽不出人来。等李元轨要带着自己的卫士奴童出发了，康苏密忽又说要一起同行去立功……你还有点准没有？

就为了七八个商胡男子要临时加入，李元轨的出发时间足足往后推迟了一个时辰。再然后，杨信之，办事拖泥带水，又迫得他们二十几人在秦州城外等了一个多时辰。

不过是让他带人去城外村子找个当地人做向导，至于磨蹭那么久吗？李元轨都等得磨光耐性准备放马开跑了，心里诅咒发誓，回来一定狠狠抽杨肉塔一顿鞭子，那高壮卫士才从村子里出来，找到的向导居然是个枯瘦老妇人，说村里几户人家一见官军出现，家里男丁全跑光了……

这样耽误来耽误去，等李元轨带着这一小队人马没命地奔到了成纪故垣外，已经晚了。

翻越最后那道山梁后，他们眼前展开了一幅混战的画面：浓重如墨的夜色里，五十几支散布晃动的火把照出人群哭喊、尘烟滚滚，残墙内外到处都是兵刃厮杀和马嘶奔驰声。看情状，城内拘禁的上百名俘虏已突出残墙，向城外河湾地放牧的马群移动过去，而只有几十人的看守队无力阻止他们。

李元轨是事先料到了这一招的。他得知张士贵要把俘虏和贡马同时押往长安的消息后，心头就浮起不安。吐谷浑人世代逐水草而居，即使是王室的妇孺病弱，也个个马术娴熟。给他们送来这一大群本国良马，看守人力又极度不足，那不是在鼓励他们“抢马快逃”？

如果说这些俘虏本身已被唐军打得失魂落魄心灰意冷，没了逃跑的心气，那桑赛这猴崽子从外面偷混进去，找他父亲、姑母一鼓动，再安排下接应筹划，哪有不成的？

张士贵是两天前命人把一群良马赶到了成纪城外显亲川的河湾地，看中那里水草丰美又临近俘虏营，养几天膘，定于明日一起出发动身。李元轨得知此消息后，便猜今夜俘虏们会闹营抢马逃跑。

他本想带着二十几人的生力军，日落之前赶到成纪城外，与守兵一起严加监视镇压，但出发晚了两个时辰，只赶上了目睹俘虏与守卫的大混战，还是夜战。

“十四郎，这怎么办？”杨信之也在马上急得搓手顿足，“赶紧冲下去助阵吧！”

有这会儿着急的工夫，你在城外村子里抓紧点时间多好……李元轨也无暇训斥他，只扬鞭喝止：“别忙！别瞎跑！你分得清敌我吗？”

俘虏营守卫都是穿着黑布戎服的青壮男子，白天与吐谷浑俘虏们很好区分，这黑灯瞎火的，高速骑马冲锋之间，一照面哪能分清谁是谁？何况那些俘虏里还有几个重要的敌国人物，预备在长安献俘大典上露面的，不到万不得已最好别杀死。他们二十几骑拍马冲进去，造成的混乱踩踏就等于闭眼随便屠杀了。

身边马上的康苏密也没什么好主意，嘴里喃喃骂着“龟儿子”，又可惜那群眼见已经陷入战乱的良马，说“武威安家整闪火啰，抢行遭报应”。李元轨也没工夫理他，略一沉思，下决心拨转马头，命杨信之找来的那向导老妇“带路”。

他路过州城外村子，想到去找个向导，就是为了防备这情形。来路上也只问过老妇人一句话：“最近的游牧部是白兰羌吧？从成纪往他们牧场怎么走？”

陇上精骑名闻天下，当地人人视乘马奔驰为家常便饭。李元轨一行都带了副马，匀一匹给那老妇人，跟着她在山道上一路奔驰，二十几骑很快从成纪城外转到这个山口。据那老妇说，白兰羌每年秋天来打劫，十有八九都是从这条路下来的。

这里地形很适合隐蔽伏击、卡住吐谷浑俘虏逃路的脖子。李元轨四下看看，示意自己人下马找掩护休息，准备好弓箭、石块、火把。康苏密并不和他来争夺战场指挥权，老胡商只是捧着大肚子跟在他身后笑眯眯观看，也不知打的什么主意。

一切安顿好之后，坐地离李元轨很近的那向导老妇又开始抽咽。杨信之在一边低声劝慰，说“明天一早你就能回家了，许你一贯钱不会赖的，能买不少粮食布，你小孙子也不挨饿啦”，又说“西海道已经打完仗，你两个儿子很快就能回来，到时候一家团圆多好，还哭个啥”，还说“吐谷浑已经打服，几十年内不会再有强盗来烧杀抢，以后只管过太平日子就行啦”。那老妇只点头不说话，却也止不住低泣声。

李元轨听得心烦意乱，忍不住横眉低喝一句："闭嘴！再出声抽你！"

四下里人声立止，老妇和杨信之都安静了，一时只能听到夜风呼啸和长草间的虫鸣。

李元轨微觉歉疚，侧头向那两人的方向瞥了一眼，正见杨信之在月光下咧嘴无声地笑，还向李元轨伸个大拇指表赞佩。

身形如此雄壮的一条汉子，办事说话都婆婆妈妈得像个老妇人，自己还不以为耻……李元轨正在心里恨骂不绝，脚下忽然觉出地面微颤。过一会儿，颤动越来越大。

那一群本定贡往京师的良马，往这边疾驰过来了。

今夜天上阴晴不定，月轮在散漫的云层间忽隐忽现。旷野荒原远方，先是出现一线模糊的灰白色影子，随即迅速扩大成团。

"打火！"李元轨站起身来发号施令，"点起火把来！多点些！"

"啊？"杨信之惊问，"点火把干吗？不是要隐蔽伏击吗？"

"伏你个大头鬼！"李元轨骂一句，对卫士的猪脑子绝望了。

如果他们能够打个伏击战、杀光来敌完事，那真简单得多。逃过来的人数虽然比他们这队人马多出四五倍，可一大半是妇孺病弱，而且抢马夜逃不但没什么兵器，恐怕连鞍镫都不齐备。二十几条精壮汉子占据地利、武器充足，要出其不意屠灭这一队妇弱，那还不跟切瓜砍菜似的。

麻烦在于，他们不想杀人，只想抓人。抓活的。

身前身后十几支火把燃起，明亮的光焰在夜空中挥舞出一个个小圈子，封锁住由成纪地界往高原游牧地的山口。正在往这边高速奔来的马群出现了明显的惊恐骚动，跑在前面带路的几骑紧急勒马，嘶声划破夜空旷野。

李元轨低声教杨信之几句话，命他深深呼吸吐纳。等到俘虏马群大部分跑到山口近前处，高壮卫士中气十足、声若洪钟地立身大喊："大胆贼子，速速下马归降！大唐雄师早布下天罗地网，你们往哪里也逃不掉！下马！坐地！抱——"

最后一个"头"字还没喊出口，半空嗖嗖声响，几支羽箭遁声飞来。好在李元轨也早有准备，一边待命的小奴阿沉几人举着步兵长盾，抢上去挡在杨信之、李元轨等人身前[1]。咄咄几声，约有两三支长箭插入木盾。

“放箭！”李元轨也喊了一声。他身后的弓手们自不客气，开弦还击。他们这边居高临下占据地利，而且休息了一阵，射程准头都比坡下的逃虏们好得太多。一排箭射出去，坡下顿时人喊马嘶、哭叫大乱。

李元轨戳了下杨信之示意，高壮卫士有点不情愿地从长盾后立起身，运了运气继续喊：“大胆贼子——”

他喊了三五遍，坡下却没什么反应。一些吐谷浑人在隔空射箭还击，更多人勒马回头，似乎是要往来路退回去，另找出路。

蹲在两个少年身后的康苏密终于忍不住了，扯扯李元轨衣甲：“十四郎，省省气力莫喊了，那些吐谷浑人不晓得汉话，听不明白嚜……”

“……怎么不早说！”李元轨一口老血涌到喉头，“你教他，教他喊蕃话！”

康苏密挪动身子，凑过去一句句教杨信之以吐谷浑话喊那几句。但是时机已过，现下山口处乱成一团、沸反盈天，杨信之的声音再响，哪里还有人静心听他喊的是什么。

吐谷浑俘虏队里有一二十个男子鞍辔齐全，且随身带弓刀兵器，李元轨猜想那可能是桑赛带去的接应人手。初期的慌乱过去后，他们迅速结成战队，一边射箭一边各寻掩蔽、抗御山口埋伏的唐军。白茫茫的月光下，只见其余大批男女骑马四散奔逃，局面溃散得无法收拾。

这可不妙。

李元轨敲着头盔思索。他的主要目标是吐谷浑王后和她那几个子女，还有她兄长天柱王。如果这几人能抓住送到长安，别的俘虏逃散就逃散，麻烦不大。可他怎么去抓那几个王公贵戚?

他连人都不识得，自己手边一共二十几骑，指挥着冲进对方上百人的队伍里去找问，风险也不小。

1 关于古代步兵，详见附注（39）。

之前李元轨并不太担心人数对比悬殊，他知道夜色能掩护自己的真正战力，吐谷浑俘虏都是惊弓之鸟，会以为山谷里还埋伏着更多唐军，不敢轻易冲过来硬拼。战场发展倒是符合他的预期，就是……他也完不成自己给自己定下的任务罢了。

就这么一犹豫，眼见山口外的逃骑奔走得越发散乱，再不下决心更难找人。李元轨一咬牙，站起身来大声叫喊："上马！冲下去！先灭了那些射箭的！都去找吐谷浑王后！还有天柱王！找到重重有赏！"

身后传出响亮的一声"嗤"，是康苏密的声气，也不知老胡商是啥意思。李元轨哪还有余暇理他，和杨信之、阿沉等人都跨上各自坐骑，冲入山口外的战场，开始一个个围歼清剿对手的弓兵。

他们有十几人是穿戴了甲胄的，不太怕冷箭暗算，冲锋在前。等到他们把有力量反抗的吐谷浑人杀得差不多了，再去追击那些逃散者，李元轨心下已不抱多大指望。这片辽阔地域沟壑纵横，可藏身处极多，又在黑夜里，谁知道吐谷浑王后母子逃躲到哪里去了……

李元轨正自烦恼，忽听一声悠长号角响彻山谷。

那角声似乎是从东方传来的。一众唐骑纷纷转头东望，才发觉东方天际峰峦起伏的地平线上，已是鱼肚白颜色。天空之下，星星点点的火光正自漫山遍野席卷而来。

号角声很熟悉，是唐军指挥习用的信号，李元轨之前陪同父兄阅兵、演武、大狩时都听惯了。大喜之下，他本欲自己率众迎上去，转念一想，还是只派了阿沉带一名轻骑过去通报消息，自己继续在原野中追捕俘虏。

晨曦很快驱尽夜色，来驰援的骑兵熄灭火把，人马的形状也在朝霞里清晰起来。李元轨纵马奔上一道小山梁，四下一望，约莫这一师援兵有五六百人，此刻已被分成四五队，沿着原野地势四下里包抄搜索，行动布局看着有条不紊极具章法。

"他们带兵的是谁？"他问刚刚奔回自己身边的小奴阿沉，对方大喘着气回答："张……张士贵……调了附近……几镇土兵……"

这回答倒不意外。吐谷浑俘虏逃营，最着急拼命的当然是负责押运他们回京的张士贵。不过李元轨心底倒是对张大将军的统兵才具评价一次性上调十八级——他能在如此短的时间内调集这么多兵马带出来，又能把平时自守各地、应该没做过协同训练的土镇兵指挥调度得如此顺当，真不愧是从隋末大乱中就跟着当今天子一路打上来的百战宿将。

比他自己照猫画虎玩闹似的“阻截”强太多了。

“康——”他心里忽然有了个想法，回头想询问康苏密，却见那老胡商并不在自己身后。再左右一扫，那七八个商胡男子也不见了。

“十四郎想找康萨保吗？”杨信之凑上来，大嘴一咧，似哭似笑，“好早以前就不跟着你我了……看，他们在那边呢！”

顺着他棒槌似的手指望去，李元轨看到了康苏密那一众胡人，在战场上正收拢无主马匹，身后已经用粗绳子牵缚住了一串，怎么看也有二十来匹马了。阿沉也在身边叨叨：“别人都冲着俘虏去，问王后什么的下落，就他们专冲着空身马去……”

李元轨气结地盯了胡商们片刻，没心情管他们，自己带人继续下坡去搜捕逃犯。但他要以为康苏密带族人参与这次围堵俘虏行动，只是为了白捞一些马匹，他还是把那老狐狸想得太过善良了。

搜捕持续了两天，成功找到吐谷浑王后等人，但她的六岁儿子在逃亡中坠马被踩死，她兄长天柱王也中箭身亡。原本上百名俘虏，经此一役只剩了四五十人，“倒是不怕他们路上再逃了”——一脸晦气的张士贵自我解嘲。

至于那些贡马，好说歹说，康苏密交出了十匹受伤跛脚的，坚称他们商队只在战场上寻到了这些……李元轨侧面打听，原来官府监牧之前本与胡商有一笔汰弱换良的交易，康苏密想承揽，却被本地势力更大的安姓胡商抢了生意。两下里闹得不快，康苏密这次趁火打劫，也有在官府与安萨保之间挑拨的意图。

再详尽的细节，李元轨也懒得打听了。马匹并不是这回康苏密的获利大头，回到秦州馆驿没两天，老胡商就悄悄把李元轨带到城外营地，嘴里说着“这事怎么也不好瞒过你十四郎”，掀帘走进一顶小帐篷，又示意李元轨也进来。

帐篷里的地毡上坐着一个瘦小少年，见人进来，一抬头，与李元轨四目相对，两人都愣在当地。

吐谷浑天柱王的儿子桑赛，果然在秦州。

“三年以前，差不多也是这个时候。他快十五岁了，我二十二岁。听上去应该不会有什么，对吧？

“在我心里，他一直就是个小毛孩子、小弟弟。我甚至还记得他出生洗三，我娘带了我去承乾殿贺喜。大浴盆里那个光屁股婴儿，长得真丑，什么秦王世子啊，跟我头年出生的大弟看不出区别来。反正都是臭小子嘛。

“男孩子的发身可吓人，他十二三岁的时候，还是娃娃相。也就一两年间，呼啦一下子就长高了，长成个美少年。我记得我大概有半年没怎么见过他，再见面离近了，突然就发现，这小子居然比我还高了。

“那年夏天，京里太热，主上和皇后都去九成宫避暑，留下他监国。他身边新收了几个突厥侍卫，每天陪着他打猎玩乐，还教他打马球。那也是马球刚传进长安的时候，他喜欢啊，到处找合适的场子。正好紫虚观后面那块空地，还算平坦，叫人收拾收拾，栽个门柱什么的，他几乎天天来打球。我看着也觉得好玩，开了后门，出去和他们一起学一起打。打完一身大汗，也不用绕路，从后门进观来，洗澡换衣服喝水吃果子，便当得很。

“我不知道你有没有那样的经历，累得要命出一身汗，再沐浴擦干净，浑身松快，轻飘飘像是要飞起来。开始一两回，他还只是说笑挑逗，叫着‘阿姐’凑近了看我，眼里闪着光，我能不懂吗……我又不是头一回……”

“我可没想到，完事以后，他说，他是头一回……完完整整、快快活活的。

“东宫那么多侍女宫婢，一个个都是死人吗……蠢货。

“之后也不用细说了。只要主上和皇后不在京，他就成天到晚往我这儿跑，借口打猎演武，一宿一宿的，不回东宫。甜言蜜语也不知说了多少，他说他从小就喜欢我，立为太子以后，有人跟他说过，主上要把我许给他做新妇，一起住到东宫里，他还开心得直蹦，惹得在场男女都大笑不止。

“然后就是贞观元年那场酒宴，我自然刻骨铭心，我没想到，他那年才九岁，居然也记得清那么多事。

“太上皇在内苑汉家宫殿基台上摆下席案，自己坐了中间，左右是天子与皇后，各家王公驸马妃主陪列，近臣们也坐在下首。太常教坊的舞乐之后，气氛越来越欢乐，外公晚生的儿女和孙辈一个个出来献歌献舞上寿，承乾和几个兄弟小叔一起跳了兰陵王。他戴的面具太大，摇摇晃晃的，看着超好笑……他们之后是我出场，我那年……十六岁。

“我穿了一身胡姬装束，翻领锦袍尖胡帽，羊皮小靴蹀躞带，在御前地毡上和着鼓点舞了一曲胡旋，车轮一样转个不停[1]，逗得外公和二舅夫妇都击掌大笑。笑完了，我凑趣上寿讨赏，主上乘兴说‘将我儿赏你怎样’，半是玩笑半是认真地说起要册立我为太子妃——

“太上皇只是呵呵笑着说好，你们看怎样合适都行。皇后没有说什么，可那眼光啊……那眼光，我到现在，有时深夜梦到还会被吓醒。阿玢，你知道吧，我那时已经克死了大舅的三个长子，早被外面传说是白虎精投胎，专一来杀灭李氏皇长孙的。承乾他……那时也正是太上皇的长孙、东宫之主的长子呢。

“主上的话说出来，家父立刻起身避席辞谢，别人也不好插嘴。那时我自行下了决心，退几步向着太上皇与天子拜下，朗声说我自己七杀破军贪狼三星同宫，在家带累耶娘，出阁祸及夫郎。早在先母过世后，我就在家入道修行，只为怕外祖父伤心未敢道明，如今借此机缘，正好当面禀奏，请太上皇与圣上准我出家。

“大人们都当我是小孩子家淘气，一时心血来潮，自然不许。见事不遂心，我一把扯了胡帽打开头发，拔出小刀子割下许多。侍从宫人赶紧一拥而上，将我拦住，闹

1 此为“胡旋舞”，详见附注（40）。

哄哄的，酒宴也就此了结。天子气得脸色发青，我阿耶说武德年间天子尚为秦王时，也没什么人敢当面如此拂于他，我是胆子真大……可我又有什么办法？我知道，如果我真被选定为太子妃了，又一次选定了，那么我绝对活不到嫁入东宫成婚的时候。

“我只能自己一口咬定，我不嫁人，我要出家修道一辈子独身到老。二舅舅生我的气，我就托人去求二舅母。皇后嘛，她当然不愿意自己的心肝宝贝儿子再被我这白虎精克着……有舅母从中转圜，又看太上皇颜面，天子最后也就允准，还将这内道场紫虚观给了我主持，册立太子妃的动议自然也取消。我当时觉得，皆大欢喜啊，却不知承乾……他竟然伤心了。

“他说他那天回东宫自己的居处，是哭着睡着的。那时他还根本不懂娶妇纳妃是怎么回事，只知道我不愿意来东宫、不愿意和他一起玩一起住。当然了，那纯是小孩子闹脾气，如果没有后面的事，也许他一辈子都不会再想起来。

“可是有了后面的事。他越长越大，说自己也越来越喜欢我。不一样的喜欢，男人对女人的喜欢。

“他当然知道我的过往，我和大舅家表兄弟定过的婚约，我自己固辞的太子妃位。天子和皇后虽欣赏器重我，却忌讳我命格，不可能让他正大光明纳我入东宫。他那两年也是多病，动不动卧床，皇后更担着心，哪会肯允许一个克夫女与儿子纠缠不清……可你知道吗？越是这样，越是到不了手、见不得天日，男人越是迷恋放不开。哈，他们啊……

“你问我为什么愿意这样？我为什么不愿意？

“他模样又不丑，人又不蠢笨，说笑起来格外好看。那时候虽然幼稚单纯，但是他聪明用心，很多事一教就会，在一起我也开心啊……何况他身份又那么特殊，就算只为了满足我自己的虚荣心，我也愿意啊。只要事情不泄露，对我就没什么损失，就算泄露了，其实……也不算什么大事嘛。

“头一两年，我们两个人都挺快活满足的，要是能一直那样下去就好了……

“但是我慢慢发现不对劲，他好像……太认真了……

“他已经到了该成婚生子的年纪，他父母都当面说过几次，他同母弟连儿子都有了，他却想尽办法推托。这几年啊，一说要选太子妃，太子就闹病卧床，东宫里的也不知什么卜师就说他不宜早立正妻，真是瞎折腾……他还怀着痴念，跟我说要去找天子和皇后面奏，娶我为正妃，无论多艰难，也要一辈子守在一起。我骂了他，叫他趁早打消妄想，别害死我和我全家。

“这一年多，每回提起这事都吵架。他固执得很，就不肯转眼去看看别家的清白女儿。我也不比他脾气软，我明说了，你敢跟皇后提这事，我就跳进炼丹鼎里去。反正早死晚死都一样，我把自己当成炼丹药，没准儿还能凝结出一炉九转玄阴舍利什么的……

“后来有一阵子他不提了，不过还来得勤快。我慢慢琢磨明白，他是想……让我怀上。他知道他母亲想抱嫡长孙，如果我怀了他的种，那就好开口了。就算还是不能说服天子和皇后，立我为他原配嫡妃，至少他可以把我收到东宫里明养着，等生出儿子，将来母以子贵。熬到老人们都不在了，还不是都由他做主吗？

“我又跟他大吵了一架，明着告诉他别做梦了。就我这天癸紊乱、月信不调的症状，想怀上胎，等下辈子吧。

“你为什么这样看我，阿玢？你不懂我的心思？为什么我愿意和他偷情，却不愿意过明路入东宫做妃嫔？哈，等你再过十年，到了我这个年纪，很多事就能看明白、想明白了。

“我比他大了七岁，是他从小恋慕的标致大表姐，又是他情窦初开的第一个女人。可能三五年之内，他还会很黏着我，再过几年呢？东宫不可能只有一个太子妃，就算他再怎么专情，他父母为子孙计，都会强塞妾侍进来。到时候他也更成熟、更有伟丈夫气概，自然会偏宠年轻娇嫩的新美人。我会很快人老珠黄，又生不出儿子，困守冷宫，要多凄惨有多凄惨，我何苦呢？

“我很满意如今在紫虚观的日子啊。天子和皇后看重，到哪里都有人奉承，宫内宫外出入自由，学医看病、炼丹著书、骑马打球、郊游看景、走亲访友、微服逛街市、跟看得上眼的美少年壮男子调笑亲近……想干什么干什么，没人来管我。就算以后老得走不动了，也有年轻徒弟搀扶着，上哪里讲道说法，人家都当成老神仙敬供着，比白头宫嫔强太多了。我为什么要自己往火坑里跳？滚他的吧。

“再后来他来得也少了。我觉得挺好的。他十七岁了，又往前迈了成人的一大步，我就当自己是个帮他从孩子长成男人的工具吧。皇后叫我帮着从女学社里选太子妃，又帮着操办东宫大婚，我都高高兴兴、心甘情愿去操劳，你也知道的，苏家小娘子才德容貌，哪一宗都是上上之选，我没有对不起谁吧。

“到今年元正之前，我和他有两个多月没见过面、没说过话。我觉得这段孽缘算是至此完结了，本来心里也挺平静。新春宫内家宴，二舅喝高兴了，非得叫男女混席，诸王妃公主驸马夫妻团圆着坐一起，我侍坐在皇后身后，正对面，就是他……

“席上那个喧闹，人人都要敬酒上寿，说一通太子即将纳妃完婚，皇嗣昌隆之类的吉祥话。我躲着他的眼神，躲了好像一辈子那么久。他没终席，跟主上和皇后说头晕腹痛，半途就退宴回东宫去养息了，我还松了口气。没料想等夜半曲终酒散，我冒着大雪回到紫虚观，一推房门，他在里面等我……

“你应该也记得，今年元正前后，接连下了好几天雪呢。道路难走得不行，房檐下面垂挂了一溜冰柱，窗外是风雪呼啸、天寒地冻。我卧室里所有灯烛都点着了，炭炉烧得旺，案上幽兰、蜡梅都开了，满屋里又暖和，又明亮，花香四溢，过年嘛，床帷锦褥都换了新的，干净舒服。他脱了外袍靴子，连幞头都摘了，露着发髻只穿了汗衫，光着脚，倚坐在床上看着书等我。见我进来，抬头一笑叫‘阿姐’，就好像之前那些争闹，从来都没发生过……

“那是我唯一的一次，就一次，看着他，想，如果我要嫁人，如果我真嫁了他，每天回家进屋看见这个男人，我是愿意的。

“也就那么一次，那么一想。我没说出来，但是我觉得他知道。

“第二天早上我醒过来，他已经走了。走得干干净净，像我昨晚做的一个梦。能证明那是真事的，只有我枕边留下的一件物什……一个玉指环。”

“血玉韘？”魏叔玢惊呼出声。

她看着柴璎珞，女道士仰靠在院中阶下竹床上，手中执着的轻罗纨扇已有很久不再挥动。半闭着的长睫毛下，有晶莹辉芒闪动，不知是天上银河的星光，还是在院内四周花丛里流荡的萤光？

白天她和苏令娴被肥豹子阿豚领着，撞破柴璎珞与李承乾后，观主私室里这对男女缓缓分开，却是谁都没有惊慌羞惭之色。二人又怔然对望片刻，李承乾抛下一句“我去立政殿了”，起身拔脚往门外走。

“你去吧，”女道士抚着豹子冷冷搭腔，“我说话算数，你瞧着就是。”

一只脚已迈出门槛的皇太子闻言转身，瞧着表姐挑一挑眉，居然笑了：“我要没那个本事，也就活该享不了那福分——来。”

他竟向自己妻子苏令娴勾勾手示意，夫妇二人一同出门，只留下满腹惊疑还没回过神的魏叔玢在屋里陪着柴璎珞。

李承乾所说的“本事”，很快昭明。他离开紫虚观后，苏令娴将静玄等观内执事婢侍召集到一起，下令搜检暂扣柴璎珞房内刀剪等利器、每时每刻都至少要有两个人在她身边看守防她轻生，还特别派人去后山封锁了山腹内那座炼丹室。

太子妃调度起紫虚观的人，本来没那么顺手容易的，但苏妃只问了一句“你们希望你们观主娘子寻死吗？”静玄等人便都无话奉令。柴璎珞看在眼里，也不阻止对抗，只是神色泰然地收拾自己物事，连晚饭都没少吃一口。魏叔玢觉得她的身体语言是——我要自尽的话，来日方长，你们能看守我一辈子？

她自己晚饭是一口没吃，苏令娴也没吃，两个好友跟柴璎珞同席而坐，都只看着她埋头扒饭了。苏令娴除下令管事以外，别的话也一句没说，只苍白着脸默默出神。魏叔玢看着她也心疼，恍惚想起今天还是她的十七岁生日呢，她新婚丈夫送她的这份贺礼啊……

吃完晚饭，魏叔玢终于沉不住气，扯着柴璎珞要她解释是怎么回事。天气太热，婢子在院内放下竹床，二女一边乘凉一边娓娓而谈，阿豚也趴在床边打盹。苏令娴开始在旁边听了一会儿，后来不知何时走开了。

柴璎珞是躺倒等死百无禁忌的心情，连接个下茬都不用，自己一个人侃侃说到李承乾留给她的临别留念物，听呆了的魏叔玢才惊呼一声“血玉韘”？

女道士看着她，凄然一笑，也不答言，张开一直握着的左手。掌心里，正是那枚魏叔玢与李元轨等人在临汾县主妆奁里发现的血玉指环。

这枚玉韘，近三十年前从殷商王室墓葬中流出，历经李建成、李世民、长孙氏、李承乾之手，如今又在柴璎珞掌中出现，当是李承乾刚刚又给她的。

“既然是太子给你的，它怎么跑到一娘手里去了？”魏叔玢问，心底缓缓升起寒气。一个阴暗的猜想令她毛发直竖，自己一直在追寻的凶手，难道就在眼前？

第七章　祸胎血玉韘

我生为宗室亲王天子弟，必得以身报国，匈奴未灭，何以家为？方今大乱之后民力凋敝，百姓饥寒劳苦，禁不起连续征战，我不能昧着良心，为了自己婚姻美满而阿附上意……

“这事，说起来确实怨我。”

柴璎珞正视着魏叔玢，脸色波澜不惊，像是看破红尘什么都不在乎了。倒是魏叔玢心下忐忑着又惊又怕，既想知道真相、得到自己努力这么久的成果，又害怕柴璎珞的招供……这可是一直以来对她恩重如山的亲人啊。

“他把这玉指环留给我当念想，我如果在自己屋里找个地方收起来，就不会有后面那么多麻烦。你说，我干吗非得放到自己的贴身革囊里呢……唉，那天一娘出嫁，我在她房里，忽然听说皇后要亲来探视。我觉得她房中气味不好，叫她燃香熏一熏。一娘那里没香，我急着去办别的，就顺手解下革囊，给了一娘那保姆，叫她拿里面的香丸去熏……”

魏叔玢想起来了，确有此事，贺拔氏也说过。那么就是保姆接了柴璎珞的随身革囊，打开寻找香丸，却看到里面还有这枚血玉韘，而保姆是认得这物事来历的。

“那玉韘牵涉人事如此复杂隐秘，璎姐你就……那么随便给外人看见了？”魏叔玢疑惑。

柴璎珞长长叹息一声，收拢掌心："我当时哪里知道这玩意牵涉重大！还以为就是个寻常玩物，太子自己喜欢，才留给我……到婚礼那天，它在我身边放了快有一个月，我忘得差不多了。那天又忙得要死，把革囊给贺拔氏的时候，根本没想过里面除了香丸还有别的——就算想起来了，我也不会觉得不妥。这就是个玉饰嘛，谁身边还没两件？我又不是神仙，怎么能猜到贺拔氏和一娘那么老实的模样，竟敢私下偷我的首饰？"

是了，魏叔玢恍然。柴璎珞当时并不知血玉韘在李家兄弟、夫妻、母子之间流传的历史，李承乾也没跟她明言，可贺拔氏和李婉昔却是知道的。柴璎珞忙乱间不小心让她们发现了这物事，为着怀念亡父前太子，李婉昔或者她的保姆偷拿了玉韘藏起……

只为怀念父亲吗？魏叔玢突然警醒。

"贺拔氏或者一娘私下拿走了你革囊里的首饰，然后把革囊还给你，璎姐你就没发现异状吗？"她看着女道士，缓缓问，"这枚玉韘沉甸甸的。被拿走以后，革囊的重量也会有很大不同吧？你再系回腰上，就没觉得轻了很多？"

柴璎珞有点没好气："当然觉出来了。"

"轻了那么多，你也没再打开囊盖仔细看看，有没有少什么？"

"你是觉得我那天还不够忙？"紫虚观主对天翻白眼，"革囊轻了，多正常啊！你忘了我本来就是叫她们拿走里面的香丸去熏屋子吗？我又不是属秤的，就过手一转，还能察觉出囊里只是少了香丸，还是少了香丸外加一枚指环？实话跟你说吧，直到案发第三天，你我在搜检一娘的闺房手书时，你跟我仔细形容了玉指环的模样，我才意识就是'这一枚'，才想起来翻找自己的革囊查看，果然没了……唉，当时我就跟你说，那玩意不是一娘的，你们谁都不信啊……"

"你也没说那是你的啊。"魏叔玢回一句嘴。

"废话，我敢说吗？当时什么情形？天子和皇后已经敕命宰相亲王领衔查案，我能说出玉韘来历，明着承认我和太子有私情？让皇后知道我这个白虎精又去妨害她亲生儿子了？"

她说的话句句有理，但魏叔玢听在耳中，心内的寒意却越来越重。

不知道该怎么开口，魏宰相长女只默默看着眼前的美艳女道士，蹙眉不语。一直趴卧在竹床下砖地上的肥猎豹似乎感知到了什么，“呜”一声忽然站起来，用毛茸茸的脑袋和圆耳去拱蹭柴璎珞。

女道士拍拍自己的宠物，似是心情松快了些，对魏叔玢苦笑：“你也别纠结了，我知道你在想什么。你在想，一娘和贺拔氏看到我革囊里有这玉韘，知道是太子给我的，进而推断出，我可能和太子有私情，于是拿了这玩意威胁我要好处。我狗急跳墙，干脆下手杀了一娘灭口，又想法威胁贺拔氏闭嘴。甚至贺拔氏之死，我也可能从中做了手脚，对不对？”

你说的比我自己心里想的还要清楚明断些，魏叔玢哑口无言。

“那好，你来回答我两个问题。”柴璎珞支起上身，认真地看着魏叔玢，“第一，那贺拔氏保姆全家死尽、世上只剩一娘一个亲人挂怀。我如果杀了一娘，能用什么打动她、威胁她，让她不当场揭穿我，事后还帮我掩饰？”

这个嘛……以璎姐你的神通广大，也许在外面忽然发现了贺拔氏当年漏网的幼子什么的，用以威胁利诱，也不是不可能啊……

“第二，就我跟太子这点破事，就算被揭穿了，值得为此杀人吗？就算杀一娘个小孤女不算事，我是有多丧心病狂，还把皇后和太子牵连进去？杀完了还不把罪证玉韘赶紧藏好，还放着让你们查案的发现？”

魏叔玢长长吐出一口气，心里忽然松快了。

这个问题，她确实解释不了。

柴璎珞顶着“白虎精”的污名，不愿意公开与皇太子的私情，甚至不惜以死相胁。可这事如果真公开了，被天子和皇后知道，也未必会闹到出人命的地步。

以她的出身才貌，再加上李承乾对她的情意，闹开了，天子和皇后骂二人一顿，然后允准儿子把外甥女正式纳入东宫的可能性很大……

“太子去立政殿，就是去求皇后恩准他把你收房吧？”魏叔玢不禁问出来。柴璎珞轻轻哼一声：“还能是别的？”

果然到今日，李承乾仍然没放弃与大表姐长相厮守的痴念。那么半年前，还没有这么多乱七八糟的事，他父母允准的可能性更大，柴瓔珞也更不至于为此下狠手“杀人”。退一步说，就算天子和皇后深忌那什么“白虎精”之说，坚决不许儿子与柴瓔珞厮混，也不至于要了外甥女的命。

她生母是大唐开国公主、天子唯一的同母姐妹，父亲是功勋卓著的太原元从国公大将军，半年前她外公太上皇还在世，也是一道无形的庇护。据魏叔玢所知，柴瓔珞自己也是从小在二舅、舅母眼前长起来的，一向很得他们喜爱。就算天子皇后以储君安危为重，下狠心要禁绝这对小情人来往，那也尽可以贬黜、流放、逼她削发为尼等，手段很多，几乎不可能为此滥杀近亲落人口实。

所以柴瓔珞真不至于为了掩盖私情而杀人，更不至于杀完人还主动牵连皇后母子，生怕事情闹不大。这说不过去。

“我错了。”魏叔玢在竹床上向柴瓔珞伏手而拜，“瓔姐恕我妄加揣测之罪。”

柴瓔珞苦笑一声，探身拍拍她的小脸：“别多礼了。这不怪你，换了我，我也会想到那上头去……唉，我说过了，这事我有责任，没把这玩意收藏妥当。这不是应该带在身上随便给人看的物事……要是他早点儿跟我说明来历就好了。”

“你是什么时候才知道这玉韘来历的？”魏叔玢问。

“案发以后，我私下叫人去打听，大舅母身边人说了一些。后来你跟我也讲了一些，再后来……今日太子闯进我屋里，也说了好多话。他走以后，我自己静下来想想，才把这玩意的前因后果理清楚。”柴瓔珞脸色黯下来，又打开掌心，凝神低头看玉韘，“这么贵重的物事，他就不该给我。其实啊，我也早觉得玉质里这一缕血迹，很是凄厉不祥呢……”

凄厉不祥，可你还是随身带着。你自己心里，对这段情还是看重的吧，至少比你嘴上愿意承认的重……

“事发以后，皇后以为太子涉案，把玉韘给他看，他就一直想找你当面对质，问清是怎么回事。”魏叔玢回想着说，“你一直在躲他，对不对？为什么？你不想承认只是由于自己不小心，给他找了那么大麻烦？”

女道士摇摇头，又叹口气：“他派人给我传过话，有点怀疑我和越王联手做局，陷害他杀人败坏他名声的意思。这几年他们兄弟不和，主上公然偏爱越王，他的疑心病也越来越重。我本来想解释的，转念一想，就让他那么认为吧……本来就在发愁，这段孽缘怎么了断也了断不尽。皇后也是身子越来越不好，对人对事都不像前些年那么仁厚宽容了。他生我的气，就此打消复合的念头，未尝不是好事。先熬过这段日子，将来的事，将来再说。一娘的案子，总有真相大白的一天，到时候也不用我解释，他自然就明白了。”

“可你也没能熬过去。”魏叔玢叹息，“我想，大概是海陵王妃为主上生子的消息刺激了他。他父亲都做了榜样，他还有什么好顾忌的？今天就……这么火气冲天地跑这里来捅破窗户纸。”

“这你倒是猜对了。”柴璎珞微微苦笑，“他冲进来找我，一开始只是叫我去立政殿，跟皇后说明这玉韘到底是怎么回事，别让他总背着个乱伦杀人的污名。我答应了，叫他也同意跟我一刀两断，我二人此后只是君臣亲戚，再没别的，他也答应了啊……可话刚出口，他就反悔了……开始是大吵大闹，然后又哭又闹，最后又发了性子怎么也不肯……我也没办法，随便他去吧，听天由命……大不了一死嘛……”

女道士在竹床上屈起双膝，把脸埋进手臂里，筋疲力尽，倦惫不堪。魏叔玢探身搂住她肩头拍抚，也只能陪着她叹息。

夜凉如水，二人谁都没有睡意，只坐在阶下竹床上默默相对。阿豚在主人身上蹭够了，又来蹭着魏叔玢的腿撒娇，喉间咕噜咕噜几声，突然绷直身体扭头望向院门。

魏叔玢也随着豹眼视线望过去，一瞬间，还以为院外飘进来一个幽灵女鬼。

是苏令娴。她仍然穿着冢孙妇为太上皇守丧的素衣，手脸都白得没血色，步子飘飘荡荡地悄声走近，走到竹床前，说话的声音也是没有生人气息的：“东宫侍人传来的口敕，命上真师明日开宫门后即刻回本家，交其父严加看管，此后非奉敕旨不得再入禁中。”

还好……这只是把柴璎珞“逐回本家”了。二女下床跪奉敕旨，魏叔玢看一眼默然无语的紫虚观主，忍不住问：“只有这番处置？没别的敕旨？”

“这只是主上的口敕。”苏令娴对她惨淡一笑。

“皇后呢？皇后没说什么？”

太子妃摇了摇头，没答她这一问，只挽起柴璎珞道：“上真师着人收拾随身物吧。没别的禁令，想带走什么都行，收拾齐全些。”

这一去，以后再进来找丢落物，可就难了——魏叔玢觉得苏令娴还有这一句话，只是没说出口。她神情语气都平静无波，仿佛处理的人和事都和自己毫无关系。

柴璎珞对她笑了笑，说句“多谢”，又说：“皇后是气血过于虚弱了，禁不起心情激动摧脾伤肝。我出宫后，还望苏娘子小心照料，莫要滥下猛剂，总以温补滋阴为上。”

“上真师放心。”苏令娴点点头，“他们说皇后今日是因为说话时候太长，累着了。之前先跟前隋萧皇后密谈许久，天都黑了，才把太子召进立政殿正寝。没说几句话，主上叫太子出来进御书房单独奏对——所以等明日天亮，皇后也好些，或许还有恩旨，上真师且宽怀。”

或许会从轻发落，也有可能对柴璎珞的处置更重，一切取决于长孙皇后。

两个与皇太子关系密切的女子相对无言，沉默片刻，柴璎珞抬起右手，将掌心中一物轻轻扣放到苏令娴手里：“这原该是太子妃的。”

苏令娴低头一看，单薄肩膀明显地抖了一下，不假思索地塞回给女道士。但她臂腕力量比柴璎珞差得太多，被对方双手握住，立刻动弹不得。

“太子妃若是嫌弃此物不祥，那就代我还给太子，或者找有道高僧法师禳厌封印，怎么处置都行。”女道士叹息一声，不容她再推拒，又转头向魏叔玢道，“阿玢，我也求你一事。”

“璎姐请吩咐。”魏叔玢眼中泪水已涌上来。

柴璎珞环顾自己所居院落，宛如大梦初醒：“我助我师父孙真人搜集医方、撰检病例、培植药材，到如今已有六七年工夫。材料太多，一时不可能尽行搬走回家，后山那些药圃里的植株，更没法挪动。撰写医书是功德无量的大善行，不能半途而废。阿玢你若能抽出身子来，这里一切都交给你，至少把这几卷《妇人方》修完。孙真人说过，今年秋天他会回来找我，我……无论自己怎样，总想把答应他的事做完才好，那样死也瞑目。”

虫鸣唧唧，月影扶疏，星河渐落，长夜未央。

朝阳初升，李元轨素服笼冠，一级一级爬着万春殿上阁的步道台阶，思绪忐忑烦躁。

过去的几天兵荒马乱——他和康苏密等人在秦州成功阻截吐谷浑俘虏逃脱后，本已收拾行装准备上路，继续往西北高昌行去，没想到长安忽然传来急诏，命他们这个特使团“行程中止、速返京师”。

看样子，是京中又出了什么变故，天子宰执又改主意了。李元轨询问来传诏的驿使州官，谁都说不清是怎么回事。康苏密这老商胡倒不介意，还笑哈哈地劝李元轨“就回去一趟嘛，也耽误不了好多日子”。

是啊，耽误不了你，还能让你多赚钱，李元轨在心底翻白眼。胡商们在秦州白捞了些马匹，好像后来还跟当地牧监又谈成了一笔生意，巴不得这时候先回趟长安，把他们的商贾生业交代打点好。康萨保一声令下，驼队兴高采烈掉头往回走。

外人谁也注意不到，商队里多了个胡帽压脸的少年蕃人，吐谷浑天柱王之子桑赛。

看见那黑小子，李元轨就气不打一处来。截击那天康苏密告知他，自己在战场上抓到了桑赛，李元轨本想把这重要俘虏归营和吐谷浑王后等一起押送回长安，并具表上奏说明原委的。康苏密按着他死活不让，一会儿说“这瓜娃子和我家真有渊源，十四郎看我老康面子”，一会儿说“害我们吃了好多苦头，不能轻易饶他”，说来说去，就是要把这小子秘密留下来自己处置。

想到自己还有五万绢欠契在人家手里，李元轨也无可奈何。他已经很了解康苏密的心思，是觉得自己在桑赛身上投过不少本钱，不能就这么白打水漂，好歹也要先捞一票回来，才肯把这小子交出去给唐朝廷处置。

他们本来就不是唐人，李元轨从来也没指望过康老胡真心效忠大唐——他效忠的是他家火祆神甚至绸缎金银——说良心话，这一回康苏密已经算很够意思了。

李元轨发觉吐谷浑俘虏有逃跑企图后，自己和秦州刺史及张士贵等将官沟通不畅，只能领着稀少人马绕前去截击。康苏密却通过底下胡商们的渠道，事先提醒警告了附近几个守捉军镇，整备兵马随时防乱，所以张士贵一得到俘虏抢马的确切消息，立刻发令调土镇兵，才能连夜组织起几百人前去亡羊补牢，没造成更加不可收拾的恶果。

特使团既然也要从秦州回长安，干脆与张士贵押送的俘虏及贡马同行，也算补充了押运人手。李元轨与张士贵仍然互有心结，一路全靠康萨保嘻嘻哈哈地谈笑调节气氛。回程路途是自高而下，走起来较快捷，没几日就到达京师开远门外，李元轨在驿馆里接到谕敕，命他第二日清早开城后，直入万春殿参与御前议政。

万春殿位于两仪殿与立政殿之间，地方不大，天子日常在这里召集宰相们议事，规模比不上两仪殿常朝，更比太极殿大朝差得远，但重要性远有过之。参与决定的人越少，决定的事务越要紧，这道理李元轨自然懂得。

上次他被叫到万春殿来参与议政，是在皇太子李承乾主持下，承扛三堂会审，最终为自己争取到了摆脱谋逆罪名、去西域和亲的机会。这一次……又会是什么事？反正他不奢望能有什么好运落到自己头上。

他在万春殿院外遇到了左仆射房玄龄，这位著名的老好人宰相见面一顿嘘寒问暖，笑容可掬、殷勤谦让，但要问他今日议什么政务，房玄龄就顾左右而言他，一点口风不肯露。二人前后逊让着进殿站班，李元轨环顾左右，只见在场的除几位宰相外，还有兵部及礼部鸿胪的几个主事，更刺眼的是一个胖大身躯——司空齐国公长孙无忌。

长孙国舅如今没领任何职事，虽品级崇高，日常只是陪侍禁中、办些皇帝临时交代的差事。有他参会，似乎就说明这朝议较为私密但非常重要吧……

李元轨的念头还没转完，外办奏中严，天子入阁，群臣行大礼参见。李元轨是亲王，站班很靠前，礼毕起身在丹墀下抬眼偷望，见自己的天子兄神色严肃，绷着脸像是心里有气的模样。

房玄龄领衔，先上奏几件要紧政务，皇帝均降敕“宜依”，中书下去草制。随后进入正题，天子示意，给事中刘洎手捧着几卷文书，出班开言：“天兵征讨吐谷浑大捷，详情诸公皆已尽知，洎不赘述。西海道大总管帐下参军人等收拢伏俟城图籍，从中发现吐谷浑与高昌国往来传信，中涉我大唐流人归国事务，残酷不忍言。代国公专程着人将文书快马送呈御览，圣主又命人于吐谷浑宗室俘虏中找寻知情者，前几日送至长安，齐公与洎等奉敕面审，事果属实。主上胸怀万众，恩德如海，断不能坐视藩国暴君荼毒我中国百姓，诸公请议。”

他一边说着一边将手中文书给宫侍，让他们捧着在重臣间传看。李元轨也匆匆浏览几封书信和籍账等，事出突然，他开始只能看懂是汉人姓名在某地上役造册，后来注意到多处注有“羁人”字样，才悚然而惊。

刘洎立在墀下进一步解释。原来贞观四年唐军北灭颉利可汗后，隋乱时流落塞外的大量汉人均欲归乡，回原籍重造户口分田种地过活。其中一些人早卖身为奴婢的，朝廷还出府库金帛助其赎身回籍。这本来是公私两便的大好事，无奈塞北路途遥远，散落在靠东地域的还好些，接近西域的那些汉人，因有大漠雪山阻隔，往往要取道高昌，再经玉门关西凉道回往中原。

高昌王麴文泰一半是受到西域突厥叶护可汗的压力，另一半也是眼馋起意，料定唐朝廷对其鞭长莫及，这几年暗自扣押了许多回乡汉人。随身财物抢光没收，男女压为奴婢贱口，特别有用的工匠还往往阉割了收为王室官匠户奴，并作为礼物转送吐谷浑等邻国王公。这些消息，之前也隐约传到过大唐君臣耳中，只是一直没有实据，天子宰相也不甚在意。

此次吐谷浑大捷后，李靖等前方将领在其首都王帐内发现相关文书，才意识到事态严重，飞马报知天子。天子命得力心腹主持鞫问，果有此事不假，仅吐谷浑负责外藩交往的执事人所知，如今在高昌国苦熬的汉地流民，可能有上万人。

“上万？”李元轨失声惊呼。

他动身去高昌前，把朝廷存档的那一片西域诸国资料研读了个遍，手抄心记，熟得不能再熟。据他所知，西域稼穑艰难，地广人稀，高昌国虽统辖三郡五县二十二城，地面算得广大，户口却只有几千，在籍人口总共不过三四万。他们若真羁留归乡汉人达上万之众，那相当于每家每户都有一个羁人奴婢，这比例也太惊人了。

“臣洎所询问之吐谷浑俘虏，名慕容孝隽，曾被伏允封为‘高昌王’……”

刘洎这句解释没有说完，高坐御床的天子开口打断了他：“麹文泰到底羁留奴役了我多少汉地子民，可容后再查证。就算他只羁役了一人，朕为黎庶父母，就可坐视不理吗？还有，十四弟——”

皇帝的黑眼眸转向丹墀下侍立的庶弟吴王，口气冰冷，却是李元轨有生以来听过的最温暖仁慈的话语：“你那个高昌驸马，也不必去抢着当了吧。麹文泰已经羁役我子民上万，不缺你一个！”

不……不去高昌了？

李元轨忽一下仰脸张开口，几疑身在梦中。他可以不必千里跋涉出塞，去求娶那什么高昌王的独生公主？他能正大光明奉敕居留长安，等守孝期满，就与已是自由身的意中人成婚？此后长相厮守、白头到老？

幸福来得太突然，他不敢相信是真的。

“陛下请三思！”

头一个沉不住气跳出来的，是兵部侍郎郭福善。兵部尚书侯君集如今在吐谷浑前线带兵打仗，兵部诸务均由这位郭侍郎主持，他出班跪奏：“吴王任特使前往报聘，诏书已先行递传高昌，高昌举国上下也已做好迎接天使准备。今忽反悔不行，不但失信于诸藩，更可能致使麹文泰恼羞成怒，悍然发兵袭击我西海道行军，徒增祸患。万望陛下忍一时之怒，舍手足慈爱，还依前计行事，臣等昧死告！”

听着奏对，李元轨晕乎乎的脑袋清醒了些，意识到这事复杂，绝对不是他异母兄长忽然发了善心要成全庶弟婚恋这么简单。自己不去高昌了，然后呢？两国关系必将因此大为交恶，这对那些被高昌扣押奴役的羁人，也没有任何好处啊？

难道……

“有份吐谷浑军报，朕也是昨日才刚收到。侯君集训练着玩的鹞鹘传书，比驿使快，你们呢，估计得再有个三五天才能收着正式牒状。”天子在御座上漫不经心地敲着凭几，“那逃进大漠深处的慕容伏允，已经被薛万均、何力他们找着了。走投无路，部众溃散，找了棵胡杨木吊死。尸身检验无误，运回伏俟城装裹好，这几天就往长安启运回来。”[1]

轰的一下，殿内人声顿起。吐谷浑可汗身死，那相当于这一战正式结束，李靖大军可以安排好后续安抚事务就撤兵回师了。被征发供军折腾得筋疲力尽的各部大臣哪能不喜形于色弹冠相庆，嗡嗡议论着，又由司空长孙无忌带领向天子大礼叩贺。

“众卿可止——唉，这李药师打仗，从来都是一样的毛病，不会一板一眼按着节拍打。你还在后头忙着布置呢，前头人家嘁里咔嚓一顿打完了，根本用不着你瞎操心。”皇帝的语气有那么三四分得意、五六分泛酸，以及十二万分的欠揍——李元轨不禁要替这些年所有被斩灭的敌国酋首打抱不平。

再拜起身，他眼角忽瞥见对面的房玄龄神色有异，斜睨着像在对谁使眼色。顺他目光望过去，侍中魏徵正轻轻点头。

这一对多年老友，心照不宣地谋划什么呢？

“臣启陛下，西海道行军大胜收官，关中陇上民力支撑也已至极限。祈请陛下即刻发敕，命李药师全军回撤，番上士卒尽早回归乡里，抢农时务田耒，以免今冬明春饥荒遍地。”魏徵举着笏板低头奏上几句，又抬起头，直视天子，加重语气，“万万不可再行拖延战事，又命李靖转战西域，偷袭高昌！须知师老疲敝，强为远征，乃前隋炀帝亡国之道！”

转战西域，偷袭高昌。

一瞬间，李元轨恍然大悟。这才是皇帝的真正想法、今日朝议的真正目的。

“药师啊，也真是怪不容易的。”天子没正面回应魏侍中，语气仍然散漫平静，“今

1 关于吐谷浑之战，详见附注（41）。

年高寿有六十六岁了吧？腿脚又不好，前年就告老致仕回家了。这不，我也知道远征军不好带，特意烦玄龄又去请人家老将出山。吐谷浑这一趟，可把他一身老骨头折腾惨了。我觉得啊，人心都是肉长的，得讲一讲敬老尊贤之道。等药师班师回京，就让他出将入相功名德寿十全十美地颐养天年吧，不能再烦他领兵出征啦。”

这番话充满了仁主圣德恩怜悯下的意味，可是……李元轨怎么越听越觉得不对呢？

“主上天恩慈心，代国公虽身处数千里外，亦必沐浴圣德。”长孙无忌终于开口了，肥脸上笑眼弯弯，“臣无忌闲来与药师公谈论，颇知其老骥伏枥之志。代国公平生，最佩服卫霍、班超父子、傅介子、陈汤、甘延寿等名将，开边营西域，逐匈奴于万里之外，保汉室四百年太平。既然是药师挂弓之前的最后一战，主上何妨成全其平生所愿，命药师挥师北上，再立奇功？”

说人话：趁着当世战神李靖还能动弹，榨干他最后一点气力。你们郎舅两个的厚颜无耻也算人间罕见了……

单从打仗角度考虑，李元轨不得不承认，这种筹划是合理的，甚至可达到事半功倍的效果。西海道数万大军刚打了大胜仗，士气应该比较高昂，又在吐谷浑虏获大批牛马牲畜供军，不虞饥乏。按李靖的一贯作风，他精选几千骑兵、配备良马，一鼓作气穿过天山直取高昌，胜算很大。

从伏俟城出发去高昌，比从中原出发至少少走一半的路，且是出其不意，攻其不备。李靖帐下目前还集中了大唐统兵精锐，侯君集、李道宗、李大亮、薛家兄弟都是能独当一面的百战宿将，李靖本人更是千军易得一将难求。放过了这样的良机，连李元轨想一想都觉得可惜，更别说他这以征战起家的天子阿兄了。

“大军已经派出去了，不过晚回来半年嘛。国内也不必再额外征点敛收，劳民有限。”皇帝沉思着说，又转向李元轨，淡淡一笑，“十四郎这一趟塞外之行，还是得去，还得快点走。一为迷惑麴文泰，使其忙着继续为女儿办婚，不想别的；二呢，朕在禁苑训练操持的那批工匠物料，也得赶紧带到高昌城外，才能派得上用场。你回去跟那些商胡说，征用他们的人力驼马，还有路上的诸般联络照应。一个月之内，要能把工匠送到高昌，少不了他们的好处。”

从长安一个月走到高昌，路上还要伪装成和亲商队不走漏风声，肯定会辛苦累死。可是跟之前的安排相比，李元轨仍然觉得自己被天上掉下来的胡饼砸中了。

他不必再违心地去娶陌生女子，反而有机会亲身参与到自己一直渴望的开边战争中去，建功立业，显威扬名。等他从高昌回京，正好风光迎娶爱侣，也许还能亲自给同母妹送嫁。

就算他运气实在不好，马革裹尸而还，也比如今这样背负着罪名和巨债去做赘婿强太多了。

他出班列跪地，抬头望着兄长的笑容，想奉敕谢恩，喉头和胸口却都哽咽翻腾不已。深深呼吸几次，他听到自己飘忽无力的声音：“臣元轨……不敢奉诏。俯请陛下收回成命……敕令西海道行军班师回朝。”

万春殿里一片寂静。

“班师？”皇帝的问话声是诧异的，“你不赞成打高昌？那你知道你自己什么下场？”

“臣知道。臣……重新出发，去西域和亲入赘。”

“阿玢！阿玢！你听我说，你听我仔细说！”

“你说啊！我又没堵上你的嘴！”

紫虚观偏院客堂厢房前，李元轨拍着板壁门扇急切求恳。而紧闭的门内传出来的带哭腔的女声回应，却让他愣在当地，张了半天嘴，一个字都说不出来，慢慢跪坐在门前。

能说什么呢？我生为宗室亲王天子弟，必得以身报国，匈奴未灭，何以家为？方今大乱之后民力凋敝，百姓饥寒劳苦，禁不起连续征战，我不能昧着良心，为了自己婚姻美满而阿附上意……这些话，用得着他来教导魏徵之女？

板壁门后传出抽泣声。魏叔玢其实也没一个字责备他，只是听完他今早在万春殿的奏对结果，煞白着脸起身就走。李元轨情急之下一把扯住她手臂，却被她挣脱，躲进了这会客堂的厢房里，重重关上门扇。

她没理由也没心思责骂他，只是想哭一场而已。

李元轨长叹一声，以手支地。他也刚刚哭过一场，还是在万春殿，当着天子宰相各位重臣。

他不像侍中魏徵那样能引经据典、出口成章地训讲圣贤之道，他能想到、能说出的，只是渭水船工自残砍掉的秃桩“福手”，渭北庄园拼了老命支应农务的张庄头，空空荡荡只剩两个老妇看家的菜园子，陇上西北一路的千里荒野人有菜色，被杨信之寻来带路的那秦州老妇泪流不止……

“西海道已经打完仗，你两个儿子很快就能回来啦”。此言犹在耳，那老妇的两个儿子，难不成又要往更遥远艰险的西域塞外行军而去？好吧，她一家一户不算什么，可秦州仓曹也说过“今年粮食不够，全靠义仓周济才没饿死人，要是明年还没人干农活又要大饥荒”的话。秦州还不算特别穷僻的地方，其他州县更不敢想象。

“朕也知民间百姓劳敝，不堪征点。”皇帝皱着眉说，“可那些被高昌扣押奴役的羁人流民，就不是我大唐百姓？我为天下主，能坐视子民呼号求救而不理？高昌王麹文泰是铁了心背靠叶护可汗，与我大唐为敌，这一仗，迟早得打！长痛不如短痛，晚打不如早打！错过眼下的良机，拖延时日，等我军再行整顿出兵，那粮草人畜、供军劳役，只会比如今更多耗两三倍不止！高昌有了防备，固守坚城，又会令我多少将士平白流血殒命？这不合算哪！”

李元轨无言以对——涉及兵战谋算，当世本来也没几个人能跟李世民陛下争诘辩论。出列接下这一波冲锋并反击回去的，是侍中魏徵：“臣万死直言，陛下为天下主，当以社稷太平、黔首安泰为要。纵兵出战、谋攻退防，乃将帅职事，非人主所虑！兵部若以为应当速战连战，可上奏状，臣等奉敕商议平章，陛下掂掇民力、统筹决断。今主上夺行将帅职事，立场偏颇，恐众心不服，更恐招致民变祸乱！”

你的屁股坐歪了——魏侍中虽词句文雅守礼，语意却是毫不客气。你是皇帝，不是兵部尚书也不是统军元帅，你应该考虑的不是怎么打仗，而是怎么治国！

只考虑打仗的话，那当然是速战速决效率最高、损耗最小。可要再放宽眼界，看一看大乱之后的废墟焦土，看看立国还不到二十年的李唐王朝，那就是连李元轨都知道的事实：老百姓恐怕连今冬明春都撑不过去了。

吐谷浑之战奏凯，远征军必须班师返朝。兵丁归府、回乡耕种、蓄养民力，要缓上三年五年、十年八年，等各地仓囤里再收积上盈余的粮食，又一批男丁长成愿意去搏杀拼功名，才可以再考虑组织下一次远征外战。

“至于麴文泰羁留的我大唐归民，”李元轨强行收敛着心事献策，“臣至高昌后，当立即着手寻访实情、暗中联络、搜集证据。到时候，是在高昌王庭上向麴氏据理力争、是报回长安由主上遣使训谕索要，还是带领这上万羁人掀翻麴氏统治，臣见机行事。”

他是能做出一番事业的，他想。外有大唐本国撑腰，内有康苏密等商胡出人出钱，他不怕苦也不怕死，在高昌一定能够有所作为，只是……

“看起来，你小子还是挺想去做西域大国驸马的啊？”天子没好气地奚落小弟，“也难怪，那边汉胡杂居，听说女子个个白皙美丽。你倒是艳福不浅。”

然后李元轨就在朝堂上“呜”一声哭了出来。

这么没出息的行止完全出乎他的预料，所以当那一股百口莫辩、委屈酸辣的气息径自冲进鼻腔眼眶，他竟也毫无抑制能力，伏地失声——

无愧天地君亲、社稷黎民，就得辜负他此生至爱的一片深情啊……

皇帝闭了嘴，好像是看着庶弟叹了口气。房玄龄、魏徵、长孙无忌等宰相重臣都只默默注视着少年亲王当廷失仪大哭，真是回想起来就恨不得找地缝钻进去的羞臊尴尬场面。

两个内侍受命把吴王扶持出了万春殿，朝议也很快散了。他情绪稳定下来以后自己出宫，在门外遇到杨信之，高壮卫士拉着他开口就说“听到了不妙消息，得赶紧去紫虚观找上真师”。

什么不妙消息？原来李元轨进宫前，叫杨信之去屯营找周十二，问问吐谷浑假王孙的事怎么样了。杨信之没找到周十二本人，但听人说，前几日天子召见了他一回，不甚满意。李元轨是转托三姐夫柴绍负责这假王孙差事的，该去谯国公府问详情。

“都过中午了，今天在驿馆里起那么早，十四郎和信之都没吃过饭，肚子都要饿扁啦。”杨肉塔叫苦，“柴驸马府太远，不如先去紫虚观向上真师问讨主意，顺便蹭午饭……”

我就知道……李元轨一肚子气，本想喝骂他，但转念又一想，他是应该去见柴璎珞。不为问假王孙的事，也为了求紫虚观主帮他在魏叔玢面前说说好话。

今日他在万春殿“御前自请”依原议去做高昌驸马、拒绝了毁婚约改娶魏叔玢的机会，而且还是当着她父亲的面。魏徵本来就对自己没好感，回家肯定一刻不耽误地转告妻女，大肆描述自己有多么负心薄幸、彻底打消女儿的痴念，然后再找个出身五姓七家的高门女婿……能帮他辩白的，也只有柴璎珞了。

他可没想到，二人打马到紫虚观，进门没找到柴璎珞，出来迎客的却是魏叔玢。又惊又喜又忐忑不安，他们自然先问“上真师去哪里了”，便引出魏叔玢一番眼圈红红的长篇转述来。

柴璎珞跟皇太子承乾私会三年了？那血玉韘也是李承乾送她的？海陵王妃杨步摇怀的孩子竟是当今天子的？……一连串秘闻砸得李元轨头晕心乱、目瞪口呆，侍婢送上的午膳一口都没吃下去。等魏叔玢讲完了，问他“你们又是怎么回来的”，他还没定妥心神，顺口说实话，一说就把自己方才万春殿请婚的事也讲了出来。

简直没见过像我这么蠢的人……

魏家小娘子变色起身要走，他赶着挽回解释。二人在厢房板壁内外相对，一个抽泣、一个无言。

张了半天嘴，李元轨实在说不出话，回头想叫援兵，却见杨信之捧碗吃得正香，百忙中还有闲工夫抬起肥脸冲自己龇着牙乐……

收到了府主的杀人眼光，杨肉塔终于恋恋不舍放下饭碗，起身过来也跪坐到厢房门前，好声好气开腔：“魏娘子，十四郎真的是不得已，你且放宽心肠，再容让他一回。

来日方长嘛！下次再有这事，他一定先行请你的阃令，再去应征做驸马啊什么……”

这叫人话？李元轨回身一个肘捶击中杨信之胸膛，高壮卫士哎哟一声。内外正闹着，堂门外有奴婢传报：“桂阳长公主来访。”

桂阳长公主？当今天子的五姐？当然，也是李元轨的五姐、杨信之的嫡母。

这客人身份贵重，魏叔玢也顾不得再与李元轨争执，开门出来擦了眼泪补些脂粉，和静玄一起出院迎客。

杨信之不想见嫡母，李元轨倒无所谓，但他要是露了脸，少不得要解释很多事，也觉麻烦。二人便回避到堂上屏风之后，刚刚坐定，就听女子语笑声和脚步杂沓，是五公主带着随侍奴婢一起进来了。

五公主也是来紫虚观找柴璎珞的，说是“有个要紧的女病人，刚刚生产，景况十分不妙。因与驸马家有些瓜葛，她五姨夫叫我来求璎娘过去救命”。

她的口气略奇怪，虽说的是危症救命的事，却毫无紧迫担心之意，反而有些……厌烦？或者无奈？总之像是被迫来的，自己并不着急。

静玄没口子致歉，说是上真师有事回柴府去了，这一阵子可能都不会回观，观内事务暂由这位魏娘子主持，魏娘子承上真师传授，医术也颇有心得，等等。

“既如此，就烦劳魏娘子先跟我走一趟吧。我另遣人去三姐府上请璎娘，就不知能不能赶得及。”五公主理所当然地决定，也不听魏叔玢“初学浅陋，不敢妄诊，恐怕误了病情”等谦逊辞，径自唤人备车马。

“敢问长公主，病人此时可是正在府上？魏娘子若有缺针少药，奴婢等往哪里送去？”倒是静玄细心，又追问一句。五公主迟疑片刻，才回答:“不在我家，在慈和尼寺。”

慈和寺……海陵王妃杨步摇?

屏风后的李元轨清醒了些，明白过来这是他四嫂生下了与皇帝的私生子，产后身子不好，受敕命照顾她的五驸马杨师道着了急，请妻子来找柴璎珞求医。

在他身边，杨信之壮硕的身躯一动，还“啊”地低呼出声。屏风后地方本不大，他一乱动，登时撞到木底座，动静明显。屏风外五公主立即喝问：“那边是谁？”

这下没法躲了。李元轨硬着头皮，和杨信之出来拜见，讪讪赔笑胡乱编个理由致歉。他一身珠光宝气的五姐倒没怎么在意他，皱着眉打量继子杨信之："你在这里，还有心思藏躲胡闹？回来了也不知会家里，生死不明的，你阿耶倒是省心了！就可怜你亲娘……"

说到"亲娘"，五公主即钳口不言，重重叹一口气，又瞪继子一眼。杨信之抬头急问："我娘怎么样？请公主明示！"

"怎么样？你自己去看嘛，这哪儿说得清楚！"桂阳长公主扶着婢子，颤巍巍起身，没再正眼瞧杨信之，"跟我有什么关系，叫我操心受这累，你们杨家，真是！"

说得好像你不是弘农杨家的主妇一样……李元轨肚内暗暗讥讽着，也一起跟他们出门，上马想一同往慈和寺去看看情形。坐上了素车的五公主却掀开车窗帷幕，向外道："十四弟，你别跟着去凑热闹了。你一个小后生家，妇人女子生产血崩的，本来也忌房，也跟你不相干。回去歇着吧，有空去我家玩。"

这倒是题中应有之义。杨步摇私通生子一事关涉宫闱隐秘，五公主并不知道他和魏叔玢等人都通晓了其中原委，还在尽力隐瞒、防止更多人牵扯进去，至少不让她自己落个泄密的罪名。

李元轨一时也想不出理由强行跟去，只得口中答应着勒马。身后马喘人呼，杨信之乘着自己的肥壮坐骑过来了，李元轨一把扯住他缰绳："杨大，你老实跟我说，我四嫂……海陵王妃，跟你到底什么关系？"

杨信之一对牛眼似的大眼茫然扫视过来，张了张嘴，竟没能答出话。

当年的齐王李元吉娶杨师道侄女为正妃，杨妃按说是杨师道长子杨信之的堂姐。但那"你亲娘"的称呼又是怎么回事？而且按老人们的讲述，杨信之的身量气力也实在是……很像当年力敌十夫的勇壮齐王。杨步摇又有那个偷换孩儿密保下亲生儿子的传说……

"我娘要紧，十四郎恕罪，万事回头再说。"杨信之摇头夺过马缰，夹镫往前赶上嫡母的车队，没再看李元轨。

初秋午后，阳光仍然耀眼刺目，晒得人头脸出汗。李元轨立马紫虚观外，望着那一队人马渐渐远去，杨信之壮硕的身影也随之消失，一颗心却缓缓沉入冰海。

如果他当真被身边日夜相伴的人欺瞒了这么久……那感业寺临汾县主的命案之谜，只怕也要以他最不乐见的方式，被揭开了。

魏叔玢心绪烦乱，一路上各种杂事在眼前转个不停。李元轨的忍情拒婚，杨信之那奇怪的“亲娘”称呼，柴璎珞出宫回家后杳无音信，杨步摇的产后病……这些都需要她安静独处时细细想明白，或者向相关人等直接打听。但她被桂阳长公主拎上了坐车，二女同车往慈和寺行去，柴璎珞这五姨哪肯给她安生想事的时间。

五公主满头珠翠，还穿了件华丽的锦绣半袖衫，更显肥胖臃肿。车厢并不小，魏叔玢却只能紧贴着油壁而坐，眼前中年妇人身上浓烈的香气随着汗味一阵阵侵袭而来，她觉得自己没走完一半路，就已经被熏透了。那对涂了鲜红胭脂的嘴唇也一刻不停地开开合合，说的什么，大半钻进魏叔玢左耳后直接从右耳出去，完全没留住。

五公主知道魏叔玢的出身，而且似乎也知道她最近在宫禁寺观间频繁走动，了解杨步摇生育的事。除了有意避开新生儿的父亲不提，五公主东拉西扯，闲话说了一箩筐，一直到她屡次提及“程大将军”，魏叔玢的心思才飘回来，注意听她在说啥。

“程大将军又定下新婚夫人了？”

“哈哈哈哈，一点没错，程大将军办事干脆麻利吧？”

程咬金真不愧是当世名将，娶妻也如打仗。“那得恭喜程将军了，这回是哪家小娘子？”

“什么小娘子，倒是个老娘子，且各家都熟得很呢！”五公主拍手打脚地笑，“程大将军要续娶那媒婆崔大姑[1]，做他宿国公的填房夫人！”

魏叔玢先是一惊，转念也“噗”地笑出来。喜闻乐见、大快人心、普天同庆、奔

1 关于程咬金继室夫人崔氏，详见附注（42）。

走相告的大好事啊。

据五公主所述，眼下在各皇亲贵戚、官宦人家内闱流传的情形是：程大将军与魏府退了婚，又请那崔大姑上门，还是着急再定一个出身士族、能主持门户的续娶夫人。崔大姑收过程家好几次谢媒钱了，也十分热心出主意。二人说得投契，先是撤掉了隔在中间的屏风，摆酒上来男女对饮，喝着喝着天晚耳热彼此越看越顺眼，程大将军一拍大腿，干脆现场求亲，当晚就成其好事。

这桩婚配啊，魏叔玢在车厢内咯咯不停的笑声中想，其实真挺合适的。

程咬金是山东东阿人，跟自己父亲一样重视门第。而崔大姑出身博陵崔氏，乃是当世一等一的关东高门。她之前虽在长安官员中周旋保媒，颇损清誉，但程咬金的名声也没好到哪里去啊……发家之前还不是穷军汉一枚，跟着当今天子一刀一枪搏命上来的。

程府姬妾众多、子孙满堂，娶个年轻不知世事的小闺女进门做主妇，家里不鸡飞狗跳地乱斗才怪。崔大姑则是在各贵家宅院内出入惯了的，见多识广，这方面的本事比魏叔玢不知高到哪里去呢。她年纪大了，估计也不能再生育，而程咬金并不缺子嗣，少几个继室幼子有益无损。崔大姑与前夫生的儿女，还可以指望程大将军这继父多加关照，真是四角俱全的美满姻缘。

等太上皇的国孝期满，程府迎娶崔大姑过门，魏叔玢觉得自己还应该上门去送礼恭喜一番呢。

如果能和……一起同去，那有多好。

别想了，到那时候，那个人恐怕已经到了高昌，变成西域大国驸马，遂其平生功业志向。至于她……就青灯书笔伴一生吧。

慈和寺离芳林门不远，魏叔玢走这条路也很熟悉了。门前下车，一行人走向杨步摇所居精舍，她跟在五公主身后，回头一看杨信之也跟了上来，一脸焦急。杨信之身高腿长，步子迈得大，本来轻易能超过他嫡母五公主，却逡巡不敢越礼而前，急得一边走一边搓手。

到了精舍院门口，只见一位相貌清秀、身姿笔挺的中年男子迎出来，先向桂阳长公主拱手道“辛苦”。五公主没还礼，直接说：“璎娘不在紫虚观，回她本家去了。我怕来不及，把她徒弟魏家小娘子请来了，就是那魏侍中长女，你和她令尊也熟，不算外人。”

看到那男子形容，魏叔玢已猜到他是五驸马中书令杨师道，杨信之的父亲，忙执侄辈礼拜见。二人又一番客套，行完礼，杨信之方才上来拜叩。

杨师道像是刚看见自己这壮大魁伟的儿子，皱眉问：“你什么时候回长安的？到这里来干什——”

末一句话其实没问完，他自己像想起了什么，怔忡片刻，又抬眼去望自己的妻子桂阳长公主。五公主早束手而立扭过脸去，一副置身事外的姿态。

“回大人话，”跪在地上的杨信之抬起头，肥脸上现出魏叔玢从未见过的坚毅神色，“听闻母亲有恙，儿子来向生母叩安。”

杨师道有些惊讶，张了张嘴，竟没答出话来，又扭头去看五公主。五公主仰天冷笑一声，披纱一挥挪动肥躯，径自往尼寺大门外离去。

所以这一家人，到底怎么回事呢？

杨信之这等于直认了自己是杨步摇所生的儿子？前齐王李元吉之子？九年前他逃过了当今天子诛杀他父子兄弟的刀斧，如今又自承为海陵郡王后嗣了？他那皇帝二伯父又将如何处置他？

魏叔玢满头雾水、无限怀疑、既惊又怕。杨师道瞪了杨信之一会儿，也没说出话来，只转身领路，进入精舍内室。

内室里弥漫着浓重的药味。架在红泥火炉上的银铫子离门口不远，铫中乌汤翻滚，有个头梳三角鬟的小女孩蹲在炉前一边煎药一边抹泪，魏叔玢依稀记得她面貌，似是杨步摇所生的李元吉第四女还是第六女。

卧室里还有另一个少女及两三个奴婢侍娘。杨步摇一头青丝散落枕上，身上盖了薄薄一条夏衾，玉容惨白，正由中年侍尼颤抖着手一匙一匙喂汤水。她生的男婴却不在房内，也不知被抱到哪里去了。

“阿娘！”

杨信之突然挤过父亲身侧，抢到寝床之前，双膝跪地。

“你……哎，你来干什么啊……”

轻柔婉转又苍凉的语声，发自……那个正给杨步摇喂汤水的中年女尼。

杨信之的生母……原来是她？

是了，没错的。那女尼向壮硕儿郎的顾盼之间，秀目流露出无限慈爱柔情，母子天性哪里能造得假。杨信之也哽着声音问：“阿娘身子可好？为甚他们说你老人家有事可怜？是不是老病又犯了……”

他还没问完，女尼手抖得更厉害，哐啷一声，连汤碗带瓷匙都掉落床上。杨信之忙上前一把扶住母亲，旁边侍婢和魏叔玢也帮着援手，将女尼抱到旁边一具坐床上暂歪着。

床上的杨步摇也挣扎靠坐起半个身子，喘吁吁地道：“阿姑……你这是何苦……我说你身子不好，就别过来了……先照管好你自己……”

魏叔玢把着女尼的腕门，略诊一诊脉象，觉得她只是虚弱气乏，这在长年吃素打坐的释氏中很常见，一时倒无大患。眼见杨信之急得头上冒汗，她安慰了几句，叫杨信之把母亲抱回卧房去，吃些热浆浓汤水，先好好休养几天。

杨信之应了，用他的粗壮手臂轻松抱起母亲的瘦小身子，拔步往门外走。女尼偎依在儿子肩头，满足地笑笑，闭上眼睛，旋即又睁开。

因为杨信之在卧室门外停住了脚步。他面前站着他父亲杨师道。

杨驸马脸上神色复杂，似悲似喜地望着自己的结发原配和嫡长子，一时心神像是飘到了很远的地方。

抱着母亲的杨信之没法向父亲行礼，闭紧阔嘴，也不吭声。倒是女尼——杨师道的原配马氏轻轻叹一口气，向儿子说声“走吧”，又闭上眼睛。杨信之晃动肩膀，绕过父亲，走出房门下阶。

杨师道默默目送妻儿消失在门外刺眼的天光里，也抬手一揖，便如方才对现今的妻子桂阳长公主一般。回转身来，他向魏叔玢道："请魏娘子尽力救治海陵王妃。"

到底是回避推托不了。

魏叔玢也没什么可说，走到杨步摇床前坐下，依样望闻问切。杨步摇症状并不出奇，就是常见的产后瘀血不尽、恶露不消，魏叔玢闭着眼都能开方子背药，直接用她母亲前些日子产后调养的"蟹爪汤"和"香豉汤"就很对症。

杨妃和她母亲年岁相差不多，也都是生过好些儿女的妇人，暑热天气里产育，致病原因亦类同。依魏叔玢不多的经验来判断，她一时虽看着模样吓人，只要好生调养，不至于有性命之忧。

如果要她有性命之忧，甚至有死无生，那也……不难。

牛膝一两、滑石二两、通草白敛各一两半，或者榆白皮细切煮汁，慢慢煎服，那她就会一直流血不止……因为这些药材都是治"胎死腹中、胞衣不下"的，说起来也是"产后方"，民间游医都未必能分辨清楚何时该用、何时不该。

"杨娘子你生产时，我听说宫中是命上真师来照顾接生的，可有此事？"魏叔玢忽然想到这传言，俯身在枕上问产妇。杨步摇虚弱地摇头："妾哪里有那个好命……就是阿姑接生，旁人谁会来管我母子死活……"

果然是谣传。看杨步摇的样子，也不像是得到了很妥善的接生照顾。魏叔玢本也在怀疑，她觉得皇帝对杨步摇母子真的没有那么在意，恐怕只吩咐过杨师道一句"你去照顾你侄女"，然后就自觉尽到心了。

所以如果海陵王妃杨氏产后血崩而死，是不是各方都皆大欢喜呢？

对天子夫妇来说，是除掉了一个带累明君清誉的祸水；对杨师道和五公主，更少担了多少责任免掉了多少跑腿麻烦；甚至对杨步摇刚生下的儿子，都可能是好事，皇帝大可以命杨师道把那男婴抱进宫里，交给某个无子妃嫔抚育，妃嫔将来可随儿子到封地去以"某国太妃"的封位终老，定会悉心养育那孩子。

至于杨步摇的两个亲生女儿，她们自然会一时悲痛欲绝。但她们的前途早已注定，都将像大堂姐李婉昔一样，以“县主”的封号位分出嫁。她们生母与天子的不伦私情，会带来什么样的后果，对两个县主是好是坏，还很难说。设身处地去想，魏叔玢觉得如果是自己，这辈子能平安嫁人、安静过活就是最大奢望了。

如果绝代佳人杨大美女就这样无声无息地在产床上死去……

她看着枕头上的那张俏脸，虚弱失血，却更显楚楚可怜，神色也是恬静无忧。杨步摇还是老样子，颦眉语笑鲜明有致，活色生香皮相诱人，骨子里却比前太子妃郑观音更加冷漠麻木，对天地万事万物都无动于衷。

包括对自己的生死吧……杨步摇也在枕上与魏叔玢对视着，喘息半晌，忽然问：“魏娘子……你没进宫，对不对？”

上次见面，魏叔玢有意引导她认为自己是天子新纳的宠妃，由此听到了许多秘事。那个误会并不难戳破，杨步摇问一问天子五姐桂阳长公主就行。魏叔玢也没指望那说法能瞒她多久，此时听问，只淡淡回应：“我现长住禁苑内紫虚观。”

美人淡白的樱唇弯出一抹微笑：“那你……为了什么呢……”

为什么呢？我为什么要参与穷追这些事？为什么连自己性命都不要，奋不顾身东奔西走，最后又得到了什么结果？为什么明明有捷径可走、有皆大欢喜不费心力的举措，我却坚执不肯行？

魏叔玢扪心自问，无法自答。但这种感觉是熟悉的，这种困惑，这种被引诱着难以决断，明知前方坦途上铺满了鲜花锦绣，她却转向荆棘坎坷去胼手胝足的痛苦是熟悉的。

“蟹爪一升，甘草、桂心各二尺，阿胶二两。香豉一升半，鹿角末一方寸……”

她向一边的侍婢和立在身后的杨师道缓缓口述药方，任凭他们去记录配制。杨步摇拥衾静听，满不在乎。等一时汤药配齐熬好，她女儿端到床边，她也毫无疑义地张口啜饮，顺从、听话……绝望。

如果我能听从你的提议，把临汾县主命案的凶手咬定为她保姆贺拔氏，魏叔玢想，那你如今也就没命了。方便取利这种行径，做了第一次，就有第二次。昧良心不容易，可一旦走上了那条路，也就不能再回头。

天时已晚，日落城闭，魏叔玢就在慈和寺里歇了一宿。第二天起来，杨步摇大见好转，但平时照顾她的那中年女尼——她原来的叔母、杨信之生母马氏，却比上一天更虚弱乏力。魏叔玢医术有限，诊不出是怎么回事，好在这日上午，柴璎珞也被杨师道从家里请来了。

柴璎珞先看过杨步摇，嘴上称赞魏叔玢“大有长进、下药对症”，望着她的目光却似另有深意。魏叔玢也没说什么，引着她去看马氏，杨信之又在床边一顿哀求，柴璎珞凝神屏息叩诊好久，最后叹了口气问：“伯母，恕璎珞直言，你平日的饮食，都是谁来准备？这寺中可有你的仇敌？谁会……给你下毒？”

“下毒？”魏叔玢和杨信之同时惊叫起来。马氏女尼脸色灰败，却摇了摇头：“上真师多心了。贫尼一介微尘，于世无碍，哪会有人费心干这种恶事……”

她话没说完，房门外跑进一个小尼姑，慌慌张张地口报：“阿师，阿师，寺外来了一队人马，要接你进宫，去见长孙皇后！”

一堂萧索，满院荒芜。

李元轨垂腿坐在自己家堂上坐床边，瞧着堆积了一地的包裹板箱，堂前阶下已长得有半人高的野草，叹气无言，连喝命下人收拾清理都懒怠。

有什么必要呢？最多再过两三天，等太上皇启殡大典举行过后，他又要启程往西域去了。还是一样的人，一样的目的地，一样的差事。行李再捆缚上车畜，所有人再换穿远行行装，马匹坐骑再拉出去套鞍系鞯上路。

他并不畏惧路上的辛苦艰困，也不怕到高昌国后凶险莫测的命运。让他心乱的，是在长安城里还有那么多他放不下的人和事。他已感觉到，很多谜团都隐约露出了揭晓真相的曙光，偏偏在这时候自己又要离开，真是十万分不甘心。

魏叔玢和杨信之跟五公主去慈和寺后，音信全无，杨信之一直没回大安宫十七王院来报个信，他的身世之谜自然也暂时无法供述。李元轨倒是去柴驸马府探望了柴璎珞一次，被逐回本家的外甥女却又出门了，没见到，他只和三姐夫谈了半天吐谷浑假王孙的事。

对于女儿与皇太子的纠葛，柴绍也已知情，叹着气连称“冤孽”，又说打算把柴璎珞送回河东临汾老家，让她在那里筑观修道，暂避几年。或许这是最稳妥的处理方式，李元轨也觉得不错。再过几年，等东宫有了嫡子皇孙，李承乾夫妇安生和睦了，天子和皇后也不再那么紧张太子的婚姻命格，柴璎珞还有可能回京进宫，继续她此前习惯的生活。

柴绍的计划是等太上皇龙楯发行，启殡大典结束后，他就向天子奏请送女回籍，谅无不准。郎舅两人又相互安慰一番，李元轨回自己的大安宫吴王府，又与兄弟们应酬一日，客走人闲下来，便觉得凄凉无聊。

堂下黑发鬟晃动，是那混血胡姬粉堆，在小心窥探府主是否起居便宜。

李元轨叫她上来，问有什么事。粉堆刚从布政坊康萨保府回来。她是受命去送信给康苏密的，在府内被另一胡姬米薇拉到僻静处。米薇叫她私下转告十四郎和杨大郎，康苏密正在和吐谷浑小王子桑赛谋划，要对唐皇不利。

“对唐皇不利？”李元轨皱眉问，基本不相信。吐谷浑之战都打完了，慕容家君相都国灭身死，势力消散。康苏密那个最会见风使舵的老狐狸，这时候怎么还可能偏帮着桑赛去算计唐皇李世民？桑赛还能有什么好处给他？

“米薇晚上带人伺候的时候听见的。桑赛许诺，若能杀死唐皇，与康萨保一起回伏俟城，趁乱夺得可汗位，他就拜康萨保为国师，立圣教为国教，青海南道贸易全交康萨保主持。”粉堆转述得认真。

李元轨只是一笑，仍然不信。桑赛那不通世事的贵族少年可能会这么想，也可能会这样许诺，康苏密肯冒那么大风险答应他，才叫见了鬼了。

他倒不是怀疑两个胡姬会骗他。粉堆已是他吴王府的婢女，生杀掌握在他手里，米薇则大腹便便怀着杨信之的孩子，如今只想怎么才能顺利生育、让杨信之认儿、一家团聚过活。李元轨已想好，再过一阵子康苏密不松口，他就代杨信之去求情，哪怕让康老胡把米薇的身价加到他的欠契里都行。反正债多了不愁……

“米薇听到康萨保与桑赛商量，有没有听到康萨保认真答应桑赛同意那么干？就算同意，他俩要怎么办，才能‘杀死唐皇李世民’？”李元轨问粉堆。

数月之前，桑赛有一群死士在握，还有李元轨这家贼做内应，都没能成功杀死太上皇李渊。如今他只剩孤家寡人，还想去杀防卫更严密的大唐皇帝？做梦吧。

那吐谷浑小王子已经算是运气绝佳。从秦州回长安的路上，李元轨盘问康苏密和他，得知他父亲天柱王和姑母王后都十分看重他。桑赛到长安勾当密谋，原本是出于自己的执意，出发前并没得到姑父伏允可汗和当朝者的允准，但他既然偷跑来了，先是他的家臣，再是他父亲天柱王，然后是王后，一次又一次派送精干武士到长安，一为保护他周全，二来也本想把他带回吐谷浑去。

奴籍武士如那化名“契苾罗”者，哪能拗得过出身高贵的王子主人，只能无可奈何地听他使唤，成了他刺杀计划的执行者，最后全体死在大安宫翠云峰上。桑赛别的不行，逃命的急智却还不错。他那晚看到大安宫卫士包拢过来，契苾罗劫持着李元轨在望楼前拖延时间，他便在楼后垂索处造出自己沿原路爬悬崖下翠云峰的假象，实际却混入望楼一层的死尸堆里，闭目装死。

大安宫的卫士解决掉契苾罗后，搜索望楼内外，果然以为剩余刺客沿垂索爬悬崖下去了，于是分一部分人下崖去追，另一部分人在附近区域救死扶伤。有那么几刻天亮之前的间隙，望楼一层内外无人，桑赛见机爬起来，趁夜色掩护躲出大安宫，寻着禁苑内的无人荒莽处逃脱。

他的密谋失败，手下全折，自己也受了伤，又气又恨又羞惭，且对李元轨和安家父子等商胡都不敢再相信，此后就在野外一边养伤一边往陇西去找寻他吐谷族部族。孤身跋涉到秦州一带，他才找到旧相识，暂住一阵，又听到了国家败亡、亲族俘虏押运至此的消息，之后就不必再说了。

以李元轨对他皇帝兄和对桑赛的了解，就算给个机会，那二人一对一持刀决斗，旁人不干涉，桑赛这小毛孩也很难在他二哥手下走上十回合。那可是百战余生的马上皇帝，打仗时领头冲锋陷阵，闲裕时隔几天不走马射猎杀熊格虎就闲得手痒。突然有个刺客冲过来开打，说不定他陛下高兴还来不及，就是旁边的禁卫将军们得集体自尽以谢天下了……

“康萨保他俩商议举措的时候，声音放低了，米薇断断续续地，只听到两个关键重要处。”粉堆告诉李元轨，“第一，康萨保提到‘唐皇父亲的棺材要运走下葬，各国使节’如何如何。”

哦，李元轨想，这指的是后天的启殡大典。从太极殿到顺天门外，天子诸王、皇亲国戚、文武九品以上及前资常参官、蕃客酋长、各国使节都各有其位参典观礼，一同叩别大唐开国之君……难道康苏密是想趁着人多杂乱，安排桑赛混入外国使节当中，暴起刺杀天子？

他当礼部鸿胪的官员和南衙十六卫将士都是死人吗？

“第二，康萨保还提到，有大唐亲王，或者太子，总之是年轻王子，在背后支持他们，确保他们杀掉皇帝以后，能全身而退。”

“哈？”李元轨这才大吃一惊，“到底是亲王还是太子？”

“奴婢也这么问米薇，米薇说实在不知道。十四郎明鉴，康、桑二人说的是吐谷浑蕃语，蕃语当中，可汗诸王之子，本就没什么区分，都是同个词语。他们若不强调‘是要继承汗位的那个王子’，外人就根本听不明白……”

粉堆娇怯怯地解释着，李元轨听明白她的语义，心下却越来越糊涂。乍一听“年轻王子”，他还以为是说自己，可他没再掺和这刺王杀驾的烂事啊，难道纯是康老胡哄骗桑赛的？

还是……康苏密真的又勾结上了皇太子李承乾，或者越王李泰，或者其他对皇位有觊觎之心的皇子御弟，要做这大逆不道的勾当？

好吧，他自己似乎也没什么立场去责备别人……李家的子弟，本来也挺擅长起这种心思干这种事。

粉堆又说米薇担忧康苏密谋逆泄露被治罪、连累众人特别是自己孩儿，希望李元轨去劝一劝康萨保行事小心，这些倒是应有之义。李元轨含糊应允，又叫粉堆注意保密，不得再说与别人。但他还没想好什么时候、怎么去和康苏密开口，霉运又主动找上他了。

来找他的是皇太子李承乾。

东宫侍人到吴王府传令，说“太子在紫虚观后院马球场等吴王”。李元轨恍惚想起自己以前好像还真与李承乾有过马球之约。可如今还在太上皇的国丧期，他们父亲祖父的遗体还停在太极殿没入葬呢，做儿孙的这时候就打球游乐，怕不得被骂死？

所以……得低调不张扬地过去。素服革带、麻络漆鞍，打球的月杖也收在布囊里，不显山不露水，到场外再拿出来。

初秋骄阳下，黄土场上暑热蒸腾。虽然场边四周都有高楼和大树遮阴，可地方大，场心只能暴晒着。李承乾应是命人刚洒过水，浮土层上湿迹纵横交错，不过以李元轨的经验来看，一场球打下来，所有人都会滚成泥猴。

场上有几名卫士在跑马试打，皇太子自己也骑在马上，兀立场边虚挥着月杖，神色郁郁寡欢。李元轨上前行礼，李承乾也不多话，挥手命他起身上马，叔侄两个脑袋凑近些，在一片呼喝奋蹄声中低语交谈。

“文学馆[1]的旧牌额？”李元轨一时摸不着头脑，“殿下恕罪，元轨刚从外地回京没几日，实不知此事。”

李承乾叹息一声：“算了。也没什么要紧。越王那编书的文学馆，都奉敕建了起来，门额是不是用的武德旧物，又有多大干系？反正主上爱重他就是了。”

李元轨理一理思路，大致明白了他在说什么。天子命第四子越王李泰效仿自己在武德年间的旧例，招引有名望的士人入“文学馆”编书，此事李元轨是知道的，事实上初提议时他就在场，亲眼见证。当时也在场的李承乾和房玄龄等几位宰相，看着都不大自在。后来听说李泰还真的找地方布置招兵买马，把这新朝“文学馆”建了起来，当然是在他父亲当今皇帝的支持下。

---

1 关于武德、贞观两朝的“文学馆”与夺嫡之争，详见附注（43）。

武德年间的秦王府文学馆，罗致了“十八学士”等大儒名家，一向被视为秦王世民夺嫡的谋臣智囊团。如今太子在东宫，皇帝又命自己宠爱的另一个儿子开“文学馆”，这是要暗示什么？

大安宫在武德年间是秦王府所在地，那个旧“文学馆”就在如今的十七王院。据李承乾说，不知哪个小叔父想讨好天子与越王，把那块由虞世南题写的“文学馆”旧牌额找了出来，拂拭干净送到了越王府去。李泰奏明主上，还真大咧咧挂出那牌额，俨然以父亲的文治事业承嗣者自居。

李承乾在马上眼望着阙楼飞檐不语。这球场南边，就是紫虚观的后院墙，墙上有门，此刻锁闭着。墙内还有一座阙楼，楼上长窗棂槛间隐隐有人影晃动。李元轨已听魏叔玢说过李承乾与柴璎珞的私情，知道也是由打马球惹出的冤孽。如今太子故地重游，佳人却已被逐，他想必感慨深重、心绪悲凉无奈。

“我听说，十四叔你回绝了与意中人魏家小娘子的成婚机会。”李承乾缓缓问他，“你就那么愿意去做高昌驸马？还是说，男儿功名利禄要紧，一女子何足道哉？”

这一刀戳得真准。

“殿下哪会不知？”李元轨深呼吸几下，反击，“生于帝王家，只要能平安过活，就什么都有了，还求功名利禄何为？”

这话是在嘴边顺势溜出来的，却不通。如果只求平安过活，他干吗又主动去高昌？李元轨还想努力搪塞，一见李承乾扭脸来看他的眼神，就明白不用费那个劲了。太子殿下根本就没在听他说话。

李承乾在遥望很远很远的地方，目光似乎穿透了紫虚观的高墙阙楼，穿透芳林门与长安城内的大街里坊，一直望到了自己爱慕的女子所在。他乌黑的眸子里雾气迷蒙，隐约有个旋转起舞的曼妙人影。年华如春花盛放又如秋叶凋落，逝水东流入海，一去不再回头。

“殿下若执着于此情……何不哀恳主上和皇后，成全两心？”李元轨不禁问出来，话语出口就觉得自己唐突了。皇太子竟也没斥责他，怔怔地又出神片刻，才回答：“没用的……我求了又求，他们谁都不肯应允，谁也不会把我的苦乐生死放在心上。我生下来，就欠他们一个孝子，欠众臣一个完人，欠大唐一个储君。我亏欠所有人，谁都有资格逼我依照他们定下的规矩行事，除此之外，没人理会我自己想什么。”

倾注了心血的恋情被粗暴碾碎，父亲又公然宣示偏爱他同母弟、动摇东宫之位，也难怪李承乾如此消沉抑郁。有生以来第一次，李元轨居然有点同情这比自己还大两岁的侄儿，想安慰他几句，又不知说什么才好。

他知道自己不擅长说那些激励讨好的话，开口错的可能性很大，张张嘴唇，还是知趣地又闭上了。李承乾这时却收回目光，真正注视在十四小叔脸上，唇边还泛起一丝笑，看上去冷飕飕的：“十四叔，我有一计，可以令你免去投身塞外风尘跋涉之苦，也不用去高昌入赘，消停一段时间，就能明媒正娶你那魏家小娘子为吴王妃，双双去你封地厮守，白头到老。想听吗？”

李元轨浑身一震：“愿闻其详。”

“嗯……”李承乾却又犹豫了，沉吟片刻，说道，“其实你也不必知道太多，更不用做多少事。后天太上皇启殡大典，内府缺人手，你带一个熟人做随从，混进内侍群里，别的你就不用管了。事成之后，一切由我处置。”

“熟人？”李元轨想了想，改口问，“他混进内侍里，去干什么？”

“不是说了吗，你不要问那么多。”李承乾唇角微微一撇，又笑了，“他就是去斟个奠酒，也不干别的。”

李元轨深深望进东宫太子的眼睛里。

乌云似的假发整理清爽，碎头乱丝都一一用花露抚顺帖服，整个套到已生出茸毛短发的光头颅上，再压一顶金冠，颔下系紧冠缨，看上去竟也十分雍容华贵。

“伯母，好了。”

魏叔玢放开双手，轻声说。一直在闭目念经的中年女尼掀开眼帘，对她微微一笑示谢。

魏叔玢发现，杨信之的生母眉目其实极美。她平时光头缁袍，缩肩拱背，一副衰老病弱模样，不大惹人注意。这一扮上，立时便有贵妇人的气派，并不输于杨师道的现妻桂阳长公主。

那天在慈和寺，柴璎珞推断出有人给她下毒，她自己却矢口否认。真相还没弄清楚，宫中忽然来人，要传她入觐皇后。谁都不敢抗敕，杨信之担忧母亲的身体和安危，没奈何，央求魏叔玢陪她一起进宫。

本来这差事，柴璎珞来担当最合适，但她如今私情暴露，自身难保，更不敢贸然去见皇后。杨信之是知道内情的，都没好意思开口，径直求了魏叔玢。魏叔玢其实也很怕长孙皇后，可义气为重，只得硬着头皮应允，收拾起身，陪女尼进立政殿。

她没奉敕入见中宫，只能立在外廊下等着，这一等，竟然直等到夕阳落山，女尼才被宫婢们送出来。不知皇后与她说了什么，只见本来身体虚弱的中年女尼已哭得眼睛红肿、昏厥过去。女官将她两个安置在一间小寝室内，第二天，皇后又复召见。

听女官的口述，长孙皇后知道魏叔玢陪着一起来了立政殿，但始终没叫她去面见，只命人吩咐她好生照顾杨信之生母。这本是她分内事，倒没什么可说的，魏叔玢打点食水汤药、褥衾衣袜，服侍女尼起居，可这伯母根本不肯吃喝，晚上躺在魏叔玢身边，也是直瞪瞪地望着屋檩合不拢眼，内外煎熬，憔悴不堪。

这样熬了两天，不知是因为皇后又派谁来向她说了什么，或者是因为女尼眼泪流干、终于想开了，入宫第二夜沉沉睡去，早起也勉强吃些汤水。宫婢们送来衣服妆饰，魏叔玢帮她穿戴好，自己也换穿了一身合适的素服，准备继续陪着她往东往西。

这样的世道里，一介小女子，能力是多么微不足道，她已经体味得刻骨铭心。

既然如此，她就把有限的能做的事，坚持到海枯石烂、地老天荒吧。

搀扶着她已经叫惯的“伯母”，两人跟宫婢出立政殿院门。皇后还特赏了一具肩舆[1]，魏叔玢扶着女尼坐上去，自己跟在舆旁，行经左延明门，迤逦往太极殿和顺天门去。

1 关于肩舆，详见附注（44）。

今日是太上皇启殡大典，走近太极殿，已见屋檐墙头上的素幡白练等都换了新，院内仪仗严整。皇帝诸王及内命妇、大长公主、长公主、公主、郡县主等在殿内奉事，二王三恪、皇亲国戚、文武九品以上及前资常参官、都督、刺史版位在殿东外庭，蕃客酋长、各国使节、高僧名道也在顺天门外站班侍立，共送太上皇龙楯启行，前往献陵入葬。

太极殿长长的龙尾道上下，礼部各司设着奠席、香烛、垒洗、水篚、拂巾、太牢之馔、樽坫、酌幂。光禄卿、礼仪使、监祭使、御史、太祝、奉礼郎等各礼官礼生各立其位、各司其职，另有禁军左右武侯与十六卫军士量抽队仗，按处设禁。

魏叔玢扶着穿戴严整的伯母，上阶穿廊，悄然归入外命妇班。太常哀乐起，她们跟着身边人一起跪拜哭踊、行礼如仪不提。

礼仪使出前跪奏："请皇帝止哭奉奠。"这是荐明器仪开始。魏叔玢偷眼瞧着，三公与礼官跪进醴齐等，由皇帝接过跪奠于馔前，一番再拜哭踊，率殿内众下西阶、就龙楯。礼官们将腰舆、伞扇、几舆等侍奉至殿庭帐殿下神座前，又以赤黄褥案安置谥宝、谥册。摆布完成后，由太常卿、司徒率挽士入殿内，将停殡数月的太上皇棺木梓宫抬下太极殿，安置在龙楯上，并下素幄。皇帝诸王皆哭从，魏叔玢等命妇队伍也以行帷围蔽，哭踊而从。

此时太极殿阶下悲声大作，群官立哭于庭中位，当然听声音，还是以干号者居多……行障布幕闪动间，魏叔玢屡屡望向皇帝身后的诸王队伍，觉得自己似乎看到了李元轨一两次，但实在太短暂，拿不准。

太上皇梓宫在阶下要迎受"祖奠"，随后又被抬上辒辌车，拖挽出顺天门外后，又要进行"遣奠"，形式大同小异，都是由皇帝举酒跪奠、太祝跪读祝文、所有人一起哭拜、礼官进置各种礼器。顺天门外还顺序排有玉辂、舆辇、鼓吹、吉驾、卤簿，官员使节亦依班次肃立送殡。

等在顺天门中门道外，折腾到梓宫辒辌终于要发驾上路，人人都没什么力气了。内外命妇中有些要乘车一起扈从至献陵的，此时撤了行帷，提前去登车，妇女群中有些忙乱。魏叔玢忍不住又伸长脖子去眺望诸王行列，此时，忽然从诸蕃使班列中过来一人，奔到她们面前，扑地便拜："娘子！德化公主！奴婢……万万没想到，这辈子还能再见公主！"

这是个皮肤黑粗却嗓音尖细的中年男子，身穿蕃客锦袍[1]，似是哪国使者，但说话声音像极了宫中阉宦。他重重叩了几个响头，抬起脸直视魏叔玢身边穿戴着命妇祭服的女尼，神色又是欢喜，又是激动迸泪。

"弥……弥奴？"女尼喃喃问出来，并没否认他"德化公主"的称呼，"你还活着？你怎么在这里？是他……顺王子叫你来大唐找我的？"

"是！是！"名为"弥奴"的阉宦擦着眼泪回应，"奴婢一开始是秘密来的，后来大唐灭了伏允可汗，顺王子是新可汗，就叫奴婢做了吐谷浑在唐大使……公主啊，奴婢找得你好苦。人人都说娘子已经不在人世，奴婢也信了，伤心好久，不敢回报王子。前两天听说娘子现身，奴婢心里那个欢喜，简直没法说……"

二十多年前以隋"德化公主"身份嫁给吐谷浑王子慕容顺的中年女尼，仰天长叹，眼角又有两行泪下。

魏叔玢咬着自己嘴唇，泪水也直涌上来，却无话可说，连安慰她一句都不能。

"阿娘……"

回头去看，杨信之身穿禁军卫士衣服，正站在他们身后，肥脸上一片茫然懵懂。旁边有几个与他衣饰相同的卫士，还有不少蕃使酋长也围拢上来，看这边又哭又拜的是在干什么。

德化公主抽出帕子来拭了泪，招手叫杨信之过来，扶住他腕臂，缓声向吐谷浑使者弥奴道："我知道你找我是想做什么，也不必细说了。这便是我儿，你家顺王子的嗣子，慕容诺曷钵。你拜主人吧。"

弥奴本来仍跪地未起，此时顺势移个方向便又叩下头去，口口声声呼杨信之为"王

1 关于蕃客锦袍，详见附注（45）。

子我主”，欢喜无限。高壮卫士却是又迷茫又惧怕瑟缩，侧了身子不想受礼，低头问母亲：“阿娘？这是怎么回事？我……我是谁？”

“你的蕃语小名叫诺曷钵，生于武德元年二月，江都前隋行宫禁营当中。你父为吐谷浑太子慕容顺，母亲是前隋宗室观王杨雄之女，受封‘德化公主’，大业十二年和亲降藩。”

清朗笃定的男子声音传送过来，围观人群纷纷退后行礼。大唐皇帝麻衣素服负手踱至，杨信之母子和魏叔玢亦屈膝跪地，听他继续说：“你父慕容顺，本亦汉家和亲公主所生，自幼即在中原，向慕华风。武德元年归长安后，恭事太上皇，效忠大唐，太上皇嘉之，后应其父伏允所请，送回吐谷浑本国。伏允年老昏眊，听信奸臣，废长立幼，近年屡屡犯境入寇我边疆，终于咎由自取，身死沙碛。你父洁身自好，未曾与我大唐为敌，如今已接任可汗之位，坐拥伏俟城，虚王后与太子位，以待你母子。”

皇帝在上头说着，跪在地下的魏叔玢眼光斜睨，看不到杨信之的脸容表情，只见身边十根棒槌似的粗手指，在地面黄土上抓抓合合。

“扶你母亲起来吧，诺曷钵，”天子也叹息一声，“事出突然，难怪你手足无措。”

杨信之扶了母亲德化公主站起身，肥圆脸上仍然写满了难以置信，看着母亲嗫嚅：“阿娘，我真……真的是……”

“江都宫变，你父亲只身逃回长安。我带着还没满月的你，一路历尽千辛万苦，等回了家，他已经又走了，回他的吐谷浑王都去做太子了。”德化公主垂着眼皮，轻声告诉儿子，“那么乱的世道，我不想去蕃国，更不想让你去……就把你寄养在本家，自己削发为尼隐居，想着母子至少能在国都保全……”

不，你不只是把儿子“寄养在本家”，魏叔玢想。你是恨丈夫慕容顺薄情寡义，又怕极了他来索要你母子出蕃，哀求说动你的同母弟杨师道，顶替他原配马氏母子，改舅为父，把一个吐谷浑王孙冒称为驸马前妻所生子，隐姓埋名过了十八年。

在立政殿陪伴她的这两天，德化公主杨冠娘断断续续地向魏叔玢说了不少往事。她知道杨师道的生母本是观王杨雄宠姬，美貌异常，生下二子一女，即海陵王妃杨步摇的父亲、杨冠娘和杨师道。杨雄子女众多，他们兄妹三人因生母微贱，颇受冷遇，从小相互扶持着长大，手足情深。后长兄早亡，遗下孤女步摇即由杨师道收养。冠娘被选为和亲公主，江都宫变后，她带着儿子随后宫由宇文化及挟持北上，又在山东落入洛阳守军王世充一派手中。

也是在洛阳城中，她意外见到了杨师道原配发妻马氏及其子。经过两三年惨绝人寰的战争围城，马氏母子死亡，杨冠娘母子却挣扎着生存下来。武德四年大唐秦王克洛阳，遣散隋宫人，冠娘也带儿子回长安，跪求同母弟夫妇，让她冒名马氏，收养诺曷钵为杨师道之子。

杨师道当时已娶桂阳长公主，做了大唐驸马，听闻原配和长子的死讯，本就伤心惭愧，又心疼同母姐历尽蹂躏九死余生，便答应了下来。他虽知诺曷钵是吐谷浑王孙，身份特殊，但想他父亲慕容顺已返回本国，又年轻尊贵，过不了几年自会重娶妃姬生儿育女，不会在意自己丢落中原的妻儿，此事应该没什么后患。

其时桂阳长公主与美男子杨师道新婚燕尔，正在情浓之际，对自己突然多出一个继子虽不情愿，禁不起丈夫一再苦求，还是和他一同犯下了这欺君之罪。于是杨冠娘到慈和寺削发为尼，诺曷钵则以“杨信之”的名字身份住入桂阳公主府。那年他才四岁，自然不记事，他“父亲”和生母都无意告诉他真相，只希望他能以杨家子弟的身份平安过一生。

十几年来，这个秘密面临的最大一次挑战，就是贞观四年唐灭突厥颉利可汗后，前隋萧皇后祖孙回长安。萧皇后早有心出家，闲来常去各尼寺礼佛，那慈和寺向有杨氏宗庙之称，她自然不会放过，第一回进去，就认出了德化公主杨冠娘。

幸好萧后自己在亡国后，也是颠沛流离受尽屈辱苦痛，同病相怜。与冠娘长谈过一次，二人抱头痛哭，萧后立誓绝不向外人泄露她母子身世。她也确实尽力遵守这誓言了，连柴璎珞以她独孙的婚姻相威胁，她都没肯吐露实情，仍是想法以“不在尘世”等含糊言语打发走了柴璎珞与魏叔玢。

可她却不敢也不能在长孙皇后面前含糊敷衍过去。

李元轨挑选培养的那假吐谷浑王孙周十二，天子召见了一次，并不满意。回立政殿向长孙皇后说知，皇后觉得事有蹊跷，抱病召萧后入宫，亲自与谈，百计追问下，萧后终于不敢再瞒，说了“德化公主仍在世，在慈和寺为尼”。

于是皇后又召杨冠娘入宫，劝她以国事大局为重，同儿子一起回到慕容顺身边，辅政嗣位，将来她儿子成为西北大国可汗，也是一方霸主，风光无限。冠娘五内俱焚，痛不欲生，回慈和寺后竟欲服毒自尽，以为这样就没人可证明杨信之身份，能让他留在中原不出塞去。

“如今吐谷浑国内局势平定，慕容顺登基接位。外有我大唐天兵辅助，内有商道贸易税金，太平安乐，万事俱备，你母子回国，那是现成的享不尽的荣华富贵。”皇帝说着一笑，“诺曷钵，你母亲身子不好，你带老人家到鸿胪寺客馆去住几天吧。朕命侍御医过去，给你母亲调理调理，有司也备办些使物，等太上皇山陵奉安，你们便可启程，往伏俟城去了。”

魏叔玢又转头向皇帝身后的诸王队伍里看，这回顺利望见了李元轨。那瘦长的少年也是一脸惊愕难以置信的神色，苍白着脸，薄唇紧闭。

他受命寻找吐谷浑王孙有大半年时间了，要找的人，居然一直就在他身边。

其余诸御弟亲王，大都在交头接耳地窃窃私语。不光是他们，魏叔玢眼风一扫，见围观的众多蕃使也在指指点点议论惊叹。她忽然明白了为什么天子和皇后要安排在这个场合里，让慕容顺特使弥奴来指认德化公主母子……这比朝廷忽然下个诏书，宣布找到了吐谷浑新可汗的原配和嫡子，更容易取信于各国吧。

只是……她觉得那些蕃使酋长的神情，仍然是以惊诧怀疑居多。当众闹这么一出，是足够吸引各国注意力了，却未必能让这些蕃酋客使相信一个大唐卫士就是失散十八年的吐谷浑新王独子。

“好了。”皇帝转身，走向承载着自己亡父遗体的辒辌车，“先把大典走完。奠酒！”

启殡大典只剩最后一个仪程了：有司奉酒，天子饮，碎卮跪奠，侍中宣制，辒辌车启行，往献陵进发。

从一大清早闹到现在，所有参礼人都是又渴又累又晒又干号得嗓子疼。一听典礼要结束，立刻各就各位。军乐鼓吹，太常奏音，一队内侍端着供馔酒水礼器自顺天门鱼贯而出。

奉礼郎已经明显沙哑的“辒辌将发、皇帝再拜奉奠”宣声中，天子撩袍跪前而拜。两名内侍出班，一人托盘，另一人以金壶注酒于卮，先奉一卮与礼仪使试尝，稍候顷刻，再注满另一酒卮，双手端奉与皇帝。

皇帝接过酒卮，双臂微抬，欲依礼啜饮一口。此时诸王队里响起喊声:“陛下且住！”

一道瘦削的人影飞跃而出，伸手抓住那倒酒内侍，打落了他头上的笼冠。那完全遮住两腮和小半张脸的冠帽一脱落，露出的棕黑色少年脸孔，连魏叔玢也认了出来。

吐谷浑天柱王之子桑赛。

皇帝也将手中酒卮摔落到地上，黄土顿时冒出诡异的泡沫，一望即知，那是杯毒酒。

他觉得有什么事不对了。他一直觉得有什么事不对。

从启殡大典开始，李元轨一边随着众兄弟参拜起兴，一边心神不宁。他参与的这个计策，实施过程实在过于简单容易，容易到他觉得桑赛本人应该都能察觉出不对劲。

康苏密负责教导桑赛装扮成中官内侍，训练他的举止动作言语，并提供衣裳器具等。李元轨去萨保府，帮着演练了几回，然后今天一大清早让桑赛混进他吴王府的随从里，进入太极殿前院，交给殿中省执事官。

殿中省那边，应该是皇太子李承乾安排好的，一句话都没多问，直接示意桑赛入队，准备侍奉奠酒。那长相明显有蕃相、汉话都不会几句的吐谷浑少年，就这么得到了亲手毒死大唐皇帝、为父母邦国报仇雪恨的机会。

人间事如果能有这么容易，天可汗陛下不知已经死过几百回，大唐也不知亡国多少次了。

所以那天在马球场边，他听完李承乾的计划，瞠目有顷，居然当场笑了出来：“殿下是在说笑？还是在测检元轨有无心疾？”

退一万步说，就算皇太子真的因为婚姻不协而深恨父亲，起意弑君篡位，他也不会假手于靠不住的异族遗民。参与其事的商胡萨保、御弟亲王等人，和东宫没什么深厚交情，自身又都有些本事地位，将来这逆伦恶行如果成功，李承乾想杀他们灭口都麻烦。搞出这种筹划，他难不成疯了？

“寡人有闲心跟你说笑？”李承乾唇角微撇，分明咽下了一句“你也配”，“参与不参与，一句话的事。给个痛快的。”

“臣不知殿下是何用意，也不敢以身犯逆。”杀皇帝造反这种经历，一辈子有一次也就足够了，李元轨有点苦笑地想，“殿下恕罪，元轨忝为人臣，听闻此骇人言语，亦不敢隐瞒圣听。第日朝见，当奏明主上。”

李承乾回过脸去，扫视自己的十几名卫士。卫士中有一多半是剽悍的突厥种，此时正呼喝着在场上策马奔驰往来击球。李元轨听说过，太子偏爱用突厥近卫，想必这些卫士也是只认东宫为主，不会顾忌什么亲王小叔父甚至皇帝。

自己孤身一人对战这十几条汉子，赢面不大，李元轨冷静地评估。如果李承乾是认真想拉着他一起弑君，被他拒绝并扬言上告后，现在就该命左右扑杀他了。他或许可以先发制人，挟持住对面的皇太子以自保，但李承乾也不是手无缚鸡之力的文弱书生，他一击不中，麻烦就大了……

种种考量思虑还没转完，李承乾又扭头看他，也笑了：“十四叔，你觉得我是蠢人吗？”

“不是。”李元轨应声答，并不犹豫。他二哥这长子自幼就以聪明机灵著称，如今年纪渐长，可能骄恣横暴德行有亏，但也绝谈不上傻笨。

“那我再重复一遍。你去康苏密家里，帮他训练那个熟人，听那老商胡的安排。启殡大典当天，你把人带进太极殿上阁门，交给殿中少监，之后就没你的事了。”李承乾字斟句酌，“你若不答应，要去面君奏明我谋逆，那也任由你，随便。我另寻别人共事。”

李元轨又凝视侄儿片刻，问：“殿下何以识得康苏密的？”

“三姑夫。”李承乾答，“我并没见过那老商胡的面，只有三姑夫作保，在御书房。”

这意思是说，让桑赛去给大唐天子倒“毒酒”的整个计划，其实是康苏密想出来的，通过三驸马谯国公柴绍上奏皇帝，皇帝又将此计交给了李承乾来主持实施。

怪不得康苏密不让我把抓到吐谷浑小王子的事上报朝廷，李元轨不无怨结地想，那老胡商一直在考虑，怎么才能把桑赛卖出个好价钱，收回此前的投入，最大限度用他谋利……吐谷浑王室遗孤当众谋害天可汗被抓，似乎很能说明其族人心地狠毒，死有余辜，唐灭吐国乃是替天行道？

李承乾又催促一遍，李元轨没有更多时间考虑了，张口答应下来，按他的布置行动。时间很紧，要把一窍不通的桑赛训练得不出大差错，必须得日夜不停用功。幸好桑赛也知这是他这辈子最后一次机会，亦抱定必死决心，收敛了此前的骄狂气，认真习练，总算在入宫前假扮得有些模样。

今早李元轨把他夹带入宫交给殿中省后，二人分手。他看不到桑赛了，心里反而越发不安，越琢磨越怀疑此事还另有隐情。主要是……让吐谷浑国相之子当众谋害天可汗被抓，究竟能有多大好处呢？

仔细想想，似乎也没什么各国舆论间的绝大助益啊。桑赛是国灭家亡，只身一人来复仇的少年，行刺谋害大唐皇帝，只能彰显他的血性勇气，只怕对他给予同情的人更多。

越想越觉得不对味，李元轨也渐渐心慌起来。他记得李承乾并没有当面向自己挑明“天子知情定计”，一句都没有。其中关窍，全是他自己推想出来的。

紫虚观马球场上，李承乾提到同母弟李泰的文学馆，说自己“生下来就亏欠所有人”的愤激语，那也不像装出来的。不，李元轨肯定那是他的真心话，正像肯定他是真心爱着柴瓔珞……他此前并不知道二人私情，那天听魏叔玢一说，却立即恍然。种种蛛丝马迹，他不是完全没见过，只之前没往那方面去想，如今挑明，一切若合符节。

那么，如果，李承乾是真的想借刀弑父……正因为人人都觉得不可能，他轻轻松松使个阴阳正反双间计，就正好……

整个启殡大典，他都陷在这番恍惚纠结如乱麻的心思里，连吐谷浑使节弥奴去叩见德化公主，都是兄弟们扯着他过去看热闹，他才意识到出了什么事。

他一直在苦苦寻找、已经断定死亡的吐谷浑可汗嫡孙慕容诺曷钵，竟然就是与自己形影不离的杨信之？

还没从这一番雷轰电掣的打击里回过神，又开始奠酒。他就眼看着穿戴笼冠大袖袍的桑赛上前，为天子斟酒。

之前在康苏密家习练时，他提醒过他们，天子进膳沾唇前，都会有人先行试尝，就是为了杜绝食水有异。当时康苏密发了一会儿愁，最后不知想起了什么，说“老康有法子”，即以胡语喝命下人。至于是什么法子，李元轨却不知道。他昨晚赶在夜禁前回大安宫了，他自己也得准备今早参与大典的衣饰。

此时他只能看着桑赛手执金壶，斟酒奉卮。这场景让他心中一动，若有所思，可没时间细想。从他的角度来看，他的皇帝兄竟似丝毫不知有异，接过吐谷浑复仇者递来的酒卮，就往唇边送……

不行。

李元轨瞬间下定决心，飞身出列，大喝止住天子，又一把扯脱了桑赛的伪装。

他用力过猛，连同奉酒的盘案一起掀翻，杯壶倾落一地。纷乱喧嚣中，天子毫无讶色，很平静地把手中毒酒一洒，当众宣示真相。

哦不，完了。李元轨痛苦地闭了下眼。我又犯蠢了，又。

这计策确实是他父子俩商量好的。李承乾确实没打算弑君杀父……至少这次没。

手上一抻一扯，被他抓住的桑赛却动了起来。他身上应该是没有利刃，只能红着眼睛十指箕张，拼尽全力向大唐皇帝扑去，看他龇牙咧嘴的狠恶模样，竟似是想掐住仇人脖子，与之同归于尽。

李元轨反手一把没拉住他，却见自己的二哥出手了。

他曾多次侍奉天子围猎，当然见识过这位马上皇帝的神准箭术和格杀猛兽威势，但这还是他第一次如此近切地围观兄长与人对砍……也不好叫对砍，因为皇帝也没带刀佩剑。

皇帝穿戴的是孝子的斩衰麻衣，手上只有一根民间俗称为“哭丧棒”的竹杖，还算坚硬，可毫无兵刃的锋锐杀伤力。他却也不慌，抬眼扫一下来敌，稍微侧身，抡起竹杖，杖头穿过桑赛张开的十指双臂，准确地甩中他面门。

痛呼声响起。天可汗一杖就把吐谷浑少年打飞了出去。

然后就没有然后了。四下里的臣子卫士都不是死人，一拥而上按倒刺客，要多积极有多积极。李元轨也不用再动弹，立在当地，只是瞪着兄长发愣。

那一杖是刀法……其实也不算有多精妙，发力都不很强猛，毕竟只是立在原地随手招架而已。让李元轨吃惊的是变起仓促，皇帝居然完全没有畏缩躲避的自然反应，对敌人的来势判断极度清楚准确，以杖代刀，一击即中要害，且着杖角度很妙，利用了竹杖的韧性，顺势扭转桑赛身体在空中前冲的方向，是借力把他甩到一边去的。

大唐开国至统一天下，眼前的皇帝陛下每战当先陷阵、亲冒矢石屡次危殆，却连重伤都没受过一次，似乎不仅仅是靠天命在身、卫队忠勇、甲胄精良。他是真的胆大无畏且战场经验丰富……至少躲避攻击保命的经验太丰富了。

“卖什么呆呢？”还沾着血的竹杖头又抬起来，这回敲了敲李元轨的脸颊，皇帝被庶弟的呆相逗引得忍俊不禁，“你小子也一样欠揍！”

丢下一句话，皇帝便转身走向已被牢牢按倒并上绑的刺客，喝命：“让他起来——你是谁？”

卫士们稍微散开些，让桑赛能够抬起上身，仰脸面对天可汗。他面容被击打得溃破溅血，表情越发狰狞：“我，吐谷浑大可汗太子，尊王！”

李元轨浑身一震。这骄悍少年是慕容伏允与吐蕃王后所生的那太子？并非此前一直自称的国相天柱王之子？

康苏密对他的忌惮与沽售，从他本国分批来投用的忠勇死士，乃至今日的诡异安排，一瞬间都有了答案。从皇帝的平静神色来看，他是早知道这少年的身份了，李元轨不禁纳闷，是不是只有自己这傻小子被蒙在鼓里？

“吐谷浑旧太子？好啊。”大唐天子微微一笑，“今日有幸，得见吐谷浑前后两朝太子——你父伏允倒行逆施，今已国破身死，你生母亲族也为我大唐阶下囚。你欲使用暗中下毒这等卑鄙伎俩，谋害于朕，如今被当场揭穿，尊王，你还有什么话说？”

以“桑赛”之名行动的尊王在长安附近已居停至少大半年，似能听懂不少汉话了。他被卫士们压按着，愤恨欲狂，先喊了一串蕃语，最后以生硬的汉话向皇帝大吼：“你，我，决斗！”

这要求实在可笑，虽然四下里气氛紧张肃穆，还是有很多大臣蕃使等笑出声来。皇帝却没笑，反而饶有兴趣地打量吐谷浑少年体格，又扭头去看奉执着天子御刀的千牛备身——

“咯咯！”

带有明显警告意味的咳嗽声，发自重臣队伍那边，李元轨一听即知，是侍中魏徵的嗓音。

皇帝扫兴地叹口气，摇摇头。这番做派尊王也看在眼中，很适时地又喊出一句：“我，你太子，决斗！”

这下，场内上千人的目光全集中到辒辌车旁边的皇太子李承乾身上。他是长孙，为祖父发殡，理当随绋挽车，也早早就了位。此时忽然被点名，他先是一惊，随后竟脸现喜色——面容神情和刚才的父亲一模一样——丢下手中的挽索，迈步就要往这边走。

“回去！”

这声喝止发自天子，皇帝挥杖轰苍蝇似的把长子轰回玉辂边。竹杖随即转向，一指命妇人群：“你要决斗？成，和你侄儿、吐谷浑当今可汗的嫡嗣太子决斗吧！寡德鲜能，天必厌之，随便怎么斗，朕就不信你小子能赢！”

众人目光一时又都望向命妇当中那高壮威武的身影。杨信之扶着母亲，满脸呆愣，完全反应不过来。

这才是今天安排的终极目的，李元轨瞬时恍然大悟。

当着各国酋长使节，揭穿、羞辱吐谷浑旧太子尊王，使他颜面威信尽失，同时抬捧起杨信之——慕容诺曷钵，让他顺利出蕃去吐谷浑入继大统。

四域诸国，大多不像中原汉地朝廷这般看重血统忠顺。蕃人推崇勇武壮士，瞧不起战败者，尊王虽然是他父亲伏允亲立的嫡嗣太子，如果在一对一战斗中输给了侄子诺曷钵，消息传出去，吐谷浑国内那些原本可能还支持他的部族会忠诚度大减，毕竟谁也不想说“我们追随一个脓包窝囊废”。

杨信之本人身高臂长力量很大，又是从小准备走三卫——武官——随军征战——京郎刺史这条仕途的，接受过正经的关陇旧家武艺训练。李元轨与二人都交过手，他评估桑赛——尊王应该挡不住杨肉塔二十来回合攻击。就算他情急拼命，武力翻倍，杨信之发力五十次还砍不到吐谷浑少年，也就该挨打了。

围观众人虽不像李元轨这么清楚二人底细，只要看看他们的身形差距和如今境况，都能猜得八九不离十，纷纷摇着头谈笑议论，态度轻松。尊王自己也不算蠢笨到家，而且他之前是认识杨信之的，扭头看一看那高壮战士，咬牙啐血，向皇帝嘶声狞笑：“随便斗？那我，和他，马球！”

打马球决战？李元轨脑中嗡的一下，暗叫不妙。

马球这玩意，在中原早已有之，但以前大多是一群贵胄子弟策马奔驰间挥杖击打圆球取乐，没听说有什么判明胜负的严整规矩。

贞观初朝廷击灭颉利可汗后，大批突厥降人入朝侍卫，碛路商道渐开，到长安的商胡西蕃也越来越多。先是一些年轻的突厥卫士[1]寻地打马球取乐，把塞外惯用的那一套规则原样带过来，在土场两端栽埋门柱、约定以击球入门柱之内为“拔得一筹”，要么得第一筹者胜，要么筹多者胜，依据实际可调整取胜准则。

有了相对明确的规矩，又能争胜负，打起球来就好玩多了。数年之内，这球戏风靡长安，太子诸王驸马三卫等贵家少年郎，一个个都爱纵马驰骋、挥月逐星，李元轨

1 关于李承乾身边的突厥卫士，详见附注（46）。

兄弟自不例外。但是……杨信之例外。

原因很简单，他太壮太沉，找不着承载力强又折转足够灵活的乘马。

屯营卫士陪侍亲王贵戚等打马球，本来是常事，杨信之自己也极爱玩乐，起初和同事伙伴一起都去马球场习练过。然而他体重大约是李元轨的两三倍，连平日行路，都要挑着最肥壮高大的坐骑，换马频次也比同行人繁多。这场上打球，要求乘马机警敏捷、即冲即收、控纵如意，合用的都是较为纤细修长的骏马，哪里禁得住杨肉塔骑乘冲杀。

他练习过一两次，再去厩中挑选坐骑时，据禁军中流传的笑话，所有马匹一看见杨肉塔的高壮身躯，立刻一群一群倒地装死，四肢抽搐、口吐白沫。厩中人都笑得打跌，杨信之自己也觉无趣，此后就不练了。

陪同李元轨和兄弟们打球时，他只负责在场边呼喊唱好。实在看得手痒，就和几个骑术不佳的卫士同伴一起“步打”，即不乘马，靠两腿在地面上奔跑，挥杖击球，也算得一种乐趣。他身高腿长步子大，体格又壮不怕推搡，步打中颇占便宜，技艺也练得不错。

可吐谷浑旧太子尊王指定要和杨信之打马球决战，那一定是不肯步打的。

马球传入吐谷浑并兴盛发达于斯，时间应比传入中原早，尊王想必也是打球高手，经验丰富。他一看杨信之身材，立刻明白其中关窍所在，抓住天子语中“随便怎么斗”的疏漏，径直提出以打球决胜。这也算是临死前的最后挣扎，一言既出，连皇帝都愣了一下。

尊王不过一介死囚，天子自然可以一口拒绝他这无理要求，毫无后患。最多……有一点折损威风面子而已。

皇帝扭头去瞟一眼杨信之——刚刚揭示身份的吐谷浑新太子，笑问：“诺曷钵，你小叔父向你挑战呢，一对一马球决胜负，你意如何？敢不敢接？”

杨信之今天是自至始终都没醒过神来，胖脸上还是一片迷茫呆愣，立在当地反应半晌，才和母亲一起跪地，回复天子垂询：“臣……臣……奉陛下敕旨。”

旁边围观的大群蕃客使节发出嗡嗡议论声，似是对这新太子的表现感觉失望。看热闹的不嫌事大嘛……天可汗陛下也扫视周围一眼，叹口气：“成。那你俩就开打吧。别说我大唐仗势欺人啊，这么着，无忌——”

他向立在一边的司空齐国公长孙无忌招招手，肥胖的国舅赶紧挪身过来听命。当着众人，皇帝一本正经地下令：“你去骅骝马坊，牵两匹良马过来。要两匹大小性情相差不多、毛色区分明显的，给他叔侄俩骑着打球用。牵过来，叫尊王这小子先挑。”

语调平平淡淡的并无异状，但从李元轨侍立的角度看过去，他觉得自己兄长眉目掀动得微妙，是在给大舅子使眼色。

使眼色让他去干什么呢？李元轨一时猜想不透，长孙无忌却似心领神会，躬身应诺，转身便向南行。

那骅骝马坊位于皇城西南，长孙国舅带人从顺天门街入皇城，要走上一阵子才到达，再挑选马匹牵过来，又需另外费时。乘此空隙，礼仪使奏准，先将启殡大典举行完毕。

于是侍从收拾场面，各人归位，礼乐再响。尊王则被捆成角黍先押到一旁，由多名卫士看守，尽量不妨碍礼典进行。他还是不服气，向着天子又喊了一串蕃语，在场的鸿胪寺译语人被叫过来，听完翻译道：“这贼子是问，如果他打马球赢了杨郎君，有什么好处？可否保命回国？”

“做什么大梦呢？”皇帝甩袖回列，只丢下一句话，“他赢了，能死得体面尊严一点。”

好吧……李元轨也回入兄弟行列中，随着赞礼哭拜起兴。刚才这么一打岔，所有人包括天子在内，都对启殡大典心不在焉，敷衍了结完事，心思都在那一对慕容叔侄的马球对战上。

太上皇的梓宫辒辌车以及随行车驾仪仗启行，浩浩荡荡的队伍尾端还没在天街上消失，长孙无忌带两个内侍，牵着一白一红两匹骏马，施施然转出四方馆院墙角，进入顺天门外等待着的人群的视线。

两匹马果然体格相差不多，都比打马球惯用的那些肥壮，长孙国舅还是考虑了杨信之的身材问题。不过这没多大助益，李元轨暗暗叹着气想，一对一打球的话，取胜关键在于控马的节奏和马上挥杖的准头，这二者，杨信之都太生疏，会输得很惨。

人群聚拢，围观尊王当先挑马。吐谷浑少年被绑着，面孔五官上还带有半干涸血痕，箕踞坐地抬头，仔细审视两匹壮骥半晌，用下巴向那匹白底带褐斑的黄驳马点了点："这个。"

那么另一匹枣红马就归由杨信之使用了。这倒也合适，李元轨想，吐谷浑等西北牧民大多以白色为贵，我大唐军中则尚红尚黑。杨信之血统上可能是吐谷浑王室嫡嗣，可他有一半是汉人，起居举止身心所思更是十足的关陇旧家儿郎……唉。

难道天子和长孙国舅也是料定了这一点，知道尊王会习惯性地选择白色，所以预先在那匹白马上做了手脚?

可那也不一定，尊王自己也知道两国风尚不同，难道不会反猜出来，错一念选红马吗？这事可真的拿不准。

今日时辰较晚，且太上皇棺梓刚启行，就打球呼喝取乐，也不太像话。天子与几个心腹重臣商量了下，决定明日再办这场马球赛，还要择定个合适地方，既不惊动太大，也能让愿意去观战的各国酋长蕃使都进得去。

尊王选定的那匹黄驳马，当场和他一起被带往中书外省的四方馆，留置看押在一处，"省得你再咬定马被偷换什么的"，执事人如此说，一个牵着马，一个牵着吐谷浑少年，向南开拔。李元轨还有些疑团，想去询问尊王，但他刚移步去追，忽听身后传来呼唤声。

是杨信之母子和一直站在他们身边的魏叔玢，此时被几个官员包围了，不知在说什么，粗声大嗓的"十四郎"喊声是杨信之发出的。李元轨赶过去问"怎么回事"，眼光不觉先望向魏叔玢，二人视线一触，都转了开去。

"那吐谷浑凶徒毒害圣上所用的酒壶，"一个官员指着魏叔玢，"这位内人小娘子收拾起来，不肯交予我等，这可不成！谋危社稷，十恶不赦[1]，此案重大，非同儿戏！还请吴王给说说吧。"

---

1 关于十恶不赦，详见附注（47）。

围拢过来的三名官员都着笼冠祭服，李元轨叫不出名字来，依稀记得是殿中省或大理寺或刑部的办事员。魏叔玢收起了尊王所用的毒酒壶，不肯交给他们？他有些疑惑地看向魏宰相长女。

魏叔玢也没否认，只将手中捧着的一个绢包——用她自己的帔巾包裹起来的——小心递给李元轨："吴王请看。"

她语气非常冷淡疏离，李元轨心下黯然，却也无可奈何。接过来一层层揭开包巾，一只长嘴、细颈、大腹的鎏金錾花斟酒壶立在他掌上。

这酒壶……实在太眼熟了。

金壶表面纹理细腻、錾痕流畅，整个图案是一匹龙首马身的怪兽，四蹄腾空在云雾中奔驰，意态昂扬生动。李元轨拔开壶盖向内看，壶中还残余着一些酒水，内胆由中间一块细铜片分隔成两部分，双胆所容酒水互不相通。

李元轨下意识地去看那走龙形的壶柄，轻易在龙颈鳞片下找到了两个小孔。尊王方才执壶倒酒时，以拇指按住一孔，旁边一胆出寻常酒水，先给试毒内官喝下无异状。等他给天子斟酒时，按住另一孔，另一胆出毒酒，外人任谁也看不出破绽来。有这么复杂精密的酒壶在手，他更能放心大胆地来依计行事了吧？

几个办案官员也一起凑过来看，李元轨向他们演示操作了这毒酒壶的原理，几人都惊讶嗟叹，又骂"吐谷浑贼人"阴毒狡猾、丧心病狂。李元轨忽又想起一事，举起酒壶往外倾翻着，想查看壶底錾纹。

"大王！"一只手伸过来把持住酒壶，"小心，莫让壶中毒酒洒出来！这可是要紧物证！"

这只手力气还不小，握着壶不肯放，竟有点强夺的意思。李元轨看看此人，记得他是大理寺的属官，皱眉问："物证？还要什么物证？吐谷浑前太子当众谋害圣主，众目睽睽之下，他自己也认罪服辩，这案子还用得着审？"

"事理虽如此，可我们孙大理那脾气，吴王也听说过吧。"那人一咧嘴，面现苦笑，"有理没理，上意如何，用不用审，只要给定罪记档，那就得口供赃证俱全，什么时候复查都严密无冤情。吐谷浑逆贼以毒酒行刺天子，那这毒酒，就得带回大理寺呈堂做证物，由仵作验过无误，再封存入库……请大王别为难下官。”

他一边说着，手上加劲，就要夺过来。李元轨自然不肯放手，但那人手劲也不小，两下里僵持了片刻，一只蒲扇大的巴掌从天而降，捏住壶颈，轻松地扯给了李元轨。

“不得放肆！”

是杨信之出手了，一双巨眼怒瞪那大理寺属官，口气语音、举止行动仍然是习惯了的吴王府库真做派 。李元轨先是被逗得一笑，随即又心中一酸。

“我说，这位明公，”魏叔玢在旁边插言，“公意欲带毒酒回大理寺做证物，那是不可能的。”

这什么意思？一时在场所有男子都转眼去看她。魏宰相长女微微涨红了小脸，拔开李元轨手中金壶壶盖，倒转过来，示意李元轨：“吴王倒些毒酒给我。”

她的指尖细嫩如春葱，捧着壶盖的手势像花在绽开……

李元轨定了定心神，再仔细打量一番，将一个内胆中残存的酒水往魏叔玢手中壶盖倒出些许。这个内胆中的水液呈暗绿色，一看就很吓人，倒出来还冒起明显的泡沫，谁看了都会认为是毒酒。

魏叔玢垂头注视李元轨为自己倒完酒，抬起长睫毛，向他凄然一笑，举手一口吞咽下绿酒。

“阿玢！”

周围人齐声惊呼，李元轨脑中轰的一声，上前一把搂住少女的苗条身子，瞬间只是想“我也不活了”。

没料到魏叔玢弯起双臂用力推开他胸口，又羞又怒地骂一句：“你干吗……都说了，这不是毒酒！”

不……不是毒酒？

“这是春天我们女子犯杏斑癣的时候，涂用的翠藻硝水。璎姐……上真师这两年配制出来的新方子，看着模样吓人，其实温和无害，又止痒又能白嫩肌肤。我今年用过不少，熟悉这气味，刚拿到酒壶，就闻见了。谁知道竟有人拿它来冒充毒酒啊……”

冒充毒酒……是了，李元轨恍然。

康苏密和李承乾两个人，虽百般精密计划，确保万无一失，但让敌国死士拿着一壶毒酒来接近大唐天子，还是风险太高了，且这一举动无论成功不成功，本身就是大罪。康苏密那成了精的老狐狸，哪肯给自己招来这么大风险？于是连尊王手持酒壶里的毒酒，他都灌了假的进去，反正尊王也不可能自己先尝一口试试……

“璎娘和你用的粉妆配方，怎么传到康苏密那里去了？”他问魏叔玢。少女想一想："是了，初春那阵在渭北菜园子里……府上那胡姬粉堆，她犯了癣痒，难过得很，我跟她说过这方子，想是她记住，又传给了萨保府里的旧同伴……”

魏叔玢本来就在脸红，说到“初春渭北菜园”，更是眼波流转斜瞥开去。李元轨也想起二人在那里共度的几天时光，脸上发热，心下甜蜜又酸楚。

“就算不是毒酒，这金壶也是——”

“这金壶我先收着！”李元轨一口打断大理寺属官的话，“寡人奉天子特敕，查探两宗密案，这金壶也是关键物证。孙大理若欲提取调看，你叫他直接来找我就是。”

“寡人”二字出口，李元轨忽然觉得自己这天子御弟的身份总算正经有用了一回啊……干别的不行，用来欺压中低级办事官吏倒还好使。那官员气结地盯他片刻，还是屈从了，但要他“大王打个收牒花押给下官回衙交差”。好在他们离中书外省等官衙很近，去借纸笔写收据并不麻烦。

这边闹着，杨信之那边又出了动静。他生母隋德化公主静立旁观这么久，终于体力不支了，就地软倒晕去。杨信之和魏叔玢又忙着抱扶唤人寻辇子，一片忙乱间，李元轨只来得及向魏叔玢嘱咐几句话，也不知她听懂了没有：“回紫虚观……找那盒子，找那壶！”

午后三刻，太常乐工在场边奏响《舒和》之曲时，李元轨刚刚与皇太子李承乾分开，往观赛楼上自己那一席走过去。

大竹席两角，小奴阿沉与穿男装的侍婢粉堆备好了饮水果子伺候。李元轨只觉喉咙又干又热要烧起来，急着喝一碗冷水压火。从昨日启殡大典结束到现在，他就没怎么休息进食。

他都不知道为什么，给那对吐谷浑王子叔侄“准备打马球场地”的差事，又落到了自己头上。从头推想起来，当时天子是把长子承乾叫过去，让他去办，因为这场赛戏仍算是太子那“吐谷浑刺客”差事相关的一部分。

然后李承乾就把十四叔元轨叫来，以他自己到处找人说事不方便为由，只动嘴，跑腿的活计全丢给小叔叔了。

李元轨原以为这场马球赛会在紫虚观后面那球场开打，毕竟那地方极现成。但李承乾说“诸蕃使都要来观战，那场边容不下，且在禁苑里不方便”。李元轨觉得他说话的语气表情很别扭，不禁暗自猜想，太子殿下其实是不愿意让那么多外人去自己的初恋定情地搅和吧？

除了紫虚观马球场，还有哪里合适？李承乾想了想，指定一地：“观国公杨恭仁府外，五月里刚建了一块球场，你去瞧瞧合适不。那里距皇城也近，看球便宜。”

李元轨只得奉东宫令，冒暑赶到观国公府。那观国公、特进杨恭仁是前隋观王杨雄的嗣子、五驸马杨师道和德化公主杨冠娘的异母长兄，杨信之——慕容诺曷钵则是他的亲外甥，在他家里举办这场球赛，也算适当。

观国公府也在修祥坊，与萧后、周隋嫔御出家的万善尼寺和杨步摇隐身的慈和尼寺相距极近，只隔一条十字东街，街南是寺院，街北就是国公府。杨家子弟众多，今年年初是拆掉了一处临街马厩，和院子一起改成马球场，以邀亲友游戏玩乐。

球场建得平整，最难得是场边四面都可观赛，北面还有座三层楼阁，君王贵臣登阁而坐，俯瞰全场，十分爽快。李元轨看罢，与杨恭仁说明来意，年近七十的杨老国公自然无有不允，唤来家中执事由着李元轨安排布置。

他带人在杨府一直忙到天黑，才把天子驾临观赛的种种关防铺排安置妥当。次日早起又接东宫传信：皇后也要带内外命妇到修祥坊观战。

李元轨几乎吐血……皇后出宫，那不光得禁卫严密，还需考虑内外隔绝、男女大防、宫闱礼法。没奈何，夜禁开后他就又跑去观国公府，一通考察商量，最后是决定将十字东街两头封闭起来，停放车驾。皇后命妇入万善尼寺，上寺北的高楼，在楼上隔街往北观看马球场里的比赛。

他非常纳闷。宫内都说太上皇这场国丧把皇后累惨了，玉体欠佳，昨日启殡大典，国母都没能出席尽礼。而且他的长孙氏二嫂向来端庄沉静不爱抛头露面，怎么忽然要出宫来看一场球戏？

等日头高升，李承乾也从东宫赶过来指挥布置，他才从侄儿嘴里得知，皇后主要是为了让德化公主杨冠娘——朝廷已经决定重新册封她为“西海长公主”，赐姓李——亲眼看到儿子扬威马上的英姿，趁便再好好劝说教导她到吐谷浑之后，如何抚境育民效忠大唐。

“十四叔你领受折腾了这么久的找寻吐谷浑王孙差事，其实是家慈给你办的。”李承乾毫不客气地对小叔说。李元轨心服口服、一字不辩。

导致他失败的最关键人物，就是一个前隋萧后，对着他和柴璎珞等小辈咬牙不肯说实话，却在长孙皇后面前乖乖吐露真相。如今萧后平时起居也在街对面的万善尼寺里，下午皇后一行到来，她也要接驾侍从的。李元轨希望那老太婆上楼梯时能滑一跤，至少摔断一条腿，直接摔死更好。

“皇后要让西海长公主亲眼看到儿子取胜，”他问李承乾，“可怎么能保证杨大——诺曷钵在场上赢球？昨日元轨已禀明殿下，杨信之于马球一道并不擅长——”

“你操心这个干吗？闲的？”皇太子打断他，“主上亲自安排，他还能打不赢？”

“是在尊王那匹马上做手脚？”李元轨没理侄子的恶言恶声，自顾猜测，“还是在尊王自己的饮食里……”

李承乾对天翻个白眼：“你以为主上像你一样阴微下作？我昨日下午去四方馆面审尊王那小子，他和自己挑的那匹白马形影不离同食同宿，连清水都不肯喝，只吃自己切剖的新鲜囫囵蜜瓜，他也防着呢！”

“哈？”李元轨不禁一笑，“那也是奇了怪了，他有这智计，怎么就跟个傻子似的，在本国放着好好的太子不当，微服潜行跑来长安瞎胡混？”

这话说完，他才觉得不对劲，自己好像在当面骂人……呃……

李承乾也瞥他一眼，倒没动怒，只冷笑一声：“不在其位，不知滋味。太子那么好当？我审了那小子半天，倒有点羡慕他了。至少他这辈子，由着自己本心活过一回！”

叔侄二人一边在马球场内外巡视，一边有一搭没一搭说话。依李承乾的转述，原来去年上半年，唐与吐谷浑交恶时，慕容伏允可汗曾为子尊王向唐求婚[1]，要求和亲公主下嫁。汉地与蕃国之间边打边谈、时和时战是寻常状态，唐皇这边也顺水推舟，允婚和亲，却提出条件要吐谷浑太子尊王亲至长安迎娶公主。

慕容伏允又不傻，当然不许，婚约也作罢。这消息却在吐谷浑国内掀起了波澜，尊王虽是现任吐蕃王后亲生，却比长兄慕容顺年轻许多，以幼僭长，本就有些部族不服。游牧部落向来倾慕勇士、鄙视弱者，国内有人散布传言说尊王怯懦、不敢去唐都迎娶汉公主，尊王年轻气盛，闻言一跳三丈高，就要到长安去“干大事以证明自己勇力”。

他父母自然不答应，尊王便去与自己一向宠信的伏俟城大萨保、康苏密的兄弟密谋，并在他的帮助下，带几个心腹潜行至长安。吐谷浑人的朝政部落都松散，尊王找个借口离开很久，他父母才发觉不对，赶紧派人去追……此后的事，李元轨也都知道了。

说起来，尊王也算得上帮助唐军攻灭吐谷浑的功臣呢。他父母身边的精锐卫士一次次被派出来追赶服侍他，抽走了快有一半，剩下的抵御李靖大军更形无力。所以这也是个任性儿子坑爹害娘的故事……

“伏允一家败亡，慕容顺已登基继位可汗，可他那位子，也不好坐。”李元轨思量着说，“他是由我军一手扶立起来的傀儡，只怕部族更不服，等我大军撤退，他能不能保住命都两说，何况王位。杨大去投亲爷，他父子俩几乎素昧平生，也难说有多

1 见《旧唐书·列传第一百四十八》。一般认为，慕容伏允贬嫡子顺而另立的太子，就是这个向唐求婚的尊王。但“尊王”应该是此人的职号，吐谷浑有封各部落主权臣为“××王”的习惯，如文中提过的天柱王、高昌王、大宁王等，“尊王”可能即“太子”意，此人真名是什么史料无载，也不应该有“慕容尊王”这种姓名。

亲厚。杨大要是智计过人、能帮着阿耶坐稳可汗位还好，可他……唉……”

杨信之的能耐本事，没人比李元轨更清楚。吃喝玩乐样样在行，也通达人情会哄人开心，上马杀敌冲锋陷阵他也不含糊，是个很好的同伴和卫士，完美的关陇旧家子弟。可你要让他分析判别军政情势、出谋划策、激励鼓舞下属……他一辈子都是寄人篱下看人眼色长大的啊。

“过几天这边的事安排妥当，我和杨大一起上路吧。”李元轨叹气，“我去高昌，他奉母去伏俟城，我们还可以同行不少路程。我尽量多教他，看他的造化了。”

李承乾没答话。此刻他立在北楼第三层栏杆内，天子下午将光降御临看球之处，凭栏下望，神色有些奇怪，似有无限心事感慨。

“殿下？”李元轨试探地问了一声。

李承乾瞥他一眼，语气平淡：“你不用去高昌了。”

“什么？”李元轨不敢相信自己耳朵。

“高昌驸马之议取消。朝廷将遣使去究问麴文泰拘羁我子民罪责，命其礼送羁人回唐——你可以去叩谢我阿舅。”

“什么？”李元轨又问一遍，不但不相信自己耳朵，甚至觉得自己脑袋也不对劲了。李承乾这三句话，第一句和第二句勉强还通顺，朝廷决定不让李元轨去高昌争当驸马，另外改派使者过去做强硬交涉，但是……叩谢他舅舅？怎么又有长孙无忌的事？

“今日上午，几位大臣在万春殿议西北军情。”李承乾顿了下，居然一笑，“主上终于允可，放弃那个命药师公从吐谷浑发兵偷袭高昌的计划，全军秋撤，散兵回府，休养生息，徐图再战。魏玄成公代中原百姓奉笏叩谢主上，又说了十四叔你几句好话。主上打趣他，说真可惜玄成公不能收十四郎做女婿了，这时我阿舅齐国公出列说——”

“圣主何妨启天高地厚恩德，成全一双痴情小儿女，另择人选，去往高昌和亲？”

万春殿御座周围，几位天子心腹的议政座席上，长孙无忌语出惊人，一时殿内寂静无声。所有人都在看他，国舅胖脸上仍是笑眯眯不在乎的模样。

儿女私情，从来就不是，也不可能是君臣平章政务的考虑因素。这话太奇怪，至少侍立在父亲身后的太子李承乾就完全没懂舅舅的意思。魏徵也是不懂的，从脸上表情就能看出来。倒是左仆射房玄龄笑着接了一句话：“齐公可是以为，吴王并非出塞投使异域的最佳人选？”

“不错。”长孙无忌点头，举笏直视皇帝，“吴王日前在此地参与议政，以百姓生息为上，忍情割爱，力拒平生所愿，乃至于御前失仪大哭，臣亦深为感动。太上皇有此佳儿，陛下有此贤弟，是宗室之福。臣愿主上量才使用，许其平安一生终老，勿为国家祸患。”

他说了一大段，语调重点只在“忍情割爱”和“国家祸患”两处。这下连李承乾都听懂了。他父亲自然也懂了，一笑道：“你就直说吧。看着十四郎那股毅然割舍私情的英雄气，你就像看见了年轻时候的朕，是不是？所以立刻就想起‘国家祸患’来了。”

除李承乾外，在场人全笑了。长孙国舅笑道：“陛下神武天纵，是社稷之福。但为江山一统、人间太平计，天命人主唯此独一，自不必赘言。吴王若依前策去往高昌，为大国驸马，左有妻家地盘军队，右有商胡输财乐助，地扼交通要道，人又聪明坚忍，将来如何，臣不敢言，亦谏陛下不为此投搏。”

这番话是不到一个时辰之前说的，李承乾对着十四小叔转述出来，一字字清楚利落、直白无讳，说完还冷森森地向李元轨笑一笑：“恭喜十四叔，齐公很看重你啊，认为你的才干心志足以媲美主上少年时呢。我在御前习学这么多年，还从没听我阿舅说过这等话。”

这个……真不是夸赞。

李元轨再怎么幼稚不知深浅，毕竟生长于皇室，从小听惯了宫嫔闲谈旧事。他只觉背后汗毛都一根根竖了起来，头上也悬起一把利刃，晃晃悠悠随时都会掉落。

而且要是别人转述也罢了，偏偏还是李承乾，朝野公认外貌性情最肖似其父的皇太子殿下，听着父亲和舅舅当自己面“称赞”自家另个儿郎，心头滋味可想而知。迎着他似笑非笑的神色，李元轨张张嘴，都不知道是应该答“诺”还是回“不敢”，索性装傻做呆相。

他双腿轻飘飘的，在头晕目眩中听李承乾又说，天子因此决定取消吴王使差。君臣几人又商议一阵，终觉要在宗室子弟中另择驸马人选很困难，牵涉太多，且又与“派使者去高昌骂战”的决策相悖，于是干脆终止此议。

李元轨不知道是该喜还是该悲，该狂笑还是该大哭。他摆脱了令他痛苦纠结的强加婚姻，还意外得知魏叔玢的父亲对自己评价改观，迎娶心上人的障碍扫平。但同时，他从懂事以来就心心念念的立功疆场、扬名显亲的机会也被剥夺，十几年的苦学苦练全是白费。

他就这么恍恍惚惚、心乱如麻、五味杂陈地在楼上站着，后面李承乾跟他说了些什么，他都记不清了。直到门外鼓乐声起，天子大驾降临，他才下楼去迎驾，一番行礼拜伏，侍奉着御驾又上楼来。

皇帝随意看了看球场和四周的布置，显得比较满意，向主人家杨恭仁夸赞几声。御驾到来前，其余来观战的人早都陆续到齐，座席铺满球场三边之外。十字东街对面万善尼寺的高楼上，也是红绿招展，人影幢幢，皇后带着命妇们应该也到了。

那对吐谷浑王子叔侄开打之前，李承乾还安排了两队卫士对打，先行垫场献艺。御楼上一声鼓响，球场两边同时跑出两队人马，一队穿红、一队着绿，马上儿郎个个束腰短打精神抖擞，唱好声响彻云霄。

打球郎们向御楼行礼，天子颔首命开场。两下里举杖冲杀，你来我往煞是热闹。陪观众人各自回席，人流走动间，李元轨忽见一个卫士凑近太子承乾，附耳说些什么，李承乾脸色一变，吩咐内侍“主上若问只说我过街去对面寺里了”，匆匆下楼。

李元轨略觉诧异，也没多想，回到自己席位上休息许久，直到垫场赛快结束，脑袋的晕昏感才渐止。这时忽有内侍来传：“大家召吴王上楼说话。”

十几个小亲王的观赛席位在御楼二层。李元轨起身跟着内侍爬了一层楼梯，上到三楼正中，只见天子独坐御床，左右人都离得较远。床前案上瓜果新异，案边设了架胡床，皇帝挥手示意李元轨免礼平身，自己也立起来。

楼下两队打完了，正向御栏跪拜谢恩，天子命放赏钱。热闹一阵，欢呼唱好声过去后，皇帝扭过脸，问李元轨是否已听太子传达高昌驸马一事。

李元轨回禀已知并谢恩，没什么情绪。倒是皇帝看着他笑笑："你还不甘心？"

这话怎么答呢……也不用他答，楼外喧嚣再起，是今日比试的正主，吐谷浑前太子尊王和现太子诺曷钵各自牵马入场了。

状况有明显的不对，李元轨向前迈了半步，瞪大眼睛凭栏去看。

第八章 真凶

魏叔玢只觉得身后楼上，司马令姬、萧皇后、吐谷浑王后冠娘等妇人都在凭栏俯瞰众生，无悲无喜的面容在她脑海中越来越模糊。这世间唯一的温热来自身边郎君扶搂着她的手臂。

赤帻缠头，黑巾裹腿，杨信之一身屯营卫士装束，右手持月杖，左手牵枣红骝，从场右缓缓步出，一人一马踱向平地场心，立时引发场边乐工看众的狂热鼓吹欢呼声。

李元轨从三层楼上往下看，距离较远，几乎看不到杨信之——慕容诺曷钵的表情。但见他步伐沉稳，整个体态是从容镇定的。他本来就生得高大强硕，又牵一匹膘肥体壮水光溜滑的艳色骏马，浑身装束劲利爽朗，龙行虎步于沙场之上，真是万众梦想中的大唐英雄男儿模样。

李元轨特意往场右各国蕃使席上瞅了瞅，人群也是一片欢腾，尤其中间有一人挥舞吐谷浑龙马纹样旗帜最起劲，他认得出是那慕容顺派来的特使阉宦弥奴。

与杨信之相对，从场右牵马走出来的尊王，就是明显的垂头丧气、萎靡不振状。还没交手，气势上已经输了一头。

尊王头脸上包着白布，是经过医治的，也换了一身利索装束，手持乌木月杖。如果说他本来身上带伤，又吃不好睡不安稳，精神差一点算正常，可为什么他牵着的那匹黄驳马……看着比人还要虚弱？

昨天长孙国舅亲自去皇城内的骅骝马坊，择两匹体格性情相差不多的骏马，牵来让尊王先选，选定了就一直随在他身边未尝暂离。今日看这两匹马，红马仍然是昨天那精神焕发的模样，白马却摇摇晃晃步伐不稳，低垂着脑袋不肯抬头。

姓慕容的叔侄俩在球场中央相会，没有打什么招呼，一同转身面对天子所在的御楼。杨信之习惯地跪倒叩首，尊王却倔强直立，仰起脸大嚷大叫了好一番言语。

……李元轨一个字都听不懂。

他不觉扭头去看皇帝，却见兄长脸含微笑，有些得意状。难道圣天子真是全知全能，连吐谷浑语都明白？

还没想完，忽听楼下一阵惊呼，随后是大笑拍掌声。李元轨连忙去瞧，定睛一会儿，才看清是尊王手牵的那匹白马……排泄了。

本来这也算马球场上的寻常事，但那黄驳状态很是不对劲，原地打转几圈，后腿软软的就要瘫倒。尊王扯着缰绳，用力几下不管用，干脆一丢马缰，又仰天大叫，吼声怒气填塞。

楼上身边有“扑哧”的忍俊不禁声，皇帝笑得转过脸去，浑身乱颤。突然之间，李元轨明白了中午皇太子所说“主上亲自安排还能打不赢”那句话的意思。

“长孙齐公将二马牵到顺天门外之前，就给那黄驳喂食了巴豆……还是别的泻药？”李元轨不禁问出声，“可是不对啊……怎么能保证尊王会选白马？”

他又看一眼杨信之手牵的红马，精神奕奕毫无病容。这一宝到底怎么押中的？

皇帝没答庶弟，只笑着叹口气，自言自语似的：“无忌这败家子，还非得挑我两匹好马来办事！良马泻腹，就不是什么大症状，也得着实将养一两个月才能恢复。有什么必要？就不能随便找两匹寻常的……”

两匹？

李元轨仔细一想，恍然大悟。再度眺望杨信之身边那匹枣红骝，隔这么远，他是看不出与昨日长孙无忌牵来的那匹红马有任何不同，估计就算走近去看，一般人也分辨不清。

但那应该是“第三匹马”。

天子六闲厩中良驹成百上千，找几匹外形皮毛相类的，有什么困难？长孙国舅将二马预先做了手脚，牵过去让尊王挑选。尊王选了白马，双方分开后，长孙无忌便令人再牵一匹枣红骝给杨信之，先前那匹红马拉走自去调养。如果尊王选了红马，结果也是一样的。

眼见皇帝笑得活脱脱是个奸计得逞的纨绔恶少，李元轨忍不住叉手开口：“臣敢谏陛下，圣君抚育万众，当以诚信仁义为本……”

“滚！”天子没好气地一口喝止庶弟，“新妇还没娶进门，就以你岳丈家魏门弟子自居了？我朝谏臣排班，能从太极殿一直排到朱雀门外，每人每天进谏一个时辰，轮三年也轮不到你！”

这是什么话……李元轨默默闭了嘴。此时皇帝也顾不上他了，楼下有鸿胪寺客使高声跪奏，说是吐谷浑旧储君、罪囚慕容尊王要求换一匹马打球。

他昨日挑中的白马通泻了一夜，此时在场上站立都困难，已有几人上去往下抬。各国蕃使席上一片啧啧嗟叹声，皇帝也丢两句冷言冷语：“慕容伏允父子强逆天意、与我为敌，这是上天降罚遭报，换马有什么用？他还想打球？那就步打吧！”

客使传谕场上，又引起一片欢呼万岁声和敲锣打鼓声，登时将尊王的怒喊淹没。李元轨在三楼上看着，杨信之张开双臂做个无奈逊谢状，也将自己手中的马缰松开，示意从人上来牵走枣红骝。他熊臂握紧月杖挥舞两下，是主动放弃坐骑、要陪尊王一起步打的表示。

这个姿态倒是大方好看，李元轨腹诽，不知情者，还真以为诺曷钵太子是牺牲了偌大优势，只为公平决战呢。殊不知杨肉塔要是骑在马上打球，那很可能杖头连球身都碰不到……

二马牵走，宽阔球场上，只有一高一矮两个少年持杖对立，另有一客使将圆球放在他二人中间按住，等待开场鼓点。李元轨觉得这场球戏也不用看了，比之唐军在西海道吊打吐谷浑军还没悬念。

他的皇帝兄笑够了，也敛容出口长气，有点兴味索然。这也跟打仗似的，开战前把各种功夫做足，把己方优势推高到极致，等真的开打，那就是切瓜砍菜一般容易，战争过程也不怎么好看吸引人了。

一通鼓响，全场喧哗高呼。杨信之的身高臂长都比尊王超出甚多，挥杖一击，抢先触球，那圆球向对面球门流星似的飞去。

“这场马球，打赢了尊王的不是杨信之，是天可汗陛下。”李元轨轻声说，咽下最后半句：“——然而使用这等魍魉伎俩，也没什么光彩。”

皇帝哼了一声：“前几日承乾和他三姑父引着康苏密来见我，那老胡一套一套地狂吹滥捧，可比你会说话多了。他说他从圣火中看到天启，朕乃是光明神转生，一生战无不胜，海内无有可堪匹敌者……”

当面扯谎，李元轨想。就这次唐吐之战，开局战况不明，唐军偏师野狐峡大败那会儿，康苏密就明显在观风望色、首鼠两端，还暗暗庇护尊王以为退路。应该是直到李靖攻下伏俟城、慕容伏允逃窜以后，那老胡商才决心站到胜利者一方，再抓到尊王就直接把他卖给了唐朝廷，还是瞒着李元轨卖的……

“他心地不纯，我当然知道。可又有什么必要去苛求他一个异族商贾？我家自己的骨肉子弟，还不一样满是私心杂念？”皇帝说着瞪了李元轨一眼，“五万绢就把自己卖身给了商胡，你挺金贵的嘛！大唐开国之君的骨血，就值这么几个钱？”

我想错了，李元轨意识到。康苏密不仅是“瞒着我把尊王卖给朝廷”，他连我也一起卖了。

之后李承乾的试探和作态，也是因此而来的吧？皇帝父子无法笃信他的忠心，又要用他，又得防着他点，大概一直到启殡奠酒那一刻，他稀里糊涂地挺身阻止天子饮下那杯“毒酒”，这疑虑才彻底消除？

无论李元轨再怎么幼稚轻率荒唐胡闹，他也不会由着人戕害皇帝兄……他的异母兄长不知是否也想到了此处，脸色柔和了些，叹道：“你少年意气，志在四方，这不算错。我在你这个年纪，也和你一样，一天不骑马疯跑都闷得慌。可我赶上的是什么年月？天下大乱，遍地盗贼，烧杀抢掠，民不聊生！太上皇受命讨贼安定河东，倒是百战百胜，没打过败仗，有什么用？击溃一股匪徒，又有十股扯旗上了山，不然百姓也活不下去啊。仗是总也打不完，还越打越多，没完没了看不见头……”

“所以陛下劝谏太上皇，太原起兵，废杨家天子，又东征西讨统一江山，方才得来如今的太平盛世。”李元轨闷闷地说，“臣等幸逢清平，又幸投生天家，只应闭门读书，藻饰盛治，不当有其余非分念想。”

他是有些委屈负气的，皇帝自也听出来了，嗤笑一声：“什么叫非分念想？你十四郎自幼勤学苦练，文韬武略，想沙场立功，为我所阻，就觉得不平了？那我戎马半生，手创天军，如今不也照样被拦着，不让亲征不许打仗，我找谁诉苦去？别说亲征了，就那命李靖自吐谷浑直击高昌的谋划，你知道我费了多少心血，在沙盘籍账之间埋头筹算了多少日夜，寄予了多大期望，被你和你岳丈联手一谏阻，不也全白瞎了？唉！”

他举手一击栏杆，余音响彻，在四下里的狂欢声中仍听得清楚，显是胸中愤懑。李元轨如果想反驳他，言语是现成的，就是岳丈——咳，侍中魏徵，那日在万春殿的谏诤：“陛下为天下主，当以社稷太平、黔首安泰为要。纵兵出战、谋攻退防，乃将帅职事，非人主所虑！”

但是李元轨并不想反驳。此刻不是君臣奏对，而是——如果能这么说的话——兄弟谈心？

楼下场中马球还在打，得筹比分不必看，也知道杨信之已经大幅领先。场边的乐工与观战卫队兴高采烈敲打鼓吹，只奏乐器不过瘾，有两队观众对着唱起军歌来，唱的是《剑器》的调子，歌词随风入耳：“皇帝持刀强，一一上秦王……闻贼勇勇勇，拟欲向前荡……信手三五个，万人谁敢当……”

另一队也不甘示弱，依着原调子对唱：“丈夫气力全，一个拟当千……猛气冲心出，视死亦如眠……率率不离手，恒日在阵前……”[1]

1 出自敦煌曲子《剑器词》，现在已经有专业人士复原。这两句是不是赞颂先为“秦王”后当皇帝的李世民勇力，尚有争议，因为词句接近当时的俚曲，不太好理解。详见附注（48）。

歌词都是军中流行的俚俗粗语，老兵们唱来称颂当年的小秦王——当今天子的。方才皇帝刚驾临时，场边太常乐工还奏舞了《七德》，原名《秦王破阵乐》，也是天子征战时军人父老的自发率舞。自贞观以后，李元轨不知听过看过多少次了，此刻却别有一番滋味。

如果能够遂心竗愿，他这二阿兄大概更乐意只做个军人，做个将帅，心思全用在运筹帷幄冲杀酣战上，逞强好胜，攻坚克难。这才是他的兴趣所在，也是他真正擅长的天赋。

大唐天子回过脸去，眼望栏外碧空长天，在喧闹不绝的人声中说："你生于帝室贵家，父兄功业昌隆，一辈子衣食无忧，还有什么不足意的？弄什么建功立业，要什么冲锋陷阵打江山？放着现成的荣华富贵不去享受，图个什么呢？战场上刀枪箭矢不生眼睛，谁认得你姓李、是皇子王孙？打仗打输了丢人现眼罢官下狱，就算打赢了，又能有什么好处？风餐露宿没饥没饱的，你现在年轻，不知道厉害，过了三十岁，谁不是一身病？跟着你上阵的兄弟儿郎要高官厚禄封妻荫子，你给不给？你能做主？去争去要吧，你父兄和朝廷宰臣看着你就是野心勃勃一天天扩充自己势力，直奔着谋朝篡位去了，你怎么分辩？你怎么自证清白？

"所以说，学什么文韬武略，奔什么出将入相，搏什么青史留名？生在这样人家，就得认命。你啊，趁着年轻，别想太多，就尽情享乐好了。娶个出身名门的美娇娘，夫唱妇随，相敬如宾，置几房姬妾，生几个儿女，闲了逗着玩，教教他们跑马射箭，将来膝前含饴弄孙。领个清闲差事，去封地之官，把庶务丢给长史司马去办，自己招几个门客名士，吟风弄月，对酒歌舞，踏春赏花，骑马行猎，怎么快活怎么玩。这种日子还没过够，人就老了，到时候别让自己后悔，就行了啊……"

一番话说完，兄弟二人相对无言良久，各自想心事。李元轨鼓了半天勇气，才试探地叫："陛下……"

"嗯？"

"陛下方才说岳丈什么的……臣是否可去宗正寺传敕……天子已为臣元轨和魏氏

金口赐婚？”

片刻后，皇帝的面孔终于绷不住了，笑喷出来：“混账！你倒会顺着杆爬！办什么差事也没见你这么会用心思！”

没拒绝，那等于默许了嘛……李元轨又问：“那臣写给康苏密的五万绢欠契，该如何处置？毕竟吐谷浑王孙已经找到……”正在楼下球场上撒开两腿跑得欢呢。

“那是你找到的吗？”皇帝横他一眼，“贪天之功，也不害臊！实话说，你那五万绢欠契，康老胡已进献给我了，从此以后朕就是你的债主……”

这句话没能说完，上楼木梯处传来脚步响，兄弟两人都扭过头去看。来人是个穿男装的宫婢，俗称“裹头内人”的，在梯口经内宦通传，凑近天子行礼禀报：“奴婢自对面万善尼寺而来，皇后报说，年初感业寺临汾县主命案，或有重大转机。请圣上带同吴王，以及各项物证、康苏密等诸人证，择地对质。”

李元轨的心猛然一沉。耳听皇帝诧异道：“怎么这时候想起那案子来了？也好——别让皇后再劳动，走，过街去那寺里。”

又一次拜见长孙皇后，魏叔玢比以往更加胆战心惊。

侍婢扶持着的中宫国母端庄纤秀，衣着齐楚，脂粉素淡，很好地掩饰了她的真正气色。内外命妇齐聚万善尼寺，需得衣冠隆重，但太上皇梓宫在途尚未入陵，又不能吉服艳妆，皇后只戴了钗钿，换穿一身深青大袖素衣。

在寺内楼上伺候的命妇们也大都穿戴冠钗素衣。魏叔玢特别留意到前隋萧皇后——在这寺内私自剃度修行了很久的老尼姑寂难——也和德化公主杨冠娘一般，套上假髻，戴冠束缨，披裹了公服行礼。长孙皇后对她俩也格外客气优待，命人在自己身边左右都放了筌蹄，请两位前隋宗室贵妇坐下相陪。

一群花枝招展的贵妇当中，皇后谈吐雅致、举止凝重、礼数周到而超尘脱俗，没有任何人能挑出她半分不是。可魏叔玢立在近处越看她，心里越是害怕，总觉得这完美无瑕的女子不像活生生的人。

她的声气轻柔，笑容飘忽，眼神常常陷进深不见底的黑潭里去。宽大的衣袖偶尔挥退，露出一截皮包着骨的枯瘦玉腕。被衣裳脂粉勉力涂饰出的容色，单薄无骨肉依托，更像魏叔玢在哪家贵戚还是宫中见过的屏风画中的美人。

是了，魏宰相长女想，皇后就像一扇画着《列女传》故事的屏风[1]，还是夏日所用的半透明纱屏，吹弹得破，稍稍用力一晃就会倒地。

可只要不晃不毁，纱屏还是能挺立使用许久的。魏叔玢就立在杨冠娘——今已又由唐朝廷册封为“西海长公主”，赐姓李——身后，听着长孙皇后与她一边观看楼下街对面的球戏，一边喁喁闲谈。

魏叔玢至今不知该怎么劝慰杨信之的生母，虽然她努力过多次。为了让独子能留在中原本家长大，冠娘忍辱含垢、冒称身份、隐姓埋名、含辛茹苦十几年，甚至不惜服毒自尽，意志何等坚决，哪里是几句劝说就能改变心思的?

长孙皇后也没“劝”她。皇后就没提过去的任何事，坐在楼上围栏之后，瞧着马球场，先夸赞一通“令郎生得真好”，又说以他这身材相貌、忠厚心地、高超武艺，到哪里都是人中之杰，必能赢得其父爱重、万众拥戴。

天下当娘的，哪有人不爱听旁人夸自己儿子，何况说的又字字是实，无一句虚言。魏叔玢立在冠娘身后，看不到她脸色，只听得她的应诺声渐渐响亮了些，腰杆也似乎越挺越直，连礼冠上的花树都似枝叶振作起来。

这样也好，至少杨信之会心里好受些。昨天魏叔玢帮着他把晕倒的母亲抱到鸿胪寺客馆，一顿诊治照料，折腾完毕其他人都退出，那条高壮汉子不胜疲惫屈膝坐地，上身趴伏在母亲病床上，埋着脸不语。魏叔玢本想也退出去，留他母子俩独处，刚起身，就听杨信之闷闷地叫：“魏娘子……你在大内，听到的消息，我……”

他抬起面孔，脸上居然挂着亮晶晶的泪水：“我……真的是……必须去？”

鼻音重浊又语无伦次，但魏叔玢知道他在说什么，又坐回床头，轻声肯定：“你

---

1 关于屏风，详见附注（49）。

真的是。你必须去。”

“我不是怕受苦受累……我就……不愿意是……”

杨信之哽咽一声，重新把脸埋回双臂中。魏叔玢静默片刻，大着胆子伸出手，轻抚他肩膀以示安慰。

他真的是慕容顺的独生儿子，必须去吐谷浑与生父相认，带同生母一起，此后要生活在那天高地远的风沙塞外，远离他自幼熟悉的亲友和繁华中原。吃苦受累也就罢了，毕竟此前他已经做好准备，要陪同李元轨出关去高昌公干，至少数年不得归，但他却不愿意接受自己的真实身份。再怎么受委屈、受亏待，他也一直自认是关陇贵家子，怎么就一夜之间变成了……蕃国太子？

“杨……大郎，你看开些。至少你母子能团聚，令堂也不必天天在尼寺里挨清苦了。你们到本国以后，令堂正位王后，供侍丰厚，你也有了大展才干的机会。十四郎在高昌，你在吐谷浑，互为倚靠，正可以创出一番英豪伟业……”

魏叔玢竭尽穷辞劝慰他半晌，也不知杨信之是听进去了还是哭够了，渐渐声气平顺下来。天色也不早，魏叔玢告辞回紫虚观。一夜之后，她又带了物事早早进城，赶到客馆，陪他母子俩到休祥坊[1]。

对魏宰相长女来说，可堪安慰的是，她发现自己劝说杨信之的理路，跟长孙皇后劝说他母亲的理路非常相似。皇后夸了“你家大郎”一通，便又谈些吐谷浑的风土人情、王城军队等，言其地域辽阔、牧场广大，即使王室妇女，也经常骑马出游会猎，不似汉地贵家妇拘谨幽闭。其族民虽勇武好斗，却性直豪迈，又素来崇敬慕容王室，冠娘母子至伏俟城，肯定能过得舒服遂心，比在长安寄人篱下、青灯伴佛的日子强太多。

“武德八年，太上皇遣广德公李安远出使吐谷浑。那时两国太平，老可汗伏允请求在边界承风戍互市，太上皇许之。”皇后语调中带着向往，“其时中国丧乱，民乏耕牛骡马，吐谷浑牧民亦少粮缺衣。两国开市贸易，互补有无，又有大批商贾闻风而

---

1 关于休祥坊，详见附注（50）。

至，不数年间，承风戍山谷间杂畜遍野，百姓丰足，载歌载舞于道。我在长安，亦听闻圣上与宰相称许那情形。后来慕容伏允听信谗言，侵略我边郡，两国交恶，他终于自取灭亡。如今你去往伏俟城，辅佐夫君称王，若能以百姓生业为念，两国永世敦睦，重现当初的边境繁荣，岂不是好？我等虽是妇人，能为社稷黎庶尽心竭力、成此功业，也不算平白投生一遭。”[1]

这段话她是一口气说完的，说到后来又有些喘。坐在皇后另一侧的前隋萧后接口：“中宫所言极是。先在旧朝，冠娘初选入封为和亲公主时，老尼——罪妾也曾如此鼓励过她……唉……是罪妾多嘴了……”

魏叔玢看着自己身前的旧朝皇后、当今皇后与吐谷浑王后，又忍不住扭头去瞧了一眼侍立在侧的万善寺知客尼——北周末代皇后司马令姬，心头五味杂陈。

还不算完，又一位皇后——未来的大唐国母、现东宫太子妃苏令妤提衣上阶，也往这边走来，路遇的命妇纷纷向她行礼让道。她走到长孙皇后跟前，屈膝低语几句，皇后点头道：“拿来了就好。先放阁子里，看完球再理会。”

苏妃应诺一声，吩咐了下人，自己归班侍立在婆母身后、魏叔玢旁边。两个女子不便招呼，只静静对视一眼，都从对方眼眸中看到鼓励慰藉。

苏令妤的目光随即移向下，落到魏叔玢手捧的方形包袱上。她的眼神如有重量，压得魏宰相长女手臂酸麻了下。这包袱才是魏叔玢今日主动来见长孙皇后的原因。

她就默然抱定包袱，立在楼上，直等到街对面球场人声渐落，皇后似也坐倦了，由宫婢搀扶进阁子里疏散。阁子南面竹帘放了下来，光线幽暗恬静，除侍婢外，皇后只让魏叔玢和苏令妤二女随侍入内，自己在坐床上歪着，微笑道：“魏小娘子恕我无状，我身子不适，实在坐累了——你说已经查出感业寺临汾县主一案的真凶？你要的物事也已取来，你就说吧。”

魏叔玢恭恭敬敬行礼谦逊数语，将手捧的包袱放在皇后坐床前书案上。案上已经

1 关于唐高祖李渊遣广德公李安远出使吐谷浑，详见附注（51）。

放置了另一个包袱，是用魏叔玢昨日穿戴的绿团花帔巾裹起来的。她动手将两个包袱全解开，露出两具金酒壶。

两只金壶像是同一个模子里铸出来的，大小一模一样，长嘴、细颈、大腹、表面鎏金錾龙首马身怪兽云纹的样子也丝毫不差，只是一个明光灿烂洁净如新，另一个壶身有黑泥痕迹较为旧暗，壶盖也缺失了。

魏叔玢拿起酒壶，向皇后讲解其双内胆和气孔的用法，长孙皇后婆媳都惊讶嗟叹一番，末了苏令娴发问：“这两具酒壶，都是哪里来的？”

“太子妃命人去吴王府取来的这一具，”魏叔玢指着新壶，“是昨日吐谷浑旧太子尊王，用来为至尊斟毒酒的凶器。妾携来的这旧壶，乃是从大理寺旧档库中找出来的，十年前东宫毒酒案中，临汾县主婉昔用来为至尊敬酒的凶器。”

两只一样的酒壶，相隔十年，鬼使神差般做了同一用途——给这个名叫李世民的男人下毒。

东宫毒酒案的物证箱，自那日被柴璎珞、李元轨等人想法拿出来后，一直存在紫虚观内，没人再动过。魏叔玢在启殡大典上看到尊王使用的毒酒壶掉落地面，正好滚到她脚边，她一时还以为是李元轨去找出了那个酒壶物证，重新利用，后来觉得可能不是，赶紧拾起来包好，且不肯交给余外官吏。

她傍晚从鸿胪寺客馆回到紫虚观，问问下人找出了那个物证箱，启开看，旧龙马双心壶果然还在箱内。个中玄机，她躺着想了一夜，终于理出头绪来，拂晓起身包好旧壶，带在身边来面见长孙皇后禀报。

临汾县主李婉昔在出嫁之夜缢死，这离奇的案子，怎么也到该了结的时候了，何况还关系到李元轨的五万绢借债。

依着李元轨与皇帝的约定，找到——或者说成功假造出吐谷浑王孙，得赏三万绢；查出临汾县主案真凶，再加赏两万绢。吐谷浑王孙那差事，要说是李元轨“办妥”的，颇为勉强，也不知皇帝能不能点头。如果能把临汾县主案查结清楚，天子和皇后满意了，那说不定能给葫芦提算一揽完差。

“谋逆行刺，前后相隔十年，却用了同样器具，应该不是巧合。”长孙皇后缓声开口，“依你打探到的情形，以这两只金壶为证，杀害一娘的凶手，究竟是谁？”

“皇后明鉴。这只新壶，昨日在启殡大典上，千百人亲眼看见，是吐谷浑旧太子所用。而这只旧壶，其实早在我等取出证物箱重新查验时，就有人当场指出，此龙马纹样，乃是吐谷浑王室所习用。指出者正是杨信之——慕容诺曷钵，他是因为在家见过其祖父杨雄从吐谷浑带回的大批金器宝货。”魏叔玢加重语气，“也许那些金器宝货当中，就曾经有过这只鎏金龙马纹双心壶？”

她伸手指一指那旧壶，皇后婆媳都是聪明人，俱各会意。皇后叹道：“你的意思是，十几年前，有人从杨家拿了这只双心壶，后来带到东宫，安排给秦王下毒？”

“是。”魏叔玢又吸一口气，“妾还想明了一事。临汾县主明明是被杀，她却有一封遗书留下，遗书原件，妾也带了来。”

她从包袱皮里取出那封在李婉昔枕下发现的字纸，递给皇后和太子妃，由她们翻阅，自己解释：“书纸笔迹，经欧阳率更亲鉴，还真是县主亲笔书写，但书写时的情绪又绝非心怀死志，反而更似怀春含情。妾昨夜又找出这遗书反复揣摩，大胆断定，这并非遗书，而是……私奔前的留书。”

那书纸上的词句，她已经倒背如流：“大唐太上皇长孙女妾李婉昔再拜言：妾以材命兼薄，祸延先考，九载椎心，一宵彻悟。夫人生不由己，投牖帝室，虽托体王姬，沐教宸猷，而姿逊蒲柳，质弱薤露。承规姒幄，痛弃慈亲鞠养，禀训公宫，惭闻松柏寒凋。延平水竭，龙剑离渊；秦玉楼倾，凤箫长往。伏惟我皇祖万岁，诸母千秋，盛世清平，人间乐业。妾李再拜。”

这当中，能解读为“我要去求死”含义的，也就“质弱薤露”“痛弃慈亲鞠养”“惭闻松柏寒凋”几句，语意还都模糊，解释成“我这个不成器的小女子要离开家人、离开此前的生活”也说得通。而“延平水竭，龙剑离渊；秦玉楼倾，凤箫长往”，用的两个典故却都与男女情爱相关，李婉昔写下这两句时，心里想着的，只怕全是自己与所爱男子双奔双栖、出世隐居的旖旎前程。

“此说固然有理，”皇后问，“然而一娘九岁后便幽居禁寺之内，从未出门一步、见过外男，她怎能与人定情私奔？”

“这正是那真凶想要利用之处，可聪明反被聪明误，也正是由此，才暴露了她的险恶用心。”魏叔玢又从包袱中取出一纸，呈给皇后看，纸上仍是李婉昔那幼稚的字迹：“高殿郁崇崇，广厦凄泠泠。微风起闺闼，落日照阶庭。踟蹰云屋下，啸歌倚华楹……”

“这是一娘抄录的古诗，却活画出她当日春心萌动的情景。她在高殿阶庭中徘徊，倚着楹栏仰望落日，正见墙角望楼上，有少年卫士执槊站岗，身姿英伟……”魏叔玢咬了下嘴唇，“感业寺大火前，妾在那里出入过，立于院内角落，确实能看清望楼卫士的身貌。亦有寺中人说过，曾见皇太子上到角楼，且被幽居妇女们认了出来。妾曾以为……皇后恕罪……后知并无此事，临汾县主心中爱慕的男子，当另有其人。”

“是谁？”

“妾私心推断……正是吐谷浑真王孙，当日的屯营卫士杨信之。”

皇后向坐床上一靠，凝思不语。魏叔玢解释：“杨信之初释褐入屯营，曾在感业寺当值站岗，此事他早自己说过。他姿容魁伟，极易引动少女倾慕，而他出身杨氏观王房，有近亲妇人在寺内。一娘若私心爱慕的是他，又与自己亲近的妇女谈论过，那妇人不难打听出杨信之身份。后来大安宫命吴王为一娘出嫁送亲，杨信之陪侍十四郎，也进过感业寺，或许与一娘照过面。那妇人更能鼓动唇舌歪解其意，说得一娘相信杨大郎也爱慕她、愿意与她私奔。如此这般，由那妇人口述文字，一娘执笔听录，写下这封书信，以为自己走后的交代。”

“而那妇人的真正用意，是想自己杀害一娘后，用遗书做出她的自杀假象。”皇后蹙眉说，顿了顿，又问，“为什么？”

这是问行凶动机了。魏叔玢低眉望着案上两具金壶：“那妇人本有不伦孽情，一娘与她亲近，恐怕是知悉的。如果这还不足以令她下决心动手，那很可能又发生过什么事，让那妇人意识到，一娘还知道她十年前用从本家得到的双心壶，与亡夫合谋，毒害当今天子的罪孽，这于她的前途妨害太大了……一娘嫁入平阳长公主府后，日夜与柴驸马、上真师等相关人等为伴，动辄泄露口风，她不能承受这后果，于是……”

皇后默然。太子妃苏令娴发问：“阿玢你说的这妇人，可是海陵王妃杨氏，小字步摇的？”

“不错。”魏叔玢应声。苏令娴长吁一口气，脸上竟现出些微喜色，回头望着婆母一笑。

长孙皇后却没笑。她只静静盯着案上的两只金壶、两纸书字，沉默了好一阵子，才摇头轻声道：“不对。”

李元轨跟在皇帝身后上楼进入万善尼寺临街高阁时，只见阁中放置了一面大屏风，屏风前有坐床、席案，案上两具鎏金酒壶炫人眼目。

长孙皇后避在屏风后。彼此问安行礼过，皇后即命“魏娘子向主上再禀报一遍临汾县主案隐情”。李元轨心中怦怦直跳，领命在席上跪坐了，凝神听屏风后的魏叔玢叙述自己的分析。

听到她判断杀害李婉昔的真凶是刚为天子生下一男的杨步摇，李元轨猛地抬头，见皇帝果然神色不太自在，不过也没什么表示。魏叔玢又说了临汾县主那遗书中的蹊跷，以及自己的推想，这部分李元轨倒听得暗暗点头，心里赞许“阿玢越来越聪明了”。

一大段话说完，天子沉吟半晌，向他发问：“十四弟以为如何？”

李元轨想了下，尽量委婉地回道：“魏娘子的推想，关键物证是这具十年前用来下毒的金壶。魏娘子以为此乃海陵王妃之物，以现有证据来看，略觉牵强薄弱。两壶如此相似，出自同源当无疑问——”

说到这里，他忽然想起一事，起身上前，从案上拿起那具昨日才出现的新壶，翻倒凝视壶底錾纹，失声道：“果然也有这行铭文！”

“什么铭文？”皇帝问。

李元轨指给兄长看，壶底有一行图案与旁边的云纹差异显著，多个圆圈串联在一起又不时逸出弧线钩点。他又拿起旧壶对比，壶底亦有这行铭文，人手錾出的方位、大小有些许差异，但两行文字内容完全相同，一望即知。

“这是商胡惯用的他们本族书文嘛，”皇帝居然认得，“西域诸国颇为常见。写的什么？”

李元轨有点佩服二哥，回禀：“臣有一婢识得商胡文字，言道这是物勒工名，意为‘匠人盘陀于伏俟城造金壶一对，重三十斯塔特’，斯塔特是称重的计量。”

“一对？”皇帝看看新旧两只金壶，笑一笑，“倒真是一对，隔十年凑齐了，也不容易。这工匠还少錾了一行字——”

他伸手指敲敲内有双胆的金壶腹，响声清脆：“——毒杀天可汗专用。”

这是个笑话，室内包括屏风后的女子，却没人笑得出来。昨日新壶里的假毒酒也罢了，这旧壶，十年前可是真的让当今陛下吐血险些丧命。据吴景贤等侍御医说，那一回虽是救了过来，但他的胃脾肝脏却也受损极重，至今犹受其害，每至暑热辄犯气疾，亦与此有关。

“十年前的旧事，已不好追查。这新壶究竟哪里来的，很容易弄清楚吧？”皇帝又问李元轨，“尊王一事，你也深切参与。这个壶，是谁交到那小子手上的？”

李元轨隐隐有不祥预感，却又不能不答：“是康苏密。”

天子便传召康苏密上楼至此回话。今日马球赛轰动长安，各国蕃使大都来休祥坊观战。康苏密本有五品萨保职衔，此事又与他关系密切，他自然也一早就来了。

天子兄弟过街到万善尼寺来时，球赛已近尾声。尊王奋力步打才得两筹，杨信之已得了九筹，再进一球就能结束整场比试。皇帝听了宫婢内侍传话，已吩咐左右，留下康苏密等与此案有关的人员，不令他们散走。

李元轨与兄嫂在楼上等了没多久，那老胡商便爬梯上来，捧着大肚子向皇帝跪拜行礼，又与李元轨点头招呼，满是胡须的脸上还是一派喜笑，毫无愧怍。

皇帝目视庶弟示意，李元轨拿起那只新的金壶，递到康苏密跟前，问他“此双心壶从何而来”。老胡商神色如常地回答：“这是老康家里的匠人自作，年头不短喽。这回遇上事，琢磨半天才想起来，又翻半天翻出来用。”

年头不短……李元轨又问：“究竟什么时候做的？在哪里做的？”

康苏密摸头想了一阵，又接过那金壶翻看壶底，才恍然笑道：“是了，在伏俟城做的嘛。怕不得有二十年了哦，还不止。我记得啊，那时节天下还没咋乱，老康也还年轻，在吐谷浑跟兄弟一块做生意。慕容家里倒是正乱，父子兄弟一通杀，就有人找过来，拿个样范，叫我们做这酒壶。老康看着好耍，叫匠人改进改进，又做了一对留着，后来啊……”

“后来，你先拿出一只金壶给了人，是在十年之前。”坐床上的皇帝冷然接口，“给了谁？”

老商胡一双深陷大眼滴溜溜乱转，望一望案上那只黯淡旧壶，脸上神气戒慎了些：“老康想想哈……对喽，也有十二三年喽，在蜀中成都那边。跟大唐的领兵将军应酬聊天嘛，我两个都喝多喽，说长安里面也乱得很，和吐谷浑慕容家差不多喽。回头老康给送些礼物过去，把一个壶也加在里面，没别的意思哈，就是玩玩……”

没别的意思才怪，李元轨想，这明明是“给你老哥参与皇室内斗提供方便”的意思，说起来其心可诛。他向前倾身，按捺住莫名的恐慌，追问：“收了你这金壶的大唐领兵将军是谁？”

康苏密迟疑片刻，看看皇帝又看看李元轨，最后勉强承认：“就是柴驸马喽……多年老友嘛，别人老康也不熟……”

脑中轰的一声，李元轨向后瘫坐回自己腿上，恐慌感如大浪汹涌而至。

皇帝神色严肃，扭脸立时喝命侍人“去传柴驸马进来”，一刻也不要耽误。谯国公驸马大将军柴绍也应该是等在寺内，上楼比康苏密还快，进阁来行礼，表情平静中略带迷惑。

康苏密又说了一遍十余年前在蜀中送金壶给他的事，当面对质。柴绍瞄一眼案上那旧壶，脸色大变：“哪有这个话！老康你怎么没来由血口喷人！这壶柴某从来没见过！不对……见是见过，主上知道的……”

柴驸马无助无奈地望向妻弟天子，意思是自己只在那场东宫订婚宴上见过。他当时未必看清了这壶的模样，但后来毒酒案两次彻查，执事人细问过他，他一双儿女也与这酒壶都有干系，想来之后他是问过详情的，故此一眼也就认出这毒酒壶。

康苏密却未必知道厉害。他毕竟是外族，再怎么精明狡猾，一时也想不到自家双心壶十年前就被用来毒害过大唐天子，只是见柴绍否认，有些生气："柴驸马，天可汗驾前，扯谎要不得！是是是，你没当面收我老康的礼，那时候在蜀中，你说没得法子拿回家，不方便收嘛。老康趁着有商队去长安，叫人直接送你府上去了嘛！后来你还写书信给我，说了我一通，那书信至今还在我家里，要不要老康叫人再去翻出来看？"

"这事确有。你趁我领兵在外，私自送一批重礼到长安我家中。那时先室已丧，无人主持家务，家人糊涂收下。我班师回京后才得知此事，赶紧禀明圣上——太上皇将那些金银器香料分送宫府交公。"柴绍皱着眉说，"可那批礼物当中，哪有什么鎏金酒壶？我回家后逐一翻看过你送的物事，连器型相近的也没有！"

"那就怪喽。"康苏密双手一摊，"我明明亲手放进箱子里，礼单上也有，老康叫书办写在了单子最后面，紧挨着'公母猎豹一对'。你没见那礼单？"

"礼——"

驸马大将军忽然间张口结舌，瞪着眼睛空想一阵，脸上血色渐渐褪尽，颓唐无力坐回地上。

"三姐夫？"李元轨探身颤抖着嗓音叫，只希望自己想错了。

柴绍抬眼看看他，眸子黯淡无神："是……是我记错了……"

"什么？"

"我记错了……康萨保送来的礼物当中，确实有此壶……我一时不察，以为是寻常酒壶，夹在其余金器里，转送给了……"

他双手据地，费力想了一会儿，才喑哑接话："……四郎齐王。"

这四个字，总算没说错。

皇帝抿紧唇线，轻轻敲叩下书案，往后一靠，脸上又是厌烦，又有些解脱。李元轨不觉也暗暗松一口气，企盼地望着异母兄，想，也许可以这样结案？

这是说得过去的。康苏密家匠人所造龙马双心壶本来是一对两只，他十余年前取一只送给了柴绍，柴绍又转送李元吉，李元吉在东宫酒宴上用它向二哥李世民下毒。此事机密，康苏密却不知情，十余年后又取了另一只双心壶，给尊王使用，也骗他是用来给天可汗李世民下毒……是的，这样结案是说得过去的。

只是在场所有人——也许康苏密除外——都知道，这并不是真相。

“皇后，你意如何？”天子皱着眉头发问，虽没回身，问话对象却是身后屏风那一侧的长孙皇后。皇后也没立刻回答，停了一会儿，才轻柔回应：“妾请陛下，将此案交由太子决断。”

皇帝叹一口气：“有理，就叫承乾上来吧——他不是也正在这里？”

“没有啊。”皇后语气诧异，“太子也过来了？什么时候？”

她这话不像是对着丈夫问的，果然屏风后又有一女子声含糊应了句“妾不知”，李元轨耳朵尖，听着像太子妃苏氏的声音。皇帝便命内侍去传，过了好大一阵，内侍才回报：“皇太子不在万善寺内，也不在对面马球场或观国公府。”

“这小子又瞎跑哪里去了？”皇帝很不耐烦，“叫东宫执事来回话！”

随侍太子出行的东宫仆丞进门跪拜，战战兢兢回说，马球赛开打之前，太子只带了几个随身卫士上马南行，严禁侍从禀报天子和皇后，亦未说要去哪里。又叫了留守的东宫卫士过来，问一圈，才有人禀报：“今日开城门后，殿下便命人去光德坊柴驸马府。后人来报说，柴府的车队要出安化门了，殿下飞马去追……”

一直失魂落魄萎缩跪坐着的柴绍忽然直起上身，冲动欲语。李元轨也猛想起三姐夫前两天的话：“等太上皇龙楯发行，启殡大典结束后，我就向天子奏请送女回籍……”

屏风后人影晃动，一个苗条少女冲出来，张口叫“十四郎”，神色惶急，正是魏叔玢。李元轨也是一样的忧心如焚，跳起身来，顾不得君前失仪该当何罪，拔腿就往外奔。

阁子里面没人拦他，阁外楼上楼下的人群自然更不知他疯子一样跑出来是要干吗，只是纷纷躲避，向他投来惊讶嫌弃目光。李元轨哪里还管这些，满心想的都是：拦住李承乾，绝不能让他把柴璎珞带回来。

他知道李承乾干什么去了。皇太子至今仍然对自己和表姐之间的私情不能释怀，大概他父母也并没有把话说死说绝，他还怀着痴望，以为只要自己恭谨侍上、努力讨好父母，天子和皇后最后会首肯他的央求，让他把自己爱恋的女子纳入东宫。

为此，他不愿意让柴璎珞被送回河东老家去。他知道自己父母其实一直很喜欢这个标致伶俐的外甥女，想着等自己办完了父亲指派的差事，趁他满意高兴，与表姐双双进宫求恳，膝下陈情，也许就能成功。今日一听人报说柴璎珞的车队出城往河东去了，他都没多想，径自飞马去追回。

说真心话，李元轨对这一双情人最多是抱以同情，并不看好他们的将来。两人都唯我独尊惯了，谁也不肯虚意哄人，年龄又差着不少，女子容颜易衰，怎么看也不是能白头到老的一对。

可那是另一回事。柴璎珞不能再回宫入见舅父、舅母，至少近期不能，也许这辈子最好都别再回来。

李元轨迈开步子一级级跑下楼梯。这临街高楼的每层木梯还不在一处，他要穿过护栏里一群群簇拥而立的仕女婢侍，又在二楼向下面自己的侍人喊了声“快给我备马”，然而跑到一楼木梯头上，向下一看，他脚步戛然钉死。

晚了。

万善尼寺的高墙院内，聚集的人群自动分开，让出一条路。两骑前后而行，控马在前气息还没喘匀的，正是皇太子李承乾。他颈项上扎了条帕子，略显古怪，整个人透出激动兴奋情绪。

跟在他身后的马上，一女子风帽遮脸、披衫蔽身，看不清面貌，但那高挑娉婷的姿态，李元轨一望即知，是上真女道士柴璎珞无疑。

二骑先后到楼下，李承乾跳下马来，又伸手亲自扶柴璎珞下马。

为远行避尘的风帽和披衫[1]都解卸下来，任其坠地。柴璎珞伸手掠一掠鬓边乱发，

1 远行避尘土的风帽和披衫，图片详见附注（52）。

年轻姣好的容颜神情漠然，提起裙裾上楼。

“太子把上真师带回来了……”

阁子门外人群喧嚣，轻轻飘进来的一句话，却如那禁苑抛石车一般，轰然炸碎魏叔玢的胸膛。

她双膝再无力气，软倒跪地，抓着胸口喘息两下，移向一边的天子御床，攀着案角求恳：“陛下……请陛下发慈悲……”

“一切罪孽，都是柴……臣柴绍所为，与臣儿女无关……”御案另一边，平阳长公主驸马也在跪地哀求，“三娘就这么一个女儿……窦太后就这么一个亲外孙女……二郎……”

年过五十的老驸马，与妻舅李家兄弟一起从小厮混长起来的，情急之中，连大唐开国之前的习用称呼都搬了出来，涕泪潸然而下。被左右同时苦求着的大唐皇帝脸色惨淡，眼望门外不应答，也丝毫没有破解疑案、揭示真相的喜悦之情。

高阁南面，两边垂下的竹帘当中，门口阳光刺眼。一个黑影出现，晃了晃进来，随后是另一个袅娜从容的女子身影。二人先后至御驾前行礼，魏叔玢静悄悄退后，却没退入屏风，跪在阁子角落里，无声地哭了起来。

她眼前的世界零落纷乱，如雨珠一般摇晃坠地，永无休止。耳洞里嗡嗡的，声音也听不大真切，只模糊地看着、听着新入阁的两人——太子李承乾和柴璎珞承旨问答。皇帝和康苏密都说了些话，李承乾还到案前拿起两只金壶看，又提高嗓音激动地叫号，被他父亲训斥……

一只手伸来握住她的手。魏叔玢在泪水中扭脸，看到李元轨不知何时也进入阁中，悄然跪坐在她身边，面颊上亦有泪痕。

两个少年男女就手握着手，静默而绝望地旁观这一场争执。天子被闹得烦了也累了，丢下一句“这是内宫事”，起身出阁。康苏密已先被轰出去，柴绍哭得脱力，被皇帝亲手扶持出门外。皇后命撤屏风，阁中又只剩了一众女子，以及李元轨、李承乾叔侄二人。

倚在另一架坐床上的长孙皇后神情委顿，只过了不到半天，像是又经历数年煎熬。太子妃坐在床边服侍着婆母，亦是脸色苍白。

“璎娘，你……还要我问吗……”

皇后说一句完整的话，都已很困难。跪坐在她床前毡毯上的柴璎珞摇了摇头，轻声道：“舅母太累了，我也累了……都省省力气吧。”

她抬头环顾四壁，俏脸上带着些大梦初醒的懵懂与恬静，甚至还有一丝孩子般的天真笑意：“我上午出了安化门，面前是悠悠南山清明渠水，身后是长安大城繁华旧梦，云篆太虚骨散寒琼，忽然就明白了很多事……我修道至今，已近十载，始终不得玄门而入，就是因为执着妄欲太多了。”

她起心为恶，始自她母亲平阳公主弃世。

大唐开国武德六年，天下初定，朝中太子秦王兄弟夺嫡却愈演愈烈。平阳公主那时怀着第二子，已近临产，出行偶遇二弟秦王世民，想劝他退让以全孝悌。姐弟二人言语不和争吵起来，平阳公主激动胎气，回家产难而崩。那年她长女璎珞已经十二岁，失母之痛无处宣泄，竟记恨上了二舅世民。

之后几年兄弟间势同水火，柴璎珞亦知道自己又被许给了大舅的长子为妻，若秦王夺嫡成功，她将一无所有还可能受挂落；太子建成平安继位，她至少也是一亲王妃，再使使手段，进为太子妃、皇后，也不是不能。武德八年时，她已十四五岁，身量长成，心性却幼稚冲动而又妄自尊大——“就像你们这些孩子如今一般”，她笑着对李元轨、魏叔玢说。

就那两年，康苏密送一批重礼到长安柴驸马府。柴绍领兵在外，家中管事不敢做主，请示第一小娘子该当如何。柴璎珞先只是看那一对猎豹有趣，舍不得放手，即命收礼——那对豹子没养多久都死了，母豹产下的一胎小崽倒是被养活，就是她那宠物肥豹阿豚——她后来闲着没事，翻看礼物，又发现了那只双心金酒壶。她从小聪明，自己琢磨出门道，觉得可能有用，就瞒着所有人偷藏起来，还毁掉了礼单。等她父亲回京，她只说礼单不知什么时候弄丢了。

家父是自始至终不知有那金壶的，她强调，其余家人更不知道。我做的事，与旁人丝毫不相干。

武德八年，她大舅建成的长女又被指给她大弟哲威为妇，东宫要开宴庆贺订婚。她想这只双心壶终于能用上了，而四舅元吉却也正好先来她家试探，说了好些秦王无状谋逆的话。她父亲不接茬，她却听到了，自己私下去找了李元吉跟他商量，两下一拍即合。

她要是只把这金壶交给四舅，教会他用法，让他找人去行事，那就好了……可十四五岁的小娃娃呢，真正不知天高地厚。她知道李元吉不是个稳当人，信不过他，主动要自己亲身去下毒，“为先慈报仇”，也为她未来的夫家扫清横障……她那时身高已不逊于一般男子，穿起内侍的笼冠大袖袍，再贴上髭须，光线昏暗处，任谁都看不出是个女人。离得再远些，她生身父亲都没看出来呢。

“可是一娘看出来了吧，”李元轨忽然问，声音喑哑破碎，“她虽年幼，却记得了你的破绽……由此招致杀身之祸。”

柴璎珞微微一笑：“这确是我失算了。在东宫里，只有上殿敬酒时，一娘和她那保姆离我最近。可一娘那年才九岁，我就算防，也只会防她那保姆看出不对。好在保姆和我同向站立，她又一心全在大郡主身上，根本都不会多看我一眼。倒是一娘，她要回身从托盘上端我斟的酒，眼光往上仰着瞧。她没认出我的脸，却瞧见了我衣衫交领内露出的……这块红斑。”

房中所有人的目光都射向她胸口。柴璎珞穿了件织褐上衣外罩团花坦领半袖，锁骨处，那一点胎斑如雪中红梅般殷莹剔透。

“我穿衣时也额外留意过，内侍礼服的交领差不多能遮盖住这红斑的，我又贴了假髭须，毛茸茸一挂垂下来，能把喉结连同这一块地方挡得严实。东宫大宴，人流繁忙，谁会去留意一个齐王带来帮忙的内侍呢？其实就算大郡主一娘，她也不知道自己究竟看到了什么，她一个小孩子家，只是抬头仰着看，眼光恰好穿过我的假须下面，能看见这红斑，在她心里留了印象。”

只是很模糊的印象，李婉昔自己也不明白，柴璎珞当时更不知道。李元吉找来的毒药性力不佳，他二人冒奇险做下的毒酒案，最后竟没能了结李世民的性命——柴璎珞也因此更坚定了拜孙思邈为师、自己学医炼药的决心——后来两次查案，她侥幸脱身没被牵连，以为从此平安无事，直到去年她受皇后命进感业寺，操持她大弟迎娶李婉昔的婚礼。

说到这里，柴璎珞长长的睫毛闭合，终于现出疲态与伤感：“我与大舅家的表弟表妹，在武德年间都见面不多，一娘却一见我就说眼熟。我起初以为她是奉承，接触多了，才发现她单纯痴笨得要命，根本连奉承话都不会说……她又说我长得像我娘，我没在意，人人都这么说嘛，可转念再一想，先慈弃世时，一娘才五六岁大，她怎么能记得我娘长相？她感觉眼熟的……明明是我自己的容貌啊。”

她第一天进感业寺，没甚留意，颈上胎斑显露在外，当时就觉得一娘眼光在她颈项上停留的时间太长了些。后来有了警惕心，她着意掩饰，又旁敲侧击，认定李婉昔尚没完全回想起东宫订婚宴上的事。也许那笨笨的小表妹一辈子都回想不起来，彼此平安……可婚期临近，她父亲突然又兴起个念头，她怎么也劝不住，没奈何只能下决心杀掉一娘，绝不让她进柴府家门。

“柴驸马的念头,可是要将平时供在秘密小院里的平阳长公主玉像请出,放在正堂,和他一起受新妇大礼参见？”

魏叔玢的心已经痛得麻木了，脑子反而清醒起来，擦着泪问出这句。柴璎珞投给她微笑点首。

平阳长公主那尊玉像，魏叔玢在柴府小院里见过，也是穿着笼冠大袖袍，颈有红斑，几乎与柴璎珞在东宫投毒时的装扮一样——也许她去做那勾当，很大程度上就是受了那玉像的启发。李婉昔进了柴驸马府门，见了那玉像，那胎斑，她就是再愚笨，恐怕也会勾起九岁时那一场惊天动地的大事记忆，推想出当年给当今天子倒毒酒的究竟是谁。

这个风险，实在太大，柴璎珞承受不起。

她既起了杀心，就开始着手安排各项细务。她进感业寺以后，轻易取得一娘的全心信任，也探知了她对杨信之萌动的爱意，于是舌灿莲花，说自己大弟哲威品行不端日后会苛虐妻子，还假造了杨信之的情书，骗得一娘愿意私奔。柴璎珞自己口述，让一娘写下那封“遗书”。她是敕封女冠，在各贵家葬礼上做法事走动多，也熟悉碑文墓志措辞，所以欧阳询看到那封“遗书”，虽肯定字迹是一娘的，却也指出词句“一股土夫子味道”。

柴璎珞还随口编造说，杨信之要在婚礼上，让自己朋友假扮障车儿郎，半路把一娘劫走，二人藏到布政坊祆祠里躲避搜捕，这也是从熟人康苏密身上得到的启发。可她虽然再三叮嘱一娘，不能向任何人提及此事，那小闺女还是按捺不住，向保姆贺拔氏打听过“胡祆祠”。感业寺问案时贺拔氏忽然提到这个词，柴璎珞还给吓了一大跳。

伪装自杀的遗书有了，可一个好好的年轻小娘子，新封县主，又将嫁得贵婿，她为什么要自杀？要造出个合适理由实在不容易，柴璎珞也苦恼了很久。说临汾县主一时“中邪疯癫”，也许能瞒过别人，天子和皇后何等精明，又关乎皇家颜面，却不会轻易听信这等胡话。

她只能往“一娘以死曝示冤愤、控诉二叔夫妇”上头去想，可李婉昔性子又太懦顺，感业寺里识得她的人，谁也不会相信她有心志能做此大事。直到婚礼当天下午，皇后车驾亲至感业寺，屏人与侄女私语，之后一娘送驾出门哭得厉害，人人得见，柴璎珞才忽然想到一个绝好的自杀理由——无论皇后跟侄女说的是什么，那愚笨的小闺女都听错想歪了，自己越想越害怕绝望，竟致寻死。

讲到这里，女道士抬头向皇后笑一笑，问：“有个疑团，也埋在璎珞心里很久了。那天舅母跟一娘到底说的是什么？她确实害怕得很，后来璎珞入室帮她梳妆，她还一直流泪不停，也不肯跟我说。”

长孙皇后牙雕般的脸庞越发没一丝血色，沉默了下，才缓缓道：“事已至此，也不必瞒你们。我记得是问了她两件事，一是听说海陵王妃杨氏不甚安分，一娘素与她四婶母交好，趁她还未出阁，我想听听她能说些什么。二是……那几年我侍奉主上外出巡幸，留承乾监国，听说他也常在禁苑那一带逗留过夜……我问一娘，你堂兄是不是曾进过感业寺……”

她虽未明言，语意很明白，是怀疑杨步摇与儿子承乾私通。阁中人都去看侍坐一边的李承乾，他没吭声，攥紧衣襟的手指已捏得发白。

柴璎珞却轻笑出声：“原来如此。一娘可能真的知道四舅母怀了身子，以为自己牵扯进了宫闱秘事，才吓成那样。无论如何，她自杀的理由有了，皇后手赐的那条摄盛金带，又是挺合用的勒人凶器。我等到天黑，命人在感业寺院门前燃起三堆大火弄女婿，自己找机会潜入厢房……”

婚礼当晚，她是大总管，需得到处指挥调度，走去哪里都不奇怪，暂时消失也不会惹人注意。三堆迸溅着爆竹火星的大火和院门外的柴家迎亲队伍，足以吸引住所有婚礼宾客。她看清一娘闺房内外无人，自己进去，叫一娘“赶紧擦擦眼泪补脂粉，出门上车前得像个样子”。

皇后走后，一娘就坐在自己房里一直哭到了天黑。室内本来什么都看不清楚，柴璎珞却是惯于在紫虚观山腹内丹房里读经卷看鼎火的，窗外映入的庭燎微弱光芒已足够她行事。新娘子坐到梳妆台前，还没点上灯，一条领巾就绕上了她的项子。

一声痛苦的呻吟声发出，李承乾扶住额头：“你杀一娘也就罢了，她一个无足轻重的罪人之女……为什么你还要胡攀乱扯，用那玉韘，用阿娘亲赐的金銙蹀躞带，把我母子也牵连进凶案里来？”

“因为我不想让这案子被深入查访啊。”柴璎珞看一眼太子情人，目光中有柔情和歉意，“县主出嫁前突然死亡，是惊动朝野的大案。若我布局成功，有司能以‘受惊自杀’结案上报最好。如有疑点，皇后怕是不肯承担这‘一席话逼死侄女’的污名，那我还得再想个法子，让皇后也甘心愿意葫芦提结案。没别的办法，我……只有用那血玉韘了。”

她勒死一娘后，没力量举起尸体爬高套索，只能用三条吊索连接，把尸体拉起吊在房梁上。自杀现场布置好，她又拿出随身携带的血玉韘，小心地塞进案上妆奁内，既能让查案人细细搜索时发现，又不至于太过显眼，自己日后还能以“当晚房中太黑没看见”来搪塞李承乾的质问。做完这些，她才又悄然出房回到院门前，继续指挥堵门弄女婿。

“我本来布置得挺妥当，也差一点就成功了呢。”女道士语气中居然满是遗憾，抬目望向魏叔玢和李元轨，“谁想到你们两个半路杀出来，给我一通乱搅……十四舅要介入查案，我倒还有准备，毕竟一娘那个样子，跟张美人之死情形相似。阿玢你……我原以为能拿你挡个箭，转移别人的视线和注意，谁知道……唉。”

“阿玢逃婚误入感业寺，把魏玄成公也牵扯入案。”李元轨忽然说，“你觉得不太妙，主动请缨，参与查案，旨在把我们的思路往别处引。后来又有我十七妹的事，我奉敕查找吐谷浑王孙的事，甚至真的把十年前的东宫毒酒案又扯了出来，夹七夹八，越弄越复杂。你有一阵想引导我们认为杨妃是真凶，折腾一番，又发现她怀胎有人保护，于是无力害怕了，最后想脱身而退，明显不似开始那么积极……我还以为……”

他说不下去了，眼里又泛起泪光。柴璎珞也叹息一声：“十七姨的事，我问心无愧。对你们，我从来没起过歹意。”

“璎姐对我恩重如山，救过我多少次，我都数不出来。”魏叔玢凄然道，“最危险那回，大安宫望楼上，我以为自己死定了，要不是——”

她突然停口，那晚一个清晰的画面涌入眼前，惊悚莫名：“尹德妃……不是被吐谷浑刺客扔下望楼，那也是你干的！”

尹德妃的衣裙帔带在夜空中划过，沉没消失在望楼另一头护栏外，只留下长长的凄厉号叫连绵不绝——这是那天晚上，她在望楼上亲眼看到的景象，其实并没亲见尹德妃是被谁丢出去的。当时柴璎珞叫着“你干什么”与刚爬上楼顶的黑衣男子厮打在一起，她自然以为是黑衣男子先扔下了尹德妃，又去伤害柴璎珞。

可后来她知道，这黑衣刺客连随身腰刀都没拔出来，只拿着射弩上楼。如果他真的打算处死几个人质女子，那最省事的办法是射死她们，而不是空出一只手来抓她们往楼外丢……柴璎珞当时解释为“他轻视我们女子战力”，未免轻视过头了？

女道士向魏叔玢笑笑:“总算明白了啊……我也小看了你,一直以为你与令尊相似,忠直有余，聪颖不足，其实阿玢你只是脑筋转得慢些，一点都不笨呢。”

那晚她坐在翠云峰望楼顶梯口处，断断续续能听到下面尹德妃与李元轨的对话。听尹德妃声称自己知道“是谁杀了一娘”，她惊惧莫名。尹氏或许只是随口说来激怒李元轨的,但柴璎珞知道,武德年间尹德妃与四舅元吉私情往来甚密。李元吉好酒贪色、举止轻率，没准他真向尹德妃露过什么口风，进而让那狡猾妇人推想出了真相。

那晚在东宫，柴璎珞成功地向二舅世民下毒后，按照排练过多次的步骤，将藏在大袖中的双心壶秘密传递给四舅元吉，随后跟齐王府侍从一起混出宫外。她当时却不知李元吉趁乱把那金壶丢进了显德殿院中的水井，以此给大哥太子建成栽赃。后来舅甥再见面，柴璎珞问起过金壶的下落，李元吉只说“我丢炉子里熔了”，又再三保证他从未向人泄露此事，“连你舅母都不知道”——现在看来，这句也是说谎，杨步摇至少知道那双心金壶的准确所在地。

但在大安宫望楼上，柴璎珞还不知四舅母也涉案，满以为尹德妃是可能知道自己罪行的最后一人，顿起杀心。她趁着魏叔玢背过脸去看楼下、黑衣刺客刚刚上楼还没看清局面、尹德妃绑着双手毫无反抗之力的时机，先一把扯起尹德妃丢出楼顶外，同时大叫一声扑入黑衣刺客怀中厮打，乘其不备用防身匕首刺死他——否则她一个弱女子要杀掉一条精壮大汉，也没那么容易。

“好机智，好胆识。”这一句赞赏来自长孙皇后，语气中却毫无喜悦或讽刺意，浊重的叹息里只有悲伤惋惜。

柴璎珞定定地望着二舅母，面容倒更平静些。她手上有李婉昔、尹德妃两条人命，以及十年前下毒暗杀二舅父未遂的重罪,又与皇太子私通,还有意诬陷牵连皇后、太子,怎么看也是伤天害理、恶贯满盈。

但此时阁子里的男女，没有一人对她表露出愤恨厌弃。就连与她只有“情敌”关系的太子妃苏令妤，看她的眼神也是怜悯的，还忍不住转向婆母求情：“上真师对十四叔兄妹、对阿玢杨大郎，一直都很好，她并非心性狠恶、有意凌虐弱小。如果没有东宫毒酒一事，临汾县主平安嫁进柴驸马府，上真师必也是肯照顾疼惜她的……就是因为十年前，她年少幼稚时铸成的大错，逼得她一步步走错，没法回头。太上皇尸骨未寒尚在途中，她父母都有大功于社稷，皇后开恩……”

苏令娴说着，从坐床上滑身跪地求恳。长孙皇后瞧瞧儿妇，叹口气：“依你说，她犯这等死罪，该当如何处置？”

“国家法典本有‘八议’之说，主上皇后若能赦过她死罪，远流三千里外，或命她剃度出家往献陵为太上皇守祭，都……不失为执法惩罪……”

太子妃的声音越来越小、越来越没底气，当是她自己说着，也想到了如此处置的后果。皇后看看她，又转脸去看了一眼自己的嫡长子，轻轻一笑：“你倒是好心啊，你夫君也着实该承你的情。”

柴璎珞不死，是苏令娴在为自己留后患，这道理连魏叔玢都懂。长孙皇后眼见病势越来越沉重，不知还能支撑多久。她撒手人寰之后，皇帝对儿子的闱内不很在意，李承乾如果仍斩不断对表姐的依恋，那么无论柴璎珞被流配到哪里、变成了什么模样，他都会想方设法把她找回来重温鸳梦。

“你们知道贞观初，我为什么不肯依从主上，让承乾续定璎娘为妃吗？”皇后问，“最要紧的当然是她那命格……我再怎么不信鬼神，连续三回了，心里还能没点忌讳？其次年纪也不配，承乾还是个人事不懂的娃娃，璎娘已经长得标致齐整青春动人，我觉得她就在一两年之内，找个好夫婿嫁人生子当家，从此安稳快活一生，才最合适，我也能对得起三阿姐了。”

皇后出言还是一贯的文雅严谨，不过魏叔玢已有点了解她，隐约能听出她没有明说的意思：十六岁的柴璎珞已发育得成熟诱人，嫁给九岁的小丈夫，恐怕耐不住空闺寂寞。她又是开朗张扬不守礼法的个性，皇后可不愿意过两年被迫抱个非自己血嗣的嫡孙，还有苦说不出。

这个推判……应该说，也不算冤枉柴璎珞。

“太子妃这个位置啊，不是一般人好坐的。”皇后目光居然移向了魏叔玢，“如魏小娘子这般，心地纯良却一味耿直，有勇无谋，心里藏不住话，那是不行，在深宫中待不了几年，骨头渣子都剩不下。可是像璎娘这样，太聪明、胆子也太大，更加不行……贞观后璎娘你入宫渐多，我看着你，也越来越庆幸我当初拿定主意没附和主上。你将来若主持中宫为天下母，不但会祸害国家社稷，宫内亦会家宅不宁，连你自己，带同你父亲兄弟、临汾柴氏全族，怕是没一人能有好下场。”

魏叔玢听得遍体生寒。这恐怕是长孙皇后一生说出口的最冷酷威吓的言语，但她的语气毫无威胁警诫之意，反而低哑伤感、痛楚锥心。沉默片刻，她又苦笑道：“说了璎娘这么多坏话，我若再说，其实我一直真心疼爱着她，也没人会相信了吧？”

“甥女相信的。”立刻接口的居然是柴璎珞自己，抬脸望着皇后一笑，“这么多年了呢，朝夕侍奉起居，日夜相对，舅母待我如何，璎珞又不愚钝，哪能体味不出？二舅舅也宠重我，却大多是看在我娘的分上，不似舅母真当我是亲生闺女一般贴心自在。”

皇后也回以欣慰一笑：“近来我身子越来越弱，有时候靠在床头，半睡半醒地看你忙碌，老恍惚以为我还是二十多年前的小闺女，刚刚嫁进唐国公府李家，跟着大姑三阿姐，上路往东北涿郡去。那年我才十三岁，什么都不懂。阿公阿婆都在涿郡，为着前隋征高丽督运粮草，命二郎到长安来迎娶我过门。一应诸事，都是大哥建成和三阿姐主持操办的，三姐更把才两三岁的小女儿你留在家，自己亲身陪我长途远行，到涿郡去拜见公婆……”

她细瘦的面庞泛起回忆与憧憬的微笑，瞬间光辉流动，似是年华倒转：“大郎二郎、三姐夫、我阿兄，他们四个郎君在外护持，三阿姐带着我坐车乘马，日间同行，夜晚同宿，一队车马从西京到洛阳，到黎阳，沿运渠北上涿郡。那一路经历的艰难险阻，见识的人间惨状，也不必多说了。我对自己刚嫁的夫郎还没太多认识，倒是全心全意仰慕着三姐。我以前从没见过你娘那样的奇女子，生为标致女儿身，骑马开弓却如此刚健勇毅，见识胆略又不逊须眉。有她在，无论局面多么困苦，她总能笑语开解，令人如沐春风，又相信她定会想出办法来，我乖乖地坐等，听她安排就好……要不是你父母啊，我初嫁那一年，别说赶上了拜见婆母窦太后最后一面，整个人能不能在乱世中活下来，都还两说呢。”

长孙皇后说到后来，已是只对着柴璎珞交谈，眼中有泪盈起。女道士也没躲避她目光，微笑着听完回话：“先慈生前，也常提起与舅母同行去涿郡的事，很称赞舅母胆识勇气的。”

皇后摇头笑笑：“我一个十三岁小闺女，有什么胆识勇气？不被吓破胆一路啼哭就是好的了。后来我跟二郎到太原，义兵起后，他父子翁婿南下，我辗转听说三姐在长安附近也招兵买马，自建娘子军略地攻城，惊讶之余，只能感叹‘也就是三姐才能做得这样大事’。可她那大事……也没能持续多久，长安城陷，太上皇建都开国，对三姐一通封赏酬功，就也完了，她想再如同男儿一般征战四方建功立业，毫无指望可能。

“那是武德元年的事了，璎娘应当都不记得，你们这些孩子自然更不知道。三阿姐到承乾殿来找我，大醉大哭了一场。我能说什么呢？我都不记得自己安慰她些什么……好像是说过一句，她生错了时候吧。”

“舅母的意思，”柴璎珞苦笑着接了一句，“先慈和璎珞，我母女两个，都生错了时候。”

“或许真是。”长孙皇后笑容里带着少见的迷惘困惑，“我从小在舅家读诗书礼经，循规蹈矩，举动以妇德自省，挑选儿妇亦以此为准，我知道只有这样才能齐家昌兴，治隆天下。可我少年时看着三阿姐，如今看着你啊……看你们磊落率性的模样，语笑无忌，喜怒任情，我心里又忍不住地欢喜羡慕……近来我也在想，如果你真拿定主意一生不嫁，修道从医，自由周旋于人间，那也未必……是凄惨无依……”

一语未了，她忽然咳嗽起来。苏妃忙着为她抚胸捶背，只听皇后咳得撕心裂肺，人人都觉难受。皇太子李承乾亦起身上前服侍母亲，等皇后好容易收声喘息，伸手推了推儿子：“你去处置……我请过你阿耶的敕，交给……你决断……”

李承乾苍白着脸叫声“阿娘”，愣在床前。他脖颈上扎了条丝帕，本来看着有些碍眼，此时活动久了，白巾下又露出些红色。皇后抬起手扯松了看，一道血迹已凝固的浅刀痕赫然在目。

皇太子颈前的刀痕……

魏叔玢忽然明白为什么柴璎珞明明并不想与李承乾厮守到老，却肯冒着偌大的风险，和他回来面见天子、皇后。她看到长安大城南门之外，芦花飘舞如风雪，只带了几名卫士追上柴府车队的皇太子扯着表姐私语，说到激动处，拔刀自残以挟……柴璎珞终究是不能与储君相抗衡的，她还有家人，还在这世上有眷恋和关切。

皇后瞧着儿子的伤口，没说什么话，眼神却已在瞬间说了千言万语。魏叔玢也不知道是从哪里来的勇气和急智，膝行上前："殿下，请殿下在皇后驾前立誓，此生再不会与上真师柴氏相见，也绝不会召她入宫听她任何言语。你把她远远地流放打发走……再不成让她远嫁到蕃国去和亲……只求殿下留她性命……"

她说着，再度泪如雨下。李元轨也跪到她身边一同哀求，皇后只是喘息着看儿子，眸子黝深不见底："你肯立誓……再不见她？"

李承乾缓缓移开目光，看一眼自己妻子，又望一望跪坐在稍远处安静待命的表姐，反问："是阿娘在问儿子，还是皇后在问太子？"

皇后默然有顷，也反问："我母子今日能在这里……能活着……能到这般地步……因为你阿耶是孝子贤弟，还是因为他……是绝代英雄？"

魏叔玢闭上了眼睛。再睁开时，她看到李承乾在注视自己身边的李元轨，眼眸像母亲一样黝深如潭水，嘴里还喃喃念了几个字，似乎是"忍情割爱"还是什么，凄然一笑："既然如此……臣心性软弱，不敢自信能断舍儿女情丝，也不敢欺瞒皇后立誓。"

此言既出，柴璎珞死刑即定。魏叔玢伏地痛哭出来，眼前衣襟靴步纷乱，李承乾起身走出阁子，不再留恋。

"殿下！"

李元轨大叫一声跳起身，追着皇太子出阁，当是还想去劝说他回心转意……没用的。柴璎珞目视那一对少年叔侄的背影出门，转回脸来，居然还怜悯地笑了笑，向魏叔玢道："十四舅这性子，将来怕是还得吃亏，阿玢你好好管他吧……唉，你也指望不上，你比他强不到哪里去。本来还觉得杨大总算个稳重人，结果他嘛……”

女道士叹息一声，挪身上前，在皇后坐床前跪坐下来：“甥女求舅母最后一个恩典……前年在九成宫，主上病重那时候，皇后命甥女合的丹药，赏了我用吧。”

长孙皇后一直注视着儿子离开的身影，脸上神情复杂，不知是欣慰、是怜悯、是失望还是鄙夷，血色却完全褪尽了。听外甥女如此说，她抖着手去解自己衣带上的鞶囊，还是要苏令娴帮了一把，囊盖才打开。皇后从中取出一只小锦盒，开启盒盖，内有三四丸黑色细粒。[1]

柴璎珞抿嘴笑笑，伸手径去拿那锦盒，皇后却轻轻挡她一下：“给我留两丸……我仍要用的。”

“呃，”女道士抬头望一眼皇后气色，微笑，“恕璎珞大胆无状，舅母恐怕……不必再费这事了。”

这是说皇后反正也活不了多久了吗……果然将死之人百无禁忌。皇后凝目瞧她片刻，不但没生气，反笑了：“你不是说这药爽利，吃下去没甚苦痛？我也不想拖太久，太难受啊……到了地下，你和令堂都精神强健的，就我病骨支离，一处团聚起坐都不方便呢。”

“地下阴冥，究竟是什么情形，谁说得准。舅母素来不信这些的嘛。”柴璎珞笑着，忽又说，“留两丸也好，要是二舅舅又胡乱临幸谁，舅母你就给他——”

她这话没说完，自己扑哧一声笑得直不起腰。皇后也笑骂声“胡说八……”

一个“道”字没出口，那药盒“哐当”落地，她一手捂住自己口鼻，再也忍不住哭出来。

苏令娴叫着“阿娘”搂住皇后拍抚劝说。柴璎珞长叹一声，拾起几丸药放回盒内，取两丸拿在手里，又恭恭敬敬地对皇后拜了两拜，起身走出阁外。

魏叔玢已在旁哭得不能动弹了，挣扎半天起来，嘶哑着嗓子叫“璎姐”追她出去，一出门，阳光刺眼，她又几欲晕去。

1 关于柴璎珞找长孙皇后要来自杀的毒药，详见附注（53）。

及时攀住楼柱和栏杆，她在身周一片黑暗中慢慢拖着身体坐地，闭上眼睛，自知是跪坐太久了又心神激荡，才致短暂失明脱力，休息一会儿就能缓过来。周围声音嘈杂，楼下有几个妇女在叽叽喳喳地议论什么，很奇怪地，一句一句飘上来钻进她耳中，慢慢倒能听清楚了：

“……就是现观国公的堂妹嘛，她阿耶是国公的亲二叔，名讳叫杨达，封了遂宁公的……其实她姿色也很不差，就是品性名声不好，留在家里四十几岁，才勉强嫁给武家老头子做继室，命格也不行，连生三胎，全是闺女。武家前妻原有儿子的，这老头子一死，家里还不闹翻了天……”

“听说那武家老女婿是哭太上皇哭得伤了身子，一病不起？也算是忠臣了？倒难怪，他出身那么低，一个并州商贾，攀龙附凤，在新朝当大官，还娶了关中高门女，一生运气，全在太上皇提携啊……”

“可不是嘛。他一死倒清静了，留下继室带着三个亲生女儿，在外地荆州，受前房儿子欺负。杨家的女儿，哪能丢在外头不管？还是国公厚道，写信去叫堂妹带女儿回京，住本家里过活，将来三个武小娘子，也由本家发嫁……听说三个闺女倒都容色不俗，将来宫中选女也堪点勾……”

一双手伸来扶住魏叔玢肩头，她睁开眼睛，见是李元轨，也满脸泪痕眼睛红肿着。她努力半天，哑着嗓子问：“太子……？”

李元轨摇摇头，扶她起身，让她倚着自己臂膀，二人慢慢走下楼。

万善尼寺内外的贵家仕女已散去不少，但有数十辆车马停在门外，板车上载着行李，车队前还斜拉竖曳着些幡信，上写“谯国公府”等字样，婢女仆役都垂头丧气、手足无措。魏叔玢走下二楼后，看不到寺墙外了，院内的侍娘尼姑们为这一对少年男女让开路，李元轨扶着她，径直将她带往大殿。

魏叔玢只觉得身后楼上，司马令姬、萧皇后、吐谷浑王后冠娘等妇人都在凭栏俯瞰众生，无悲无喜的面容在她脑海中越来越模糊。这世间唯一的温热来自身边郎君扶搂着她的手臂。她能够走到大殿阶下仅凭的力量，也全然来自他的支撑。

但她已经不能再走上台阶了，只能立足在那长长的飞檐阴影下，向内遥望。深重无光的幽暗里，她觉得自己看到了白衣长发的人影，安静躺卧在地，自我了绝生息。

身侧忽起一阵腥风，一只皮毛斑斓的肥猎豹掠过魏叔玢和李元轨，蹿进大殿门口，徘徊不进，低声呜咽。

（正文完）

后记：那些历史人物的结局

这个故事里，使用了很多真实历史人物的姓名和人设关系，以及相关的背景情节。文学作品是在历史学基础上发挥和想象的产物，小说人物和历史人物绝不能混为一谈，不过在这里，还是介绍一些相关历史人物的后续记载，尽量补足这个脑洞的完整性。

李渊第十四子李元轨，两唐书都有他的单独传记，内容也大同小异。他武德六年初封“蜀王”，八年改封“吴王”，这个封号一直持续到故事发生的贞观九年，贞观十年再改封“霍王”。按史书的记载，魏徵很早就非常看重李元轨，对着皇帝李世民称赞他“经学文雅”，所以李世民命这个小弟娶了魏徵女儿为妻。

李元轨少年时在宫禁中“从太宗游猎，遇群兽，命元轨射之，矢不虚发”，他二哥拍着他的肩膀说：“你武艺过人，可惜现在没什么用处了。当年天下未定的时候，我四方征战，要是有你跟着一起冲锋打仗，那有多好。”（听听就算了，别当真）唐高祖死后，李元轨据说表现得非常悲痛哀孝，“毁瘠过礼，自后常衣布，示有终身之戚焉。每至忌辰，辄数日不食”。

贞观十年，李渊的小儿子们改封了一轮，都被发到外地去当刺史了。李元轨先做“绛州刺史”（约在今山西省绛县、侯马、闻喜那一带，与柴绍家籍贯临汾郡相邻），再做“徐州刺史”（也即今江苏省徐州一带）。他在任上不怎么折腾，基本都在闭门读书，工作都丢给自己王府的属官（长史司马）去做，“谨慎自守，与物无忤，为人不妄”。

在徐州，他有一个平民朋友叫刘玄平，有人问刘玄平“霍王有什么优点”，刘玄平回答：“没优点。”为啥这么说？刘答：“人有缺点不足，才能显露出某方面是优点。霍王这人十全十美毫无缺点，我怎么能说出他的优点长处来？”

贞观二十三年，李世民逝世，新君李治登基，给长辈兄弟们都加恩了一轮，李元轨也沾光加实封满千户（涨工资了），又去做“定州刺史”。这个地方在今河北省中部，再往北几百里就是今首都北京，在唐朝，则是防御突厥等北方游牧军团的准前线。高宗朝，李元轨在定州守城打过胜仗，治理民政也颇有善绩，高宗李治（大概在他身体尚好时）对这位十四叔也比较敬重，传称李元轨“入朝，屡上疏陈时政得失，多所匡益，高宗甚尊重之。及在外藩，朝廷每有大事，或密制问焉”。总的来说，李元轨在贞观朝是以韬光养晦为主，在高宗朝则表现活跃很多，李治死后，营建乾陵与办理丧事都是有李元轨深度参与的。

但是高宗死后，武氏掌权，李唐的宗室们很快大祸临头。垂拱四年，已经有“司徒”这样三公尊号的李元轨据称与越王李贞连谋起兵，事情泄露，被流配黔州（今贵州省一带），而且遭受重大侮辱，他是被关在槛车里露天行进的，大概走到哪里都有不明真相的群众围观看热闹。他没能走到贵州，半路在陈仓（今陕西宝鸡一带）就死了，具体死因不明。

李元轨有七个儿子，长子李绪最有才艺，封“江都王”，做过金州刺史，也在武后时代被杀，中宗复辟后与父亲元轨一起追复爵位，李绪的孙子李晖（是李元轨的重孙了）也复位“嗣霍王”，这是比亲王低一阶比郡王高一阶的爵位，专为亲王之子承爵的位子。李晖在玄宗开元年间还做过“左千牛员外将军”的武官。

李元轨另一个儿子李纯封过“安定王”，其余五子都封为国公或郡公，总的来说，在武则天掌权之前，他一家的待遇是很不错的。

以上，是记载在传世文献《旧唐书·列传第十四》和《新唐书·列传第四》里的内容。近年来，考古界又发现了与李元轨一家相关的几方墓志，而且我是在构思完故事开始动笔后，才陆续得知了这些资料（感谢江霏雨、宅宋喵等友好提供），其中有一些很巧合的地方，也可以说说。

首先有一方《唐江都郡王妃裴氏墓志》，收入2011年出版的《秦晋豫新出土墓志搜佚》，编著者赵君平、赵文成。这位江都郡王妃裴氏，就是李元轨长子李绪的正妻，她祖父裴寂，父亲裴律师，母亲是高祖女临海长公主，就是我正文故事里“十七公主”的原型。注意，李元轨与十七公主同母，纯属小说设定，没有史料来源的，但是这方墓志显示，李元轨的长子真的娶了临海公主的女儿裴氏为正妻。

当然，李元轨与临海公主再怎么也是同父的亲兄妹（或姐弟），他们的子女是姑舅表兄妹，在古代一直有表兄妹通婚的习惯，这个巧合也不算太奇怪吧。裴氏生于贞观二十二年左右，应该比李绪小不少，出嫁当是在高宗年间。武氏时期，她作为李唐宗室王妃和公主女，逃不过噩运，墓志云“妃庭掖见拘”，被关进专收罪人家眷和宫婢的掖庭宫。裴氏的身体运气都不错，在里面苦熬到中宗复辟，又放出来复位回家，最后以七十六岁高寿死在唐玄宗开元十二年。

还有一方《大唐故安康郡太守李府君墓志铭并序》，透露了李元轨家的更多史实。墓主名叫李纲，是李元轨的第五子，早年封为南阳郡公。他墓志开头就是“太宗之爱季（即弟）曰司徒霍王元轨……”

李纲生于贞观年间，还是个小孩时见过太宗，得了个“赞善”的东宫职衔。他母亲魏氏王妃（至少是他嫡母，很可能也是生母），比唐高宗去世得早，大概算一家人里最幸运的。在高宗主政期，李纲做过三州的别驾，他结婚的正妻是魏徵的孙女、魏徵次子魏叔瑜的次女，也是娶了自己的表姐妹。

武后清洗李唐宗室时，李纲被流放到梧州（在今广西），当时是蛮荒烟障之地，他墓志委婉地说他在那地方跑走去修道了，“税骨于异乡”，最后哪年死的都不知道。李唐复辟后，追赠李纲为金州刺史，他有一个儿子李志悌还在世，跑去南方居然找到了父亲的……不知道是遗骸还是骨灰吧，先奉归暂时葬在临汝郡，再后来又于玄宗天宝年间迁葬京城少陵原。

李纲夫人魏氏，可能更惨点，夫家出事以后也“配入宫掖”，还出家做了尼姑，“冀百灯以剜身，持一香以焚顶”。她没有大嫂的运气，没熬出来，也不知是什么时候死的。死后“葬宫人茔”，后来怎么也找不到坟头所在了。天宝年间李志悌想给父母合葬，只能拿件衣服招魂而祔。

下面说魏家的情况。

魏徵本人不用多说了，千古谏臣榜样。他死后虽然皇帝李世民冲他发过脾气，但是绝对没后来编造的什么“毁坟砸碑”那事（只是一度把碑推倒，很快又立起来了）。魏徵的儿子们也都一直在做官，长子叔玉袭爵郑国公，为光禄少卿。魏叔璘做到礼部侍郎，“武后时为酷吏所杀”。魏叔瑜做过豫州刺史，是当时有名的书法家，与外甥初唐四家之一薛稷齐名。魏徵的五世孙魏谟还当过唐宣宗的宰相。

魏徵长子叔玉，后来一度差点娶长孙皇后的亲生最幼女衡山公主，也是李世民发脾气那阵子给毁婚了。小说故事里设定他父母付了三万绢给他定下崔家小女儿，如果一定要圆一下情节“与史书相符合”，那可以继续设定崔家小女儿没过多久病死，当时幼童的死亡率确实是挺高的……于是魏家人财两空，魏徵继续巴望给长子找五姓高门妇，一直又拖到自己临终前，也没能再买下一个。

长孙皇后死于贞观十年五月，她丈夫李世民悲痛万分，此后终生没再立皇后正妻，甚至妻子死后十三年内他的后宫都基本没再生育子女——唯一不确定出生时间的是他最小的儿子李明，其生母就是李元吉的正妻杨氏。李明之上的赵王李福，其墓志已出土，生于贞观八年，其时长孙皇后尚在。至于李世民的女儿们，按《新唐书·公主列传》的排行，最幼女第二十一公主是长孙皇后亲生。以上资料，目前还没有更新的墓志等能推翻，可待后世继续研究。

李承乾在母亲死后，与父亲和四弟的关系持续恶化，终于在贞观十七年，像小孩子过家家似的谋划了一场“杀父逼宫造反”。虽然没对皇帝造成任何实质性威胁，但是计划已经有所行动，不能无视。他还又拖了四弟李泰下水，最终兄弟俩一起被贬黜，剩下的唯一同母小弟李治成为最大赢家。他们的父亲李世民也因此事受到极大刺激，身体状况江河日下。

李承乾正妻太子妃苏氏，在史书上没留下多少痕迹。《册府元龟帝王部·庆赐》中有一条：“（贞观）九年正月甲申，皇太子承乾纳妃苏氏，宴群臣，赐帛各有差。”全唐文中还有《册苏亶女为皇太子妃诏》，从中知太子妃是“秘书丞苏亶长女”。《魏郑公谏录》卷五里有“皇孙载诞侍宴”一册，记东宫生子后“太宗幸东宫，置酒极欢”，群臣奏称中有“东宫先诞首嫡”的词句。《册府元龟帝王部·褒贤》将此事时间记在贞观十二年三月，从叙事习惯来看，这很像是苏妃为李承乾生下了嫡子。

但是他们夫妻俩的感情，恐怕难说有多好。那个时候史载李承乾宠爱太常乐童（皇家音乐机构的少年员工）称心，“与同卧起”，二人是情人关系。后来称心被李世民怒杀，李承乾非常愤恨，“于宫中构室，立其（称心）像，朝夕奠祭，徘徊流涕。又于苑中做冢，私赠官树碑”，父子关系因此进一步僵化疏离。

李承乾至少有三个儿子，分别叫李象、李医、李厥。其中李象的儿子李适之，在玄宗朝做到宰相，也在那时候把死在流放地的祖父李承乾墓迁回太宗昭陵陪葬。当时李承乾妻苏氏连坟墓棺骸都找不到了，也是“招魂合祔”。记述此事的《唐故恒山愍王墓志铭》昭陵已出土。

平阳公主，她的丈夫柴绍，她的两个儿子柴哲威、柴令武，都是历史实有人物。柴绍于贞观十二年去世，追赠荆州都督，谥号为襄，唐人按习惯会称他为“谯国襄公”。

他的长子柴哲威袭爵谯国公，唐书中只说他做过右屯营将军，受弟弟柴令武夫妇谋反案牵连，一度被流放到岭南，又被重新起用为“交州都督（治所在今越南）”，死于任上。但近年也发现了柴哲威的更多材料，新疆吐鲁番南郊出土了一件唐永徽五年《天山县南平乡令狐氏墓志》，其中记载贞观二十三年九月，柴哲威的职衔为：“使持节西、伊、庭三州诸军事兼安西都护、西州刺史、上柱国、谯国公”，目前资料判断他是有唐以来的第三任安西都护，管辖范围是今新疆至中亚一带。

在韩国，还发现了“柴将军精舍草堂碑”，碑文记载柴哲威于高宗龙朔年间，以“含资道总管”的职务，参与了唐军征服朝鲜半岛的战争。由此可见，在唐高宗时代，柴哲威东征西讨，是很不错的大将，虽然不算太出名，也没辱没他父母的赫赫功绩。

相比之下，他弟弟柴令武较逊色。柴令武娶李世民第七女巴陵公主（显庆中追赠为比景公主），做过太仆少卿、卫州刺史，封襄阳郡公，永徽四年夫妻俩一起卷入与高阳公主及房遗爱谋反案，双双判死。

吐谷浑战争在贞观九年结束，是代国公（后改封卫国公）李靖一生的最后一战。唐朝廷扶持老可汗伏允与隋和亲公主的混血儿子慕容顺，立为吐谷浑新可汗，但是慕容顺汉化太严重，其族人不服，在唐军撤退之后就杀了他。唐朝廷继续扶持慕容顺之子慕容诺曷钵为下任可汗，并封了一位宗室女为“弘化公主”，嫁到吐谷浑去和亲。但这时候吐蕃的势力兴起，其首领就是赫赫有名的松赞干布，他用各种手段占去了吐谷浑故地那片肥美牧场，把诺曷钵和弘化公主夫妻俩赶走，夫妻俩仓皇逃回长安，在唐都城过完了下半生。

李世民的五姐桂阳公主（后改封长广公主），晚年过得并不如意。先是她与前夫生的儿子赵节卷入贞观十七年废太子案，还连累后爹杨师道吃挂落。然后贞观二十一年，杨师道去世，五公主也差不多同时期去世，她与前夫生的姓赵的儿女，和与后夫杨师道生的儿子杨豫之，为争家产官司一直打到皇帝李世民跟前，当舅舅的李世民都觉得丢脸，派长孙无忌去给他们分家。

这还不算完，杨豫之这恶少在守母丧的时候，跟小姨妈永嘉长公主（高祖女）通奸，结果被小姨夫窦奉节当场抓奸，割去他耳鼻，被活生生打死。因这丑闻闹得太大，李世民只能令妹妹永嘉长公主与丈夫窦奉节离婚，对这妹妹也很冷淡。到高宗时期，永嘉长公主改封房陵大长公主，再嫁贺兰僧伽，死后陪葬高祖献陵，有墓志铭可查。

最后，来说说李唐家这些王子公主的命中克星大魔王——女皇帝武则天。

她的母亲姓杨，就是故事中最后一部分所叙述的，隋观王杨雄的亲侄女、唐观国公杨恭仁和五驸马中书令杨师道的堂妹。这位杨氏，按她女儿武则天钦定的史料逝世年龄推算，嫁给武则天生父武士彟做继室夫人时已经年过四十，四十岁前的情况无载。

杨氏嫁给出身低微的并州（今山西太原）商人、唐朝新贵武士彟后，只生了三个女儿，一般认为武则天是第二女。武士彟原配前妻的两个儿子，与继母杨氏不和。武士彟死于贞观九年，当时他在湖北荆州任都督。死后家里开掐，杨氏带着女儿回到长安居住，那年武则天十二岁。

两年后，约在贞观十一年前后，十四岁的武家第二女因“有才貌”“美容止”，被选入宫中，封为才人，终贞观朝未再晋升，无宠无子，并在太宗死后被送入感业寺出家为尼。

但那时候，她已经引起了比她小四岁的新皇帝李治的眷恋留意……

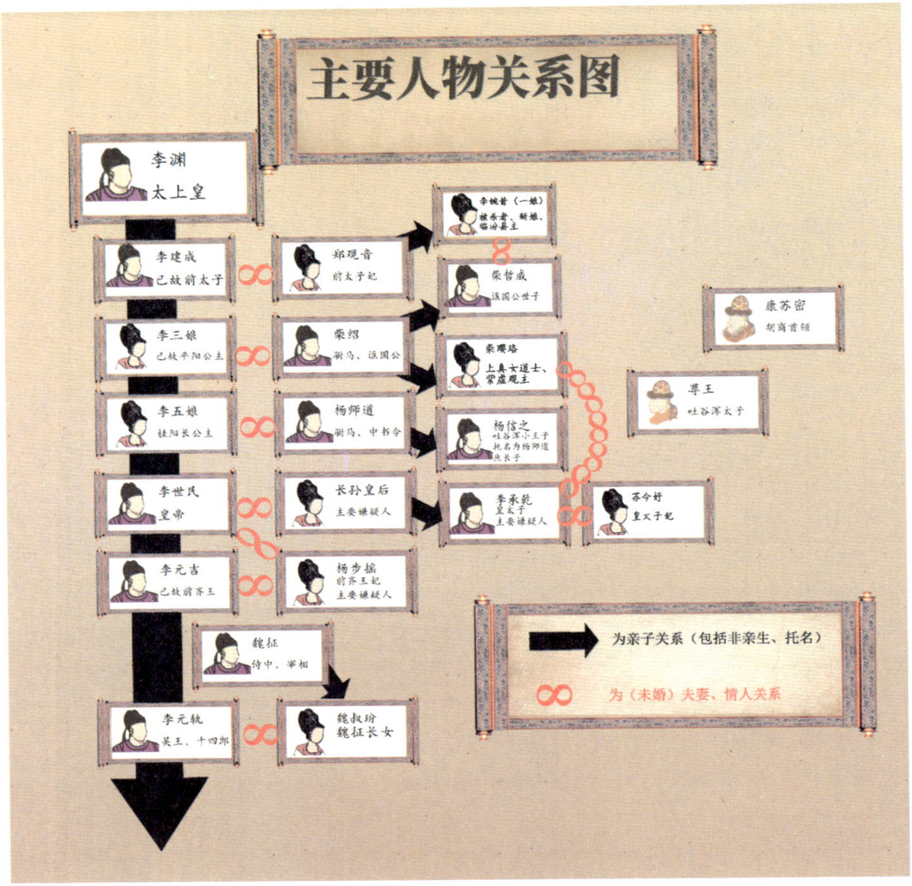
主要人物关系图
李渊
太上皇
李建成
已故前太子
郑观音
前太子妃
李婉昔（一娘）
被杀者、新娘、
临汾县主
柴哲威
谯国公世子
李三娘
已故平阳公主
柴绍
驸马、谯国公
柴璎珞
上真女道士、
紫虚观主
李五娘
桂阳长公主
杨师道
驸马、中书令
杨信之
吐谷浑小王子
托名为杨师道
庶长子
李世民
皇帝
长孙皇后
主要嫌疑人
李承乾
皇太子
主要嫌疑人
苏今好
皇太子妃
康苏密
胡商首领
尊王
吐谷浑太子
李元吉
已故前齐王
杨步摇
前齐王妃
主要嫌疑人
魏征
侍中、宰相
李元轨
吴王、十四郎
魏叔玢
魏征长女
为亲子关系（包括非亲生、托名）
为（未婚）夫妻、情人关系

本书人物关系图

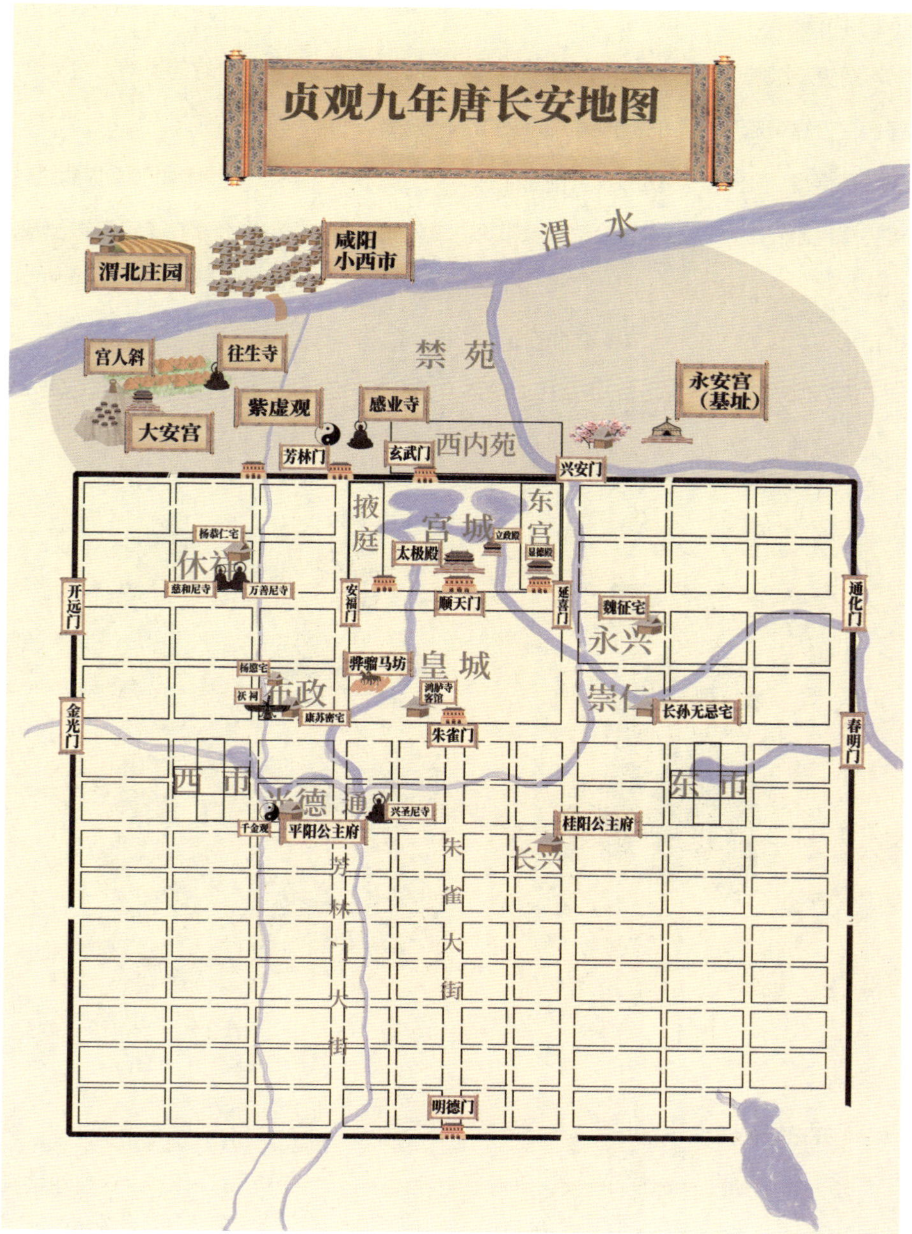
贞观九年唐长安地图
渭水
渭北庄园
咸阳
小西市
宫人斜
往生寺
禁苑
永安宫
（基址）
紫虚观
感业寺
大安宫
芳林门
玄武门
西内苑
兴安门
掖庭
宫城
东宫
太极殿
安福门
顺天门
延喜门
开远门
通化门
魏征宅
永兴
驿骝马坊
皇城
崇仁
长孙无忌宅
金光门
春明门
朱雀门
西市
光德
通
兴圣尼寺
东市
千金观
平阳公主府
桂阳公主府
长兴
朱雀大街
芳林门大街
明德门

贞观九年唐长安城

（1）内侍：

初唐及以前，在宫中任职服侍的并不是只有女性或宦官，也有一定的正常男性士人。唐代主管皇帝起居事务的机构是“殿中省”，下设“尚食、尚药、尚衣、尚舍、尚乘、尚辇”六局，这些机构里的官员都是士人，而且大多是亲贵子弟。比如前文提到过，英公李世勣的长子李震就做过“尚乘奉御”，管理皇帝坐骑，也会经常在皇帝身边出现，算是天子近臣。传阎立本所作《历代帝王图》里，有不少穿笼冠大袖服长胡子的天子近臣形象，比如图 1隋炀帝身边的两个。

图2是国家博物馆展出的唐章怀太子墓迎宾壁画局部（复制品），可见他们头戴的“完全遮住两腮和小半张脸的”的笼冠，这一套装扮，遮掩效果还是不错的。

图 1

图 2

（2）齐王妃杨氏：

李元吉妃杨氏为杨师道侄女，小说设定她被送到“慈和尼寺”休养，这座尼姑庙的地点出自《唐两京城坊考》。隋唐京师休祥坊东南隅有万善尼寺，寺西昭成尼寺。关于昭成尼寺的沿革变迁，《长安志》记载“隋大业元年，元德太子为尼善惠、元懿立为慈和寺，永徽元年废崇德坊之道寺，乃移额及尼于此寺。先天二年又为昭成皇后追福，改为昭成寺”。书中的故事发生在贞观九年，因而这座寺的名称还是慈和寺。

（3）娜娜女神：

原本是古代两河流域南部最古老的神祇之一，即万神殿的丰育女神阿纳希塔（Anahita)，后来这个神被多种宗教吸纳尊奉，粟特火祆教称为“娜尼亚”或“娜娜”（Nana），对丝绸之路的考古屡次发现她的形象。在中亚古代艺术中，娜娜女神的明显标志是和狮子一同出现，有时会有四臂执日月的形象。安阳北齐墓中石棺床就有此形象，女神下方还特意刻上了两个狮子头。具体考证可参考姜伯勤《中国祆教艺术史研究》。

（4）咸阳桥：

前文说过了咸阳桥和渡口的历史变革，现在继续说一说唐朝对桥梁的管理制度。在古代的很长时间内，全国各地的主要道路、大型桥梁码头、战略要地、大小城镇等都设有关卡，一方面是为了盘查可疑人员，进行安检；另一方面则是为了时不时进行雁过拔毛式的收税。这种关卡，内地一般统称为“关津”，也是经常在各朝政令里出现的一个名词。

至于具体怎么管理桥梁，《唐六典·卷二十三·将作都水监》载：“诸津：令一人，正九品上（《列女传》有道津吏女，自后无闻。晋令：“诸津渡二十四所，各置监津吏一人。”北齐三局尉皆分司诸津、桥之事。后周有掌津中士一人，掌津渡、川渎之制，而为之桥梁。隋都水领诸津：上津，每尉一人、丞二人；中津，尉、丞各一人；下津，尉一人。每津典作一人、津长四人。皇朝改置令、丞）；丞一人，从九品下（皇朝因隋置。诸津在京兆、河南界者隶都水监，在外者隶当州界）。诸津令各掌其津济渡舟梁之事，丞为之贰。”

咸阳桥是首都对外最重要的交通要道之一，这里设置的津令等官员机构，是全国范围内等级最高的。过桥过关需要“过所”，这种文件我在《唐朝穿越指南》一书里详细说明过。下图中的文物为：唐开元二十年石染典过所，吐鲁番阿斯塔那509号唐墓出土。这是粟特人石染典从瓜州和沙州户曹处领取的商旅通行证，上有瓜州、沙州、伊州三地官员签名和印章。照片由吾友连枝草于 2012年 6月拍摄于由山西博物院、新疆维吾尔自治区博物馆、吐鲁番博物馆共同举办的“天山往事——古代新疆丝路文明展”现场。

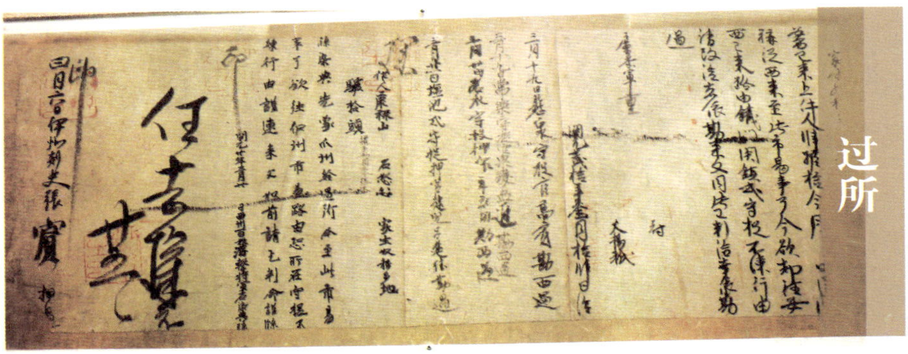

（5）古代医术：

在古代，医术、道术、巫术不分家，大家熟悉的孙思邈，在《千金方》系列著作当中，也特别列出过“飞炼”钟乳等法，到中唐还有人托他的名写过一本《孙真人丹经》，其中的“丹经内伏硫黄法”是世界上最早的黑火药配方。

（6）取火：

在没有盒装火柴和打火机的时候，世界各地最普遍的取火工具就是金属 + 燧石 + 易燃物三件套。中国近古以来，这三样东西的流行名称是“火镰”“火石”“火绒”。火镰后来成为一种单独的常见携带物，大多是弯如镰刀的小钢条，在燧石上击打出火星，用干艾绒甚至涂硫黄的木片纸条等“火绒”接火星燃烧。这套家伙后来的流行，跟明朝以后烟草的流行有直接关系。抽烟的人需要经常点火，又不能总随身带着根燃烛什么的，于是把取火工具做得小巧便携。如果不抽烟的话，并不需要随时取火打火，家里做饭的灶底炭一般能长时间保存暗火，拿根柴去邻居家借个火也比自己打火方便。

唐朝的取火方法，也是以金石相击的“敲火”为主。初唐时朝廷曾下诏让部分官员围一种野外生存武装腰带“蹀躞带”上朝，这种腰带上要挂七种东西，称为“蹀躞七事”，其中就有“火石”，还有“（小）刀子”。小刀子的用途比较多，可以用来割草、割肉、刀背击打火石取火等。

唐人崔玄亮《临终诗》：“暂荣暂悴石敲火，即空即色眼生花。”说的就是击石取火时火星即迸即灭的短暂性。白居易某天跟朋友在外聚饮，也是现打火煮茶：“小盏吹醅尝冷酒，深炉敲火炙新茶。”（《北亭招客》）

（7）筌蹄：

李寿墓线刻

“筌蹄”是南北朝到隋唐间常见的一种高坐具，其实就是“藤编圆坐墩”，中间束细作腰鼓形状。

庄子时代，“筌”为捕鱼的竹器，“蹄”是拦兔的器具，后来筌蹄代指竹编筐篮，又发展为代指像筐篮的坐具，也写作“筌䶵”“筌台”“筌提”等。南朝梁刘孝仪写过《谢东宫赐五色藤筌蹄一枚启》，有“炎州采藤，丽穷绮缛”的字句，注释云：“侯景床上常设胡床及筌蹄”，可见为坐具。这玩意可能是后世高脚坐墩的祖宗。

上图为唐初李寿（也就是本书中提及的“淮安王李神通”）墓石椁线刻《侍女图》描图依次是：从左往右，第一女持夹轼（扶手、凭几），第二女持胡床（马扎子），第三女抱茵褥，第四女持隐囊（软球型靠背），第五女抱的就是筌蹄，第六女持烛台，基本都是与坐具相关的家具。

（8）“……他帐下奴隶流散到各地部落营帐，朝廷下诏，出钱为边地被掳的人口赎身。”

贞观年间，朝廷多次出钱让被游牧民掠走的中原农民回乡安居。武德九年九月（李世民刚登基不久）与突厥的渭水一役后，“令颉利归所掠中国户口”。贞观三年十二月，户部奏言“中国人自塞外来归及突厥前后内附，开四夷为州县者，男女一百二十余万口”。贞观五年四月，“以金帛购中国人因隋乱没突厥者男女八万人，尽还其家属”。贞观二十一年六月，“隋末丧乱，边疆多被抄掠……中国之人，先陷在蕃内者，流涕南望，企踵思归……将物往赎，远给程粮，送还桑梓”。

当时之所以实行此政策，主要是因为大乱后中原人口损耗太多，朝廷急需劳力回来种田交粮当兵。当然，这种政策也有利于宣传皇帝的仁德恩慈，团结人心，而对被抢去做奴隶的人来说，能借此回乡安居，也是十分幸运的事了。

（9）欧阳询：

欧阳询是“初唐四家”之首，他的“欧体”也是所有书法学习者都非常熟悉的字体模板。附图是其名帖《九成宫醴泉铭》，由魏徵撰文、欧阳询书写刻碑……然而这位老先生书法虽然绝妙，相貌却比较吓人……

《旧唐书·列传第一百三十九》说欧阳询“貌甚寝陋……高祖微时，引为宾客。及即位，累迁给事中。询初学王羲之书，后更渐变其体，笔力险劲，为一时之绝。人得其尺牍文字，咸以为楷范焉。高丽甚重其书，尝遣使求之。高祖叹曰：‘不意询之书名，远播夷狄，彼观其迹，固谓其形魁梧耶！’”

这是李渊拿着欧阳询的长相开玩笑，说看他字那么好看，还以为人也长得高大雄伟呢。由此可知欧阳老爷子身材是较瘦小的，至于脸长得什么样，贞观年间他曾经和胖子长孙无忌写诗互嘲，长孙无忌说他：“耸膊成山字，埋肩不出头。谁家麟阁上，画此一猕猴。”

这也还算了，之后更有好事者写了篇神怪小说《补江总白猿传》，写欧阳询的父亲欧阳纥当年南征，妻子为白猿精劫走怀孕，生一子状貌如猿猴：“及长，文学善书，知名于时……”这小说名气挺大，算是唐传奇的前期代表作之一。小说作者和写作时代不详，也不知道是不是贞观年间见过欧阳询本尊的人瞎编的。

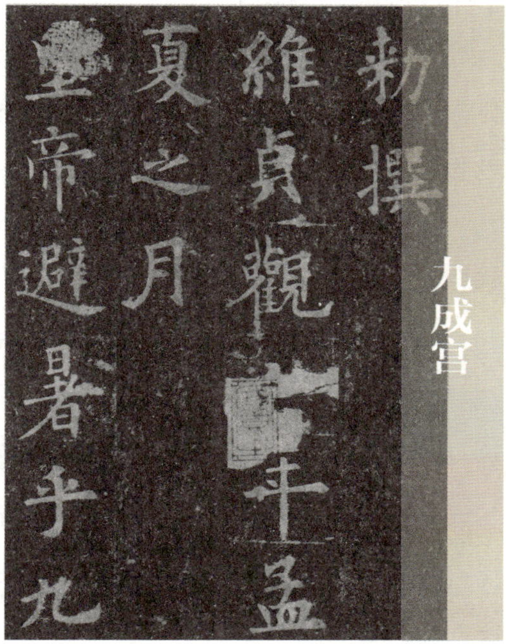

不过欧阳询的个性应该还是挺随和、爱开玩笑的。他留存至今的三首诗里有两首是嘲笑别人的，一首是上面说的和长孙无忌的互嘲诗，说国舅这胖子：“缩头连背暖，漫裆畏肚寒。只缘心浑浑，所以面团团。”另一首是嘲笑宋国公萧瑀射箭不行：“急风吹缓箭，弱手驭强弓。欲高翻复下，应西还更东。十回俱著地，两手并擎空。借问谁为此，乃应是宋公。”

（10）金壶底部的文字：

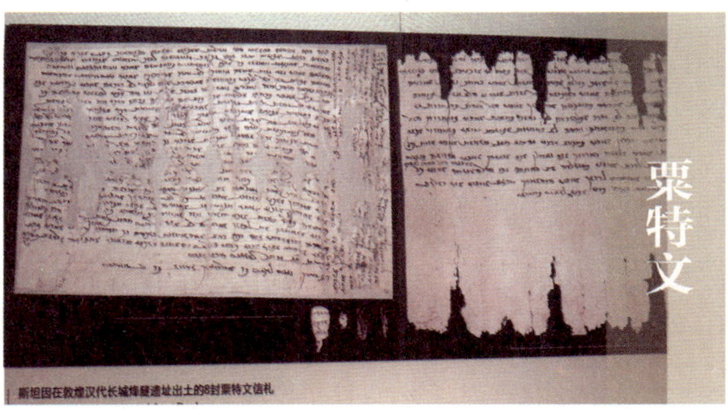

李元轨他们在金壶底部发现的“粟特文”是什么样子的？附一张敦煌出土粟特文书信图（拍摄于敦煌博物馆）。北京大学林梅村教授著

有《中国境内出土带铭文的波斯和中亚银器》一文，介绍了几件带有铭文的银器。据上文，“斯塔特”在国外研究文章里的原词为“stater(s)”，丝绸之路上的粟特胡商使用这个计重单位来标称金银器，1 stater重为 17.08 ~ 17.89克。

（11）魏叔玢喷程咬金的典故：

（1）江充夜入宫室栽赃巫蛊：汉武帝晚年，宠臣江充奉命查巫蛊案，在皇宫里到处栽赃，搞恐怖株连，包括皇后和太子在内的几万人被杀，受牵连者数十万，史称巫蛊之祸。

（2）曹孟德闯宫擒后杀妃：曹操闯进后宫杀汉献帝伏皇后、董贵人的事，见《后汉书・皇后纪下》。

（3)西晋赵王齐王，夤夜入宫收捕贾后：晋惠帝的皇后贾南风，作恶的事不用多说，八王之乱中，赵王司马伦派齐王司马冏夜里闯进皇宫收捕贾南风，贾南风大吵大闹一通也没用，最后是被灌了毒酒而死，但是天下大乱已经没法收拾了。

（12）齐王府护军：

唐开国武德年间的“齐王府护军”，和李世民的“秦王府护军”一样，本来是适应打天下的特殊设置，但是成了王子们的私人武装，直接导致玄武门之变。《新唐书・卷五十五》较详细地记载了这两个王府当时的相关编制。

正常的亲王卫队机构是“帐内府”和“亲事府”，做些保卫、警戒、仪仗等工作。 李世民和李元吉的卫队却多出叫作“左右六护军府”的组织，即左一右一、左二右二、左三右三这六个增设的卫队管理机构。这六个护军府都统率一定数目的府兵，帐内府和亲事府也统府兵但总共不过千人，而左右六护军府统率府兵，总数字约有一万八千。

虽然这一万八千人在非战时应该是轮流到京上岗，但是兵力仍然非常可观。这么多卫士直接听从李二、李四调遣，应该是在秦王府和齐王府附近专门有兵营可驻扎的。

而玄武门之变时宫门内外的火并主力，应该也就是这些人了。

（13）北周末代皇后司马令姬：

文中提到北周末代皇后司马令姬，实有其人，她的姓名、家世、婚姻、年龄均以史书为基础，进而创作的。包括北周后妃的集体出家和出家地点，也依据相关史料记载。周宣帝皇后（隋乐平公主）杨丽华将她的外孙女李静训葬于万善尼寺，这九岁小女孩的墓近代被发掘，出土了一条史上最精致的金项链，非常有名，现藏中国国家博物馆。她的棺椁现存西安碑林博物馆，上刻“开者即死”。

（14）萧皇后：

关于杨广的萧皇后，以前辟过所谓“一生侍奉六位帝王”的谣言，也附过她墓里出土复原的皇后冠照片。小说里设定她晚年回长安后出家为尼，这是没有史料依据的。有依据的是，隋书记载过她出生后被叔父收养。通过她叔父的死亡时间可知萧后年龄比李渊还大，丈夫杨广死亡时她已经年过五旬。萧后墓中还存有她部分遗骸，科学复原的结果是她生前身高一米五左右，是个矮小的老太太，这身高在隋唐可能算是平均值了。

（15）地狱：

道教发展初期，本没有“地狱”的说法，但东汉佛教传入中原以后，南北朝时期佛道二教一边斗争一边融合，相互借鉴了很多东西。到唐代道教的“阴曹地府”体系已经相当成熟，“十殿阎罗”也成型了，而在日常生活中，普通人和佛道专业人士还经常随便借用对方的名词，所以柴璎珞虽然是正式出家的女道士，嘴里蹦出个“地狱”之类的佛教名词也不必惊讶。

（16）行香：

现在影视剧中，无论哪朝哪代，一出现妇女烧香拜佛的镜头，就是手握一把线香，点着后磕完头往香炉里插，然而“线香”是明朝才出现的，之前古人“行香礼佛”，都是要手里端着香炉，或者持着一种专用香炉的长柄，在佛前行礼。

（拍摄于敦煌博物馆）

另有一种常用的供养物是鲜花。

敦煌壁画《都督夫人礼佛图》中的夫人就是捧着小香炉，她身后的女儿则手持鲜花。

（拍摄于敦煌博物馆）

而更常见的礼佛香炉是供养人曹元忠手上这种长柄香炉，供养人执柄尾，免得被烫手。

相关供养图多见于晚唐五代后。北魏石窟里有类似器具形象，敦煌壁画二八五窟的西魏壁画里也出现了疑似执长柄香炉的供养人。

（17）魏家正堂：

唐朝的住宅也算是“四合院”，但和现在的老北京四合院有明显不同。四合院当间，一定要有一座独立的、非常气派的“正堂”，而且常是半露天的。这是主人接待客人、处理家务甚至死后停棺材的最重要地方。决定住宅房价的，也往往不是面积，而是地段以及“正堂”的豪奢程度。作为著名的品德高尚、起居俭朴的大臣，魏徵家这正堂，似乎一直没盖起来。

魏徵生前，李世民几次说我帮你修修房子吧，魏宰相都拒绝了。等他病得快死了，李世民一想这事不行，死后魏徵的棺材要在正堂上停灵，要接受皇帝、百官、外国使者的致礼，屋子太差，丢的是朝廷的脸面，于是将自己修宫室的工程停了，抽出建材在魏徵家赶工，五天盖成了一座像样的正堂，魏徵这才能“寿终正寝”。

魏家的这座正堂，保存了近百年，到唐玄宗开元年间，家人不小心失火，把屋子烧毁，惹得朝野震动，魏家子孙哭丧三天自责不肖，当朝名士也都来吊慰。又过了不到百年，魏家穷得卖掉了这座宅院，宅院变成了九户人家居住的大杂院。有位很富有的外地节度使得知此事，提出自己出钱买回这座宅子给魏家，但得知此事的白居易上表给皇帝，建议由朝廷出钱来办，可以和藩镇争夺声望值。皇帝唐宪宗同意了这个建议，出二百万私房钱买回魏徵旧宅，还给了魏家后人。

（18）羊叔子：

长孙皇后提到的羊叔子，即魏晋名臣羊祜，他晚年是晋吴交锋的前线负责人，虽然没能攻克东吴，但是以德服人，双方皇帝百姓都对他十分敬重。他的名言是“天下不如意，恒十居七八”。

（19）獬豸：

獬豸（xiè zhì）是传说中的神兽。狭义指大理寺刑部御史台等法律专业官员，泛指包括以直言进谏闻名的大臣们。我国土产独角兽，杨孚《异物志》：“东北荒中有兽，名獬豸，一角，性忠，见人斗则触不直者，闻人论则咋不正者。”《文选》注：“獬豸，似鹿而一角。人君刑罚得中，则生于朝廷，主触不直者。”案件双方在朝中辩论时，獬豸能用角指向无理的一方，甚至直接顶死对方。所以传说中帝尧的刑官皋陶就养了头獬豸，让宠物替自己干活。古代“獬豸”代表执法公正，法律官员戴的帽子又称“獬豸冠”。上图为甘肃省博物馆藏酒泉下河清出土汉代铜獬豸。

獬豸

（20）辰锦流晖丹：

《太清石壁记》载外丹方诀数十种。其中有“艮雪丹方”条：“一名水银霜丹，二名流珠白雪丹，三名流汞素霜丹，四名玄珠绛霜丹，五名太阳红粉丹，六名飞虹化药丹，七名朝霞散彩丹，八名夕月流光丹，九名辰锦流晖丹，十名凝阶积雪丹。”材料有“锡十二两、鸿霜一斤、特生誉石一斤、绛矾石一斤、朴硝五两、太阴玄精六两、盥一斤、白盐一斤”。疗效据说“研极细，以枣肉膏和

紫英和白英

为丸，如麻子大，一服四五丸，加至六七丸，万病皆愈”……千万别信，这些丹药大多都是毒药，吃了不暴毙算是运气好的。

附图是陕西历史博物馆展出的何家村出土唐代炼丹原料琥珀、紫英、白英，以及盛放贵重药材或成品丹药的“鎏金鹦鹉纹提梁银罐”。

（21）斩衰丧服：

斩衰（zhǎn cuī，亦作“斩缞”）丧服，这是“五服”当中最重的一种。用最粗的生麻布制作，断处外露不缉边，丝丝缕缕到处都是线头的效果。一般头上也要裹粗麻布，用麻绳做腰带，手里拄“苴杖（为父）”或“削杖（为母）”。《礼记·丧服小记》：“苴杖，竹也；削杖，桐也。”

（22）脸容覆上黑绢红里的面衣：

从《周礼》的时代起，我国就有给死者脸上盖东西的风俗，秦汉前称为“幎目”，《仪礼·士丧礼》：“幎目，用缁，方尺二寸，赪里，著，组系。”先秦贵族往往用玉片在丝织物上

缀出五官形状，没钱的庶人则在五官部位剪开口，及至唐时，一般都是剪开口了，通称为“覆面”“面衣”。

《元陵仪注》：“帛巾一，方尺八寸……著明衣裳，以方巾覆面，以大敛之衾覆之。”

上图为青海都兰热水大墓出土的唐代“红地连珠鸟纹锦覆面”，有较重的丝路游牧民风格。

（23）露布：

“露布”在唐代大多代指“军事捷报”，形式场面跟我们在影视剧里常见的那种不大一样。现在一说“奏捷”，大部分人都觉得是皇帝或朝廷官员正上朝办公，外面跑进一个使者，送上一封信，信封上写“捷报”，皇帝命人拆念，一听大捷，举座欢庆。其实中古最具代表性的“露布报捷”，比这个要隆重复杂。

“露布”，顾名思义，是一块很长很大的布帛丝织品，上面写明这次战役的战果、简要经过、功臣等，挑在一根高竿上，派人举着护送，从战场往都城一路举过来，往往还伴随着敲锣打鼓等场面。所以每到一处市镇人群聚集地，官军打了胜仗的消息就会飞速传开，这也正是朝廷和将军们想要的效果。

这块“露布”到京城以后，朝廷还要举行专门的“宣露布礼”迎接，召集朝臣和国宾等出席仪式，场面规模很大，并不只是送一封信拆开那么简单。

（24）抱腰扶几：

抱腰扶几，这个小家具是通行两千多年的必备家具。简单地说，当人们在床、榻、炕一类大平面上坐着的时候，无论是跪坐还是盘腿坐，时间长了腰都累，于是需要扶靠这么个东西来转移重心。

传世名画《步辇图》中的唐太宗李世民扶了一个横几，也是起这作用的。

另一张图是南京六朝博物馆复原的中古家具，床榻上的漆木器就是“圈足抱腰扶几”，或称“隐几”。（拍摄者：萧牧之）

（25）十七长公主的婚姻和排行：

古人轻视女性，相关史料向来很少。《新唐书》专门列了一章“诸帝公主传”，已经算不容易了，但里面记载的大部分唐代公主也是没名字的，连太平公主这样的都未记载。在开头“高祖十九女”那部分记载里，从上至下数，排在第十七位的是“馆陶公主，下嫁崔宣庆”，似乎十七公主应该是这一位才对。

但是据吾友江霏雨的考证，末尾的十九女常乐公主，排行记载有些问题。她原文：“《旧唐书》《唐会要》明确记载常乐是高祖第七女，《新唐书·公主传》把常乐列为高祖第十九女，误。”

常乐公主后来有些故事，她女儿曾是唐中宗李显正妻，本来能当皇后的，却得罪了武则天被活活饿死，之后常乐深涉李唐宗室起兵对抗武氏，兵败被治重罪。估计是这个原因，她被排在了最后以方便史家叙事，李渊女儿的排行由此错乱。

那么倒着数，原列十八位的安定公主（这也是有故事的）才是第十九位公主，原列十七位的嫁崔宣庆的馆陶公主是十八公主，十七公主是原列十六的“临海公主，下嫁裴律师”。她在史书上只有这么九个字记载。

（26）唐朝雨衣：

唐朝人穿戴的“雨衣”是什么样子的,目前能看到的形象资料不多。敦煌壁画的“雨中耕作图”，可以看到农夫下地干活时戴了斗笠避雨。当然，皇室贵族的雨具应该会更豪华精致些。不过一直到清，像《红楼梦》里的描写，大宅门贵族公子小姐穿戴的雨具仍然是以斗笠蓑衣为主，估计这方面的变化应该不大。

关于初唐的相关文献也有几处提到“雨衣”。比如，《资治通鉴》载贞观十九年下，李世民亲征高句丽时，“亲佩弓矢，手结雨衣于鞍后”。虽然不知道这雨衣的材料形制，但是可以得知，战士出征时是习惯把雨衣系在马鞍后面的。

又《唐语林》有一条：“谷那律，贞观中为谏议大夫，褚遂良呼为‘九经库’。永徽中，尝从猎，途中遇雨，高宗问：‘油衣若为得不漏？’对曰：‘能以瓦为之，不漏也。’意不为畋猎。高宗深赏焉，赐帛二百匹。”可知皇帝的雨衣又称“油衣”，个人猜测是用厚重衣料涂油以避水的。

（27）李渊职务：

李渊早年在隋做官，职务辗转在唐书本纪里多有记载。《全唐文》里还收录了一篇李渊的《草堂寺为子祈疾疏》，原文：“郑州刺史李渊，为男世民因患，先于此寺求佛。蒙佛恩力，其患得损。今为男敬造石碑像一铺，愿此功德资益弟子男及合家大小，福德具足，永无灾鄣。弟子李渊一心供养。”

李渊大业初年在郑州（后改回荥阳郡，两个地名是一个地方，离现在的河南省会郑州不远）做地方官时，是把次子带在身边的。前文说过，血玉鞢的参考原型是河南安阳妇好墓里出土的玉鞢，文中说血玉鞢是“洪水冲坏了几座殷商王墓，流出来的陪葬礼器”，是设定在安阳其他商王墓里还有相似的礼器，在隋朝时流出墓葬，辗转到郡城内，又被献给了李渊。

(28)永安宫：

永安宫只有地基，熟悉唐史的朋友都知道，就是后世鼎鼎大名的“大明宫”。据程大昌《雍录》：“大明宫地本太极宫之后苑东北面射殿也。地在龙首山，太宗初于其地营永安宫，龙朔二年高宗就修大明宫，改名蓬莱宫。”宋敏求《长安志》：“此本苑内观德殿，为三九临射之所，改拆为含元殿也。”

《隋书》中有一些隋文帝杨坚在观德殿进行公开活动的记载，隋和唐初朝廷还很重视“射礼”，《唐朝定居指南》中亦有专章叙述。上图是在2006年大明宫遗址公园含元殿部分修造时拍的照片，当时下着小雨，恍惚有种穿越感，不过唐朝时候不可能用这么坚固整齐的水泥壳子。

(29)围攻长安：

记载围攻长安最详细的史料是《大唐创业起居注》，但并未涉及平阳公主。《旧唐书·列传第八》中，平阳公主的事迹是附在老公柴绍后面的，里面说她：“得兵七万人。公主令间使以闻，高祖大悦。及义军渡河，遣绍将数百骑趋华阴，傍南山以迎公主。时公主引精兵万余与太宗军会于渭北，与绍各置幕府，俱围京城，营中号曰‘娘子军’。京城平，封为平阳公主，以独有军功，每赏赐异于他主。六年，薨……”从行文来看，在“围京城”的过程中，她是有自己的一套机构班子（幕府）和独立军营的。

(30)李世民在禁苑测试军事器械：

第五章所重点描写的李世民在禁苑里偷着测试的军事器械，在几年以后唐军攻打高昌时起到了重要作用。《旧唐书·列传第十九》侯君集的传记记载，他作为主帅带兵去平高昌时“先是，大军之发也，上召山东善为攻城器械者，悉遣从军。君集遂刊木填隍，推撞车撞其睥睨，数丈颓穴，抛车石击其城中，其所当者无不糜碎，或张毡被，用障抛石，城上守陴者不复得立。遂拔之，虏其男女七千余口，仍进兵围其都城。……智盛犹不出，因命士卒填其隍堑，发抛车以攻之。又为十丈高楼，俯视城内，有行人及飞石所中处，皆唱言之，人多入室避石。……智盛失援，计无所出，遂开门出降。”

基本上，这就是唐军用当时最先进的武器去击溃敌国了。史料中提到的主要器械有撞车、抛车石、巢车（即“十丈高楼”）。那一句“俯视城内，有行人及飞石所中处，皆唱言之”，字面意思，似乎只是让巢车上的人实时向自己阵内报送攻击成果、鼓舞士气。也有人认为这是“报坐标引导抛车石（砲车）瞄准”的技术，小说也是依此设定的，但当时是否会有那么先进的技术，个人存疑。这几种军事机械，此后也长期流传使用。宋代《武经总要》里有一些插图，可以大致看一下它们都长什么样子。

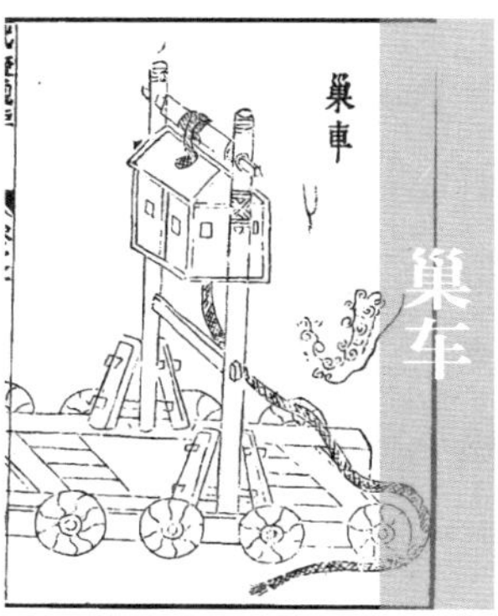

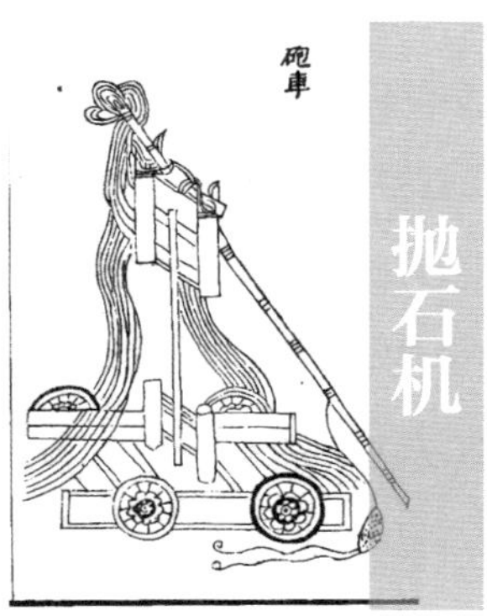

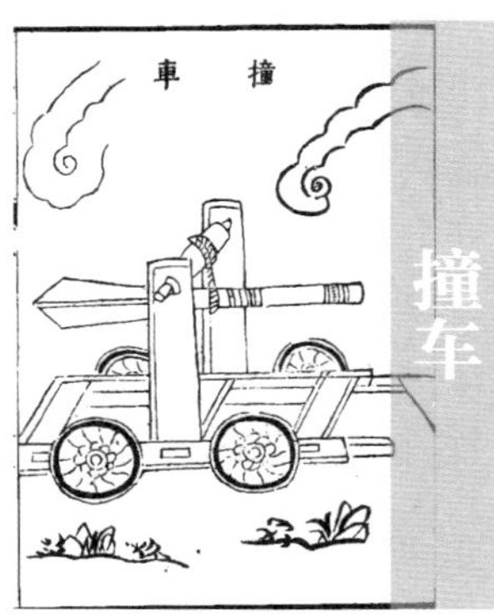

(31)皇帝穿戴：

贞观年间，皇帝日常的便装是以“赭黄袍和十三銙玉带”为主，但是这一身跟现在影视剧里各朝皇帝无论什么场合都披挂着的明晃晃黄底各色大龙纹的“明黄龙袍”差异很大。

在唐朝，皇帝的“黄袍”是日常便装，约等于现代人平时穿的T恤、牛仔裤，或者更确切点说，约等于夹克外套 +高腰裤。这一套衣服的外形轮廓，跟臣民百姓的日常便装没有区别，区别只在材质和配饰细节上。而具有皇帝“工装”“制服”性质的那十几套冕服、朝服、公服，也没一套是“黄袍”，主色调大多是黑、红、白。

“制服”穿着非常麻烦，行动非常不便，所以隋、唐两朝皇帝都是穿常服便装出席普通朝会及办公的。而这常服以“赭黄色圆领缺胯袍”为主，大致是隋文帝杨坚带起的节奏，吾友扬眉剑舞对此做过详细考证。

需要强调的有两点：一是隋唐皇帝经常穿、后来渐渐演变成皇帝专用颜色的“赭黄”，或写作“赤黄”“柘黄”，与后世清帝习用的“明黄”色差很大，赭黄更接近红色。二是在君臣百姓都可以穿一样颜色的黄袍时代，能明显显示出皇帝身份的，是他腰间系的“十三銙玉带”。这种腰带的样式也跟允许大臣戴的相差不多，主要区别是在“銙（方块下面吊着的小圆环）”的数量。下图是扬州隋炀帝墓出土的“十三銙玉带（皮质或织物已腐）”，因为年代相近，可以认为李世民平时常用的腰带跟这个基本一样。

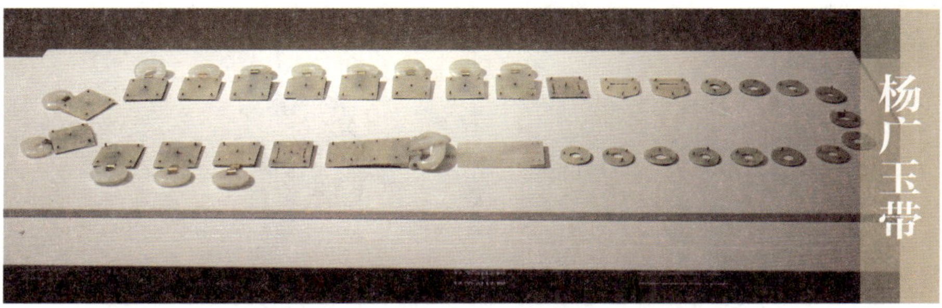

现代人经常见到的那张“唐太宗像”（故宫南薰殿旧藏），沈从文先生早考证过身上的衣服是明朝风格的。如果其他不变，按现代考证的结果调整一下人像的衣饰，

使之更接近于李世民时代的风格，那么该是如左下图这种样子。

另外，说李世民为父亲李渊守孝时“一身白麻裹头斩衰素袍”，这个我也略有疑惑，按两唐书服制的相关记载，皇帝有一套专门的孝服“白帢、白纱单衣、乌皮履”，孙机先生考证“白帢”应近似阎立本《历代帝王图》里陈文帝头上戴的这个（见右下图）。

疑惑之处在于，《旧唐书》说“白帢，临大臣丧则服之”，《新唐书》说是“临丧之服也”，这种表述，更像是“上对下”，以领导身份去慰问别人家丧事的时候穿的。唐高宗初年，长孙无忌等大臣又对皇帝的临丧衣服有过一番争论：“无忌等又曰：‘礼，皇帝为诸臣及五服亲举哀，素服。今服白帢，礼令乖舛。且白帢出近代，不可用。’乃改以素服。”

总的来说，按当时的礼制，如果设定皇帝为臣下吊孝与为自己亲爹太上皇守孝穿一样的衣服，不太能说得过去。所以此处仍然按一般通行的规矩，让陛下穿了守孝子的斩衰素服。

（32）唐朝的床：

初唐及以前的“床（牀）”代指家具，相较现代，类别更广泛，功能也更多。在贞观年代，“椅子”仍然不是常见的家具，当时很流行地上放一张巨大的像矮脚桌子一样的“床”，可坐可睡可放东西，功能接近于现代北方农村家中的“炕”，只是初唐的床可以移动，更方便些。图片资料可以参考《北齐校书图》里的这张大床，直接盘腿坐在上面也行，上面再放个胡床（马扎子）坐也行，坐在床边垂着腿也行。夏夜院里放这么一张竹床，躺卧乘凉、坐着聊天都是很舒服的。

（33）蟹爪汤、香豉汤：

出自孙思邈《备急千金要方·卷二妇人方上·妊娠诸病第四》：

“蟹爪汤：……蟹爪一升，甘草、桂心各二尺，阿胶二两。上四味咀，以东流水一斗煮取三升，去滓，纳胶烊尽。能为一服佳，不能者食顷再服。若口急不能饮者，格口灌之，药下便活也，与母俱生。若胎已死，独母活也。若不僵仆，平安妊娠无有所见。下血，服此汤即止。或云桂不安胎，亦未必尔。”

“香豉汤：治半产，下血不尽，苦来去烦懑欲死方。香豉一升半，以水三升煮三沸，漉去滓，纳鹿角末一方寸匕，顿服之，须臾血自下。”

（34）洗三：

即在婴儿生下第三日，进行小范围内的公开抱出展示并洗澡。当然这个日期可以根据实际情况来定。这个风俗唐朝时兴盛，在皇室里也非常流行，一直到近代许多地方还保留此风俗。最有名的故事是杨贵妃收安禄山当干儿子以后，“后三日，召禄山入内，贵妃以绣绷子绷禄山，令内人以彩舆舁之，欢呼动地。玄宗使人问之，报云：‘贵妃与禄山作三日洗儿，洗了又绷禄山，是以欢笑。’玄宗就观之，大悦，因加赏赐贵妃洗儿金银钱物，极乐而罢”。

这种洗澡，其实更接近于一种仪式和娱乐，澡盆里除热水以外，还要放很多香药以及首饰玩物。孙思邈《备急千金要方·卷五上少小婴孺方上》称：“儿生三日，宜用桃根汤浴，桃根、李根、梅根各二两，枝亦得，咀，以水三斗煮二十沸，去滓，浴儿，良，去不祥，令儿终身无疮疥。”

（35）戏场：

初唐的“戏场”，并不是现在“古装剧”里经常出现的那种——搭个高台，演员们分生、旦、净、末、丑穿上戏服勾上脸，扮演各自角色咿咿呀呀唱演故事。这种形式的“戏剧”出现不会早于宋朝。在唐朝，佛寺和道观里的“戏场”，经常演出的是歌舞、杂技、俳优滑稽剧、参军戏，还有和尚道士们传教性质的“俗讲”。下图陕西历史博物馆展出的唐代说唱俑展现的就是以“讲故事”为主的演艺形式，说书人在同

陕博唐说唱俑

国家博物馆西安鲜于廉墓出土参军戏俑

伴的音乐伴奏下连说带唱。这也许是后世“大鼓书”之类曲艺形式的先祖。

左图国家博物馆展出的绿釉唐俑，这两个人可能是在演“参军戏”，形式有点像后世的“对口相声”，两演员一个称为“参军”，另一个称为“苍鹘”。

（36）鎏金缠枝纹银球香囊：

这是很著名的唐代文物，在何家村、法门寺等地都有出土。香囊外部由两半球组成，上下球体间有活扣可开启，以合页相连。球内两层双轴相连的同心圆机环内装有香盂。球外有银链一根，用于悬挂或系带。受重力和活动机环的作用，无论球体如何转动，香盂始终保持平衡状态，点燃时火星不会外漏，烧尽后香灰也不至于撒落出来，设计非常巧妙。香囊外壳通体镂空，便于香烟逸散。图为作者自购的仿制品。

银香囊

(37)成纪故城:

原型即甘肃省今瓜州县境内的“锁阳城”,全国重点文物保护单位,是我国目前保存最为完好的汉唐古城之一。我与友人实地探访过,图 1大致能看出内城古城墙的规模范围,以及城内的部分院落建筑基地。图 2、图 3都是保存较完好的城门和瓮城部分,夯土痕迹清晰,这么厚重高大的残墙,下面搭建筑还是比较能挡风保暖的。

这座城,在唐代是西北“瓜州”的县治所在。因为离得近,敦煌文献里也经常提及。瓜州东千佛洞(榆林窟)的壁画,保存良好、画风精美、价值极高,目前最早的有孙大圣的玄奘西游故事壁画就在这里。历史上的玄奘取经,还真的经过这座古城,在此说法一个月左右,不过那是贞观元年的事。贞观九年,玄奘应该已经到了印度,在那烂陀寺修行精进中。

图 1

图 2

图 3

(38)义仓:

贞观经济史当中很重要的一个设置,立于贞观二年。当时朝廷考虑,水旱凶灾造成农业收成不稳定，大乱之后户口凋残，百姓家里大多也没有储蓄抗灾。所以由朝廷出面，在各地设立管理仓库，半强制要求田主们每年每亩地向仓库交纳二升粮食（并不算多）。这个“义仓”存粮专门用于凶年赈济当地饥馑，一开始管理得还比较严格，《旧唐书·卷四十九·食货下》：“自是天下州县，始置义仓，每有饥馑，则开仓赈给。以至高宗、则天，数十年间，义仓不许杂用。其后公私窘迫，渐贷义仓支用。自中宗神龙之后，天下义仓费用向尽。”

国家博物馆展出北魏执盾陶武士俑

（39）古代步兵：

古装影视剧里无论什么兵种，都手持小圆盾牌比画（骑兵用那种盾还行）。实际上，在中古时代，步兵——特别是穿着严密甲胄的重甲步兵——使用的盾牌大多是长方形的竖条，很高，下面可以拄地，上面有的有尖顶，具有一定的攻击性。如右图国家博物馆展出的北魏武士俑。

胡旋舞

（40）胡旋舞：

这是唐代最有名的外来异族舞蹈之一，整个唐代都很风行。胡旋舞的舞姿在陶俑、长安和敦煌壁画上都有表现，附图拍摄于敦煌博物馆，都是敦煌壁画里的胡旋舞。胡旋舞比较有代表性的标志是舞者站立在一块小毯子上原地旋

转，讲究“左旋右转不知疲，千匝万周无已时”，但脚步始终不出毯子。

李唐皇室成员大都有歌舞艺术技能点。贞观四年李靖攻灭颉利可汗后，君臣大宴，太上皇李渊自弹琵琶，皇帝李世民下场跳舞，这个事迹很多人知道。

李渊一个小女儿淮南公主，据她的墓志记载，是个音乐神童，三四岁听人弹琵琶，就能拨弄出曲调，李渊特意叫著名音乐家王长通入内宫教她弹曲子，“二日便了，神尧（李渊）对妃嫔看弹，一无错”。太平公主在少女时期，也“紫衫、玉带、皂罗折上巾，具纷砺七事（即穿男装），歌舞于帝后前”。更壮观的一个王子公主歌舞场面，是武则天当政时期，开宴会时，她的孙子孙女们群起歌舞祝寿。事情记载于《大唐代国长公主碑》，代国长公主是唐玄宗的妹妹，名李华。

碑文云：“初，则天太后御明堂宴，圣上（指玄宗李隆基）年六岁，为楚王，舞长命（阙三字）年十二，为皇孙，作《安公子》；岐王年五岁，为卫王，弄《兰陵王》……公主年双，与寿昌公主对舞西凉殿上，群臣咸呼万岁。”

（41）吐谷浑之战：

整个故事是以贞观九年唐军吐谷浑之战为背景的，这里集中大致介绍下这一战的主要经过。前文提到过，唐军开局不顺，六道行军有两路军队就没爬到主战场，地理环境险恶，也缺乏民众支持。不过主帅大总管李靖还是跟其他三路李大亮军、侯君集军、李道宗军按原定计划协同攻击，大约在九年三月，推进到青海湖一带，接近吐谷浑首都伏俟城。

这时候吐谷浑可汗慕容伏允慌了，评估自己这边军队战斗力不行，守城无能，野战找死，于是一把火烧掉青海湖周边牧场草原，给唐军制造后勤补给困难，然后自己带人跑掉。

这是吐谷浑人面对北魏、北周、隋等中原军队时惯用的游击战术，知道敌军环境不熟、高原反应强烈、后勤补给困难，要靠天时地利人和耗死拖垮敌军。中原军队不可能常驻下来，迟早要撤军。一撤军，姓慕容的有十天半个月也就带人回来重新当他的可汗了，不耽误什么。

而按照魏周隋等中原军队的惯例，占领了吐谷浑首都伏俟城，也就可以宣布胜利，风光班师了。比如，杨广就是这么干的。唐军这回如法炮制，其实也不是不行，侯君集此时也提过类似的建议。不过主帅李靖不甘心，可能也觉得回去面对李二陛下哄弄不过去，怕李二削死他，于是经过一番火力侦察，李靖把唐军分成北路、南路两支，向两个方向追击。吾友苍野做过两张行动路线卫星图，图中绿色和红色线是李靖李大亮的北路唐军，黄色线是侯君集、李道宗的南路唐军。

先说南路军，由侯君集、李道宗两人率领，一路向南打，爬大雪山，从 3000多米的地方一口气爬到 5000米，经过两千里无人地带，满地都是终年不化的积雪，找不到水喝，人吃冰，马饮雪，就这么着还跟当地的强大吐谷浑部落掐架，硬生生把人家给打残了，生俘其首领……最后两人发现，欸，好像方向错了，确定吐谷浑可汗没往这边跑。怎么办呢？反正也到了以前汉人从来没到过的地方，不如咱们改行当个追求科学真理的探险家，探一探黄河源头吧。

《旧唐书·侯君集传》载：“（南路军）历破逻真谷，逾汉哭山，经途二千余里，行空虚之地。盛夏降霜，山多积雪，转战过星宿川，至于柏海，频与虏遇，皆大克获。北望积玉山，观河源之所出焉。乃旋师，与李靖会于大非川，平吐谷浑而还。”

南路军是往高处爬，北路军是往远处追。伏允可汗虚晃一枪，其实是往西面的塔克拉玛干沙漠逃过去了。看地图上那条长长的红线，那就是北路军李大亮部追击他的路线。当时六十五岁的老将李药师打完敌军主力以后自己坐镇伏俟城，派李大亮及薛万均兄弟、契苾何力等人率军在青藏高原上横行五六千里，一直追过柴达木盆地（也是沙漠，盆地西北就是著名的罗布泊），到了中国第一大沙漠塔克拉玛干。伏允走投无路逃进沙漠里去，唐军的指挥官薛万均都动摇想收兵了，刚刚投唐不久的铁勒王子契苾何力不干，带兵入沙漠，和南路军一样，也是找不到水喝，沙漠里当然也没冰雪，这帮狠人就喝马血解渴，最终是追上吐谷浑王逼得他上吊了事。

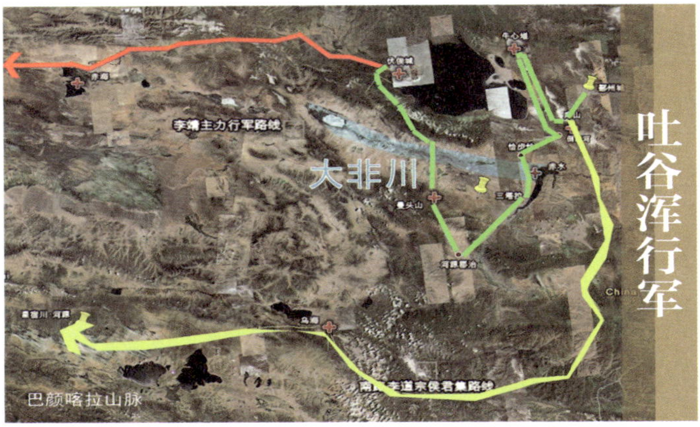

（42）程咬金继室夫人崔氏：

根据昭陵出土《程知节墓志铭》，程咬金的继室夫人是出身“清河崔氏”，高宗显庆三年十二月二十一日死于怀德坊家里（程本人和他前后两位正妻都死于此处，应该是他国公府正宅，一直没搬过家），时年六十七岁。那么这位崔夫人当生于隋开皇十二年左右。唐贞观二年，程咬金原配孙夫人逝世，如果崔夫人在之后才嫁进程家，与程大将军结婚时她至少 35岁了，不知是否初婚。与程咬金做了三十年左右夫妻后她去世，又过了六年，程咬金也以七十七岁高寿逝世，与崔夫人一起合葬陪附昭陵。算下来，程咬金比原配孙夫人大七八岁，比继室崔夫人大三四岁。

（43）关于武德、贞观两朝的“文学馆”与夺嫡之争：

唐开国武德四年，秦王李世民建立了一个“文学馆”，收拢“十八学士”。后来到贞观中期，李世民又命爱子李泰也建了一个“文学馆”，招文人帮他编成了《括地志》等著作。这是史实，无可置疑。问题是，如今很多网文，以及一些学术专著，都拿这个做文章，脑洞开得有点大了。

比如很久以来，秦王府文学馆就被说成是为李世民夺嫡出谋划策的“智囊团”。但是看相关史料原文，比如《资治通鉴·唐纪五》武德四年条：“冬，十月，以世民为天策上将……世民以海内浸平，乃开馆于宫西，延四方文学之士，出教以王府属杜如晦、记室房玄龄、虞世南、文学褚亮、姚思廉、主簿李玄道、参军蔡允恭、薛元敬、颜相时、咨议典签苏勖、天策府从事中郎于志宇、军咨祭酒苏世长、记室薛收、仓曹李守素、国子助教陆德明、孔颖达、信都盖文达、宋州总管府户曹许敬宗，并以本官兼文学馆学士，分为三番，更日直宿，供给珍膳，恩礼优厚。世民朝谒公事之暇，辄至馆中，引诸学士讨论文籍，或夜分乃寝。又使库直阎立本图像，褚亮为赞，号十八学士。士大夫得预其选者，时人谓之‘登瀛洲’。”

这十八位学士，都是当时名闻天下的文化人，出身于或者熟稔各大世家高门，熟悉士族门阀社会的游戏规则。但是除了房、杜两位核心谋士外，其他十几位基本上都是外围学者型，他们的资源是自己的社会名望、人际交友关系。

在动不动就推倒洗牌的几百年乱世里，各地基层政权相对无力，掌握社会资源的是这些世家门阀。十几位有代表性的“学士”进入李世民的朋友圈，可以说为他夺嫡积累了声望值，也为他掌握政权以后迅速稳定局势、开展社会治理工作打下了很好的基础。可是要将此形容为“出谋划策，教李世民怎么夺嫡”，那似乎差得有点远了。

玄武门之变是一场军事行动，李世民还有一套备选方案是跑到洛阳去拉队伍打内战，这些夺嫡策略都是需要保密的军事计划，他吃饱了撑的才会拿到“文学馆”去跟老夫子们讨论这些……好吧，老夫子们可能会另外出主意教他怎么“和平夺嫡”，就是让李渊主动下旨废太子改立李二，但是这方面的努力是完全失败的，李渊把次子的这种妄想直接掐死了。实在要说十八学士是夺嫡智囊团，那也是失败的智囊团。

正因为“文学馆”和“玄武门之变”并没有直接关系，所以贞观中期，李世民命儿子李泰又开设“文学馆”，也并没有怂恿他夺嫡的意图。

当时李世民的确对长子李承乾有诸多不满，对李泰非常溺爱，很可能也考虑过“太子要不要换”的问题，但是也就一直只停留在“考虑”的层面，没有做任何换太子的前期实际准备工作（比如相关部门的人员调动）。相反，李世民还陆续采取过很多实际措施来巩固太子的地位，比如公开场合表态不会废储，任命声望值最高的大臣魏徵为太子师父，让自己心腹高官的儿子都去东宫任官职侍奉太子（这些二代后来也大都倒霉，吃了挂落）。

直到贞观十七年李承乾自己作死被废前，李世民对李泰始终是：感情上溺爱，给钱给人，支持他对文化事业的追求，可能还有点用以激励长子上进的意图（效果是绝对负面的）。但是这种种表现，在一些喜欢揣摩“厚黑学”“官场文化”的人看来，就被解读为皇帝有意易储了，李泰身边也由此聚集起了一群劝进人士，后来这些人也全部倒霉。其实李世民作为一个强势的皇帝，他要真想换太子，他用得着搞这些暗搓搓的小动作吗？

最后，史料中提到的阎立本画图像、褚亮题赞的《十八学士图》，应该没能传世太久。但是唐以后，“十八学士”是历代画家都很喜欢的题材。今台北故宫博物院就藏有多卷宋元明清版本的《十八学士图》，其中影响力较大的一幅，是宋徽宗赵佶御笔画题，有蔡京跋的《唐十八学士图》绢本（又名《唐人文会图》）。画中人物穿戴和家具气氛都是宋以后的样式了。

学士

（44）肩舆：

陈宣帝肩舆

是后世人力轿子的前身，又有“步辇”等名称，就是传世名画《步辇图》里唐太宗坐的那个工具。传阎立本作《历代帝王图》里，陈宣帝也坐着几乎一样的步舆。

他们的坐具规格还比较高，常见的等级最低的肩舆，即一前一后两个人抬，略似四川等地至今还有的爬山“滑竿”。

（45）蕃客锦袍：

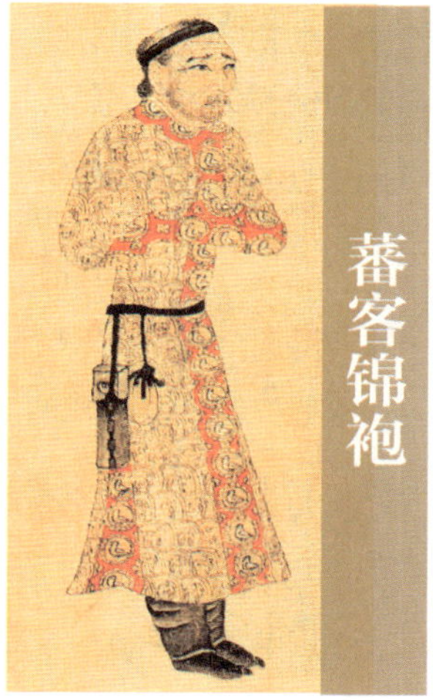

从王子密使升级为国使的吐谷浑阉宦弥奴，身穿“蕃客锦袍”，这个据现代学者考证，就是《步辇图》里禄东赞这一身衣服的样子，见右图。

天宝年间广陵郡（今扬州）的贡物有“蕃客锦袍五十领、锦被五十张、半臂锦百缎、新加锦袍二百领”，可见唐域内有专门为赏赐外蕃使臣制作的衣料。张勤的《丝绸之路上唐朝的纺织品运销及相关问题探研》中写道：“吐鲁番唐墓出土纺织品中也有不少与上述‘蕃客锦袍’纹样相似的联珠纹织物，其基本纹饰为联珠圈内有对鸟、对兽、人物等，圈外有辅花。这种联珠纹主题是当时波斯萨珊艺术的特色，然而一部分出土联珠纹织物的图案和织法上也具有中原汉地风格，极有可能产自内地，其中一些高档纺织品甚至可能出自唐廷内库。”如图是吐鲁番阿斯塔那唐墓女俑身上的锦半臂（半袖），可以看到衣料图案与步辇图禄东赞锦袍十分类似。（拍摄者：连枝草）

（46）李承乾身边的突厥卫士：

李承乾身边有大量的突厥卫士或扮作突厥人的卫士，这一点各主要史书都有载。如《新唐书》载：“又好突厥言及所服，选貌类胡者，被以羊裘，辫发，五人建一落，张毡舍，造五狼头纛，分戟为阵，系幡旗，设穹庐自居，使诸部敛羊以烹，抽佩刀割肉相啖。承乾身作可汗死。使众号哭剺面，奔马环临之。忽复起曰：‘使我有天下，将数万骑到金城，然后解发，委身思摩，当一设（鹿注：思摩即阿史那思摩，当时唐朝廷扶立的内突厥傀儡可汗，“设”是领兵高官，近类于有自己领土军队的小王），顾不快邪！’左右私相语，以为妖。又襞毡为铠，列丹帜，勒部阵，与汉王元昌分统，大呼击刺为乐。”

这些史料主要是想证明李承乾品行不端，举止失德。但是考虑到贞观四年塞北打完仗后，李世民将大量投降的突厥贵族安置入朝作为武官，他们的子弟按惯例也会选为卫士，那么当时年龄正十二三岁，处于贪玩好动青春期的李承乾受到身边这些突厥卫士的影响，似乎是说得通的。

（47）十恶不赦：

在唐朝，“十恶”是真正实指的十条重罪：

一曰谋反。谓谋危社稷。

二曰谋大逆。谓谋毁宗庙、山陵及宫阙。

三曰谋叛。谓谋背国从伪。

四曰恶逆。谓殴及谋杀祖父母、父母，杀伯叔父母、姑、兄姊、外祖父母、夫、夫之祖父母、父母。

五曰不道。谓杀一家非死罪三人，肢解人，造畜蛊毒、厌魅。

六曰大不敬。谓盗大祀神御之物、乘舆服御物；盗及伪造御宝；合和御药，误不如本方及封题误；若造御膳，误犯食禁；御幸舟船，误不牢固；指斥乘舆，情理切害及对捍制使，而无人臣之礼。

七曰不孝。谓告言、诅詈祖父母父母，及祖父母父母在，别籍、异财，若供养有阙；居父母丧，身自嫁娶，若作乐，释服从吉；闻祖父母父母丧，匿不举哀，诈称祖父母父母死。

八曰不睦。谓谋杀及卖缌麻以上亲，殴告夫及大功以上尊长、小功尊属。

九曰不义。谓杀本属府主、刺史、县令、见受业师，吏、卒杀本部五品以上官长；及闻夫丧匿不举哀，若作乐，释服从吉及改嫁。

十曰内乱。谓奸小功以上亲、父祖妾及与和者。

也是为了防止各种滥套，现在能看到的《唐律疏议》对这十恶做了较详细的司法解释。各条罪名下，以"【疏】议曰"开头的文字，就是立法者的补充说明，篇幅较长，引用一个对"不孝"这条罪名的解释：

"【疏】议曰：善事父母曰孝。既有违犯，是名'不孝'。

"注：谓告言、诅詈祖父母、父母。

"【疏】议曰：本条直云'告祖父母、父母'，此注兼云'告言'者，文虽不同，其义一也。诅犹祝也，詈犹骂也。依本条'诅欲令死及疾苦者，皆以谋杀论'，自当'恶逆'。唯诅求爱媚，始入此条。

"问曰：依贼盗律：'子孙于祖父母父母求爱媚而厌、祝者，流二千里。'然厌魅、祝诅，罪无轻重。今诅为'不孝'，未知厌入何条？

"答曰：厌、祝虽复同文，理乃诅轻厌重。但厌魅凡人，则入'不道'；若祝诅者，不入十恶。名例云：'其应入罪者，则举轻以明重。'然祝诅是轻，尚入'不孝'；明知厌魅是重，理入此条。

"注：及祖父母、父母在，别籍、异财。

"【疏】议曰：祖父母、父母在，子孙就养无方，出告反面，无自专之道。而有异财、别籍，情无至孝之心，名义以之俱沦，情节于兹并弃，稽之典礼，罪恶难容。二事既不相须，违者并当十恶。

"注：若供养有阙。

"【疏】议曰：礼云：'孝子之养亲也，乐其心，不违其志，以其饮食而忠养之。'其有堪供而阙者，祖父母、父母告乃坐。

"注：居父母丧，身自嫁娶，若作乐，释服从吉。

"【疏】议曰：'居父母丧，身自嫁娶'，皆谓首从得罪者。若其独坐主婚，男女即非‘不孝’。所以称‘身自嫁娶’，以明主婚不同十恶故也。其男夫居丧娶妾，合免所居之一官；女子居丧为妾，得减妻罪三等：并不入‘不孝’。若作乐者，自作、遣人等。乐，谓击钟、鼓，奏丝、竹、匏、磬、埙、篪，歌舞，散乐之类。‘释服从吉’，谓丧制未终，而在二十七月之内，释去衰裳而着吉服者。

“注：闻祖父母、父母丧，匿不举哀及诈称祖父母父母死。

“【疏】议曰：依礼：‘闻亲丧，以哭答使者，尽哀而问故。’父母之丧，创巨尤切，闻即崩殒，擗踊号天。今乃匿不举哀，或拣择时日者，并是。其‘诈称祖父母、父母死’，谓祖父母、父母见在而诈称死者。若先死而诈称始死者，非。”

若以这些法律条文来衡量，李元轨真的是前景不妙啊……

（48）军歌：

唐朝军队里一直流行以《秦王破阵乐》为代表的军歌，唐崔令钦所著《教坊记》“曲名”表中有《破阵乐》《破阵子》《小秦王》三曲都源于此。《通典·卷一百四十六》：“《破阵乐》，大唐所造也。太宗为秦王时，征伐四方，人间歌谣，有《秦王破阵乐》之曲。及即位，贞观七年，制《破阵乐舞图》……令起居郎吕才依图教乐工百二十人，被甲执戟而习之。凡为三变，每变为四阵，有往来疾徐击刺之象，以应歌节。数日而就。发扬蹈厉，声韵慨慷，和云‘秦王破阵乐’。飨宴奏之。太宗谓侍臣曰：‘朕昔在藩邸，屡有征伐，人间遂有此歌。岂意今日于雅乐。然其发扬蹈厉，虽异文容，功业由之，致有今日，所以被于乐章，亦不忘于本也。’”

盛唐名相张说也写过《破阵乐词二首》，附一首让大家感受下唐朝人对此曲“发扬蹈厉，声韵慨慷”的直观印象：“少年胆气凌云，共许骁雄出群。匹马城西挑战，单刀蓟北从军。一鼓鲜卑送款，五饵单于解纷。誓欲成名报国，羞将开阁论勋。”

到了宋词时代，《破阵子》一调仍然流行，最著名的大概是辛弃疾那首“醉里挑灯看剑”，仍然不脱边塞沙场本色。

(49) 屏风:

包括唐朝在内的中古时代，屏风是室内不可或缺的家具，而屏风上的图案，仕女图和前代人物故事一直都是流行的题材。人物故事画可见北魏司马金龙墓出土木屏风,保存度不错。配图为唐开元末陕西西安南里王村韦氏墓壁画的六扇屏风仕女图之一（拍摄于陕西历史博物馆），这些壁画与开元二十五年（737）的武惠妃敬陵壁画、日本正仓院藏天平胜宝四年（752）“鸟毛立女屏风”构图人物如出一辙，可见是盛唐时流行的模板。

(50) 休祥坊:

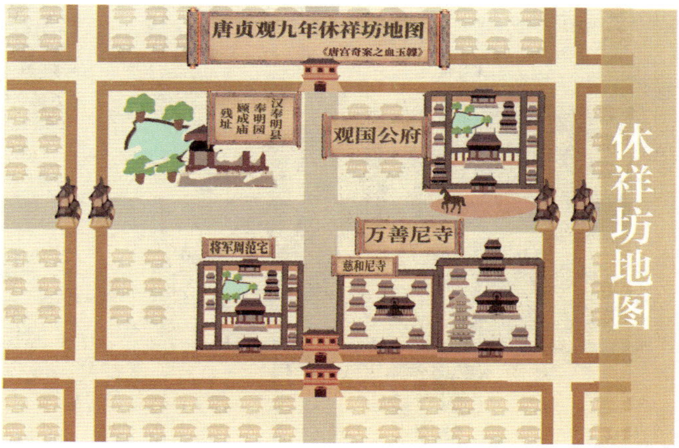

休祥坊东南隅有万善尼寺和慈和尼寺，这两座尼寺的北面，是观国公杨恭仁府，在如今比较容易找到的唐长安地图上，这个地方一般被标为“崇福寺”，那是因为唐长安地图一般以盛唐开元天宝年间为时间节点。《长安志》休祥坊条载“东北隅崇福寺”，下注：“本侍中观国公杨恭仁宅，咸亨元年……立为太原寺。垂拱三年改为魏国寺，载初元年又改为崇福寺……”附自作坊内地图一幅。

（51）唐高祖李渊遣广德公李安远出使吐谷浑：

武德八年唐高祖李渊遣广德公李安远出使吐谷浑，商讨两国边境互市之事，《唐会要》记载：“（武德）八年正月，吐谷浑、突厥各请互市，诏皆许之。先是，中国丧乱，民乏耕牛，至是资于戎狄，杂畜被野。”

《册府元龟》亦载：“武德八年，吐谷浑款承风戍各请互市，并许之。”

“承风戍”，据学者考证，在今青海湟中拉脊山口，右图照片拍摄于河北省博物馆“茶马古道”八省区文物联展。

（52）远行避尘的风帽和披衫：

图 1是北齐高洋墓出土陶俑。这种装扮在唐朝也流行。

图 2是唐恭陵（武则天长子李弘）墓骑马俑。

图 2

图 1

（53）柴璎珞找长孙皇后要来的毒药：

柴璎珞找长孙皇后要来自杀的毒药，是长孙皇后死前几年，给自己备下的殉情药。《资治通鉴》载："上得疾，累年不愈，后侍奉，昼夜不离侧。常系毒药于衣带，曰：'若有不讳，义不独生。'"

但是有点奇怪，这段史料在两唐书长孙皇后本传中并没有记载，《通鉴考异》也没有说原始来源是哪里。一般这种情况，真实性要打个折扣。而且皇帝病重，皇后把毒药系在衣带上，在丈夫病床边晃来晃去，这个画面想起来也不是很对劲。总之论史的话，要注意一些，写小说就不用讲究那么多了。

图书在版编目（CIP）数据

唐宫奇案. 下 / 森林鹿著. — 南京 : 江苏凤凰文艺出版社, 2018.12

ISBN 978-7-5594-2845-5

Ⅰ. ①唐… Ⅱ. ①森… Ⅲ. ①长篇小说 - 中国 - 当代 Ⅳ. ①I247.5

中国版本图书馆CIP数据核字(2018)第202638号

书　　名　唐宫奇案. 下

著　　者　森林鹿
责任编辑　王　青
特约编辑　袁之豪
出版发行　江苏凤凰文艺出版社
出版社地址　南京市中央路 165 号，邮编 210009
出版社网址　http://www.jswenyi.com
印　　刷　三河市文通印刷包装有限公司
开　　本　700mm×980mm　1/16
印　　张　27.75
字　　数　410千字
版　　次　2018 年 12月第 1 版　2018 年 12月第 1 次印刷
标准书号　ISBN 978-7-5594-2845-5
定　　价　48.00 元